古學發微四種

雍平 箋注

文心發義

雍平

第一册

南方傳媒
廣東人民出版社
·廣州·

圖書在版編目（CIP）數據

文心發義/雍平箋注. —廣州：廣東人民出版社，2022. 12

（古學發微四種）

ISBN 978－7－218－16287－4

Ⅰ. ①文…　Ⅱ. ①雍…　Ⅲ. ①《文心雕龍》—古典文學研究　Ⅳ. ①I206. 2

中國版本圖書館 CIP 數據核字（2022）第 242278 號

WENXIN FAYI

文心發義

雍　平　箋注

出 版 人：蕭風華

出版策劃：鍾永寧
責任編輯：胡藝超
封面設計：瀚文平面設計
責任技編：吴彦斌　周星奎

出版發行：廣東人民出版社
地　　址：廣州市越秀區大沙頭四馬路 10 號（郵政編碼：510199）
電　　話：（020）85716809（總編室）
傳　　真：（020）83289585
網　　址：http://www. gdpph. com
印　　刷：珠海市豪邁實業有限公司
開　　本：787mm × 1092mm　1/32
印　　張：47. 75　　**字　　數**：2190 千
版　　次：2022 年 12 月第 1 版
印　　次：2022 年 12 月第 1 次印刷
定　　價：638. 00 元（全五册）

售書熱綫：（020）85716874

作者簡介

雍平（一九五九—　），史學家、古文家、訓詁學家、詩人、辭賦家、書法家。別號右溪，又號溪叟、溪翁、鑒堂居士，廣東興寧人。撰有學術專著《古學發微四種》（包括《殷鑑》《文心雕龍解詁舉隅》《老子帛書異字通訓》《文心發義》）、《小學引端》、《商王事跡契考》、《經史糾擿》。文學作品有《雍子寓言》《廣州塔賦》《韶陽樓記》《風度閣序》《洪荒演義》《右溪詩詞鈔》。

總序

予幼奉庭訓，每聞家君講誦，不敢怠惰，雖役志辭章學問，惡聞學褊隘，少無建樹。冠歲博訪通人，多識耆舊，承服風問，求諸深適，亹亹不已。年逾知非，轉耽學術，不拘牽門户，修己自植，狂臚典籍，考評經傳，漁獵訓詁，尋諸叢殘，凡可作楷槷者，盡爲鈔撮。迺嗣諸子之業，兼會精埒，頗得統緒，因此遒進，著簒漸積。自非胡輦之器，卓異之材，雖未涉上庠，然亦獨闢門逕，不守陳腐之言，不循迂僻之行。晚歲滯跡海隅，持老不衰，復丁乎壯，然脂暝寫，弄筆晨書，卷帙益增。

若夫海陬末學，晚能發聞國故，感喟無已！客歲鄉達羅育淼大雅過存，議決董理著作，薦諸出版。迺存其要者，都爲八卷，曰《古學發微四種》。感荷有關部門及領導重視與支持，感荷廣東人民出版社精心編輯。

公元二〇二二年歲次壬寅仲商雍平撰於廣州花洲右溪草堂

弁言

昔者彦和垂文，以用其心，取義雕龍，其所作也，本乎道，師乎聖，體乎經，酌乎緯，變乎騷，彌綸群言，兼綜而成一家説，是以介立千秋而不朽者焉。嗟夫！彦和垂文，後世論者競爽，而響犀靡聞。降及民初，蘄州黄侃獨步，標櫫門法，自成部區，探賾鉤深，精微獨至也。竊以頑質，接迹前驅，發聞國故，探究學術，志在高構。故張解《文心雕龍》，抉發精義要道，參鏡前秀，求其諦實，補苴闕遺，弼違糾繆，鑿鑿指陳。《傳》曰：「言以足志，文以足言。」劉氏《文心雕龍》，達之説也，持論條貫，其容至博，彌爲汗漫，辨析尤艱。故恒以徵舉，引證淵源，兼綜故籍，皆有援據，紃察微言，融貫古今，略次諸家異言，以新知附益舊學。

才微往彥，遇倍昔時。末學繼絕表微，續命河汾，由是引諸吾身，取諸經典，衡鑑斯文，務明要略，罔宣其義，而達於用也。恒念來茲，余心有寄，繼發絕學，邁迹自身，克勉無怠，則濟可竢焉。

二〇一五年歲次癸巳清和之月雍平撰於南武右溪草堂

緒論

《文心雕龍》是我國古代的文學理論批評專著，較之古代同類著作，它的内容最豐富、體系最完整。然而，關於該書作者劉勰的生平事迹，史書缺乏詳細記載。通過對《梁書·劉勰傳》及其他存世典籍資料的考證，大概可以瞭解他的身世及事迹。劉勰，字彦和，大約出生於劉宋泰始二、三年間（公元四六六—四六七年）。祖籍東莞郡莒縣（今山東莒縣），永嘉之亂時，他的祖先南奔渡江，從此世居京口（今江蘇鎮江）。劉勰出生於家道中落的貧寒庶族，父親劉尚擔任南朝宋的越騎校尉，官位低微。由於信佛，劉勰終生不婚娶。早孤的劉勰，身處人文薈萃之區，深受經學家的影響，篤志好學，崇尚儒家、佛家及道家思想，博通經典，深愛文學創作，對當時盛行的浮靡文學習尚深有感觸，以獨邁前人的智慧，建構了自己的文學批評思想，以儒、釋、道的經典爲立論根本，寫出了文學理論批評巨著《文心雕龍》。成書以後，劉勰堅信作品的價值，以貨鬻形式攔截吏部尚書沈約的車駕，向他推介自己的著作，幸運的是遇到了知音。文學大家沈約讀過《文心雕龍》後，甚爲讚賞，並引薦他走上仕途，他先後擔任和兼任過中軍臨川王蕭宏、南康王蕭績的記室，車騎倉曹參軍，太末（今屬浙江衢州市衢江區）令，步兵校尉，東宮通事舍人等職務。在兼任東宮通事舍人期間，受到昭明太子蕭統的賞識。昭明太子死後不久，劉勰請求出家，隨後在定林寺爲僧，法名慧地，未及一年便去世。歸寂的時間大約在大同四、五年間（公元五三八—五三九年）。

有關劉勰《文心雕龍》的著録，始於《隋志》。《文心雕龍》自問世以來，傳誦於士林，産生巨大而又深遠的影響。自沈約始，歷代品評、校注的名家愈百人，褒貶抑揚不一，優劣深淺有異，行世的論著及校注本很多。由於《文心雕龍》成書時間距今久遠，輾轉鈔刻衍生出許多訛謬。因字或句之差異，導致對原著宏旨的領會産生諸多歧解。加上《文心雕龍》體量巨大，包舉洪纖，引文關涉經、史、子、集，若要發微深識，非博通群籍，學殖深厚，兼具經學、樸學、小學、文學造詣者，難以企望。就品評及校注而言，過往學者多注重於對全書的校注，而對每篇義理的闡發卻關注未足。

黄侃先生的《文心雕龍札記》講義，打破了這一局限，就彦和原文篇章義理作了精闢的闡釋，對近代龍學研究具有先導意義，開闢了獨特的學術途徑。作爲後學，筆者素來崇仰黄侃先生的學識和建樹，沿用他的研究方法，結合個人學養及傳統文學創作經驗和體會，著成《文心發義》。

《文心發義》的寫作力求遵循原著論述的本旨，不以偏概全，原始要終，深入淺出。爲了更全面闡發《文心雕龍》的義理，筆者在書中集引關涉條文的典籍内容及字詞義釋，對原書鈔刻過程中孳生的訛字及有爭議的字詞，皆列條目訓釋，力避望文生義或以今義闡發古義，做到考釋充分有據。對過往學者未能訓釋原文者，筆者亦作了訓釋。如《原道》中：「夏后氏興，業峻鴻績。」黄侃《文心雕龍札記》云：「案『業』『績』同訓『功』，『峻』『鴻』皆訓『大』，此句位字，殊違常軌。」楊明照《增訂文心雕龍校注》已有别議，云：「按古人行文，位字確有違常軌者。然亦不能一一以後世語法相繩。如《論語·鄉黨》之『迅雷風烈』，《大戴禮記·夏小正》之『剥棗栗零』，其比與此正同。」惜楊氏别議，未就彦和原文解詁。筆者徵引古文及其古代注釋，並據黄侃《爾雅音訓·釋詁》及漢許慎《説文解字》，將「鴻」訓作

「盛」，將「績」訓作「續」。經此訓詁，則彥和原文義理可闡發爲：「夏后氏既興，功大而盛績。」又如：《附會》之「篇統間關」，楊明照先生於《文心雕龍校注》中將「間關」解爲「曲折」，乃望文生訓而致誤。筆者對此「間關」就劉文本義作了訓詁：尋繹文意，「間關」，當詁作「設置」。《慧琳音義》卷四六「間關」注：「間關，又亦設置也。」又如：《定勢》中之「枉轡」，歷來未作其訓，筆者將之訓作「徒執」。

關於《文心雕龍》的學術價值及文學批評思想，近代以來學者多有評論，此著不再贅述。

歷來發義，尤難達詁，若有未逮者，切盼專家、學者批評指正。

雍平　二〇二〇年六月

凡例

一、本書所引《文心雕龍》正文及校勘記，主要依據楊明照《增訂文心雕龍校注》（中華書局二〇一二年版），旁引諸書作爲參考。

二、全書以『集引』【發義】『雍案』作爲體例。

三、『集引』所引用之文皆源於與劉文有關聯的典籍或訓詁書籍。舉例：高卑定位。『集引』《小學蒐佚・切韻》：「卑，下也。」《易・繫辭上》：「卑高以陳。」孔穎達疏：「卑謂地體卑下。」

四、作爲條目的【發義】，是本書的主要組成部分，用作闡發劉文義理。舉例：高卑定位。【發義】彥和所謂高卑定位，義引《易・繫辭上》。高卑者，乃謂高下矣，是以兩相對應，定位所陳之處也。卑乃尊之充也，其爲尊，實乃德之基，其卑讓於天，故處下之位。

五、『雍案』爲著者按語。舉例：鎔鈞六經。『雍案』今文家説《樂》本無經，附於《詩》中；而古文家説有《樂經》，秦燔書後亡佚。陽虎爲政，自大夫以下皆僭，離於正道，故孔子不仕，退而修《詩》《書》《禮》《樂》。

六、書中所列原文皆依照養素堂底本，凡底本原有脱字，著者參考諸本於〖雍案〗文中補脱。對原底本訛字之考正，附於〖雍案〗，儘量徵引別本考正。

七、凡書中所列原文字位錯易的詞，於所引《文心雕龍》正文中不作改易。

八、書中〖集引〗所引典籍之文及《文心雕龍》原文遇有異體字於同文並出者，如「于」「於」；「疏」「疎」，皆按原文引録不作更改。

九、〖集引〗和〖雍案〗引文句中凡附注者，皆以小字列出。舉例：漢初草律，明著厥法。〖集引〗《漢書・藝文志》：「漢興，蕭何草律顏注：「草，創造也。」亦著其法，曰：『太史試學童，能諷書九千字以上，乃得爲史……』六體者，古文、奇字、篆書、隸書、繆篆、蟲書。」然骨製靡密，辭貫圓通，自稱極思。〖雍案〗楊明照《校注》云：「按『骨掣』二字不辭，疑當作『體製』。《定勢》《附會》兩篇並有『體制』之文。郝懿行云「掣」疑本作制，下篇「應物掣巧」一作制，是也。」

十、本書所引典籍書名已於〖集引〗中標明，故書後不再詳列引用文獻書目。

十一、楊明照《增訂文心雕龍校注》，原書所引書名均未標號，今皆補上書名號。原書爲小字號者，今亦循之以小字號排録。舉例：楊明照《校注》云：「……亦謬。王念孫（《讀書雜志》三）、錢大昕（《三史拾遺》一）、梁玉繩（《史記志疑》一）並謂《史記·五帝本紀》「依鬼神以剬義」之「剬」爲「制」之譌」楊氏所云及所引者，皆未訓也。

十二、所引校注本或箋注本首引時用全稱以書名號標出，並加括號標出簡稱，遇重出時悉以簡稱列出。如：楊明照《增訂文心雕龍校注》（以下簡稱《校注》）。

十三、同一條目中，遇引書之重出者，遞引時省略書名。舉例：《後漢書·祭祀上》：「文曰：『維建武三十有二年二月，皇帝東巡狩，至於岱宗，柴，望秩於山川，班于群神，遂覲東后。』」又《光武帝紀下》：「（中元元年春）二月己卯，幸魯，進幸太山。北海王興，齊王石朝于東嶽。辛卯，柴望岱宗，登封泰山。甲午，禪於梁父。」

十四、凡書中所引校本衹標校者姓名，除首引校語時列校本名稱外，其餘省略，不復列校本名稱。如：「傍，傳録何焯校本作『旁』。」

十五、本書解詁前之校語，悉依楊明照《增訂文心雕龍校注》，楊著參校之版本繁富，校勘記中人名、書名、版本又多作省稱，兹將具體版本及簡稱開列如左，俾便讀者研究查覽。

刻本：元至正本（元本）至正十五年刊；明馮允中本（馮本）弘治十七年刻；明汪一元本（汪本）嘉靖十九年刻；明覆刻汪本（覆刻汪本）；明佘誨本（佘本）萬曆二十二年刻；明張之象本（張本）；明胡震亨本（胡本）；明王惟儉訓故本（訓故本）萬曆三十七年刻；明梅慶生萬曆音注本（梅本）萬曆三十七年刻；明梅慶生萬曆四十年覆校本（萬曆梅本）；明凌雲套印本（凌本）萬曆四十年刻；明梅慶生天啟二年校定本（天啟梅本）；明陳長卿覆刻梅慶生天啟二年校定本（陳本）；明梁杰訂正本（梁本）；清抱青閣重鐫姜午生本（姜本）康熙三十四年重刻；日本岡白駒校正句讀本（岡本）清雍正九年刻；日本尚古堂本（尚古本）；清黄叔琳輯注本（黄氏輯注本）原刻爲乾隆六年養素堂本；清張松孫輯注本（張松孫本）乾隆五十六年刻；清翰墨園覆刻芸香堂本（芸香堂本）；清思賢講舍重刻紀評本（思賢講舍本）光緒十九年刻。

叢書本：明胡維新兩京遺編本（兩京本）萬曆十年刻；明鍾惺評合刻本五家言本（合刻本）；明鍾惺評祕書十八種本（祕書本）；明陳仁錫奇賞彙編本（彙編本）崇禎七年刻；明黄澍葉紹泰評選漢魏別解本（別解本）崇禎十一年刻；明葉紹泰增定漢魏六朝

別解本（增定別解本）；清王謨漢魏叢書本（王本）乾隆五十六年刻；清崇文書局三十三種叢書本（崇文本）光緒三年刻；民國鄭國勛龍谿精舍叢書本（龍谿本）民國五年刻。

校本：明徐𤊹校本；明馮舒校本；明朱謀㙔校正本；明錢允治校本（錢本）；明趙琦美校本（趙本）；明謝兆申校本（謝本）；明曹學佺校本（曹本）；清朱彝尊校本（朱本）；清葉樹蓮校本（葉本）；清何焯校本（何本）；清吳翌鳳校本（吳本）；清程文校本（程本）；傳録郝懿行校本（郝本）；傳録黃丕烈顧廣圻合校本（合校本）；清褚德義校本（褚本）；清盧文弨校本（盧本）；清陳鱣校本（陳本）。

寫本：唐人草書殘卷本（唐寫本）甘肅敦煌莫高窟舊物；明謝恒鈔本（謝鈔本）；清初謹軒鈔本（清謹軒本）；清四庫全書文津閣本（文津閣本）；清四庫全書薈要本（薈要本）；清四庫全書文淵閣本（文淵本）；文溯閣本（文溯本）；清鄭珍藏鈔本（鄭藏鈔本）。

選本：廣文選明劉節編；廣廣文選明周應治纂；續文選明湯紹祖、胡震亨編；文體明辨明徐師曾撰；古逸書明潘基慶選；文儷明陳翼飛輯；諸子彙函舊題明歸有光輯；四六法海明王志堅編；漢魏六朝正史文選明許清胤、顧在觀輯。

目録

卷一

原道第一

文之爲德也大矣，與天地並生者何哉〔一〕？夫玄黄色雜，方圓體分〔二〕，日月疊璧，以垂麗天之象〔三〕；山川煥綺，以鋪理地之形。此蓋道之文也〔四〕。仰觀吐曜，俯察含章〔五〕，高卑定位〔六〕，故兩儀既生矣。惟人參之，性靈所鍾，是謂三才〔七〕；爲五行之秀，實天地之心〔八〕。心生而言立，言立而文明，自然之道也。傍及萬品〔九〕，動植皆文。龍鳳以藻繪呈瑞〔一〇〕，虎豹以炳蔚凝姿〔一一〕。雲霞雕色，有踰畫工之妙〔一二〕；草木賁華，無待錦匠之奇〔一三〕。夫豈外飾？蓋自然耳。至於林籟結響，調如竽瑟；泉石激韻，和若球鍠〔一四〕。故形立則章成矣，聲發則文生矣〔一五〕。夫以無識之物，鬱然有彩，有心之器，其無文歟！

人文之元，肇自太極，幽贊神明，易象惟先〔一六〕。庖犧畫其始，仲尼翼其終〔一七〕，而乾坤兩位，獨制文言。言之文也，天地之心哉〔一八〕！若迺河圖孕乎八卦，洛書韞乎九疇〔一九〕，玉版金鏤之實〔二〇〕，丹文緑牒之華〔二一〕，誰其尸之〔二二〕？亦神理而已。

自鳥跡代繩，文字始炳，炎皞遺事，紀在三墳，而年世渺邈，聲采靡追。唐虞文章，則焕乎始盛。元首載歌，既發吟詠之志；益稷陳謨，亦垂敷奏之風。夏后氏興，業峻鴻績〔二三〕，九序惟歌，勳德彌縟〔二四〕。逮及商周，文勝其質〔二五〕，雅頌所被，英華日新。文王患憂〔二六〕，繇辭炳曜〔二七〕，符采複隱，精義堅深〔二八〕。重以公旦多材，振其徽烈，剬詩緝頌，斧藻群言〔二九〕。至夫子繼聖，獨秀前哲〔三〇〕，鎔鈞六經〔三一〕，必金聲而玉振；雕琢情性，組織辭令，木鐸起而千里應〔三二〕，席珍流而萬世響〔三三〕，寫天地之輝光，曉生民之耳目矣。

爰自風姓，暨於孔氏，玄聖創典，素王述訓，莫不原道心以敷章〔三四〕，研神理而設教，取象乎河洛，問數乎蓍龜，觀天文以極變，察人文以成化；然後能經緯區宇〔三五〕，彌綸彝憲〔三六〕，發輝事業，彪炳辭義。故知道沿聖以垂文，聖因文而明道，旁通而無滯〔三七〕，日用而不匱〔三八〕。易曰：鼓天下之動者存乎辭。辭之所以能鼓天下者，迺道之文也。

贊曰：道心惟微，神理設教〔三九〕。光采元聖，炳燿仁孝。龍圖獻體，龜書呈貌。天文斯觀，民胥以傚〔四〇〕。

【發義】

本乎自然，乃爲原道。

所謂道者，本乎自然，隨化而生也。文原於道，乃彦和本旨。蓋權輿發指，揆引緒耑，詮論道本，以明文軌，以昭文心耳。

〔一〕**文之爲德也大矣，與天地並生者何哉**

〔集引〕

《説文解字·文部》（《説文解字》，以下簡稱《説文》）曰：「文，錯畫也，象交文。」又《説文解字叙》曰：「文者，物象之本。」（此六字原脱，段依《左傳·宣公十五年》孔穎達疏補）《易·小畜·大象》：「君子以懿文德。」《隋書·文學傳〈序〉》：「然則文之爲用，其大矣哉。」

【發義】

文之本始，非以載道，本乎自然而生，其大也至德。文本無義理，蓋以道統敷其義理，非文之本也。文爲造化之迹，蓋與天地並生。聖人得之，言立成文，文成於思心，本乎原道，用以文明，是以性情功用於天地，故爲德也大矣。與天地並生者，言陰氣斂其形質，陽氣發而散之，華實彪炳，奂有文章，故謂之文。文者，德之總名。經緯天地曰德，蓋文乃德之至也。德能經緯順從天地之道，固聖人得之，言立成文，其用大矣哉。孔子稱堯、舜，曰：「焕乎，其有文章。」蓋文之爲貫道之器，其用乃大，不深於斯道，靡有至焉者。

〔**雍案**〕

文以載道之説，肇乎宋儒，厥以道統敷義理，於文之本，渺不相涉。《周濂溪集·通書二一·文辭》云：「文所以載道也，輪轅飾而人弗庸，徒飾也，况虚車乎？」題注：「此言文以載道，人乃有文而不以道，是猶虚車而不濟於用者。」紀昀蹈襲畦畛，敷暢其旨，亦云：「文以載道，明其當然；文原於道，明其本然。」黄侃不律固見，摧陷廓清，微言大義，曰：「道者，玄名也，非著名也。玄名故通於萬理，而莊子且言『道在矢溺』。今曰文以載道，則未知所載者即此萬物之所由然乎？抑别有所謂一家之道乎？如前之説，本文章之公理，無庸標楬以自殊於人；如後之説，則亦道其所道而已。文章之事，不如此狹隘也。」又曰：「今置一理以爲道，而曰文非此不可作。非獨昧於語言之本，其亦膠滯而罕通矣。察其表則爲諛言，察其裏初無勝義，使文章之事，愈痟愈削，浸成爲一種枯槁之形，而世之爲文者，亦不復撢究學術，研尋真知，而惟此窾言之尚，然則階之厲者，非文以載道之説而又誰乎？」論辯思力獨至，筦析入微。蓋彥和本旨乃明文心原道矣，匪所謂強傳文以載道者流所體認焉。

〔二〕夫玄黃色雜，方圓體分

〔集引〕

《易·坤》：「夫玄黃者，天地之雜也。」《大戴禮記·曾子天圓》：「天道曰圓，地道曰方。」《資治通鑑·漢紀》：「將使玄黃改色。」胡三省注：「玄黃者，天地之色也。」

【發義】

此由《易》說，玄黃厝雜，方圓體分，有文及形質本乎自然也。蓋色乃形之貌，體乃形之質焉。天道曰圓，地道曰方，是以其形體分矣。

〔三〕日月疊璧，以垂麗天之象

〔集引〕

《易緯·坤靈圖》：「至德之萌，日月聯璧。」《書·顧命》：「宣重光。」《釋文》引馬融云：「日月星也。太極上元十一月朔旦冬至，日月如疊璧，五星如聯珠，故曰重光。」

【發義】

至德之始，日月疊之若璧，在天垂曜，麗形於天之象。

〔雍案〕

疊，古亦作「曡」，义亦同。重也；明也。《説文・晶部》：「疊，揚雄説以爲古理官決罪，三日得其宜乃行之。从晶，从宜。亡新以爲疊从三日太盛，改爲三田。」《小學鉤沉・三倉上》：「疊重也。」《廣韻・帖韻》：「疊，明也。」

〔四〕山川焕綺，以鋪理地之形。此蓋道之文也

〔集引〕

《論語・泰伯》：「焕乎，其有文章。」何晏注：「焕，明也。」《易・繫辭上》：「仰以觀於天文，俯以察於地理。」孔穎達《正義》：「天有懸象而成文章，故稱文也；地有山川原隰，各有條理，故稱理也。」

【發義】

山川明其文采，以布其條理之形象，蓋自然之文也。

〔五〕俯察含章

〔集引〕

《易・坤》：「含章可貞。」孔穎達疏：「章，美也。」《詩・小雅・都人士之什》曰：「出言有章。」司馬遷《史記・儒林列傳》記博士平等議曰：「謹案詔書律令下者，文章爾雅，訓辭深厚。」

【發義】

俯察含美可正，是以美釋章。含章者，含美於内，蓋文采貞正。

〔六〕高卑定位

〔集引〕

《小學蒐佚・切韻》：「卑，下也。」《易・繫辭上》：「卑高以陳。」孔穎達疏：「卑謂地體卑下。」唐韓愈《原人》：「形於上者謂之天，形於下者謂之地，命於其兩間者謂之人。」

【發義】

彦和所謂高卑定位，義引《易・繫辭上》。高卑者，乃謂高下矣，是以兩相對應，定位所陳之處也。卑乃尊之充也，其爲尊，實乃德之基，其卑讓於天，故處下之位。

〔七〕惟人參之，性靈所鍾，是謂三才

〖集引〗

《説文·人部》：「人，天地之性最貴者也。」《荀子·王制》：「天地之參也。」楊倞注：「參，謂與之相參，共成化育也。」《易·説卦》：「是以立天之道，曰陰與陽；立地之道，曰柔與剛；立人之道，曰仁與義；兼三才而兩之，故《易》六畫而成卦。」《孝經·聖治》：「子曰：『天地之性，人爲貴。』」《春秋繁露·人副天數》：「天地之精所以生物者，莫貴於人。」《論衡·龍虚》：「天地之性，人爲貴。」

【發義】

人貴爲有生之靈者，肖天地之貌，本乎自然，秉天地之性，材質爲其能也，蓋行倫常之德。故惟人與天地相參，共成化育，性靈所鍾也。

〔八〕爲五行之秀，實天地之心

【集引】

《禮記·禮運》：「故人者，其天地之德，陰陽之交，鬼神之會，五行之秀氣也。」《後漢書·郎顗襄楷列傳下》章懷注《御覽》引：「《春秋孔演圖》：『秀氣爲人。』」《文選·王融〈曲水詩序〉》：「冠五行之秀氣。」陸德明《經典釋文序》：「人稟二儀之淳和，含五行之秀氣。」

【發義】

秀氣爲人，本乎天地之心，五行之端也。人稟天地之淳和，含五行之秀氣，心亦自然生也。人者，仁也。參二儀而並稱爲三才，故秀氣成采，文之愛耳。其爲愛，乃順之體，順天地而行其德焉。

【雍案】

彦和此文有所本，「秀」下脱「氣」字，本條集引《禮記·禮運》《春秋孔演圖》《文選·王融〈曲水詩序〉》、陸德明《經典釋文序》並可徵證。黄叔琳校曰：「一本『實』上有『人』字，『心』下有『生』字。」元至正本、明弘治馮允中本、汪一元本、佘誨本、《四部叢刊》景印本、張之象本、《兩京遺》本、何允中《廣漢魏叢書》本、王世貞批本、王惟儉《訓故》本、梅慶生萬曆《音注》本、凌雲本、胡震亨本、《合刻五家言》本、梁杰訂正本、《祕書十八種》本、謝恒鈔本、《奇賞彙編》

本、《漢魏别解》本、清謹軒鈔本、日本岡白駒本、尚古堂本、《四庫全書》文津閣本、鄭珍原藏鈔本、崇文書局本、《子苑》、《文儷》、《諸子彙函》並與黄校一本同。梅慶生天啟二年校定本「人」「生」二字無，各空一格。文溯本無「人」字。吴翌鳳校本作「人爲五行之秀，心實天地之心」。彦和所謂「實天地之心」，乃本乎天地之心也。

〔九〕傍及萬品

〔集引〕

《漢書·郊祀志上》：「旁及四夷。」

【發義】

人稟天地之德，秀氣成采，故心游二儀，溥及萬庶。

〔雍案〕

傍，傳録何焯校本作「旁」。張松孫本、《詩法萃編》皆改作「旁」。楊明照《增訂文心雕龍校注》（以下簡稱《校注》）云：「按何校『旁』是。」余謂所改非也。傍，通「旁」，義同。偏也，周偏也。《讀書雜志·墨子第一·尚同》：「傍薦之。」王念孫按：「傍者，溥也，偏也。」《説文·上部》：「旁，溥也。」《慧琳音義》卷二二引《慧苑音義》：「溥蔭萬方。」注引《珠叢》：「溥，偏也。」《玄應音義》卷七「溥演」注引《詩傳》：「溥，亦徧也。」《禮記・中庸》：「溥博淵泉。」孔穎達疏：「溥，謂無不周遍也。」溥，分佈也，同「敷」。《荀子・成相》：「禹溥土，平天下，躬親爲民行勞苦。」楊倞注：「溥，讀爲敷。」《禮記・祭義》：「夫孝，置之而塞乎天地，溥之而横乎四海。」《釋文》：「溥，本又作『敷』，同，芳于反。」

〔一〇〕龍鳳以藻繪呈瑞

【集引】

《管子・水地》：「龍生於水，被五色而游，故神。」《韓詩外傳》：「夫鳳五彩備明。」《論衡・書解》：「龍鱗有文，於蛇爲神；鳳羽五色，於鳥爲君。」

【發義】

龍以百鱗備成文，鳳以五采備成章，獨以五采彰施五色，其若藻繪，乃以呈瑞。

〔一一〕虎豹以炳蔚凝姿

【集引】

《易・革》：「大人虎變，其文炳也。」又：「君子豹變，其文蔚也。」漢揚雄《太玄經・文》：

「斐如邠如，虎豹文如。」

【發義】

虎豹之彪文也，鮮明華麗之盛，故形於姿采。

〔一二〕**雲霞雕色，有踰畫工之妙**

〖**集引**〗

《藝文類聚》引《河圖括地象》：「崑崙山出五色雲氣。」《宋書・符瑞志下》：「雲有五色，太平之應也。」

【發義】

聚象於坎，五采緐而雜雲霞之蔚，自然雕色，故有逾畫工綺繢之妙。

〔一三〕**草木賁華，無待錦匠之奇**

〖**集引**〗

《易・序卦》：「賁者，飾也。」《書・湯誥》：「賁若草木。」枚頤傳：「賁，飾也。……煥然咸飾，若草木同華。」蔡沈《集傳》：「賁，文之著也。」

【發義】

草木同華，其斑自然咸飾，故無待錦匠施飾之奇。

〔雍案〕

黄侃《文心雕龍札記》（以下簡稱《札記》）曰：「《易》釋文引傅氏云：『賁，古「斑」字，文章皃。』王肅『符文反』，云：『有文飾黄白皃。按王肅原文「皃」作「色」。』」楊明照《校注》云：「按《易·序卦傳》：『賁者，飾也。』此『賁』字當訓爲飾。黄氏引傅、王兩家音義，於此均不愜。此「賁」字與上句「雕色」之「雕」，皆當作動詞解。」賁，加文若飾也。猶加文於質上，變而爲文飾之貌。蓋古訓「賁」作「飾」，又訓作「文章貌」，文之著也。賁，古「斑」字，義同。雜色曰賁，駁文也。賁，古讀若「斑」，逋還切，平删幫。《易·賁》：「賁，亨。」陸德明《釋文》引傅氏云：「賁，古『斑』字，文章貌。」又引鄭玄注：「賁，變也，文飾之貌。」《説文·貝部》：「賁，飾也。」《易·序卦》：「賁者，飾也。」《書·湯誥》：「賁若草木。」枚頤傳：「賁，飾也。……焕然咸飾，若草木同華。」蔡沈《集傳》：「賁，文之著也。」

〔一四〕和若球鍠

〔集引〕

《説文義證・玉部》：「球，玉磬也。」《説文・金部》：「鍠，鐘聲也。」

【發義】

夫球鍠之鳴，聲發而和。

〔一五〕故形立則章成矣，聲發則文生矣

〔集引〕

《易・繫辭上》：「形而上者謂之道。」孔穎達疏：「形是有質之稱。」

【發義】

形者，乃質之見也。形所立具，則章焕成矣，乃爲形文；聲者，乃質之響也。聲所振發，則文衍生矣，乃爲聲文。蓋聲采本乎自然而生。

〔一六〕幽贊神明，易象惟先

〔集引〕

《漢書・眭兩夏侯京翼李傳〈贊〉》：「幽贊神明，通合天人之道者，莫著乎《易》《春秋》。」《易・説卦》：「幽贊於神明而生蓍。」韓康伯注：「幽，深也。贊，明也。」

【發義】

深明造化之妙，通合天人之道，是以卦象卜吉凶之文辭，故謂易象惟先。

〔一七〕仲尼翼其終

〔集引〕

《易・乾・鑿度》：「仲尼五十究《易》，作《十翼》。」《詩・大雅・行葦》：「以引以翼。」朱熹《集傳》：『翼，輔也。』

【發義】

《十翼》之文，託之玄聖，難以徵信，古今聚訟，爭之彌澥。秦坑儒燔書，獨不禁《易》，乃卜筮之書故，傳授者不絶。漢興，梁人丁寬（子襄）事田何，復從周王孫受古義，作《易説》三萬言，訓故舉大誼而已，時皆著《易傳》者侈。諸家《易》説，皆祖田何，大義略同。惟京氏獨異，以中古文《易經》，斠施、孟、梁丘三家之《易經》，别出其轍。《易》之四家，各守門户，不相通假，異説因之而起。乃以陰陽五行生克災異之説，附會漢之所以興，秦之所以亡，明遠古以來帝祚之興衰遞禪。故漢前之筮問書，變爲陰陽五行談天論地之説。竊謂《十翼》者，出漢諸儒之手，乃託古之作，行儒家名實，糅雜家之言是也。

〔一八〕乾坤兩位，獨制文言。言之文也，天地之心哉

〔**集引**〕

《易·正義》：「夫子贊明《易》道，申説義理，釋《乾》《坤》二卦經文之言，故稱《文言》。」

【**發義**】

文飾卦下之言，是以乾坤德大，故皆文飾以爲文言，而彰乎自然本性。

〔**雍案**〕

《文言》託諸孔子，不可信。其文涉《左傳》，言甚雷同。《乾·文言》云：「元者，善之長也；亨者，嘉之會也；利者，義之和也；貞者，事之幹也。君子體仁，足以長人，嘉會足以合禮，利物

足以和義，貞固足以幹事，君子行此四德者，故曰乾元亨利貞。」《左傳・襄公九年》云：「穆姜薨於東宮，始往而筮之，遇《艮》之八。史曰：『是謂《艮》之隨。隨其出也，君必速出。』姜曰：『亡是！』於《周易》曰：『隨，元亨利貞，無咎。』元，體之長也；亨，嘉之會也；利，義之和也；貞，事之幹也。體仁足以長人，嘉德足以合禮，利物足以和義，貞固足以幹事，然固不可誣也。是以隨無咎。今我婦人，而與於亂，固在下位而有不仁，不可謂元；不靖國家，不可謂亨；作而害身，不可謂利；棄位而姣，不可謂貞。有四德者，隨而無咎，我皆無之，豈隨也哉！我則取惡，能無咎乎？必死於此，弗得出矣！」人之將死，其言也善。穆姜之言，有實有理，蓋辨章而悉《文言》迻植《左傳》之文也。穆姜之筮後十四年而聖人生，其年六十三乃繫《周易》，何以穆姜之言解《乾》卦，故《文言》僞託之孔子焉。

〔一九〕洛書韞乎九疇

【集引】

《易・繫辭上》：「河出圖，洛出書，聖人則之。」《書・洪範》：「天乃錫禹《洪範・九疇》，彝倫攸敘。初一曰五行，次二曰敬用五事，次三曰農用八政，次四曰協用五紀，次五曰建用皇極，次六曰乂用三德，次七曰明用稽疑，次八曰念用庶徵，次九曰嚮用五福，威用六極。」

【發義】

洛書，韞乎治理天下之九類大法，彝倫攸叙有常，蓋聖人得而效法，天下迺得治矣。

【雍案】

疇，黄叔琳《文心雕龍輯注》（以下簡稱《輯注》）作「章」。龍谿精舍叢書本自黄本出亦作「章」。元、明兩季以還，各本無作「章」者。「九疇」，《漢書·五行志》訓爲「九章」，其上云：「所謂天迺錫禹大法九章，常事所次者也。」《論衡·正説》云：「禹之時得洛書，書從洛水中出，洪範九章是也。」蓋黄氏《輯注》本改「疇」爲「章」，源出有自。疇，古多訓作「類」。《書·洪範》：「不畀洪範九疇。」孔安國傳：「疇，類也。」孔穎達疏：「疇是輩類之名。」《漢書·五行志》：「弗畀洪範九疇。」顔師古注：「疇，類也。」《後漢書·孝順孝沖孝質帝紀》：「鴻範九疇。」李賢注：「疇，類也。」王巾《頭陀寺碑文》：「必求宗於九疇。」吕延濟注：「疇，類也。」柳宗元《天對》：「宜儀刑九疇。」蔣之翹《輯注》引《洪範》注：「疇，類也。」考諸前人詁訓，未嘗見訓「章」爲「類」者也。蓋疑訓「疇」爲「章」者，乃謂文理之類成章者也。《易·説卦》云：「故《易》六畫而成章。」李鼎祚《集解》引虞翻曰：「章，謂文理也。」

〔二〇〕玉版金鏤之實

【集引】

王子年《拾遺記》：「帝堯在位，聖德光洽，河洛之濱得玉版，方尺，圖天地之形。」《説文・宀部》：「實，富也。」

【發義】

河洛所得玉版金鏤，所刻天地之形文質富焉。

【雍案】

實，《御覽》引作「寶」。朱謀㙔校作「寶」。「寶」「實」形近易譌。此當作「實」字爲是，其與接句之「華」字對舉，乃謂文質之富也。《説文・宀部》：「實，富也。」《書・君奭》：「則商實百姓。」江聲《集注音疏》：「實，富也。」《禮記・哀公問》：「好實無厭。」鄭玄注：「實，猶富也。」

〔二一〕丹文緑牒之華

【集引】

《尚書中候・握河紀》：「河龍出圖，洛龜書威，赤文緑字，以授軒轅。」《淮南子・俶真訓》：

「洛出丹書，河出緑圖。」《宋書·志序》：「據河括地緑文赤字之書，言之詳矣。」

【發義】

書出緑文赤字，言之其詳，自然而成。

〔二三〕誰其尸之

〖集引〗

《詩·召南·采蘋》：「誰其尸之？有齊季女。」毛萇傳：「尸，主也。」

【發義】

次承上文，謂玉版金縷之形富，丹文緑牒之采盛，誰主而成？

〖雍案〗

尸，主也。主宰也。義與「司」同，謂主其事而司也。《爾雅·釋詁》：「尸、職，主也。」邢昺疏：「（主，）謂爲之主宰也。」郝懿行《義疏》：「尸，與司同，司亦主也。」《詩·召南·采蘋》：「誰其尸之？」毛萇傳：「尸，主也。」《莊子·天下》：「皆願爲之尸。」郭象注：「尸者，主也。」《群經平議·周官》：「請度甫竁遂爲之尸。」俞樾按：「凡主其事皆得稱尸。」

〔一二三〕夏后氏興，業峻鴻績

【發義】

夏后氏既興，功大而盛續。

【雍案】

黄侃《札記》云：「案『業』『績』同訓『功』，『峻』『鴻』皆訓『大』，此句位字，殊違常軌。」楊明照《校注》云：「按古人行文，位字確有違常軌者。然亦不能一一以後世語法相繩。如《論語·鄉黨》之『迅雷風烈』，《大戴禮記·夏小正》之『剥棗栗零』，其比與此正同。」楊氏别議，未就劉文解詁。黄侃《札記》所訓非是。鴻，當訓「盛」。劉文位字，非有違常軌，兹徵引如次：《誄碑篇》有「昭紀鴻懿」，乃謂彰明紀載盛美之德也。《吕氏春秋·執一》：「五帝以昭，神農以鴻。」高誘注：「鴻，盛也。」績，當訓「續」。考黄侃《爾雅音訓·釋詁》：「績、武，繼也。績、跡同聲，績之訓繼，猶武之訓繼也。」《説文·糸部》：「繼，續也。」《莊子·秋水》：「三代殊繼。」成玄英疏：「繼，續也。」《穀梁傳·成公五年》：「伯尊其無績乎？」范甯注：「績，或作續。」《左傳·昭公元年》：「子盍亦遠績禹功，而大庇民乎？」並其證。據之，劉文應解詁爲「夏后氏既興，功大而盛續」。

〔二四〕動德彌縟

〖集引〗

王充《論衡·書解》：「德彌盛者，文彌縟。」

【發義】

動德彌盛者，文亦彌縟。縟者，繁飾也。

〔二五〕逮及商周，文勝其質

〖集引〗

《論語·八佾》：「子曰：『周監於二代，郁郁乎文哉！吾從周。』」鄭玄《詩譜序》：「文武之德，光熙前緒。」

【發義】

逮及商周，文之彰顯，勝前之樸略尚質。

〔二六〕文王患憂

〔集引〕

《易·傳》：「夏商之末，易道中微，文王拘於羑里，而係彖辭，易道復興。」

【發義】

聖人之動，是以變易。文王被囚之羑里，身爲纍俘，歎易道衰息，患憂不已，而係彖辭，演《易》而使之復興。

〔二七〕繇辭炳曜

〔集引〕

《左傳·僖公四年》：「且其繇也。」杜預注：「繇，卜兆辭。」又《左傳·昭公七年》：「且其繇曰：『利建侯。』」杜預注：「繇，卦辭也。」

【發義】

繇乃卦兆之占辭，周演《易》成文，辭采煥發彬然。

〔雍案〕

曜，《御覽》引作「燿」。楊明照《校注》云：「按《説文·火部》：『燿，照也。』無『曜』字。《御覽》作『燿』，是也。贊文『炳燿仁孝』，《詔策篇》『符命炳燿』，並作『燿』，尤爲切證。」曜，古與「燿」通，義皆作照也。《釋名·釋天》：「曜，燿也，光明照燿也。」《玉篇·火部》：「燿，與曜同。」《玄應音義》卷四「光燿」注：「燿，古文曜。」《玉篇·日部》《廣韻·笑韻》：「曜，照也。」《慧琳音義》卷三四引《玄應音義》「光燿」注引《廣雅》：「曜，照也，明也。」《楚辭·九歎序》：「騁詞以曜德者也。」舊校：「曜，一作『燿』。」《文選·曹植〈七啟〉》：「散燿垂文」「周旋馳燿」。舊校：「燿，五臣作曜。」又《文選·曹植〈求自試表〉》：「此二臣豈好爲夸主而燿世俗哉。」舊校：「燿，五臣作『曜』。」

〔二八〕符采複隱，精義堅深

〔集引〕

《文選·曹植〈七啟〉》：「符采照爛。」劉良注：「符，光也。」《易·繫辭下》：「精義入神，以致用也。」孔穎達疏：「用精粹微妙之義入於神化。」

【發義】

文之光采複隱，乃以精研事物之微義，至神妙之境界，蓋其奧賾。

〔二九〕重以公旦多材，振其徽烈，剬詩緝頌，斧藻群言

〔集引〕

《書·金縢》：「乃元孫不若旦多材多藝。」《論衡·死僞》「材」作「才」。《隋書·王貞傳》：「（謝齊王索文集啟）昔公旦之才藝，能事鬼神。」《文選·劉峻〈廣絶交論〉》：「想惠（施）莊（周）之清塵，庶羊（角哀）左（伯桃）之徽烈。」《書·金縢》：「周公居東二年……乃爲詩以貽王，名之曰鴟鴞。王亦未敢誚公。」《國語·周語上》：「故《頌》曰：『思文后稷，克配彼天。』」《國語·周語上》：「是故周文公之《頌》曰：『載戢干戈……允王保之。』」韋昭注：「文公，周公旦之謚也。頌，時邁之詩。」又《周語中》：「周文公之詩曰：『兄弟鬩於牆，外禦其侮。』」《漢書·楚元王傳》：「文王既没，周公思慕歌詠文王之德，其詩曰：『於穆清廟……秉文之德。』」《呂氏春秋·古樂》：「周公旦乃作詩曰：『文王在上……其命維新。』以繩文王之德。」《文選·王褒〈四子講德論〉》：「昔周公詠文王之德，而作清廟。」《史記·五帝本紀·顓頊》：「依鬼神以剬義。」張守節《正義》：「剬，古制字。」

【發義】

復以周公旦多才藝，振揚其美好業績。制《詩》緝《頌》，删削潤飾群言。

【雍案】

剬，明徐𤊹校本校云：『當作『制』」。《御覽》引作「制」。《文儷》作「顓」。楊明照《校注》云：「按以《宗經篇》『據事剬範』唐寫本作『制範』論之，此必原是『制』字。『制』之篆文作『[illegible]』，隸作『制』，與『剬』相似，因而致誤，非古通用也。梅、黃兩家音注並非，紀昀、李詳曲爲之說亦謬。王念孫（《讀書雜志》三）、錢大昕（《三史拾遺》一）、梁玉繩（《史記志疑》一）並謂《史記・五帝本紀》「依鬼神以剬義」之「剬」爲「制」之譌」楊氏所云及所引者，皆未詘也。剬，古「制」字也，義同。《史記・五帝本紀》：「依鬼神以剬義。」張守節《正義》：「剬，古制字。」《韓非子・詭使》：「所以善剬下也。」王先慎《集解》引顧廣圻云：「剬，制字同。」又云：「《拾補》『善剬』作『擅制』。」《戰國策・齊策三》：「夫剬楚者王也。」吳師道《補注》：「《史》《漢》作制字。」

〔三〇〕**至夫子繼聖，獨秀前哲**

〔**集引**〕

《孟子・公孫丑上》：「宰我曰：『以予觀於夫子，賢於堯舜遠矣。』子貢曰：『……自生民以來，未有夫子也。』有若曰：『豈惟民哉！……聖人之於民，亦類也。出於其類，拔乎其萃，自生民以來，未有盛於孔子也。』」

【發義】

玄聖以仁爲其内，以禮爲其尚，祖述堯舜，憲章文武，蓋出於其類，拔乎其萃，獨秀前代聖哲。

〔三一〕鎔鈞六經

【集引】

《漢書·董仲舒傳》：「猶泥之在鈞，唯甄者之所爲；猶金之在鎔，唯冶者之所鑄。」顔師古曰：「鈞，造瓦之法，其中旋轉者。鎔，謂鑄器之模範也。」《莊子·天運》：「丘治《詩》《書》《禮》《樂》《易》《春秋》六經，自以爲久矣。」

【發義】

六經者，六藝者也。又曰六學、六籍者也。一曰《詩》，二曰《書》，三曰《禮》，四曰《樂》，五曰《易象》，六曰《春秋》。本出於古之聖王，傳爲孔子删定，筆削去取，皆有深義，繹之不盡，經學家聚訟焉。

【雍案】

今文家説《樂》本無經，附於《詩》中；而古文家説有《樂經》，秦燔書後亡佚。陽虎爲政，自大夫以下皆僭，離於正道，故孔子不仕，退而修《詩》《書》《禮》《樂》。

〔三二〕木鐸起而千里應

【集引】

《易·繫辭上》：「君子居其室，出其言善，則千里之外應之。」

【發義】

孔子退而習六藝，宣揚教化。蓋木鐸起而千里應，弟子彌衆，至自遠方，莫不受業焉。

〔三三〕席珍流而萬世響

【集引】

《禮記·儒行》：「儒有席上之珍以待聘。」《素問·天元紀大論》：「響之應聲也。」

【發義】

具有美善之才德者，聲流遠而萬世應也。

〔三四〕玄聖創典，素王述訓，莫不原道心以敷章

〖集引〗

《文選·班固〈典引〉》：「縣象闇而恒文乖，彝倫斁而舊章闕，故先命玄聖，使綴學立制。」《説苑·貴德》：「（孔子）於是退作《春秋》，明素王之道，以示後人。」徐幹《中論·貴驗》：「仲尼爲匹夫，而稱素王。」《莊子·天道》：「以此處下，玄聖素王之道也。」

【發義】

聖哲垂文，非道不立，蓋本於道心，綴學立制，創典則述其訓以敷章。

〔三五〕然後能經緯區宇

〖集引〗

《左傳·昭公二十五年》：「禮，上下之紀，天地之經緯也。」孔穎達疏：「言禮之於天地猶織之有經緯，得經緯相錯乃成文。」

【發義】

天地之内稱宇，經緯相錯，故織成文。

〔三六〕彌綸彝憲

〔集引〕

《書・冏命》：「永弼乃后于彝憲。」

【發義】

包羅統括，經常大法。

〔三七〕旁通而無滯

〔集引〕

《易・乾》：「六爻發揮，旁通情也。」漢揚雄《法言・問明》：「問行，曰旁通厥德。」

【發義】

融會貫通，乃無滯固。

〔三八〕日用而不匱

【集引】

《左傳·襄公二十九年》：「用而不匱。」《詩·大雅·既醉》：「孝子不匱。」毛萇傳：「匱，竭。」

【發義】

日以用之，故無窮盡。

〔三九〕道心惟微，神理設教

【集引】

《荀子·解蔽》：「故道經曰：『人心之危，道心之微。』」《書·大禹謨》：「人心惟危，道心惟微。」

【發義】

天道恒一，其心幽妙，聖人乃以神道設教。

〔四〇〕天文斯觀，民胥以傚

〔集引〕

《詩·小雅·角弓》：「爾之教矣，民胥傚矣。」鄭玄箋：「胥，皆也。」

【發義】

《河圖》《洛書》皆出自然，天文斯觀，啟發民智，蓋民皆以傚之。

徵聖第二

夫作者曰聖，述者曰明。陶鑄性情，功在上哲〔一〕。夫子文章，可得而聞，則聖人之情，見乎文辭矣〔二〕。先王聖化，布在方册〔三〕；夫子風采，溢於格言〔四〕。是以遠稱唐世，則焕乎爲盛〔五〕；近褒周代，則郁哉可從〔六〕。此政化貴文之徵也。鄭伯入陳，以文辭爲功〔七〕；宋置折俎，以多文舉禮〔八〕。此事蹟貴文之徵也。褒美子産，則云言以足志，文以足言；泛論君子，則云情欲信，辭欲巧〔九〕。此修身貴文之徵也。然則志足而言文，情信而辭巧，迺含章之玉牒，秉文之金科矣〔一〇〕。

夫鑒周日月，妙極機神〔一一〕；文成規矩，思合符契。或簡言以達旨，或博文以該情〔一二〕，或明理以立體，或隱義以藏用。故春秋一字以褒貶〔一三〕，喪服舉輕以包重〔一四〕，此簡言以達旨也。邠詩聯章以積句〔一五〕，儒行縟説以繁辭〔一六〕，此博文以該情也。書契斷決以象夬〔一七〕，文章昭晰以象離〔一八〕，此明理以立體也。四象精義以曲隱〔一九〕，五例微辭以婉晦〔二〇〕，此隱義以藏用也。故知繁略殊形，隱顯異術，抑引隨時，變通會適〔二一〕，徵之周孔，則文有師矣。

是以子政論文，必徵於聖；稚圭勸學，必宗於經。易稱辨物正言，斷辭則備；書云辭尚體要，弗惟好異〔二二〕。故知正言所以立辯〔二三〕，體要所以成辭；辭成無好異之尤，辯立有斷辭之義〔二四〕。雖精義曲隱，無傷其正言〔二五〕；微辭婉晦〔二六〕，不害其體要。體要與微辭偕通，正言共精義並用；聖人之文章，亦可見也。顏闔以爲仲尼飾羽而畫，徒事華辭。雖欲訾聖，弗可得已。然則聖文之雅麗，固銜華而佩實者也〔二七〕。天道難聞，猶或鑽仰〔二八〕；文章可見，胡寧勿思？若徵聖立言，則文其庶矣〔二九〕。

贊曰：妙極生知，睿哲惟宰〔三〇〕。精理爲文，秀氣成采〔三一〕。鑒懸日月，辭富山海。百齡影徂，千載心在〔三二〕。

【發義】

聖有謨訓，明徵可鑒。

修身貴文，必徵象於聖。聖人之心，合乎自然，明乎大道，體乎神理，故能立言有則，皆可徵驗，外内相應矣。

〔一〕陶鑄性情，功在上哲

〔集引〕

《墨子·耕柱》：「昔者夏后開使蜚廉折金於山川，而陶鑄之於昆吾。」《國語·晉語五》：「然而民不能戴其上久矣。」韋昭注：「上，賢也。」《後漢書·崔駰列傳》：「固將因天質之自然，誦上哲之高訓。」唐王勃《益州夫子廟碑》：「三門四表，焕矣惟新；上哲師宗，肅焉如在。」

【發義】

造就培養性靈，功在具超凡道德才智者。

〔二〕則聖人之情，見乎文辭矣

〔集引〕

《易·乾·文言》：「聖人作而萬物覩。」《老子》：「是以聖人抱一爲天下式。」

【發義】

言出聖心，文貫理氣，情藴乎内而發乎外，蓋見乎辭也。

〔三〕先王聖化，布在方册

〔**集引**〕

《抱朴子外篇·自叙》：「方册所載，罔不窮覽。」

【**發義**】

先王聲教，布在典籍，書必同文。

〔四〕夫子風采，溢於格言

〔**集引**〕

《書·五子之歌》：「鬱陶乎予心，顔厚有忸怩。」孔安國傳：「鬱陶，哀思也。」孔穎達疏：「鬱陶，精神憤結積聚之意。」《三國志·魏書·崔琰傳》：「此周、孔之格言，二經之明義。」

【**發義**】

玄聖以散鬱陶，託於風采，故溢於至言。

〔五〕**是以遠稱唐世，則焕乎爲盛**

〔**集引**〕

《論語·泰伯》：「子曰：『大哉！堯之爲君也，巍巍乎，唯天爲大，唯堯則之。蕩蕩乎，民無能名焉；巍巍乎其有成功也，焕乎其有文章。』」

【**發義**】

唐堯之世，去樸略而尚文，蓋焕乎其有文之章矣。

〔六〕**近褒周代，則郁哉可從**

〔**集引**〕

《論語·八佾》：「郁郁乎文哉，吾從周。」

【**發義**】

周代文化發皇，其文郁郁，蓋孔子近褒之，而遵從焉。

〔七〕鄭伯入陳，以文辭爲功

【集引】

《孔子家語·正論解》：「鄭伐陳，入之，使子産獻捷于晉，晉人問陳之罪焉，子産對曰：『陳亡周之大德，豕恃楚衆，馮陵弊邑，是以有往年之告。……用敢獻功。』……晉人曰：『其辭順。』孔子聞之，謂子貢曰：『志有之，言以足志，文以足言。不言誰知其志？言之無文，行之不遠。晉爲伯，鄭入陳，非文辭不爲功，慎辭哉。』」

【發義】

鄭伯入陳，慎以文辭而藏事功。

〔八〕宋置折俎，以多文舉禮

【集引】

《左傳·襄公二十七年》：「宋人享趙文子，叔向爲介，司馬置折俎，禮也。仲尼使舉是禮也，以爲多文辭。」黄叔琳《輯注》：「舉，謂記録之也。」

【發義】

古帝王士大夫宴禮隆重，將牲體解節折盛於俎，稱折俎。蓋記録其禮，以爲文辭之贍也。宋置折俎，以多文舉禮，蓋孔子使弟子記其多文之辭耳。

〔九〕則云情欲信，辭欲巧

【集引】

《禮記·表記》：「子曰：『情欲信，辭欲巧。』」《莊子·秋水》：「是信情乎？」成玄英疏：「信，實也。」《潛夫論·邊議》：「辭者，心之表也。」

【發義】

性之欲爲情，有實爲信；心之表爲辭，以思爲巧。

〔一〇〕秉文之金科矣

【集引】

《文苑英華·唐陳子良〈平城縣正陳子幹誄〉》：「爰參選部，乃任平城，金科是執，玉律逾明。」

《尺牘新鈔·周圻〈與濟叔論印章書〉》："惟以秦、漢爲師，非以秦、漢爲金科玉律也。"《文選·揚雄〈劇秦美新〉》："懿律嘉量，金科玉條。"李善注："金科玉條，謂法令也。言金玉，貴之也。"

【發義】

文章之金科玉律，聖人秉之而成妙諦。

〔一一〕夫鑒周日月，妙極機神

〔集引〕

《易·繫辭上》："惟幾也，故能成天下之務；惟神也，故不疾而速，不行而至。"

【發義】

夫鑒日月於周遍，蓄機神於懷抱。惟機不觸而發，不失而得；惟神不疾而速，不行而至，乃妙極之諦也。

〔雍案〕

周，尚古本、岡本作"同"。同，非是。謝靈運《辨宗論》有"體無鑒周"，以"鑒周"連文。周，徧也，周徧也。《詩·周南·卷耳》："寘彼周行。"王先謙《三家義集疏》引魯、韓説曰："周，徧也。"《詩·小雅·皇皇者華》："週爰咨諏。"朱熹《集傳》："周，徧也。"《周禮·天官·

外府》：「以周知四國之治。」賈公彥疏：「周，偏也。」《逸周書・小開》：「維周于民。」朱右曾《集訓校釋》：「周，偏也。」

〔一二〕或博文以該情

〔集引〕

《慧琳音義》卷九十：「該涉。」注引《説文・言部》云：「該，兼備也。」《楚辭・天問》：「該秉季德。」洪興祖《補注》：「該，兼也。」

【發義】

或博富文采，以兼備情志。

〔一三〕故春秋一字以褒貶

〔集引〕

范甯《春秋穀梁傳集解序》：「一字之褒，寵逾華衮之贈；片言之貶，辱過朝市之撻。」《文選・杜預〈春秋左氏傳集解序〉》：「其微顯闡幽，裁成義類者，皆據舊例而發義，指行事以正褒貶。」

又：「《春秋》雖以一字爲褒貶，然皆須數句以成言。」

【發義】

《春秋》一字之贊美與譏刺，言之功在其微顯闡幽也。

〔一四〕喪服舉輕以包重

〖集引〗

黄叔琳《輯注》：「如舉緦不祭，則重於緦之服，其不祭不言可知；舉小功不税，則重於小功者，其税可知，皆語約而義該也。」

【發義】

藉言語約而義兼備達旨也。

〖雍案〗

包，唐寫本作「苞」。「包」與「苞」，古字通用。《説文·包部》段玉裁注：「包，亦作『苞』，皆假借字。」《書·禹貢》：「草木漸包。」陸德明《釋文》：「包，字或作『苞』。」《説文·艸部》引作「漸苞」。《易·泰》「包荒」，陸德明《釋文》：「包，本又作『苞』。」又《姤》「包瓜」，陸德明《釋文》：「包，子夏作『苞』。」《詩·召南·野有死麕》：「白茅包之。」李富孫《詩經異文釋》：

「《釋文》：『包』作『苞』，《曲禮疏》《白帖》《藝文類聚》《御覽》引並同。」《潛夫論・德化》：「德者，所以包之也。」汪繼培箋：「苞，與『包』同。」李白《明堂賦》：「掩栗陸而苞陶唐。」王琦《輯注》：「『苞』『包』，古字通用。」《章表篇》「表體多包」，《御覽》作「苞」。《序志篇》「苞會通」，元本、弘治本等作「包」。

〔一五〕邠詩聯章以積句

〔集引〕

《詩・傳》：「周成王立，年幼不能蒞阼，周公以冢宰攝政。乃述后稷公劉之化，作詩以戒，謂之《豳風》。」《爾雅・釋地》：「西至於邠國。」陸德明《釋文》：「邠，與豳同。」《說文・邑部》：「邠，周太王國。在右扶風美陽。從邑，分聲。豳，美陽亭即豳也。民俗以夜市有豳山。從山，從豩。闕。」

【發義】

豳詩之文，兩句一聯，堆疊其句，蓋謂聯章積句也。

〔一六〕儒行縟説以繁辭

〔集引〕

《禮記·儒行》：「哀公曰：『敢問儒行？』孔子對曰：『遽數之不能終其物，悉數之乃留，更僕未可終也。』」

【發義】

儒行者，儒者行爲志節也。蓋儒素有行者，縟説以繁辭。

〔一七〕書契斷決以象夬

〔集引〕

《易·繫辭下》：「上古結繩而治，後世聖人易之以書契。百官以治，萬民以察，蓋取諸夬。」《易·夬》：「夬，決也。」《七略》：「書以決斷，斷者，義之證也。」

【發義】

夬，《易》卦名。表決斷也。書契，文字也。此謂文字決斷，義之證也，蓋若《易》之用夬卦以表決斷。

〔一八〕文章昭晰以象離

【集引】

《文選·陸機〈文賦〉》：「情曈曨而彌鮮，物昭晰而互進。」《易·説卦》：「離也者，明也。」

【發義】

離來象火，日月麗乎天而成明，百穀草木麗乎土而成文，故離爲文又爲明，以象離謂文章清晰明白。

【雍案】

晰，唐寫本作「哲」；象，唐寫本作「効」。徐𤇍「哲」校「晰」，張紹仁校「哲」。唐寫本「哲」「効」字並是。「哲」同「晰」也。《説文·日部》：「晢，昭晰，明也。从日，折聲。《禮》曰：晰明行事。」《玉篇·日部》：「晰，之逝切，明也。晢、𠰍並同上。」《文選·陸機〈文賦〉》：「情曈曨而彌鮮，物昭晰而互進。」「昭晰」又作「昭哲」。《史記·司馬相如列傳》：「首惡湮没，闇昧昭哲。」《文選·顔延之〈宋文皇帝元皇后哀策文〉》：「司化莫哲。」李善注引《説文》曰：「哲，昭晰，明也。」《後漢書·桓譚馮衍列傳》：「況其昭哲者乎。」李賢注：「哲，明也。」《慧琳音義》

卷八三「昭晢」注引《考聲》：「晢，光明也。」

〔一九〕四象精義以曲隱

〔集引〕

《易·繫辭上》：「《易》有四象，所以示也。」王弼《正義》引莊氏曰：「四象，謂六十四卦中有實象，有假象，有義象，有用象，爲四象也。今於釋卦之處，已破之矣。」《朱子·本義》：「四象，謂陰陽老少。」

【發義】

《易》以卦表示事物之四象，其精微義理曲折隱晦。

〔二〇〕五例微辭以婉晦

〔集引〕

杜預《春秋左氏傳集解序》：「爲例之情有五，一曰微而顯，二曰志而晦，三曰婉而成章，四曰盡而不污，五曰懲惡而勸善。」

【發義】

五例之情，微辭以委婉隱晦。微而顯者，見《春秋・僖公二十年》：「梁亡。」厥隱秦滅梁，而顯責備梁君之意；志而晦者，見《春秋・宣公十七年》：「公會齊侯伐蔡。」厥以隱魯公之志，而含其晦；婉而成章者，見《春秋・桓公元年》：「鄭伯以璧假許田。」厥以璧借許田，乃婉轉而成章；盡而不污者，見《春秋・桓公十五年》：「天王使家父來求車。」厥盡表己欲，而不污己；懲惡而勸善者，見《春秋・襄公二十一年》：「邾庶其以漆，閭丘來奔。」厥以懲庶之惡，而勸其善。

〔一二〕變通會適

〔集引〕

《易・繫辭上》：「是故法象莫大乎天地，變通莫大乎四時。」

【發義】

變化而通達於事，適機而會合於時，乃聖人之所爲。

〔雍案〕

會適，唐寫本作「適會」。會適，位字有違常軌，乃「適會」之譌也，二字當乙。適，當也；遇也。會，合也；會合也。《漢書・賈誼傳》：「以爲是適然耳。」顏師古注：「適，當也。」《資治通鑑·漢紀》：「令必有適。」胡三省注：「適，當也。」《文選·曹丕〈雜詩〉》：「適與飄風會。」李善注：「適，遇也。」《説文·會部》：「會，合也。」《吕氏春秋·季秋》：「以會天地。」高誘注：「會，合也。」《資治通鑑·晉紀》：「苟爲諂諛之言以會陛下之意。」胡三省注：「會，會合也。」

〔一二二〕**書云辭尚體要，弗惟好異**

〔集引〕

《書·畢命》：「政貴有恒，辭尚體要。」

【發義】

辭以切實簡要，故貴尚之，不惟好異。

〔一二三〕**故知正言所以立辯**

〔集引〕

《老子》：「正言若反。」河上公注：「此乃正直之言，世人不知，以爲反言。」《楚辭·屈原〈卜居〉》：「寧正言不諱以危身乎？將從俗富貴以媮生乎？」《漢書·藝文志》：「六藝之文，《樂》以和神，仁之表也；《詩》以正言，義之用也。」

【發義】

辯物正言，體要爲尚。正言者，求辯之正，其邃微之理，適使辯理堅正。

〔雍案〕

辯，唐寫本作「辨」。楊明照《校注》云：「按此語承上『易稱辨物正言』句，當以作『辨』爲是。下『辯立』亦然。」「辯」與「辨」，乃同聲假借字。辨，古「辯」字，與「別」通，古義亦同。《墨子·非命中》：「將欲辯是非利害之故。」孫詒讓《閒詁》：「吴鈔本辯作辨。」又《非命下》：「我以爲雖有朝夕之辯。」孫詒讓《閒詁》：「吴鈔本作辨。」《易經異文釋》卷一：「問以辯之。明閩本藍本辯作辨。」《經義述聞·書·別求》：「《樂記》：『其治辯者其禮具。』《史記·樂書》『辯』作『辨』，一作『別』。」《周禮·夏官·職方氏》：「辨其邦國都鄙。」孫詒讓《正義》：「此職辨字，周書及漢書地理志敘並作辯，同聲假借字。」又《周禮·天官·冢宰》：「辨方正位。」陸德明《釋文》：「本又作辯。」《左傳·襄公二十五年》：「男女辨姓。」李富孫《異文釋》：「釋文作辯。」《管子·立政》：「辨功苦。」戴望《校正》：「宋本辨作辯。」《易經異文釋》卷一：「未濟辨物。漢孔彪碑作辯。」

〔二四〕辯立有斷辭之義

〔集引〕

《文選・干寶〈晉紀總論〉》：「神略獨斷。」張銑注：「斷，決也。」

【發義】

辯所以立，固有斷辭之美。

〔雍案〕

義，唐寫本作「美」。「美」字是也。「義」與上文不接，且無内藴深義，非劉文本旨，實乃「美」之譌。蓋「斷辭之美」，乃謂堪合斷定文辭之善也。

〔二五〕雖精義曲隱，無傷其正言

〔集引〕

《易・繫辭下》：「精義入神，以致用也。」孔穎達疏：「用精粹微妙之義入於神化。」

【發義】

聖文明著，精粹微妙，以辯隱顯，固以曲言辯，惟其能隱，所以爲顯，無傷辯正。

〔二六〕微辭婉晦

〔集引〕

《文選·宋玉〈登徒子好色賦〉》：「蓋徒以微辭相感動，精神相依憑。」

【發義】

批評隱晦，委婉以言。

〔二七〕固銜華而佩實者也

〔集引〕

《藝文類聚·沈約〈愍衰草賦〉》：「昔日兮春風，銜華兮佩實。」

【發義】

文質兼備，所尚中行之道。故文本於聖哲，非鄙固也。文質兼言，乃爲其尚。

〔二八〕天道難聞，猶或鑽仰

〖集引〗

《論語·子罕》：「顏淵喟然歎曰：『仰之彌高，鑽之彌堅。』」邢昺疏：「言夫子之道，高堅不可窮盡……故仰而求之則益高；鑽研求之則益堅。」

【發義】

自然之道難於知識，猶或深入研究。

〔二九〕若徵聖立言，則文其庶矣

〖集引〗

《論語·先進》：「回也其庶乎。」朱熹《集傳》：「庶，近也。」《左傳·襄公二十四年》：「其次有立言，雖久不廢，此之謂不朽。」

【發義】

聖有謨訓，若明徵於聖而創立學説，則文其近矣。

〔三〇〕妙極生知，睿哲惟宰

〔集引〕

《老子》：「故常無欲以觀其妙。」《書·洪範》：「思曰睿……睿作聖。」又《皋陶謨》：「知人則哲。」《莊子·齊物論》：「若有真宰，而特不得其眹。」

【發義】

運用之妙，存乎一心，深微至極，是以生而知者，通達明智惟主宰。

〔三一〕精理爲文，秀氣成采

〔集引〕

王僧達《答顏延年》詩：「珪璋既文府，精理亦道心。」

【發義】

精深之理爲文，蓋秀氣發而成采矣。

〔三二〕百齡影徂，千載心在

〖集引〗

《文選·班昭〈東征賦〉》：「乃遂往而徂逝兮。」吕延濟注：「徂，往也。」

【發義】

百年形影雖往，而千載文心猶在。

宗經第三

三極彝訓，其書言經〔一〕。經也者，恒久之至道，不刊之鴻教也〔二〕。故象天地，效鬼神，參物序，制人紀；洞性靈之奥區，極文章之骨髓者也〔三〕。皇世三墳，帝代五典，重以八索，申以九邱〔四〕；歲歷緜曖，條流紛糅〔五〕。自夫子删述，而大寶咸耀。於是易張十翼〔六〕，書標七觀〔七〕，詩列四始〔八〕，禮正五經，春秋五例〔九〕。義既極乎性情，辭亦匠於文理〔一〇〕，故能開學養正，昭明有融〔一一〕。然而道心惟微〔一二〕，聖謨卓絶〔一三〕，牆宇重峻，而吐納自深〔一四〕。譬萬鈞之洪鐘，無錚錚之細響矣。

夫易惟談天，入神致用〔一五〕；故繫稱旨遠辭文，言中事隱〔一六〕，韋編三絶，固哲人之驪淵也〔一七〕。書實記言，而訓詁茫昧〔一八〕，通乎爾雅，則文意曉然〔一九〕。故子夏歎書，昭昭若日月之明，離離如星辰之行，言昭灼也〔二〇〕。詩主言志，詁訓同書，摛風裁興，藻辭譎喻〔二一〕，温柔在誦，故最附深衷矣。禮以立體，據事制範，章條纖曲，執而後顯，采掇生言，莫非寶也〔二二〕。春秋辨理，一字見義，五石六鷁，以詳略成文〔二三〕；雉門兩觀，以先後顯旨〔二四〕。其婉章志晦〔二五〕，諒以邃矣。尚書則覽文如詭〔二六〕，而尋理即暢；春秋則觀辭立曉，而訪義方隱。此聖人之殊致，表裏之異體者也。

至根柢槃深，枝葉峻茂，辭約而旨豐，事近而喻遠，是以往者雖舊，餘味日新，後進追取而非晚，前修文用而未先，可謂太山徧雨，河潤千里者也〔二七〕。

故論説辭序，則易統其首〔二八〕；詔策章奏，則書發其源〔二九〕；賦頌歌讚，則詩立其本〔三〇〕；銘誄箴祝，則禮總其端；紀傳銘檄，則春秋爲根。並窮高以樹表，極遠以啟疆，所以百家騰躍，終入環内者也。若稟經以製式，酌雅以富言，是仰山而鑄銅，煮海而爲鹽也。故文能宗經，體有六義。一則情深而不詭〔三一〕，二則風清而不雜〔三二〕，三則事信而不誕〔三三〕，四則義直而不回〔三四〕，五則體約而不蕪〔三五〕，六則文麗而不淫〔三六〕。揚子比雕玉以作器，謂五經之含文也〔三七〕。夫文以行立，行以文傳，四教所先，符采相濟。勵德樹聲〔三八〕，莫不師聖，而建言脩辭，鮮克宗經。是以楚豔漢侈，流弊不還，正末歸本，不其懿歟？

贊曰：三極彝道，訓深稽古。致化歸一，分教斯五〔三九〕。性靈鎔匠，文章奥府〔四〇〕。淵哉鑠乎，群言之祖〔四一〕。

【發義】

宗有所本，其惟經也。

聖哲聲教，著於經典，事信義直，爲後夫所宗。蓋五經體制，深遠可則。

〔一〕三極彝訓，其書言經

〖集引〗

《易·繫辭上》：「六爻之動，三極之道也。」王弼注：「三極，三材也。」孔穎達疏：「是天、地、人三才至極之道。」《書·酒誥》：「聰聽祖考之彝訓。」孔安國傳：「言子孫皆聰聽父祖之常教。」《博物志》：「聖人制作曰經。」《荀子·勸學》：「其數則始乎誦經，終乎讀禮。」楊倞注：「經謂《詩》《書》；禮謂典禮之屬也。」

【發義】

聰聽在於彝訓，聖哲彝訓曰經。彝爲常道，民之秉彝，不乖違三極之道，其乃懿德。

〖雍案〗

言，唐寫本作「曰」。「言」乃「曰」之譌，據别篇可證。《文心雕龍·論説》：「聖哲彝訓曰經。」又《總術》：「常道曰經。」

〔二〕經也者，恒久之至道，不刊之鴻教也

〔集引〕

《文選·陸機〈皇太子宴玄圃宣猷堂有令賦詩〉》：「經教弘道。」李善注：「經，猶理也。」

【發義】

經實本於自然，準乎至理，其能恒久，故教化也大，不可磨滅。教令爲經，乃邦典也。經之名廣矣，名實固殊，難以統括，或以事義別之，或以禮律獨之。

〔三〕洞性靈之奧區，極文章之骨髓者也

〔集引〕

北齊顏之推《顏氏家訓·文章》：「夫文章者……至於陶冶性靈，從容諷諫，入其滋味，亦樂事也。」

【發義】

性靈者，人之性情也。性靈藏諸奧區，非窮以洞貫可闚。精要藴諸文章，非極以撢究可得。

〔四〕皇世三墳，帝代五典，重以八索，申以九邱

【集引】

《左傳·昭公十二年》：「是能讀《三墳》《五典》《八索》《九丘》。』杜預注：「皆古書名。」孔安國《尚書序》：「伏羲、神農、黄帝之書謂之三墳，言大道也。少昊、顓頊、高辛、唐、虞之書，謂之五典，言常道也。」

【發義】

三代之前已立邦典，乃有彝訓之書，教化至道。

【雍案】

楊明照《校注》云：「按此『邱』字乃黄氏例避孔子諱所改，當依各本作丘。」九邱，即九丘，諱改之也。其義故訓有異，各説不一，皆無實據，舉隅如次：《左傳·昭公十二年》：「是能讀《三墳》《五典》《八索》《九丘》。」杜預注：「皆古書名。」孔穎達疏引賈逵云：「九丘，九州亡國之戒。」又引延篤注引張平子説：「九丘，《周禮》之九刑；丘，空也，空設之也。」又引馬融説：「九丘，九州之數也。」《孔子家語·正論》：「是能讀《三墳》《五典》《八索》《九丘》。」王肅注：「九丘，國聚也。」《釋名·釋典》：「九丘，丘，區也；區別九州之土氣，教化所宜施者也。」孔安國

《尚書序》云：「九州之志，謂之九丘。」黄庭堅《常父惠示丁卯雪十韻謹同韻賦之》：「大雪庇九丘。」任淵注引《尚書序》曰：「九州之志，謂之九丘。」《説文・邑部》：「邱，地名。从邑，丘聲。」又：「丘，土之高也，非人所爲也。从北從一。一，地也。人居在丘南，故从北。中邦之居在崐崘東南。一曰四方高中央下爲丘。象形。」《書・禹貢》：「是降丘宅土。」孔安國傳：「地高曰丘。」

〔五〕歲歷緜曖，條流紛糅

【集引】

《宋書・謝靈運傳》：「令靈運撰《晉書》，粗立條流。」

【發義】

所歷歲時久遠不明，條例綱目紛雜。

〔六〕於是易張十翼

【集引】

《易・乾・鑿度》：「仲尼五十究《易》，作《十翼》。」

【發義】

《十翼》者，乃解《易》之作，傳乃孔子所作，古今聚訟，爭之彌甚。詳見《原道篇》。

〔七〕書標七觀

〔集引〕

《尚書大傳》：「子曰：『……《六誓》可以觀義，《五誥》可以觀仁，《甫刑》可以觀誡，《洪範》可以觀度，《禹貢》可以觀事，《皋陶謨》可以觀治，《堯典》可以觀美。』」

【發義】

古循禮法以治，七觀乃宋諦之視，治之所由也。

〔八〕詩列四始

〔集引〕

《史記·孔子世家》：「《關雎》之亂，以爲《風》始；《鹿鳴》爲《小雅》始；《文王》爲《大雅》始；《清廟》爲《頌》始。」

【發義】

詩列四始，詩之至也。孔子録詩有四始，《雅》《頌》各得其所。四始者，《風》《小雅》《大雅》《頌》，爲王道興衰之所由始，故稱四始。《漢書·藝文志》：「孔子純取周詩，上採殷，下取魯，凡三百五篇。遭秦而全者，以取諷誦，不獨在竹帛故也。」《風》《雅》《頌》乃從音樂得名。風者，乃各邑地之樂調也，「國風」即乃各國土樂。雅者，意爲正也，周人謂正聲曰雅樂，正若周人官話曰「雅言」。雅亦即是「夏」字，許是原從地名或族名轉之。雅分《大雅》《小雅》，《大雅》始於西周。《論語》所謂：「子所雅言，《詩》《書》，執禮皆雅言也。」頌者，乃宗廟祭祀之樂歌。頌詩多無韻，不分章，篇制短小，頌之聲較風雅爲緩，連歌帶舞。因舞有其儀容，故曰「頌」。阮元《釋頌》訓頌爲「容」。鄭玄《詩譜序》曰：「及成王、周公致太平，制禮作樂，而有《頌》聲興焉，盛之至也。」

〔九〕禮正五經，春秋五例

〔集引〕

《禮記·祭統》：「凡治人之道，莫急於禮；禮有五經，莫重於祭。」鄭玄注：「禮有五經，謂吉禮、凶禮、賓禮、軍禮、嘉禮。」

【發義】五禮者，古祭祀之事爲吉禮，喪葬之事爲凶禮，軍旅之事爲軍禮，賓客之事爲賓禮，冠婚之事爲嘉禮。五例者，詳見《文心雕龍·徵聖》。

〔一〇〕義既極乎性情，辭亦匠於文理

〔集引〕《易·乾》：「利貞者，性情也。」《莊子·繕性》：「然後民始惑亂，無以反其性情而復其初。」

【發義】義理埏乎性情，故謂陶冶所出，人之所有於性也。辭采匠於文理，故謂匠成所在，聖人之所匠成也。

〔雍案〕極，乃「埏」之譌。宋本《御覽》引作「埏」。《小學蒐佚·桂苑珠叢》：「抑土爲器曰埏。」《慧琳音義》卷八八「埏形」引許注《淮南子》：「埏，抑土爲器也。」《老子》：「埏埴以爲器。」（案：《老子》帛書乙本「埏」作「撚」）河上公注：「埏，和也。」《淮南子·精神訓》：「譬猶陶人之埏埴也。」又：「陶人之尅埏埴。」葉德輝《閒詁》：「埏，揉也。」《論衡·物勢》：「今夫陶冶者，初埏

埴作器，必模範爲形。」《荀子·性惡》：「故陶人埏埴而爲器也。」楊倞注：「埏，擊也。」《玄應音義》卷一八「埏埴」注：「埏，柔也。」並其證。蓋「義既埏乎性情」者，乃義理柔和性情也。故謂陶冶所出，人之所有於性情也。

〔一一〕**故能開學養正，昭明有融**

〔**集引**〕

《易·蒙》：「蒙以養正，聖功也。」《書·堯典》：「百姓昭明，協和萬邦。」《詩·大雅·既醉》：「君子萬年，介爾昭明。」

【**發義**】

開啟其學，養乎正道，故顯明有融。

〔一二〕**然而道心惟微**

〔**集引**〕

《書·大禹謨》：「人心惟危，道心惟微。」《荀子·解蔽》：「故道經曰：『人心之危，道心之微。』」

【發義】

道德觀念惟其幽妙，非内悟無以達知。

〔一三〕聖謨卓絶

【集引】

《三國志·魏書·管寧傳》：「德行卓絶，海内無偶。」

【發義】

聖謨美善，甚明可法，嘉言孔彰。

〔一四〕牆宇重峻，而吐納自深

【集引】

《文選·袁宏〈三國名臣序贊〉》：「邈哉崔（琰）生，體正心直，天骨疏朗，牆宇高嶷。」《晉書·王湛王坦之等傳〈論〉》：「坦之牆宇凝曠，逸操金貞。」清曾國藩《鄧湘皋先生墓表》：「磵東墻宇自峻，與人少可。」《梁書·蕭子顯傳》：「高祖（蕭衍）雅愛子顯才，又嘉其容止吐納，每御筵侍坐，偏顧訪焉。」

【發義】

雖風範氣度岸然，而談吐議論自然深微。

〔一五〕**夫易惟談天，入神致用**

〔集引〕

《易·繫辭下》：「精義入神，以致用也。」

【發義】

《易》惟談天，聖人用精粹微妙之義，入於神化，寂然不動，乃能致其所用。

〔一六〕**故繫稱旨遠辭文，言中事隱**

〔集引〕

《易·繫辭下》：「其旨遠，其辭文，其言曲而中，其事肆而隱。」杜預《春秋左傳集解序》：

「言高則旨遠。」《抱朴子内篇·極言》：「其言高，其旨遠。」

【發義】

變化無恒，言曲而中，旨意深遠，言辭高妙。

〖雍案〗

文，黄叔琳校云：「元作『高』，孫（汝澄）改。」唐寫本作「高」。「辭文」，殊違常軌，當易作「辭高」。

〔一七〕韋編三絶，固哲人之驪淵也

〖集引〗

《漢書·儒林傳》：「（孔子）晚而好《易》，讀之韋編三絶，故爲之傳。」《史記·孔子世家》：「讀《易》，韋編三絶，曰：『假我數年，若是我於《易》則彬彬矣。』」《莊子·列御寇》：「夫千金之珠，必在九重之淵，而驪龍頷下。」

【發義】

孔子讀《易》，韋編斷折數次，固哲人探驪淵之深矣。

〔一八〕書實記言，而訓詁茫昧

〔集引〕

晉郭璞《爾雅序》：「夫爾雅者，所以通詁訓之指歸。」邢昺疏：「詁，古也，通古今之言使人知也。訓，道也，道物之貌以告人也。」舊題漢嚴遵《道德指歸論·上德不德》：「變化恍惚，因應無形，希夷茫昧，幾無謚號。」

【發義】

《書》所起遠矣，至孔子纂焉。《書》者，以聿書文字，載於簡册，政事之紀也，儒者不能異説。厥迺古之號令。號令於衆，其言不立具，則聽受施行者弗曉，是以訓詁幽暗不明。《説文·聿部》：「聿，所以書也。楚謂之聿，吴謂之不律，燕謂之弗。」

〔雍案〕

記，唐寫本作「紀」。訓故本、龍谿本作「紀」，與唐寫本合。「記」與「紀」，古通用字，録也。《釋名·釋典藝》：「紀孔子與諸弟子所作語之言也。」畢沅《疏證》：「記，一本作『紀』。」《文選·傅亮〈爲宋公求加贈劉前軍表〉》：「不可勝記。」舊校：「五臣作『紀』。」《史通·六家》：「猶稱漢記。」浦起龍《通釋》：「一作『紀』。」《素問·皮部論》：「以經脈爲紀者。」張志聰《集注》：

「紀，記也。」《漢書·公孫弘卜式兒寬傳〈贊〉》：「其餘不可勝紀。」顏師古注：「紀，記也。」《文選·謝靈運〈會吟行〉》：「賢達不可紀。」吕延濟注：「紀，記也。」司馬遷《史記·報任少卿書》：「稽其成敗興壞之紀。」李周翰注：「紀，記也。」任昉《王文憲集序》：「翰牘所未紀。」李周翰注：「紀，記也。」揚雄《劇秦美新》：「咸稽之於秦紀。」吕向注：「紀，記也。」

〔一九〕通乎爾雅，則文意曉然

〖集引〗

《爾雅序》：「夫《爾雅》者，所以通訓詁之指歸，叙詩人之興詠，總絶代之離辭，辯同實而異號者也」。邢昺疏：「《釋詁》一篇蓋周公所作。《釋言》以下或言仲尼所增，子夏所足，叔孫通所益，梁文所補。」

【發義】

古文讀應《爾雅》，故解古今語而可知也。《書》與《經》《傳》《爾雅》相應，其訓故，儒者所共觀察也。

〔二〇〕故子夏歎書，昭昭若日月之明，離離如星辰之行，言昭灼也

〖集引〗

《春秋紀·冬》：「子夏讀《書》畢，見於夫子。夫子問焉：『子何爲於《書》？』子夏對曰：『《書》之論事也，昭昭如日月之代明，離離若參辰之錯行，上有堯舜之道，下有三王之義，弟子不敢忘，雖居蓬户之中，彈琴以詠先生之風，有人亦樂之，無人亦樂之，亦可發憤忘食矣。』」

【發義】

《書》之言，論事分明，故其言昭灼也，若日月之代明，歷歷分明如星辰之錯行。

〔二一〕藻辭譎喻

〖集引〗

《詩·周南·關雎〈序〉》：「上以風化下，下以風刺上，主文而譎諫，言之者無罪，聞之者足以戒，故曰風。」

【發義】

《書》之文辭，委婉以喻也。

〔一二二〕採掇生言，莫非寶也

〔集引〕

《文選·陸機〈謝平原内史表〉》：「片言隻字，不關其間；事蹤筆跡，皆可推校。」

【發義】

採取半言，厥未充也，蓋莫非實焉。

〔雍案〕

「生言」不文，黄叔琳校云：「疑作『片』。」是也。「片言」所出，見於典籍，或謂「偏言」，或謂「半言」。《論語·顔淵》：「子曰：『片言可以折獄者，其由也與？』」《集解》：「片，猶偏也。聽訟必須兩辭以定是非，偏信一言以折獄者，唯子路可。」朱熹《集注》：「片言，半言。折，斷也。子路忠信明決，故言出兩人信服之，不待其辭之畢也。」兩者注訓不同。而唐釋貫休《行路難》詩：「或偶因片言隻字登第光二親，又不能獻可替否航要津。」皆謂零散文字也。

〔二三〕五石六鷁，以詳略成文

【集引】

《公羊傳·僖公十六年》：「春，王正月。戊申，朔，隕石于宋五，是月，六鷁退飛，過宋都。曷爲先言隕而後言石？隕石記聞，聞其磌然，視之則石，察之則五……曷爲先言六而後言鷁？六鷁退飛，記見也，視之則六，察之則鷁，徐而察之則退飛。」《書·蔡仲之命》：「詳乃視聽，罔以側言改厥度。」

【發義】

先視而後察，以詳略成文。

〔二四〕雉門兩觀，以先後顯旨

【集引】

《公羊傳·定公二年》：「夏，五月壬辰，雉門及兩觀災……冬，十月，新作雉門及兩觀。」又：「雉門及兩觀災何？兩觀微也。然則曷爲不言雉門災及兩觀？主災者兩觀也。時災者兩觀，則曷爲後言之？不以微及大也。」

【發義】

雉門及兩觀災，其顯旨先微及大也。

〔二五〕**其婉章志晦**

〔集引〕

《公羊傳·序》：「爲例之情有五，一曰微而顯，二曰志而晦，三曰婉而成章，四曰盡而不污，五曰懲惡而勸善。」《莊子·逍遥遊》：「齊諧者，志怪者也。」《周禮·春官·小史》：「掌邦國之志。」

【發義】

其委婉之章，記其隱晦。

〔二六〕**尚書則覽文如詭**

〔集引〕

《淮南子·本經訓》：「嬴鏤雕琢，詭文回波。」《文選·班固〈西都賦〉》：「殊形詭制，每各異觀。」

【發義】

《書》所記，尚古文辭，周《誥》、殷《盤》，佶屈聱牙，固後人覽其文，奇異矣。

〔二七〕**可謂太山徧雨，河潤千里者也**

〖集引〗

《公羊傳·僖公三十一年》：「觸石而出，膚寸而合，不崇朝而徧雨乎天下者，唯太山爾。河海潤於千里。」

【發義】

河之流化，其潤也，徧乎天下，澤被千里。

〔二八〕**故論説辭序，則易統其首**

〖集引〗

《史記·樂書》：「樂統同，禮別異。」張守節《正義》：「統，領也。」

【發義】

《易》總領其首，故論説辭序，皆綜理之文。

〔二九〕詔策章奏，則書發其源

〔集引〕

《漢書・宣元六王傳》：「王幸受詔策，通經術。」

【發義】

《書》發其源，故詔策章奏，皆論事之文。

〔三〇〕賦頌歌讚，則詩立其本

〔集引〕

《禮記・樂記》：「樂者，音之所由生也，其本在人心之感於物也。」

【發義】

詩立其本，故賦頌歌讚，皆敷情而感於物之文。

〔三一〕情深而不詭

〔集引〕

《文選·嵇康〈與山巨源絶交書〉》：「則詭故不情。」

【發義】

性靈深切，而不虚僞，詭而不實。

〔三二〕風清而不雜

〔集引〕

《易·繫辭下》：「其稱名也，雜而不越。」

【發義】

風格清尚，而不駁雜，雜而少粹。

〔三三〕事信而不誕

〔集引〕

《國語・楚語上》：「是知天咫，安知民則，是言誕也。」

【發義】

事理信然，而不虚妄，誕而寡信。

〔三四〕義直而不回

〔集引〕

《易・解》：「剛柔之際，義無咎也。」王弼注：「義猶理也。」

【發義】

義理正直，而不回邪，回而不貞。

〔雍案〕

直，唐寫本作「貞」。楊明照《校注》云：「《明詩篇》『辭譎義貞』、《論説篇》『必使時利而義貞』，並其證。」楊説是也。「義貞而不回」，乃謂義理正直，而不回邪，回而不貞。《易・否》：「貞吉，亨。」李鼎祚《集解》引荀爽曰：「貞，正也。」沈約《齊故安陸昭王碑文》：「含道居貞。」呂延濟注：「貞，正也。」

〔三五〕體約而不蕪

【集引】

《世説新語・文學》：「孫興公（綽）云：『潘（岳）文淺而淨，陸（機）深而蕪。』」

【發義】

體統簡約，而不蕪雜，蕪而不約。

〔三六〕文麗而不淫

【集引】

《書・大禹謨》：「罔遊于逸，罔淫于樂。」

【發義】

文章敷華，而不淫巧，巧而無益。孔子曰：「巧言亂德。」（見《論語・衛靈公》。）

〔三七〕揚子比雕玉以作器，謂五經之含文也

【集引】

揚雄《法言·寡見》：「或曰：『良玉不雕，美言不文，何謂也？』曰：『玉不雕，璠璵不作器；言不文，典謨不作經。』」

【發義】

器者，實謂人材。欲爲材器者，非經雕琢莫成。蓋以玉雕成器作比，謂「五經」含有文采。

〔三八〕勵德樹聲

【集引】

《書·大禹謨》：「皋陶邁種德，德乃降。」孔安國：「邁，行也。」《文選·陸機〈漢高祖功臣頌〉》：「拔奇夷難，邁德振民。」劉良注：「邁，行也。」《左傳·文公六年》：「君子曰：『……是以並建聖哲，樹之風聲。』」杜預注：「因土地風俗，爲立聲教之法。」

【發義】

是以勉行其德，而立之聲教也。

〔雍案〕

厲，唐寫本作「邁」。「邁」字是。邁，於此訓作「行」。《左傳·莊公八年》：「《夏書》曰：『皋陶邁種德。』」杜預注：「《夏書》，逸書也。……邁，勉也。」蔡沈《集傳》：「邁，勇往力行之意。」《後漢書·張衡列傳》：「咎繇邁而種德兮。」李賢注：「邁，行也。」《文選·吴質〈在元城與魏太子牋〉》：「若乃邁德種恩。」吕延濟注：「邁，行也。」《詩·王風·黍離》：「行邁靡靡，中心搖搖。」毛萇傳：「邁，行也。」

〔三九〕致化歸一，分教斯五

〔集引〕

《禮記·經解》：「孔子曰：『入其國，其教可知也。其爲人也，温柔敦厚，《詩》教也；疏通知遠，《書》教也；廣博易良，《樂》教也；絜靜精微，《易》教也；恭儉莊敬，《禮》教也；屬辭比事，《春秋》教也。』」

【發義】

盡其教化，乃唯一之道。其教也，非五教莫屬。舍人所謂「分教斯五」，實指《詩》《書》《易》《禮》《春秋》五教也。《樂經》久亡，故非在所列。

【雍案】

歸，唐寫本作「惟」。是也。

〔四〇〕性靈鎔匠，文章奧府

【集引】

《後漢書·崔駰列傳》：「（崔篆《慰志賦》）騁六經之奧府。」《論衡·佚文》：「文人宜遵五經六義爲文。」《書鈔》引《傅子》：「《詩》之雅頌，《書》之典謨，文質相副，翫之若近，尋之若遠，陳之若肆，研之若隱，浩浩乎其文章之淵府也。」

【發義】

性情鎔冶，精思巧構，而運於文章之深處。

〔四一〕群言之祖

【集引】

揚雄《法言·孝至》：「或問群言之長？……曰：『群言之長，德言也。』」

【發義】

蓋群言之祖，善之長也，其乃德之言。

正緯第四

夫神道闡幽，天命微顯〔一〕，馬龍出而大易興，神龜見而洪範燿〔二〕。故繫辭稱河出圖，洛出書，聖人則之，斯之謂也。但世夐文隱，好生矯誕〔三〕，真雖存矣，僞亦憑焉。

夫六經彪炳，而緯候稠疊〔四〕；孝論昭晳，而鉤讖葳蕤〔五〕。按經驗緯，其僞有四：蓋緯之成經，其猶織綜，絲麻不雜，布帛乃成；今經正緯奇，倍擿千里〔六〕，其僞一矣。經顯，聖訓也；緯隱，神教也。聖訓宜廣，神教宜約，而今緯多於經，神理更繁，其僞二矣。有命自天，迺稱符讖，而八十一篇，皆託於孔子〔七〕，則是堯造緑圖〔八〕，昌制丹書〔九〕，其僞三矣。商周以前，圖籙頻見，春秋之末，群經方備，先緯後經，體乖織綜〔一〇〕，其僞四矣。僞既倍摘，則義異自明。經足訓矣，緯何豫焉〔一一〕？

原夫圖籙之見〔一二〕，迺昊天休命，事以瑞聖，義非配經。故河不出圖，夫子有歎，如或可造，無勞喟然。昔康王河圖，陳於東序，故知前世符命，歷代寶傳，仲尼所撰，序録而已。於是伎數之士，附以詭術〔一三〕，或説陰陽，或序災異，若鳥鳴似語，蟲葉成字，篇條滋蔓，必假孔氏，通儒討覈，謂起哀平〔一四〕，東序祕寶，朱紫亂矣〔一五〕。至於光武之世，篤信斯術，風化所靡，學者比肩〔一六〕，沛獻集緯以通經〔一七〕，曹褒撰讖以定禮〔一八〕，乖道謬典〔一九〕，亦已甚矣。是以桓譚疾其虚僞〔二〇〕，尹敏戲其深瑕〔二一〕，張衡發其僻謬〔二二〕，荀悦明其詭誕〔二三〕，四賢博練，論之精矣。

若乃羲農軒皞之源，山瀆鍾律之要，白魚赤烏之符，黄金紫玉之瑞，事豐奇偉，辭富膏腴，無益經典，而有助文章〔二四〕。是以後來辭人，採摭英華〔二五〕，平子恐其迷學，奏令禁絶〔二六〕；仲豫惜其雜真，未許煨燔〔二七〕；前代配經，故詳論焉。

贊曰：榮河温洛，是孕圖緯〔二八〕。神寶藏用，理隱文貴。世歷二漢，朱紫騰沸〔二九〕。芟夷譎詭，糅其雕蔚〔三〇〕。

【發義】

正其是非，酌乎其緯。

本篇作意，原夫圖録，按經驗緯，别其浮僞，以箴時也。蓋緯之矯託，乖道謬典矣。

〔一〕**神道闡幽，天命微顯**

【**集引**】

《易·觀》：「觀天之神道，而四時不忒，聖人以神道設教，而天下服矣。」王弼疏：「神道者，微妙無方，理不可知，目不可見，不知所以然而然，謂之神道。」《易·繫辭下》：「夫《易》彰往而察來，而微顯闡幽。」

【**發義**】

神妙之理闡明幽隱，自然稟賦之精微顯彰。孔子序《書》《傳》，上紀唐虞之際，下至秦繆，編次其事。

〔二〕**馬龍出而大易興，神龜見而洪範燿**

【**集引**】

《禮記·禮運》：「河出馬圖。」孔穎達《正義》引《尚書中候·握河紀》：「伏犧氏有天下，龍馬負圖出於河，遂法之畫八卦。」《易・繫辭上》：「河出圖，洛出書。」孔穎達《正義》引《春秋緯》：「洛龜書成。」《漢書・五行志》：「劉歆以爲虙羲氏繼天而王，受《河圖》，則而畫之，八卦是也；禹治洪水，賜《雒書》，法而陳之，《洪範》是也。」

【發義】

龍馬出而《河圖》見，伏羲則之而畫八卦，演而爲《易》。禹治水，洛龜負書，乃法而成《洪範》。

〔三〕世敻文隱，好生矯誕

〔集引〕

鄭玄《書贊》謂《尚書》曰：「尚者上也，尊而重之，若天書然，故曰《尚書》。」《廣雅・釋詁一》王念孫《疏證》曰：「敻，遠也。」

【發義】

時去之遠，文義隱晦，故好生矯飾而荒誕，讖緯之説衍曼。

〔四〕**而緯候稠疊**

〔**集引**〕

《後漢書·方術列傳》：「《緯》《候》之部。緯，《七經緯》也。候，《尚書中候》也。」

【**發義**】

六經彪炳，緯書稠疊重複。

〔**雍案**〕

疊，義同「疊」。《説文·晶部》：「疊，揚雄説以爲古理官決罪，三日得其宜乃行之。从晶，从宜。亡新以爲疊从三日太盛，改爲三田。」

〔五〕**孝論昭晳，而鉤讖葳蕤**

〔**集引**〕

《文選·陸機〈文賦〉》：「情曈曨而彌鮮，物昭晰而互進。」

【**發義**】

《孝經》《論語》昭明清晰，而緯候紛綸，配《孝經》者有《鉤命訣》，配《論語》者有《比考讖》《撰考讖》等，雜亂煩多。

【雍案】

孝，唐寫本作「考」。晢，唐寫本作「晢」。梁本、別解本、張松孫本、崇文本同。楊明照《校注》云：「按『孝』，《孝經》也；『論』，《論語》也。《孝經》有《鉤命訣》，《論語》有讖，故繼云『鉤讖葳蕤』。」其說極當。《說文·日部》：晢，昭晣，明也。《後漢書·馮衍傳下》：「況其昭晢者乎。」李賢注：「晢，明也。」《廣雅·釋詁四》：「晢，明也。」

〔六〕今經正緯奇，倍擿千里

【集引】

《莊子·天下》：「相里勤之弟子五侯之徒，南方之墨者苦獲、已齒、鄧陵子之屬，俱誦墨經，而倍譎不同，相謂別墨。」清郭慶藩《集釋》：「莊子蓋喻各泥一見，二人相背耳。」《文子·精誠》：「君臣乖心，倍譎見乎天。」

【發義】

今以《經》正《緯》之奇異，背離奚遠，渺不相涉。

〔雍案〕

倍擿，當訓作「背逆」。《莊子·養生主》：「是遯天倍情。」陸德明《釋文》：「『倍』本文作『背』。」倍，《説文·人部》朱駿聲《通訓定聲》：「倍，假借爲『背』。」黄侃《札記》：「孫云：此與下文『倍摘』字並與『適』通。《方言》云：『適，牾也。』倍適，猶背迕矣。」《札迻·文心雕龍·正緯第四》：「僞既倍摘。」孫詒讓按：「倍摘，即『倍擿』，字並與『適』通。《方言》云：『適，牾也。』」《説文·手部》：「摘，通作『擿』。」朱駿聲《通訓定聲》：「摘，假借爲『擿』。」《慧琳音義》卷八四「摘會」注：「摘，或作『擿』。」倍擿，相背也。《吕氏春秋·明理》：「其日有鬬蝕，有倍僪，有暈珥。」高誘注：「『倍僪』『暈珥』，皆日旁之危氣也。在兩旁反出爲倍，在上反出爲僪。」

〔七〕而八十一篇，皆託於孔子

〔集引〕

黄叔琳《輯注》引《隋書·經籍志》：「河圖九篇，洛書六篇，云自黄帝至周文王所受本文。又三十篇，云九聖之所增演。又七經緯三十六篇，並云孔氏所作，合爲八十一篇。」

【發義】

世傳孔子作《春秋》，制《孝經》，既成，使七十二弟子向北辰，磬折而立；使曾子抱《河》《洛》書北向；孔子齋戒，簪縹筆，衣絳單衣，向北辰而拜，告備於天曰：「《孝經》四卷，《春秋》《河》《洛》凡八十一卷，謹已備。」竊以爲此讖説也。《史記・孔子世家》：「魯哀公十四年春，狩大野。叔孫氏車子鉏商獲獸，以爲不祥。仲尼視之，曰：『麟也。』取之。曰：『河不出圖，雒不出書，吾已矣夫！』」太史公所言可信矣。孔子既未見《圖》《書》之出，世何傳孔子作《圖》與《書》者歟，可知其讖説矣。

〔八〕則是堯造緑圖

〔集引〕

《墨子・非攻下》：「河出緑圖，地出乘黄。」《呂氏春秋・觀表》：「聖人上知千歲，下知千歲，非意之也，蓋有自云也；緑圖幡薄，從此生矣。」

【發義】

漢世習爲内學，尚奇文，貴異數，圖讖相涉，穿鑿僞託。故河不出圖，玄聖有歎，如或可造，無勞喟然然焉。

〔九〕昌制丹書

〔集引〕

《書·帝命驗》：「季秋之月甲子，赤爵銜丹書止於酆，集於昌户。其書曰：『敬勝怠者吉，怠勝敬者滅。』」《大戴禮記》：「（武王）然後召尚父問焉，曰：『昔黄帝顓頊之道存乎？』……尚父曰：『在丹書。』」

【發義】

古代統治者託言天命，揑造所謂丹書者也。

〔一〇〕先緯後經，體乖織綜

〔集引〕

章太炎《國學概論》：「漢代學者以爲古代既有『經』必有『緯』，於是托古作制，造出許多『緯』來，同時更造『讖』。」

【發義】

次行無節，故背迕經緯。

〔一一〕經足訓矣，緯何豫焉

〖集引〗

《後漢書·張曹鄭列傳〈論〉》：「王父豫章君（范甯）每考先儒經訓，而長於玄，常以爲仲尼之門不能過也。」唐韓愈《韓昌黎集·符讀書城南》詩：「文章豈不貴，經訓乃菑畬。」

【發義】

《經》訓菑畬，其穫豐華，發覆周備，通道物之貌以告人，蓋已足訓。而《緯》附會人事吉凶禍福，預言治亂興廢，多怪誕無稽之談，蓋何參預。

〖雍案〗

豫，唐寫本作「預」。劉文《祝盟》：「祝原作「呪」，此從唐寫本。何預焉」。豫，與「預」通。《爾雅·釋詁上》：「豫，樂也。」郝懿行《義疏》：「豫通作預。」《説文·象部》：「豫，俗作『預』。」《左傳·莊公二十二年》：「聖人爲之，豈猶豫焉？」陸德明《釋文》：「本亦作預。」《易經異文釋》卷六：「謙輕而怠也。《衆經音義》十八引作『預』。」《學記》：「禁於未發之謂豫。」《説苑》建本作「預」。

〔一二〕原夫圖籙之見

〔集引〕

《易·繫辭下》：「《易》之爲書也，原始要終，以爲質也。」漢王充《論衡·實知》：「亦揆端推類，原始見終。」

【發義】

原究圖籙之見，蓋多讖緯之説，義非配經。

〔一三〕伎數之士，附以詭術

〔集引〕

《淮南子·詮言訓》：「伎藝雖多，未有益也。」《後漢書·桓譚馮衍列傳上》：「今諸巧慧小才伎數之人，增益圖書，矯稱讖記。」

【發義】

伎數者，謂方術之士，厥附以詭詐之術，所説陰陽災異，讖緯之書，篇條滋蔓，必假託於玄聖。

〔一四〕**通儒討覈，謂起哀平**

〖集引〗

《尚書序》孔穎達疏：「通人考正，僞起哀平。」孔穎達《正義》：「緯候之書，不知誰作，通人討覈，謂僞起哀平。」

【發義】

《緯》《候》之書，不知誰作，通儒討覈，謂僞起哀平之世也。

〔一五〕**朱紫亂矣**

〖集引〗

《論語·陽貨》：「惡紫之奪朱也。」《集解》：「朱，正色；紫，間色之好者。惡其以邪好而亂正色。」

【發義】

朱紫所眩，故生瑕玷。

〔一六〕風化所靡，學者比肩

【集引】

《隋書·經籍志》：「光武以圖讖興，遂盛行於世。漢時，詔東平王蒼正五經章句，皆命從讖。俗儒趨時，益爲其學，篇卷第目，轉加增廣，言五經者皆憑讖爲説。」

【發義】

風氣所被，靡及於世，俗儒從讖接踵趨時。

〔一七〕沛獻集緯以通經

【集引】

《後漢書·光武十王列傳》：「（劉）輔矜嚴有法度，好經書，善説《京氏易》《孝經》《論語》傳及圖讖，作《五經論》，時號之曰《沛王通論》。」

【發義】

光武帝次子劉輔，封沛王，謚「獻」，故稱沛獻王。輔好經書，集緯書以通釋經書。

〔一八〕 曹褒撰讖以定禮

【集引】

《後漢書·張曹鄭列傳》：「曹褒字叔通，魯國薛人也。……章和元年正月，乃召褒詣嘉德門，令小黄門持班固所上叔孫通《漢儀》十二篇，敕褒曰：『此制散略，多不合經，今宜依禮條正，使可施行……』褒既受命，乃次序禮事，依準舊典，雜以《五經》讖記之文，撰次天子至於庶人冠婚吉凶終始制度，以爲百五十篇。」

【發義】

曹褒選讖以定禮，雜以讖記之文，有違正道。

【雍案】

撰，唐寫本作「選」。楊明照《校注》云：「『選讖』，即《後漢書》本傳所謂『雜以五經讖記之文』之意。若作『撰』，則非其指矣。」撰，古與「選」通，義亦同。楊氏謂「撰」非其指，乃未訓也。《蛾術篇·説字》卷二一云：「《易·繫辭下》：『若夫雜物撰德。』焦循《章句》：『撰，選也。』《史記·司馬相如列傳》：『歷撰列辟。』裴駰《集解》引徐廣曰：『撰，一作『選』。』柳宗元《故殿中御史柳公墓表》：『撰擇貢士。』蔣之翹《輯注》：『撰，一作『選』。』《集韻·綫韻》：『選，或作

『撰』」。並可證也。」

〔一九〕乖道謬典

【集引】

《鶡冠子·天則》：「上下乖謬者，其道不相得也。」

【發義】

違反正道，背離經典。

〔二〇〕桓譚疾其虛僞

【集引】

《後漢書·桓譚馮衍列傳》：「是時帝方信讖，多以決定嫌疑。……譚復上疏曰：『今諸巧慧小才伎數之人，增益圖書，矯稱讖記，以欺惑貪邪，詿誤人主，焉可不抑遠之哉！』」

【發義】

桓譚憎恨讖書虛假僭僞，蓋上疏以諫光武宜抑止其濫，遠避其僞。

〔二一〕尹敏戲其深瑕

〔集引〕

《後漢書·儒林列傳上》：「臣見前人增損圖書，敢不自量，竊幸萬一。」又：「帝以敏博通經記，令校圖讖……敏對曰：『讖書非聖人所作……恐疑誤後生。』帝不納。敏因其闕文增之曰：『君無口，爲漢輔。』」

【發義】

尹敏對光武帝令校圖讖，戲其浮假，詆讖非聖人之作，不可信也。

〔雍案〕

深瑕，唐寫本作「浮假」。楊明照《校注》曰：「按唐寫本是。『浮假』，謂其虚而不實也。《麗辭篇》『浮假者無功』，亦以『浮假』連文。」楊説極是。此謂尹敏對光武帝令校圖讖，戲其浮假，詆讖非聖人之作，不可信也。浮，虚也。《文選·孫楚〈爲石仲容與孫皓書〉》：「崇飾浮辭。」張銑注：「浮，虚也。」假，僞也；非真也。《慧琳音義》卷四「假名」注引《考聲》：「假，僞也。」《説文·人部》《玉篇·人部》《廣韻·馬韻》：「假，非真也。」

〔一二二〕張衡發其僻謬

【集引】

《後漢書·張衡列傳》：「劉向父子領校祕書，閱定九流，亦無讖録，成、哀之後，乃始聞之……殆必虛僞之徒，以要世取資。」

【發義】

劉向父子所校祕書，未甄別讖緯，張衡謂之虛僞之徒，乃揭發緯書之謬誤。

〔一二三〕荀悦明其詭誕

【集引】

荀悦《申鑒·俗嫌》：「世稱緯書仲尼之作也。臣悦叔父故司空爽辨之，蓋發其僞也。」

【發義】

荀悦以其叔父所辨，明發緯書之詭異荒誕。

〔二四〕無益經典，而有助文章

〖集引〗

《漢書·蓋諸葛劉鄭孫毋將何傳》：「周公上聖，召公大賢，尚猶有不相說，著於經典，兩不相損。」

【發義】

酌乎《易緯》，非無所取，採其雕蔚，有助於文章矣。

〔二五〕採摭英華

〖集引〗

漢孔安國《尚書序》：「博考經籍，採摭群言。」《周書·庾信傳〈論〉》：「摭六經百氏之英華，探屈、宋、卿、雲之祕奧。」

【發義】

讖説雖無益經典，然其辭贍膏腴，多被後來辭人拾取精粹，有助於摛文。

〔雍案〕

「採」乃「捃」之譌。唐寫本作「捃」，與《文心雕龍·事類》「捃摭經史」「捃摭須覈」合。《慧琳音義》卷八二「捃摭」注引《古今正字》：「捃，拾也。」《史記·十二諸侯年表》云：「各往往捃摭《春秋》之文以著書。」

〔二六〕平子恐其迷學，奏令禁絶

〔集引〕

《後漢書·張衡列傳》：「衡以圖緯虚妄，非聖人之法，乃上疏曰：『……此皆欺世罔俗，以昧埶位……宜收藏圖讖，一禁絶之。』」

【發義】

張衡深恐圖讖欺世，迷亂於學，蓋奏令禁絶焉。

〔二七〕仲豫惜其雜真，未許煨燔

〔集引〕

荀悦《申鑒·俗嫌》：「世稱緯書仲尼之作也……終張之徒之作乎？」

【發義】

荀悦辨緯書爲僞，或曰燔之，而惜其雜真者，曰：「仲尼之作則否，有取焉則可，曷其燔？」

〔二八〕榮河温洛，是孕圖緯

〔集引〕

《文選·江淹〈詣建平王上書〉》：「方今聖歷欽明，天下樂業，青雲浮雒，榮光塞河。」李善注：「《尚書中候》曰：『成王觀于洛河，沈璧，禮畢，王退。俟至于日昧，榮光並出幕河。』」《事類賦·地部·水》：「温洛榮河之瑞。」

【發義】

帝堯即政，榮光出河，盛德之應，洛水先温，故孕圖緯，聖人則之。

〔二九〕朱紫騰沸

〔集引〕

《論語·陽貨》：「惡紫之奪朱也。」《晉書·嵇康傳〈幽憤詩〉》：「欲寡其過，謗議沸騰。」

【發義】

二漢之世，方士讖緯，朱紫雜亂，荒誕不經。

〔三〇〕**芟夷譎詭，糅其雕蔚**

〔集引〕

《文選·孔安國〈尚書序〉》：「芟夷煩亂，翦截浮辭。」《戰國策·劉向〈書録〉》：「所校中《戰國策》書，中書餘卷，錯亂相糅莒。」

【發義】

除去詭誕，採其矯正之文采。

〔雍案〕

糅，唐寫本作「採」。

辨騷第五

自風雅寢聲〔一〕，莫或抽緒〔二〕，奇文鬱起，其離騷哉〔三〕！固已軒翥詩人之後〔四〕，奮飛辭家之前，豈去聖之未遠，而楚人之多才乎〔五〕！昔漢武愛騷，而淮南作傳〔六〕，以爲國風好色而不淫，小雅怨誹而不亂。若離騷者，可謂兼之。蟬蜕穢濁之中，浮游塵埃之外〔七〕，皭然涅而不緇〔八〕，雖與日月爭光可也。班固以爲露才揚己，忿懟沉江；羿澆二姚，與左氏不合；崑崙懸圃，非經義所載。然其文辭麗雅，爲詞賦之宗，雖非明哲，可謂妙才。王逸以爲詩人提耳，屈原婉順。離騷之文，依經立義。駟虬乘翳〔九〕，則時乘六龍；崑崙流沙，則禹貢敷土。名儒辭賦，莫不擬其儀表，所謂金相玉質，百世無匹者也。及漢宣嗟歎，以爲皆合經術；揚雄諷味，亦言體同詩雅。四家舉以方經，而孟堅謂不合傳，褒貶任聲，抑揚過實，可謂鑒而弗精，翫而未覈者也。

將覈其論，必徵言焉。故其陳堯舜之耿介，稱湯武之祗敬，典誥之體也〔一〇〕；

譏桀紂之猖披，傷羿澆之顛隕，規諷之旨也〔一一〕；虬龍以喻君子，雲蜺以譬讒邪，比興之義也〔一二〕；每一顧而掩涕，歎君門之九重，忠怨之辭也〔一三〕；觀兹四事，同於風雅者也。至於託雲龍，説迂怪，豐隆求宓妃，鴆鳥媒娀女，詭異之辭也〔一四〕；康回傾地，夷羿彃日，木夫九首，土伯三目，譎怪之談也；依彭咸之遺則，從子胥以自適，狷狹之志也；士女雜坐，亂而不分，指以爲樂，娛酒不廢，沉湎日夜，舉以爲懽，荒淫之意也。摘此四事，異乎經典者也。故論其典誥則如彼，語其夸誕則如此。固知楚辭者，體慢於三代，而風雅於戰國，乃雅頌之博徒，而詞賦之英傑也。觀其骨鯁所樹，肌膚所附，雖取鎔經意，亦自鑄偉辭〔一五〕。故騷經九章，朗麗以哀志；九歌九辯，綺靡以傷情；遠游天問，瓌詭而惠巧；招魂招隱，耀豔而深華；卜居摽放言之致，漁父寄獨往之才〔一六〕。故能氣往轢古〔一七〕，辭來切今，驚采絶豔，難與並能矣。

自九懷以下，遽躡其跡〔一八〕，而屈宋逸步，莫之能追。故其叙情怨，則鬱伊而易感；述離居，則愴怏而難懷；論山水，則循聲而得貌；言節候，則披文而見時。是以枚賈追風以入麗，馬揚沿波而得奇，其衣被詞人，非一代也。故才高者菀其鴻裁〔一九〕，中巧者獵其豔辭，吟諷者銜其山川，童蒙者拾其香草。若能憑軾以倚雅頌，懸轡以馭楚篇，酌奇而不失其真，翫華而不墜其實，則顧盼可以驅辭力〔二〇〕，欬唾可以窮文致，亦不復乞靈於長卿，假寵於子淵矣。

贊曰：不有屈原，豈見離騷〔二一〕？驚才風逸，壯志煙高〔二二〕。山川無極，情理實勞〔二三〕。金相玉式〔二四〕，豔溢錙毫〔二五〕。

【發義】

辨覈所變，徵言於騷。

屈原既放，作離騷以見志。彥和舉以統括，辨章清晰，揭明指要。騷之興也，繼軌風詩，取鎔經旨，而自鑄偉辭。蓋體憲三代，風雜戰國矣。

〔一〕自風雅寢聲

【集引】

《文選·班固〈兩都賦序〉》：「昔成康没而頌聲寢。」《文選·皇甫謐〈三都賦序〉》：「至於戰國，王道陵遲，風雅寢頓。」

【發義】

風者，上以風化下，下以風刺上，激蕩風氣，而出自聲口，乃列國里巷謳畬之作。其言則樂而不淫，哀而不傷，婉而善入，微而不露，言之者無罪，聞之者足以戒，所謂有先王之風。雅者，言天下之事，形四方之風，爲足正之歌也。其乃朝廷之事，公卿之詩也。有箴規勸誡之心，有忠厚惻怛之情，陳美閉邪之意，而剴切敷陳明晰正告，能使人悚而動聽。頌者，美盛德形容之樂章也。其乃宗廟之詩，用之歆格神明者也。主於揚盛德，叙成功，達誠敬，其語和而莊，其義寬而密，能令人肅然而恭，穆然而思也。《關雎》之亂以爲《風》始，《鹿鳴》爲《小雅》始，《文王》爲《大雅》始，《清廟》爲《頌》始。成、康既没，頌聲寢矣。春秋之後，周道寢壞，雅頌並廢。降及戰代，五道陵遲，風雅寢頓。孟子曰：「王者之迹息而詩亡。」迹息者，謂《小雅》廢；詩亡者，謂正雅、正風不作。

〔二〕**莫或抽緒**

〔**集引**〕

《太玄·玄攡》：「抽不抽之緒。」《文選·張華〈勵志詩〉》：「大猷玄漠，將抽厥緒。」張銑注：「言大道玄漠，猶將抽其端緒。」

【發義】

大道玄漠，而聲詩無響，故風雅難爲繼矣。

〔三〕奇文鬱起，其離騷哉

〔集引〕

《史記·屈原賈生列傳》：「離騷者猶離憂也……屈平之作《離騷》，蓋自怨生也。《國風》好色而不淫，《小雅》怨誹而不亂，若《離騷》者，可謂兼之矣。」

【發義】

春秋之後，周道衰息既微，賢人失志之賦作矣。是以孫卿、屈原之屬，離讒憂國，皆作賦以風，鬱其特起，奇文炳然，咸有惻隱古詩之義。蓋靈均唱騷，始廣聲貌。

〔雍案〕

鬱，《楚辭補注》作「蔚」。《廣廣文選》同。「鬱」與「蔚」，古字相通也。《説文·艸部》朱駿聲《通訓定聲》：「蔚，叚借爲『鬱』。」《後漢書·王充王符仲長統列傳》：「彼之蔚蔚。」李賢注：「『蔚』與『鬱』古字通。」《廣雅·釋詁一》：「鬱，出也。」王念孫《疏證》：「班固《西都賦》：『神明鬱其特起。』鬱，高出之貌也。」《文選·曹植〈贈徐幹〉》：「文昌鬱雲起。」李善注引《廣雅》：「鬱，出也。」

〔四〕固已軒翥詩人之後

【集引】

《文選·班固〈典引〉》：「甘露宵零於豐草，三足軒翥於茂樹。」李善注：「軒翥，飛貌。」

【發義】

屈原之作《離騷》，其文約，其辭微，其志潔，其行廉，寄慨深而言恉大，舉類邇而見義遠。固軒翥詩人之後，莫不慕其清高，嘉其文采。

〔五〕而楚人之多才乎

【集引】

《左傳·襄公二十六年》：「雖楚有材，晉實用之。」

【發義】

惟楚有才，屈原特起其中，而處標顛，萬世莫及。

〔六〕昔漢武愛騷，而淮南作傳

〔集引〕

《漢書·淮南衡山濟北王傳》：「（淮南王）入朝，獻所作，《内篇》新出，上愛祕之。使爲《離騷傳》，旦受詔，日食時上。」

【發義】

章炳麟《國故論衡·文學七篇〈明解故上〉》：「淮南爲《離騷》傳，其實序也，太史依之以傳屈原。」武帝使淮南王安爲《離騷》傳，蓋其愛《離騷》甚矣。

〔七〕蟬蜕穢濁之中，浮游塵埃之外

〔集引〕

《淮南子·説林訓》：「蟬飲而不食，三十日而蜕。」《史記·屈原賈生列傳》：「自疏濯淖汙泥之中，蟬蜕於濁穢，以浮游塵埃之外，不獲世之滋垢，皭然泥而不滓者也。」彦和語本此。

【發義】

蟬蜕化於污濁，浮游塵外，凌風飲露，居高聲遠也。

〔八〕**皭然涅而不緇**

〔集引〕

《荀子・勸學》：「白沙在涅，與之俱黑。」《淮南子・俶真訓》：「今以涅染緇，則黑於涅。」高誘注：「涅，礬石也。」《論語・陽貨》：「涅而不緇。」何晏注：「涅，可以染皁。」

【**發義**】

蓋其潔淨，涅染而不黑。

〔九〕**駟虬乘鷖**

〔集引〕

《離騷》：「駟玉虬以乘鷖兮，溘埃風余上征。」王逸注：「溘，猶掩也。」王逸注：「有角曰龍，無角曰虬。」

【**發義**】

屈原高志拔世，掩埃風而游也。

【雍案】

楊明照《校注》謂「駉」乃「駟」之譌，「翳」與「鷖」通。所言極是。《楚辭·離騷》：「駟玉虬以乘鷖兮。」洪興祖《補注》：「駟，一乘四馬也。」王逸注：「鷖，鳳皇之別名。」《玉篇·馬部》：「駟，四馬一乘也。」《希麟音義》卷二：「鷖，四馬共乘也。」《論語·顏淵》：「駟不及舌。」皇侃《義疏》：「駟，四馬也。古用四馬共牽一車，故呼四馬爲駟也。」《文選·張衡〈思玄賦〉》：「感鸞鷖之特棲兮。」李善注引《廣雅》曰：「鷖，鳳屬。」《後漢書·張衡列傳》：「感鸞鷖之特棲兮。」李賢注：「九疑山有五采之鳥，名鷖。」

〔一〇〕陳堯舜之耿介，稱湯武之祗敬，典誥之體也

【集引】

《離騷》：「彼堯舜之耿介兮，既遵道而得路。」又：「湯禹儼而祗敬兮，周論道而莫差。」

【發義】

《離騷》陳説堯舜之光明正大，禹湯之恭敬戒慎也。

〔一一〕譏桀紂之猖披，傷羿澆之顛隕，規諷之旨也

〔集引〕

《離騷》：「何桀紂之猖披兮，夫唯捷徑以窘步。」又：「羿淫遊以佚畋兮，又好射夫封狐；固亂流其鮮終兮，浞又貪夫厥家。澆身被服強圉兮，縱欲而不忍。日康娛而自忘兮，厥首用夫顛隕。」

【發義】

其以規諷之旨，譏桀紂放縱自恣，作事不循正軌，惶急而不得前行。傷后羿過度閑蕩於田獵，而浞之子澆強壯多力，縱欲不忍，康娛自忘，故其首掉落。

〔雍案〕

猖，梅本、凌本、合刻本、梁本、祕書本、謝鈔本、彙編本、別解本、增定別解本、《諸子彙函》、張松孫本作「昌」。猖，古與「昌」「倡」同。被，乃「披」本字。《楚辭·離騷》：「何桀紂之昌被。」蔣驥注：「『昌』『猖』同。『被』『披』同。」朱熹《集注》：「昌，一作『猖』。」又云：「昌，一作『倡』。」《說文·衣部》朱駿聲《通訓定聲》：「被，叚借又爲『披』。」

〔一二〕**虬龍以喻君子，雲蜺以譬讒邪，比興之義也**

〖集引〗

《戰國策·楚策一》：「野火之起也若雲蜺。」鮑彪注：「蜺，虹也。」《文選·左思〈魏都賦〉》：「髟若玄雲舒蜺以高垂。」張載注：「蜺，龍形而五色。」《楚辭·天問》：「白蜺嬰茀。」王逸注：「蜺，雲之有色似龍者。」黄叔琳《輯注》：「虬螭，神獸，宜於駕乘，以喻賢人清白可信任也。」

【發義】

《離騷》者，比興殊有象，依詩取興，引類譬喻，虬龍以託君子，雲霓以譬小人，蓋比興之義見也。

〔一三〕**每一顧而掩涕，歎君門之九重，忠怨之辭也**

〖集引〗

《九章·哀郢》：「望長楸而太息兮，涕淫淫其若霰；過夏首而西浮兮，顧龍門而不見。」《九辯》：「豈不鬱陶而思君兮，君之門以九重。」

【發義】

皇天不純命，國將以亡，君信讒而棄忠。蓋歎君門若九重之遠隔，惟掩涕而顧之，屈心而忠怨之辭有所託也。

〔一四〕**至於託雲龍，説迂怪，豐隆求宓妃，鴆鳥媒娀女，詭異之辭也**

〖集引〗

《離騷》：「駕八龍之婉婉兮，載雲旗之委蛇。」又：「吾令豐隆棄雲兮，求宓妃之所在。」又：「望瑶臺之偃蹇兮，見有娀之佚女。」「吾令鴆爲媒兮，鴆告余以不好。」

【發義】

以怪異之辭，象類比興，引喻所託非人，求賢能者而不得矣。

〔一五〕**雖取鎔經意，亦自鑄偉辭**

〖集引〗

《漢書·董仲舒傳》：「猶金之在鎔，唯冶者之所鑄。」

【發義】

《離騷》離辭可觀，其義多偉，蓋自鑄也。是以取鎔經意，涚湅風雅，而聲采神貌獨具。屈原聯藻於日月，固奇意暐燁。

〔一六〕漁父寄獨往之才

〔集引〕

《禮記·儒行》：「其特立獨行有如此者。」

【發義】

《漁父》持節而高蹈，資神而獨往，是以寄託特立之才。蓋屈原之志節高尚，不隨俗浮沉。

〔雍案〕

往，《楚辭補注》作「任」。附校語：「一云：『獨任』，當作『獨往』。」往，行也。《玉篇·彳部》《廣韻·養韻》：「往，行也。」《國語·晉語二》：「吾言既往矣。」韋昭注：「往，行也。」《淮南子·原道訓》：「歷遠彌高以極往。」高誘注：「往，行也。」《文選·班昭〈東征賦〉》：「乃遂往而徂逝兮。」呂延濟注：「往，行也。」

〔一七〕氣往轢古

〔集引〕

江淹《傷友人賦》：「轢四代而式昌。」胡之驥《彙注》：「轢，車所踐歷也。」

【發義】

其氣邁往，凌轢古人。

〔一八〕自九懷以下，遽躡其跡

〔集引〕

《楚辭·九懷·王逸〈序〉》：「懷者，思也……褒讀屈原之文……追而愍之，故作《九懷》，以裨其詞。」

【發義】

《九懷》乃王襃之作，分《匡機》《通路》《危俊》《昭世》《尊嘉》《蓄英》《思忠》《陶壅》《株昭》九章。蓋《楚辭》自《九懷》以下，皆漢人之作，急隨其後之跡。

〔一九〕故才高者菀其鴻裁

〔集引〕

《逸周書·文傳》：「聖人裁之。」《管子·形勢》：「裁大者，衆之所比也。」《集校》引孫星衍云：「裁，古通作『材』字。」

【發義】

是以才高者，文章蘊其宏偉體制。

〔雍案〕

菀，唐寫本作「苑」。「苑」是也。苑，《經典釋文》入淳部，讀若丁粉反。《春秋繁露·王道》：「廣苑囿。」凌曙注引《風俗通義》曰：「苑，蘊也。」《詩·小雅·都人士之什》：「我心苑結。」李富孫《詩經異文釋》：「《群經音辨》引作『菀結』，云：菀，積也。」《左傳·昭公二十年》：「苑何忌辭。」李富孫《春秋三傳異文釋》：「《群經音辨》『苑』作『菀』。」裁，與「材」通。《國語·鄭語》：「材兆物。」韋昭注：「材，裁也。」材，謂榦也。鴻裁者，謂文章體制宏偉也。

〔二一〇〕則顧盻可以驅辭力

〔集引〕

《漢書·叙傳》：「是故魯連飛一矢而蹶千金，虞卿以顧眄而捐相印也。」

【發義】

顧眄之間，辭力所驅，綽有餘裕。

〔雍案〕

盻，唐寫本作「眄」。《楚辭補注》作「眄」，梅本作「盼」。楊明照《校注》云：「按『眄』『盻』『盼』三字，形音義俱別。王觀國《學林》卷十「盼眄盻」條辨之甚詳《說文·目部》：『眄，目偏合視此依段注也。』又：『盻，恨視也。』《玉篇·目部》：『盼，黑白分也。』三字形近，每致淆誤。此當以作『眄』爲是。」此楊氏未訓也。眄，與「盼」通假。《文選·陳琳〈爲曹洪與魏文帝書〉》：「顧眄千里。」舊校：「善本作『盼』字。」《資治通鑑·宋紀》：「凡爲上所眄遇者。」胡三省注：「眄，或作『盼』。」《說文·目部》朱駿聲《通訓定聲》：「盼，叚借爲『眄』。」盻，乃「盼」之形誤，蓋唐寫本作「眄」是也。《文選·左思〈詠史詩八首〉》：「左眄澄江湘，右盻定羌胡。」劉良注：「『眄』『盻』，皆視也。」《廣雅·釋詁》：「盻，視也。」

〔一一〕不有屈原，豈見離騷

【集引】

《史記・屈原賈生列傳》：「屈平疾王聽之不聰也，讒諂之蔽明也，邪曲之害公也，方正之不容也，故憂愁幽思而作《離騷》。」

【發義】

惟屈原洞鑒風騷之情，所賦《離騷》，文采鬱奇，其好色而不淫，怨誹而不亂，兼《國風》《小雅》，勞商遺響，激楚餘聲。

〔一二〕驚才風逸，壯志煙高

【集引】

《後漢書・逸民列傳〈贊〉》：「遠性風疎，逸情雲上。」唐歐陽詢《藝文類聚・沈約〈梁武帝集序〉》：「牋記風動，表議雲飛。」

【發義】

賦分而出驚才，固其風逸。藻拔而成壯采，固其煙高。蓋心奢性遠，云飛風動，才情自逸，聲采自出。

〔雍案〕志，唐寫本作「釆」。「志」非彥和本旨，《文心雕龍·詮賦》「時逢壯釆」，亦以「壯釆」連文，蓋舍人此文謂「壯釆」是也。

〔一二三〕山川無極，情理實勞

〔集引〕《詩·小雅·漸漸之石》：「山川悠遠，維其勞矣。」

【發義】山川固然無窮，而情理亦遼妙無盡。

〔雍案〕勞，《集韻》：「郎到切，平蕭，來。」《説文·辵部》：「遼，遠也。」段玉裁注：「《小雅》：『山川悠遠，維其勞矣。』勞者，『遼』之假借也。」鄭玄箋：「邦域又勞勞廣闊。」孔穎達疏：「廣闊遼遠之字，當從遼遠之『遼』。而作『勞』字者，以古之字少，多相假借。」馬瑞辰《傳箋通釋》：「『遼』『勞』二字同『來』母，故通用。」「情理實勞」者，即情理實遼妙無盡也。

〔二四〕金相玉式

【集引】

《詩·大雅·棫樸》：「追琢其章，金玉其相。」毛萇傳：「相，質也。」漢王逸《楚辭章句·離騷叙》：「所謂金相玉質，百世無匹，名垂罔極，永不刊滅者矣。」

【發義】

金相者，其質美也。蓋爲玉式，乃精雕細琢也。

〔二五〕豔溢錙毫

【集引】

《文選·張協〈七命〉》：「流綺星連，浮采豔發。」宋蘇轍《欒城集·和子瞻宿臨安淨土寺》詩：「吴都況清華，觀刹吐光豔。」《莊子·達生》：「則失者錙銖。」成玄英疏：「錙銖，稱兩之微數也。」《文選·顔延之〈陶徵士誄〉》：「錙銖周漢。」吕延濟注：「錙銖，猶輕細也。」《文選·陸機〈文賦〉》：「定去留於毫芒。」吕延濟注：「毫，細毛也。」

【發義】

蓋光彩溢於輕細也。

明詩第六

大舜云：「詩言志，歌永言。」聖謨所析，義已明矣。是以在心爲志，發言爲詩，舒文載實〔一〕，其在茲乎！詩者，持也，持人情性〔二〕；三百之蔽，義歸無邪，持之爲訓，有符焉爾。

人稟七情，應物斯感，感物吟志，莫非自然。昔葛天氏樂辭云，玄鳥在曲〔三〕；黄帝雲門，理不空綺〔四〕。至堯有大唐之歌〔五〕，舜造南風之詩〔六〕，觀其二文，辭達而已〔七〕。及大禹成功，九序惟歌〔八〕；太康敗德，五子咸怨〔九〕。順美匡惡〔一〇〕，其來久矣。自商暨周，雅頌圓備〔一一〕，四始彪炳，六義環深〔一二〕。子夏監絢素之章〔一三〕，子貢悟琢磨之句〔一四〕，故商賜二子，可與言詩。自王澤殄竭，風人輟采〔一五〕，春秋觀志，諷誦舊章，酬酢以爲賓榮，吐納而成身文〔一六〕。逮楚國諷怨，則離騷爲刺〔一七〕。秦皇滅典，亦造仙詩〔一八〕。

漢初四言，韋孟首唱，匡諫之義，繼軌周人〔一九〕。孝武愛文，柏梁列韻〔二〇〕，嚴馬之徒，屬辭無方〔二一〕。至成帝品録，三百餘篇，朝章國采，亦云周備〔二二〕；而辭人遺翰，莫見五言，所以李陵班婕妤見疑於後代也〔二三〕。按召南行露，始肇半章〔二四〕；孺子滄浪，亦有全曲〔二五〕；暇豫優歌，遠見春秋；邪徑童謡，近在成世。閱時取證，則五言久矣。又古詩佳麗，或稱枚叔，其孤竹一篇，則傅毅之詞。比采而推〔二六〕，兩漢之作乎？觀其結體散文，直而不野，婉轉附物，怊悵切情，實五言之冠冕也〔二七〕。至於張衡怨篇，清典可味〔二八〕；仙詩緩歌，雅有新聲。

暨建安之初，五言騰踊〔二九〕，文帝陳思，縱轡以騁節，王徐應劉，望路而爭驅。並憐風月，狎池苑，述恩榮，叙酣宴，慷慨以任氣，磊落以使才。造懷指事，不求纖密之巧；驅辭逐貌，唯取昭晰之能。此其所同也。乃正始明道，詩雜仙心，何晏之徒，率多浮淺，唯嵇志清峻，阮旨遥深，故能標焉。若乃應璩百一，獨立不懼，辭譎義貞，亦魏之遺直也〔三〇〕。

晉世群才，稍入輕綺〔三一〕，張潘左陸，比肩詩衢，采縟於正始〔三二〕，力柔於建安，或析文以爲妙〔三三〕，或流靡以自妍〔三四〕，此其大略也。江左篇製，溺乎玄風〔三五〕，嗤笑徇務之志〔三六〕，崇盛亡機之談。袁孫已下，雖各有雕采，而辭趣一揆，莫與爭雄；所以景純仙篇，挺拔而爲俊矣〔三七〕。宋初文詠，體有因革，莊老告退，而山水方滋〔三八〕；儷采百字之偶，爭價一句之奇，情必極貌以寫物，辭必窮力而追新。此近世之所競也。

故鋪觀列代，而情變之數可監〔三九〕；撮舉同異，而綱領之要可明矣。若夫四言正體，則雅潤爲本；五言流調，則清麗居宗；華實異用，唯才所安。故平子得其雅，叔夜含其潤，茂先凝其清，景陽振其麗；兼善則子建仲宣〔四〇〕，偏美則太沖公幹〔四一〕。然詩有恒裁，思無定位，隨性適分，鮮能通圓〔四二〕。若妙識所難，其易也將至；忽之爲易，其難也方來。至於三六雜言，則出自篇什；離合之發，則明於圖讖；回文所興，則道原爲始；聯句共韻，則柏梁餘製；巨細或殊，情理同致，總歸詩囿，故不繁云。

贊曰：民生而志，詠歌所含。興發皇世，風流二南。神理共契，政序相參。英華彌縟，萬代永耽。

【發義】

析論詩體，明通詩旨。

彥和析論文體，《明詩》統序，紬繹支庶，品第流派，思理邃密，體會要妙。詩之爲義，實由持出，述志言情，歸趣自得，所論諦當。

〔一〕舒文載實

【集引】

《淮南子·泰族訓》：「知械機而實衰也。」高誘注：「實，質也。」

【發義】

詩者，載實爲要，發文舒辭，彬然成章。

〔二〕詩者，持也，持人情性

【集引】

《禮記·內則》：「詩負之。」鄭玄注曰：「詩猶承也。」《書·舜典》：「詩言志。」孔安國傳：

「謂詩言志以導之。」劉熙《釋名》：「詩，之也，志之所之也。」《詩緯·含神霧》：「詩者，持也。在於敦厚之教自持其心，諷刺之道可以扶持邦家者也。」

【發義】

詩有三訓，曰承也，曰志也，曰持也。孔穎達總此三訓，爲《詩譜序》作疏曰：「作者承君政之善惡，述己志而作詩，爲詩所以持人之行，使不失隊，故一名而三訓也。」蓋詩之爲學，情性而已，志託於言，情發乎聲也。語曰：「在心爲志，發言爲詩。」吟詠性情，古今相同，而聲律調度異焉。

〔三〕葛天氏樂辭云，玄鳥在曲

〔集引〕

《吕氏春秋·仲夏紀·古樂》：「昔葛天氏之樂，三人操牛尾，投足以歌八闋：……二曰《玄鳥》。」

【發義】

葛天氏，傳説中遠古之帝，生於伏羲之前。其治不言而自信，不化而自行，忘世慮而適自然，清化而淳厚。其爲樂歌，已有樂辭，《玄鳥》在曲，乃以辭所歌焉。

〔四〕黄帝雲門，理不空綺

〔**集引**〕

《周禮·春官·大司樂》：「乃奏黄鐘，歌大吕，舞《雲門》，以祀天神。」《詩譜序》正義：「大庭有鼓籥之器，黄帝有《雲門》……明其音樂和集。既能和集，必不空絃，絃之所歌，即是詩也。」

【**發義**】

黄侃《札記》云：「理不空絃者，以其既得樂名，必有樂詞也。」既有樂詞，乃能和集。蓋絃之所歌，即是詩也。《雲門》者，相傳爲黄帝時製。周六樂舞之一，即《雲門大卷》。大司樂用以教公卿大夫之子弟。

〔**雍案**〕

「理不空綺」，不文。綺，唐寫本作「絃」。是也。《集韻·先韻》：「絃，八音之絲也。」既有樂辭，乃能和集，理入其絃而不空焉。蓋絃之所歌，即是詩也。《白虎通德論·禮樂》引《樂記》：「絃，離音也。」《禮記·樂記》：「絲聲哀。」孔穎達疏引崔氏説：「絲聲爲離。」

〔五〕至堯有大唐之歌

〔集引〕

《尚書大傳・虞夏傳》：「維五祀，定鐘石，論人聲，乃及鳥獸咸變於前……秋養耆老而春食孤子，乃浡然招樂興於大鹿之野。報事還歸二年，譈然乃作大唐之歌。」

【發義】

《大唐之歌》，乃舜美堯之禪也。

〔雍案〕

《大唐之歌》，後人託古擬作也。舜作以美堯，則大章者爲是。《禮》曰：「大章，章之也。」鄭玄注曰：「堯樂名。」譈，猶灼也。

〔六〕舜造南風之詩

〔集引〕

《孔子家語・辯樂解》：「舜彈五絃之琴，造《南風》之詩，其詩曰：『南風之薰兮，可以解吾民之慍兮。南風之時兮，可以阜吾民之財兮。』」

【發義】

《南風》，古詩之流，相傳虞舜作五絃琴，而歌《南風》也。

〔七〕辭達而已

〔集引〕

《易·繫辭下》：「吉人之辭寡，躁人之辭多。」《荀子·正名》：「辭也者，兼異實之名以論一意也。」《論語·衛靈公》：「子曰：『辭達而已矣。』」《集解》引孔安國曰：「凡事莫過於實，辭達則足矣，不煩文豔之辭。」

【發義】

論一意而過於實之事，辭不足達。蓋辭達莫過於實，不煩文豔矣。

〔八〕及大禹成功，九序惟歌

〔集引〕

《書·大禹謨》：「禹曰：『於，帝念哉！德惟善政，政在養民。水、火、金、木、土、穀，惟修；正德、利用、厚生，惟和。九功惟叙，九叙惟歌。』」孔穎達疏：「養民者使水、火、金、木、土、穀六事惟當修治之；正身之德，利民之用，厚民之生，此三事惟當諧和之。」

【發義】

九功爲叙，九叙爲歌。言六府三事之功，有次序皆可歌，樂乃德政之致。

〔九〕太康敗德，五子咸怨

〔集引〕

《尚書序》：「太康失邦，昆弟五人，須于洛、汭，作《五子之歌》。」

【發義】

太康逸豫敗德，盤遊無度，黎民胥貳，故五子咸爲怨。

〔雍案〕

怨，唐寫本作「諷」。《御覽》引同。徐𤊹校作「五子感諷」。楊明照《校注》云：「按『諷』字是。上云『歌』，此云『諷』，文本相對爲義……傳寫者蓋泥於僞五子之歌文而改耳。」怨，與「諷」古相通，刺也。《經義述聞·左傳中·公怨之》：「襄（公）二十七年傳：『而公怨之以爲賓榮。』」王引之按引王念孫曰：「怨，刺也。」《詩譜序》：「刺怨相尋。」孔穎達疏：「怨，亦刺之類。」《論語·陽貨》：「可以怨。」何晏《集解》引孔安國曰：「怨，刺上政也。」《廣韻·送韻》：「諷，諷刺也。」

〔一〇〕順美匡惡

〖集引〗

《孝經》：「將順其美，匡救其惡。」

【發義】

論功頌德，所以將順其美；刺過譏失，所以匡救其惡。

〔一一〕自商暨周，雅頌圓備

〖集引〗

《禮記·樂記》：「故聽其雅頌之聲，志意得廣焉。」《漢書·董仲舒傳》：「教化之情不得，雅頌之樂不成。」

【發義】

商周雅頌之盛，聲詩周備已極。周有「行人」之官，振木鐸徇於路以采詩，獻於太師，比其音律以聞於天子。太師掌六律六同，教六詩，曰《風》《賦》《比》《興》《雅》《頌》。以樂語教國子《興》《道》《諷》《誦》《言》《語》。

【雍案】

《詩・商頌・長發》鄭玄箋：「圓，謂周也。」《玉篇・口部》：「圓，周也。」《左傳・文公三年》：「舉人之周也。」杜預注：「周，備也。」

〔一二〕四始彪炳，六義環深

【集引】

《毛詩序》：「詩有六義焉，一曰風，二曰賦，三曰比，四曰興，五曰雅，六曰頌。」

【發義】

四始者，乃《風》《小雅》《大雅》《頌》，其文采焕發。六義者，《周禮・春官》稱六詩，乃風、賦、比、興、雅、頌。所謂賦，後與詩離，而比、興亦不見於《詩經》。《鄭志》張逸問：「何詩見於比、賦、興？」答曰：「比、賦、興，吴札觀詩時，已不歌也。孔子録《詩》，已合《風》《雅》《頌》中，難復摘別，篇中義多興，此謂比、賦、興，各有篇什。自孔子淆雜第次而毛公獨旌表興，其比、賦俄空焉。聖者顛倒而亂形名，大師偏觭而失鄰類。」而《六藝論》亦曰：「《風》《雅》《頌》

中有賦、比、興。」覃究於《詩》，《風》《雅》《頌》中，其實並無賦、比、興。左氏曰：「《彤弓》《角弓》，其實《小雅》也；吉甫作誦，其風肆好，其實《大雅》也。」周室微，而禮樂廢，孔子憂王道與《詩》《書》之缺，欲行周禮，而與時君不合，然其好學，知其不可爲而爲之，紬裂帛，檢殘竹，瀏覽列國所遺，正樂定《詩》，皆絃歌之。既論次《詩》《書》，修起禮樂，以備王道，成六藝。蓋彦和曰「六義環深」也。

〔一三〕子夏監絢素之章

〔集引〕

《論語·八佾》：「子夏問曰：『巧笑倩兮，美目盼兮，素以爲絢兮。何謂也？』子曰：『繪事後素。』曰：『禮後乎？』子曰：『起予者商也！始可與言《詩》已矣。』」

【發義】

成采之文，絢素之章也。孔子繪事後明其心跡，蓋曰：能發明我意者，乃子夏也。

〔一四〕子貢悟琢磨之句

〔集引〕

《論語·學而》：「子貢曰：『《詩》云：「如切如磋，如琢如磨。」其斯之謂與？』子曰：『賜也，始可與言《詩》已矣！告諸往而知來者。』」

【發義】

子貢學而切磋不捨也，蓋孔子謂始可與言《詩》矣。

〔一五〕自王澤殄竭，風人輟采

〔集引〕

《漢書·禮樂志》：「王澤既竭，而詩不能作。」《文選·班固〈兩都賦序〉》：「王澤竭而詩不作。」

【發義】

王澤既竭，聲詩不能作，固風人輟采。蓋孟子曰：「王者之迹息而詩亡。」迹息者，謂《小雅》

廢；詩亡者，謂正雅、正風不作。

〔雍案〕

殄，《御覽》引作「弥」。楊明照《校注》云：「按『弥』爲『彌』之簡書，『殄』又作『𣧑』，形近易誤。此當以作『殄』爲是。殄，盡也；《說文・歺部》絶也。《詩・邶風・新臺》毛傳《漢書・禮樂志》：『王澤既竭，而詩不能作。』《兩都賦序》：『王澤竭而詩不作。』」楊說是也。《書・文侯之命》：「殄資澤于下民。」蔡沈《集傳》：「殄，絶也。」

〔一六〕春秋觀志，諷誦舊章，酬酢以爲賓榮，吐納而成身文

〔集引〕

《左傳・襄公二十七年》：「鄭伯享趙孟于垂隴……趙孟曰：『七子從君，以寵武也。請皆賦，以卒君貺，武亦以觀七子之志。』……文子告叔向曰：『伯有將爲戮矣！詩以言志，志誣其上，而公怨之，以爲賓榮，其能久乎？』」又曰：「言，身之文也。」《漢書・藝文志・詩賦略序》：「古者，諸侯卿大夫交接鄰國，以微言相感，當揖讓之時，必稱詩以諭其志，蓋以別賢不肖，而觀盛衰焉。故孔子曰『不學《詩》，無以言』也。」

【發義】

詩言志，其所以言者，別賢不肖，而觀盛衰焉。蓋諸侯卿大夫交接鄰國，乃以微言相感，稱《詩》以諭其志而可觀也。應對得體以爲賓客之榮寵，吐納而顯自身之文采也。

〔一七〕逮楚國諷怨，則離騷爲刺

〖集引〗

《文心雕龍·書記》：「刺者，達也。詩人諷刺，《周禮》三刺，事叙相達，若針之通結矣。」《史記·太史公自序》：「作辭以諷諫，連類以爭義，《離騷》有之。」

【發義】

屈原之作《離騷》，蓋自怨生也。皇天不純命，君信讒而棄忠，靈均屈心而抑志，忍尤而攘垢，持清白而行潔，離讒憂國，怨憤自生，是以賦騷刺之。

〖雍案〗

刺，楊本誤植。應作「刺」。刺，譏刺也。《文選·潘岳〈西征賦〉》：「刺哀主於義域。」張銑注：「刺，譏也。」

〔一八〕秦皇滅典，亦造仙詩

〔集引〕

《史記·秦始皇本紀》：「始皇不樂，使博士爲《仙真人詩》，及行所游天下，傳令樂人謌弦之。」

【發義】

秦始皇坑儒滅典，熒惑守心，天有墜石，黔首刻「始皇帝死而地分」，聞之不樂，故使博士造仙詩。

〔一九〕漢初四言，韋孟首唱，匡諫之義，繼軌周人

〔集引〕

《漢書·韋賢傳》云：「（韋孟）爲楚元王傅，傅子夷王及孫王戊。戊荒淫不遵道，孟作詩風諫。」

【發義】

韋孟作詩以諷，匡諫之義，矩式周人。

〔一一〇〕孝武愛文，柏梁列韻

【集引】

《文選·任昉〈文章緣起〉》：「七言詩，漢武帝柏梁殿聯句。」

【發義】

武帝愛文，作柏梁臺，使群臣作七言詩（見《御覽》引《漢武帝集》）。柏梁初構，首屬驂駕之辭（見《藝文類聚》引《王僧孺〈謝齊竟陵王使撰衆書啟〉》）。而柏梁以來，繼作非一，所纂至七言而已（見《御覽》引《顏延之庭誥》），《文章緣起》雖言七言起於漢武柏梁，然柏梁臺詩，顧炎武《日知録》卻謂出後人擬作。

〔一一一〕嚴馬之徒，屬辭無方

【集引】

《禮記·内則》：「三十……博學無方。」鄭玄注：「方，猶常也。至此學無常，在志所好也。」

【發義】

漢李延年爲協律都尉，多舉司馬相如等數十人造爲詩賦，略論律吕，以合八音之調，作十九章之歌。是時，上方興天地諸祠，欲造其樂，令司馬相如等作詩頌。延年輒承意弦歌所造詩，爲之新聲曲也。而《郊祀歌》十九章中，有三言、四言或雜言，並無固定形式。時嚴忌有《哀時命》，司馬相如有《琴歌》，皆騷體詩，亦無定式，故云屬辭無常。

〔二三〕**至成帝品録，三百餘篇，朝章國采，亦云周備**

【集引】

《漢書·藝文志·總序》：「成帝時……詔光禄大夫劉向校經傳、諸子、詩賦。」又《詩賦略》：「凡歌詩二十八家，三百一十四篇。」

【發義】

漢世之詩，起自高祖，厥不乏宗廟歌詩，所作亦朝章國采。劉向嘗奉詔，校經傳、諸子、詩賦。每一書已，輒條其篇目，撮其指意，録而奏之。凡歌詩二十八家，三百一十四篇。章太炎《國故論衡·文學七篇〈辨詩〉》曰：「往者《大風》之歌，《拔山》之曲，高祖、項王未嘗習藝文也，然其言爲文儒所不能舉。」

〔一二二〕而辭人遺翰，莫見五言，所以李陵班婕妤見疑於後代也

〔**集引**〕

鍾嶸《詩品》云：「《夏歌》曰：『鬱陶乎余心。』《楚辭》曰：『名余曰正則。』雖詩體未全，然是五言之濫觴也。逮漢李陵，始著五言之句矣。」《詩品》又云：「漢都尉李陵詩，其源出於《楚辭》，文多悽怨者之流。陵名家子，有殊才，生命不諧，聲頹身喪。」「漢婕妤班姬詩，其源出於李陵。《團扇》短章，辭旨清捷，怨深文綺，得匹婦之致。《侏儒》一節，可以知其工矣。」

【**發義**】

然舍人莫見李陵五言遺篇，有德有言，實惟班婕妤。逮李陵衆作，總雜不類，乃假託，非盡陵制，故其詩見疑於後代也。

〔**雍案**〕

疑，《御覽》引作「擬」。好，唐寫本、《御覽》引無。楊明照《校注》云：「按上文明言『辭人遺翰，莫見五言』，則此當以作『疑』爲是。」此楊氏未訓也。「疑」與「擬」，古通假字。《說文・子部》朱駿聲《通訓定聲》：「疑，叚借爲『擬』。」《說文・手部》桂馥《義證》：「擬，又通作『疑』。」《集韻・止韻》：「擬，亦作『疑』。」《漢書・揚雄傳上》：「蝯貁擬而不敢下。」顏師古注：

「擬，疑也。」又《揚雄傳下》：「言奇者見擬。」顏師古注：「擬，疑也。」

〔二四〕召南行露，始肇半章

【集引】

《詩·召南·行露》：「誰謂雀無角，何以穿我屋？誰謂女無家，何以速我獄？雖速我獄，室家不足。」

【發義】

《召南·行露》一章之中，半爲五言，蓋謂始肇半章也。

〔二五〕孺子滄浪，亦有全曲

【集引】

《孟子·離婁上》：「有孺子歌曰：『滄浪之水清兮，可以濯我纓；滄浪之水濁兮，可以濯我足。』」

【發義】

孺子《滄浪》之歌，全曲蓋亦五言也。

〔二一六〕比采而推

〔集引〕

《楚辭·九章·懷沙》：「衆不知余之異采。」王逸注：「采，文采也。」

【發義】

比照文采，以爲類推。

〔雍案〕

采，黄叔琳校云：「一作『類』。」何焯校「類」。紀昀云：「『類』字是。」唐寫本作「彩」。「采」與「彩」，音義相同。《墨子·辭過》：「以爲錦繡文采靡曼之衣。」孫詒讓《閒詁》：「《長短經》正作『以爲文彩靡曼之衣』。」《文選·張協〈雜詩十首〉》：「寒花發黄采。」舊校：「五臣作『彩』。」又《司馬遷〈報任少卿書〉》：「而文采不表於後世也。」舊校：「善本『采』作『彩』。」采，乃彦和本旨，其謂「比照文采，以爲類推」不違常軌。推，藴類推之義，若爲「類」，則重義。蓋「采」是，而「類」非也。

〔一一七〕婉轉附物，怊悵切情，實五言之冠冕也

〔集引〕

《莊子·天下》：「椎拍輐斷，與物宛轉，舍是與非，苟可以免。」成玄英疏：「宛轉，變化也。」

【發義】

變化隨附於事物，失意感傷而切合於情理，實乃五言之首要。

〔雍案〕

婉轉，同「宛轉」。《詩經異文釋》卷四：「清揚婉兮。案：今《外傳》作宛，或後人轉寫從省。」《説文·宀部》朱駿聲《通訓定聲》：「宛，假借爲『婉』。」《詩·魏風·葛屨》：「宛然左辟。」李富孫《詩經異文釋》：「考文古本宛作婉。」婉，《御覽》引作「宛」，頗合劉文軌則。《章句篇》：「宛轉相騰。」《麗辭篇》：「則宛轉相承。」《物色篇》：「既隨物以宛轉。」並可證。

〔一一八〕張衡怨篇，清典可味

〔集引〕

《太平御覽》卷八百八十三引張衡《怨詩》序：「秋蘭，嘉美人也。嘉而不獲用，故作是詩也。」

張衡《怨詩》：「猗猗秋蘭，植彼中阿。有馥其芳，有黃其葩。雖曰幽深，厥美彌嘉。之子之遠，我勞如何？」

【發義】

張衡文以情變，標能擅美，其《怨詩》，清麗典雅，可以體味。

〔雍案〕

典，黃叔琳校云：「一作『曲』，從紀聞改。」梅慶生天啟二年重修本已改爲「典」。徐𤊹云：「當作『典』。」紀昀云：「是『清曲』。『曲』字作婉字解。」陸機《遂志賦》：「思玄精練而和惠，欲麗前人，而優游清典，漏幽通矣。」典，古與「腆」通用，善也；美也；至也。《群經平議·尚書三》：「自作不典。」俞樾按：「『典』當讀爲『腆』。古『典』與『腆』通用。」《禮記·郊特牲》：「辭無不腆。」鄭玄注：「腆，善也。」《儀禮·士昏禮》：「辭無不腆。」鄭玄注：「腆，善也。」《書·酒誥》：「不腆于酒。」孫星衍《今古文注疏》引《廣雅》云：「腆，美也。」

〔二九〕五言騰踊

〔集引〕

《後漢書·馬融列傳上〈廣成頌〉》：「樂我純德，騰踊相隨。」黃侃《札記》云：「詳建安五言，毗於樂府。魏武諸作，慷慨蒼涼，所以收束漢音，振發魏響……蓋五言始興，惟樂歌爲衆，辭人競傚，其風隆自建安，既作者滋多，故工拙之數可得而論矣。」

【發義】

五言起於李陵、枚乘。漢之學者通經致用，其風爲魏武所易，獨取吟詠一途，所以五言騰踊。迨及建安，乘時之士，遷蛻舊習，辭去浮華，體尚氣質，獨以剛健，標映一時。

〔雍案〕

踊，唐寫本作「躍」。《御覽》《玉海》引作「踴」。楊明照《校注》云：「按『躍』『踴』通用。以《宗經篇》『百家騰躍』、《總術篇》『義味騰躍而生』例之，此當以作『躍』爲是。其作『踊』者，殆『踴』之殘誤。」此楊氏未訓也。「騰躍」非是，當作「騰踊」爲是。柳宗元《囚山賦》：「勢騰踊夫波濤。」《輯注》：「『踊』與『踴』字同。」

〔三〇〕亦魏之遺直也

〔集引〕

《左傳·昭公十四年》：「仲尼曰：『叔向，古之遺直也。』」

【發義】

魏之直者，有古人遺風，源其飈流，同祖《風》《騷》，以文被質，絶唱高蹤，久無嗣響。

〔三一〕**晉世群才，稍入輕綺**

〔集引〕

沈約《宋書・謝靈運傳〈論〉》：「降及元康，潘、陸特秀，律異班、賈，體變曹、王，縟旨星稠，繁文綺合。」

【發義】

晉世群才，律異於漢，爲文輕薄綺合也。

〔三二〕**采縟於正始**

〔集引〕

《文鏡祕府論・南卷・論文意篇》：「古人云：『采縟於正始。』」

【發義】

文采彌縟於正始也。嵇康、阮籍諸人之詩，是爲正始體。正始，乃三國魏齊王（曹芳）年號。自正始至晉，士大夫好老、莊玄學，尚清談，其間惟嵇康、阮籍作品言約意深，感慨時事，與當時風行之玄言詩異，蓋謂其正始體也。

〔雍案〕

《三國志·魏書》：「齊王芳改元正始。」采，倪本、鮑本《御覽》引作「綵」。楊明照《校注》云：「按『綵』字《説文》所無，當以作『采』爲是。」《文選·張衡〈思玄賦〉》：「昭綵藻與琱瑑兮。」舊注：「綵，文綵也。」《韓非子·解老》：「知采文之謂服文采。」王先慎《集解》：「王弼、河上公本『采』作『綵』。」

〔三三〕或枏文以爲妙

〔集引〕

柳宗元《送巽上人赴中丞叔父召序》：「與夫世之析章句。」

【發義】

或以析文對偶爲妙。

〔雍案〕

枏，古「析」字，音義同。《楚辭·九章·惜誦》：「令五帝以枏中兮。」洪興祖《補注》：「枏，與析同。」江淹《去故鄉賦》：「北風枿兮絳花落。」胡之驥注：「枿，音析，義同。」《慧琳音義》卷八四「敷析」注：「傳中作『枿』，俗字也。」《左傳·僖公二十五年》：「秦人過析。」陸德明《釋文》：「析，俗作『枿』。」

〔三四〕或流靡以自妍

〔集引〕

顏延之《庭誥》：「至於五言流靡，則劉楨、張華，四言側密，則張衡、王粲；若夫陳思王，可謂兼之矣。」

【發義】

辭韻相屬，乃流靡也。作五言詩者，善用四聲，則諷詠而流韻綺曼。

〔三五〕溺乎玄風

〔集引〕

《世説新語·文學》：「初注《莊子》者數十家，莫能究其旨要，向秀於舊注外爲解義，妙析奇致，大暢玄風。」沈約《宋書·謝靈運傳〈論〉》云：「爲學窮於柱下，博物止乎七篇，馳騁文辭，義單乎此。自建武暨於義熙，歷載將百，雖綴響聯辭，波屬雲委，莫不寄言上德，託意玄珠，遒麗之辭，無聞焉爾。」

【發義】

建安風力既盡，晉玄風獨扇。

〔三六〕嗤笑徇務之志

〔集引〕

《文選·干寶〈晉紀總論〉》：「學者以莊、老爲宗，而黜六經；談者以虛薄爲辯，而賤名檢；當官者以望空爲高，而笑勤恪。」

【發義】

玄風所被，世咸以望空爲高，爲文虛盛，蓋嗤笑務實之士。

〔三七〕所以景純仙篇，挺拔而爲俊矣

〖集引〗

鍾嶸《詩品》：「郭景純用儁上之才，變創其體。」又云：「文體相輝，彪炳可翫，始變永嘉平淡之體，故稱中興第一。」黄侃《札記》云：「是東晉玄言之詩，景純實爲之前導，特其才氣奇肆，遭逢艱險，故能假玄言以寫中情，非夫抄録文句者所可擬況。」

【發義】

郭景純善於遥寄，蓋峻拔而高出於衆。

〔三八〕莊老告退，而山水方滋

〖集引〗

《漢書·王貢兩龔鮑傳〈序〉》：「（嚴君平）依老子、嚴周之指，著書十餘萬言。」顔師古注：「嚴周即莊周。」

【發義】

莊、老告退，陶、謝了其玄宗，玄言殺止，玄韻消歇，復之田舍爲語，其隆旁及山川雲物。

〔三九〕**故鋪觀列代，而情變之數可監**

〔集引〕

《後漢書·班彪列傳下》：「鋪觀二代洪纖之度。」李賢注：「鋪，徧也。」

【發義】

遍觀列代，情變之數固可考察。

〔四〇〕**兼善則子建仲宣**

〔集引〕

顔延之《庭誥》：「至於五言流靡，則劉楨、張華，四言側密，則張衡、王粲；若夫陳思王，可謂兼之矣。」

【發義】

四言側密，五言流靡，則陳思王、王粲兼善矣。

〔四一〕偏美則太沖公幹

〔集引〕

《詩品》：「（左思詩）其源出於公幹，文典以怨，頗爲精切，得諷諭之致，雖野於陸機，而深於潘岳。謝康樂嘗言：左太沖詩、潘安仁詩，古今難比。」

【發義】

太沖、公幹詩作，長於五言，故偏美矣。

〔四二〕然詩有恒裁，思無定位，隨性適分，鮮能通圓

〔集引〕

《藝文類聚·庚亮〈釋奠祭孔子文〉》：「應感圓通。」《楞嚴經》：「十三者，六根圓通，明照無二，含十方界。」

【發義】

詩有恒常之制，若思無定位所立，隨性適分，鮮能圓通而兼長各體也。

〔雍案〕

通圓，唐寫本作「圓通」。《御覽》引同。劉文《論説》有「義貴圓通」，《封禪》有「辭貫圓通」，則「圓通」是也。「圓」者，圓融也；「通」者，貫通也。《梁書·陶弘景傳》：「弘景爲人，圓通謙謹，出處冥會，心如明鏡，遇物便了。」圓通，亦佛教語。不偏倚謂之圓；無阻礙謂之通。《高僧傳·釋僧遠傳》：「業行圓通。」

樂府第七

樂府者，聲依永，律和聲也。鈞天九奏，既其上帝〔一〕；葛天八闋，爰乃皇時〔二〕。自咸英以降〔三〕，亦無得而論矣。至於塗山歌於候人，始爲南音〔四〕；有娀謡乎飛燕，始爲北聲〔五〕；夏甲歎於東陽，東音以發〔六〕；殷整思於西河，西音以興〔七〕。音聲推移〔八〕，亦不一概矣。匹夫庶婦，謳吟土風，詩官採言，樂盲被律，志感絲篁，氣變金石〔九〕。是以師曠覘風於盛衰〔一〇〕，季札鑒微於興廢〔一一〕，精之至也。

夫樂本心術〔一二〕，故響浹肌髓〔一三〕，先王慎焉，務塞淫濫〔一四〕。敷訓胄子，必歌九德〔一五〕，故能情感七始〔一六〕，化動八風〔一七〕。自雅聲浸微，溺音騰沸〔一八〕，秦燔樂經，漢初紹復，制氏紀其鏗鏘〔一九〕，叔孫定其容與〔二〇〕。於是武德興乎高祖〔二一〕，四時廣於孝文，雖摹韶夏，而頗襲秦舊，中和之響〔二二〕，闃其不還。暨武帝崇禮，始立樂府，總趙代之音，撮齊楚之氣，延年以曼聲協律，朱馬以騷體製歌〔二三〕。桂華雜曲，麗而不經；赤雁群篇，靡而非典〔二四〕；河間薦雅而罕御〔二五〕，故汲黯致譏於天馬也。至宣帝雅頌，詩效鹿鳴〔二六〕；邇及元成，稍廣淫樂。正音乖俗，其難也如此。暨後郊廟，惟雜雅章，辭雖典文，而律非夔曠。至於魏之三祖，氣爽才麗，宰割辭調，音靡節平〔二七〕。觀其北上衆引，秋風列篇，或述酣宴，或傷羈戍，志不出於淫蕩〔二八〕，辭不離於哀思，雖三調之正聲，實韶夏之鄭曲也〔二九〕。逮於晉世，則傅玄曉音，創定雅歌，以詠祖宗；張華新篇，亦充庭萬〔三〇〕。然杜夔調律，音奏舒雅〔三一〕；荀勗改懸，聲節哀急，故阮咸譏其離聲，後人驗其銅尺〔三二〕，和樂精妙，固表裏而相資矣。故知詩爲樂心，聲爲樂體〔三三〕。樂體在聲，瞽師務調其器；樂心在詩，君子宜正其文。好樂無荒，晉風所以稱遠；伊其相謔，鄭國所以云亡。故知季札觀辭，不直聽聲而已〔三四〕。

若夫豔歌婉孌，怨志詄絶，淫辭在曲，正響焉生？然俗聽飛馳，職競新異，雅詠温恭，必欠伸魚睨〔三五〕；奇辭切至，則拊髀雀躍〔三六〕。詩聲俱鄭，自此階矣。凡樂辭曰詩，詩聲曰歌〔三七〕，聲來被辭，辭繁難節；故陳思稱李延年閑於增損古辭〔三八〕，多者則宜減之，明貴約也。觀高祖之詠大風，孝武之歎來遲，歌童被聲，莫敢不協；子建士衡，咸有佳篇，並無詔伶人，故事謝絲管，俗稱乖調，蓋未思也。至於斬伎鼓吹，漢世鐃挽，雖戎喪殊事，而並總入樂府，繆襲所致，亦有可算焉。昔子政品文，詩與歌別，故略具樂篇，以標區界。

贊曰：八音摛文，樹辭爲體〔三九〕。謳吟坰野，金石雲陛〔四〇〕。韶響難追，鄭聲易啟〔四一〕。豈惟觀樂，於焉識禮。

【發義】

聲依所詠，律和其聲。

漢世樂府，蓋有聲譜，所謂「聲曲折」是也。然聲譜代易傳失，後之所作，體制乖違，曲度全非。彥和論旨，止節淫濫，見異於乖調，而偏重於辭義也。

〔一〕**鈞天九奏，既其上帝**

【集引】

《史記・趙世家》：「簡子寤，語大夫曰：『我之帝所甚樂，與百神游於鈞天，廣樂九奏萬舞，不類三代之樂，其聲動人心。』」

【發義】

鈞天九奏，趙氏疾瘏之語，所謂「不類三代之樂」，乃言所聞已非雅聲，鍾石斯繆也。黄侃《札記》云：「蓋自秦以來，雅音淪喪，漢代常用，皆非雅聲。」

〔雍案〕

既，唐寫本作「暨」。其，《玉海》引作「具」。楊明照《校注》云：「按『暨』『具』二字並誤。《章表篇》『既其身文』，《奏啟篇》『既其如兹』，《程器篇》『既其然矣』，句法並與此同。舍人《剡山石城寺石像碑》『金剛既其比堅』，亦可證。」既，古與「暨」通，音義同。《群經平議·春秋外傳國語》：「既其葬也，焚煙徹於上。」俞樾按：「既，猶『暨』也。」又《群經平議·禮記二》：「既明反而後行。」俞樾按：「既，當讀爲『暨』。」《經詞衍釋補遺》：「『既』通『暨』，及也。《書》：『既彌留，恐不獲誓言嗣。』謂及彌留之際也。」

〔二〕葛天八闋，爰乃皇時

〔集引〕

《吕氏春秋·古樂》：「昔葛天氏之樂，三人操牛尾，投足以歌八闋：一曰載民，二曰玄鳥，三曰遂草木，四曰奮五穀，五曰敬天常，六曰達帝功，七曰依地德，八曰總萬物之極。」

【發義】

八闋之樂，乃皇時原始宗教信仰之舞樂。

〔三〕**自咸英以降**

〖集引〗

《樂·緯》：「黄帝樂曰《咸池》，帝嚳樂曰《六英》。」

【發義】

《禮記·樂記》：「咸池，備矣。」孔穎達疏説是黄帝之樂，堯增修沿用。咸池之樂，乃祭地示也。

〔四〕**至於塗山歌於候人，始爲南音**

〖集引〗

《吕氏春秋·音初》：「禹行功，見塗山之女，禹未之遇而巡省南土。塗山氏之女乃令其妾待禹于塗山之陽，女乃作歌，歌曰：『候人兮猗。』實始作爲南音。」《左傳·成公九年》：「使與之琴，操南音。」高誘注：「南音，楚聲。」

【發義】

南音，南方之音樂。始於大禹行功，塗山之女作歌，歌及迎送賓客之候吏。

〔五〕有娀謡乎飛燕，始爲北聲

〔集引〕

《呂氏春秋·音初》："有娀氏有二佚女，爲之九成之臺，飲食必以鼓。帝令燕往視之，鳴若謚隘，二女愛而爭搏之，覆以玉筐。少選，發而視之，燕遺二卵北飛，遂不反。二女作歌，一終曰：『燕燕往飛。』實始作爲北音。"

【發義】

北音，乃北方樂音。其始作也，是爲玄鳥之歌，曰："往往燕飛，去來何忙。天命玄鳥，降而生商。"蓋三代樂音，亦有由神話所衍者。

〔六〕夏甲歎於東陽，東音以發

〔集引〕

《呂氏春秋·音初》："夏后氏孔甲田于東陽萯山，天大風晦盲，孔甲迷惑，入于民室。主人方乳……或曰『……之子是必有殃』……后乃取其子以歸，曰：『以爲余子，誰敢殃之。』子長成人，幕動坼橑，斧斫斬其足……孔甲曰：『嗚呼有疾，命矣夫！』乃作爲《破斧》之歌，實始爲東音。」

【發義】

東音，乃東方樂音。《破斧》之歌，乃因夏后氏孔甲其養子之足爲斧所斫，感而作也。後周公東征時，人以此古歌名作《破斧》詩，以美周公也。

〔七〕殷整思於西河，西音以興

〖集引〗

《吕氏春秋·音初》：「周昭王親將征荆，辛餘靡長且多力，爲王右……（王）抎於漢中，辛餘靡振王北濟……周公乃侯之于西翟……殷整甲徙宅西河，猶思故處，實始作爲西音。」

【發義】

西音，乃古時謂西方之樂歌，實乃周之音。

〔八〕音聲推移

【集引】

《法言·問神》：「故言，心聲也。」《淮南子·脩務訓》高誘注：「推移，猶轉易也。」

【發義】

心聲轉易，亦不一概矣。所謂「心聲」，乃指歌辭。

【雍案】

音，唐寫本作「心」。是也。彦和語本於《淮南子·脩務訓》也。

〔九〕樂盲被律，志感絲篁，氣變金石

【集引】

《周禮·春官·大司樂》：「大胥中士四人，小胥下士八人。」《尚書大傳·略説》：「胥與就膳徹。」

【發義】

樂官被律，而志感其聲，氣變其響。

【雍案】

盲，黄叔琳校云：「元作『育』，許改。」彙編本、祕書本、崇文本作「肓」。清謹軒本作「音」。徐𤊹云：「樂胥，大胥。見《禮記》。」盲，乃「胥」之譌。《禮記・王制》：「小胥，大胥。」鄭玄注：「樂官屬也。」又《禮記・喪大記》：「大胥是斂，衆胥佐之。」鄭玄注：「胥，樂官也。」篁，唐寫本作「簧」。是也。「篁」與「簧」，義非相通。《説文・竹部》：「篁，竹田也。」《漢書・嚴朱吾丘主父徐嚴終王賈傳》：「篁竹之中。」顔師古注：「竹田曰篁。」屈平《九歌・山鬼》：「余處幽篁兮終不見天。」吕向注：「篁，竹叢也。」《説文・竹部》：「簧，笙中簧也。」《詩・小雅・鹿鳴》：「吹笙鼓簧。」王先謙《三家義集疏》引《魯説》曰：「簧，笙中簧也。」《詩・王風・君子陽陽》：「左執簧。」陸德明《釋文》：「簧，笙簧。」劉文《總術》：「聽之則絲簧。」亦以「絲簧」連文。馬融《長笛賦》：「漂凌絲簧。」

〔一〇〕是以師曠覘風於盛衰

【集引】

《左傳・襄公十八年》：「晉人聞有楚師。師曠曰：『不害。吾驟歌北風，又歌南風，南風不競，多死聲，楚必無功。』」杜預注：「歌者吹律以詠八風，南風音微，故曰不競。」

【發義】

師曠雖生而目盲，而善辨聲樂，覘風於盛衰也。

〔一一〕**季札鑒微於興廢**

〔集引〕

《左傳·襄公二十九年》：「吴公子札來聘……請觀於周樂……爲之歌《鄭》，曰：『美哉，其細已甚，民弗堪也，是其先亡乎？』爲之歌《齊》，曰：『美哉，泱泱乎大風也哉！表東海者，其太公乎？國未可量也。』」

【發義】

吴季札審察其微，蓋知興廢而歌也。

〔一二〕**夫樂本心術**

〔集引〕

《後漢書·張曹鄭列傳》：「孔子曰：『安上治民，莫善於禮；移風易俗，莫善於樂。』」

【發義】

應感起物而動，然後心之所由，其形焉。

〔一三〕**故響浹肌髓**

〔**集引**〕

《漢書・禮樂志》：「夫樂本情性，浹肌膚而臧骨髓。」《清通考・刑考十六・赦宥》：「特恩寬大之詔，歲輒屢下，或間歲而一下。湛濡汪濊，浹髓淪肌。」

【發義】

故聲發於和而本於情，接於肌膚，藏於骨髓。

〔一四〕**務塞淫濫**

〔**集引**〕

《禮・樂記》：「流辟、邪散、狄成、滌濫之音作，而民淫亂。」

【發義】

是以先王慎焉，絶之過度無節制。

〔一五〕敷訓胄子，必歌九德

〖集引〗

《書·舜典》：「帝曰：『夔！命汝典樂，教胄子。』」孔安國傳：「胄，長也。」孔穎達疏：「繼父世者，惟長子耳，故以胄爲長也。」《書·臯陶謨》：「臯陶曰：『都，亦行有九德……寬而栗，柔而立，願而恭，亂而敬，擾而毅，直而温，簡而廉，剛而塞，強而義。』」《漢書·禮樂志》：「周詩既備，而其器用張陳，周官具焉。典者，自卿大夫師瞽以下，皆選有道德之人，朝夕習業，以教國子。國子者，卿大夫之子弟也。皆學歌九德，誦六詩，習六舞五聲八音之和。故帝舜命夔曰：『女典樂，教胄子。』」

【發義】

古帝王和貴族訓胄爲長，胄子皆入國學，是以施訓而稺子，必歌頌九德。古籍記述九德者甚多，内容隨文而異，而《逸周書·常訓》述曰：「九德：忠、信、敬、剛、柔、和、固、貞、順。」

〔一六〕故能情感七始

〔集引〕

《漢書·律曆志上》：「《書》曰：『予欲聞六律、五聲、八音、七始詠，以出内五言。』」釋曰：「七始，天地四時，人之始也。」《漢書·禮樂志·安世房中歌》：「七始華始，肅倡和聲。」

【發義】

七始者，天統也。古代樂論，謂音律發端於七始。其謂：黄鐘、林鐘、太簇，天地人之始；姑洗、蕤賓、南吕、應鐘，春夏秋冬之始。後以七始者作爲樂曲名。

〔一七〕化動八風

〔集引〕

《左傳·隱公五年》：「夫舞所以節八音而行八風。」《漢書·律曆志》：「理八風，節八政。」《禮记·樂記》：「鼓之以雷霆，奮之以風雨，動之以四時，煖之以日月，而百化興焉。」

【發義】

蓋以樂教化，而動八方之風。古之謂八風者，名目不一。

〔一八〕自雅聲浸微，溺音騰沸

〔集引〕

《禮記·樂記》：「（子夏對魏文侯曰：）『今君之所好者，其溺音乎？』文侯曰：『敢問溺音何從出也？』子夏對曰：『鄭音好濫，淫志；宋音燕女，溺志；衛音趨數，煩志；齊音敖辟，喬志。此四者，皆淫於色而害於德，是以祭祀弗用也。』」

【發義】

雅聲者，古之正聲。溺音者，別於正聲之音。其浮靡淫濫、急促煩複、驕誇邪僻，使人情志沉溺其中也。

〔一九〕制氏紀其鏗鏘

〔集引〕

《漢書·禮樂志》：「漢興，樂家有制氏，以雅樂聲律世世在大樂官，但能紀其鏗鎗鼓舞，而不能言其義。」

【發義】制氏雖善紀樂，而不能言其義也。

〔二〇〕叔孫定其容與

【集引】《後漢書·张曹鄭列傳》：「然先王之容典，蓋多闕矣。」《漢書·禮樂志》：「高祖時，叔孫通因秦樂人制宗廟樂。」

【發義】漢初，天下創定，朝制無文，叔孫通頗採經禮，參酌秦法，雖適物觀，時有救崩；然先王之禮容法則，蓋多闕矣。

〔雍案〕與，唐寫本作「典」。「典」字是也。《後漢書·张曹鄭列傳》云：「然先王之容典，蓋多闕矣。」李賢注：「典，法則也。」《漢書·禮樂志》云：「高祖時，叔孫通因秦樂人制宗廟樂。」

〔二一〕於是武德興乎高祖

【集引】

《漢書·禮樂志》：「《武德舞》者，高祖四年作，以象天下樂己行武以除亂也。」

【發義】

武道之興，乃以其舞，象天下樂己行武以除亂。

〔二二〕中和之響

【集引】

《禮記·中庸》：「喜怒哀樂之未發謂之中，發而皆中節謂之和……致中和，天地位焉，萬物育焉。」《荀子·勸學》：「樂之中和也。」

【發義】

樂者，天地之命，中和之紀，人情之所不能免也。蓋儒家以「致中和」爲中庸之道，致則無事不達於和諧境界也。

〔一三〕暨武帝崇禮，始立樂府，總趙代之音，撮齊楚之氣，延年以曼聲協律，朱馬以騷體製歌

〔集引〕

《漢書·禮樂志》：「至武帝定郊祀之禮……乃立樂府，采詩夜誦。有趙代秦楚之謳，以李延年爲協律都尉，多舉司馬相如等數十人造爲詩賦。」又《佞幸傳》：「延年善歌，爲新變聲。是時上方興天地諸祠，欲造樂，令司馬相如等作詩頌。延年輒承意弦歌所造詩，爲之新聲曲。」

【發義】

《漢書·藝文志》樂府詩中，有趙代齊楚民歌。蓋舍人謂「總趙代之音，撮齊楚之氣」也。延年引長聲音以協律，朱買臣、司馬相如用騷體以製歌。

〔一四〕桂華雜曲，麗而不經；赤雁群篇，靡而非典

〔集引〕

《宋書·樂志一》：「漢武帝雖頗造新哥，然不以光揚祖考，崇述正德爲先；但多詠祭祀見事，及其祥瑞而已。商周《雅》《頌》之體，闕焉。」《隋書·音樂志上》：「武帝裁音律之響，定郊丘之祭，頗雜謳謡，非全雅什。」《漢書·禮樂志·赤雁》：「象載瑜，白集西；食甘露，飲榮泉。赤雁集，六紛員；殊翁雜，五采文。神所見，施祉福；登蓬萊，結無極。」

【發義】

《桂華》頗雜謳謡，雖藻麗而不經，匪合正音。《赤雁》群篇，華靡而非典則。太始三年，漢武帝行幸東海，獲赤雁而作《赤雁》。《赤雁》乃《郊祀歌》之一章。

〔二一五〕河間薦雅而罕御

〔集引〕

《漢書·禮樂志》：「河間獻王有雅材，亦以爲治道非禮樂不成，因獻所集雅樂。天子下大樂官常存肄之。歲時以備數，然不常御；常御及郊廟皆非雅聲。」

【發義】

常御及郊祀之禮非雅樂，蓋河間所薦雅材，王不用也。

〔二六〕至宣帝雅頌，詩效鹿鳴

〖集引〗

《漢書·嚴朱吾丘主父徐嚴終王賈傳》：「（宣帝時，）天下殷富，數有嘉應，上頗作歌詩，欲興協律之事……於是益州刺史王襄欲宣風化於衆庶，聞王褒有俊才，請與相見，使褒作《中和》《樂職》《宣布》詩，選好事者令依《鹿鳴》之聲，習而歌之。」

【發義】

宣帝時之歌詩，乃爲雅樂，故頗效《詩·小雅·鹿鳴》也。

〔二七〕宰割辭調，音靡節平

〖集引〗

《宋書·樂志三》：「《相和》，漢舊歌也。絲竹更相和，執節者歌。本一部，魏明帝分爲二。」

【發義】

聲律之柔和輕細，蓋謂之靡也；音節之平淡，蓋謂之平也。分割其律，辭調適然。

〔二一八〕志不出於淫蕩

〔集引〕

《晏子春秋·内篇問下》：「以樂慆憂。」孫星衍《音義》引《説文·心部》：「慆，説也。」

【發義】

慆蕩非爲心之儀節，君子之近琴瑟，以儀節也，非以慆心也。故慆堙心耳，乃忘平和，君子弗聽也。

〔雍案〕

淫，唐寫本作「慆」。淫，乃「慆」之形訛。《慧琳音義》卷九九「慆耳」注引《蒼頡》云：「慆，和悦皃也。」《左傳·昭公元年》：「非以慆心也。」洪亮吉詁引《説文·心部》：「慆，説也。」《左傳·昭公三年》：「以樂慆憂。」杜預注：「慆，藏也。」《尚書大傳》卷二：「師乃慆，前歌後舞。」鄭玄注：「慆，喜也。衆大喜，前歌後舞也。」

〔二九〕雖三調之正聲，實韶夏之鄭曲也

〔**集引**〕

《荀子・樂論》：「正聲感人而順氣應之。」《論語・衛靈公》：「樂則韶舞，放鄭聲，遠佞人；鄭聲淫，佞人殆。」

【**發義**】

周道衰微，鄭衛之音作，正樂廢而失節。雅樂已崩，俗樂倡行，孔子曰：「放鄭聲。」又曰：「惡鄭聲之亂雅樂也。」宋大明以還，聲伎所尚，多鄭衛淫俗，雅樂正聲鮮有好者。五降而不息，則雜聲並奏，所謂鄭衛之聲，世俗猶以之虞説耳目。故俗有淳漓，詞有正變。

〔三〇〕張華新篇，亦充庭萬

〔**集引**〕

《晉書・樂志》：「張華以爲『魏上壽、食舉詩及漢氏所施用，其文句長短不齊，未皆合古』。」又：「使郭夏、宋識等造《正德》《大豫》二舞，其樂章張華所作云。」《詩・邶風・簡兮》：「公庭

《萬舞》。」

【發義】

蓋謂張華新作，充作舞曲也。

〔三二〕然杜夔調律，音奏舒雅

【集引】

《三國志·魏書·杜夔傳》：「（杜夔以知音爲雅樂郎，後以世亂奔荆州。荆州平，）太祖以夔爲軍謀祭酒，參太樂事，因令創制雅樂。夔善鐘律，聰思過人……時散郎鄧靜、尹齊善詠雅樂，歌師尹胡能歌宗廟郊祀之曲，舞師馮肅、服養曉知先代諸舞。夔總統研精，遠考諸經，近采故事，教習講肄，備作樂器，紹復先代古樂，皆自夔始也。」傅暢《晉諸公贊》：「今聲不合雅，懼非德政中和之音，必是古今尺有長短所致。然今鐘磬是魏時杜夔所造，不與勗律相應，音聲舒雅，而久不知夔所造，時人爲之不足改易。」

【發義】

荀勗所造琴瑟，聲不合雅，非德政中和之音。是以杜夔所造，不與勗律相應，蓋音聲節奏舒雅。

〔三二〕荀勗改懸，聲節哀急，故阮咸譏其離聲，後人驗其銅尺

【集引】

《晉書·樂志》：「荀勗以杜夔所制律呂校太樂、總章、鼓吹八音，與律呂乖錯。乃制古尺，作新律呂，以調聲韻……自謂宮商克諧，然論者尤謂勗暗解。時阮咸妙達八音，論者謂之神解。咸常心譏勗新律聲高，以爲高近哀思，不合中和。每公會樂作，勗意咸謂之不調，以爲異己，乃出咸爲始平相。後有田父耕於野，得周時玉尺，勗以校己所治鐘鼓金石絲竹，皆短校一米，於此伏咸之妙，復徵咸歸。」

【發義】

荀勗改易律呂，聲節哀急而失其聲，蓋阮咸譏之也。

【雍案】

聲，唐寫本作「磬」。離磬，樂器名。離磬，即編離之磬也。爲編懸於「冂」形木架（其横木曰簨，直木曰簴）上之多數石磬或玉磬。《禮記·明堂位》：「垂之和鍾，叔之離磬。」鄭玄注：「和、離，謂次序其聲縣也。」孔穎達疏：「叔之離磬者，叔之所作編離之磬……和、離謂次序其聲縣也者，聲解和也，縣解離也，言縣磬之時，其磬希疏相離。」楊明照《校注》云：「據此，咸譏荀勗之離磬

者，蓋以其改懸依杜夔所造鐘磬有所參池詳范注而言。若作『聲』，則非其指矣。」

〔三三〕聲爲樂體

【集引】

章太炎《國學概論》：「漢世《郊祀》《房中》之樂，有三言七言者，其辭閎麗詄蕩，不本《雅》《頌》，而聲氣若與之呼召，其風獨五言爲善。」

【發義】

音乃樂之輿，樂因音而行，音由器而發，蓋聲爲樂體也。

〔三四〕故知季札觀辭，不直聽聲而已

【集引】

《古文觀止·季札觀周樂》：「吴公子札來聘。……請觀於周樂。使工爲之歌《周南》《召南》，曰：『美哉！始基之矣，猶未也，然勤而不怨矣。……』」

【發義】

君子觀樂之聽聲，非聽其鏗鏘而已，蓋聲亦有異也。

【雍案】

觀辭，乃「觀樂」之譌也。依《禮記・樂記》云「君子之聽聲，非聽其鏗鏘而已」，則確是「觀樂」也。

〔三五〕必欠伸魚睨

【集引】

《儀禮・士相見禮》：「君子欠伸。」鄭玄注：「志倦則欠，體倦則伸。」《文選・王褒〈洞簫賦〉》：「魚瞰雞睨。」李善注：「魚目不瞑，雞好邪視，故取喻焉。瞰，視也；睨，邪視也。」

【發義】

君子神志勞倦必欠，筋骨勞倦必伸。蓋取魚目不瞑，雞好邪視喻也。

〔三六〕奇辭切至，則拊髀雀躍

【集引】

《莊子・在宥》：「鴻蒙方將拊脾雀躍而遊。」《釋文》：「脾，本又作髀，音陛。」

【發義】

辭之新奇切當，則振奮喜悦。

〔三七〕凡樂辭曰詩，詩聲曰歌

〔集引〕

《禮記·樂記》：「夫樂者與音相近而不同。」鄭玄注：「應律乃爲樂。」

【發義】

誦其言謂之詩，詠其聲謂之歌。蓋凡以器播其聲則曰樂，人所歌則曰詩，二者皆有辭也。

〔雍案〕

詩，唐寫本作「詠」，是也。《漢書·藝文志》云：「誦其言謂之詩，詠其聲謂之歌。」蓋凡以器播其聲則曰樂，人所歌則曰詩，二者皆有辭也。

〔三八〕故陳思稱李延年閑於增損古辭

〔集引〕

《晉書·樂志上》：杜夔傳舊雅樂四曲，一曰《鹿鳴》，二曰《騶虞》，三曰《伐檀》，四曰《文王》，皆古聲辭。及太和中，左延年改夔《騶虞》《伐檀》《文王》三曲，更自作聲節，其名雖存，而聲實異。

【發義】

左延年，魏之擅樂者（見《三國志·魏書·杜夔傳》）。其嫻熟於雅樂，於古辭多有增減。

〔雍案〕

李延年，乃「左延年」之譌也。

〔三九〕八音摛文，樹辭爲體

〔集引〕

《書·堯典》：「三載，四海遏密八音。」《周禮·春官·大師》：「皆播之以八音。」

【發義】

八音振響，乃抒發聲文，以植辭爲主體。古代稱金、石、絲、竹、匏、土、革、木爲八音。金爲鐘，石爲磬，琴瑟爲絲，簫管爲竹，笙竽爲匏，壎爲土，鼓爲革，敔爲木。

〔四〇〕謳吟坰野，金石雲陛

〔集引〕

《詩·魯頌·駉》：「駉駉牡馬，在坰之野。」毛萇傳：「坰，遠野也。邑外曰郊，郊外曰野，野外曰林，林外曰坰。」

【發義】

謳吟坰野，乃謂民歌也。金石雲陛，乃爲朝樂也。蓋謂樂府之音，遍及朝野也。

〔四一〕韶響難追，鄭聲易啟

〔集引〕

《論語·衛靈公》：「樂則韶舞，放鄭聲，遠佞人；鄭聲淫，佞人殆。」

【發義】

古雅之樂難以追美，浮靡之聲易於啟俗。

詮賦第八

詩有六義，其二曰賦。賦者，鋪也；鋪采摛文，體物寫志也〔一〕。昔邵公稱公卿獻詩，師箴賦〔二〕。傳云：登高能賦，可爲大夫〔三〕。詩序則同義，傳説則異體，總其歸塗，實相枝幹。劉向云明不歌而頌，班固稱古詩之流也〔四〕。至如鄭莊之賦大隧〔五〕，士蔿之賦狐裘〔六〕，結言扭韻〔七〕，詞自己作，雖合賦體，明而未融。及靈均唱騷，始廣聲貌。然賦也者，受命於詩人，拓宇於楚辭也〔八〕。於是荀況禮智，宋玉風釣，爰錫名號，與詩畫境，六義附庸，蔚成大國。遂客主以首引，極聲貌以窮文，斯蓋別詩之原始，命賦之厥初也。

秦世不文，頗有雜賦。漢初詞人，順流而作〔九〕，陸賈扣其端〔一〇〕，賈誼振其緒〔一一〕，枚馬同其風〔一二〕，王揚騁其勢，皋朔已下，品物畢圖。繁積於宣時，校閲於成世，進御之賦，千有餘首，討其源流，信興楚而盛漢矣。夫京殿苑獵，述行序志，並體國經野，義尚光大，既履端於倡序，亦歸餘於總亂。序以建言，首引情本；亂以理篇，迭致文契。按那之卒章，閔馬稱亂，故知殷人輯頌，楚人理賦，斯並鴻裁之寰域，雅文之樞轄也。至於草區禽族，庶品雜類，則觸興致情，因變取會；擬諸形容，則言務纖密；象其物宜，則理貴側附〔一三〕。斯又小制之區畛，奇巧之機要也。

觀夫荀結隱語，事數自環〔一四〕；宋發巧談，實始淫麗〔一五〕；枚乘兔園，舉要以會新〔一六〕；相如上林，繁類以成豔〔一七〕；賈誼鵩鳥，致辨於情理〔一八〕；子淵洞簫，窮變於聲貌〔一九〕；孟堅兩都，明絢以雅贍〔二〇〕；張衡二京，迅發以宏富〔二一〕；子雲甘泉，構深瑋之風〔二二〕；延壽靈光，含飛動之勢〔二三〕。凡此十家，並辭賦之英傑也〔二四〕。及仲宣靡密，發端必遒；偉長博通，時逢壯采；太沖安仁，策勳於鴻規；士衡子安，底績於流制〔二五〕；景純綺巧，縟理有餘；彥伯梗概，情韻不匱〔二六〕。亦魏晉之賦首也。

原夫登高之旨，蓋覩物興情。情以物興，故義必明雅；物以情觀〔二七〕，故詞必巧麗。麗詞雅義，符采相勝，如組織之品朱紫，畫繪之著玄黃，文雖新而有質，色雖糅而有本，此立賦之大體也。

然逐末之儔，蔑棄其本，雖讀千賦，愈惑體要；遂使繁華損枝，膏腴害骨，無貴風軌〔二八〕，莫益勸戒。此揚子所以追悔於雕蟲，貽誚於霧縠者也〔二九〕。

贊曰：賦自詩出，分歧異派〔三〇〕。寫物圖皃，蔚似雕畫。枏滯必揚，言庸無隘〔三一〕。風歸麗則，辭翦美稗〔三二〕。

【發義】

詮論厥賦，審述鴻裁。

本篇作意，推究漢賦本源，徵引十家，闚其大略，辨章流別，評騭精當，明賦指歸，獨具特識。

〔一〕**鋪采摛文，體物寫志也**

〖集引〗

唐《孫樵集·與王霖秀才書》：「儲思必深，摛辭必高，道人之所不道，到人之所不到。」

【發義】

鋪張文采，體察狀繢事物，寫其心之所由。蓋彥和鋪陳二語，特指辭人之賦，非六義本原。

〔二〕**昔邵公稱公卿獻詩，師箴賦**

〔集引〕

《國語·周語上》：「召公曰：『……故天子聽政，使公卿至於列士獻詩，瞽獻典，史獻書，師箴，瞍賦，矇頌，百工諫。』」

【發義】

古之天子聽政，獻詩至於列士，而師箴、瞍賦亦在其列。

〔雍案〕

「師箴賦」，謝兆申校作「師箴瞍賦」，沈岩、紀昀校同。訓故本作「師箴瞍賦」，《賦略》緒言引同。

〔三〕**傳云：登高能賦，可爲大夫**

〔集引〕

《漢書·藝文志》：「傳曰：『不歌而頌謂之賦，登高能賦，可以爲大夫。』」《詩·鄘風·定之方中》毛萇傳：「升高能賦……可以爲大夫。」

【發義】

漢世重賦，跂望登高，以能賦爲尚，蓋能賦者，可爲大夫也。卿、雲巨麗，升堂冠冕；張、左恢廓，登高不繼。

〔四〕班固稱古詩之流也

〔集引〕

《文選·班固〈兩都賦序〉》：「賦者，古詩之流也。」陶宗儀《文章宗旨》：「賦者，古詩之流也。前極宏侈之規，後歸簡約之制。」

【發義】

賦者，不歌而頌，其遠而出於古之流派。

〔五〕至如鄭莊之賦大隧

〔集引〕

《左傳·隱公元年》：「公入而賦：『大隧之中，其樂也融融。』姜出而賦：『大隧之外，其樂也洩洩。』」

【發義】

鄭莊公恨母助弟作亂，嘗誓曰：「不及黃泉，毋相見也。」後感潁考叔之言，掘地及泉，與武姜隧而相見，作大隧之賦，其樂和樂也。

〔六〕士蔿之賦狐裘

【集引】

《左傳・僖公五年》：「晉侯使士蔿爲二公子筑蒲與屈，不慎，置薪焉。夷吾訴之。公使讓之。……退而賦曰：『狐裘尨茸，一國三公，吾誰適從？』」

【發義】

狐裘加身，貴而多善者，雜亂也，蓋一國三公，難以適從。

〔七〕結言⿰扌豆韻

【集引】

《經籍籑詁・旱韻》：「《逢盛碑》：命有悠⿰扌豆。」《文賦》：「或託言於短韻。」《宋書・索虜傳》：

「（宋文帝詔）吾少覽篇籍，頗受文義……感慨之來，遂成短韻。」

【發義】

用短韻以組詞，篇體不廣，乃賦之特色。

〔雍案〕

⿰扌豆，唐寫本作「短」。《御覽》同。劉永濟《文心雕龍校釋》（以下簡稱《校釋》）云：「唐寫本作『短韻』，是。短、⿰扌豆形似而誤。」「⿰扌豆」與「短」音義同。劉氏所謂「形似而誤」，乃失於未訓焉。郝懿行云：「按《集韻》：『⿰扌豆』與『短』同。」《廣韻·緩韻》：「⿰扌豆，同『短』。」《慧琳音義》卷七八「⿰扌豆小」注：「⿰扌豆，古文『短』字。」《經籍籑詁·旱韻》：「《逢盛碑》：命有悠⿰扌豆。短作『⿰扌豆』。」「⿰扌豆」字碑刻，見於東漢《漢循吏故聞熹長韓仁銘》（現存滎陽市文物保管所，東漢熹平四年刻。金正大五年滎陽縣令李輔之得之。清康熙年間一度佚失，後又發現，移至滎陽縣署。碑文左側刻有金大正五年趙秉文及正大六年李天翼跋語、李獻能題銘，詳述該碑出土情況）。銘文曰：「還槐里令，除書未到，不幸⿰扌豆命，喪身爲……」是「⿰扌豆」爲「短」字之實證也。

〔八〕然賦也者，受命於詩人，拓宇於楚辭也

〔集引〕

漢司馬相如《西京雜記》：「詞賦者，合纂組以成文，列錦繡而爲質，一經一緯，一宮一商，此

賦之迹也。」班固《漢書·藝文志》云：「春秋之後，周道浸壞，聘問歌詠，不行於列國，學詩之士逸在布衣，而賢人失志之賦作矣。」章太炎《國故論衡·文學七篇〈辨詩〉》：「然言賦言，多本屈原。」

【發義】

詩有六義，賦居厥一，受命於詩人，固有《楚辭》而無賦名也。是以恢拓境宇，規模閎於漢。蓋焦循《易餘籥録》云：「夫一代有一代之所勝……漢則專取其賦。」王國維《宋元戲曲考序》云：「凡一代有一代之文學。楚之騷，漢之賦……皆所爲一代之文學，而後世莫能繼焉也。」屈原、孫卿皆以賦名，屈賦乃道情，孫賦乃詠物。後世言賦者，大都本諸屈原。蓋屈子之《騷》，崛爲辭賦之祖，司馬相如、揚雄、班固之作，雖流聲無窮，至律以《騷》之規律，瞠乎若後塵焉。漢賈生《惜誓》上接《楚辭》，《鵩鳥》規摩《卜居》，司馬相如自《遠遊》流變而爲《大人賦》，枚乘自《大招》《招魂》散而爲《七發》，其後漢武帝《悼李夫人》、班婕妤《自悼》，以及淮南王刘安、東方朔、劉向輩皆脱胎於屈原、宋玉。而《鸚鵡》《鷦鷯》諸賦，乃規摩於孫卿。上述賦家中，枚乘卻以詩見長，賦卻不甚著稱。自屈、宋以至鮑、謝，賦道既極，至於江淹、沈約，稍近凡俗。庾信之作，去古愈遠，其靡已甚。賦之亡蓋先於詩。

〔**雍案**〕

「賦」下唐寫本有「則」字，「拓」上唐寫本有「而」字。

〔九〕順流而作

〖集引〗

徐師曾《賦》：「兩漢而下，作者繼起。」玄燁（清康熙帝）《御製歷代賦彙序》：「春秋之後，聘問詠歌不行於列國，於是羈臣志士，自言其情，而賦乃作焉。」

【發義】

秦漢之世，賦體漸興。漢初辭人，雅好楚聲，開《楚辭》別派，循其流而興起。賦則漫衍其流，體亦叢雜。司馬相如上紹《楚辭》餘緒，下闢漢賦新塗，獨變其體，益以瑋奇之意，飾以綺麗之辭，不拘成法。摯虞《文章流别論》云：「古詩之賦，以情義爲主，以事類爲佐；今之賦，以事形爲本，以義正爲助。情義爲主，則言省而文有例矣；事形爲本，則言當（按，疑『當』乃『富』之形譌）而辭無常矣。」《史記·屈原賈生列傳》云：「屈原既死之後，楚有宋玉、唐勒、景差之徒者，皆好辭而以賦見稱。」

〔一〇〕陸賈扣其端

【集引】

章太炎《國故論衡·文學七篇〈辨詩〉》：「《七略》次賦爲四家：一曰屈原賦，二曰陸賈賦，三曰孫卿賦，四曰雜賦。屈原言情，孫卿效物，陸賈賦不可見。」

【發義】

陸賈乃開其端，發爲首唱。

〔一一〕賈誼振其緒

【集引】

章太炎《國故論衡·文學七篇〈辨詩〉》：「漢世自賈生《惜誓》，上接《楚辭》，《鵩鳥》亦方物《卜居》。」

【發義】

賈誼嗣響，振揚其緒。自屈原之後，作者繼起，獨賈生以命世英傑之材，俯就騷律，非一時諸人所及。

〔一二〕枚馬同其風

〔集引〕

章太炎《國故論衡·文學七篇〈辨詩〉》：「而相如《大人賦》，自《遠游》流變。枚乘又以《大招》《招魂》散爲《七發》。」

【發義】

枚乘、司馬相如播展其風，蔚爲大漢天聲。

〔雍案〕

同，唐寫本作「播」。《御覽》引作「洞」。楊明照《校注》云：「按漢賦至枚馬發揚光大，唐寫本作『播』是。」播，揚也。《大戴禮記·曾子立事》：「作於中則播於外也。」王聘珍《解詁》：「播，揚也。」《周禮·春官·大師》：「皆播之以八音。」鄭玄注：「播，猶揚也。」

〔一三〕擬諸形容，則言務纖密；象其物宜，則理貴側附

〔集引〕

《易·繫辭上》："聖人有以見天下之賾，而擬諸其形容，象其物宜。"

【發義】

擬諸其形貌，敷言務必細密。狀繢事物之所宜，理貴從旁比附。蓋理有所寄，而託於物象焉。

〔一四〕荀結隱語，事數自環

〔集引〕

《漢書·東方朔傳》："（郭）舍人不服，因曰：『臣願復問朔隱語，不知，亦當榜。』"

【發義】

隱語者，亦謂"廋詞"。乃不直述本意，而藉他辭暗示之語。荀子《賦》篇，皆爲隱語，其類謎語，言事反覆，迴環數次，範圍縮小至終，點明謎面。

〔一五〕宋發巧談，實始淫麗

〔**集引**〕

《逸周書·謚法》：「華言無實曰夸。」

【**發義**】

彥和所指，蓋自宋玉，夸飾淫麗始盛，麗靡過美，則與情相悖，揚雄疾辭人賦麗以淫。宋玉《九辯》《風賦》雖具誇飾，卻不淫靡。而《高唐賦》《神女賦》《登徒子好色賦》，淫麗過美，疑後人僞託之作。

〔**雍案**〕

巧，唐寫本作「夸」。夸，古通「誇」。巧，乃「誇」之形訛。《集韻·麻韻》：「誇，古作『夸』，通作夸。」《公羊傳·莊公九年》：「伐敗也。」何休注：「自誇大其伐而取敗。」陸德明《釋文》：「誇，本又作夸。」《玄應音義》卷一一「自誇」注引《謚法》曰：「華言無實曰夸。」

〔一六〕枚乘兔園，舉要以會新

〔集引〕

《宋文鑑·田錫〈太平御覽序〉》：「非獵精以爲鑒戒，舉要以觀會同，可爲日覽之書，資於日新之德，則雖白首，未能窮經。」

【發義】

《梁王菟園賦》，列舉大要，融會新意。

〔雍案〕

枚乘《菟園賦》殘，見於《古文苑》《藝文類聚》。張惠言曰：「此篇奇麗横出，非後人所能僞造。蓋傳久失真，錯脱不可理耳。以意屬讀，亦可想見風格。」

〔一七〕相如上林，繁類以成豔

〔集引〕

漢張衡《東京賦》：「故相如壯《上林》之觀，揚雄騁《羽獵》之辭，雖系以隤牆填壍，亂以收罝解罘，卒無補於風規，祇以昭其愆尤。」金元祝堯《〈上林賦〉題解》：「若於此體會，則古人之賦，固未可以鋪張侈大之辭爲佳，而又不可以刻畫斧鑿之辭爲工，亦當就情與理上求之。」明陳士元《三楚》：「乃若司馬長卿《上林賦》：『楚有七澤，嘗見其一，名曰雲夢。方九百里，特其小小者耳。』此誇詡之辭，何足憑乎？」明徐師曾《賦》：「然《上林》《甘泉》，極其鋪張，而終歸於諷諫，而風之義未泯。」清周玉章《詩經講義》：「他若《子虛》《上林》，雖意歸諷諫，而究以藻繪爲工，詞章之末，無關要典，唐太宗謂《漢書》載之爲過也，宜哉。」葛洪《鈞世》：「《毛詩》者，華彩之辭也，然不及《上林》《羽獵》《二京》《三都》之汪濊博富也。」

【發義】

《上林賦》内容繁而類比，以成厥豔。蓋相如之賦多用其積習浮説，侈言虚而無徵，雕麗用寡，雖麗非經，是以司馬遷割之。

〔雍案〕

劉永濟《文心雕龍徵引文録》（卷上）云：「按《子虛》《上林》實一篇，《文選》析爲二。彦和不言《子虛賦》，蓋合爲一耳，當併《子虛》讀之。」余謂彦和不言《子虛賦》，獨引《上林賦》，乃舉其繁類以成浮豔，而爲司馬遷割之故也。

〔一八〕賈誼鵩鳥，致辨於情理

〖集引〗

漢劉歆《西京雜記》：「賈誼在長沙，鵩鳥集其承塵，長沙俗以鵩鳥至人家，主人死。誼作《鵩鳥賦》，齊生死，等榮辱，以遣憂累焉。」

【發義】

《鵩鳥賦》，致力辨别於情理，蓋以道家齊物之理，自慰遠謫之情也。

〔一九〕子淵洞簫，窮變於聲貌

〖集引〗

章太炎《國故論衡·文學七篇〈辨詩〉》：「《洞簫》《長笛》《琴》《笙》之屬，宜法孫卿，其辭義咸不類。」劉永濟《校釋》：「子淵《洞簫》，爲後人賦音樂之祖，篇中鋪排處，次第井井，最爲有法。」

【發義】

王褒《洞簫賦》，妙於形容，牽情動物，曲盡題旨，辯麗可喜，虞説耳目，窮盡變化於聲貌。

〔二〇〕孟堅兩都，明絢以雅贍

〔集引〕

范曄《後漢書・班彪列傳（附班固傳）》：「（班）固字孟堅……時京師修起宮室，濬繕城隍，而關中耆老猶望朝廷西顧。固感前世相如、壽王、東方之徒，造搆文辭，終以諷勸，乃上《兩都賦》。」

《藝文類聚・張衡〈兩京賦序〉》：「昔班固睹世祖遷都於洛邑，懼將必逾溢制度，不能遵先聖之正法也。故假西都賓盛稱長安舊制，有陋洛邑之議，而爲東都主人折禮衷以答之。」陶宗儀《文章宗旨》：「故班固《兩都》之賦，冠絕千古。前極鋪張鉅麗，故後必稱典謨訓誥之作終焉。厥後十數作者倣而傚之，蓋詩人之賦必麗以則也。」

【發義】

《兩都賦》是以富於雅致，而明朗絢麗，極其眩曜，終折以法度，而《雅》《頌》之義未泯。

〔二一〕張衡二京，迅發以宏富

〔集引〕

皇甫謐《三都賦序》：「張衡《二京》、馬融《廣成》、王生《靈光》，初極宏侈之辭，終以簡約之制，焕乎有文，蔚爾鱗集，皆近代辭賦之偉也。」

【發義】

張衡所作《西京賦》《東京賦》，以鴻藻宏富而迅拔於時。

〔一二二〕子雲甘泉，構深瑋之風

〔集引〕

祝堯《〈甘泉賦〉題解》：「全是倣司馬長卿，真所謂同工異曲者與？蓋自長卿諸人，就騷中分出侈麗之一體以爲辭賦，至於子雲，此體遂盛。不因於情，不止於理，而惟事於辭。」

【發義】

《甘泉賦》構造見其風骨，深沉奇偉，以虛搆實，鋪陳誇張，文辭流麗，終歸於諷諫，而《風》之義未泯。《漢書·揚雄傳》謂其「將以風也，必類推而言，極麗靡之辭」。

〔一二三〕延壽靈光，含飛動之勢

〔集引〕

劉永濟《校釋》：「文考《靈光》則賦宮殿之極則，賦典禮故以『深瑋』爲宜，賦宮殿則貴有

『飛動』之勢。」葛洪《鈞世》：「若夫俱論宮室，而奚斯『路寢』之頌，何如王生（延壽）之賦《靈光》乎？」

【發義】

《魯靈光殿賦》，辭含飛動之勢，蓋其狀繪極贍偉象，構思極具精意。

〔二四〕**凡此十家，並辭賦之英傑也**

〔**集引**〕

《荀子·儒效》：「其通也，英傑化之。」

【發義】

蓋此十家固知《楚辭》者，冠時獨拔，而爲辭賦之英傑也。

〔二五〕**士衡子安，底績於流制**

〔**集引**〕

《詩·小雅·小旻》：「我視謀猶，伊于胡厎。」

【發義】

士衡、子安至績於流行賦篇。

〔雍案〕

楊明照《校注》云：「按『底』當作『厎』，各本皆誤」。楊説是。厎，至也。厎績者，至其功績也。《集韻·齊韻》：「厎，至也。」《詩·小雅·祈父》：「靡所厎止。」陸德明《釋文》：「厎，至也。」《書·武成》：「厎商之罪。」蔡沈《集傳》：「厎，至也。」《左傳·襄公九年》：「無所厎告。」杜預注：「厎，至也。」《左傳·昭公二十六年》：「未有攸厎。」杜預注：「厎，至也。」

〔二六〕彦伯梗概，情韻不匱

〔集引〕

《後漢書·文苑列傳·杜篤〈論都賦〉》：「臣所欲言，陛下已知，故略其梗概，不敢具陳。」《文選·張衡〈東都賦〉》：「不能究其精詳，故粗爲賓言其梗槩如此。」槩，同「概」。

【發義】

彦伯大概多氣，其韻所詠，慨深千載，固情韻不匱。

〔二七〕物以情觀

〔集引〕

《易・乾》：「聖人作而萬物覩。」《文選・王粲〈贈文叔良〉》詩：「探情以華，覩著知微。」

【發義】

情以物興，物以情覩。蓋覩物以知情，知情以興物，緣情發義，託物興辭。

〔雍案〕

觀，唐寫本作「覩」。「覩」字是也。

〔二八〕無貴風軌

〔集引〕

《晉書・袁弘傳〈三國名臣贊〉》：「若夫出處有道，名體不滯，風軌德音，爲世作範，不可廢也。」

【發義】

善風高跡，豈非無實。

【雍案】

貴，唐寫本作「實」。宋本、鈔本、活字本、喜多本、鮑本《御覽》引作「貫」，倪本《御覽》作「貴」。楊明照《校注》云：「按『實』字較勝。『貫』乃『實』字脱其宀頭，而『貴』又『貫』之譌。」「實」者，所能也；至者，與致同。德行之實，謂之至也。《説文·宀部》朱駿聲《通訓定聲》：「實，叚借又爲至。」《禮記·雜記》：「使某實。」鄭玄注：「此讀周秦之人聲之誤也。」《群經平議》：「使某實。」俞樾按：「實當爲致。」《呂氏春秋·審應》：「取其實以責其名。」高誘注：「實，德行之實也。」

〔二一九〕追悔於雕蟲，貽誚於霧縠

【集引】

漢揚雄《法言·吾子》：「或問：『吾子少而好賦？』曰：『然，童子雕蟲篆刻。』俄而曰：『壯夫不爲也。』或曰：『賦可以諷乎？』曰：『諷乎？諷則已，不已，吾恐不免於勸也。』或曰：『霧縠之組麗。』曰：『女工之蠹矣。』」

【發義】

揚雄追悔於雕琢，貽誚於輕薄也。

〔三〇〕賦自詩出，分歧異派

【集引】

《藝文類聚·陰鏗〈閒居對雨〉》詩：「嘉禾方合穎，秀麥已分歧。」

【發義】

賦出自《詩》，而分大賦、小賦，蓋謂分歧異派。賦之大者，與古《詩》同義；賦之小者，辯麗可喜。

〔三一〕枵滯必揚，言庸無隘

【集引】

《文選·陸機〈文賦〉》：「言曠者無隘。」

【發義】

抑其滯必揚其風，言曠者無隘。

【雍案】

枏，唐寫本作「抑」。郝懿行云：「按『枏』字疑『片』字之譌。」楊明照《校注》云：「按唐寫本是。郝説非。賦主於鋪張揚厲，故曰『抑滯必揚，言曠無隘』。」楊説是也。

庸，唐寫本作「曠」。「曠」字是也。陸機《文賦》「言曠無隘」，乃彦和所本也。曠，廣也；寬也；闊也。《漢書・賈鄒枚路傳》：「獨觀乎昭曠之道也。」顔師古注：「曠，廣也。」《文選・盧諶〈時興詩〉》：「曠野增遼索。」吕向注：「曠，寬。」《夏侯湛〈東方朔畫贊〉》：「若乃遠心曠度。」劉良注：「曠，寬。」《老子》：「曠兮其若谷。」河上公注：「曠者，寬大。」

〔三二〕風歸麗則，辭翦美稗

【集引】

漢揚雄《法言・吾子》：「詩人之賦麗以則，辭人之賦麗以淫。」

【發義】

詩人之賦麗以則，辭人之賦麗以淫。蓋風之所歸，文辭華麗而不失於正，去除蕪雜言辭也。漢興，賦家專取詩中賦之一義爲賦，又取騷中贍麗之辭以爲辭。故其爲麗，已異乎風騷之麗，而則之與淫遂判焉。

〔**雍案**〕

美，唐寫本作「稊」。作「稊」是也。《文選・潘岳〈射雉賦〉》：「稊菽叢糅。」徐爰注：「稊，稗類也。」《慧琳音義》卷五「稊稗」注引《字林》云：「稊，似稗，一名英。」《玄應音義》卷二三「稊稗」注：「稊，似稗，布地穢草也。」

頌讚第九

四始之至，頌居其極。頌者，容也〔一〕，所以美盛德而述形容也。昔帝嚳之世，咸墨爲頌，以歌九韶〔二〕。自商已下〔三〕，文理允備〔四〕。夫化偃一國謂之風，風正四方謂之雅，容告神明謂之頌。風雅序人，事兼變正〔五〕；頌主告神，義必純美〔六〕。魯國以公旦次編，商人以前王追録，斯乃宗廟之正歌，非讌饗之常詠也〔七〕。時邁一篇，周公所製〔八〕；哲人之頌，規式存焉。夫民各有心，勿壅惟口〔九〕；晉輿之稱原田，魯民之刺裘鞸〔一〇〕，直言不詠，短辭以諷〔一一〕，邱明子高，並諜爲誦。斯則野誦之變體，浸被乎人事矣〔一二〕。及三閭橘頌，情采芬芳，比類寓意，又覃及細物矣〔一三〕。

至於秦政刻文，爰頌其德〔一四〕，漢之惠景，亦有述容〔一五〕，沿世並作，相繼於時矣。若夫子雲之表充國〔一六〕，孟堅之序戴侯〔一七〕，武仲之美顯宗，史岑之述熹后，或擬清廟，或範駉那〔一八〕，雖淺深不同，詳略各異，其褒德顯容，典章一也。至於班傅之北征西巡，變爲序引，豈不褒過而謬體哉！馬融之廣成上林，雅而似賦，何弄文而失質乎〔一九〕！又崔瑗文學，蔡邕樊渠，並致美於序，而簡約乎篇；摯虞品藻，頗爲精覈，至云雜以風雅，而不變旨趣，徒張虚論，有似黄白之僞説矣。及魏晉辨頌，鮮有出轍，陳思所綴，以皇子爲標〔二〇〕；陸機積篇，惟功臣最顯。其褒貶雜居，固末代之訛體也〔二一〕。

原夫頌惟典雅，辭必清鑠〔二二〕；敷寫似賦，而不入華侈之區〔二三〕；敬慎如銘，而異乎規戒之域。揄揚以發藻，汪洋以樹義〔二四〕。唯纖曲巧致，與情而變，其大體所底，如斯而已。

讚者，明也，助也〔二五〕。昔虞舜之祀，樂正重讚〔二六〕，蓋唱發之辭也。及益讚於禹〔二七〕，伊陟讚於巫咸〔二八〕，並颺言以明事〔二九〕，嗟歎以助辭也〔三〇〕。故漢置鴻臚，以唱拜爲讚，即古之遺語也。至相如屬筆，始讚荆軻。及遷史固書，託讚褒貶，約文以總録，頌體以論辭；又紀傳後評，亦同其名，而仲治流别，謬稱爲述〔三一〕，失之遠矣。及景純注雅，動植必讚，義兼美惡，亦猶頌之變耳。然本其爲義，事生獎歎，所以古來篇體，促而不廣，必結言於四字之句，盤桓乎數韻之辭，約舉以盡情，昭灼以送文，此其體也。發源雖遠，而致用蓋寡，大抵所歸，其頌家之細條乎！

贊曰：容體底頌，勳業垂讚〔三二〕。鏤彩摛文，聲理有爛〔三三〕。年積逾遠，音徽如旦〔三四〕。降及品物，炫辭作翫。

【發義】

述德以容，明義以助。

頌體而論辭，述德明義，以容以助，容頌與讚評齊行，乃舍人本旨。頌、讚辭趣非一，流變亦同。

〔一〕**頌者，容也**

【集引】

《詩·序》：「頌者，美盛德之形容，以其成功，告於神明者也。」

【發義】

頌者，誦其本誼，頌爲借字，而形容頌美，又緣字後起之誼也。誦與歌之依詠者殊，其不與樂相依。頌名至廣，頌類至繁，流變有異，蓋難歸括。清阮元《揅經室集·釋頌》云：「樂章而兼有舞容者爲頌，與風、雅之僅爲徒歌有別。《商頌》頌德而非告成功，《周頌》以容告神明爲體，《魯頌》則與風同流，而特藉美名以示異。屈原《橘頌》本非頌美，而亦被頌名。漢代頌爲用甚濫，有體意相類《魯頌》者，而文辭有異。而碑銘稱頌者，亦極多矣。」

〔二〕咸墨爲頌，以歌九韶

【集引】

《吕氏春秋·仲夏季》：「帝嚳命咸黑作爲聲歌，《九招》《六列》《六英》。」

【發義】

《九招》，又曰《九韶》。《史記·五帝本紀》：「咸戴帝舜之功，於是禹乃興《九招》之樂。」索引：「招，音韶，即舜樂簫韶。九成，故曰《九招》。」

【雍案】

咸墨，唐寫本作「咸黑」，《事物考》《文通》引同。宋本、鈔本、倪本、活字本《御覽》《唐類函》引作「咸累」。喜多本、鮑本作「咸墨」。《路史·後紀·疏仡紀》作「成累」，《廣博物志》引同。「咸黑」爲是。咸黑，人名。《吕氏春秋·古樂》：「帝嚳命咸黑作爲聲歌。」《說文·土部》朱駿聲《通訓定聲》：「墨，叚借爲黑。」《孟子·滕文公上》：「面深墨。」趙岐注：「墨，黑也。」《廣雅·

釋器》《慧琳音義》卷一「翰墨」注引《考聲》：「墨，黑也。」《周禮·秋官·司圜》：「弗使冠飾而加明刑焉。」鄭玄注：「著墨幪。」孫詒讓《正義》：「墨，宋大字本、岳本、附釋音本、嘉靖本並作黑，釋文同。」《楚辭·招魂》：「雕題黑齒。」舊注：「黑，一作『墨』。」

韶，唐寫本作「招」。宋本、倪本、活字本、喜多本、鮑本《御覽》引同。楊明照《校注》云：「按作『招』與《吕氏春秋·古樂篇》合。《事物紀原集類（四）》《玉海（六十）》《風雅逸篇（十）》《詩紀前集附録》《事物考（二）》《唐類函（一百五）》引，亦並作『招』。當據改。」九招，也作「九韶」。古籍中或謂帝嚳命咸黑所作；或謂帝舜命質所修，以後湯又修《九招》，見《吕氏春秋·古樂》；或謂爲夏禹所作，見《史記·五帝本紀》；或謂夏啟所作，見《山海經·大荒西經》。皆本傳説，樂已久亡，胥不足據。

〔三〕自商已下

【集引】

章太炎《國故論衡·文學七篇〈明解故上〉》：「校莫審於《商頌》……正考父校商之名《頌》十二篇於周太師，以《那》爲首。《魯語》考父爲人，三命兹益恭，故託始於《那》。其輯之亂曰：『自古在昔，先民有作，温恭朝夕，執事有恪。』」

【發義】

《商頌》乃《詩》三頌之一。傳乃微子後七世戴公時，大夫正考甫得《商頌》十二篇於周大師，歸以祀其先王。孔子録《詩》之時，已亡其七，故衹得五篇。《商頌》實乃宋國宗廟祭祀之樂歌。

〔**雍案**〕

「商」下，唐寫本有「頌」。

〔四〕文理允備

〔**集引**〕

《荀子·禮論》：「孰知夫禮義文理之所以養情也。」又：「文理繁，情用省，是禮之隆也。文理省，情用繁，是禮之殺也。」

【發義】

文理彌盛，確能備極。

〔五〕風雅序人，事兼變正

〔**集引**〕

《詩·周南·關雎·序》：「是以一國之事，繫一人之本，謂之風；言天下之事，形四方之風，謂之雅。」

【**發義**】

王道衰，政教失，而變風變雅作矣。蓋《風》《雅》序人，事兼變正，化偃一國，風正四方也。《風》《雅》叙述人事，故事兼有正有變。

〔**雍案**〕

「事」上，唐寫本有「故」字。

〔六〕頌主告神，義必純美

〔**集引**〕

《詩·大序》：「頌者，美盛德之形容，以其成功告於神明者也。」

【發義】

頌之主事者告於神明，故禮儀容止必純正善美。

〔雍案〕

「義」上，唐寫本有「故」字。

〔七〕斯乃宗廟之正歌，非讌饗之常詠也

〔集引〕

《書・太甲上》：「社稷宗廟，罔不祗肅。」《國語・魯語上》：「夫宗廟之有昭穆也，以次世之長幼而等胄之親疏也。」

【發義】

頌者所以美盛德而述形容，乃宗廟祭祀之歌，蓋非爲讌饗而設之常詠也。

〔雍案〕

讌饗，唐寫本作「饗讌」。元本、弘治本、汪本、佘本、張本、兩京本、王批本、訓故本、文津本亦並作「饗讌」。宋本、活字本、喜多本、鮑本《御覽》引作「饗燕」。《說文・食部》：「饗，鄉

人飲酒也。从食、从鄉，鄉亦聲。」《漢書·匡張孔馬傳》：「饗下之顔也。」顔師古注：「燕饗也。」《玄應音義》卷一「讌集」注：「讌，小會也。」《玄應音義》卷二二「讌會」注：「讌，飲也。」「讌，樂也。」卷一五「讌會」注引《考聲》：「讌，歡讌也。」又「遊讌」注引《考聲》云：「讌，歡飲酒也。」又引《韻英》云：「讌，飲酒會言也。」《廣韻·霰韻》：「讌，讌會。」《玉篇·言部》：「讌，讌設也。」《戰國策·齊策三》：「孟嘗君讌坐。」吴師道注：「讌，即燕。」《列女傳·辯通·齊威虞姬》：「侍明王之讌，泥附王著。」王照圓《補注》：「讌，與燕同。」《文選·曹植〈與吴季重書〉》：「雖讌飲彌日。」舊校：「善本讌作燕。」《周禮·天官·膳夫》：「王燕飲酒。」孫詒讓《正義》：「燕，即《大宗伯》饗燕之燕。飲酒即燕也。」《詩·小雅·湛露序》：「天子燕諸侯也。」鄭玄注：「燕，謂與之燕飲酒也。」《説文·燕部》段玉裁注：「古多叚燕爲宴安、燕享。」

〔八〕時邁一篇，周公所製

【集引】

《世説新語·文學》：「孫子荆除婦服作詩。」劉孝標注引《孫楚集》：「時邁不停，日月電流，神爽登遐，忽已一周。」

【發義】

武王既伐紂，周公旦頌《時邁》之詩，曰：「載戢干戈，載櫜弓矢。我求懿德，肆于時夏，允王保之。」《時邁》之詩，乃巡守告祭之樂歌也。

〔九〕夫民各有心，勿壅惟口

〔集引〕

《國語·周語上》：「民慮之於心，而宣之於口，成而行之，胡可壅也。若壅其口，其與能幾何？」

【發義】

民之各有其心，惟其口難堵塞矣。

〔一〇〕晉輿之稱原田，魯民之刺裘韠

〔集引〕

《左傳·僖公二十八年》：「（晉侯）聽輿人之誦曰：『原田每每，舍其舊而新是謀。』」《呂氏春

秋·欒成》：「孔子始用於魯，魯人鷖誦之曰：『麛裘而韠，投之無戾；韠而麛裘，投之無郵。』」

【發義】

晉侯稱贊於原田，乃喻晉軍，若原田之草美盛矣。魯民風刺於裘韠，直言不詠，短辭以諷裘韠者，逐之無過錯矣。

〔一一〕**直言不詠，短辭以諷**

〖集引〗

《晉書·列傳（劉波）》上疏：「臣鑒先徵，竊惟今事，是以敢肆狂瞽，直言無諱。」《後漢書·杜欒劉李劉謝列傳〈論〉》：「禮有五諫，諷爲上。」

【發義】

貞直之言不依於歌詠，短促之辭以託於風刺。

〔一二〕**斯則野誦之變體，浸被乎人事矣**

〖集引〗

《易·遯》：「浸而長也。」孔穎達疏：「浸者，漸進之名。」

【發義】

流風被於野，故野語入於頌，使之體變，而漸被於人事矣。

〔一三〕及三閭橘頌，情采芬芳，比類寓意，又覃及細物矣

〖集引〗

《離騷序》：「屈原與楚同姓，仕於懷王，爲三閭大夫。著《九章》，内一篇曰《橘頌》。」

【發義】

屈原之《橘頌》，情思文采美哉，而譬喻寓意延及細微事物矣。

〔一四〕至於秦政刻文，爰頌其德

〖集引〗

《史記·秦始皇本紀》：「秦始皇者，名政。（秦始皇）東行郡縣，上鄒嶧山，立石，與魯諸儒生議刻石，頌秦德。」

【發義】

秦刻石之文，乃頌其德，文多三韻輒易，清音淵淵，如出金石。

〔一五〕漢之惠景，亦有述容

〖集引〗

《漢書·藝文志》：「李思孝景皇帝頌十五篇。」又《禮樂志》：「又有《房中祠樂》，高祖唐山夫人所作也……孝惠二年，使樂府令夏侯寬備其簫管，更名曰《安世樂》……《武德舞》者，高祖四年作……孝、景採《武德舞》以爲《昭德》，以尊太宗廟。」

【發義】

漢景帝劉啟，亦有述德之頌。

〔一六〕若夫子雲之表充國

〖集引〗

《漢書·趙充國辛慶忌傳》：「充國以功德與霍光等，列畫未央宮。成帝時，西羌嘗有警，上思將帥之臣，追美充國，迺召黃門郎揚雄，即充國圖畫而頌之。」

【發義】

子雲之表充國，乃追美其功德，故充國圖畫而頌之也。

〔一七〕孟堅之序戴侯

〖集引〗

《御覽》引《文章流别論》：「昔班固爲安豐戴侯（竇融封安豐侯，卒謚戴）頌。」

【發義】

孟堅爲戴侯頌已佚，無從闡發。

〔一八〕或範駉那

〖集引〗

《詩・魯頌・駉》：「駉駉牡馬，在坰之野。」毛萇傳：「駉駉，良馬腹幹肥張也。」《詩・商頌・那》：「猗與那與。」

【發義】

《駉》者，乃頌魯僖公牧馬之盛也。《那》者，祭祀成湯之樂歌，頌樂舞之盛也。

〔一九〕馬融之廣成上林，雅而似賦，何弄文而失質乎

【集引】

《後漢書·馬融列傳上》：「（融）爲校書郎中，詣東觀典校祕書。是時鄧太后臨朝……俗儒世士以爲文德可興，武功宜廢，遂寢蒐狩之禮，息戰陣之法，故猾賊從横，乘此無備。融乃感激……上《廣成頌》以諷諫……忤鄧氏，滯於東觀，十年不得調……太后崩，安帝親政，召還郎署，復在講部……時車駕東巡岱宗，融上《東巡頌》，帝奇其文，召拜郎中。」摯虞《文章流别論》：「若馬融《廣成》《上林》之屬，純爲今賦之體，而謂之頌，失之遠矣。」

【發義】

馬融《廣成》《上林》，實賦體而爲頌，蓋失頌之本質焉。

〔二〇〕陳思所綴，以皇子爲標

【集引】

《管子·侈靡》：「若夫教者，摽然若秋雲之遠。」

【發義】

曹植作《皇太子生頌》，獨拔標舉。

〔雍案〕

楊明照《校注》云：「按『摽』當依各本改作『標』。」摽，又作「標」。《經籍籑詁補遺・篠韻》：「《詩・摽有梅》：摽有梅。白帖九十九作標有梅。」晉葛洪《抱朴子内篇・祛惑》：「夫能知要道者，無欲於物也；不徇世譽也，亦何肯自摽顯於流俗哉！」

〔二一〕褒貶雜居，固末代之訛體也

〔集引〕

《文選・杜預〈春秋左氏傳序〉》：「其微顯闡幽，裁成義類者，皆據舊例而發義，指行事以正褒貶。」又：「春秋雖以一字爲褒貶，然皆須數句以成言。」

【發義】

陸機作《漢高祖功臣頌》，所頌者夥，蓋謂之積篇。其褒貶雜居，非以述容頌德爲體，故謂之末代訛體也。

〔一二二〕頌惟典雅，辭必清鑠

〔集引〕

漢王充《論衡·自紀》：「深覆典雅，指意難睹，唯賦頌耳。」

【發義】

頌以褒述功美，以辭爲上，辭必明淨光彩，故優遊彬蔚。

〔一二三〕敷寫似賦，而不入華侈之區

〔集引〕

《文選·曹植〈七啟〉》：「華藻繁縟。」

【發義】

頌之鋪陳狀繪雖似賦，然其陳述，不可浮華侈靡，藻飾過分。蓋侈言無驗，雖麗非經。

〔二四〕揄揚以發藻，汪洋以樹義

【集引】

唐柳宗元《柳先生集·故銀青光禄大夫……柳公（渾）行狀》：「凡爲文，去藻飾之華靡，汪洋自肆，以適己爲用。」

【發義】

宣揚以生發辭藻，立義要汪洋閎肆，氣勢磅礴。

〔二五〕讚者，明也，助也

【集引】

《文選·潘岳〈爲賈謐作贈陸機〉》詩：「齊轡群龍，光讚納言。」李善注：「鄭玄《周禮注》曰：『讚，佐也。』」

【發義】

斯兼舉「明」「助」二義，至爲賅備。義有未明，賴讚以彰顯之。章太炎曰：「然則讚者佐助其文，非褒美之謂也。言辭不盡，更爲增廣，在賦稱重，在六藝、諸子稱讚……世人昧於字訓，以讚爲褒美之名。」

〔二六〕**昔虞舜之祀，樂正重讚**

【集引】

《禮記·王制》：「樂正崇四術，立四教，順先王詩書禮樂以造士……將出學，小胥，大胥，小樂正，簡不帥教者，以告于大樂正。」

【發義】

虞舜傳位於禹，由樂官進讚，於是百官唱《卿雲歌》。

〔二七〕**及益讚於禹**

【集引】

《書·大禹謨》：「三旬，苗民逆命。益贊於禹曰：『惟德動天，無遠弗屆……至誠感神，矧茲有苗！』」

【發義】

苗民逆命，益讚於禹，其德也遠，故感神而動天也。

〔雍案〕

讚，唐寫本作「贊」。《御覽》《玉海》《事物紀原集類》《事物原始》《新鐫古今事物原始》《事物考》引同。「讚」與「贊」，音義同。《集韻·换韻》：「讚，通作『贊』。」《楚辭·九歎序》：「所謂讚賢以輔志。」舊校：「讚，一作『贊』。」《文選·丘遲〈與陳伯之書〉》：「讚帷幄之謀。」舊校：「五臣本作『贊』字。」《袁宏〈三國名臣序贊〉》：「以爲之讚云。」舊校：「五臣本『讚』作『贊』。」

〔二八〕伊陟讚於巫咸

〔集引〕

《尚書序》：「伊陟讚於巫咸，作《咸乂》四篇。」《史記·殷本紀》：「伊陟贊言于巫咸。」《殷鑑·太戊》：「巫咸之興自此始，有咸，作《咸艾》，作《太戊》。」

【發義】

太戊修德，桑穀死。伊陟贊巫咸。巫咸，殷賢臣也。其所作《咸艾》四篇已佚。

〔二一九〕並颺言以明事

〔集引〕

《書·益稷》：「皋陶拜手稽首，颺言曰：『念哉！』」孔安國傳：「大言而疾曰颺。」

【發義】

大言而疾曰颺，是謂颺言以切事者也。

〔雍案〕

颺，《事物紀原集類》《事物原始》《新鐫古今事物原始》引作「揚」。江聲《集注音疏》：「颺，大聲也。」《資治通鑑·晉紀》：「中書令眭颺言於朝曰。」又《唐紀》：「求禮颺言曰。」胡三省注：「大言而疾曰颺。」《逸周書·官人》：「飾貌者不靜，假節者不平，多私者不義，揚言者寡信，此之謂揆德。」《廣雅·釋詁二》：「颺，説也。」王念孫《疏證》：「揚與颺通。」《説文·手部》朱駿聲《通訓定聲》：「揚，又叚借爲颺。」劉文《比興》有：「颺言以切事者也。」《時序》有：「颺言讚時。」蓋作「颺言」是也。

〔三〇〕嗟歎以助辭也

【集引】

《詩·周南·關雎·序》：「故嗟歎之。」

【發義】

長言之不足，故嗟歎之。長言之，引其聲也。嗟歎，和續之也。

〔三一〕仲治流別，謬稱爲述

【集引】

《儀禮·士喪禮》：「筮人許諾，不述命。」鄭玄注：「既受命而申言之曰述。」《漢書·顏師古〈叙傳〉》：「班固謙，不言（然）〔作〕而改言述，蓋避作者之謂聖，而取述者之謂明也。但後之學者不曉此爲《漢書》叙目，見有述字，因謂此文追述《漢書》之事，乃呼爲『漢書述』，失之遠矣。摯虞尚有此惑，其餘曷足怪乎！」

【發義】

述者，記述也。唐顏師古《漢書·叙傳》注中云：摯虞嘗稱《漢書·叙傳》中贊辭爲「漢書述」。摯虞稱「述」之原文已佚，其謬稱贊爲述，蓋彥和謂之失之遠矣。

〖**雍案**〗

治，四庫本剜改作「治」；芸香堂本、翰墨園本、思賢講舍本同。鈔本《御覽》引作「治」；唐寫本、元本、弘治本、汪本同。仲治，易形訛爲仲洽。考：摯虞，西晉長安人。字仲治。少事皇甫謐，著述不倦。武帝泰始中，舉賢良，累官至太常卿，後遇洛陽荒亂餓死。其撰有《文章志》四卷、《流別集》三十卷，注《三輔決録》，今僅存佚文。明人輯有《摯太常集》。《世説新語・文學》：「左太沖作《三都賦》初成。」劉孝標注：「摯仲治宿儒知名。」又：「太叔廣甚辯給，而摯仲治長於翰墨。」劉孝標注引王隱《晉書》曰：「摯虞字仲治。」《南齊書・文學傳〈論〉》：「仲治之區別文體。」

〔三二〕容體底頌，勳業垂讚

〖**集引**〗

《三國志・魏書・傅嘏傳》：「子志大其量，而勳業難爲也，可不慎哉！」

【**發義**】

容德致於頌，勳業垂於讚。

〔雍案〕

體，唐寫本作「德」。「德」字是。底，致也。底，古與「厎」通假。《書・舜典》：「乃信底可績。」孔安國傳：「底，致也。」《左傳・昭公元年》：「底禄以德。」杜預注：「底，致也。」又《昭公十三年》：「盟以底信。」杜預注：「底，致也。」《釋文》：「底，音旨。」《國語・周語下》：「底紂之多罪。」韋昭注：「底，致也。」《漢書・地理志上》：「覃懷底績。」顔師古注：「底，致也。」《文選・陸機〈辨亡論〉》：「而江外底定。」張銑注：「底，致也。」《左傳・昭公元年》有「底禄以德」，則舍人此謂容德之致頌也。

〔二三一〕鏤彩摛文，聲理有爛

〔集引〕

《國語・楚語上》：「彤鏤爲美。」舍人《剡山石城寺石像碑》文曰：「朱桂鏤影。」

【發義】

雕鏤其形神，舒展其聲采，文理鮮明也。

〔雍案〕

唐寫本作「鏤影摛聲，文理有爛」。彩，作「影」，元本、弘治本、活字本、汪本、佘本、張本、兩京本、王批本、何本、胡本、梅本、凌本、合刻本、梁本、祕書本、謝鈔本、彙編本、清謹軒本、尚古本、岡本、文津本、王本、張松孫本、鄭藏鈔本、崇文本皆同，而「聲文」二字，與唐寫本誤倒。「聲理」，佘本作「文理」，與唐寫本合。舍人《剡山石城寺石像碑》「朱桂鏤影」，則「鏤彩」當作「鏤影」也。「影」，形影也。《玉篇·彡部》《廣韻·梗韻》皆曰：「影，形影也。」《淮南子·俶務訓》：「吾日悠悠慙于影。」高誘注：「影，形影也。」

〔三四〕年積逾遠，音徽如旦

〔集引〕

《文選·王粲〈公讌詩〉》：「管絃發徽音，曲度清且悲。」明陳汝元《金蓮記·彈絲》：「聽縹緲徽音清俏，似求凰聲韻好。」

【發義】

年迹逾遠，則徽音逾明之若旦。

〔雍案〕

積，唐寫本作「迹」。「積」乃「蹟」之形訛也。

祝盟第十

天地定位，祀徧群神〔一〕。六宗既禋，三望咸秩〔二〕，甘雨和風，是生黍稷〔三〕，兆民所仰，美報興焉〔四〕。犧盛惟馨，本於明德〔五〕，祝史陳信，資乎文辭〔六〕。昔伊耆始蜡，以祭八神〔七〕。其辭云：土反其宅，水歸其壑，昆蟲毋作，草木歸其澤。則上皇祝文，爰在兹矣。舜之祠田云：荷此長耜，耕彼南畝，四海俱有。利民之志，頗形於言矣〔八〕。至於商履，聖敬日躋〔九〕，玄牡告天〔一〇〕，以萬方罪己〔一一〕，即郊禋之詞也；素車禱旱〔一二〕，以六事責躬〔一三〕，則雩禜之文也〔一四〕。及周之大祝，掌六祝之辭〔一五〕。是以庶物咸生，陳於天地之郊；旁作穆穆，唱於迎日之拜〔一六〕；夙興夜處，言於祔廟之祝〔一七〕；多福無疆，布於少牢之饋〔一八〕；宜社類禡，莫不有文〔一九〕。所以寅虔於神祇，嚴恭於宗廟也。春秋已下，黷祀諂祭〔二〇〕，祝幣史辭〔二一〕，靡神不至〔二二〕。至於張老成室，致善於歌哭之禱〔二三〕；蒯聵臨戰，獲佑於筋骨之請。雖造次顛沛，必於祝矣〔二四〕。若夫楚辭招魂，可謂祝辭之組纚也〔二五〕。

漢之群祀，肅其旨禮，既總碩儒之儀，亦參方士之術。所以祕祝移過，異於成湯之心；侲子敺疫，同乎越巫之祝。禮失之漸也〔二六〕。至如黄帝有祝邪之文〔二七〕，東方朔有駡鬼之書，於是後之譴呪，務於善駡。唯陳思誥咎，裁以正義矣。若乃禮之祭祀，事止告饗；而中代祭文，兼讚言行，祭而兼讚，蓋引神而作也。又漢代山陵，哀策流文〔二八〕，周喪盛姬，内史執策〔二九〕。然則策本書贈，因哀而爲文也。是以義同於誄，而文實告神，誄首而哀末，頌體而祝儀，太史所作之讚，因周之祝文也。凡群言發華，而降神務實，脩辭立誠，在於無媿。祈禱之式，必誠以敬〔三〇〕；祭奠之楷，宜恭且哀。此其大較也。班固之祀濛山，祈禱之誠敬也；潘岳之祭庾婦，奠祭之恭哀也。舉彙而求，昭然可鑒矣。

盟者，明也。騂毛白馬，珠盤玉敦〔三一〕，陳辭乎方明之下，祝告於神明者也〔三二〕。在昔三王，詛盟不及〔三三〕，時有要誓，結言而退。周衰屢盟〔三四〕，以及要契，始之以曹沫，終之以毛遂。及秦昭盟夷，設黄龍之詛，漢祖建侯，定山河之誓〔三五〕。然義存則克終，道廢則渝始，崇替在人，呪何預焉？若夫臧洪歃辭，氣截雲蜺〔三六〕；劉琨鐵誓，精貫霏霜〔三七〕；而無補於晉漢，反爲仇讎。故知信不由衷，盟無益也〔三八〕。夫盟之大體，必序危機，獎忠孝，共存亡，戮心力，祈幽靈以取鑒，指九天以爲正，感激以立誠，切至以敷辭，此其所同也。然非辭之難，處辭爲難。後之君子，宜在殷鑒〔三九〕，忠信可矣，無恃神焉！

贊曰：毖祀欽明〔四〇〕，祝史惟談。立誠在肅，脩辭必甘〔四一〕。季代彌飾，絢言朱藍。神之來格〔四二〕，所貴無慚〔四三〕。

【發義】

約信以祝，涖書以盟。

文史星曆，近乎卜祝之間。蓋祝史陳言，資乎文辭，詛盟誠敬，信亦由衷，質任之作，崇實黜華。

〔一〕天地定位，祀徧群神

【集引】

《易·說卦·傳》：「天地定位，山澤通氣。」《書·舜典》：「肆類于上帝，禋于六宗，望于山川，徧于群神。」《國語·魯語上》：「凡禘、郊、祖、宗、報，此五者國之典祀也。加之以社稷山川之神，皆有功烈於民者也，及前哲令德之人，所以爲明質也。及天之三辰，民所以瞻仰也；及地之五行，所以生殖也，及九州名山川澤，所以出財用也。非是，不在祀典。」

【發義】

天地定位，山澤通氣，固其祀徧於群神品物。群神乃謂丘、陵、墳、衍，及古之聖賢。

〔一一〕六宗既禋，三望咸秩

【集引】

《書·舜典》：「肆類于上帝，禋于六宗。」王肅注：「精意以享謂之禋。宗，尊也。所尊祭者其祀有六：謂四時也，寒暑也，日也，月也，星也，水旱也。」孔安國傳：「一四時，二寒暑，三日，四月，五星，六水旱。」《漢書·郊祀志》：「六宗，星、辰、風伯、雨師、司中、司命。」六宗之説不一。《左傳·僖公三十一年》：「卜郊不從，乃免牲，猶三望。」杜預注：「祭山川也。」《書·舜典》：「歲二月，東巡守，至于岱宗。柴望秩于山川。」孔安國傳：「燔柴，祭天告至。」

【發義】

六神既受祭祀，三望咸有秩序。卜郊不從，乃免牲，猶三望。三望者，望祭泰山、河、海。其所望者，祭也。不能親詣所在，遥望而有次序祭也。

〔三〕甘雨和風，是生黍稷

【集引】

《詩·小雅·甫田》：「以祈甘雨，以介我稷黍。」《爾雅·釋天》：「甘雨時降，萬物以嘉。」邢昺疏：「甘雨，即時雨也。」

【發義】

甘雨其降，和風其歆，萬物所嘉，是以生稷黍。

〔四〕兆民所仰，美報興焉

【集引】

《禮記·內則》：「降德於衆兆民。」鄭玄注：「萬億曰兆，天子曰兆民，諸侯曰萬民。」

【發義】

社所以神，地之道也。地載萬物，天垂象，取財於地，取法於天，是以尊天而親地也。兆民所仰，故教民美報焉。

〔五〕犧盛惟馨，本於明德

〔集引〕

《書·微子》：「今殷民，乃攘竊神祇之犧、牷、牲。」孔安國傳：「色純曰犧。」《書·君陳》：「黍稷非馨，明德惟馨。」《禮記·大學》：「大學之道，在明明德。」

【發義】

所謂芬芳，非黍稷之氣，乃明德之馨，是以勵德。

〔六〕祝史陳信，資乎文辭

〔集引〕

《左傳·桓公六年》：「上思利民，忠也；祝史正辭，信也。」《禮記·王制》：「凡執技以事上者，祝史射御醫卜及百工。」

【發義】

祝史，古司祝之官。祝古爲史官，故稱祝史。因作辭以事神，故稱祝；以其執書以事神，故稱史。祝史陳信於神明，無愧於辭。是以祝陳馨香，德足副之，故不愧。

〔七〕昔伊耆始蜡，以祭八神

〖集引〗

《禮記・郊特牲》：「天子大蜡八，伊耆氏始爲蜡。蜡也者，索也，歲十二月，合聚萬物而索饗之也。」

【發義】

蜡，同䄍，又同臘。索也，祭也。合聚萬物索饗百神也。《廣韻》：「鋤駕切，去禡崇。」《詩・檜風・羔裘》：「狐裘以朝。」鄭玄箋：「蜡，祭名也。」又：『大蜡而息民，則有黃衣狐裘。』陸德明《釋文》：「蜡，祭名也。」《禮記・禮運》：「昔者仲尼與於蜡賓。」陸德明《釋文》：「蜡，索也，歲十二月合聚萬物而索饗之。」《世説新語・德行》：「歆蜡日嘗集子侄燕飲。」劉孝標注引《禮記》曰：「蜡，索也，歲十二月合聚萬物而索饗之。」《禮記・雜記下》：「子貢觀於蜡。」鄭玄注：「蜡也者，索也，歲十二月合聚萬物而索饗之祭也。」《孔子家語・觀鄉射》：「子貢觀於蜡。」王肅注：「蜡，索也，歲十有二月索群神而祀之，今之臘也。」《禮記・郊特牲》：「蜡也者，索也。」《廣雅・釋天》：「䄍，祭也。」《玉篇・示部》：「䄍，亦作蜡。」「䄍，報祭也，古之臘曰䄍。」又《廣雅・釋天》：「臘，索也。夏曰清祀，殷曰嘉平，周曰大禮，秦曰臘。」王念孫《疏證》云：「禮，本作『蜡』。」柳宗元《禮説》：「禮説。」蔣之翹《輯注》：「禮者，索也。」《廣韻·禡韻》：「禮，或作蜡。」《集韻·禡韻》：「禮，亦作『蜡』。」《説文·肉部》：「臘，冬至後三戌，臘祭百神。」《韓非子·説林下》：「若亦不患臘之至。」

〔八〕**舜之祠田云：荷此長耜，耕彼南畝，四海俱有。利民之志，頗形於言矣**

〖**集引**〗

《詩·小雅·天保》：「禴祠烝嘗。」毛萇注：「春曰祠，夏曰禴，秋曰嘗，冬曰烝。」

【**發義**】

舜兼愛百姓，務利天下。其田也，荷彼耒耜，耕彼南畝，與四海俱有其利。蓋其利民之志，頗形於言矣。

〖**雍案**〗

唐寫本「四」上有「與」。

〔九〕至於商履，聖敬日躋

〔集引〕

《史記·殷本紀·索隱》：「湯名履。」《詩·商頌·長發》：「湯降不遲，聖敬日躋。」鄭玄疏：「湯之下士尊賢甚疾而不遲也，其聖明恭敬之德日升而不退也。」

【發義】

商湯名履，爲三王之一。内以恭，外以敬，崇恪表迹爲敬，德之聚也。蓋聖人恭敬之德，與日躋升也。

〔一〇〕玄牡告天

〔集引〕

《書·湯誥》：「敢用玄牡，敢昭告于上天神后。」

【發義】

古時帝王，祭祀用黑公畜，以昭告皇天后土神祇。

〔一一〕以萬方罪己

〔集引〕

《書·湯誥》：「嗟爾萬方有衆，明聽予一人誥。」《論語·堯曰》：「予小子履，敢用玄牡，敢昭告于皇皇后帝。有罪不敢赦，帝臣不蔽，簡在帝心。朕躬有罪，無以萬方；萬方有罪，罪在朕躬。」

【發義】

禹湯罪己，其興也悖焉。

〔一二〕素車禱旱

〔集引〕

《禮記·玉藻》：「年不順成，則天子素服，乘素車，食無樂。」

【發義】

素車，未經雕飾上漆之車，用於凶喪祈禱。湯之救旱也，素車白馬，布衣，身嬰白茅，以身爲牲，禱曰：「政不節歟？使民疾歟？苞苴行歟？讒夫興歟？宫室榮歟？婦謁盛歟？」

〔一三〕以六事責躬

〖集引〗

《後漢書·第五鍾離宋寒列傳》：「上疏曰：『……昔成湯遭旱，以六事自責。』」

【發義】

成湯遭旱，以六事剋己。六事者，乃「政不節、使民疾、宮室榮、婦謁盛、苞苴行、讒夫興」。

〔一四〕則雩禜之文也

〖集引〗

《左傳·桓公五年》：「龍見而雩。」《周禮·春官·大祝》：「掌六祈以同鬼神示……四曰禜。」《左傳·昭公元年》：「山川之神，則水旱癘疫之災，於是乎禜之；日月星辰之神，則雪霜風雨之不時，於是乎禜之。」

【發義】

雩，古求雨之祭。禜，古禳除災害之祭。雩禜之祭，皆以文禱告天地山川神祇。

〔一五〕及周之大祝，掌六祝之辭

〔集引〕

《周禮・春官・大祝》：「大祝掌六祝之辭，以事鬼神示，祈福祥，求永貞。一曰順祝，二曰年祝，三曰吉祝，四曰化祝，五曰瑞祝，六曰筴祝。」

【發義】

周之大祝所掌六祝之辭，乃禱歷年得正命也。順祝，順豐年也；年祝，求永貞也；吉祝，祈福祥也；化祝，弭災兵也；瑞祝，逆時雨也、寧風旱也；筴祝，遠罪疾也。

〔一六〕是以庶物咸生，陳於天地之郊；旁作穆穆，唱於迎日之拜

〔集引〕

《易・乾》：「首出庶物，萬國咸寧。」《孟子・離婁下》：「舜明於庶物，察於人倫。」漢揚雄《太玄・禮》：「次二，目穆穆，足肅肅，乃貫以棘。測曰：『穆穆肅肅，敬出心也。』」

【發義】

是以萬物咸生而遍布，祀上帝於郊，敬出其心，以作迎日之拜。

〔一七〕夙興夜處，言於祔廟之祝

〖集引〗

《儀禮·士虞禮》：「明日，以其班祔，用嗣尸，曰：『孝子某孝顯相，夙興夜處，小心畏忌不惰，其身不寧。』」

【發義】

附於祖廟之祭，用同一人扮神像，言其助祭，有夙興夜處之語也。

〔一八〕多福無疆，布於少牢之饋

〖集引〗

《儀禮·少牢饋食禮》：「尸執以命祝，卒命祝受以東北，面于尸西，以嘏于主人曰：『皇尸命工祝，承致多福無疆于女孝孫。來女孝孫，使女受禄于天，宜稼于田，眉壽萬年，勿替引之。』」

【發義】

祝官祝多福無疆，陳述於薦祭宗廟之牲也。

〔一九〕宜社類禡，莫不有文

〔集引〕

《詩·大雅·皇矣》：「是類是禡。」毛萇傳：「於内曰類，於野曰禡。」鄭玄疏：「初出兵之時，於是爲類祭，至所征之地，於是爲禡祭。」《禮記·王制》：「天子將出征，類乎上帝，宜乎社，造乎禰，禡於所征之地。」

【發義】

大師宜於社，造於祖，設軍社類上帝，國將有事於四望；及軍歸，獻於社，則前祝。前祝者，王出也，歸也，將有事於此神。大祝居前，先以祝辭告之，故有文焉。

〔二〇〕黷祀諂祭

〔集引〕

《書·説命》：「黷于祭祀。」《論語·爲政》：「非其鬼而祭之，諂也。」

【發義】

褻慢濫用祭祀，非鬼神而祭之，蓋諂也。

〔一二一〕祝幣史辭

〔集引〕

《左傳·成公五年》：「山有朽壤而崩，可若何？國主山川，故山崩川竭，君爲之不舉，降服、乘縵、徹樂、出次、祝幣、史辭，以禮焉。」

【發義】

祝，用幣；史，用辭。是以用幣於社，用辭於自責。

〔一二二〕靡神不至

〔集引〕

《文選·潘岳〈射雉賦〉》：「靡木不滋。」吕延濟注：「靡，亦無也。」

【發義】

言王求於群神，所祭無不遍至也。

〔一二三〕**至於張老成室，致善於歌哭之禱**

〔**集引**〕

《禮記·檀弓下》：「晉獻文子成室，晉大夫發焉。張老曰：『美哉輪焉！美哉奐焉！歌於斯，哭於斯，聚國族於斯。』」鄭玄注：「心譏其奢也。輪，輪囷，言高大。奐，言衆多。」

【**發義**】

是以君子謂張老之言善頌，文子之言善禱。

〔**雍案**〕

唐寫本「成」作「賀」，非是。「善」作「美」，是也。

〔一二四〕**雖造次顛沛，必於祝矣**

〔**集引**〕

《論語·里仁》：「君子無終食之間違仁，造次必於是，顛沛必於是。」《集解》引馬融曰：「造次，急遽；顛沛，偃仆。雖急遽偃仆不違仁。」

【發義】

君子雖急遽偃仆不違仁，必於祝矣。

〔二一五〕可謂祝辭之組纚也

〔集引〕

揚雄《法言·吾子》：「或曰：『霧縠之組麗。』」宋葛立方《韻語陽秋》：「大抵欲造平淡，當自組麗中來；落其華芬，然後可造平淡之境。」

【發義】

《楚辭·招魂》有文，可謂祝辭之華麗也。

〔雍案〕

纚，唐寫本作「麗」。是也。「組」，訓「文」；又訓「華麗」也。《書·禹貢》：「厥篚玄纁璣組。」陸德明《釋文》引馬融云：「組，文也。」《荀子·樂論》：「其服組。」王先謙《集解》引《尚書·禹貢》馬融注：「組，文也。」《札迻·荀子〈樂論〉》楊倞注：「其服組。」孫詒讓按：「組，謂華麗也，即『纑』之叚字。」

〔二六〕同乎越巫之祝。禮失之漸也

〔集引〕

《漢書·郊祀志下》：「粤人勇之乃言：『粤人俗鬼，而其祠皆見鬼，數有效。昔東甌王敬鬼，壽百六十歲；後世怠嫚，故衰耗。』乃命粤巫立粤祝祠。」

【發義】

同乎粤巫之祝，後世慢於鬼神，而衰耗之，蓋謂禮失之漸也。

〔二七〕黄帝有祝邪之文

〔集引〕

《雲笈七籤·軒轅本紀》：「（黄）帝巡狩，東至海，登桓山。於海濱得白澤神獸，能言，達於萬物之情。因問天地鬼神之事……帝乃作《祝邪之文》以祝之。」

【發義】

黄帝《祝邪之文》，乃以言告鬼神怪獸也。

〔二八〕漢代山陵，哀策流文

〔集引〕

《御覽》引《文章流别論》：「今所哀策者，古誄之義。」

【發義】

《文選》有南朝宋顔延年《宋文皇帝元皇后哀策文》等。《唐文粹》有褚遂良《太宗文皇帝哀策文》。漢季祭皇帝陵用哀策文，其文流傳於後，而成文體，蓋謂哀策流文也。

〔二九〕周喪盛姬，内史執策

〔集引〕

《穆天子傳》：「天子西至于重璧之臺，盛姬告病……天子哀之。是曰哀次，天子乃殯盛姬于轂丘之廟……於是殤祀而哭，内史執策。」

【發義】

周喪盛姬，主策命者哀而爲文，執之書贈也。

〔三〇〕祈禱之式，必誠以敬

〔集引〕

《宋史·高宗紀五·紹興五年》：「癸丑，以久旱減膳、祈禱。」

【發義】

禱祠祭祀，供給鬼神，非禮不誠不莊。

〔三一〕珠盤玉敦

〔集引〕

《周禮·天官·玉府》：「若合諸侯則共珠槃玉敦。」鄭玄注：「敦，槃類，珠玉以爲飾。古者以槃盛血，以敦盛食。合諸侯者必割牛耳，取其血歃之以盟。珠槃以盛牛耳……玉敦，歃血玉器。」

【發義】

珠槃玉敦，由盟者所執之歃血器也。

〔雍案〕

盤，古與「槃」同。《類篇·皿部》：「盤，承槃也。」《説文·木部》：「槃，承槃也。从木，般聲。鎜，古文从金。盤，籀文从皿。」《玉篇・木部》《廣韻・桓韻》：「槃，器名。」《玉篇・木部》：「槃，或作盤、鎜。」《詩・衛風・考槃》：「考槃在澗。」王先謙《三家義集疏》：「三家『槃』作『盤』」。《墨子・尚賢下》：「琢之槃盂。」孫詒讓《閒詁》：「韓非子《大體篇》云：『不録功於盤盂』。」

〔三二〕陳辭乎方明之下，祝告於神明者也

【集引】

《儀禮・覲禮》：「諸侯覲於天子，爲宮方三百步，四門壇十有二尋，深四尺，加方明於其上。方明者，木也。方四尺，設六色：東方青，南方赤，西方白，北方黑，上玄，下黃。」《漢書・律曆志下》：「以冬至越茀祀先王于方明以配上帝。」

【發義】

方明爲上下四方神明之象，會同而盟，明神監之，則謂之天。天之司盟有象者，有宗廟之有主，蓋陳辭其下，祝高神明者也。

〔三三〕在昔三王，詛盟不及

〔集引〕

《商君書·錯法》：「三王五霸，其所道不過爵禄，而功相萬者，其所道明也。」《荀子·大略》：「盟詛不及三王。」楊倞注：「涖牲曰盟，謂殺牲歃血告神，以盟約也。」《穀梁傳·隱公八年》：「盟詛不及三王。」范甯注：「三王，謂夏、殷、周也。夏后有鈞臺之享，湯有景亳之命，周武有孟津之會，衆所歸信，不盟詛也。」《論衡·自然》：『要盟不及三王。』《三國志·魏書·高柔傳》裴注引孫盛曰：「聞五帝無誥誓之文，三王無盟祝之事。然則盟誓之文，始自三季。」

【發義】

五帝無誥誓之文，三王無盟祝之事。盟誓之文，始自三季，《詩》《書》及商周甲、金之文可以徵證。詛盟，乃謂背盟約者，要受到詛咒。

〔三四〕周衰屢盟

〔集引〕

《詩·小雅·巧言》：「君子屢盟，亂是用長。」鄭玄箋：「屢，數也。盟之所以數者，由世衰亂，多相背違。」

【發義】

蓋夏后氏不信者，殷誓，周盟，德信彌衰。

〔三五〕**漢祖建侯，定山河之誓**

〔集引〕

《史記·高祖功臣侯者年表》：「封爵之誓曰：『使河如帶，泰山若厲，國以永寧，爰及苗裔。』」

【發義】

漢祖建侯，蓋封爵以誓，以祈祚胤久長也。

〔三六〕**若夫臧洪歃辭，氣截雲蜺**

〔集引〕

《國語·晉語八》：「宋之盟，楚人固請先歃。」

【發義】

若夫臧洪之《酸棗盟辭》，氣斷虹霓，乃謂其勢矣。

〔三七〕劉琨鐵誓，精貫霏霜

〔集引〕

《禮記·曲禮下》：「約信曰誓。」孔穎達疏：「以其不能自和好，故用言辭共相約束以爲信也。」

《藝文類聚》卷三十三所載琨與匹磾盟曰：「是以敢干先典，刑牲歃盟。自今日既盟之後，皆盡忠竭節，以剪夷二寇。有加難於琨，磾必救；加難於磾，琨亦如之……有渝此盟，亡其宗族，俾墜軍旅，無其遺育。」

【發義】

劉琨鐵誓，精誠貫於霜雪，乃謂其堅貞矣。

〔三八〕故知信不由衷，盟無益也

〔集引〕

《禮記·曲禮下》：「涖牲曰盟。」孔穎達疏：「盟者殺牲歃血，誓於神也……盟之爲法，先鑿地爲方坎上，割牲牛耳，盛以珠盤，又取血，盛以玉敦。用血爲盟書，成乃歃血而讀書。」

【發義】

信不由衷，苟信不繼，盟無益也。

〔三九〕宜在殷鑒

〔集引〕

《詩·大雅·文王》：「宜鑒于殷，駿命不易。」又《蕩》：「殷鑒不遠，在夏后之世。」鄭玄箋：「此言殷之明鏡不遠也。近在夏后之世，謂湯誅桀也。」

【發義】

殷之明鏡不遠，故宜存之。

〔雍案〕

在，唐寫本作「存」。在，乃「存」之形訛。

〔四〇〕毖祀欽明

〔集引〕

《書·召誥》：「毖祀于上下。」又《洛誥》：「予沖子夙夜毖祀。」

【發義】

毖祀於上下，爲治當慎祀於天地，是以欽、明、文、思四德爲要。蓋慎祀恒敬，虔誠明慧，乃毖祀欽明也。

〔四一〕**立誠在肅，修辭必甘**

〔集引〕

《易·乾》：「修辭立其誠，所以居業也。」

【發義】

立其誠在於恭敬，修辭必爲美矣。

〔四二〕**神之來格**

〔集引〕

《書·益稷》：「戛擊鳴球，搏拊琴瑟以詠，祖考來格。」《詩·大雅·抑》：「神之格思。」毛萇傳：「格，至也。」

【發義】

謂神之至思也。

〔四三〕所貴無慚

〔集引〕

《老子》：「何謂貴？」陸德明《釋文》：「貴，重也。」《資治通鑑·唐紀》：「奔競相尚，喧訴無慚。」

【發義】

言之發華，而降神務實，修辭立誠，所貴在於無愧。

雍平 箋注

古學發微四種

文心發義

第二册

雍平

SPM 南方傳媒
廣東人民出版社
·廣州·

銘箴第十一

昔帝軒刻輿几以弼違〔一〕，大禹勒筍簴而招諫〔二〕；成湯盤盂，著日新之規〔三〕，武王户席，題必戒之訓〔四〕；周公慎言於金人〔五〕，仲尼革容於欹器〔六〕。則先聖鑒戒，其來久矣〔七〕。故銘者，名也。觀器必也正名，審用貴乎盛德〔八〕。蓋臧武仲之論銘也〔九〕，曰：天子令德，諸侯計功，大夫稱伐。夏鑄九牧之金鼎〔一〇〕，周勒肅慎之楛矢〔一一〕，令德之事也；吕望銘功於昆吾〔一二〕，仲山鏤績於庸器〔一三〕，計功之義也；魏顆紀勳於景鐘〔一四〕，孔悝表勤於衛鼎〔一五〕，稱伐之類也。若乃飛廉有石槨之錫〔一六〕，靈公有蒿里之謚〔一七〕，銘發幽石，吁可怪矣。趙靈勒跡於番吾〔一八〕，秦昭刻博於華山，夸誕示後，吁可笑也〔一九〕。詳觀衆例，銘義見矣。至於始皇勒岳，政暴而文澤，亦有疏通之美焉〔二〇〕。若班固燕然之勒〔二一〕，張昶華陰之碣〔二二〕，序亦盛矣。蔡邕銘思，獨冠古今〔二三〕；橋公之鉞，吐納典謨〔二四〕；朱穆之鼎，全成碑文，溺所長也〔二五〕。至如敬通雜器，準矱戒銘〔二六〕，而事非其物，繁略違中。崔駰品物，讚多戒少〔二七〕；李尤積篇，義儉辭碎〔二八〕。蓍龜神物，而居博弈之中〔二九〕；衡斛嘉量，而在臼杵之末〔三〇〕，曾名品之未暇，何事理之能閑哉！魏文九寶，器利辭鈍〔三一〕。唯張載劍閣，其才清采〔三二〕，迅足駸駸〔三三〕，後發前至，勒銘岷漢，得其宜矣。

箴者，所以攻疾防患，喻鍼石也。斯文之興，盛於三代，夏商二箴，餘句頗存。及周之辛甲，百官箴一篇，體義備焉〔三四〕。迄至春秋，微而未絶。故魏絳諷君於后羿，楚子訓民於在勤〔三五〕。戰代以來，棄德務功，銘辭代興，箴文委絶。至揚雄稽古，始範虞箴〔三六〕，作卿尹州牧二十五篇。及崔胡補綴，總稱百官，指事配位，鞶鑑可徵，信所謂追清風於前古，攀辛甲於後代者也。至於潘勗符節，要而失淺；温嶠傅臣，博而患繁；王濟國子，引廣事雜；潘尼乘輿，義正體蕪。凡斯繼作，鮮有克衷。至於王朗雜箴，乃置巾履，得其戒慎，而失其所施。觀其約文舉要，憲章戒銘，而水火井竈，繁辭不已，志有偏也。

夫箴誦於官，銘題於器，名目雖異，而警戒實同。箴全禦過，故文資确切〔三七〕；銘兼褒讚，故體貴弘潤。其取事也必覈以辨，其摛文也必簡而深，此其大要也。然矢言之道蓋闕〔三八〕，庸器之制久淪，所以箴銘異用〔三九〕，罕施於代。惟秉文君子〔四〇〕，宜酌其遠大焉。

贊曰：銘實表器，箴惟德軌。有佩於言，無鑒於水〔四一〕。秉兹貞厲，敬言乎履〔四二〕。義典則弘，文約爲美。

【發義】

銘實器表，箴惟德軌。

自名以稱揚其美，而明著之後世，銘也。古銘多見於器物，固實爲器表。箴者，規戒也。其惟德軌，以弼其違。

〔一〕**昔帝軒刻輿几以弼違**

【集引】

黄叔琳《輯注》引《皇王大紀》：「帝軒作輿几之箴，以警宴安。」

【發義】

古今之令主是以開納忠讜，以弼其違，匡救不逮者。帝軒是以作輿几之箴，以警宴安。

〔一一〕大禹勒筍簴而招諫

【集引】

《鬻子》：「夏禹之治天下也……爲銘於簨簴曰：『教寡人以道者擊鼓，教寡人以義者擊鐘，教寡人以事者振鐸，語寡人以憂者擊磬，語寡人以獄訟者揮鞀。』」

【發義】

鐘鼓而不空懸，須有筍簴，然後能安，然後能明。蓋大禹是以勒筍簴而招諫。

【雍案】

筍，唐寫本作「簨」。劉文「筍」，是也。《周禮·考工記·梓人》：「梓人爲筍簴。」鄭玄注：「樂器所縣，橫曰筍，植曰簴。」《釋名·釋樂器》：「所以縣鐘鼓者，橫曰筍。筍，峻也，在上高峻也。」《群經平議·春秋公羊傳》：「筍將而來也。」俞樾按：「橫木以縣鐘鼓謂之筍，故橫木以縣棺亦謂之筍。」《文選·張衡〈西京賦〉》：「負筍業而餘怒。」劉良注：「簴，傍立木，直曰筍。」

〔三〕成湯盤盂，著日新之規

【集引】

《禮記·大學》：「湯之盤銘曰：『苟日新，日日新，又日新。』」朱熹《集注》：「銘，名其器以自警之辭也。」《易·繫辭上》：「富有之謂大業，日新之謂盛德。」

【發義】

成湯銘盤，著日新之規以警，盛其德也。

〔四〕武王户席，題必戒之訓

【集引】

《説文·収部》：「戒，警也。从廾，持戈，以戒不虞。」《詩·小雅·采薇》：「豈不日戒。」朱熹《集傳》：「戒，警也。」

【發義】

武王踐阼，尚父道《丹書》之言，武王聞之，惕若恐懼，退而爲戒，書於席四端，於機、鑒、盥盤、楹、杖、帶、履、觴、豆、户、牖、劍、弓、矛，盡爲銘焉，以戒後世子孫。

〔五〕周公慎言於金人

【集引】

《孔子家語·觀周》：「孔子觀周，遂入太祖后稷之廟，廟堂右階之前，有金人焉，三緘其口，而銘其背曰：『古之慎言人也。戒之哉，無多言，多言多敗。』」

【發義】

銅鑄之像，口不能言，其置於廟堂前，戒諸於人，持重謹慎，緘口寡言也。

〔六〕仲尼革容於欹器

【集引】

《荀子·宥坐》：「孔子觀於魯桓公之廟，有欹器焉，孔子問於守廟者曰：『此爲何器？』守廟者曰：『此蓋爲宥坐之器。』孔子曰：『吾聞宥坐之器者，虚則欹，中則正，滿則覆。』……孔子喟然而歎曰：『吁，惡有滿而不覆者哉！』」

【發義】

孔子觀欹器而變色，蓋其乃宗廟之器，以爲警戒之物。

〔七〕**則先聖鑒戒，其來久矣**

〔集引〕

《國語·楚語下》：「人之求多聞善敗，以鑒戒也。」

【發義】

列聖繼軌，觀器可以鑒戒，其來有自，甚爲久遠。

〔雍案〕

唐寫本作「列聖鑒戒」。《御覽》引同。今本「則」字乃「列」之形誤，而「先」乃增字，以合常軌。「先聖」非彦和本旨，《封禪》：「騰休明於列聖之上。」以「列聖」連文，可以印證。《文選·左思〈魏都賦〉》：「列聖之遺塵。」《宋書·孝武帝紀》：「（大明七年詔）列聖遺式。」《南齊書·海陵王紀》：「（皇太后令）列聖繼軌。」

〔八〕故銘者，名也。觀器必也正名，審用貴乎盛德

〔集引〕

《禮記·祭統》：「銘者，論譔其先祖之有德善、功烈、勳勞、慶賞、聲名，列於天下，而酌之祭器，自成其名焉，以祀其先祖者也。」孔穎達疏：「論謂論説，譔則譔録，言子孫爲銘，論説譔録其先祖道德善事。」《釋名·釋言語》：「銘，名也，記名其功也。」《釋名·釋典藝》：「銘，名也，述其功美，使可稱名也。」《詩·鄘風·定之方中》：「卜云其吉，終然允臧。」毛萇傳：「作器能銘。」孔穎達疏：「銘者，名也。所以因其器名而書以爲戒也。」

【發義】

敬慎如銘，乃有意於慎也，蓋正名審用，貴乎慎德。

〔雍案〕

唐寫本作「銘者，名也；親器必名焉。正名審用，貴乎慎德。」「親」乃誤植。

〔九〕蓋臧武仲之論銘也

【集引】

《左傳·襄公十九年》："臧武仲謂季孫曰：『非禮也，夫銘，天子令德，諸侯言時計功，大夫稱伐。今稱伐，則下等也，計功，則借人也，言時，則妨民多矣，何以爲銘？』"

【發義】

季武子以所得於齊之兵作林鐘，而銘魯功，臧武仲乃謂非禮也，而論銘焉。

〔一〇〕夏鑄九牧之金鼎

【集引】

《左傳·宣公三年》："昔夏之方有德也，遠方圖物，貢金九牧，鑄鼎象物，百物而爲之備，使民知神姦。"

【發義】

夏之有德，有象在天，而四靈顯，蓋貢金鑄鼎。

〔**雍案**〕

范文瀾注：「按禹鼎不言有銘，彥和以意說之。」

〔一一〕周勒肅慎之楛矢

〔**集引**〕

《孔子家語·辯物》：「肅慎氏貢楛矢。」王肅注：「楛，箭括也。」

【**發義**】

昔武王克商，通道九夷百蠻，肅慎氏貢楛矢。先王欲昭其令德之致遠也，故銘其筈曰：『肅慎氏之楛矢。』

〔一二〕呂望銘功於昆吾

〔**集引**〕

蔡邕《銘論》：「呂尚作周太師而封於齊，其功銘於昆吾之冶。」《禮記·祭統》：「夫鼎有銘。銘者自名也，自名以稱揚其先祖之美，而明著之後世者也。」

【發義】

呂尚作周太師，其功顯赫，蓋銘於昆吾之鼎。

〔一三〕仲山鏤績於庸器

【集引】

《周禮・春官・典庸器》：「掌藏樂器、庸器。」鄭玄注：「庸器，伐國所獲之器，若崇鼎、貫鼎及以其兵器所鑄銘也。」

【發義】

南單于遺憲古鼎，容五斗，作銘功之器鏤其績，其旁銘曰：「仲山甫鼎，其萬年，子子孫孫永保用。」仲山，仲山甫，周宣王之大臣，佐周振興有功，故歿後有鼎銘其績。

〔一四〕魏顆紀勳於景鐘

【集引】

《文選・楊修〈答臨淄侯牋〉》：「若乃不忘經國之大美，流千載之英聲，銘功景鍾，書名竹帛，斯自雅量，素所畜也。」

【發義】

昔克潞之役，秦來圖敗晉功，魏顆以其身卻退秦師於輔氏，親止杜回，其勳銘於景公鐘，以褒其功焉。

〔雍案〕

鐘，黄叔琳校云：「元作『銘』，曹改。」唐寫本、何本、訓故本、梁本、别解本、尚古本、岡本、清謹軒本、文溯本並作「鐘」。《御覽》《玉海（六〇又二〇四）》引王批本並作「鍾」。「鐘」與「鍾」，古相通假。《説文・金部》：「鐘，樂鐘也。秋分之音，物穜成。从金，童聲。古者垂作鐘。」段玉裁注：「鐘，經傳多作『鍾』，叚借酒器字。」朱駿聲《通訓定聲》：「鍾，叚借爲『鐘』。」《集韻・鍾韻》：「鐘，通作『鍾』。」《文選・宋玉〈招魂〉》：「鏗鐘摇虡。」舊校：「鐘，五臣本作『鍾』。」《韓非子・解老》：「故竽先則鍾瑟皆隨。」王先慎《集解》：「鐘，古通用『鍾』。」《周禮・考工記・鳧氏》：「鳧氏爲鍾。」孫詒讓《正義》：「鍾，『鐘』之叚借字。」

〔一五〕孔悝表勤於衛鼎

〔集引〕

《禮記・祭統》：「故衛孔悝之鼎銘曰：六月丁亥，公假於太廟。公曰：『叔舅，乃祖莊叔，左右成公，成公乃命莊叔隨難於漢陽，即宮於宗周，奔走無射。啟右獻公。獻公乃命成叔，纂乃祖服。乃考文叔，興舊耆欲，作率慶士，躬恤衛國，其勤公家，夙夜不懈。民咸曰：休哉！』公曰：『叔舅，予女銘，若纂乃考服。』悝拜稽首曰：『對揚以辟之。』勤大命，施於烝彝鼎。」

【發義】

衛國孔悝銘鼎表其祖和父勤勞國事。

〔一六〕若乃飛廉有石槨之錫

〖集引〗

《史記·秦本紀》：「蜚廉爲紂石北方，還無所報，爲壇霍太山而報。得石棺，銘曰：『帝令處父不與殷亂，賜爾石棺以華氏。』」

【發義】

蜚廉爲紂石北方，爲壇霍太山而報，得石槨，有銘。及其死，遂葬於霍太山。

〔一七〕靈公有蒿里之謚

〖**集引**〗

《莊子·則陽》：「夫靈公也死，卜葬於故墓，不吉；卜葬於沙丘而吉。掘之數仞，得石槨焉。洗而視之，有銘焉，曰：『不馮其子，靈公奪而里之。』」

【**發義**】

衛靈公在位四十二年，雖囿於國勢未能稱霸，然亦有爲焉。魯哀公問於孔子：「當今之君，孰爲最賢？」子曰：「丘未之見也，抑有衛靈公乎？」蓋靈公死而石槨有銘。

〖**雍案**〗

蒿，唐寫本作「舊」。非也。《御覽》本引作「奪」。是也。奪，「敓」之假借也。又假借爲「奪」。《慧琳音義》卷三「引奪」注：「奪，《石經》從寸作奪，古文作敓、挩。」又卷一四「奪取」注：「奪，蔡邕《石經》從寸作奪。」假借爲「遂」也。《説文·奞部》朱駿聲《通訓定聲》：「（奪，）假借又爲「遂」。《史記·秦本紀》：『以奪其志。』」

〔一八〕趙靈勒跡於番吾

【集引】

《史記·趙世家》：「番吾君自代來。」

【發義】

趙主父嘗游於播吾山，因施鉤梯而勒其迹，勒之曰：「主父常游於此。」

〔雍案〕

吾，黄叔琳校云：「元作『禺』，楊改。」番吾，唐寫本作「潘吾」。《御覽》引同。楊明照《校注》云：「按《韓非子》道藏本、張榜本、趙用賢本並作『潘吾』，與唐寫本合。『番』與『潘』音同得通。《廣韻》二十二元：「番，翻、盤、潘三音。」楊改『禺』作『吾』是也。《金石例》九、《文通》十二引並作「番吾」。」番吾，地名。一、戰國趙邑。爲秦、趙爭戰要地。故地在今河北磁縣。《戰國策·趙策二》：「秦甲涉河逾漳，據番吾，則兵必戰於邯鄲之下矣。」二、戰國趙邑。亦作播吾、鄱吾。故地在今河北平山縣東南。《史記·趙世家》：「番吾君自代來。」《説文·釆部》朱駿聲《通訓定聲》：「番，叚借爲『播』。」

〔一九〕秦昭刻博於華山，夸誕示後，吁可笑也

〖集引〗

《韓非子·外儲説左上》：「秦昭王令工施鉤梯而上華山，以松柏之心爲博，箭長八尺，棋長八寸，而勒之曰：『昭王嘗與天神博於此。』」

【發義】

戰代秦昭王刻棋局游戲於華山，華言虚妄不實以示於後，固吁可笑矣。

〔二〇〕至於始皇勒岳，政暴而文澤，亦有疏通之美焉

〖集引〗

《史記·秦始皇本紀》：「始皇上泰山，立石封祠祀……立石頌秦德焉而去。」

【發義】

秦始皇勒泰山，雖政暴而其文光潤，故亦有文辭暢達之美矣。

〔二一〕若班固燕然之勒

【集引】

《樂府詩集·北周王褒〈從軍行〉》：「勳封翰海石，功勒燕然銘。」

【發義】

竇憲會南單于請兵北伐，乃拜憲車騎將軍。大破單于，登燕然山，刻石勒功，紀漢威德，令班固作銘。

〔二二〕張昶華陰之碣

【集引】

《西嶽華山堂闕碑銘》：「《易》曰：『天地定位，山澤通氣。』然山莫尊於嶽澤，莫盛於瀆。山嶽有五，而華處其一，瀆有四，而河在其數。其靈也至矣。聖人廢興必有其應，故岱山石立，中宗繼統，太華授璧，秦胡絶緒。」文見《古文苑》卷十八、《藝文類聚》卷七、《初學記》卷五。

【發義】

華山堂闕碑銘，乃張昶爲北地太守段煨作。時段煨從武威進佔華陰，修建華陰廟宇，乃立堂闕之碑，其石之刊，以垂示後裔，故銘曰：「匪奢匪儉，惟德是程；匪豐匪約，惟禮是榮。」

〔一三〕**蔡邕銘思，獨冠古今**

〖集引〗

《陸士龍文集·與兄平原書》：「蔡氏所長，唯銘頌耳。」

【發義】

蔡邕之銘頌，獨鑴文思，標舉而冠絕古今。

〔一四〕**橋公之鉞，吐納典謨**

〖集引〗

《黄鉞銘》：「帝命將軍，秉兹黄鉞；威靈振耀，如火之烈。公之在位，群狄斯柔；齊斧罔設，人士斯休。」

【發義】

蔡邕《黄鉞銘》，謳頌橋玄爲度遼將軍時安邊之功，其文規摩《尚書》。

〔二五〕朱穆之鼎，全成碑文，溺所長也

〔集引〕

《禮記·樂記》：「姦聲以濫，溺而不止。」

【發義】

蔡邕謳朱穆之《鼎銘》，全成碑文，乃沈愛其長也。桓帝時，冀州凶荒，用朱穆作州牧，任用德政。穆於延熹六年死，桓帝下詔哀悼，命蔡邕撰《朱公叔墳前石碑》，前用散體，後用四言韻語。後撰《鼎銘》，乃施其長，將銘文寫成散體碑文。故彦和謂之「全成碑文，溺所長也」。

〔二六〕至如敬通雜器，準矱戒銘

〔集引〕

《後漢書·崔駰列傳》附崔篆《慰志賦》：「協準矱之貞度兮，同斷金之玄策。」李賢注：「準，繩也；矱，尺也。」

【發義】

馮衍之《刀陽銘》《刀陰銘》《杖銘》《車銘》等雜器銘文，悉皆模仿周武王之《席四端銘》及

《杖銘》等。

〔二七〕崔駰品物，讚多戒少

【集引】

《後漢書・崔駰列傳〈達旨〉》：「進不黨以讚己，退不黷於庸人。」

【發義】

崔駰之銘，評量各物，多讚美，少警戒。

〔二八〕李尤積篇，義儉辭碎

【集引】

《文選・任昉〈齊竟陵文宣王行狀〉》李善注引《集序》：「尤好爲銘讚，門階户席，莫不有述。」

【發義】

李尤，字伯仁，侍中賈逵薦尤有相如、揚雄之才，和帝召作東觀、辟雍、德陽諸觀賦銘，并《懷戒頌》百二十銘，著《政事論》七篇，帝善之。拜諫議大夫，樂安相。李尤爲銘，自山河都邑至刀筆符契，無不有銘；而文多穢病，義儉辭碎，討而潤色，言可采録。

〔二九〕**蓍龜神物，而居博弈之中**

〔**集引**〕

《易·繫辭上》：「探賾索隱，鉤深致遠，以定天下之吉凶，成天下之亹亹者，莫大乎蓍龜。是故天生神物，聖人則之。」

【**發義**】

古撥亂之主，雖聖賢，未有高拱閑居，不勞而濟者也，前鑒不遠，可謂蓍龜。漢劉歆《七略·術數略》蓍龜家有《龜書》《夏龜》《南龜書》《巨龜》《雜龜》。

〔**雍案**〕

中，唐寫本作「下」。是也。

〔三〇〕**衡斛嘉量，而在臼杵之末**

〔**集引**〕

《御覽》引摯虞《文章流別論》：「天子銘嘉量。」

【發義】

衡石斗斛，角量之器，謂之法也，善作比較輕重得失。而臼杵之利，可以濟也。

〔三一〕魏文九寶，器利辭鈍

〔集引〕

《三國志·魏書·鍾繇傳》：「楷玆度矩。」裴松之注引《魏略·曹丕與繇書》：「昔有黄三鼎，周之九寶，咸以一體。」曹丕《典論·劍銘》：「惟建安廿有四載，二月甲午，魏太子丕造百辟寶劍三，長四尺二寸，重一斤十有五兩，淬以清漳，厲以礛礑，飾以文玉，表以通犀，光似流星，名曰飛景。」

【發義】

魏文帝曹丕《典論·劍銘》，文辭質直。

〔三二〕唯張載劍閣，其才清采

〔集引〕

張載《劍閣銘》：「惟蜀之門，作固作鎮。是曰劍閣，壁立千仞。……昔在武侯，中流而喜。山河之固，見屈吴起。興實在德，險亦難恃。洞庭孟門，二國不祀。」《水經注·漾水》：「又東南逕小劍戍北，西去大劍三十里，連山絶險，飛閣通衢，故謂之劍閣也。」

【發義】

張載《劍閣銘》，清拔出采，全無雜語，辭理俱美。載父收，蜀郡太守。載至蜀省父，道經劍閣，以蜀人恃險好亂，因著銘以作誡。張敏見而奇之，乃表上其文，武帝遣使鐫之於劍閣焉。

〔三三〕**迅足駸駸**

〔集引〕

《詩·小雅·四牡》：「駕彼四駱，載驟駸駸。」毛萇傳：「駸駸，驟貌。」

【發義】

張載文思迅捷也。

〔三四〕**及周之辛甲，百官箴一篇，體義備焉**

〔集引〕

《漢書·揚雄傳〈贊〉》：「箴莫善於《虞箴》，作《州箴》。」《左傳·襄公四年》：「魏絳對晉侯曰：『昔周辛甲之爲大史也，命百官，官箴王闕。』」

【發義】

辛甲原乃商臣，後爲周文王太史，嘗命百官箴王之過失，惟百官箴一篇，體要議論已大備。章太炎曰：「箴之爲體，備於揚雄諸家。其語長短不齊，陸機所謂『頓挫清壯』者，有常則矣。」又曰：「故自《虞箴》既顯，揚雄、崔駰、胡廣爲《官箴》，氣體文旨，皆弗能與《虞箴》異。蓋箴規誨刺者其義，詩爲之名。後世特以箴爲一種，與詩抗衡，此以小爲大也。」在古代盛時，官箴、占繇皆爲詩，所以序《庭燎》稱「箴」，《沔水》稱「規」，《鶴鳴》稱「誨」，《祈父》稱「刺」，詩外更無所謂官箴，辛甲諸篇，也在三千之數。

〔雍案〕

唐寫本作「周之辛甲，百官箴闕，唯虞箴一篇，體義備焉」。

〔三五〕楚子訓民於在勤

〔集引〕

《左傳·宣公十二年》：「箴之曰：『民生在勤，勤則不匱。』」

【發義】

楚莊王恒教於國人，蓋訓民於在勤也。

〔三六〕至揚雄稽古，始範虞箴

〔集引〕

《後漢書·桓榮丁鴻列傳》：「榮大會諸生，陳其車馬印綬，曰：『今日所蒙，稽古之力也。』」

《漢書·揚雄傳》：「箴莫善於虞箴。」

【發義】

揚雄依虞箴作十二州箴、二十五官箴，共三十七篇，亡四篇，五篇殘闕，實存二十八篇。崔駰累世彌縫其闕，補作七篇，子崔瑗補作九篇，胡廣補作三篇，亡一篇，又以次其首目而爲解，署曰「百官箴」。

〔三七〕故文資确切

〔集引〕

《易·繫辭下》：「確然示人易矣。」焦循《章句》：「確，堅也。」《資治通鑑·唐紀》：「言辭確至。」胡三省注：「確，堅也，固也。」《文心雕龍・銘箴》：「故文資确切。」黃叔琳注：「确，堅正也。」

【發義】

箴全御過，故言辯堅正，指切時要。

〔雍案〕

确，黃叔琳校云：「元作『確』，朱改。」唐寫本及《御覽》引並作「确」。楊明照《校注》云：「以《奏啟篇》『表奏确切』例之，自以作『确』爲是。」《說文・石部》徐鉉按：「确，今俗作『確』。」《廣雅・釋山》：「嶽，确也。」王念孫《疏證》：「确，謂堅确也。」

〔三八〕然矢言之道蓋闕

〔集引〕

《書・盤庚上》：「率籲衆慼，出矢言。」孔安國傳：「出正直之言。」

【發義】

出直言之道蓋闕矣。

〔三九〕所以箴銘異用

〔集引〕

顏延之《三月三日曲水詩序》：「箴闕記言。」

【發義】

直言之道蓋闕，庸器之制久淪，故箴銘寡用。

〔雍案〕

異，唐寫本作「寡」。是也。

〔四〇〕惟秉文君子

〔集引〕

潘岳《楊荊州誄》：「秉文兼武。」呂延濟注：「秉，執也。」

【發義】

執守文德之人，乃君子也。

〔四一〕有佩於言，無鑒於水

〖集引〗

《國語·吴語》：「王其盍亦鑑於人，無鑑於水。」韋昭注：「鑑，鏡子。以人爲鏡，見成敗；以水爲鏡，見形而已。」

【發義】

古人有言曰：「人無於水監，當於民監。」「視水見己形，視民行事見吉凶。」是故，「君子不鑑於水而鑑於人」。

〔四二〕秉兹貞厲，敬言乎履

〖集引〗

《易·噬嗑》：「貞厲無咎。」李鼎祚《集解》引虞翻曰：「貞，正也。」《資治通鑑·齊紀五》：「迭相敦厲。」胡三省注：「厲，嚴以勉之。」《詩·大雅·常武》：「既敬既戒，惠此南國。」鄭玄箋：「敬之言警也。」《禮記·表記》：「處其位而不履其事，則亂也。」鄭玄注：「履猶行也。」

【發義】

秉持貞正，而嚴以勉之，敬謹於言，在乎行也。

誄碑第十二

周世盛德，有銘誄之文〔一〕。大夫之材，臨喪能誄〔二〕。誄者，累也；累其德行，旌之不朽也。夏商已前，其詳靡聞〔三〕。周雖有誄，未被于士。又賤不誄貴，幼不誄長〔四〕，在萬乘則稱天以誄之，讀誄定謚，其節文大矣〔五〕。自魯莊戰乘邱，始及于士〔六〕。逮尼父卒，哀公作誄。觀其憖遺之切，嗚呼之歎，雖非叡作，古式存焉〔七〕。至柳妻之誄惠子，則辭哀而韻長矣〔八〕。暨乎漢世，承流而作〔九〕。揚雄之誄元后，文實煩穢，沙麓撮其要，而摯疑成篇〔一〇〕，安有累德述尊，而闊略四句乎？杜篤之誄，有譽前代〔一一〕；吴誄雖工，而他篇頗疏，豈以見稱光武，而改盻千金哉！傅毅所制，文體倫序；孝山崔瑗，辨絜相參〔一二〕。觀其序事如傳，辭靡律調，固誄之才也〔一三〕。潘岳構意，專師孝山，巧於序悲，易入新切，所以隔代相望，能徽厥聲者也〔一四〕。至如崔駰誄趙，劉陶誄黄，並得憲章，工在簡要。陳思叨名，而體實繁緩，文皇誄末，旨言自陳，其乖甚矣。若夫殷臣誄湯，追褒元鳥之祚〔一五〕；周史歌文，上闡后稷之烈。誄述祖宗，蓋詩人之則也〔一六〕。至於序述哀情，則觸類而長。傅毅之誄北海，云白日幽光，雰霧杳冥；始序致感，遂爲後式，景而效者，彌取於工矣〔一七〕。詳夫誄之爲制，蓋選言録行，傳體而頌文，榮始而哀終。論其人也，曖乎若可覿〔一八〕；道其哀也，悽焉如可傷。此其旨也。

碑者，埤也〔一九〕。上古帝皇，紀號封禪〔二〇〕，樹石埤岳，故曰碑也。周穆紀跡于弇山之石〔二一〕，亦古碑之意也。又宗廟有碑，樹之兩楹，事止麗牲〔二二〕，未勒勳績，而庸器漸缺，故後代用碑，以石代金，同乎不朽，自廟徂墳，猶封墓也。自後漢以來，碑碣雲起，才鋒所斷，莫高蔡邕〔二三〕。觀楊賜之碑，骨鯁訓典〔二四〕；陳郭二文，詞無擇言〔二五〕；周乎衆碑，莫非清允。其叙事也該而要，其綴采也雅而澤；清詞轉而不窮，巧義出而卓立；察其爲才，自然而至。孔融所創，有慕伯喈〔二六〕；張陳兩文，辨給足采。亦其亞也〔二七〕。及孫綽爲文，志在碑誄〔二八〕；温王郤庾，辭多枝雜〔二九〕；桓彝一篇，最爲辨裁〔三〇〕。夫屬碑之體，資乎史才。其序則傳，其文則銘。標序盛德，必見清風之華〔三一〕；昭紀鴻懿，必見峻偉之烈〔三二〕。此碑之制也。

夫碑實銘器，銘實碑文，因器立名，事光於誄。是以勒石讚勳者，入銘之域；樹碑述已者，同誄之區焉。

贊曰：寫實追虛，碑誄以立〔三三〕。銘德慕行，文采允集。觀風似面，聽辭如泣。石墨鐫華，頹影豈忒〔三四〕。

【發義】

銘德纂行，累墨鐫石。寫遠追虛，累德頌文。榮始哀終，石墨鐫華。觀風似面，聽辭如泣。衡以史才，知乎體要。

〔一〕周世盛德，有銘誄之文

【集引】

《周禮·周官·大史》：「遣之日，讀誄。」《文章流別論》曰：「惟誄無定制，故作者多異焉。」《說文·言部》：「誄，謚也。」《禮記·檀弓上》：「魯哀公誄孔丘曰」。鄭玄注：「誄其行以爲謚也。」《廣雅·釋詁四》：「誄，累也。」《禮記·曾子問》：「賤不誄貴。」鄭玄注：「誄，累也，累列生時行迹，讀之以作謚。」《論語·述而》：「誄曰」。皇侃《義疏》：「誄之言累也。人生有德行，死而累列其行之跡爲謚也。」

【發義】周世盛德，凡有功者，銘書於王之太常，卿大夫之喪，賜謚誄也，以累列其行迹。

〔一二〕大夫之材，臨喪能誄

〔集引〕《詩傳》曰：「喪紀能誄，可以爲大夫。」

【發義】周之世，大夫之才，臨喪能累其德行，旌之不朽也。大夫不當有誄人事，蓋稱君命爲之辭。

〔雍案〕材，馮舒校作「才」。宋本、活字本、喜多本《御覽》引作「才」。黄叔琳注云：「『大夫之材』，見詮賦篇『登高能賦』注。」楊明照《校注》云：「按唐寫本作『才』。馮校蓋據《御覽》是也。」《説文·木部》朱駿聲《通訓定聲》：「材，叚借爲『才』。」《易·繫辭下》：「象者材也。」焦循《章句》：「材即才。」《孔叢子·小爾雅·廣言》：「佞，才也。」胡承珙《義證》：「『材』與『才』通。」《諸子平議·墨子三》：「知材也。」俞樾按：「『才』與『材』通。」《莊子·徐無鬼》：「天下馬有成材」。陸德明《釋文》：「材，字亦作『才』。」《玉函山房輯佚書·春秋外傳國語孔氏注》：「咨材爲諏，今本作『才』。《春秋正義》引作『材』。」

〔三〕**夏商已前，其詳靡聞**

〔**集引**〕

王粲《贈蔡子篤詩》：「時行靡通。」李周翰《注》：「靡，無也。」

【**發義**】

詩、頌、箴、銘之篇，皆有往古成文，可倣依而作；惟誄無定制，故作者多異，其辭無聞焉。

〔**雍案**〕

詳，唐寫本作「詞」，是也。

〔四〕**又賤不誄貴，幼不誄長**

〔**集引**〕

《禮記·曾子問》：「賤不誄貴，幼不誄長，禮也。惟天子稱天以誄之，諸侯相誄，非禮也。」

【發義】

賤不誄貴，幼不誄長，蓋尊卑長幼有別矣。

〔五〕**讀誄定謚，其節文大矣**

〔集引〕

《周禮·春官·大師》：「大喪，帥瞽而廞作匶謚。」

【發義】

周世大喪，帥瞽而興作匶謚，蓋其節儀盛矣。

〔六〕**自魯莊戰乘邱，始及于士**

〔集引〕

《禮記·檀弓上》：「魯莊公及宋人戰於乘丘，縣賁父御，卜國爲右。馬驚，敗績，公隊，佐車授綏。公曰：『末之卜也。』縣賁父曰：『他日不敗績，而今敗績，是無勇也。』遂死之。圉人浴馬，有流矢在白肉。公曰：『非其罪也。』遂誄之。士之有誄，自此始也。」

【發義】

魯莊公戰於乘丘，縣賁父敗績而死，莊公乃陳其跡。蓋士之有誄，自此始也。

〔七〕逮尼父卒，哀公作誄。觀其慭遺之切，嗚呼之歎，雖非叡作，古式存焉

〔集引〕

《左傳·哀公十六年》：「旻天不弔，不慭遺一老……嗚呼哀哉！尼父無自律！」《詩·小雅·十月之交》：「不慭遺一老，俾守我王。」

【發義】

及孔子歿，魯哀公誄曰：「不慭遺一老。」蓋觀其哀孔子之切，嗚呼之歎，雖非高明之作，然古式尚存也。

〔八〕至柳妻之誄惠子，則辭哀而韻長矣

〔集引〕

《説苑·佚文》：「柳下惠死，門人將誄之。妻曰：『將誄夫子之德耶？則二三子不如妾知之

也。』乃誄曰：『夫子之不伐兮，夫子之不竭兮，夫子之信誠，而與人無害兮。柔屈從俗，不強察兮。蒙恥救民，德彌大兮。雖遇三黜，終不弊兮。豈弟君子，永能厲兮。嗟乎惜哉，乃下世兮。庶幾遐年，今遂逝兮。嗚呼哀哉，魂神泄兮。夫子之謚，宜爲惠兮。』」

【發義】

世之子莫若柳妻深知其夫生前行跡，蓋自陳文謚之。

〔九〕**暨乎漢世，承流而作**

〔集引〕

《書·盤庚》：「今不承于古。」孫星衍《今古文注疏》引《詩傳》：「承，繼也。」劉逢禄《今古文集解》：「承，嗣也。」

【發義】

及至漢世，嗣襲流風而誄興矣。

〔一〇〕揚雄之誄元后，文實煩穢，沙麓撮其要，而摯疑成篇

【集引】

《札迻》：「此謂揚雄作《元后誄》，《漢書·元后傳》僅撮舉四句，非其全篇也。」

【發義】

王莽建國五年，元后崩，詔揚雄作誄曰：「太陰之精，沙麓之靈。作合於漢，配元生成。」彦和謂揚文煩穢，蓋難以累德述尊也。摯虞未見《元后誄》全文，撰《文章流別論》，疑全篇只此四句。

〔一一〕杜篤之誄，有譽前代

【集引】

《藝文類聚》載杜篤《大司馬吴漢誄》云：「篤以爲堯隆稷契，舜嘉皋陶，伊尹佐殷，吕尚翼周。若此五臣，功無與疇。今漢吴公，追而六之。」

【發義】

大司馬吴漢薨，光武詔諸儒誄之。篤爲誄最高，帝美譽之，命勒丹書，追而六之，蓋有譽前代。

〔一一二〕孝山崔瑗，辨絜相參

〔集引〕

《藝文類聚·蘇順〈和帝誄〉》：「往代崎嶇，諸夏擅命。爰兹發號，民樂其政。奄有萬國，民臣咸秩。大孝備矣。閟宮有侐，由昔姜嫄。祖妣之室，本支百世，神契惟一。」又《藝文類聚·崔瑗〈竇貴人誄〉》：「若夫貴人，天地之所留神，造化之所殷懃。華光曜乎日月，才志出乎浮雲。然猶退讓，未嘗專寵。樂慶雲之普覆，悼時雨之不廣。憂國念主，不敢怠遑。」

【發義】

孝山、崔瑗之誄，辨別明潔相參。《後漢書》云：「蘇順，字孝山，和、安間，以才學見稱，所著賦、論、誄、哀辭、雜文凡十六篇。」

〔雍案〕

絜，唐寫本作「潔」。鈔本、喜多本、鮑本《御覽》引同。劉文《議對》：「文以辨潔爲能。」「潔」「絜」同。《廣韻·屑韻》：「潔，經典通用『絜』。」《廣雅·釋器》：「潔，白也。」王念孫《疏證》：「潔，經典通作『絜』。」《管子·心術上》：「掃除不潔。」戴望《校正》：「《説文》無『潔』字，作『絜』爲正。」

〔一三〕**觀其序事如傳，辭靡律調，固誄之才也**

〖集引〗

章太炎《國故論衡·文學七篇〈正賫送〉》：「自誄出者，後有行狀。誄之爲言，絫其行迹而爲之謚。故《文心雕龍》曰：『序事如傳，辭靡律調，誄之才也。』此則後人行狀，實當斯體。」

【發義】

序事如傳，爲言辭細而音律調和，固誄之才具者也。

〔一四〕**所以隔代相望，能徵厥聲者也**

〖集引〗

《文選·張衡〈東京賦〉》：「信而有徵。」薛綜注：「徵，驗。」

【發義】

所以隔代相望，而能信驗其聲名也。

〔一五〕若夫殷臣誄湯，追褒元鳥之祚

〔集引〕

《詩・商頌・玄鳥》：「天命玄鳥，降而生商。」毛萇傳：「玄鳥，鳦也。」

【發義】

成湯受天明命，故歌詠天德，因此大禘而爲頌。簡狄吞鳦卵而生契，是爲商祖，故追褒玄鳥之報而賜焉。

〔雍案〕

元，諱「玄」也。《詩・商頌・玄鳥》有：「天命玄鳥，降而生商。」楊明照《校注》云：「祚，兩京本作『祥』，徐𤊹校同疑是。」余謂非也。祚，報也，賜也。《文選・張衡〈東京賦〉》：「祚靈主以元吉。」薛綜注：「祚，報也。」《謝莊〈宋孝武宣貴妃誄〉》：「祚靈集祉。」張銑注：「祚，報也。」《玄應音義》卷一二「福祚」注：「祚，報也。」《讀書雜志・餘編下・文選》：「漢高祖《功臣頌》：『祚爾輝章。』」王念孫按：「祚，賜也。」此文乃謂簡狄吞鳦卵而生契，是爲商祖，故追褒玄鳥之報而賜焉。

〔一六〕**誄述祖宗，蓋詩人之則也**

〔集引〕

《禮記·祭法》：「有虞氏禘黄帝而郊嚳，祖顓頊而宗堯。」孔穎達疏：「祖，始也，言爲道德之初始，故云祖也；宗，尊也，以有德可尊，故云宗。」《詩·大雅·烝民》：「天生烝民，有物有則。」

【發義】

始尊乃有功德者，固累其德行，以爲詩人效法。

〔一七〕**景而效者，彌取於工矣**

〔集引〕

《史記·秦始皇本紀》引賈誼《過秦論》：「天下雲集響應，贏糧而景從。」《易·繫辭上》：「天地變化，聖人效之。」

【發義】

景從而效法者，益加取於其工矣。

【雍案】

景，唐寫本作「影」。影，古作「景」。景，於此曰景從也。班固《東京賦》：「天官景從。」李周翰注：「景，影也。」《荀子·臣道》：「刑下如影。」王先謙《集解》引郝懿行曰：「影，當作『景』，轉寫從俗。」《學林》卷二：「古文經書惟《尚書》多用俗字，如古文『景』字，《尚書》變爲『影』。」

〔一八〕論其人也，曖乎若可覿

【集引】

《文選·沈約〈學省愁臥〉》：「神宇曖微微。」張銑注：「曖微微，不明貌。」

【發義】

論其人也，不甚明瞭，蓋僾然若乎見其容。

【雍案】

楊明照《校注》云：「按『曖』字《説文》所無，當本是『僾』字。《説文·人部》：『僾，仿佛也。』《禮記·祭義》：『祭之日，入室，僾然必有見乎其位。』《説苑·修文篇》：「祭之日，將入户，僾然若有見乎其容。」《釋文》：『僾，微見貌。』《正義》：『僾，髣髴見也。』」釋僧祐《齊太宰竟陵文宣王法集録序》：『靜尋遺篇，僾乎如在。』」「曖」與「僾」，古字通，音義亦同。《方言》卷六：「掩翳，薆也。」錢繹《箋疏》：「『薆』『⿱竹愛』『僾』『愛』『曖』『靉』，並字異義同。」《文選·何晏〈景福殿賦〉》：「其奧秘則蘙蔽曖昧，髣髴退概。」李善注：「『蘙蔽』『曖昧』『髣髴』『退概』，皆謂幽深不明貌。」張銑注：「『蘙蔽』『曖昧』『髣髴』『退概』，皆幽遠不分明貌。」

〔一九〕碑者，埤也

〖集引〗

《説文·石部》：「碑，豎石也。」《説文繫傳·石部》：「碑，豎石紀功德。」《慧琳音義》卷八九「碑文」注：「碑者，刻石紀功也。」《水經注·淄水注》：「夫封者表有德，碑者頌有功。」《文選·陸機〈文賦〉》：「碑披文以相質。」李善注：「碑以叙德。」《説文·石部》王筠《句讀》：「古碑有三用：宫中之碑，識日景也；廟中之碑，以麗牲也；墓所之碑，以下棺也。秦之紀功德也，曰立石，曰刻石，其言碑者，漢以後之語也。」

【發義】

樹石埤岳，以盡敬誠，故曰碑也。若夫碑版之辭，蟬焉不絕，體以四言，末則不韻。

〔二一〇〕上古帝皇，紀號封禪

〔集引〕

《大戴禮記·保傅》：「封泰山而禪梁甫。」《漢書·武帝紀》注引孟康曰：「王者功成治定……刻石紀號。」《白虎通德論》：「增泰山之高以報天，附梁父之基以報地。」

【發義】

上古帝王，每世之隆，未嘗不封禪，以紀其功績。蓋封禪乃帝王祭天地之典禮也。在泰山上築土爲壇祭天，報天之功，稱封；在泰山下梁甫山上闢場祭地，報地之功，稱禪。

〔二一一〕周穆紀跡于弇山之石

〔集引〕

《穆天子傳》：「天子屬百官效器，乃命正公郊父受敕憲。」

【發義】

周穆王屬百官貢獻寶物，乃命正公郊父接受教令，而紀跡於弇山之石也。

〔一二二〕**又宗廟有碑，樹之兩楹，事止麗牲**

〔**集引**〕

《禮記·祭義》：「祭之日，君牽牲，穆答君，卿大夫序從。既入廟門，麗於碑。」鄭玄注：「麗，猶繫也。」孔穎達《正義》：「君牽牲入廟門，繫著中庭碑也。」

【**發義**】

蓋古宗廟之碑，立於中庭，用於祭日繫牲也。

〔一二三〕**才鋒所斷，莫高蔡邕**

〔**集引**〕

《文選·班固〈答賓戲〉》：「銳思於毫芒之内。」張銑注：「鋒，精也。」《禮記·樂記》：「臨事而屢斷。」鄭玄注：「斷，猶決也。」李充《起居誡》：「中世蔡伯喈長於爲碑。」

【**發義**】

就碑撰文，盛於東京，而蔡氏才筆鋒鋭，蓋選文首舉矣。

〔二四〕觀楊賜之碑，骨鯁訓典

〔集引〕

《國語·周語上》：「纂修其緒，修其訓典。」韋昭注：「訓，教也。典，法也。」

【發義】

蓋觀楊賜之碑，文之架構可爲教法也。

〔二五〕詞無擇言

〔集引〕

《孝經》：「口無擇言，身無擇行。」《論衡·自紀》：「口無擇言，筆無擇文。」《書·吕刑》：「罔有擇言在身。」

【發義】

句無敗字，故謂無擇言。

〔雍案〕

詞，多本並作「句」。「句」字是。詞，形近而譌也。句，章句也。《廣韻·遇韻》：「句，章句。」《玉篇・句部》：「句，言語章句也。」《漢書・王子侯表上》：「句容哀侯黨。」顏師古注：「句，讀爲章句之句。」《説文・句部》段玉裁注：「凡章句之句，亦取稽留可鉤乙之意。」

〔二六〕**孔融所創，有慕伯喈**

〔**集引**〕

《後漢書・鄭孔荀列傳》：「孔融字文舉……與蔡邕素善。邕卒後，有虎賁士貌類於邕，融每酒酣，引與同坐，曰：『雖無老成人，尚有典刑。』所著詩頌碑文……凡二十五篇。」

【**發義**】

融之摹伯喈，乃尚其典則。

〔二七〕**張陳兩文，辨給足采，亦其亞也**

〔**集引**〕

黄叔琳《輯注》：「孔融有《衛尉張儉碑銘》，陳文無考。融没於曹子建之前，非陳思王也。」詹鍈《文心雕龍義證》：「《韓非子・難言》：『捷敏辨給，繁於文采，則見以爲史。』」辨給，辨通辯，

謂辨捷巧慧，善於言辭。（據郝懿行《爾雅義疏・釋訓》）

【發義】

張、陳兩文，其辨便捷巧慧，善於言辭，亦其次也。

〔一一八〕及孫綽爲文，志在碑誄

【集引】

《南齊書・文學傳〈論〉》：「孫綽之碑，嗣伯喈之後。」《文選集注・公孫羅文選鈔》引《文録》：「……故温、郗、王、庾諸公之薨，非興公爲文，則不刻石也。」

【發義】

孫綽博學善文，曾作《天台山賦》，初成，以示友人范榮期，曰：『卿試擲地，當作金石聲也。』其志在於碑，文嗣伯喈之後。

〔一一九〕辭多枝雜

【集引】

《易・繫辭下》：「中心疑者其辭枝。」孔穎達疏：「枝，謂樹枝也。中心於事疑惑，則其心不定，其辭分散，若閒枝也。」

【發義】

其構辭多枝離也。

〔雍案〕

雜，與「離」形近而譌。宋本、倪本、喜多本、鮑本《御覽》引作「離」。劉文《議對》有：「支離構辭。」支，與「枝」通。

〔三〇〕最爲辨裁

〔集引〕

《易・繫辭下》：「辨是與非。」李鼎祚《集解》：「辨，別也。」《管子・形勢》：「裁大者，衆之所比也。」尹知章注：「裁，斷也。」范甯《春秋穀梁傳集解序》：「公羊辯而裁，其失也俗。」楊士勛疏：「辯，謂說事分明。裁，謂善能裁斷。」

【發義】

辨裁者，乃謂說事分明，善能裁斷。

〔三一〕**標序盛德，必見清風之華**

〔**集引**〕

《宋書·謝靈運傳〈論〉》：「靈運之興會標舉，延年之體裁明密，並方軌前秀，垂範後昆。」

【**發義**】

標舉而叙述盛德，必見清風之華。

〔三二〕**昭紀鴻懿，必見峻偉之烈**

〔**集引**〕

《詩·大雅·文王》：「文王在上，於昭于天。」《易·小畜》：「君子以懿文德。」

【**發義**】

彰明記載盛美之德，必見偉績烈緒。

〔三三〕**寫實追虚，碑誄以立**

〔**集引**〕

《韓非子·十過》：「子爲我聽而寫之。」

【**發義**】

言之無文，行而不遠。固寫其遠而追述其儀容以立碑。

〔**雍案**〕

實，唐寫本作「遠」。是也。

〔三四〕**石墨鐫華，頹影豈忒**

〔**集引**〕

《漢書·異姓諸侯王表》：「鐫金石者難爲功。」顔師古注：「鐫，琢石也。」《斠詮》：「《説文》『墨』字桂注：『古者漆書之後，皆用石墨以書。《大戴禮》所謂「石墨相著則黑」是也。漢以後松煙桐墨既盛，故石墨遂堙廢。』案石墨……古用於石刻漆書，取其墨色顯明，易於醒目也。鐫畢，謂刻書其文華，用以表揚死者。」《斠詮》：「頹影，謂死者頹墜之遺影。戢，《説文》謂藏兵，又斂息之義。……戢影有伏藏、斂息其影之義。此處所謂『頹影豈戢』者，極言誄碑之用，能增光泉壤，流譽後世，俾死者遺影不致淹滅無聞也。」

【發義】

以碑累述其德，所鐫誄文溢其文德，以影響後世，使之不戢也。

〔雍案〕

忒，唐寫本作「戢」。是也。本贊用緝韻，故連文當以「戢」爲是。《世説新語·方正》劉孝標注引孫綽《庾公誄》：「永戢話言，口誦心悲。」戢，止也。《廣韻·緝韻》：「戢，止也。」

哀弔第十三

賦憲之謚〔一〕，短折曰哀〔二〕。哀者，依也。悲實依心，故曰哀也。以辭遣哀，蓋不淚之悼〔三〕，故不在黄髮〔四〕，必施夭昏〔五〕。昔三良殉秦〔六〕，百夫莫贖，事均夭横〔七〕，黄鳥賦哀，抑亦詩人之哀辭乎！暨漢武封禪，而霍子侯暴亡〔八〕，帝傷而作詩〔九〕，亦哀辭之類矣。及後漢汝陽王亡，崔瑗哀辭，始變前式〔一〇〕。然履突鬼門，怪而不辭〔一一〕；駕龍乘雲，仙而不哀；又卒章五言，頗似歌謡，亦彷彿乎漢武也〔一二〕。至於蘇慎張升，並述哀文〔一三〕，雖發其情華，而未極心實〔一四〕。建安哀辭，惟偉長差善〔一五〕，行女一篇〔一六〕，時有惻怛〔一七〕。及潘岳繼作，實踵其美〔一八〕。觀其慮善辭變，情洞悲苦〔一九〕，叙事如傳，結言摹詩，促節四言，鮮有緩句，故能義直而文婉，體舊而趣新，金鹿澤蘭〔二〇〕，莫之或繼也。原夫哀辭大體，情主於痛傷，而辭窮乎愛惜。幼未成德，故譽止於察惠〔二一〕；弱不勝務，故悼加乎膚色〔二二〕。隱心而結文則事愜，觀文而屬心則體奢〔二三〕。奢體爲辭，則雖麗不哀；必使情往會悲，文來引泣，乃其貴耳。

弔者，至也。詩云：神之弔矣，言神至也。君子令終定謚〔二四〕，事極理哀，故賓之慰主，以至到爲言也。壓溺乖道，所以不弔矣〔二五〕。又宋水鄭火，行人奉辭〔二六〕，國災民亡，故同弔也。及晉築虒臺〔二七〕，齊襲燕城，史趙蘇秦，翻賀爲弔〔二八〕，虐民搆敵，亦亡之道。凡斯之例，弔之所設也。或驕貴而殞身，或狷忿以乖道，或有志而無時，或美才而兼累。追而慰之，並名爲弔。自賈誼浮湘〔二九〕，發憤弔屈，體同而事覈，辭清而理哀，蓋首出之作也。及相如之弔二世〔三〇〕，全爲賦體，桓譚以爲其言惻愴，讀者歎息。及平章要切，斷而能悲也。揚雄弔屈，思積功寡，意深文略，故辭韻沉膇〔三一〕。班彪蔡邕，並敏于致語〔三二〕，然影附賈氏，難爲並驅耳。胡阮之弔夷齊，褒而無聞〔三三〕；仲宣所制，譏呵實工。然則胡阮嘉其清〔三四〕，王子傷其隘〔三五〕，各志也。禰衡之弔平子〔三六〕，縟麗而輕清；陸機之弔魏武〔三七〕，序巧而文繁。降斯以下，未有可稱者矣。夫弔雖古義，而華辭末造〔三八〕；華過韻緩，則化而爲賦〔三九〕。固宜正義以繩理，昭德而塞違〔四〇〕，割析褒貶，哀而有正，則無奪倫矣〔四一〕。

贊曰：辭定所表，在彼弱弄〔四二〕。苗而不秀，自古斯慟〔四三〕。雖有通才，迷方告控。千載可傷，寓言以送〔四四〕。

【發義】

哀遣其辭，弔寓其言。

情往會悲，文來引泣。辭縟麗而掩情，體奢華而乖義。蓋哀弔之文，貴乎節促而辭婉，情切而韻長。

〔一〕賦憲之謚

〖集引〗

《困學紀聞》引《周書·謚法》：「周公旦、太師望相嗣王發，既賦憲，受臚于牧之野。將葬，乃制作謚。」范文瀾注：「朱亮甫《周書集訓》云：『賦，布；憲，法；臚，旅也。布法於天下，受諸侯旅見之禮。』」

【發義】

布法於天下，受諸侯旅見，將葬文王而舉禮之隆，蓋作謚以稱其跡也。

〔二〕**短折曰哀**

〔**集引**〕

《書·洪範》：「六極：一曰凶、短、折。」孔安國傳：「短，未六十。折，未三十。」《禮記·曲禮下》：「壽考曰卒，短折曰不禄。」《汲冢周書》：「蚤孤短折曰哀，恭仁短折曰哀。」

【**發義**】

未齓曰凶，未冠曰短，未婚曰折。短折之不禄，蓋曰哀。

〔三〕**以辭遣哀，蓋不淚之悼**

〔**集引**〕

《三國志·魏書·樂陵王茂傳》：「今封茂爲聊城王，以慰太皇太后下流之念。」

【**發義**】

魏晉之人稱子孫爲下流。禮文在尊極，而施之下流，是以下流之愛遣其哀，蓋下流之悼也。

〔**雍案**〕

不淚，唐寫本作「下流」。不淚，乃「下流」形譌也。下流，謂幼小之流輩，與「尊極」對文。

魏晉之人稱子孫爲下流。劉文《指瑕》：「潘岳爲才，善於哀文，然悲内兄，則云感口澤，傷弱子，則云心如疑。禮文在尊極，而施之下流，辭雖足哀，義斯替矣。」

〔四〕故不在黄髮

【集引】

《詩·魯頌·閟宫》：「黄髮台背，壽胥與試。」鄭玄箋：「黄髮、台背，皆壽徵也。」《書·秦誓》：「尚猷詢兹黄髮，則罔所愆。」

【發義】

老人髮白久則黄，故以黄髮爲高壽之象。

〔五〕必施夭昏

【集引】

《左傳·昭公十九年》：「寡君之二三臣，札瘥夭昏。」孔穎達疏：「子生三月，父名之，未名之曰昏，謂未三月而死也。」杜預注：「夭死曰札，小疫曰瘥，短折曰夭，未名曰昏。」《國語·晉語二》：「君子失心，鮮不夭昬。」韋昭注：「夭，夭折也；昬，狂荒之疾。」昬，「昏」本字。

【發義】

蓋夭昬雖下流，亦哀以弔也。《北堂書鈔》卷一百二引《文章流别論》：「哀辭者，以施之童殤夭折，不以壽終者也。」

〔六〕昔三良殉秦

〖集引〗

《詩·秦風·黄鳥·序》：「黄鳥，哀三良也。國人刺穆公以人從死而作是詩也。」《文選·潘岳〈寡婦賦〉》：「感三良之殉秦兮，甘捐生而自引。」《左傳·文公六年》：「秦伯任好卒，以子車氏之三子奄息、仲行、鍼虎爲殉，皆秦之良也。國人哀之，爲之賦《黄鳥》。」《詩·秦風·黄鳥》：「交交黄鳥，止于棘。誰從穆公？子車奄息。維此奄息，百夫之特。臨其穴，惴惴其栗。彼蒼者天，殲我良人！如可贖兮，人百其身！」

【發義】

秦穆公死，以子車氏之三子爲殉。國人哀之，作《黄鳥》刺穆公，哀三良之短折枉死。

〔七〕事均夭橫

〖集引〗

《文選·謝靈運〈廬陵王墓下作〉》詩：「脆促良可哀，夭枉特兼常。」北周庾信《庾子山集·哀江南賦》：「功業夭枉，身名埋没。」

【發義】

凶、短、折悉是夭枉之名，蓋謂事均夭枉。

〖雍案〗

橫，唐寫本作「枉」。夭者，少壯短折，不盡天年也；枉者，薄命折之而失理，不得善終也。枉，曲也，詘也，折也。《廣雅·釋詁四》：「枉，詘也。」《慧琳音義》卷二九「枉死」注：「枉，古文作㑌。」引《考聲》云：「枉，失理也，詘也。」「橫」與「枉」，古相通也。《後漢書·酷吏傳》：「至於重文橫入。」李賢注：「橫，猶枉也。」

〔八〕**暨漢武封禪，而霍子侯暴亡**

〔**集引**〕

《大戴禮記·保傅》：「封泰山而禪梁甫。」

【**發義**】

霍去病薨，子嬗嗣。嬗字子侯。漢武甚愛之，幸其壯而將之，爲奉車都尉，從封禪於泰山，無風雨災。而方士更言「蓬萊諸神，若將可得」。於是漢武欣然，庶幾遇之。乃復東至海上，望冀遇蓬萊焉。奉車子侯暴病，一日死。

〔**雍案**〕

「霍子侯」，唐寫本作「霍嬗」。

〔九〕**帝傷而作詩**

〔**集引**〕

《詩·周南·卷耳》：「維以不永傷。」《管子·君臣下》：「明君飾食飲弔傷之禮。」

【發義】

漢武封禪，奉車子侯暴卒。漢武傷而甚悼之，乃自爲歌詩。

〔一〇〕及後漢汝陽王亡，崔瑗哀辭，始變前式

〔集引〕

《文章流別論》：「哀辭者，誄之流也。」

【發義】

其謂哀辭，乃《汝陽主哀辭》，始變哀辭原來法式。哀辭者，誄之流也。崔瑗、蘇順、馬融等爲之，率以施於童殤夭折，不以壽終者。

〔雍案〕

王，乃「主」之訛也。

〔一一〕**然履突鬼門，怪而不辭**

〔集引〕

王充《論衡·訂鬼》：「《山海經》又曰：『滄海之中，有度朔之山，上有大桃木，其屈蟠三千里，其枝間東北曰鬼門，萬鬼所出入也。』」

【發義】

然踐之而突入鬼門，怪而不成其爲辭。

〔一二〕**駕龍乘雲，仙而不哀；又卒章五言，頗似歌謠，亦彷彿乎漢武也**

〔集引〕

《詩·魏風·園有桃》：「心之憂矣，我歌且謠。」毛萇傳：「曲合樂曰歌，徒歌曰謠。」《荀子·禮論》：「歌謠謸笑，哭泣諦號，是吉凶憂愉之情發於聲音者也。」

【發義】

其謂崔瑗哀辭，與漢武所作霍嬗哀辭相似，皆仙而不哀。

〔一三〕**至於蘇慎、張升，並述哀文**

〖集引〗

范文瀾《文心雕龍集校》注：「蘇順著《哀辭》等十六篇。張升，字彦真，亦見《後漢書·文苑傳》，著賦、誄、頌、碑、書，凡六十篇。二人所著哀辭並佚。」

【發義】

哀辭者，誄之流也。蘇順、張升所述哀文，擅其長也。

〖雍案〗

「慎」字，黄叔琳校云：「疑作『順』。」唐寫本及《御覽》並作「順」。慎，乃「順」之形譌也。蘇順，字孝山，京兆霸陵人。東漢安、和時，以才學知名，官郎中。《後漢書·文苑傳》有傳。《全後漢文》輯存其文四篇，而無哀辭，蓋哀文已佚也。

〔一四〕**雖發其情華，而未極心實**

〖集引〗

《管子·形勢》：「與人交，多詐僞無情實。」

【發義】

雖顯現其表面之虛華，而未盡其内心之真情矣。

〔一五〕建安哀辭，惟偉長差善

〖集引〗

《韓非子·詭使》：「所以善制下也。」王先慎《集解》：「拾補，善制作『擅制』。」

【發義】

建安之哀辭，猶以徐幹較爲擅勝。

〔一六〕行女一篇

〖集引〗

曹植《行女哀辭》：「方朝華而晚敷，比晨露而先晞。感逝者之不追，情忽忽而失度。天蓋高而無階，懷此恨其誰訴。」

【發義】

《行女》有「三年之中，二子頻喪」哀辭。建安中，文帝與臨淄侯各失稺子，命徐幹、劉楨等爲哀辭。是偉長亦有《行女篇》也。

〔一七〕**時有惻怛**

〖集引〗
《禮記·問喪》：「惻怛之心，痛疾之意。」

【發義】
惻怛之心，痛疾之意。

〔一八〕**及潘岳繼作，實踵其美**

〖集引〗
《文選·揚雄〈劇秦美新〉》：「隨前踵古。」吕向注：「踵，追也。」

【發義】
潘岳繼作甚贍，有《金鹿哀辭》《澤蘭哀辭》《傷弱子辭》等，實乃踵接其美矣。

〔一九〕觀其慮善辭變，情洞悲苦

〔集引〕

《後漢書·班彪列傳下〈論〉》：「（司馬）遷文直而事覈，（班）固文贍而事詳。」

【發義】

觀其贍，辭變有自，情深而悲惻苦痛。

〔雍案〕

慮，唐寫本作「贍」。是也。劉文《章表》有：「觀其體贍而律調。」《才略篇》有：「理贍而辭堅。」並可引證。

〔二〇〕金鹿澤蘭

〔集引〕

潘岳《金鹿哀辭》：「嗟我金鹿，天資特挺。鬒髮凝膚，娥眉螓領。柔情和泰，朗心聰警。」《澤蘭哀辭》：「茫茫造化，爰啓英淑。猗猗澤蘭，應靈誕育。鬒髮娥眉，巧笑美目。顏耀榮苕，華茂時菊。如金之精，如蘭之馥。」

【發義】

《金鹿哀辭》，乃岳誄幼子也。《澤蘭哀辭》，岳又爲任子咸妻作《孤女澤蘭哀辭》。澤蘭，子咸之女也。

〔一一一〕幼未成德，故譽止於察惠

〖集引〗

《詩·周頌·振鷺》：「庶幾夙夜，以永終譽。」

【發義】

謚，所以成德也。厥行之迹，所以表德。故其譽止於聰明。

〔一一二〕弱不勝務，故悼加乎膚色

〖集引〗

《左傳·文公十二年》：「趙有側室曰穿……有寵而弱。」杜預注：「弱，年少也。」

【發義】

幼弱不堪強，固惻怛之悼，加乎容貌。

〔一二三〕**隱心而結文則事愜，觀文而屬心則體奢**

〖集引〗

《晉書·李重傳〈論〉》：「李重言因革之理，駁田產之制，詞愜事當。」

【發義】

痛苦於心而結文，則事猶恰當也。觀賞文采而敘心，則其文誇張不實也。

〔一二四〕**君子令終定謚**

〖集引〗

《詩·大雅·既醉》：「昭明有融，高朗令終。」

【發義】

君子保持善名而死，蓋定其謚也。

〔二五〕 壓溺乖道，所以不弔矣

〔集引〕

《禮記·檀弓上》：「死而不弔者三，畏，厭，溺。」孔穎達疏：「厭，謂行止危險之下，爲崩墜所厭殺也。」《正義》：「除此三事之外，其有死不得禮，亦不弔。」《荀子·彊國》：「如牆厭之。」楊倞注：「厭，讀爲『壓』。」《論語·雍也》：「天厭之。」劉寶楠《正義》：「厭，與『壓』同。」《左傳·襄公三十一年》：「僑將厭焉。」陸德明《釋文》：「『厭』作『壓』。」《書·盤庚下》：「非廢厥謀，弔由靈。」孔安國傳：「弔，至。靈，善也。」《詩·小雅·天保》：「神之弔矣，詒以多福。」《釋文》：「弔，都歷反，至也。」

【發義】

壓溺者，所以不弔，乃善不至，其身忘孝，不合常道也。乖道者，死不得禮也。

〔二六〕 宋水鄭火，行人奉辭

〔集引〕

《左傳·莊公十一年》：「秋，宋大水，公使弔焉，曰：『天作淫雨，害於粢盛，若之何不弔！』」

《左傳·昭公十八年》：「宋、衛、陳、鄭皆火。……陳不救火，許不弔災。」

【發義】

宋大水，莊公慮害於粢盛，乃使人弔之，奉以哀辭。陳不救火，許不弔災，君子是以知陳、許之先亡也。

〔二七〕及晉築虒臺

【集引】

《左傳·昭公八年》：「叔弓如晉，賀虒祁也。游吉相鄭伯以如晉，亦賀虒祁也。史趙見子大叔，曰：『甚哉，其相蒙也！可弔也，而又賀之。』子大叔曰：『若何弔也？其非唯我賀，將天下實賀。』」杜預注：「虒祁，地名。」

【發義】

鄭大夫游吉相鄭伯以如晉，亦賀虒祁也。虒祁，晉宮殿所在也，春秋晉平公於其地建虒臺之宮殿。

〔二八〕齊襲燕城，史趙蘇秦，翻賀爲弔

〔集引〕

《戰國策·燕策一》：「（燕）文公卒，易王立。齊宣王因燕喪攻之，取十城。武安君蘇秦爲燕説齊王，再拜而賀，因仰而弔。齊王案戈而卻曰：『此一何慶弔相隨之速也？』對曰：『人之飢所以不食烏喙者，以爲雖偷充腹，而與死同患也。今燕雖弱小，強秦之少婿也。王利其十城，而深與強秦爲仇。今使弱燕爲雁行，而強秦制其後，以招天下之精兵，此食烏喙之類也。』……齊王大説，乃歸燕城。」

【發義】

燕因喪而失十城，蘇秦爲燕説齊王，齊王稱善，乃歸燕十城。翻賀爲弔，蓋蘇秦之功也。

〔二九〕自賈誼浮湘

〔集引〕

賈誼《弔屈原文序》：「爲賦以弔屈原。」

【發義】
賈誼爲長沙王傅，意不自得，及渡湘水，爲賦以弔屈原。

〔三〇〕**及相如之弔二世**

〔集引〕
《史記·司馬相如列傳》：「（武帝）還過宜春宮，相如奏賦以哀二世行失也。」

【發義】
秦胡亥於離宮宜春爲閻樂所殺，故相如感其處，作《哀秦二世賦》而哀之也。歎其「持身不謹」「信讒不寤」。

〔三一〕**揚雄弔屈，思積功寡，意深文略，故辭韻沉膇**

〔集引〕
《左傳·成公六年》：「民愁則墊隘，於是乎有沉溺重膇之疾。」《玉篇·肉部》：「膇，重膇，病。」

【發義】

揚雄弔屈原，悲感以積而功何寡，意深而作書，往往摭《離騷》文而反之，自峮山投諸江流以弔之，名曰《反離騷》，故辭韻氣力沈溺於病。

〔三三二〕**班彪蔡邕，並敏于致語**

【集引】

蔡邕《弔屈原文》：「卒壞覆而不振，顧抱石其何補。」

【發義】

首文儷句，乃爲致語。班、蔡誄文，並敏於致語。

〔三三三〕**胡阮之弔夷齊，褒而無聞**

【集引】

《文選·郭璞〈遊仙詩〉》：「高蹈風塵外，長揖謝夷齊。」

【發義】

伯始、元瑜所作弔伯夷、叔齊之文，止有褒揚而無非難也。

〔雍案〕

聞，唐寫本作「閒」。聞，乃「閒」之形譌也。閒，非也。《文選・李康〈運命論〉》：「而莫敢閒其言。」吕向注：「閒，非也。」

〔三四〕然則胡阮嘉其清

〔集引〕

胡廣《弔夷齊文》：「遭亡辛之昏虐，時繽紛以蕪穢。恥降志于汙君。溷雷同于榮勢。抗浮雲之妙志。……援翰録弔，以舒懷兮。」阮瑀《弔伯夷文》：「余以王事，適彼洛師；瞻望首陽，敬弔伯夷。東海讓國，西山食薇。重德輕身，隱景潛暉。求仁得仁，見歎仲尼；没而不朽，身滅名飛。」

【發義】

孟子曰：「伯夷，聖之清者也。」故胡阮仰聖而嘉其清焉。

〔三五〕王子傷其隘

〔集引〕

《孟子・公孫丑上》：「伯夷隘。」趙岐注：「隘，狹也。」

【發義】

孟子曰「伯夷隘」，懼人之污來及己，故無所含容，言其太狹隘也。

〔三六〕禰衡之弔平子

〔集引〕

禰衡《弔張衡文》：「余今反國，命駕言歸；路由西鄂，追弔平子。」

【發義】

禰衡誄文，辭縟麗而韻輕清也。

〔三七〕陸機之弔魏武

〔集引〕

《文選・陸機〈弔魏武帝文〉》：「悼繐帳之冥漠，怨西陵之茫茫；登雀臺而群悲，眝美目其何望。」

【發義】

陸機弔魏武，辭亦序巧，文亦繁縟。

〔三八〕夫弔雖古義，而華辭末造

【集引】

《莊子·列御寇》：「殆哉圾乎！仲尼方且飾羽而畫，從事華辭，以支爲旨……夫何足以上民。」

【發義】

弔雖古義，而虛飾不經之辭末作也。

〔三九〕華過韻緩，則化而爲賦

【集引】

漢王符《潛夫論·實貢》：「是以舉世多黨而用私，競比質而行趨華。」

【發義】

辭過於浮華，韻過於寬綽，則化而爲賦也。

〔四〇〕固宜正義以繩理，昭德而塞違

〔集引〕

《漢書·匡張孔馬傳〈贊〉》：「彼以古人之迹見繩，烏能勝其任乎！」

【發義】

固宜正其義，以衡量其理；明其德，而防止其過失。

〔四一〕則無奪倫矣

〔集引〕

《書·舜典》：「八音克諧，無相奪倫。」鄭玄注：「倫，理也。八音能諧，理不錯奪。」

【發義】

哀而義正，則無失其倫次也。

〔四二〕**辭定所表，在彼弱弄**

〔集引〕

《左傳·僖公九年》：「夷吾弱不好弄。」杜預注：「弄，戲也。」

【發義】

弔傷之辭定所表，在彼弱而戲也。

〔四三〕**苗而不秀，自古斯慟**

〔集引〕

揚雄《法言》：「育而不苗者，吾家之童烏乎！」

【發義】

古者弔有傷辭。仲尼弔顏淵苗而不秀，哀所過也。

〔四四〕千載可傷，寓言以送

〖集引〗

《莊子·寓言》：「寓言十九，重言十七。」陸德明《釋文》：「寓，寄也。以人不信己，故託之他人，十言而九見信也。」《史記·老子韓非列傳》：「故其著書十餘萬言，大抵率寓言也。」

【發義】

蓋言有寄寓，哀以送之，千載聞之可弔傷矣。

智術之子，博雅之人〔一〕，藻溢於辭，辭盈乎氣〔二〕，苑囿文情，故日新殊致。宋玉含才，頗亦負俗〔三〕，始造對問，以申其志，放懷寥廓，氣實使之〔四〕。及枚乘摛豔，首製七發，腴辭雲構，夸麗風駭〔五〕。蓋七竅所發，發乎嗜欲，始邪末正，所以戒膏粱之子也。揚雄覃思文闊〔六〕，業深綜述，碎文瑣語，肇爲連珠〔七〕，其辭雖小而明潤矣。凡此三者，文章之枝派，暇豫之末造也〔八〕。

自對問以後，東方朔效而廣之，名爲客難〔九〕。託古慰志，疏而有辨。揚雄解嘲，雜以諧謔，迴環自釋，頗亦爲工〔一〇〕。班固賓戲，含懿采之華〔一一〕；崔駰達旨，吐典言之裁〔一二〕；張衡應閒，密而兼雅〔一三〕；崔實客譏，整而微質〔一四〕；蔡邕釋誨，體奧而文炳〔一五〕；景純客傲，情見而采蔚〔一六〕。雖迭相祖述，然屬篇之高者也〔一七〕。至於陳思客問，辭高而理疏〔一八〕；庾敳客咨，意榮而文悴〔一九〕。斯類甚衆，無所取裁矣。原茲文之設，迺發憤以表志。身挫憑乎道勝，時屯寄於情泰，莫不淵岳其心〔二〇〕，麟鳳其采，此立本之大要也〔二一〕。

自七發以下，作者繼踵。觀枚氏首唱，信獨拔而偉麗矣。及傅毅七激，會清要之工；崔駰七依，入博雅之巧；張衡七辨，結采綿靡〔二二〕；崔瑗七厲，植義純正〔二三〕；陳思七啟，取美於宏壯；仲宣七釋，致辨於事理。自桓麟七説以下，左思七諷以上，枝附影從，十有餘家。或文麗而義暌，或理粹而辭駁〔二四〕。觀其大抵所歸，莫不高談宮館，壯語畋獵，窮瓌奇之服饌，極蠱媚之聲色〔二五〕；甘意摇骨體〔二六〕，豔詞動魂識〔二七〕，雖始之以淫侈，而終之以居正〔二八〕，然諷一勸百，勢不自反。子雲所謂先騁鄭衛之聲，曲終而奏雅者也。唯七厲叙賢，歸以儒道，雖文非拔群，而意實卓爾矣。

自連珠以下，擬者間出。杜篤賈逵之曹，劉珍潘勗之輩，欲穿明珠，多貫魚目〔二九〕。可謂壽陵匍匐，非復邯鄲之步；里醜捧心，不關西施之嚬矣。唯士衡運思，理新文敏，而裁章置句，廣於舊篇，豈慕朱仲四寸之璫乎！夫文小易周，思閑可贍〔三〇〕。足使義明而詞淨，事圓而音澤，磊磊自轉，可稱珠耳〔三一〕。

詳夫漢來雜文，名號多品，或典誥誓問，或覽略篇章，或曲操弄引，或吟諷謡詠。

總括其名，並歸雜文之區；甄別其義，各入討論之域。類聚有貫，故不曲述〔三二〕。

贊曰：偉矣前修，學堅多飽〔三三〕。負文餘力，飛靡弄巧。枝辭攢映，嘒若參昴。慕嚬之心，於焉祇攪〔三四〕。

【發義】

總括其名，歸聚其類。

夫文體流變，孳乳類近，甄別其義，總括其名，並歸雜文之區。蓋文制相遠，結體頗同也。

〔一〕智術之子，博雅之人

〖集引〗

《楚辭·淮南小山〈招隱士序〉》：「昔淮南王博雅好古，招懷天下俊偉之士。」

【發義】

智者，心之府，術之原也。心所由，本乎智。蓋智術之子，乃淵博典雅之人。

〔一二〕藻溢於辭，辭盈乎氣

〖集引〗

《漢書·東方朔傳》：「辯知閎達，溢于文辭。」顔師古注：「溢者，言其有餘也。」

【發義】

華藻溢於文辭，智辨盈乎氣質。

〖雍案〗

辭盈乎氣，唐寫本作「辨盈乎氣」。「辨」字是也。「辨盈乎氣」，與「藻溢於辭」對文。辨，明也；智也；慧也。《大戴禮記·文王官人》：「不學而性辨。」王聘珍《解詁》：「辨，明也。」《文選·顔延之〈陶徵士誄〉》：「何悟之辨。」吕延濟注：「辨，明也。」《經義述聞·大戴禮下》：「不學而性辨。」王引之按引王念孫曰：「辨，智也，慧也。」氣盈其内，心之象道既明，則辨然不疑惑。蓋承上文「智術之子，博雅之人」也。

〔三〕宋玉含才，頗亦負俗

【集引】

《戰國策·趙策二》：「夫有高世之功者，必負遺俗之累。」《漢書·武帝紀》：「（元封五年詔）士或有負俗之累而立功名。」顏師古注引晉灼曰：「負俗，謂被世譏論也。」《義證》：「《越絶書·越絶外傳記范伯》：『有高世之材，必有負俗之累。』」

【發義】

宋玉雖含才，而頗被世譏論也。蓋士有高世之材者，必有負俗之累焉。

〔四〕始造對問，以申其志，放懷寥廓，氣實使之

【集引】

《文選·宋玉〈對楚王問〉》：「楚襄王問於宋玉曰：『先生其有遺行與，何士民衆庶不譽之甚也？』對曰：『唯，然，有之。願大王寬其罪，使得畢其辭。』」

【發義】

宋玉始造《對楚王問》，以申明其志向，放懷於廣遠，其氣駕馭文辭。蓋放懷天地之寥廓，賦辭

人之所遺。

〔五〕及枚乘摛豔，首製七發，腴辭雲構，夸麗風駭

〔集引〕

《文選·枚乘〈七發〉》：「七發者，說七事以起發太子也，猶楚辭七諫之流。」

【發義】

枚乘抒發豔藻，首製《七發》，辭采美贍，若云之聚集；夸飾宏麗，若風亂之四起。枚乘事梁孝王，恐孝王反，故作《七發》以諫之，後摹仿侈矣，屬文之士，作者紛焉。傅毅《七激》、張衡《七辨》、崔駰《七依》、馬融《七厲》、王粲《七釋》、曹植《七啟》、徐幹《七喻》、張協《七命》等，形成辭賦體裁，稱「七體」。

〔雍案〕

搆，唐寫本作「構」。《御覽》引同。楊明照《校注》云：「按『構』字是。『搆』乃『構』之俗。《比興篇》『比體雲構』，《時序篇》『英采雲構』，此依弘治本、汪本等，黄本亦誤爲「搆」。並其證。」「搆」與「構」，音同義通。《資治通鑑·漢紀》：「趙廣漢搆會吏民之後。」胡三省注引師古曰：「搆，結也。」《慧琳音義》卷八「思搆」注引《字書》、卷四二「交搆」注引《考聲》：「搆，結架

也。」《孟子・梁惠王上》：「構怨於諸侯。」朱熹集注：「構，結也。」《荀子・勸學》：「怨之所構。」楊倞注：「構，結也。」《韓非子・揚權》：「上不與構。」王先慎《集解》引舊注：「構，結也。」《慧琳音義》卷三一：「鬬構。」注引《考聲》云：「構，結架也。」

〔六〕揚雄覃思文闊

〖集引〗

《漢書・叙傳》：「輟而覃思，草法纂玄。」《漢書・揚雄傳》：「默而好深湛之思。」《文選・班固〈答賓戲〉》：「揚雄覃思，法言太玄。」《晉書・夏侯湛傳》：「揚雄覃思於太玄。」

【發義】

揚雄默而好深湛之思，辯説闊略。章太炎《國故論衡・文學七篇〈文學總略〉》：「揚子雲作《太玄經》，造於助思，極窅冥之深，非庶幾之才，不能成也。」

〖雍案〗

闊，唐寫本作「閣」。鮑本、《御覽》同。《玉海》引作「閣」。「文閣」，劉永濟《校釋》云：「是也。」楊明照《校注》云：「訓故本作『覃思文閣』，不誤。當據改。」「文闊」，乃彥和本旨。闊，闊略也。《漢書・王莽傳上》：「闊略思慮。」顔師古注：「闊，寬也。」「文闊」，辯説闊略也。《荀子・非相》：「文而至實。」楊倞注：「文謂辯説之詞也。」

〔七〕肇爲連珠

【集引】

傅玄《叙連珠》：「連珠者，興於漢章之世，班固、賈逵、傅毅三子受詔作之。其文體，辭麗而言約，不指説事情，必假喻以達其旨，而覽者微悟，合於古詩勸興之義。欲使歷歷如貫珠，易覩而可悦，故謂之連珠也。」

【發義】

《文章緣起》云：連珠，揚雄作，是連珠非始於班固也。嗣後潘勗擬連珠，魏王粲倣連珠，晉陸機演連珠，宋顏延之範連珠，齊王儉暢連珠，梁劉孝儀探物作豔體連珠。又陳懋仁《文章緣起》注：「北史李先傳，魏帝召先讀韓子連珠二十二篇。韓子，韓非子。書中有聯語，先列其目，而後著其解，謂之連珠。」據此則連珠又肇乎韓非矣。

〔八〕 **暇豫之末造也**

〔集引〕

《國語·晉語二》：「（優施）謂里克妻曰：『主孟啗我，我教兹暇豫事君。』」韋昭注：「暇，閒也；豫，樂也。」

【發義】

悠閒逸樂之作制，乃文體之末流也。

〔雍案〕

豫，唐寫本作「預」。《御覽》引同。「豫」與「預」，古通用。《爾雅·釋詁上》：「豫，通作『預』。」《説文·象部》段玉裁注：「豫，俗作『預』。」《玉篇·象部》：「豫，或作『預』。」《易經異文釋》卷六：「謙輕而豫怠也。《衆經音義》一八引作預。」

〔九〕 **自對問以後，東方朔效而廣之，名爲客難**

〔集引〕

紀昀云：「《卜居》《漁父》，已先是對問，但未標對問之名耳。然宋玉此文載於《新序》，其標曰《對問》，似亦蕭統所題。」

【發義】

自宋玉《對楚王問》後，朔效其體而擴之。其上書陳農戰強國之計，辭數萬言，終不見用。朔因著論，設客難己，用位卑自慰諭。

〔一〇〕揚雄解嘲，雜以諧謔，迴環自釋，頗亦爲工

【集引】

《漢書·揚雄傳》：「哀帝時，丁、傅、董賢用事，諸附離之者，或起家至二千石。時雄方草《太玄》，有以自守，泊如也。或嘲雄以玄尚白，而雄解之，號曰《解嘲》。」

【發義】

揚雄所作《解嘲》，雜以諧調。迴環反復自放，蓋頗亦精巧矣。

【雍案】

謔，唐寫本作「調」。「調」字是也。調，和合也。《説文·言部》：「調，和也。从言，周聲。」《廣韻》：「徒聊切，平蕭定。幽部。」《文選·任昉〈奉答勑示七夕詩啟〉》：「能諧《調露》。」劉良注：「諧，和也。」《莊子·知北遊》：「調而應之，德也。」郭象注：「調，偶，和合之謂也。」

〔一一〕班固賓戲，含懿采之華

【集引】

《漢書·叙傳》：「永平中爲郎，典校祕書，專篤志於博學，以著述爲業，或譏以無功。又感東方朔、揚雄自論以不遭蘇、張、范、蔡之時，曾不折之以正道，明君子之所守，故聊復應焉。其辭曰《賓戲》。」

【發義】

班固之《答賓戲》，包容深美之文采。

〔一二〕崔駰達旨，吐典言之裁

【集引】

《晉書·裴頠傳〈崇有論〉》：「頠退而思之，雖君子宅情，無求於顯，及其立言，在乎達旨而已。」

【發義】

《達旨》乃答問體裁，其吐露常道之言。駰常以典籍爲業，未遑仕進之事，或譏其太玄靜，將以後名失實，駟擬揚雄解嘲，作《達旨》以答焉。

〔一三〕張衡應閒，密而兼雅

〖集引〗

張衡《應閒》：「朝有所聞，則夕行之，立功立事，式昭德音。」

【發義】

張衡再爲史官，而發《應閒》之論，論甚細密兼其美矣。衡不慕當世所居之官，輒積年不徙。自去史職，五載復還，乃設客問，作《應閒》以見其志。

〔一四〕崔實客譏，整而微質

〖集引〗

崔實《客譏》：「若夫！守恬履靜，澹爾無求。沈緡濬壑，棲息高丘。雖無炎炎之樂，亦無灼灼之憂。余竊嘉兹，庶遵厥猷。」

【發義】

崔實所作《客譏》（《藝文類聚》作《答譏》），整嚴有致，隱微之質。實因窮困，以酤釀販鬻爲業，時人多以此譏之。建寧中，病卒。所著碑、論、箴、銘、答、七言、祠文、表記、書凡十五篇。

〔一五〕**蔡邕釋誨，體奥而文炳**

〖**集引**〗

蔡邕《釋誨》：「練余心兮浸太清，滌穢濁兮存正靈。和液暢兮神氣寧，情志泊兮心亭亭，嗜欲息兮無由生。踔宇宙而遺俗兮，眇翩翩而獨征。」

【**發義**】

蔡邕之《釋誨》，體義高深，而文采明矣。邕閒居翫古，不交當世，感東方朔客難及揚雄、班固、崔駰之徒，設疑以自通，乃斟酌群言，韙其是而矯其非，作《釋誨》以戒厲。

〔一六〕**景純客傲，情見而采蔚**

〖**集引**〗

《晉書·郭璞傳〈客傲〉》：「若乃莊周偃蹇於漆園，老萊婆娑於林窟，嚴平澄漠於塵肆，梅真隱淪乎市卒，梁生吟嘯而矯跡，焦先混沌而槁杌，阮公昏酣而賣傲，翟叟遁形以倏忽。吾不能幾韻於數賢，故寂然玩此員策與智骨。」

【發義】

《客傲》之文，心性顯露，而文采繁盛。璞好卜筮，縉紳多笑之。又自以才高位卑，乃著《客傲》。

〔一七〕雖迭相祖述，然屬篇之高者也

【集引】

《禮記·中庸》：「仲尼祖述堯舜，憲章文武。」

【發義】

雖輪流效法前人加以陳說，然連屬篇章之高邁者也。

〔一八〕至於陳思客問，辭高而理疏

【集引】

《呂氏春秋·察傳》：「必驗之以理。」高誘注：「理，道理也。」

【發義】

客問，乃指曹植之《辯問》。文辭高麗，條陳其理，蓋才士之華藻。

〔一九〕**庾敳客咨，意榮而文悴**

【集引】

紀昀云：「意榮文悴，老手之頹唐。惟能文者有此病。」

【發義】

《客咨》其文，意盛而文衰弱也。

〔二〇〕**身挫憑乎道勝，時屯寄於情泰，莫不淵岳其心**

【集引】

《淮南子·精神訓》：「故子夏見曾子，一臞，一肥。曾子問其故。曰：『出見富貴之樂而欲之，入見先王之道又説之，兩者心戰，故臞；先王之道勝，故肥。』」《莊子·在宥》：「其居也淵而靜。」

【發義】

身遇挫折，而依託德行之勝，以表達文辭。時遭困頓，而寄託安適之情，心亦淵玄其深，巍峨其高。

〔一二一〕**麟鳳其采，此立本之大要也**

〔**集引**〕

《漢書·公孫劉田王楊蔡陳鄭傳〈附陳咸〉》：「咸叩頭謝曰：『具曉所言，大要教咸諂也。』」

【**發義**】

以罕見之文采，立體裁之大要也。麟鳳，罕見者也。

〔**雍案**〕

本，唐寫本作「體」。「體」字是也。體，成形也。體乃形質之稱。《書·畢命》「辭尚體要。」蔡沈《集傳》：「趣完具而已之謂體。」《易·繫辭上》：「故神无方而易无體。」《莊子·天地》：「形體保神。」成玄英疏：「體，質。」彥和於此文，乃謂立體裁之大要也。

〔一二二〕**張衡七辨，結采綿靡**

〔**集引**〕

張衡《七辨》：「闕丘子曰：西施之徒，姿容脩嫮。弱顔回植，妍夸閑暇。形似削成，腰如束素。蝤蠐之領，阿那宜顧。」

【發義】

《七辨》之文，結采柔和細緻。

〔二三〕崔瑗七厲，植義純正

〔集引〕

《呂氏春秋·知度》：「相與植法則也。」高誘注：「植，立也。」

【發義】

崔瑗本傳有《七蘇》，而無《七厲》。傅玄《七謨序》：「昔枚乘作《七發》……通儒大才，馬季長、張平子亦引其源而廣之，馬作《七厲》，張造《七辯》。或以恢大道而導幽滯，或以黜瑰奓而託諷詠。」從知作《七厲》者，乃馬融而非崔瑗。《七厲》立義純正。

〔雍案〕

植，唐寫本作「指」。指義，非彥和本旨。

〔二四〕**或文麗而義暌，或理粹而辭駁**

〖**集引**〗

漢揚雄《法言·重黎》：「守失其微，天下孤暌。」李軌注：「暌猶乖離也。」

【**發義**】

或文章雖麗而其義乖離，或文理雖精而其辭雜亂。

〖**雍案**〗

暌，古與「睽」通，義亦同。乖離也。《文選·謝靈運〈南樓中望所遲客〉》：「即事怨睽攜。」劉良注：「睽攜，乖離也。」又：「即事怨睽攜。」李善注引《周易》曰：「睽，乖也。」

〔二五〕**窮瓌奇之服饌，極蠱媚之聲色**

〖**集引**〗

《文選·張衡〈思玄賦〉》：「咸姣麗以蠱媚兮，增嫮眼而娥眉。」

【**發義**】

盡以奇巧之陳設，極以媚惑之聲色。

〔二六〕甘意搖骨體

〔集引〕

《類篇・心部》：「意，辭也。」《說文・司部》：「𧥴，意內而言外也。」《文選・潘岳〈馮汧督誄〉》：「搖之筆端。」劉良注：「搖，弄也。」唐李咸用《披沙集・讀睦修上人歌篇》詩：「意下紛紛造化機，筆頭滴滴文章髓。」

【發義】

骨者，文章之體幹；髓者，內蘊之精華。若巧美之辭弄之，體幹無所立，則精華無所存矣。

〔雍案〕

體，唐寫本作「髓」。「髓」字是也。髓，骨之充也，體之精華所蘊。《解精微論》：「髓者，骨之充也。」

〔二七〕豔詞動魂識

〔集引〕

《文選・顏延年〈五君詠・阮步兵〉》：「阮公雖淪跡，識密鑒亦洞。」李善注：「識，心之別名，湛然不動謂之心，分别是非謂之識。」《後漢書・馬融列傳》：「固知識能匡欲者鮮矣。」李賢注：「識，性也。」

【發義】

浮豔之辭，空心靈之性。

〖雍案〗

動，唐寫本作「洞」，是也。《廣韻・送韻》：「洞，空也。」

〔一一八〕雖始之以淫侈，而終之以居正

〖集引〗

《公羊傳・隱公三年》：「故君子大居正，宋之禍，宣公爲之也。」

【發義】

雖多淫麗侈靡之辭，而終之以遵循正道。

〔二九〕欲穿明珠，多貫魚目

〔集引〕

《韓詩外傳》：「白骨類象，魚目似珠。」《文選・任昉〈到大司馬記室牋〉》：「惟此魚目，唐突璵璠。」李善注：「《雒書》曰：『秦失金鏡，魚目入珠。』」

【發義】

蓋魚目亂真珠也。

〔三〇〕夫文小易周，思閑可贍

〔集引〕

《詩・商頌・殷武》：「旅楹有閑。」孔穎達疏：「閑，爲楹之大貌。」朱熹《集傳》：「閑，閑然而大也。」

【發義】

夫文之短小也，易遣辭周密緊湊；而思之博大也，可使文藴藉豐富。

〔三一〕**足使義明而詞淨，事圓而音澤，磊磊自轉，可稱珠耳**

〔**集引**〕

《易·解》：「剛柔之際，義無咎也。」王弼注：「義猶理也。」唐元稹《長慶集·善歌如貫珠賦》：「引妙囀而一一皆圓。」《文選·屈原〈離騷〉》：「芳與澤其雜糅兮。」李周翰注：「澤，潤也。」

【**發義**】

足使義理明晰而文辭潔淨，事宜婉轉而音聲豐潤。圓轉自得，蓋可稱珠耳。

〔三二〕**類聚有貫，故不曲述**

〔**集引**〕

《説文·曲部》段玉裁注：「曲，引申之爲凡委曲之稱。」

【**發義**】

類聚有以貫通，故不委曲述之也。

〔三三〕學堅多飽

〔集引〕

《孟子·告子下》：「既飽以德。」

【發義】

學既牢固，才亦充足。

〔雍案〕

多，唐寫本作「才」。「才」字是也。飽，充足也。何用「多」重之，故「多飽」，非彦和本旨。《孟子·告子下》：「既飽以德。」朱熹《集注》：「飽，充足也。」蓋彦和於斯乃謂：學既牢固，才亦充足也。

〔三四〕慕嚬之心，於焉祇攪

〔集引〕

《詩·小雅·何人斯》：「祇攪我心。」曹植《七啟》：「祇攪予心。」

【發義】

模仿形式，適亂心也。

〔雍案〕

唐寫本作「慕嚬之徒，心焉祇攪」。非是。《詩·小雅·何人斯》：「祇攪我心。」毛萇傳：「攪，亂也。」曹植《七啟》：「祇攪予心。」吕延濟注：「攪，亂也。」「祇」與「祇」古多混用，蓋其音義亦同。

諧隱第十五

芮良夫之詩云：自有肺腸，俾民卒狂〔一〕。夫心險如山，口壅若川，怨怒之情不一，歡謔之言無方〔二〕。昔華元棄甲，城者發睅目之謳〔三〕，臧紇喪師，國人造侏儒之歌〔四〕。並嗤戲形貌，内怨爲俳也〔五〕。又蠶蟹鄙諺，貍首淫哇〔六〕，苟可箴戒，載于禮典〔七〕。故知諧辭讔言，亦無棄矣。

諧之言皆也。辭淺會俗〔八〕，皆悦笑也。昔齊威酣樂，而淳于説甘酒〔九〕；楚襄讌集，而宋玉賦好色。意在微諷，有足觀者〔一〇〕。及優旃之諷漆城〔一一〕，優孟之諫葬馬〔一二〕，並譎辭飾説〔一三〕，抑止昏暴。是以子長編史，列傳滑稽〔一四〕，以其辭雖傾回，意歸義正也〔一五〕。但本體不雅，其流易弊。於是東方枚皋，餔糟啜醨〔一六〕，無所匡正，而詆嫚媟弄〔一七〕，故其自稱爲賦，迺亦俳也；見視如倡，亦有悔矣〔一八〕。至魏文因俳説以著笑書〔一九〕，薛綜憑宴會而發嘲調，雖抃推席，而無益時用矣〔二〇〕。然而懿文之士，未免枉轡〔二一〕；潘岳醜婦之屬，束皙賣餅之類〔二二〕，尤而效之〔二三〕，蓋以百數。魏晉滑稽，盛相驅扇〔二四〕，遂乃應瑒之鼻，方於盜削卵；張華之形，比乎握舂杵。曾是莠言，有虧德音〔二五〕，豈非溺者之妄笑〔二六〕，胥靡之狂歌歟〔二七〕？

讔者，隱也；遯辭以隱意，譎譬以指事也〔二八〕。昔還社求拯于楚師，喻眢井而稱麥麴〔二九〕；叔儀乞糧于魯人，歌佩玉而呼庚癸〔三〇〕；伍舉刺荆王以大鳥〔三一〕，齊客譏薛公以海魚〔三二〕；莊姬託辭于龍尾〔三三〕，臧文謬書于羊裘〔三四〕。隱語之用，被于紀傳。大者興治濟身，其次弼違曉惑〔三五〕。蓋意生于權譎，而事出于機急〔三六〕，與夫諧辭，可相表裏者也。漢世隱書，十有八篇，歆固編文，録之歌末〔三七〕。昔楚莊齊威，性好隱語〔三八〕。至東方曼倩，尤巧辭述〔三九〕。但謬辭詆戲，無益規補〔四〇〕。自魏代以來，頗非俳優，而君子嘲隱，化爲謎語〔四一〕。謎也者，迴互其辭〔四二〕，使昏迷也。或體目文字，或圖象品物〔四三〕，纖巧以弄思〔四四〕，淺察以衒辭〔四五〕，義欲婉而正，辭欲隱而顯。荀卿蠶賦〔四六〕，已兆其體。至魏文陳思，約而密之；高貴鄉公，博舉品物，雖有小巧，用乖遠大〔四七〕。夫觀古之爲隱，理周要務〔四八〕，豈爲童穉之戲謔，搏髀而抃笑哉！然文辭之有諧讔，譬九流之有小説，蓋稗官所采，以廣視聽〔四九〕。若效而不已，則髡袒而入室，旃孟之石交乎〔五〇〕！

贊曰：古之嘲隱，振危釋憊〔五一〕。雖有絲麻，無棄菅蒯〔五二〕。會義適時，頗益諷誡〔五三〕。空戲滑稽，德音大壞。

【發義】

諧辭會俗，譎譬指事。

夫小説者流，外家之語，濫觴兩京，流衍六代。或廣記異聞，或虛述逸事，寓諧於文。

〔一〕芮良夫之詩云：自有肺腸，俾民卒狂

〖集引〗

《詩·大雅·桑柔傳》：「自有肺腸，俾民卒狂。」

【發義】

周厲王無道，大夫芮良夫作詩刺之。

〔二〕**夫心險如山，口壅若川，怨怒之情不一，歡謔之言無方**

〖**集引**〗

《莊子·列御寇》：「凡人心險於山川，難於知天。」《國語·周語上》：「邵公曰：『防民之口，甚於防川。川壅而潰，傷人必多，民亦如之。……夫民慮之於心而宣之於口，成而行之，胡可壅也？』」

【**發義**】

人之心戲戲如山之險，民之口喑喑若川之塞，故怨怒之情出乎不一，歡謔之言無乎正常。

〔三〕**昔華元棄甲，城者發睅目之謳**

〖**集引**〗

《左傳·宣公二年》：「睅其目，皤其腹，棄甲而復。于思于思，棄甲復來。」

【**發義**】

宋華元獲於鄭，宋以兵車文馬贖回，城者乃謳其棄甲而復。

〔四〕**臧紇喪師，國人造侏儒之歌**

〔集引〕

《左傳·襄公四年》：「國人誦之曰：『臧之狐裘，敗我於狐駘；我君小子，朱儒是使，朱儒朱儒，使我敗於邾。』」杜預注：「臧紇短小，故曰朱儒。」

【發義】

臧紇救鄫，侵邾，敗於狐駘，故國人造朱儒之誦也。

〔五〕**並嗤戲形貌，内怨爲俳也**

〔集引〕

《説文·人部》：「俳，戲也。」

【發義】

並譏笑戲弄於外，内怨爲嘲戲也。

〔雍案〕

范文瀾云：「『俳』，當作『誹』。放言曰『謗』，微言曰『誹』。『内怨』，即腹誹也。」楊明照

《校注》云：「按『内』讀曰『納』。《説文·人部》：『俳，戲也。』『内怨爲俳』，即『納怨爲戲』也。范説似非。」内，納也。怨，譏刺也。俳，戲也。《廣雅·釋言》：「譏，怨也。」《集韻》：「諾答切，入合泥。緝部。」《管子·宙合》：「多内則富。」《集校》引陳奂云：「内，與『納』同。」《吕氏春秋·季春紀》：「不可以内。」許維遹《集釋》引王念孫曰：「内，即『納』字。」《潛夫論·德化》：「檢淫邪而内正道爾。」汪繼培箋：「内，讀爲『納』。」王念孫《疏證》：「怨，與譏刺同意。」《詩譜序》：「刺怨相尋。」孔穎達疏：「怨，亦刺之類。」《經義述聞·左傳中·公怨之》：「襄（公）二七年傳：『而公怨之以爲賓榮。』」王引之按引王念孫曰：「怨，刺也。」《慧琳音義》卷一一「俳説」注：「俳，樂人戲笑也。」《廣韻·皆韻》：「俳，俳優。」《希麟音義》卷一「俳優」注引《博雅》：「俳，亦『優』也。」《急就篇》：「倡優俳笑觀倚庭。」顔師古注：「俳，謂優之褻狎者也。」《説文·人部》段玉裁注：「以其戲言之謂之俳，以其音樂言之謂之倡，亦謂之優，其實一物也。」

〔六〕**又蠶蟹鄙諺，貍首淫哇**

〔**集引**〕

《禮記·檀弓下》：「成人有其兄死而不爲衰者，聞子臯將爲成宰，遂爲衰。成人曰：『蠶則績而蟹有匡，范則冠而蟬有緌，兄則死而子臯爲之衰。』」又「孔子之故人原壤，其母死，夫子（孔子）助之沐槨。原壤登木曰：『久矣，予之不託於音也。』歌曰：『貍首之斑然，執女手之卷然。』

【發義】

所謂「蠶蟹」，乃樸野之諺語，所謂「貍首」，乃放蕩之哭聲；「淫哇」，乃淫亂之歌聲。

〔七〕苟可箴戒，載于禮典

〖集引〗

《左傳·宣公十二年》：「箴之曰：『民生在勤，勤則不匱，不可謂驕。』」

【發義】

苟可施諸規諫告誡，故載於儒家之典《禮記》。

〔八〕辭淺會俗

〖集引〗

《商君書·更法》：「論至德者不和於俗。」

【發義】

文辭淺白，故適合於凡庸。

〔九〕而淳于説甘酒

【集引】

《史記·滑稽列傳》：「威王大説，置酒後宫，召髡賜之酒。問曰：『先生能飲幾何而醉？』威王曰：『先生飲一斗而醉，惡能飲一石哉！其説可得聞乎？』髡曰：『賜酒大王之前，執法在旁，御史在後，髡恐懼俯伏而飲，不過一斗徑醉矣。……』髡心最歡，能飲一石。故曰：酒極則亂，樂極則悲，萬事盡然。言不可極，極之而衰。以諷諫焉。』齊王曰：『善。』乃罷長夜之飲。」

【發義】

甘酒嗜音，人之性也，耽之極，嗜無厭足，則亂其性。齊威王好爲長夜之飲，故淳于以甘酒諷諫焉。

〔一〇〕楚襄讌集，而宋玉賦好色。意在微諷，有足觀者

【集引】

《文選·宋玉〈登徒子好色賦〉》：「大夫登徒子侍於楚襄王，短宋玉曰：『玉爲人體貌閑麗，口

多微辭，又性好色。願王勿與出入后宮。』……於是楚王稱善，宋玉遂不退。」

【發義】

《韓非子·八姦》云：「便僻好色，此人主之所惑也。」《論語·子罕》：「吾未見好德如好色者也。」楚襄王宴集，登徒子短宋玉，玉乃作《登徒子好色賦》，謂其好色，意在委婉諷諫，亦足可以觀。宋玉體貌容冶，見遇俳優。

〔一一〕及優旃之諷漆城

〔集引〕

《史記·滑稽列傳》：「二世立，又欲漆其城。優旃曰：『善。主上雖無言，臣固將請之。漆城雖於百姓愁費，然佳哉！漆城蕩蕩，寇來不能上；即欲就之，易爲漆耳。顧難爲蔭室。』於是二世笑之，以其故止。」

【發義】

侏儒優旃，乃秦之優人，善用笑言諷諫，而合於大道。二世欲用漆塗城，因優旃諷諫而止。

〔一二〕優孟之諫葬馬

〖集引〗

《史記·滑稽列傳》：「優孟，故楚之樂人也。長八尺，多辯，常以談笑諷諫。」

【發義】

楚莊王有所愛馬死，欲以棺槨大夫禮葬之。優孟乃諫曰：「以楚國堂堂之大，何求不得，而以大夫禮葬之。薄，請以人君禮葬之。諸侯聞之，皆知大王賤人而貴馬也。」於是王乃使以馬屬太官，無令天下久聞也。

〔一三〕並譎辭飾説

〖集引〗

《論語·憲問》：「晉文公譎而不正，齊桓公正而不譎。」

【發義】

詭詐虚僞之辭，皆爲粉飾之説。

〔一四〕列傳滑稽

〖集引〗

《史記·樗里子甘茂列傳》：「樗里子滑稽多智，秦人號曰：『智囊』。」又《滑稽列傳注》崔浩云：「滑，音骨。稽，流酒器也。轉注吐酒，終日不已，言出口成章，辭不窮竭，若滑稽之吐酒。故揚雄《酒賦》云：『鴟夷滑稽，腹大如壺，盡日盛酒，人復藉沽。』是也。」又姚察云：「滑稽，猶俳諧也。滑，讀如字。稽，音計也。言諧語滑利，其計智疾出，故云滑稽。」

【發義】

滑稽，俳諧也。使人發笑之言語、行動、事態也。

〔一五〕以其辭雖傾回，意歸義正也

〖集引〗

《慧琳音義》卷六〇「傾頽」注引鄭玄注《禮記》：「傾，不正也。」《後漢書·虞傅蓋臧列傳》：「無所回容。」李賢注：「回，曲也。」《孟子·盡心下》：「經德不回。」朱熹《集注》：「回，曲也。」

【發義】

以其辭雖不正而曲，意之所歸宜爲正也。

〔一六〕於是東方枚臯，餔糟啜醨

〔集引〕

《楚辭·漁父》：「衆人皆醉，何不餔其糟而啜其醨。」

【發義】

枚臯自欺其文迺俳倡之類，蓋謂東方朔、枚臯食糟粕而飲劣酒，隨波逐流也。

〔一七〕無所匡正，而詆嫚媟弄

〔集引〕

《漢書·賈鄒枚路傳》：「故其賦有詆娸東方朔，又自詆娸，其文骫骳，曲隨其事，皆得其意。」

漢賈誼《新書·道術》：「接遇慎容之恭，反恭爲媟。」張立齋《注訂》：「詆，音抵，訶也。嫚音慢，侮易也。媟，褻，狎也。弄，玩也。」

【發義】

其無所匡正，而詆毁侮易，輕視其醜，狎慢戲弄耳。

〔一八〕見視如倡，亦有悔矣

〖集引〗

《漢書·廣川惠王越傳》：「令倡俳贏戲坐中以爲樂。」顏師古注：「倡，樂人也。俳，雜戲者也。」

【發義】

倡者，即倡優也。其爲樂人，以諧戲之語供人玩樂。蓋謂東方、枚皋以弄自稱爲賦，所見所視若倡流之作，亦有其悔矣。

〔一九〕至魏文因俳説以著笑書

〖集引〗

《魏略》云：「淳一名竺，字子叔。博學有才章。……太祖（曹操）素聞其名，召與相見，甚敬異之。……（曹）植初得淳甚喜，延入坐，不先與談。……誦俳優小説數千言訖，謂淳曰：『邯鄲生何如邪？』」

【發義】

所謂笑書，乃指魏邯鄲淳之《笑林》也。

〔二〇〕雖抃推席，而無益時用矣

〔集引〕

《文選·曹丕〈與鍾大理書〉》：「笑與抃會。」呂延濟注：「撫手曰抃。」

【發義】

薛綜憑宴會而發嘲調，雖抃笑於雅席，而無益於時所用矣。

〔雍案〕

推，黄叔琳校云：「疑誤。」何焯校作「忭懽几席」。范文瀾云：「『推』，當是『帷』字之誤，『抃帷席』，即所謂『衆坐喜笑』也。」推，乃『雅』之形訛。漢賈誼《新書·道術》：「辭令就得謂之雅，反雅爲陋。」《後漢書·銚期王霸祭遵列傳》：「遵爲將軍，取士皆用儒術，對酒設樂，必雅歌投壺。」劉文末有「搏髀而抃笑哉」。「雅」者，就得辭令，雅歌也。漢之儒士，喜設雅席抃笑爲樂。

〔一一一〕然而懿文之士，未免枉轡

〔集引〕

《易・小畜》：「君子以懿文德。」

【發義】

縱使有美好文采之士，亦未免枉駕屈就。

〔一一二〕束皙賣餅之類

〔集引〕

《世説新語・雅量》：「殷荆州有所識，作賦，是束皙慢戲之流。」劉孝標注引（張騭）《文士傳》曰：「（束）皙曾爲《餅賦》諸文，甚俳謔。」

【發義】

束皙嘗爲勸農作《餅賦》諸文，文頗鄙俗，時人薄之賣餅之流也。

〔一二三〕**尤而效之**

〔**集引**〕

《陸機·文賦》：「尤見其情。」李善注引杜預曰：「尤，甚也。」

【**發義**】

東晳慢戲之流，甚而效之。

〔一二四〕**盛相驅扇**

〔**集引**〕

《文選·阮瑀〈爲曹公作書與孫權〉》：「加劉備相扇揚，事結釁連，推而行之，想暢本心，不願於此也。」《義證》：「驅扇，扇動風氣，喻追逐。」

【**發義**】

魏晉之滑稽，盛相扇動風氣。

〔二五〕**曾是莠言，有虧德音**

〔**集引**〕

《詩·小雅·正月》：「莠言自口。」毛萇傳：「莠，醜也。」

【**發義**】

曾是醜言，有損於有德者之音。

〔二六〕**豈非溺者之妄笑**

〔**集引**〕

《左傳·哀公二十年》：「（吴）王曰：『溺人必笑，吾將有問也。』」

【**發義**】

豈非自喻所問不急，猶沉溺者不知所爲而反笑也？

〔二七〕胥靡之狂歌歟

〔集引〕

《書傳》：「使胥靡刑人築護此道，説賢而隱，代胥靡築之以供食。」孫星衍疏：「胥，相也。靡，隨也。古者相隨坐輕刑之名。」《漢書》注：「師古曰：『聯繫使相隨而服役之，故謂之胥靡。』」

【發義】

用繩相繫犯人之狂歌。

〔二八〕遯辭以隱意，譎譬以指事也

〔集引〕

《後漢書·逸民列傳（戴良）》：「州郡迫之，乃遯辭詣府……因逃入江夏山中。」

【發義】

以支吾搪塞之言隱其意，以曲折比喻指其事也。

〔二九〕喻眢井而稱麥麴

【集引】

《左傳・宣公十二年》：「楚子圍蕭，還無社與司馬卯言，號申叔展。叔展曰：『有麥麴乎？』曰：『無。』『有山鞠窮乎？』曰：『無。』『河魚腹疾，奈何？』曰：『目於眢井而拯之。』」

【發義】

春秋時，蕭國大夫還無社請求楚國之師救助，稱枯井曰麥麴，麥麴乃作酒之物。其稱麥麴，隱喻避濕。

〔三〇〕歌佩玉而呼庚癸

【集引】

《左傳・哀公十三年》：「夏，公會單平公、晉定公、吴夫差于黄池。……吴申叔儀乞糧於公孫有山氏曰：『佩玉蘂兮，余無所繫之！……』對曰：『粱則無矣，麤則有之，若登首山以呼，曰：庚癸乎？則諾。』」

【發義】

吴大夫歌佩玉而呼庚癸，乃用隱語乞糧也。庚，西方，主穀；癸，北方，主水。

〔三二〕伍舉刺荆王以大鳥

〔集引〕

《史記·楚世家》：「莊王即位三年，不出號令，日夜爲樂，令國中曰：『有敢諫者死無赦！』伍舉入諫。莊王左抱鄭姬，右抱越女，坐鍾鼓之閒。伍舉曰：『願有進隱。』曰：『有鳥在於阜，三年不蜚不鳴，是何鳥也？』莊王曰：『三年不蜚，蜚將沖天；三年不鳴，鳴將驚人。舉退矣，吾知之矣。』居數月，淫益甚。」

【發義】

伍舉刺莊王，以大鳥隱藏其意也。

〔雍案〕

荆，楊本誤植。當作「莊」爲是。考史無伍舉刺荆王之事。

〔三二〕齊客譏薛公以海魚

【集引】

《戰國策·齊策一》：「靖郭君將城薛，曰：『無爲客通。』齊人有請者曰：『臣請三言而已矣。』因見之。客趨而進曰：『海大魚。』君曰：『客有於此。』客曰：『君不聞大魚乎？網不能止，鉤不能牽，蕩而失水，則螻蟻得意焉。今夫齊，亦君之水也，君長齊，奚以薛爲？夫齊雖隆薛之城到於天，猶之無益也。』君曰：『善！』乃輟城薛。」

【發義】

齊客以海魚蕩而失水，莫若螻蟻得意而譏，薛公乃稱其善矣。

〔三三〕莊姬託辭于龍尾

【集引】

《列女傳·辯通》：「楚莊姬上隱語於王曰：『大魚失水，有龍無尾，牆欲内崩，而王不視。』王問之，對曰：『魚失水，離國五百里也。龍無尾，年三十無太子也。』」

【發義】
楚莊姬以大魚失水龍無尾，隱其語而諷莊王也。

〔三四〕臧文謬書于羊裘

〔集引〕
《列女傳·仁智》：「臧文仲使於齊，齊拘之。文仲微使人遺公書，謬其辭曰：『斂小器，投諸台。食獵犬，組羊裘。琴之合，甚思之。』母見書而泣曰：『吾子拘而有木治矣。』」《左傳·宣公十二年》：「叔展曰：『有麥麴乎？』」杜預注：「不敢正言，故謬語。」

【發義】
謬，隱語。謬悠之語也。

〔三五〕大者興治濟身，其次弼違曉惑

〔集引〕
《書·益稷》：「予違汝弼，汝無面從，退有後言。」《晉書·武帝紀〈泰始二年詔〉》：「今之侍中常侍，實處此位，擇其能正色弼違，匡救不逮者，以兼此選。」《列子·仲尼》：「公子牟曰：『智者之言，固非愚者之所曉。』」

【發義】

大者興邦治國，中正其身；其次矯正過失，而解疑惑。濟，齊之假借也。《詩·小雅·小宛》：「人之齊聖。」孔穎達疏：「中正謂齊。」

〔三六〕蓋意生于權譎，而事出于機急

〖集引〗

《古文苑·漢馬融〈圍碁賦〉》：「自陷死地兮，設見權譎。」《魏書·崔浩傳》：「若彼有見機之人，善設權譎，乘間深入，虞我國虛，生變不難，非制敵之良計。」

【發義】

蓋意生於機巧詭詐，事出於機敏急迫。

〔三七〕漢世隱書，十有八篇，歆固編文，録之歌末

〔集引〕

《漢書·藝文志》：「隱書十八篇。師古曰：『劉向《別録》云：隱書者，疑其言以相問，對者以慮思之，可以無不諭。』」

【發義】

隱書者，遯辭隱意，譎譬指事者也。漢劉歆編有《七略》，班固據之編成《漢書·藝文志》，將《隱書》編於雜賦類之末。

〔三八〕昔楚莊齊威，性好隱語

〔集引〕

《史記·滑稽列傳》司馬貞《索隱》曰：「喜隱謂好隱語。」

【發義】

齊威王之時喜隱，刺所以盛焉。

〔三九〕至東方曼倩，尤巧辭述

【集引】

《漢書·東方朔傳》：「指意放蕩，頗復詼諧，辭數萬言。」又《叙傳下》：「東方贍辭，詼諧倡優。」《漢紀·孝武皇帝紀》：「元光五年，……（東方）朔又上書自訟，獨不得大官，因陳農戰強國之計數萬言。專用商鞅、韓非之語。文旨放蕩，頗復以詼諧。」

【發義】

東方朔滑稽不雅，尤以美飾之辭，巧爲倡優之言也。

〔四〇〕但謬辭詆戲，無益規補

【集引】

《莊子·天下》：「（莊周）以謬悠之説，荒唐之言，無端崖之辭，時恣縱而不儻，不以觭見之也。」郭象注：「謬悠，謂若忘於情實者也。」

【發義】

謬悠之辭詆毀戲弄，無益勸正補救。

〔四一〕而君子嘲隱，化爲謎語

〔集引〕

唐段成式《酉陽雜俎》前集《怪術》：「張魏公（延賞）在蜀時，有梵僧難陁，得如幻三昧……時時預言人凶衰，皆謎語，事國方曉。」

【發義】

而君子用以嘲笑之隱語，轉化爲謎語。

〔四二〕迴互其辭

〔集引〕

《北史·王劭傳》：「劭復回互其字，作詩二百八十篇奏之。」唐柳宗元《柳先生集·夢歸賦》：「紛若喜而佁儗兮，心回互以壅塞。」

【發義】

蓋其辭回環。曲折交錯，使昏迷也。

〔四三〕或體目文字，或圖像品物

【集引】

《莊子·刻意》：「能體純素，謂之真人。」《文選·司馬相如〈子虛賦〉》：「衆物居之，不可勝圖。」

【發義】

或領悟觀察文字，或形容狀繪品物。

〔四四〕纖巧以弄思

【集引】

漢賈誼《新書·瑰瑋》：「而務雕鏤纖巧，以相競高。」

【發義】

纖細巧妙以賣弄其思。

〔四五〕淺察以衒辭

【集引】

《後漢書·杜欒劉李劉謝列傳〈論〉》：「禮有五諫，諷爲上……貴在於意達言從，理歸乎正，曷其絞訐摩上，以衒沽成名哉？」

【發義】

不深察以誇耀賣弄其辭。

〔四六〕荀卿蠶賦

【集引】

《賦苑》：「荀卿《蠶賦》，通篇皆形似之言，至末語始云，夫是之謂蠶理。」

【發義】

荀卿《蠶賦》，隱而後顯也。

〔四七〕用乖遠大

〔集引〕

《藝文類聚·謝朓〈爲王敬則謝會稽太守啟〉》：「臣本布衣，不謀遠大。」

【發義】

其用不合遠大。

〔四八〕夫觀古之爲隱，理周要務

〔集引〕

《史記·劉敬叔孫通列傳》：「叔孫生誠聖人也，知當世之要務。」

【發義】

觀夫古之爲隱語，其理合諸要緊事務。

〔四九〕譬九流之有小説，蓋稗官所采，以廣視聽

〔集引〕

《漢書·藝文志》：「小説家者流，蓋出於稗官，街談巷語、道聽塗説者之所造也。」《漢書·藝文志》謂九流者：「有儒家者流，道家者流，陰陽家者流，法家者流，名家者流，墨家者流，縱横家者流，雜家者流，農家者流，小説家者流。諸子十家，其可觀者，九家而已。」

【發義】

明曉九流瑣細之言，蓋小官所采，以開擴視聽。

〔五〇〕旃孟之石交乎

〔集引〕

《史記·蘇秦列傳》：「大王誠能聽臣計，即歸燕之十城，燕無故而得十城，必喜；秦王知以己之故而歸燕之十城，亦必喜；此所謂棄仇讎而得石交者也。」

【發義】

優旃、優孟之金石交，堅不可破。

〔五一〕古之嘲隱，振危釋憊

【集引】

《説文義證》：「嘲，相調戲相弄也。」《説文新附・口部》：「嘲，謔也。」

【發義】

古之嘲隱，救危除去困乏。

〔五二〕雖有絲麻，無棄菅蒯

【集引】

《左傳・成公九年》：「《詩》：『雖有絲麻，無棄菅蒯。』」杜預注：「逸詩也。」

【發義】

此以菅蒯諭諧隱，謂雖不顯要，但仍有用處。

〔五三〕會義適時，頗益諷誡

〔集引〕

《韓詩外傳》：「前車覆而後車不誡，是以後車覆也。」

【發義】

合於義而適於時，蓋頗有助於不用正言，託辭婉然警誡矣。

卷四

史傳第十六

開闢草昧，歲紀緜邈，居今識古，其載籍乎！軒轅之世，史有倉頡，主文之職，其來久矣。曲禮曰：史載筆〔一〕。左右。史者，使也；執筆左右，使之記也〔二〕。古者，左史記事者，右史記言者〔三〕。言經則尚書〔四〕，事經則春秋〔五〕。唐虞流于典謨，商夏被于誥誓〔六〕。自周命維新〔七〕，姬公定法，紬三正以班歷，貫四時以聯事〔八〕，諸侯建邦，各有國史，彰善癉惡，樹之風聲〔九〕。自平王微弱，政不及雅〔一〇〕，憲章散紊，彝倫攸斁〔一一〕。昔者夫子閔王道之缺，傷斯文之墜〔一二〕，靜居以歎鳳，臨衢而泣麟〔一三〕，於是就太師以正雅頌，因魯史以修春秋〔一四〕，舉得失以表黜陟，徵存亡以摽勸戒〔一五〕。褒見一字，貴踰軒冕；貶在片言，誅深斧鉞。然睿旨存亡幽隱〔一六〕，經文婉約，邱明同時，實得微言〔一七〕，乃原始要終〔一八〕，創爲傳體〔一九〕。

傳者，轉也；轉受經旨，以授於後，實聖文之羽翮，記籍之冠冕也。

及至從横之世，史職猶存。秦并七王，而戰國有策〔二〇〕，蓋録而弗叙，故即簡而爲名也。漢滅嬴項，武功積年，陸賈稽古，作楚漢春秋〔二一〕。爰及太史談，世惟執簡〔二二〕；子長繼志〔二三〕，甄序帝勣〔二四〕。比堯稱典，則位雜中賢〔二五〕；法孔題經，則文非元聖〔二六〕。故取式吕覽，通號曰紀〔二七〕，紀綱之號，亦宏稱也。故本紀以述皇王，列傳以總侯伯，八書以鋪政體，十表以譜年爵，雖殊古式，而得事序焉。爾其實録無隱之旨〔二八〕，博雅宏辯之才〔二九〕，愛奇反經之尤，條例踳落之失，叔皮論之詳矣〔三〇〕。及班固述漢，因循前業，觀司馬遷之辭，思實過半〔三一〕。其十志該富，讚序弘麗，儒雅彬彬〔三二〕，信有遺味。至於宗經矩聖之典，端緒豐贍之功〔三三〕，遺親攘美之罪，徵賄鬻筆之愆〔三四〕，公理辨之究矣。觀夫左氏綴事，附經間出，于文爲約，而氏族難明。及史遷各傳，人始區詳而易覽，述者宗焉。及孝惠委機，吕后攝政，班史立紀，違經失實。何則？庖犧以來，未聞女帝者也。漢運所值，難爲後法。牝雞無晨，武王首誓；婦無與國，齊桓著盟；宣后亂秦，吕氏危漢。豈唯政事難假，亦名號宜慎矣〔三五〕。張衡司史，而惑同遷固，元帝王后，欲爲立紀，謬亦甚矣。尋子弘雖僞，要當孝惠之嗣；孺子誠微，實繼平帝之體〔三六〕。二子可紀，何有於二后哉？

至於後漢紀傳，發源東觀。袁張所製，偏駁不倫〔三七〕。薛謝之作，疎謬少信。若司馬彪之詳實，華嶠之準當〔三八〕，則其冠也。及魏代三雄，記傳互出。陽秋魏略之屬，江表吴録之類，或激抗難徵〔三九〕，或疎闊寡要〔四〇〕。唯陳壽三志，文質辨洽，荀張比之於遷固，非妄譽也〔四一〕。

至於晉代之書，繁乎著作。陸機肇始而未備；王韶續末而不終；干寶述紀，以審正得序；孫盛陽秋，以約舉爲能〔四二〕。按春秋經傳，舉例發凡；自史漢以下，莫有準的。至鄧璨晉紀，始立條例，又擺落漢魏，憲章殷周〔四三〕，雖湘川曲學，亦有心典謨〔四四〕。及安國立例，乃鄧氏之規焉。

原夫載籍之作也，必貫乎百氏，被之千載，表徵盛衰，殷鑒興廢〔四五〕；使一代之制，共日月而長存，王霸之跡，並天地而久大〔四六〕。是以在漢之初，史職爲盛，郡國文計，先集太史之府，欲其詳悉於體國〔四七〕；必閲石室，啟金匱，抽裂帛〔四八〕，檢殘竹〔四九〕，欲其博練於稽古也。是立義選言，宜依經以樹則〔五〇〕；勸戒與奪〔五一〕，必附聖以居宗；然後銓評昭整〔五二〕，苛濫不作矣〔五三〕。然紀傳爲式，編年綴事，文非泛論，按實而書，歲遠則同異難密，事積則起訖易疎，斯固總會之爲難也。或有同歸一事，而數人分功，兩記則失於複重，偏舉則病於不周，此又銓配之未易也〔五四〕。故張衡摘史班之舛濫〔五五〕，傅玄譏後漢之尤煩〔五六〕，皆此類也。

若夫追述遠代，代遠多僞，公羊高云傳聞異辭，荀況稱録遠略近〔五七〕，蓋文疑則闕〔五八〕，貴信史也。然俗皆愛奇〔五九〕，莫顧實理〔六〇〕。傳聞而欲偉其事，録遠而欲詳其跡，於是棄同即異〔六一〕，穿鑿傍説，舊史所無，我書則傳，此訛濫之本源，而述遠之巨蠹也。至於記編同時，時同多詭，雖定哀微辭〔六二〕，而世情利害。勳榮之家，雖庸夫而盡飾；迍敗之士，雖令德而常嗤；理欲吹霜煦露，寒暑筆端，此又同時之枉〔六三〕，可爲歎息者也。故述遠則誣矯如彼，記近則回邪如此，析理居正，唯素臣乎〔六四〕！

若乃尊賢隱諱，固尼父之聖旨，蓋纖瑕不能玷瑾瑜也〔六五〕；奸慝懲戒，實良史之直筆，農夫見莠，其必鋤也〔六六〕。若斯之科，亦萬代一準焉。至於尋繁領雜之術，務信棄奇之要，明白頭訖之序，品酌事例之條，曉其大綱，則衆理可貫。然史之爲任，乃彌綸一代〔六七〕，負海内之責，而嬴是非之尤〔六八〕，秉筆荷擔〔六九〕，莫此之勞。遷固通矣，而歷詆後世。若任情失正〔七〇〕，文其殆哉！

贊曰：史肇軒黄，體備周孔〔七一〕。世歷斯編，善惡偕總。騰褒裁貶，萬古魂動〔七二〕。辭宗邱明，直歸南董〔七三〕。

【發義】

記言書事，原始要終。

論史偏舉，詮配未易。選文疏漏，總會爲難。彦和縱言史體，務信棄奇，尤爲典要。

〔一〕曲禮曰：史載筆

〖集引〗

《禮記·曲禮上》：「史載筆，士載言。」鄭玄注：「筆，謂書具之屬。」孔穎達疏：「史謂國史，書録王事者。王若舉動，史必書之。王若行往，則史載書具而從之也。」

【發義】

史之職，乃載筆屬文，書録王事者也。《孟子·離婁下》：「其文則史。」

〔二〕執筆左右，使之記也

〔集引〕

《詩·大雅·文王》：「文王陟降，在帝左右。」

【發義】

左右者，乃君王之左右侍臣也。

〔三〕古者，左史記事者，右史記言者

〔集引〕

《漢書·藝文志·六藝略》：「左史記言，右史記事；事爲《春秋》，言爲《尚書》。」申鑒《時事篇》：「左史記言，右史記動；動爲《春秋》，言爲《尚書》。」鄭玄《六藝論》：「右史紀事，左史記言。」《玉藻》：「動則左史書之，言則右史書之。」

【發義】

左史之職，乃書録王之舉動；右史之職，乃書録王之言語也。《論衡·定賢》：「口出以爲言，

筆書以爲文。」

【雍案】

《御覽》引作：「左史記言，右史記事。」

〔四〕言經則尚書

【集引】

《大戴禮記·小辨》：「士學順辨言以遂志。」王聘珍《解詁》：「言，詁訓言也。」《助字辨略》卷一：「孟子：『詩云：「刑于寡妻，至于兄弟，以御于家邦。」言舉斯心加諸彼而已。』又云：「既醉以酒，既飽以德。言飽乎仁義也。此言字，訓釋之辭也。」』」

【發義】

言者，訓釋也。蓋謂訓釋經典則《尚書》矣。《尚書》何謂，所云各異。王肅曰：「上所言，下爲史所書，故曰《尚書》。」《史記·索隱》：「尚，上也。言久遠也。」《尚書》孔安國傳：「以其上古之書，謂之《尚書》。」《釋名·釋典藝》：「《尚書》，尚，上也，以堯爲上始，而書其事也。」《史記·五帝本紀》曰：「學者多稱五帝，尚矣。然《尚書》獨載堯以來；而百家言黃帝。」《史通·六家》引《尚書璇璣鈐》：「尚者上也，上天垂文，以布節度，如天行也。」《尚書正義》引鄭玄《書贊》曰：「尚者上也，尊而重之，若天書然，故曰《尚書》。」此讖緯之説也。王充《論衡·正説》云：「《尚書》者，以爲上古帝王之書，或以爲上所爲，下所書。」又《須頌篇》云：「或説《尚書》曰：尚者上也；上所爲，下所書也。下者誰也，曰臣子也。」竊以爲此説正合《尚書》本義焉。

〔五〕事經則春秋

〖集引〗

《韓非子·喻老》：「事者，爲也。」

【發義】

事者，爲也。蓋謂爲經則《春秋》也。孔子西觀周室，論史記舊聞，興於魯而次《春秋》，以制義法，王道備，人事浹。左丘明因孔子史記，具論其語，成《左氏春秋》。虞卿上采《春秋》，下觀近世，爲《虞氏春秋》。吕不韋集六國時事，爲《吕氏春秋》。

〔六〕商夏被于誥誓

〖集引〗

《慧琳音義》卷八〇「璽誥」注：「誥，古王者号令以謹勅也。」《爾雅·釋言》：「誥、誓，謹也。」郭璞注：「（誥、誓，）皆所以約勤謹戒衆。」《書・甘誓序》：「作甘誓。」陸德明《釋文》引馬融云：「會同曰誥。」《文選・班固〈典引〉》：「誥誓所不及。」蔡邕注：「本事曰誥，戎事曰誓。」

【發義】

夏商及於誥誓，乃用約勤謹戒治下者矣。

〔雍案〕

「商夏」乃「夏商」之譌。二字當乙。《銘箴篇》：「夏、商二箴。」《誄碑篇》：「夏、商已前。」並引證。

〔七〕自周命維新

〔集引〕

《詩・大雅・文王》：「周雖舊邦，其命維新。」毛萇傳：「乃新在文王也。」

【發義】

周至文王，運命順時，乃成新邦。

〔雍案〕

自，黄叔琳校云：「汪本作『洎』。」「洎」字是。洎，及也。《廣韻・至韻》《集韻・至韻》：

「洎，及也。」《莊子・寓言》：「三千鍾而不洎。」郭象注：「洎，及也。」《漢書・韋賢傳》：「懸車之義，以洎小臣。」顏師古注：「洎，及也。」

〔八〕紬三正以班歷，貫四時以聯事

【集引】

《文選・班固〈幽通賦〉》：「匝三正而滅姬。」李善注引曹大家：「三正，謂夏、商、周也。」杜預《春秋左傳集解序》：「記事者，以事繫日，以日繫月，以月繫時，以時繫年。史之所記，必表年以首事，年有四時，故錯舉以爲所記之名。」

【發義】

國史者，古之史官也。厥之職，乃臧否成敗，明乎得失之跡也。

【雍案】

歷，元本、弘治本、汪本、佘本、張本、兩京本、王批本、何本、梅本、淩本、合刻本、梁本、祕書本、謝鈔本、彙編本並作「曆」。《續文選》同。楊明照《校注》云：「按『曆』字《説文》所無，《新附》有當以作歷見《説文・止部》爲是。」《玉篇・日部》：「曆，象星辰分節序四時之逆從也。」又曰：「曆，古文作『厤』。」《慧琳音義》卷一〇「纂曆」注引孔安國注《尚書》云：「曆，節氣之度也。」《集韻·錫韻》：「曆，通作『歷』。」《文選·陸機〈辨亡論〉》：「曆命應化而微。」舊校：「五臣本『曆』作『歷』字。」《漢書·藝文志》：「曆譜者，序四時之位，正分至之節，會日月五星之辰，以考寒暑殺生之實。」

〔九〕**彰善癉惡，樹之風聲**

〖**集引**〗《書·畢命》：「彰善癉惡，樹之風聲。」鄭玄傳：「明其爲善，病其爲惡；立其善風，揚其善聲。」

【**發義**】彰顯其善，貶斥其惡，樹立良好之風氣聲教。

〔一〇〕**自平王微弱，政不及雅**

〖**集引**〗范甯《春秋穀梁傳集解序》：「平王以微弱東遷……列《黍離》於《國風》，齊王德於邦君，所以明其不能復《雅》，政化不足以被群后也。」

【發義】

平王之失，乃不能復《雅》之教，蓋政化不足以被群后也。

〔一一〕憲章散紊，彝倫攸斁

〔集引〕

《書·洪範》：「彝倫攸斁。」孔安國傳：「斁，敗也。」范甯《春秋穀梁傳集解序》：「昔周道衰陵，乾綱絶紐，禮壞樂崩，彝倫攸斁。」《釋文》：「彝，常；倫，理也。斁，丁故反。字書作殬，敗也。」

【發義】

法度散亂，常理久敗。

〔一二〕昔者夫子閔王道之缺，傷斯文之墜

〔集引〕

《論語·子罕》：「天之將喪斯文也，後死者不得與於斯文也。」

【發義】

周道衰息既微，禮樂崩墜，蓋孔子憂王道之缺，而歎之矣。

〔一三〕**靜居以歎鳳，臨衢而泣麟**

【集引】

《論語·子罕》：「子曰：『鳳鳥不至，河不出圖，吾已矣夫！』」《公羊傳·哀公十四年》：「春，西狩獲麟。……孔子曰：『孰爲來哉！孰爲來哉！』反袂拭面，涕沾袍。」

【發義】

玄聖感歎時無明君，故無鳳鳥、河圖瑞應之物。麟出則死，蓋歎道窮已矣！嗚呼！草没駿足，椒遺麟角，道何不窮哉！

〔一四〕**於是就太師以正雅頌，因魯史以修春秋**

【集引】

《書·周官》：「立太師、太傅、太保，兹惟三公，論道經邦，燮理陰陽，官不必備，惟其人。」

【發義】

周室微，禮樂廢，孔子憂王道寖壞，就大師而正《雅》《頌》，因魯史記而作《春秋》。《漢書·司馬遷傳〈贊〉》：「及孔子因魯史記而作《春秋》。」《三國志·魏書·文帝紀》：「（黄初二年詔）昔仲尼資大聖之才……因魯史而制《春秋》，就太師而正《雅》《頌》。」范甯《春秋穀梁傳集解序》：「於是就大師而正《雅》《頌》，因魯史而修《春秋》。」

〔雍案〕

太，乃「大」之譌也。《論語·八佾》本作「大師」。大師，古代樂官之長也。《周禮·春官·大師》：「大師掌六律六同，以合陰陽之聲。」《孟子·梁惠王下》：「召大師曰：『爲我作君臣相説之樂。』」朱熹《集注》：「大師，樂官也。」《左傳·襄公十四年》：「使大師歌巧言之卒章。」杜預注：「大師，掌樂大夫。」《論語·八佾》：「子語魯大師樂。」何晏《集解》：「大師，樂官名也。」邢昺疏：「大師，樂官名，猶《周禮》之大司樂也。」《漢書·食貨志上》：「獻之大師。」顔師古注：「大師，掌音律之官，教六詩以六律爲之音者。」《儀禮·燕禮》：「大師告于樂正曰……」鄭玄注：「大師，上工也，掌合陰陽之聲，教六詩以六律爲之音者也。」

〔一五〕舉得失以表黜陟，徵存亡以摽勸戒

〔集引〕

范甯《春秋穀梁傳集解序》：「舉得失以彰黜陟，明成敗以著勸戒。」

【發義】

舉其得失，以表進退升降。明徵存亡，以爲標示勸勉告誡。

〔雍案〕

摽，古與「標」通。《说文·手部》朱駿聲《通訓定聲》：「摽，叚借又爲標。」

〔一六〕然睿旨存亡幽隱

〔集引〕

《書·洪範》：「思曰睿……睿作聖。」陸德明《釋文》引馬融云：「睿，通也。」

【發義】

然通旨深隱其微。

〖雍案〗

「存亡」涉上文誤衍。

〔一七〕邱明同時，實得微言

〖集引〗

《史記·十二諸侯年表》：「魯君子左丘明懼弟子人人異端，各安其意，失其真，故因孔子史記，具論其語，成《左氏春秋》。」《漢書·藝文志·六藝略》：「仲尼思存前聖之業……以魯周公之國，禮文備物，史官有法，故與左丘明觀其史記……丘明恐弟子各安其意，以失其真，故論本事而作傳，明夫子不以空言説經也。」杜預《春秋左氏傳集解序》：「左丘明受經於仲尼。」

【發義】

左丘明受經於仲尼，實得其精微之言也。

〔一八〕乃原始要終

〖集引〗

《易·繫辭下》：「原始要終，以爲質也。」

【發義】

借用《易・繫辭下》之語，探究事物之原始。

〔一九〕**創爲傳體**

【集引】

《孟子・梁惠王下》：「於傳有之。」

【發義】

左丘明受經於仲尼，以爲經者不刊之書也。故傳或先經以始事，或後經以終義，或依經以辯理，或錯經以合異，隨義而發其例之所重。

〔二〇〕**及至從横之世，史職猶存。秦并七王，而戰國有策**

【集引】

《漢書・司馬遷傳〈贊〉》：「春秋之後，七國並爭，秦兼諸侯，有《戰國策》。」《戰國策・劉向序》：「國策，或曰國事，或曰短長，或曰事語，或曰長書，或曰修書，臣向以爲戰國時游士輔所用之國，爲之策謀，宜爲戰國策。其事繼春秋以後，訖楚漢之起，二百四十五年間之事皆定，以殺青，書可繕寫，得三十三篇。」

【發義】

戰代縱横，雖國事繁，而未廢史職，蓋有策焉。

〔一一〕作楚漢春秋

〔集引〕

黄叔琳《輯注》引《史記·索隱》云：「陸賈撰。記項氏與漢高祖初起之事，名楚漢春秋。」

【發義】

陸賈撰《楚漢春秋》，記項羽、漢高祖及惠帝、文帝時事，《史記》叙楚、漢間事取材於該書。

〔雍案〕

《楚漢春秋》原書九卷，久佚。今有清茆泮林輯本一卷。

〔一二二〕世惟執簡

〔集引〕

《史記·太史公自序》：「太史公仍父子相續纂其職。曰：『於戲！余維先人嘗掌斯事，顯於唐、虞，至于周，復典之，故司馬氏世主天官。』」

【發義】

司馬喜生談。談爲太史公，仕於建元元封之間，有子曰遷。太史公發憤且卒，執遷手而泣曰：「余先周室之太史也，自上世嘗顯功名，虞夏典天官事，後世中衰，絶於予乎？汝復爲太史，則續吾祖矣。」談卒三歲，而遷爲太史令。

〔一二三〕子長繼志

〔集引〕

《禮記·中庸》：「夫孝者，善繼人之志，善述人之事者也。」

【發義】

司馬遷，字子長。仍父子相纂繼其職，罔羅天下放失舊聞，王跡所興，原始察終，見盛觀衰，論考之行事，略三代，録秦漢，上紀軒轅，下至於漢，著十二本紀，作十表、八書，作三十世家、七十列傳，凡百三十篇。

〔二四〕甄序帝勣

〔集引〕

《後漢書·卓魯魏劉列傳》：「無所甄明。」李賢注：「甄，别也。」

【發義】

分叙帝之功業。

〔雍案〕

勣，功也。與「績」通。《玉篇·力部》《廣韻·錫韻》《玄應音義》卷四：「敗績。」注引《聲類》云：「勣，功也。」《慧琳音義》卷八〇：「勣深。」注引《聲類》云：「勣，猶功也。」

〔二五〕比堯稱典，則位雜中賢

〔集引〕

《論語·堯曰》：「允執其中。」朱熹《集注》：「中者，無過不及之名。」《論語·雍也》：「中庸之爲德也。」劉寶楠《正義》引洪震煊説：「不得過不及謂之中。」

【發義】

比諸《堯典》稱爲「典」，後世居帝位者有所不及，蓋位雜中賢，而非聖人也。

〔二六〕法孔題經，則文非元聖

〖集引〗

《後漢書·班彪列傳下》：「故先命玄聖，使綴學立制，宏亮洪業。」李賢注：「《春秋演孔圖》：『母徵在夢感黑帝而生，故曰玄聖。』」

【發義】

效法孔子《春秋》，則文亦非孔子焉。孔子故作《春秋》以明文命，先正王而繫萬事，見素王之文焉。是以匹夫，而稱素王。蓋素王稽古，德亞皇代，是爲玄聖。

〖雍案〗

元，同「玄」。「玄」改爲「元」，乃唐以後避諱之故也。

〔二七〕故取式吕覽，通號曰紀

〖集引〗

《大戴禮記·虞戴德》：「高舉安取。」王聘珍《解詁》：「取，謂取法。」

【發義】

吕氏之書，蓋司馬遷之所取法也。十二本紀，倣其十二月紀；八書，倣其八覽；七十列傳，倣其六論。則亦微有所以折衷之也。

〔二八〕爾其實録無隱之旨

〖集引〗

《後漢書·班彪列傳上》論《史記》：「然善述序事理，辯而不華，質而不俚，文質相稱，蓋良史之才也。」《漢書·司馬遷傳〈贊〉》：「其文直，其事覈，不虚美，不隱惡，故謂之實録。」

【發義】

史之爲任，其旨在乎無隱實録也。

〔二九〕博雅宏辯之才

〔集引〕

《後漢書·班彪列傳上》論《史記》：「若遷之著作，采獲古今，貫穿經傳，至廣博也。」

【發義】

司馬遷才具宏辯，淵博典雅也。

〔三〇〕愛奇反經之尤，條例踳落之失，叔皮論之詳矣

〔集引〕

《法言·君子》：「多愛不忍，子長也。……子長多愛，愛奇也。」《後漢書·班彪列傳上》論《史記》：「務欲以多聞廣載爲功。」又：「其論術學則崇黄老而薄五經，序貨殖則輕仁義而羞貧窮，道遊俠則賤守節而貴俗功。」又：「又進項羽、陳涉而黜淮南、衡山，細意委曲，條例不經。」又：「至於採經摭傳，分散百家之事，甚多疏略。」又：「一人之精，文重思煩，故其書刊落不盡，尚有盈辭，多不齊一。」

【發義】

班彪論司馬遷，項羽非天子而入本紀，陳涉非諸侯而入世家，淮南王、衡山王乃諸侯而入列傳，違反儒經之過，條例不經，錯謬雜亂之失也。司馬遷之序貨殖，道遊俠，具見特識，非本司馬談《論六家要旨》。

〔三一〕觀司馬遷之辭，思實過半

〔集引〕

《易·繫辭下》：「知者觀其彖辭，則思過半矣。」

【發義】

觀《史記》司馬遷之辭，思之所及過半矣。

〔三二〕儒雅彬彬

〔集引〕

《漢書·趙尹韓張兩王傳》：「然敞本治《春秋》，以經術自輔，其政頗雜儒雅，往往表賢顯善，不醇用誅罰。」《論語・雍也》：「文質彬彬，然後君子。」《史記・太史公自序》：「叔孫通定禮儀，則文學彬彬稍進，《詩》《書》往往間出也。」

【發義】

頗雜儒雅，文質兼備。

〔三三〕至於宗經矩聖之典，端緒豐贍之功

【集引】

《漢書・宣元六王傳〈淮陽憲王報張博書〉》：「既開端緒，願卒成之。」

【發義】

宗有所本，其惟經也。規模於前聖經典，蓋頭緒富足之功矣。

〔三四〕遺親攘美之罪，徵賄鬻筆之愆

【集引】

《意林》引傅子：「班固《漢書》，因父得成，遂没不言彪，殊異馬遷也。」《穀梁傳・成公五

年》：「孔子聞之曰：『伯尊其無績乎？攘善也。』」楊士勛《疏證》：「其二爲『黴賄鬻筆』，案《史通·曲筆》篇云：『亦有事每憑虛，詞多烏有。或假人之美，借爲私惠；或誣人之惡，持報己愁。若……班固受金而始書，陳壽借米而方傳，此又記言之奸賊，載筆之凶人。』審此，可爲班固『黴賄鬻筆』之證。」

【發義】

抛棄其親，掠美之罪。黴求賄賂，乃鬻筆之過。

〔雍案〕

據《北史·柳虯傳》：「班固致受金之名。」而知班固受金始書之寃也。劉知幾於《史通·曲筆》所言，蓋無識輕詆班氏也。

〔三五〕豈唯政事難假，亦名號宜慎矣

〔集引〕

《書·皋陶謨》：「政事，懋哉！懋哉！」《左傳·成公二年》：「仲尼聞之曰：『……唯器與名，不可以假人。君之所司也……政之大節也。若以假人，與人政也。政亡，則國家從之。』」杜預注：「器，車服。名，爵號。」又《左傳·昭公三十二年》：「（史墨對曰）是以爲君，慎器與名，不

可以假人。」

【發義】

凡史之載，惟政事難假，宜慎以名號。

〔三六〕實繼平帝之體

【集引】

《史記·外戚世家序》：「自古受命帝王及繼體守文之君。」司馬貞《索隱》：「繼體謂非創業之主，而是嫡子繼先帝之正體而立者也。」

【發義】

實惟繼平帝正體而立矣。

〔三七〕偏駁不倫

【集引】

《漢書·谷永杜鄴傳》：「抗湛溺之意，解偏駁之愛。」顏師古注：「駁，不周普也。」

【發義】

偏以不全，有違常理。

〔三八〕**華嶠之準當**

〔集引〕

《書鈔》引《華嶠集序》：「嶠作《後漢書》百卷，張華等稱其有良史之才，足以繼迹遷、固。」

【發義】

華嶠之《後漢書》，準獲有度，載筆允當。

〔三九〕**或激抗難徵**

〔集引〕

《荀子·不苟》：「辯而不爭，察而不激。」

【發義】

或過分抗直，則難徵信。

〔四〇〕或疎闊寡要

【集引】

《漢書·賈誼傳》：「天下初定，制度疏闊，諸侯王僭儗，地過古制。」

【發義】

或粗疏闊略，則缺少精要。

〔四一〕唯陳壽三志，文質辨洽，荀張比之於遷固，非妄譽也

【集引】

范頵表言：「陳壽作《三國志》，辭多勸誡，明乎得失，有益風化。」《華陽國志·後賢志》：「吴平後，（陳）壽乃鳩合三國史，著魏、吴、蜀三書六十五篇，號《三國志》，又著《古國志》五十篇，品藻典雅。中書監荀勗、令張華深愛之，以班固、史遷不足方也。」《後漢書·宣張二王杜郭吴承鄭趙列傳》：「又外氏張竦父子喜文采，林從竦受學，博洽多聞，時稱通儒。」

【發義】

陳壽《三國志》，文采質樸，辨引廣博。故荀勗、張華比之於馬遷、班固，非妄譽也。

〔四二〕以約舉爲能

〖集引〗

《國語·周語下》：「唯能釐舉嘉義。」韋昭注：「舉，用也。」

【發義】

孫盛《陽秋》，是以簡要選用爲能事。

〔四三〕又擺落漢魏，憲章殷周

〖集引〗

《梁書·謝朏傳〈高祖表〉》：「昔居朝列，素無宦情，賓客簡通，公卿罕預，簪紱未褫，而風塵擺落。」《禮記·中庸》：「仲尼祖述堯舜，憲章文武。」

【發義】

又撇開漢魏，取法規摹殷周。

〔四四〕雖湘川曲學，亦有心典謨

〔集引〕

《十三州記》：「（長沙）有萬里沙祠，而西自湘州至東萊萬里，故曰長沙也。」《水經注·湘水》：「湘水又北逕昭山西，山下有旋泉，深不可測，故言昭潭無底也。亦謂之曰湘州潭……晉懷帝以永嘉元年分荆州湘中諸郡，立湘州，治此城之内。」《隋書·地理志下》：「長沙郡本注：『舊置湘州。』」《戰國策·趙策二》：「窮鄉多異，曲學多辨。」《説苑·談叢》：「窮鄉多曲學。」

【發義】

雖湘州僻地之學者，亦有心倣於常法。

〔雍案〕

湘川，乃「湘州」之訛。長沙郡舊置湘州。晉永嘉元年（公元三〇七年）分荆、廣兩州置，治臨湘（今長沙市），轄境相當於今湖南湘、資二水流域，廣西桂江、廣東北江流域大部分及湖北陸水流域，南朝梁以後縮小流域範圍。

〔四五〕**表徵盛衰，殷鑒興廢**

〔**集引**〕

《漢書·匡張孔馬傳〈戒妃四疏〉》：「自上世已來，三代興廢，未有不由此者也。」

【**發義**】

揭示闡明盛衰，殷人滅夏，蓋殷之子孫以夏亡爲借鑒。

〔四六〕**使一代之制，共日月而長存，王霸之跡，並天地而久大**

〔**集引**〕

《易·繫辭上》：「乾以易知，坤以簡能；易則易知，簡則易從；易知則有親，易從則有功；有親則可久，有功則可大；可久則賢人之德，可大則賢人之業。」《後漢書·張衡傳》章懷注引《張衡上表》：「臣仰幹史職……願得專於東觀，畢力於紀記，竭思於補闕。俾有漢休烈，比久長於天地，並光明於日月。」

【**發義**】

明王始立而處國有制，而一代之制，憲章文武，久大必法式賢人之德業也。

〔四七〕欲其詳悉於體國

【集引】

《周禮·天官·序官》：「惟王建國，辨方正位，體國經野，設官分職，以爲民極。」

【發義】

體國者，舉國之重要規劃。蓋爲史職者，先欲詳悉於體國。

〔四八〕抽裂帛

【集引】

《史記·太史公自序》：「遷爲太史令，紬史記石室金匱之書。」

【發義】

抽裂帛者，綴集書籍也。

〔四九〕檢殘竹

〔集引〕

劉楨《魯都賦》：「採逸禮於殘竹。」

【發義】

檢殘竹者，檢閱殘簡也。

〔五〇〕是立義選言，宜依經以樹則

〔集引〕

《呂氏春秋·不廣》：「且以樹譽。」高誘注：「樹，立也。」

【發義】

是以樹立本義，選擇言論，宜依經典，以樹立法則。

〔五一〕**勸戒與奪**

〔集引〕

《漢書·古今人表序》：「歸乎顯善昭惡，勸戒後人。」

【發義】

勸勉告戒取捨，依其通明，以反凶化吉。

〔五二〕**然後銓評昭整**

〔集引〕

《晉書·武陔傳》：「文帝甚親重之，數與詮論時人。」

【發義】

詮釋評論，明白齊整。

〔五三〕**苛濫不作矣**

〔**集引**〕

《漢書·李廣蘇建傳》：「寬緩不苛。」顏師古注：「苛，細也。」

【**發義**】

寬嚴失度不作矣。

〔五四〕**偏舉則病於不周，此又銓配之未易也**

〔**集引**〕

《漢書·王莽傳》：「考量以銓。」顏師古注：「應劭曰：『量，斗斛也。銓，權衡也。』」

【**發義**】

偏其舉則病於不周全，此又衡量而配之未易也。

〔五五〕故張衡摘史班之舛濫

【集引】

《左傳·昭公八年》："「民聽濫也。」杜預注："「濫，失也。」

【發義】

故張衡糾擿，摘除史班之錯失。

〔五六〕傅玄譏後漢之尤煩

【集引】

《晉書·司馬彪傳》："「（續漢書叙）漢氏中興，訖於建安，忠臣義士，亦以昭著；而時無良史，記述煩雜，譙周雖已刪除，然猶未盡。」

【發義】

傅玄譏《後漢書》之繁冗穢雜。袁宏《後漢紀序》："「予嘗讀《後漢書》，煩穢雜亂，睡而不能竟也。」引之可以證《後漢書》之煩冗穢雜。

〔五七〕荀況稱録遠略近

〔集引〕

《荀子·非相》：「傳者久則論略，近則論詳；略則舉大，詳則舉小。」《韓詩外傳》：「夫傳者久則愈略，近則愈詳；略則舉大，詳則舉細。」

【發義】

荀況謂傳者遠則論略，近則論詳。略以舉大，詳以舉細，乃傳之要矣。

〔五八〕蓋文疑則闕

〔集引〕

《穀梁傳·桓公五年》：「春秋之義，信以傳信，疑以傳疑。」

【發義】

闕者，上有所失下得書之於闕，所以求論譽於人，故謂之闕也。

〔五九〕然俗皆愛奇

【集引】

《商君書·更法》：「論至德者不和於俗。」

【發義】

《論衡·藝增》：「俗人好奇，不奇，言不用也。」蓋俗皆愛奇，乃俗之心性使然。

〔六〇〕莫顧實理

【集引】

《後漢書·朱馮虞鄭周列傳》：「（上疏）小違理實，輒見斥罷。」又《後漢書·王充王符仲長統列傳》：「充好論説，始若詭異，終有理實。」

【發義】

辭以理實爲要，何莫顧於理之實也。

〔六一〕於是棄同即異

【集引】

《左傳·襄公二十九年》：「子大叔曰：『棄同即異，是謂離德。』」

【發義】

蓋訛濫之本源，實惟穿鑿偏出，棄同説異，考之無徵耳。

〔六二〕雖定哀微辭

【集引】

《公羊傳·定公元年》：「定哀多微辭。」

【發義】

《春秋》記載定公、哀公時事，因孔子與定公、哀公爲同時君臣，蓋辭多隱諱。

〔六三〕**此又同時之枉**

〔**集引**〕

《詩·周頌·閔予小子》：「於乎皇考。」鄭玄箋：「上以直道事天下。」孔穎達疏：「枉者，不直也。」

【**發義**】

此又同時持論偏頗，失理不正也。

〔**雍案**〕

「枉」下，《御覽》《史略》引有「論」字。「枉論」是也。枉，曲也。枉論者，謂持論偏頗，失理不正也。

〔六四〕**析理居正，唯素臣乎**

〔**集引**〕

《公羊傳·隱公三年》：「故君子大居正，宋之禍，宣公爲之也。」《斠詮》：「心地樸素亦曰素心。」

【發義】

分析其理，遵循正道，唯其素心乎！凡物無飾曰素，蓋出於本心者，乃曰素心。

〖雍案〗

臣，乃「心」之譌。

〔六五〕蓋纖瑕不能玷瑾瑜也

〖集引〗

《左傳·宣公十五年》：「瑾瑜匿瑕。」杜預注：「匿亦藏也。雖美玉之質，亦或居藏瑕穢。」《詩·大雅·抑》：「白圭之玷。」毛萇傳：「玷，缺也。」

【發義】

纖瑕之缺，莫能缺美玉之質焉。

〔六六〕**農夫見蕣，其必鋤也**

【集引】

《左傳·隱公六年》：「周任有言曰：『爲國家者，見惡如農夫之務去草焉，芟夷蘊崇之，絶其本根，勿使能殖，則善者信矣。』」杜預注：「芟，刈也。夷，殺也。蘊，積也。崇，聚也。」《孟子·盡心下》：「孔子曰：『惡似而非者：惡蕣，恐其亂苗也。』」趙岐注：『蕣之莖葉似苗。』

【發義】

蓋見敗筆，其必删之矣。

〔六七〕**然史之爲任，乃彌綸一代**

【集引】

清王引之《經義述聞》「彌綸天地之道」謂「綸」爲「論」之通假，訓知。彌綸即遍知之意。

【發義】

史之爲任，遍知一代也。

〔六八〕負海内之責，而贏是非之尤

〔集引〕

《淮南子·脩務訓》：「又況贏天下之憂，而任海内事者乎！」《莊子·胠篋》：「贏糧而趣之。」陸德明《釋文》引《廣雅》云：「贏，負也。」《論語·憲問》：「不尤人。」皇侃《義疏》：「尤，責也。」

【發義】

負海内之責者，而擔是非之責焉。

〔雍案〕

贏，古與「羸」通。《群經平議·春秋外傳國語一》：「故謂之贏亂。」俞樾按：「贏之言羸也。贏、羸古通用。」《荀子·彊國》：「贏則敖上。」王先謙《集解》引郝懿行曰：「贏，與羸同。」《讀書雜志·逸周書第一》：「六極不贏。」王念孫按：「贏，與羸同。」

〔六九〕**秉筆荷擔**

〔**集引**〕

《國語・晉語九》：「（士茁）對曰：『臣以秉筆事君。』」

【**發義**】

爲史傳者，秉筆有所擔責也。

〔七〇〕**若任情失正**

〔**集引**〕

《宋書・范曄傳》：「（獄中與諸甥姪書）班氏最有高名，既任情無例，不可甲乙辨。」

【**發義**】

若放任其情，則失其正也。

〔七一〕**贊曰：史筆軒黄，體備周孔**

〖**集引**〗

黄叔琳《輯注》引《叙世本注》：「黄帝之世，始立史官，倉頡沮誦，居其職矣。」又引《諸侯年表》：「孔子西觀周室，論史記舊聞，興於魯而次春秋，以制義法，王道備，人事浹。」

【**發義**】

史之始於黄帝，而迄於周孔，體已大備焉。

〔七二〕**騰褒裁貶，萬古魂動**

〖**集引**〗

《淮南子·繆稱訓》：「子産騰辭。」高誘注：「騰，傳也。」《文選·杜預〈春秋左氏傳集解序〉》：「《春秋》雖以一字爲褒貶，然皆須數句以成言。」

【**發義**】

固傳其讚美，裁其譏刺，時邁久遠，心靈爲之觸動。

〔七三〕辭宗邱明，直歸南董

〔集引〕

《左傳·襄公二十五年》：「南史氏聞太史盡死，執簡以往；聞既書矣，乃還。」《左傳·宣公二年》：「太史（董狐）書曰：『趙盾弑其君。以示於朝。』宣子（趙盾）曰：『不然。』對曰：『子爲正卿，亡不越竟（境），反不討賊，非子而誰？』……孔子曰：『董狐，古之良史也，書法不隱。』」

【發義】

綴事於微，附經間出，於文爲約，蓋左丘之傳，世爲辭宗。直書不諱，法猶不隱，蓋董狐之筆，世稱良史也。

諸子第十七

諸子者，入道見志之書〔一〕。太上立德，其次立言〔二〕。百姓之群居，苦紛雜而莫顯；君子之處世，疾名德之不章〔三〕。唯英才特達，則炳曜垂文〔四〕，騰其姓氏，懸諸日月焉〔五〕。昔風后力牧伊尹，咸其流也〔六〕。篇述者，蓋上古遺語，而戰伐所記者也。至鬻熊知道〔七〕，而文王諮詢，餘文遺事，録爲鬻子。子自肇始，莫先於兹。及伯陽識禮，而仲尼訪問，爰序道德，以冠百氏。然則鬻惟文友，李實孔師〔八〕，聖賢並世，而經子異流矣〔九〕。

逮及七國力政，俊乂蠭起〔一〇〕。孟軻膺儒以磬折〔一一〕，莊周述道以翱翔〔一二〕；墨翟執儉确之教〔一三〕，尹文課名實之符〔一四〕；野老治國於地利〔一五〕，騶子養政於天文〔一六〕；申商刀鋸以制理〔一七〕，鬼谷脣吻以策勳〔一八〕；尸佼兼總於雜術〔一九〕，青史曲綴以街談〔二〇〕。承流而枝附者，不可勝算，並飛辯以馳術〔二一〕，饜禄而餘榮矣〔二二〕。

暨於暴秦烈火，勢炎崑岡〔二三〕，而煙燎之毒，不及諸子。逮漢成留思，子政讎校〔二四〕，於是七略芬菲〔二五〕，九流鱗萃〔二六〕，殺青所編，百有八十餘家矣〔二七〕。迄至魏晉，作者間出，讕言兼存〔二八〕，璅語必録〔二九〕，類聚而求，亦充箱照軫矣〔三〇〕。

然繁辭雖積，而本體易總，述道言治，枝條五經。其純粹者入矩〔三一〕，踳駁者出規〔三二〕。禮記月令，取乎呂氏之紀〔三三〕；三年問喪，寫乎荀子之書〔三四〕。此純粹之類也。若乃湯之問棘，云蚊睫有雷霆之聲〔三五〕；惠施對梁王，云蝸角有伏尸之戰〔三六〕；列子有移山跨海之談〔三七〕，淮南有傾天折地之説〔三八〕。此踳駁之類也。是以世疾諸混同虚誕。按歸藏之經，大明迂怪〔三九〕，乃稱羿斃十日，嫦娥奔月。殷湯如兹，況諸子乎？至如商韓，六蝨五蠹〔四〇〕，棄孝廢仁，轘藥之禍〔四一〕，非虚至也。公孫之白馬孤犢，辭巧理拙，魏牟比之鴞鳥，非妄貶也。昔東平求諸子史記，而漢朝不與。蓋以史記多兵謀，而諸子雜詭術也。然洽聞之士，宜撮綱要，覽華而食實，棄邪而採正，極睇參差，亦學家之壯觀也。

研夫孟荀所述，理懿而辭雅；管晏屬篇，事覈而言練〔四二〕；列御寇之書，氣偉而采奇；鄒子之説，心奢而辭壯〔四三〕；墨翟隨巢，意顯而語質〔四四〕；尸佼尉繚，術通而文鈍〔四五〕；鶡冠緜緜，亟發深言〔四六〕；鬼谷眇眇，每環奥義〔四七〕；情辨以澤〔四八〕，文子擅其能〔四九〕；辭約而精，尹文得其要〔五〇〕；慎到析密理之巧；韓非著博喻之富；吕氏鑒遠而體周〔五一〕；淮南汎採而文麗〔五二〕。斯則得百氏之華采，而辭氣文之大略也。

若夫陸賈典語，賈誼新書，揚雄法言，劉向説苑，王符潛夫，崔實政論，仲長昌言，杜夷幽求。咸叙經典，或明政術，雖標論名，歸乎諸子。何者？博明萬事爲子，適辨一理爲論，彼皆蔓延雜説，故入諸子之流。夫自六國以前，去聖未遠，故能越世高談，自開户牖。兩漢以後，體勢漫弱，雖明乎坦途，而類多依採，此遠近之漸變也。嗟夫！身與時舛，志共道申，標心於萬古之上，而送懷於千載之下〔五三〕，金石靡矣，聲其銷乎〔五四〕！

贊曰：大夫處世，懷寶挺秀〔五五〕。辨雕萬物〔五六〕，智周宇宙〔五七〕。立德何隱，含道必授〔五八〕。條流殊述，若有區囿。

【發義】

入道見志，垂名立言。

諸子之流，垂道而見志，立言而明理。標心萬古之上，送懷千載之下。

〔一〕**諸子者，入道見志之書**

【集引】

《漢書·藝文志》：「諸子十家，其可觀者九家而已。」

【發義】

深入道理，箟析之以盡學術，而見志之書，諸子者也。

〔二〕**太上立德，其次立言**

【集引】

《左傳·襄公二十四年》載魯國大夫叔孫豹之言：「太上有立德，其次有立功，其次有立言。雖久不廢，此之謂不朽。」

【發義】

君子處世，是以立言，使之不廢而不朽也。

〔三〕君子之處世，疾名德之不章

〔集引〕

《晉書·庾冰傳》：「冰字季堅，兄亮以名德流訓，冰以雅素垂風。」

【發義】

君子者，名德不顯，何立於世焉。蓋疾名德不章也。

〔四〕唯英才特達，則炳曜垂文

〔集引〕

《文選·王褒〈四子講德論〉》：「咨夫特達而相知者，千載一遇也。」劉良注：「特，獨也。」

《後漢書·杜欒劉李劉謝列傳》：「上書陳事曰：『……蓋諸侯之位，上法四七，垂文炳燿，關之盛衰者也。』」

【發義】

惟才力過人，獨出於衆者，則昭著天下，垂文於後世。

〔雍案〕

楊明照《校注》云：「按『曜』當作『燿』。已詳《原道篇》『繇辭炳曜』條。《後漢書·劉瑜傳》：『（上書）上法四七，垂文炳燿。』」曜，與「燿」通。《釋名·釋天》：「曜，燿也，光明照燿也。」《玉篇·日部》：「曜，亦作『燿』。」《楚辭·九歎序》：「騁詞以曜德者也。」舊校：「『曜』作『燿』。」《玉篇·火部》：「燿，與『曜』同。」《玄應音義》卷四「光燿」注：「燿，古文『曜』。」《文選·曹植〈七啟〉》：「散燿垂文。」舊校：「燿，五臣（注）作『曜』。」《文選·曹植〈求自試表〉》：「此二臣豈好爲誇主而燿世俗哉。」舊校：「燿，五臣（注）作『曜』。」《希麟音義》卷四「炳曜」注引《說文》：「炳，煥明也。」《後漢書·杜欒劉李劉謝列傳》有：「（上書）上法四七，垂文炳燿。」

〔五〕騰其姓氏，懸諸日月焉

〔集引〕

《說文·馬部》：「騰，傳也。」

【發義】

名聲躍起，垂道見志，而章其姓氏，傳以後世，固懸諸日月，同煇並曜焉。

〔六〕昔風后力牧伊尹，咸其流也

〔集引〕

《漢書・藝文志》云：「風后十三篇。」顏師古注：「圖二卷。黄帝臣，依託也。」「力牧二十二篇。」顏師古注：「六國時所作，託之力牧。力牧，黄帝相。」「伊尹五十一篇。」顏師古注：「湯相。」又：「伊尹説二十七篇。」顏師古注：「其語淺薄，似依託也。」

【發義】

風后、力牧、伊尹皆立言傳世，然所傳篇什，乃依託也，不可追記。

〔七〕至鬻熊知道

〔集引〕

《子略》：「鬻子年九十，見文王。王曰：『老矣。』鬻子曰：『使臣捕獸逐麋已老矣，使臣坐策國事尚少也。』文王師焉。著書二十二篇，名曰《鬻子》。」

【發義】

鬻熊年九十，雖無逐麋之力，然尚有坐策國事之心，乃知道者也，文王蓋用爲師焉。

【雍案】

《鬻子》，舊題周鬻熊撰。《崇文總目》作十四篇，題唐逄行珪注。《漢書·藝文志》著録道家《鬻子》二十二篇，與《子略》篇數同，而著録小説家《鬻子説》則爲十九篇。列子引《鬻子》凡三條，皆黄、老清靜之説，與今本不類，疑即引道家《鬻子》二十二篇之文。今本所載，與漢賈誼《新書》所引六條，文格略同。

〔八〕及伯陽識禮，而仲尼訪問，爰序道德，以冠百氏。然則鬻惟文友，李實孔師

〔集引〕

魏源《老子本義·論老子》：「而老子專述《皇墳》以上。夫相去太遠者，則勢常若相反，故論常過高，乃其學固然，非故激而出於此也。」

【發義】

老子，字伯陽，周之太史也，通禮樂之源。而尼山適周訪問，學於老聃。老子明道德之歸，爰著《道德經》，以冠諸子百家。然則鬻子爲文友，蓋老聃實乃仲尼之師也。

〔九〕聖賢並世，而經子異流矣

〔集引〕

《書·洪範》：「聰作謀，睿作聖。」孔安國傳：「於事無不通謂之聖。」《墨子·尚賢》：「列德而尚賢。」

【發義】

聖者著作是爲「經」，賢者著作是爲「子」，蓋「經」「子」異流矣。所謂「經」者，出於聖而入於道，經天而不適於常，敷陳義理法則是也。所謂「子」者，有德之稱，垂道見志，立言爲書，成一家語是也。

〔一〇〕逮及七國力政，俊乂蠭起

〔集引〕

《書·皋陶謨》：「俊乂在官。」陳熙晉《箋注》引孔穎達疏：「德過千人爲俊，百人爲乂。」《漢書·藝文志·諸子略》：「諸子十家，其可觀者，九家而已。皆起於王道既微，諸侯力政，時君世主，好惡殊方。是以九家之術，蠭出並作。」顔師古注：「蠭與鋒同。」又《五行志》：「京房《易傳》曰：『天子弱，諸侯力政。』」顔師古注：「政亦征也。」

【發義】

陵夷至於戰代，合縱連衡，七國力政者，棄背禮儀，專任威力，相以征討爭強，而才德過人者騰踴，諸子蠭出並作。

〔一二〕孟軻膺儒以磬折

〔集引〕

《素問・骨空論》：「折使榆臂齊肘正。」張志聰《集注》：「折者，謂脊背磬折而不能伸舒也。」

【發義】

孟子胸蘊儒素，不能伸舒，以恭守儒家之禮。孟子，名軻，鄒人也，受業子思，乃爲門人。厥述唐虞三代之德，是以所如者不合，退而與萬章之徒序《詩》《書》，述仲尼之意，作《孟子》七篇。

〔一二〕莊周述道以翱翔

〖集引〗

《莊子·逍遥遊》：「翱翔蓬蒿之間，此亦飛之至也。」

【發義】

莊子論述其道，思想放任自由。莊子，名周。其學本歸於老子之言，故著書十餘萬言，大抵率寓言也。楚威王厚幣迎之，許以爲相。周笑曰：「無汚我！我寧游戲汚瀆之中自快，無爲有國者所羈。」

〔一三〕墨翟執儉确之教

〖集引〗

《史記·太史公自序》：「墨者亦尚堯、舜道，言其德行曰：『堂高三尺，土階三等，茅茨不翦，采椽不刮。食土簋，啜土刑，糲粱之食，藜藿之羹。夏日葛衣，冬日鹿裘。』其送死，桐棺三寸，舉音不盡其哀。教喪禮，必以此爲萬民之率。使天下法若此，則尊卑無别也。夫世異時移，事業不必同，故曰『儉而難遵』。要曰彊本節用，則人給家足之道也。此墨子之所長，雖百家弗能廢也。」《漢書·藝文志》云：「墨子七十一篇。」

【發義】

墨子之教，以兼愛非攻、力行儉約爲指，堅守牢固。墨翟，宋之大夫，善守禦，爲節用。

〔一四〕尹文課名實之符

【集引】

劉向《别録》：「尹文子學本莊老，其書自道以至名，自名以至法，以名爲根，以法爲柄，凡二卷，僅五千言。」《漢書·藝文志》：「尹文子一篇。」劉向云：「與宋銒俱遊稷下。」

【發義】

尹文子，稷下之學士，其學説出入於黄、老、申、韓之間，主張萬物須去除成見，對事物須綜合核實；治者應自處於虚静，禁攻寢兵，減省情慾。

〔一五〕野老治國於地利

〔集引〕

《漢書·藝文志》：「野老十七篇。」應劭注：「年老居田野，相民之耕種，故曰野老。」

【發義】

野老，戰代隱者也。著書言農家事，治國主於地利。

〔一六〕騶子養政於天文

〔集引〕

《漢書·藝文志》：「鄒子四十九篇。」顏師古注：「名衍，齊人，爲燕昭王師。居稷下，號談天衍。」

【發義】

鄒子之説，心奢而辭壯，以談天飛譽。

〔雍案〕

楊明照《校注》：「按下文『鄒子之説，心奢而辭壯』，字又作『鄒』，前後不同，當改其一。」

「騶」與「鄒」，姓也，古相同。《戰國策·燕策一》：「鄒衍自齊往。」《史記》作「騶衍」。《經籍籑詁·尤韻》：「《漢書·古今人表》：『鄒衍。』《史記》之《田敬仲完世家》《孟子荀卿列傳》俱作『騶衍』。《周禮》司爟注、《書·禹貢》釋文作『鄹衍』。」《讀書雜志·史記第三·楚世家》：「鄒費郯邳者。」王念孫按：「鄒，本作『騶』。古多以『騶』爲『鄒』。」《説文·馬部》朱駿聲《通訓定聲》：「騶，叚借爲『鄒』，實爲『郰』。」《集韻·虞韻》：「騶，夷國名。」「騶，通作『郰』。」《史記·吴太伯世家》：「爲騶伐魯。」司馬貞《索隱》：「左傳『騶』作『郰』。」《别雅》卷二：「騶魯，鄒魯也。」《説文·邑部》：「鄒，魯縣，古邾國。」《慧琳音義》卷九六「鄒魯」注引《考聲》：「鄒，魯邑，古邾國，魯穆公改爲鄒，夫子之父爲鄒大夫。」

〔一七〕中商刀鋸以制理

〔集引〕

《史記·老子韓非傳》：「申子之學本於黃、老而主刑名。著書二篇，號曰《申子》。」《史記·商君列傳》：「衛鞅既破魏還，秦封之於、商十五邑，號爲商君。」《漢書·藝文志》：「商君二十九篇。」

【發義】

申子（不害）爲韓昭侯相，内修政教，外應諸侯，國治十五年而兵強。申子之學，本於黃老而主刑名。而商君主張「治世不一道，便國不法古」。廢井田，開阡陌，獎勵耕戰，使秦國富強。其與申子，皆重刑具以制準則。

〔一八〕鬼谷脣吻以策勳

〖集引〗

《文選・曹冏〈六代論〉》：「姦情散於胷懷，逆謀消於脣吻。」

【發義】

鬼谷子言辭犀利，是以紀功於策。脣吻，借指言辭。

〔一九〕尸佼兼總於雜術

〖集引〗

《史記・孟子荀卿列傳》：「楚有尸子長盧。」《集解》引劉向《别録》曰：「楚有尸子，疑謂其在蜀。今按《尸子》書，晉人也，名佼，秦相衛鞅客也。衛鞅、商君謀事畫計，立法理民，未嘗不與佼規之也。商君被刑，佼恐并誅，乃亡逃入蜀。自爲造此二十篇書，凡六萬餘言。卒，因葬蜀。」

【發義】

尸佼，晉國人，善雜術，爲秦相商鞅之賓客。鞅被殺，佼逃亡入蜀，著書二十卷，六萬餘字。

〔二〇〕青史曲綴以街談

〔集引〕

《漢書·藝文志·諸子略》：「小説家者流，蓋出於稗官。街談巷語，道聽塗説者之所造也。」《淮南子·俶真訓》：「不以曲故。」高誘注：「曲故，曲巧也。」《漢書·藝文志》：「青史子五十七篇。」

【發義】

小説家者流，曲故綴文，不率典言，並務恢張，其文博誕空類，以爲街談巷語。

〔二一〕並飛辯以馳術

〔集引〕

逄行珪《鬻子序》：「馳術飛辯者矣。」

【發義】

並騁其辯才，遊説其道術。

〔雍案〕辯，元本、弘治本、汪本、佘本、張本、兩京本、王批本、何本、合刻本、梁本、祕書本、別解本、清謹軒本、尚古本、岡本、四庫本、王本、鄭藏鈔本、崇文本作「辨」。劉文語本逄行珪《鬻子序》：「馳術飛辯者矣。」《文選・孔融〈薦禰衡表〉》：「飛辯騁辭。」《潘岳〈夏侯常侍誄〉》：「飛辯摛藻。」呂向注：「辯，美辭也。」《荀子・王霸》：「必將曲辨。」王先謙《集解》引郝懿行曰：「辨，古『辯』字。」《論語・鄉黨》：「便便言，唯謹爾。」何晏《集解》引鄭玄曰：「便便，辯也。」劉寶楠《正義》：「『辨』『辯』同，謂辯論之也。」《荀子・正名》：「變説也者，心之象道也。」

〔一三〕饜禄而餘榮矣

〔集引〕《孟子・離婁下》：「其良人出，則必饜酒肉而後反。」

【發義】飽禄而多榮耀矣。

〔一三〕暨於暴秦烈火，勢炎崑岡

〔集引〕

《書·胤征》：「火炎崑岡，玉石俱焚。」枚頤傳：「山脊曰岡。崑山出玉，言火逸而害玉。」

【發義】

暴秦烈火焚書，若勢炎崑岡，玉石俱焚。

〔雍案〕

岡，元本、弘治本、活字本、汪本、佘本、兩京本、何本、胡本、祕書本、文溯本、王本、崇文本作「崗」。《玉篇·山部》《集韻·唐部》：「岡，俗作『崗』。」《文選·謝靈運〈廬陵王墓下作〉》：「灑淚眺連岡。」舊校：「岡，善本作『崗』字。」

〔一四〕子政讎校

〔集引〕

《漢書·藝文志》：「成帝使謁者陳農求遺書於天下，詔光禄大夫劉向等校之。每一書已，向輒條其篇目，撮其旨意，録而奏之。」

【發義】

校術有詘，短長相覆，要之爲略。子政校書，必條疏篇目，撮要旨録而奏之。

〔雍案〕

楊明照《校注》云：「按王批本作『挍』。《時序篇》亦有『子政讎校於六藝』語，忽又作『校』，前後不一律。此當依各本改爲『校』。「讎校」字本作「校」，《集韻》始有「挍」字。」校，《説文·木部》朱駿聲《通訓定聲》：「校，叚借爲『覈』。」又曰：「校，字亦以『較』爲之，又作『挍』。」

〔二五〕於是七略芬菲

〔集引〕

《漢書·藝文志》：「劉向卒，哀帝復使向子侍中奉車都尉歆卒父業，歆於是總群書而奏其《七略》，故有《輯略》《六藝略》《諸子略》《詩賦略》《兵書略》《術數略》《方技略》。」

【發義】

《七略》記名家者流，其名位不同，禮亦異數。

〔一一六〕九流鱗萃

〔集引〕

《漢書·叙傳》：「劉向司籍，九流以别。」

【發義】

九流之作，若鱗之聚集。九流，戰代九個學術流派，即儒家、道家、陰陽家、法家、名家、墨家、縱横家、雜家、農家。

〔一一七〕殺青所編，百有八十餘家矣

〔集引〕

《後漢書·吴祐傳》：「殺青簡以寫經書。」李賢注：「以火炙簡令汗，取其青易書，復不蠹，謂之殺青。」《漢書·藝文志》：「凡諸子百八十九家，四千三百二十四篇。」

【發義】

蓋諸子之書，及至漢代，其數百有八十九家，可謂夥矣。

〔一一八〕讕言兼存

【集引】

《漢書・藝文志》：「《讕言》十篇。」顔師古注：「不知作者。」《廣韻・寒韻》：「讕言，逸言也。」

【發義】

誣妄之言，兼而存之。

〔一一九〕璅語必録

【集引】

《説文・玉部》朱駿聲《通訓定聲》：「璅，假借爲『瑣』。」

【發義】

瑣碎之語，必以録也。

〔三〇〕類聚而求，亦充箱照軫矣

【集引】

《易·繫辭上》：「方以類聚，物以群分。」《韓詩外傳》：「魏王（惠王）曰：『若寡人之小國也，尚有徑寸之珠，照車前後十二乘者十枚。』」又：「成王之時，有三苗貫桑而生，同爲一秀，大幾滿車，長幾充箱。」

【發義】

充箱照軫者，喻其繁多矣。

〔三一〕其純粹者入矩

【集引】

《易·乾·文言》：「大哉乾乎，剛健中正，純粹精也。」

【發義】

其純一不雜，而精美無瑕者，入於法則也。

〔三二〕踳駮者出規

〔集引〕

《慧琳音義》卷八四「踳駁」注引許叔重注《淮南子》：「踳，相背也。」又《集韻・準韻》：「踳，雜也。」《易・説卦》：「爲駁馬。」焦循《章句》：「駁，雜也。」

【發義】

相背雜亂者，越出法度也。

〔雍案〕

駮，弘治本、汪本、佘本、張本、兩京本、王批本、何本、梅本、凌本、合刻本、祕書本、謝鈔本、彙編本、別解本、清謹軒本、尚古本、岡本、四庫本、王本、張松孫本、鄭藏鈔本、崇文本作「駁」。《喻林》引同。楊明照《校注》云：「按諸本是也。《説文・馬部》：『駁，馬色不純。』又『駮，獸，如馬，倨牙，食虎豹。』是二字義別。」此乃楊氏未詳訓也。「駮」與「駁」，古音義同。《文選・左思〈魏都賦〉》：「謀踳駮於王義。」李善注：「駮，色雜不同也。」張銑注：「駮，亂也。」唐玄宗《孝經序》：「踳駮尤甚。」邢昺疏：「駮，錯也。」《資治通鑑・隋紀》：「帝以天下用律者多踳駮。」胡三省注：「駮，錯也。」

〔三三〕禮記月令，取乎呂氏之紀

【集引】

《禮記·月令》孔穎達《正義》：「鄭目録云：『名曰月令者，以其紀十二月政之所行也。呂不韋集諸儒所著爲十二月紀，合十餘萬言，名爲《呂氏春秋》，篇首皆有月令，與此篇同。』」

【發義】

呂氏集諸儒所著爲十二紀，乃政之所行而依月令者紀也。

〔三四〕三年問喪，寫乎荀子之書

【集引】

《禮記·三年問》：「三年之喪何也？曰：『稱情而文，因以飾群，則親疏貴賤之節，而弗可損也。』」

【發義】

荀子《禮論》前半，褚先生補《史記·禮書》採入，其後半皆言喪禮。三年之喪一段，與《禮記·三年問》同。

〔三五〕若乃湯之問棘，云蚊睫有雷霆之聲

〔集引〕

張立齋《注訂》：「《莊子·逍遥遊》：『湯之問棘也是已。』『棘』，《列子》作『革』，『革』『棘』古音同。」《列子·湯問》：「殷湯問於夏革曰：『古初有物乎？』夏革曰：『古初無物，今惡得物？……江浦之間生麽蟲，其名曰焦螟，群飛而集於蚊睫，弗相觸也。……徐以氣聽，砰然聞之，若雷霆之聲。』」

【發義】

積微爲大，聲勢亦驚人也。

〔雍案〕

《列子》者，所言多取材於佛經。有鑒於此，章太炎疑《列子》一書乃晉人所造，其《國學概論·辨書籍的真僞》曰：「『佛教』在東漢時始入中國，哪能在前説到？我們用時代證他，已可水落石出。並且《列子》這書，漢人從未有引用一句，這也是一個明證。造《列子》的也是晉人。」

〔三六〕惠施對梁王，云蝸角有伏尸之戰

【集引】

《漢書·藝文志》：「《惠子》一篇。」顔師古注：「名施，與莊子同時。」《莊子》：「有國於蝸之左角者曰觸氏，有國於蝸之右角者曰蠻氏，時相與爭地而戰，伏尸數萬，逐北旬有五日而後反。」

【發義】

蝸角雖小，其地所爭，死者亦及萬矣。

〔三七〕列子有移山跨海之談

【集引】

《列子》：「太行、王屋二山，方七百里，高萬仞。愚公懲出入之迂也，聚室而謀移之。」又：「渤海中有五山，岱輿、員嶠、方壺、瀛洲、蓬萊。龍伯之國有大人，舉足不盈數步，而暨五山之所。」

【發義】

移山跨海之談，舉可就矣。

〔三八〕淮南有傾天折地之説

〔集引〕

《漢書·淮南衡山濟北王傳》：「淮南王安，爲人好書，招致賓客方術之士數千人，作爲内書二十一篇，外書甚衆，又有中篇八卷，言神仙黄白之術，亦二十餘萬言。」《淮南子·天文訓》：「昔者共工與顓頊爭爲帝，怒而觸不周之山，天柱折，地維絶。」

【發義】

淮南王安好爲方術，蓋言談怪異。

〔三九〕按歸藏之經，大明迂怪

〔集引〕

《周禮·春官·大卜》：「掌三《易》之法：一曰《連山》，二曰《歸藏》，三曰《周易》。」鄭玄注：「歸藏者，萬物莫不歸而藏於其中。」

【發義】

《歸藏》，古《易》名，相傳爲黄帝作。《歸藏》在漢初已亡，今所傳《古三墳書》中之《歸藏》，爲後人僞作。《歸藏經》大衍虛夸怪異妄誕之事。

〔四〇〕至如商韓，六蝨五蠹

〔集引〕

《史記·老子韓非列傳》：「韓非者，韓之諸公子也，喜刑名法術之學，而其歸本於黄老，非爲人口吃，不能道説，而善著書。」「作《孤憤》《五蠹》《内外儲》《説林》《説難》十餘萬言。」《商子》：「農商官三者，國之常食官也。農闢地，商致物，官法民。三官生蝨六：曰歲，曰食，曰美，曰好，曰志，曰行。六者有樸必削。」《韓非子·五蠹》：「學者……言古者……帶劍者……患御者……及商工之民……此五者邦之蠹也。」

【發義】

《商子》謂農、商、官，國之常官也，其爲蝨官，乃垢其危害邦國也。而韓非謂儒家、縱横家、游俠、患御者及工商之民五者爲邦國之害也。

〔四一〕棄孝廢仁，轘藥之禍

〔集引〕

《左傳》杜預注：「車裂曰轘。」《史記·商君列傳》：「太史公曰：『商君，其天資刻薄人也。跡其欲干孝公以帝王術，挾持浮説，非其質矣。……亦足發明商君之少恩矣。余嘗讀商君開塞耕戰書，與其人行事相類。卒受惡名於秦，有以也夫！』」又《韓世家》：「秦攻韓，韓急，使韓非使秦。」《史記·老子韓非列傳》：「李斯使人遺非藥，使自殺。」

【發義】

公孫鞅，以封於商，稱商鞅、商君。相秦十九年，輔助秦孝公變法，主治世不一道，便國不法古，廢井田，開阡陌，獎勵耕戰，使秦國富強。及孝公死，公子虔之徒告商鞅欲反，車裂死。《漢書·藝文志》著録商君二十九篇。

〔四二〕管晏屬篇，事覈而言練

〔集引〕

《漢書·藝文志》：「管子八十六篇。」顔師古注：「名夷吾。」又：「晏子八篇。」顔師古注：

「名嬰，謚平仲。」《漢書・司馬遷傳〈贊〉》：「其文直，其事核，不虛美，不隱惡，故謂之實録。」

【發義】

《管子》《晏子》寫作，事以真實，而言辭精練。

〔四三〕鄒子之説，心奢而辭壯

〔集引〕

《史記・孟子荀卿列傳》：「騶衍之術迂大而閎辯，奭也文具難施……故齊人頌曰：『談天衍，雕龍奭。』」

【發義】

鄒子之説，内容誇張，而文辭壯焉。《説文句讀・奢部》：「奢，張也。」

〔四四〕墨翟隨巢，意顯而語質

〔集引〕

《漢書・藝文志》：「隨巢子六篇。」顔師古注：「墨翟弟子。」

【發義】

《墨子》《隨巢子》意思顯豁，而語言質樸。

〔四五〕尸佼尉繚，術通而文鈍

〔集引〕

《漢書·藝文志》：「尉繚二十九篇。」顏師古注：「六國時。師古曰：『尉姓，繚名也。』」

【發義】

《尸子》《尉繚子》雖通術數，而鈍於文辭。

〔四六〕鶡冠緜緜，亟發深言

〔集引〕

《漢書·藝文志》：「鶡冠子一篇。」顏師古注：「楚人。居深山，以鶡爲冠。」

【發義】

《鶡冠子》意猶深遠，蓋亟發奧妙之言也。

〔四七〕鬼谷眇眇，每環奧義

【集引】

《文選·陸機〈文賦〉》：「心懍懍以懷霜，志眇眇而臨雲。」漢孔安國《尚書序》：「雅誥奧義，其歸一揆。」《宋史·蔡元定傳》：「遂與對榻講論諸經奧義，每至夜分。」

【發義】

《鬼谷子》遠而不可及，蓋義理玄妙也。鬼谷子，楚人。著《鬼谷子》一卷。《漢書·藝文志》不見著録，《隋書·經籍志》縱横家有晉皇甫謐注《鬼谷子》共三卷。今本三卷二十一篇，文頗奇詭，不類漢以前人所作，亦後人僞託焉。

〔四八〕情辨以澤

【集引】

《周禮·天官·小宰》：「六曰廉辨。」鄭玄注：「辨，辨然不疑惑也。」《楚辭·離騷》：「芳與澤其雜糅。」王逸注：「澤，質之潤也。」

【發義】
情辨然不惑，以潤文之質也。

〔四九〕**文子擅其能**

〔集引〕
《漢書·藝文志》：「文子九篇。」顏師古注：「老子弟子，與孔子同時，而稱周平王問，似依託者也。」

【發義】
情理明辨而豐潤，蓋文子擅其能。

〔五〇〕**辭約而精，尹文得其要**

〔集引〕
《荀子·不苟》：「（君子）總天下之要，治海內之衆，若使一人。故操彌約而事彌大。」

【發義】
文辭簡約精練，蓋尹文子得其要略。

〔五一〕呂氏鑒遠而體周

〔集引〕

桓譚《新論》：「秦呂不韋請迎高妙，作《呂氏春秋》。書成，布之都市，懸置千金，以延示衆士，而莫能有變易者。乃其事約豔，體具而言微也。」

【發義】

呂氏是能鑒遠，而體系周密。

〔五二〕淮南汎採而文麗

〔集引〕

《漢書·叙傳》：「文豔用寡，子虚烏有，寓言淫麗，託風終始。」

【發義】

淮南王之書，採摭廣泛，而文辭富麗。

〔五三〕標心於萬古之上，而送懷於千載之下

【集引】

《説文·辵部》《廣韻·送韻》皆訓曰：「送，遣也。」桓範《政要論·序作》：「夫奮名於百代之前，而流譽於千載之後，以其覽之者益，聞之者有覺故也。」《群書治要》引逢行珪《鬻子序》：「馳心於萬古之上，寄懷於萬古之下，庶垂道見志，懸諸日月。」

【發義】

標顯心跡於萬古之上，而遺懷抱於千載之下。

〔五四〕金石靡矣，聲其銷乎

【集引】

《荀子·勸學》：「鍥而不舍，金石可鏤。」《韓非子·守道》：「守道者皆懷金石之心，以死子胥之節。」

【發義】

名踰金石之堅，聲其莫銷矣。

〔五五〕大夫處世，懷寶挺秀

〔集引〕

《廣雅·釋詁》《廣韻·晧韻》皆訓曰：「寶，道也。」《抱朴子外篇·行品》：「含英懷寶。」《晉書·潘尼傳》：「（釋奠頌）篤生上嗣，繼期挺秀。」

【發義】

丈夫處世，懷其道而秀異突出。

〔五六〕辨雕萬物

〔集引〕

《莊子·天道》：「辯雖彫萬物，不自説也。」

【發義】

言辯託乎文辭，以雕鏤萬物，故不自説也。

〔雍案〕

辨，凌本作「辯」。楊明照《校注》云：「按『辯』字是。」辨，與『辯』通。《説文·辡部》朱駿聲《通訓定聲》：「辨，叚借又爲『辯』。」《墨子·非命中》：「將欲辯是非利害之故。」孫詒讓《閒詁》：「辯作辨。」《經義述聞·書·別求》：「《樂記》：『其治辯者其禮具。』《史記·樂書》『辯』作『辨』，一作『別』。」《莊子·天道》：「辯雖彫萬物，不自説也。」作「辯」。《文心雕龍·情采》：「莊周云：『辯雕萬物。』」亦作「辯」。

〔五七〕智周宇宙

〔集引〕

《易·繫辭》：「知周乎萬物而道濟天下，故不過。」韓康柏注：「知周萬物，則能以道濟天下。」

【發義】

既能雕鏤萬物，固知周於宇宙。

〔五八〕立德何隱，含道必授

〔集引〕

《左傳·襄公二十四年》：「太上有立德，其次有立功，其次有立言，雖久不廢，此之謂不朽。」

孔穎達疏：「立德，謂創制垂法，博施濟衆，聖德立於上代，惠澤被於無窮。」

【發義】

既立其德，何隱焉。包而未露之道，必以傳授。

論説第十八

聖哲彝訓曰經，述經叙理曰論。論者，倫也〔一〕；倫理無爽，則聖意不墜〔二〕。昔仲尼微言〔三〕，門人追記，故仰其經目，稱爲論語。蓋群論立名，始於兹矣。自論語已前，經無論字〔四〕；六韜二論〔五〕，後人追題乎？詳觀論體，條流多品〔六〕，陳政則與議説合契〔七〕，釋經則與傳注參體〔八〕，辨史則與贊評齊行〔九〕，銓文則與叙引共紀〔一〇〕。故議者宜言〔一一〕，説者説語，傳者轉師，注者主解，贊者明意，評者平理，序者次事〔一二〕，引者胤辭〔一三〕。八名區分，一揆宗論〔一四〕。論也者，彌綸群言〔一五〕，而研精一理者也。

是以莊周齊物，以論爲名〔一六〕；不韋春秋，六論昭列〔一七〕；至石渠論藝〔一八〕，白虎通講〔一九〕，聚述聖言通經，論家之正體也〔二〇〕。及班彪王命，嚴尤三將，敷述昭情，善入史體。魏之初霸，術兼名法；傅嘏王粲，校練名理〔二一〕。迄至正始，務欲守文〔二二〕；何晏之徒，始盛元論〔二三〕。於是聃周當路，與尼父爭塗矣〔二四〕。詳觀蘭石之才性〔二五〕，仲宣之去代，叔夜之辨聲，太初之本元，輔嗣之兩例，平叔之二論，並師心獨見〔二六〕，鋒穎精密，蓋人倫之英也〔二七〕。至如李康運命，同論衡而過之〔二八〕；陸機辨亡，效過秦而不及〔二九〕。然亦其美矣。次及宋岱郭象，鋭思於幾神之區〔三〇〕；夷甫裴頠，交辨於有無之域〔三一〕。並獨步當時，流聲後代。然滯有者全繫於形用〔三二〕，貴無者專守於寂寥〔三三〕，徒鋭偏解，莫詣正理〔三四〕；動極神源，其般若之絶境乎〔三五〕？逮江左群談，惟玄是務〔三六〕；雖有日新，而多抽前緒矣〔三七〕。至如張衡譏世，韻似俳説〔三八〕；孔融孝廉，但談嘲戲；曹植辨道，體同書抄。言不持正，論如其已〔三九〕。

原夫論之爲體，所以辨正然否〔四〇〕，窮于有數，追于無形，迹堅求通〔四一〕，鉤深取極〔四二〕；乃百慮之筌蹄，萬事之權衡也。故其義貴圓通，辭忌枝碎；必使心與理合，彌縫莫見其隙〔四三〕；辭共心密，敵人不知所乘。斯其要也。是以論如析薪，貴能破理。斤利者越理而横斷，辭辨者反義而取通。覽文雖巧，而檢跡如妄〔四四〕。唯君子能通天下之志〔四五〕，安可以曲論哉？若夫注釋爲詞，解散論體，雜文雖異，總會是同〔四六〕。若秦延君之注堯典，十餘萬字；朱普之解尚書，三十萬言。所以通人惡煩，羞學章句〔四七〕。若毛公之訓詩，安國之傳書，鄭君之釋禮，王弼之解易，要約明暢，可爲式矣〔四八〕。

説者，悦也。兑爲口舌，故言咨悦懌〔四九〕；過悦必僞，故舜驚讒説〔五〇〕。説之善者，伊尹以論味隆殷〔五一〕，太公以辨釣興周；及燭武行而紓鄭，端木出而存魯，亦其美也。既戰國爭雄，辨士雲踊；從横參謀，長短角勢〔五二〕；轉丸騁其巧辭，飛鉗伏其精術〔五三〕；一人之辨，重於九鼎之寶；三寸之舌，强於百萬之師；六印磊落以佩〔五四〕，五都隱賑而封〔五五〕。至漢定秦楚，辨士弭節〔五六〕，酈君既斃於齊鑊，蒯子幾入乎漢鼎；雖復陸賈籍甚，張釋傅會，杜欽文辨，樓護脣舌，頡頏萬乘之階〔五七〕，抵噓公卿之席〔五八〕，並順風以託勢，莫能逆波而泝洄矣。

夫説貴撫會，弛張相隨〔五九〕，不專緩頰，亦在刀筆〔六〇〕。范睢之言事〔六一〕，李斯之止逐客，並煩情入機，動言中務，雖批逆鱗，而功成計合，此上書之善説也。至於鄒陽之説吴梁，喻巧而理至，故雖危而無咎矣。敬通之説鮑鄧，事緩而文繁，所以歷騁而罕遇也。凡説之樞要，必使時利而義貞；進有契於成務〔六二〕，退無阻於榮身。自非譎敵，則唯忠與信，披肝膽以獻主〔六三〕，飛文敏以濟辭〔六四〕，此説之本也。而陸氏直稱説煒曄以譎誑〔六五〕，何哉？

贊曰：理形於言，叙理成論〔六六〕。詞深人天，致遠方寸〔六七〕。陰陽莫貳〔六八〕，鬼神靡遯〔六九〕。説爾飛鉗〔七〇〕，呼吸沮勸〔七一〕。

【發義】

述經叙理，言資悦懌。

夫持論辨理，彌綸群言，師心獨見，覽文雖巧，檢迹知妄。説貴撫會，文敏濟辭，敷述昭情，善入史體。

〔一〕論者，倫也

【集引】

《論語·微子》：「言中倫。」朱熹《集注》：「倫，義理之次第也。」

【發義】

所謂倫者，義理次序之體也。

〔二〕**倫理無爽，則聖意不墜**

〔**集引**〕

《禮記·樂記》：「樂者通倫理者也。」鄭玄注：「倫，猶類也。理，分也。」

【**發義**】

類分條理無差錯，則聖人之意不失。

〔三〕**昔仲尼微言**

〔**集引**〕

《文選·劉歆〈移書讓太常博士〉》：「及夫子没而微言絶，七十子卒而大義乖。」

【**發義**】

尼山論辯，言出精微，門人追記，稱爲《論語》，抑其經目，乃謙焉。鄭玄《論語序》：「《易》《詩》《書》《禮》《樂》《春秋》，皆二尺四寸，《孝經》謙，半之；《論語》八寸策者，三分居一，又謙焉。」

〔四〕自論語已前，經無論字

〔集引〕

范文瀾曰：「非謂經書中不見論字，乃謂經書無以論爲名者也。」《周禮·外史》：「掌達書名於四方。」鄭玄注：「古曰名，今曰字。」《論語·子路》：「必也正名乎？」何晏注：「古者曰名，今世曰字。」

【發義】

自《論語》已前，經無論名也。

〔五〕六韜二論

〔集引〕

《周書·王悦傳〈貽楊賢書〉》：「大將軍高陽公（達奚武）韞韜略之祕，總熊羆之旅，受脈廟堂，威懷巴漢。」唐李德裕《李文饒集·寒食三殿侍宴奉進》詩：「不勞孫子法，自得太公韜。」

【發義】

《六韜》，乃漢人採掇舊説，假託爲吕尚所撰之古兵書，有《霸典文論》《文師武論》二篇。其分

《文韜》《武韜》《龍韜》《虎韜》《豹韜》《犬韜》六部分，故稱《六韜》。

〔六〕詳觀論體，條流多品

〖集引〗

《漢書·循吏傳》："臣問上計長吏守丞以興化條。"顏師古注："凡言條者，一一而疏舉之，若木條然也。"《資治通鑑·唐紀》："卿宜審細條流以聞。"胡三省注："流，派也。"

【發義】

詳觀論體，疏舉流派多類。

〔七〕陳政則與議説合契

〖集引〗

《後漢書·張衡列傳》："尋其方面，乃知震之所生，驗之以事，合契若神。"

【發義】

敷陳其政，則與評論合符。

〔八〕釋經則與傳注參體

【集引】

唐韓愈《韓昌黎集·與李祕書論小功不稅書》：「無乃别有所指，而傳、注者失其宗乎？」

【發義】

傳者，乃相承師説；注者，乃自主見解。解釋經典，則與傳、注參合其體。

〔九〕辨史則與贊評齊行

【集引】

《左傳·隱公五年》：「明貴賤，辨等列。」

【發義】

辨别其史，則與讚頌評論等列施之。

〔一〇〕銓文則與敘引共紀

【集引】

《淮南子·要略》：「詮言者，所以譬類人事之指，解喻治亂之體也，差擇微言之眇，詮以至理之文，而補縫過失之闕者也。」

【發義】

詮釋其文，則與序引統一法則。

【雍案】

范文瀾云：「『銓』，當作『詮』。……史傳多以『譔』爲之。」《文章辨體總論》《七修類藁》引並作「詮文則與序引共紀」。《文體明辨》引作「銓文則與序引共紀」。清謹軒本作「詮」。「詮」與「銓」，古通用。《説文·言部》：「詮，具也。从言，全聲。」《廣雅·釋詁》：「詮，具也。」王念孫《疏證》：「詮，字亦通作『譔』。」《慧琳音義》卷八一「銓次」注引《廣雅》云：「銓，猶具也。」《史通·雜説》：「不加銓擇。」浦起龍《通釋》：「銓，一作『詮』。」《廣雅·釋詁》：「欥，詞也。」王念孫《疏證》：「詮詞者，承上文所發端，詮而繹之也。」駱賓王《上吏部裴侍郎書》：「非言無以詮其旨。」陳熙晉《箋注》引《説文》：「詮，具也。」《晉書音義·列傳第十五》「詮論」注引《字林》云：「詮，具也。」《資治通鑑·隋紀》：「帝命祕書監柳顧言等詮次。」胡三省注：「詮，具也。」

〔一一〕**故議者宜言**

【**集引**】

《説文·言部》朱駿聲《通訓定聲》：「議，謂論事之宜。」又段玉裁注：「議者，誼也；誼者，人所宜也。言得其宜之謂議。」

【**發義**】

故議論者適宜其説。

〔一二〕**序者次事**

【**集引**】

《周禮·天官·大宰》：「一曰爵。」鄭玄注：「誨爾序爵。」孔穎達疏：「序，是先後次第之言。」

【發義】

序者，順序叙事，後項對前項稱次。

〔一三〕引者胤辭

〔集引〕

漢王充《論衡·骨相》：「若夫短書俗記、竹帛胤文，非儒者所見，衆多非一。」

【發義】

引者，引其辭也。

〔雍案〕

胤，訓作「引」，「引」之假借也。引者，引其辭也。《説文·肉部》朱駿聲《通訓定聲》：「胤，叚借爲『引』。」《文選·顔延之〈三月三日曲水詩序〉》：「胤緹騎。」李周翰注：「胤，引也。」

〔一四〕一揆宗論

〔集引〕

《孟子·離婁下》：「先聖後聖，其揆一也。」

【發義】
將同一道理貫於宗致之論。

〔一五〕**彌綸群言**

【集引】
《易·繫辭上》：「易與天地準，故能彌綸天地之道。」孔穎達疏：「彌謂彌縫補合，綸謂經綸牽引。」

【發義】
包羅統括諸言，而研精一理者也。

〔一六〕**是以莊周齊物，以論爲名**

【集引】
《孟子·滕文公上》：「夫物之不齊，物之情也。」

【發義】
是以莊子以論爲名，冠諸齊物，蓋有《齊物論》。

〔一七〕不韋春秋，六論昭列

〖集引〗

《詩·大雅·文王》：「文王在上，於昭于天。」

【發義】

《呂氏春秋》乃呂不韋門客合編，中有「六論」彰明列次，乃《開春論》《慎行論》《貴直論》《不苟論》《似順論》《士容論》。

〔一八〕至石渠論藝

〖集引〗

《呂氏春秋·應言》：「入與不入之時，不可不熟論也。」高誘注：「論，辯也。」

【發義】

漢代未央宫殿北有石渠閣，乃漢宫中藏書處。漢初蕭何造，以藏入關所得圖籍。其下磐石爲渠以導水，故名。至成帝時，又於此藏祕書。宣帝甘露三年，與諸儒韋玄成、梁丘賀等講論於石渠。所講論者，乃六藝也。六藝者，又稱六經，即《詩》《書》《禮》《樂》《易》《春秋》。

〔一九〕白虎通講

〔集引〕

《禮記·禮運》：「協於藝，講於仁，得之者強。」《國語·魯語上》：「夫仁者講功，而智者處物。」《後漢書·肅宗孝章帝紀》：「建初四年冬十一月……下太常、將、大夫、博士、議郎、郎官及諸生、諸儒會白虎觀，講議五經同異，使五官中郎將魏應承制問，侍中淳于恭奏，帝親稱制臨決，如孝宣甘露石渠故事，作《白虎議奏》。」

【發義】

東漢章帝嘗召集有關官吏及諸儒，於白虎觀講聚，述聖通經。

〔雍案〕

謝兆申云：「疑作『白虎通講，聚述聖言，旁通經典。』」謝氏所言，非彦和本旨。孫詒讓云：「今本《文心雕龍》『述』上衍『聚』字，『聖』下衍『言』字，應依《御覽》引删。」徐㶿删「通」「言」二字。是也。《御覽》（據宋本、鈔本、倪本、活字本）及《玉海》六二引，並無「通」「言」二字，當據删。原文應作「白虎講聚，述聖通經。」「通」字誤衍。劉文《時序》云：「及明帝（章）

疊耀，崇愛儒術，肄禮璧堂，講文虎觀；……蓋歷政講聚，故漸靡儒風者也。」據之，則「白虎」非緣《白虎通》德論之名，乃謂漢章帝召集諸儒於白虎觀講聚也。

〔二〇〕**聚述聖言通經，論家之正體也**

〔**集引**〕

唐錢起《錢考功集·奉和中書常舍人晚秋集賢院即事》詩：「述聖魯宣父，通經漢仲舒。」

【**發義**】

陳述聖人之道，旁通經典，蓋論家之正體也。漢中興之後，群才稍改前轍，華實所附，斟酌經辭，蓋歷政講聚，故漸靡儒風者也。

〔二一〕**傅嘏王粲，校練名理**

〔**集引**〕

《三國志·魏書〈鍾會傳〉》：「及壯，有才數技藝而博學，精練名理。」《晉書·范汪傳》：「遂博學多通，善談名理。」《世說新語·言語》：「王（衍）曰：『裴僕射（頠）善談名理，混混有雅致。』」劉孝標注引《冀州記》曰：「傾弘濟有清識，稽古，善言名理。」《荀粲别傳》：「粲太和初到京邑，與傅嘏談，嘏善名理，粲尚玄遠。」

【發義】

傅嘏善言虚勝，王粲亦尚玄遠，皆善名理者也。魏、晉士流，校練名理者衆。

〔二二〕**迄至正始，務欲守文**

〔集引〕

《後漢書·王充王符仲長統列傳》：「以爲俗儒守文，多失其真。」

【發義】

守文者，乃謂今古學者之滯固所稟。據《後漢書·張曹鄭列傳》載：「漢興，諸儒頗修藝文；及東京學者，亦各名家。而守文之徒，滯固所稟，異端紛紜，互相詭激；遂令經有數家，家有數説，章句多者，或乃百餘萬言。」

〔一二三〕**始盛元論**

〖**集引**〗

南朝宋劉義慶《世説新語·文學》：「殷仲堪精覈玄論。」

【**發義**】

所謂玄論，乃探討《老子》《莊子》暨《易》，辨名析理之論。

〖**雍案**〗

元，應作「玄」，避唐玄宗諱而改。

〔一二四〕**於是聃周當路，與尼父爭塗矣**

〖**集引**〗

《禮記·檀弓上》：「魯哀公誄孔子曰：『天不遺耆老，莫相予位焉！嗚呼哀哉，尼父！』」

【**發義**】

玄論始盛，老莊大行其道，勢與孔爭其塗矣。

〔二五〕詳觀蘭石之才性

〔集引〕

《藝文類聚·潘尼〈益州刺史楊恭侯碑〉》：「稟天然不渝之操，體蘭石芳堅之質。」

【發義】

蘭芳石堅，喻人資質之美。《蘭石》之文已佚，其詳無從得知。

〔二六〕並師心獨見

〔集引〕

《莊子·人間世》：「夫胡可以及化，猶師心者也。」《梁書·何佟之傳》：「佟之少好三禮，師心獨學，強力專精，手不輟卷。」

【發義】

並以己爲師，不拘守成法，而有獨立見解。

〔二七〕**蓋人倫之英也**

〔**集引**〕

《荀子·正論》：「堯舜者天下之英也。」

【**發義**】

蓋論之傑出者也。

〔**雍案**〕

「蓋人倫之英也」乃「蓋論之英也」之譌。

〔二八〕**至如李康運命，同論衡而過之**

〔**集引**〕

《宋書·羊玄保傳》：「太祖嘗曰：『人仕宦非唯須才，然亦須運命，每有好官缺，我未嘗不先憶羊玄保。』」

【**發義**】

李康有《運命論》，雖體同《論衡》，而過之矣。《論衡》有《逢遇》《命禄》《氣壽》《命義》等篇。故云。

〔二九〕陸機辨亡，效過秦而不及

〖集引〗

《陸士龍集·與兄平原書》：「辨亡已是《過秦》，對事求當可得耳。」

【發義】

陸機有《辨亡論》，其效《過秦論》而不及，然亦其美矣。

〔三〇〕鋭思於幾神之區

〖集引〗

班固《答賓戲》：「鋭思於毫芒之内。」張銑注：「鋭，精也。」

【發義】

次及宋岱、郭象，精思於幾微神妙之區。

〖雍案〗

幾，元本、弘治本、汪本、佘本、張本、兩京本、王批本、何本、訓故本、梅本、凌本、合刻本、梁本、祕書本、謝鈔本、清謹軒本、尚古本、岡本、文津本、王本、張松孫本、鄭藏鈔本、崇文本並作「機」。文溯本剜改爲「幾」。「幾」與「機」，古相通用。《説文·木部》朱駿聲《通訓定聲》：「機，叚借爲『幾』。」孔安國《尚書序》：「撮其機要。」陸德明《釋文》：「機，本又作幾。」《易·繫辭上》：「聖人之所以極深而研機也。」鄭玄注：「機，當作幾。」《書·顧命》：「貢于非幾。」孫星衍《今古文注疏》：「幾，與『機』通。」《資治通鑑·晉紀》：「願大王親萬幾。」胡三省注：「幾，與『機』同。」《易·屯》：「君子幾不如舍。」陸德明《釋文》：「幾作『機』。」

〔三一〕交辨於有無之域

〔集引〕

《國語·越語下》：「君臣上下，交得其志。」韋昭注：「交，俱也。」

【發義】

裴頠有《崇有論》。王衍、裴頠，俱辨於有無之域。

〔三二〕然滯有者全繫於形用

〔集引〕

《禮記·樂記》："感於物而動，故形於聲。"鄭玄注："形，猶見也。"

【發義】

然滯有者，滯乎形，固全繫於見用。

〔三三〕貴無者專守於寂寥

〔集引〕

《老子》："寂兮寥兮。"魏源《老子本義》："寂兮，無聲；寥兮，無形也。"

【發義】

貴無者，專守於無聲無形。

〔三四〕徒鋭偏解，莫詣正理

〔集引〕

《資治通鑑·晉紀》：「理無偏敬。」胡三省注：「偏，不正也。」《荀子·不苟》：「通則驕而偏。」楊倞注引《説文·人部》：「偏，頗也。」

【發義】

徒然細於偏解，莫達乎正理。

〔三五〕動極神源，其般若之絶境乎

〔集引〕

《淮南子·覽冥訓》：「陰陽同氣相動也。」高誘注：「動，猶化也。」《文選》載南朝梁任彦昇（昉）《王文憲集序》：「莫不揔制清衷，遞爲心極，斯固通人之所包，非虚明之絶境。」

【發義】

化盡神妙之源，其至智慧之最高境界乎。般若，佛教語。又作班若、波若、鉢若、般羅若，譯作慧智、慧明。

〔三六〕逮江左群談，惟玄是務

【集引】

唐陸德明《經典釋文·叙録》：「江左中興，立左氏《傳》杜氏、服氏博士。」《老子》：「玄之又玄，衆妙之門。」《世説新語·政事》：「王（濛）、劉與林公（支遁）共看何驃騎（充），驃騎看文書不顧之。王謂何曰：『我今故與林公來相看，望卿擺撥常務，應對玄言，那得方低頭看此邪？』」

【發義】

及江左之士，群談惟玄言乃務。

〔三七〕雖有日新，而多抽前緒矣

【集引】

《廣韻·尤韻》：「抽，引也。」《莊子·天地》：「挈水若抽。」陸德明《釋文》引李云：「抽，引也。」

【發義】

雖有日日更新，而多引前人遺緒矣。

〔三八〕至如張衡譏世，韻似俳説

〔**集引**〕

《漢書·揚雄傳》：「雄以爲賦者……又頗似俳優淳于髡、優孟之徒，非法度所存，賢人君子詩賦之正也。」

【發義】

張衡《譏世論》，頗似戲説。

〔**雍案**〕

楊明照《校注》云：「按『韻』字於義不屬，且與下『但談嘲戲』句不倫，疑爲『頗』之形誤。」楊説是也。韻，文曰張衡《譏世論》，頗似戲説也。

〔三九〕言不持正，論如其已

〔集引〕

《文選·論文》：「然不能持論。」《老子》：「持而盈之，不如其已。」河上公注：「已，止也。」

【發義】

所作不能持論，寧可輟筆也，蓋謂上文張衡《譏世論》、孔融《孝廉論》、曹植《辨道論》之辭也。

〔雍案〕

言，乃「才」之譌也；正，乃「論」之譌也。《文選·論文》有：「然不能持論。」覽文從知彦和所指乃涉上文張衡《譏世論》、孔融《孝廉論》、曹植《辨道論》，謂「所作才不能持論」也。

〔四〇〕原夫論之爲體，所以辨正然否

〔集引〕

《論衡·超奇》：「桓君山作《新論》，論世間事，辨照然否。」又《自紀》：「論説辨然否。」

【發義】

探究論之爲體要，所以辨别論定是非然否。

〔四一〕迹堅求通

〔集引〕

《論語·子罕》：「鑽之彌堅。」

【發義】

迹深可窺，鑽之彌堅，以求旁通。

〔雍案〕

迹，《御覽》《文章辨體彙選》注引，並作「鑽」。

〔四二〕鉤深取極

〔集引〕

《易·繫辭上》：「探賾索隱，鉤深致遠。」孔穎達疏：「物在深處，能鉤取之；物在遠方，能招致之。卜筮能然，故云鉤深致遠也。」《三國志·魏書·邴原傳》：「裴松之注引《原别傳》曰：『鄭君（玄）學覽古今，博聞強識，鉤深致遠，誠學者之師模也。』」

【發義】

鉤其致深者，取其致遠者。

〔四三〕**必使心與理合，彌縫莫見其隙**

〔集引〕

《左傳·桓公五年》：「先偏後伍，伍承彌縫。」杜預注：「承偏之隙，而彌縫闕漏也。」

【發義】

必使心與理融，兩爲相合，蓋補合不見其隙。

〔四四〕**而檢跡如妄**

〔集引〕

唐劉知幾《史通·五行志錯誤第十》：「古人此等處多不甚檢點，後世文筆益靡，然而犯此者少矣。」跡者，推究也。《漢書·高慧高后文功臣表》：「迹漢功臣，亦皆割符世爵，受山河之誓。」

【發義】

而檢點推究，乃覺其妄。

〔雍案〕

如，乃「知」之譌也。「知」者，猶識也；覺也。《大學》：「致知在格物。」朱熹《章句》：「知，猶識也。」《玉篇·矢部》《廣韻·支韻》《集韻·支韻》皆曰：「知，覺也。」《希麟音義》卷八「知諳」注引《切韻》：「知，覺也。」《淮南子·原道訓》：「而不自知也。」高誘注：「知，猶覺也。」

〔四五〕唯君子能通天下之志

〔集引〕

《易·同人》彖傳：「唯君子爲能通天下之志。」王弼注：「君子以文明爲德。」孔穎達疏：「此更贊明君子貞正之義，唯君子之人於同人之時，能以正道通達天下之志，故利君子之貞。」《釋文》：「謂文理通明也。」《集解》：「虞翻曰：『唯，獨也。』」

【發義】

獨君子以文明爲德，蓋能通達天下之志。

〔四六〕若夫注釋爲詞，解散論體，雜文雖異，總會是同

〔集引〕

《禮記·學記》：「一年，視離經辨志。」鄭玄注：「離經，斷句絶也。」孔穎達疏：「離經，謂離析經理，使章句斷絶也。」

【發義】

若夫注釋爲辭，解散論體，離析原書章句，分别作注雖異，總之領悟是同。

〔四七〕所以通人惡煩，羞學章句

〔集引〕

《後漢書·桓譚馮衍列傳》：「博學多通，徧習五經，皆詁訓大義，不爲章句。」又《荀韓鍾陳列傳》：「博學而不好章句。」又《盧植傳》：「能通古今學，好研精而不守章句。」又《逸民列傳·梁

鴻》：「博覽無不通，而不爲章句。」漢王充《論衡·超奇》：「通書千篇以上，萬卷以下，弘暢雅閒，審定文讀，而以教授爲人師者，通人也。」

【發義】

漢興，儒者競復比誼會意，爲之章句，家有五六，皆析文便辭。所以學識淵博者，厭其繁冗，羞學離章辨句，委曲枝派矣。博學而不守章句者，除揚雄、班固外，尚不乏人。

〔四八〕要約明暢，可爲式矣

〖集引〗

《書·微子之命》：「世世享德，萬邦作式。」

【發義】

精練明暢，可爲法式矣。

〔四九〕兑爲口舌，故言咨悦懌

〖集引〗

《易·兑》：「兑，説（悦）也。」《史記·蘇秦列傳》：「今子釋本而事口舌，困，不亦宜乎！」

《詩·邶風·靜女》："彤管有煒，説懌女美。"説，通"悦"。

【發義】

説爲口舌，故言資喜悦。

〔雍案〕

咨，何焯校"資"。"咨"與"資"，古通用。《廣雅·釋詁》："咨，問也。"王念孫《疏證補正》："'咨''資'古通用。"《爾雅·釋詁下》："咨，嗟也。"郝懿行《義疏》："咨，又通作'資'。"《文心雕龍·銘箴》有"故文資確切"，《書記》有"事資周普""事資中孚"，蓋劉文多用"資"也。

〔五〇〕故舜驚讒説

〔集引〕

《書·舜典》："帝（舜）曰：'龍（舜臣），朕堲讒説殄行，震驚朕師。'"

【發義】

故舜帝驚而憎惡讒説也。

〔五一〕伊尹以論味隆殷

〔集引〕

《史記·殷本紀》：「伊尹名阿衡。阿衡欲奸湯而無由，乃爲有莘氏媵臣，負鼎俎，以滋味説湯，致於王道。」

【發義】

伊尹以膳夫之微，論滋味説湯，克以隆殷，而致於王道。

〔五二〕從横參謀，長短角勢

〔集引〕

《史記·六國年表》：「務在彊兵并敵，謀詐用而從衡短長之説起。」劉向《戰國策書録》：「……生從横短長之説，左右傾側。」《戰國策序》：「《國策》或曰短長。」

【發義】

短長術興於六國時，行長入短，其語隱謬，用相激怒，以較量勢力。

〔五三〕轉丸騁其巧辭，飛鉗伏其精術

〔集引〕

《文選・班固〈答賓戲〉》：「亡命漂説，羈旅騁辭。」黄叔琳注：「《鬼谷子》有《轉丸》篇，文闕。」《斠詮》：「轉丸，形容説辭之流利，若彈丸之走盤也。」

【發義】

《轉丸》所論，用其技巧，發揮虚而不實之辭。而《飛鉗》所論，藏伏精微術數。

〔五四〕六印磊落以佩

〔集引〕

《史記・蘇秦列傳》：「蘇秦喟然歎曰：『……且使我有雒陽負郭田二頃，吾豈能佩六國相印乎！』」蔡邕《釋誨》：「連衡者六印磊落。」

【發義】

六國從合而并力，蘇秦爲從約長，并相六國，蓋佩六印多而錯雜也。

〔五五〕五都隱賑而封

〖集引〗

《史記·張儀列傳》：「秦惠王封儀五邑。」

【發義】

五都殷實富有而封。

〔五六〕辨士弭節

〖集引〗

《離騷》：「吾令羲和弭節兮。」王逸注：「弭，按也；按節，徐步也。」《史記·司馬相如列傳》：「（子虛賦）於是楚王乃弭節裴回。」《集解》：「郭璞曰：『或云節，今之所杖信節也。』」《詩·小雅·沔水》毛萇傳：「弭，止也。」

【發義】

能言善辯者徐步。

【雍案】

辨，古與「辯」通。詳見前注。

〔五七〕頡頏萬乘之階

【集引】

《後漢書・吴延史盧趙列傳〈論〉》：「史弼頡頏嚴吏，終全平原之黨。」李賢注：「頡頏，猶上下也。」《晉書・文苑傳〈序〉》：「潘、夏連輝，頡頏名輩。」《孟子・梁惠王上》：「萬乘之國，弑其君者，必千乘之家。」趙岐注：「萬乘，兵車萬乘，謂天子也。」

【發義】

上下議論於天朝。

〔五八〕抵嘘公卿之席

【集引】

《鬼谷子》有《抵巇》篇，陶弘景注云：「抵，擊實也。巇，釁隙也。」

【發義】

擊實釁隙公卿之席。

〔雍案〕

抵巇，不文。乃「抵巇」之譌。《鬼谷子·抵巇》：「巇者，罅也。」又：「巇始有朕，可抵而塞，可抵而卻，可抵而息，可抵而匿，可抵而得，此謂抵巇之理也。」陶弘景注：「抵，擊實也。巇，釁隙也。牆崩因隙，器壞因釁，而擊實之，則牆器不敗。」後以「抵巇」謂鑽營也。韓愈《韓昌黎集·釋言》：「不能奔走乘機抵巇，以要權利。」穆脩《河南穆公集·和秀才江墅幽居》詩之五：「抵巇非我事，大笑引蘇錐。」

〔五九〕夫說貴撫會，弛張相隨

〔集引〕

范文瀾注：「撫會，猶言合機。」張立齋《注訂》：「撫者因勢，會者適時也。」《書·皋陶謨》：「撫于五辰。」蔡沈《集傳》：「撫，順也。」

【發義】

說貴順際時機，緩和緊湊相隨。

〔六〇〕不專緩頰，亦在刀筆

〔集引〕

《淮南子·泰族訓》：「然商鞅之法亡秦，察於刀筆之迹，而不知治亂之本也。」《史記·魏豹彭越列傳》：「漢王聞魏豹反，方東憂楚，未及擊，謂酈生（食其）曰：『緩頰往說魏豹，能下之，吾以萬户封若。』」

【發義】

不專於婉言陳説，亦在書寫成之文字。

〔六一〕范雎之言事

〔集引〕

《戰國策·秦策三》：「范子因王稽入秦，獻書昭王曰：『……今臣之胸不足以當椹質，要不足以待斧鉞，豈敢以疑事嘗試於王乎？……利則行之，害則舍之，疑則少嘗之，雖堯、舜、禹、湯復生，弗能改已。語之至者，臣不敢載之於書；其淺者，又不足聽也。……願少賜游觀之閒，望見足下而入之。』」

【發義】

范雎之言疑事也。

〔六二二〕 **進有契於成務**

【集引】

《易·繫辭上》：「夫《易》開物成務。」《集解》：「陸績曰：『聖人觀象而制网罟耒耜之屬，以成天下之務，故曰成務也。』」

【發義】

進有契合於成天下之務也。

〔六二三〕 **披肝膽以獻主**

【集引】

《後漢書·郎顗襄楷列傳下》：「顗乃詣闕拜章曰：『……披露肝膽，書不擇言。』」

【發義】

竭盡真誠，以獻說於君主。

〔六四〕飛文敏以濟辭

〔集引〕

《論語·學而》：「敏於事而慎於言。」李曰剛《斠詮》：「飛文敏，飛馳文筆機智之意。……此處借喻秀麗之文章。」詹鍈《義證》：「直解爲染翰飛文，竭才智以補濟口辭。」

【發義】

文思敏鋭，出於意外，以成就其辭。

〔六五〕而陸氏直稱說煒曄以譎誑

〔集引〕

《文選·陸機〈文賦〉》：「奏平徹以閑雅，說煒曄而譎誑。」

【發義】

陸機於《文賦》中直稱，說以光彩鮮明，而欺騙迷惑，蓋說之誇大而不可信也。

〔六六〕理形於言，叙理成論

〔集引〕

《文選·蕭統〈文選序〉》：「情動於中而形於言。」吕向注：「形，見也。」

【發義】

理見於言，叙述其理而成論。

〔六七〕詞深人天，致遠方寸

〔集引〕

《晉書·陸雲傳》：「是以帝堯昭焕，而道協人天。」詹鍈《義證》：「謂文辭精深，包括人事與天道。」

【發義】

文詞精妙，深入境界，包括人事天道，高而至理，心能通達天下。

〔六八〕陰陽莫貳

〔集引〕

揚雄《連珠》：「陰陽和調，四時不忒。」

【發義】

陰陽莫忒，喻論説之精微，若陰陽無差迭也。

〔雍案〕

貳，乃「忒」之譌也。忒，差也。揚雄《連珠》：「陰陽和調，四時不忒。」《易・觀》彖傳：「觀天之神道而四時不忒。」李鼎祚《集解》引虞翻曰：「忒，差也。」《漢書・魏相傳》：「四時不忒。」顔師古注：「忒，差也。」

〔六九〕鬼神靡遯

〔集引〕

《禮記・禮運》：「列於鬼神。」鄭玄注：「據其精魂歸藏不知其所則謂之鬼。」孔穎達疏：「鬼者，精魂所歸。」

【發義】

精魂歸藏無以隱去。

〔七〇〕說爾飛鉗

〔集引〕

《周禮·春官·典同》：「微聲韽。」唐賈公彦疏：「鬼谷子有《飛鉗》《揣摩》之篇，皆言從（縱）横辨説之術。飛鉗者，言察是非語，飛而鉗持之。」

【發義】

所謂飛鉗者，乃研究人之好惡，俟其竭情無隱，因而鉗持之焉。

〔七一〕呼吸沮勸

〔集引〕

《文選·郭璞〈江賦〉》：「呼吸萬里。」李善注：「言其疾也。」《左傳·襄公二十七年》：「賞罰無章，何以沮勸。」孔穎達疏：「沮，止也。」

【發義】

一呼一吸，極言時短，是以抑止勉勵。

詔策第十九

皇帝御寓，其言也神〔一〕。淵嘿黼扆，而響盈四表〔二〕，唯詔策乎！昔軒轅唐虞，同稱爲命。命之爲義，制性之本也〔三〕。其在三代，事兼誥誓〔四〕。誓以訓戎，誥以敷政〔五〕，命喻自天，故授官錫胤〔六〕。易之姤象，后以施命誥四方〔七〕。誥命動民，若天下之有風矣〔八〕。降及七國，並稱曰令。令者，使也。秦并天下，改命曰制〔九〕。漢初定儀則〔一〇〕，則命有四品：一曰策書，二曰制書，三曰詔書，四曰戒敕。敕戒州部，詔誥百官〔一一〕，制施赦命〔一二〕，策封王侯。策者，簡也〔一三〕。制者，裁也。詔者，告也。敕者，正也。詩云畏此簡書，易稱君子以制度數〔一四〕，禮稱明君之詔，書稱敕天之命。並本經典以立名目。遠詔近命，習秦制也。記稱絲綸，所以應接群后〔一五〕。虞重納言，周貴喉舌〔一六〕。故兩漢詔誥，職在尚書。王言之大，動入史策，其出如綍，不反若汗〔一七〕。是以淮南有英才，武帝使相如視草〔一八〕；隴右多文士，光武加意於書辭〔一九〕。豈直取美當時，亦敬慎來葉矣。

觀文景以前，詔體浮新〔二〇〕；武帝崇儒，選言弘奥〔二一〕。策封三王，文同訓典〔二二〕；勸戒淵雅，垂範後代；及制誥嚴助〔二三〕，即云厭承明廬〔二四〕，蓋寵才之恩也。孝宣璽書，賜太守陳遂〔二五〕，亦故舊之厚也。逮光武撥亂，留意斯文，而造次喜怒，時或偏濫。詔賜鄧禹，稱司徒爲堯〔二六〕；敕責侯霸，稱黄鉞一下〔二七〕。若斯之類，實乖憲章。暨明帝崇學〔二八〕，雅詔間出。安和政弛，禮閣鮮才〔二九〕，每爲詔敕，假手外請〔三〇〕。建安之末，文理代興〔三一〕，潘勗九錫，典雅逸群〔三二〕；衛覬禪誥〔三三〕，符命炳燿，弗可加已。自魏晉誥策，職在中書〔三四〕，劉放張華，互管斯任〔三五〕，施命發號〔三六〕，洋洋盈耳〔三七〕。魏文帝下詔，辭義多偉，至於作威作福〔三八〕，其萬慮之一弊乎？晉氏中興，唯明帝崇才〔三九〕，以温嶠文清〔四〇〕，故引入中書。自斯以後，體憲風流矣〔四一〕。

夫王言崇秘，大觀在上，所以百辟其刑，萬邦作孚〔四二〕。故授官選賢，則義炳重離之輝〔四三〕；優文封策，則氣含風雨之潤〔四四〕；敕戒恒誥，則筆吐星漢之華〔四五〕；治戎燮伐，則聲有洊雷之威〔四六〕；眚災肆赦，則文有春露之滋〔四七〕；明罰敕法，則辭有秋霜之烈〔四八〕。此詔策之大略也。

戒敕爲文，實詔之切者，周穆命郊父受敕憲〔四九〕，此其事也。魏武稱作敕戒，當指事而語，勿得依違，曉治要矣。及晉武敕戒，備告百官。敕都督以兵要，戒州牧以董司，警郡守以恤隱〔五〇〕，勒牙門以禦衛，有訓典焉。

戒者，慎也，禹稱戒之用休〔五一〕。君父至尊，在三罔極〔五二〕，漢高祖之敕太子〔五三〕，東方朔之戒子，亦顧命之作也〔五四〕。及馬援已下，各貽家戒〔五五〕。班姬女戒，足稱母師也〔五六〕。教者，效也，言出而民效也。契敷五教，故王侯稱教〔五七〕。昔鄭弘之守南陽，條教爲後所述，乃事緒明也〔五八〕。孔融之守北海，文教麗而罕於理，乃治體乖也〔五九〕。若諸葛孔明之詳約〔六〇〕，庾稚恭之明斷〔六一〕，並理得而辭中，教之善也。自教以下，則又有命。詩云有命在天，明爲重也；周禮曰師氏詔王，爲輕命。今詔重而命輕者，古今之變也。

贊曰：皇王施令，寅嚴宗誥〔六二〕。我有絲言〔六三〕，兆民尹好〔六四〕。輝音峻舉，鴻風遠蹈〔六五〕。騰義飛辭，涣其大號〔六六〕。

【發義】

誥以敷政，敕以施命。

優文封策，則氣含雨潤；敕戒恒誥，則筆吐星華；治戎燮伐，則聲洊雷威；眚災肆赦，則文若露湛；明罰敕法，則辭帶霜烈。

〔一〕皇帝御寓，其言也神

〔集引〕

《史記·秦始皇本紀》：「王曰：『去泰，著皇，采上古帝位號，號曰皇帝。』」《義證》：「神，神聖，指有威靈。」

【發義】

皇帝，亦爲前代帝王尊稱。皇者，煌也。盛德煌煌，無所不照。帝者，諦也。能行天道，事天審諦，蓋其言也神聖。

〔雍案〕

寓，宋本、活字本、喜多本《御覽》引作「寓」。元本、活字本、張乙本、王批本、胡本同。范注底本誤「寓」爲「寓」。楊明照《校注》云：「按『寓』爲『宇』之籀文，見《説文·宀部》作『寓』非。」《説文·宀部》：「宇，屋邊也。从宀，于声。寓，籀文从禹。」《文選·張衡〈東都賦〉》：「區宇乂寧。」薛綜注：「天地之内稱寓。」《慧琳音義》卷八五「寓内」注引《爾雅》：「天地四方中間謂之寓。」庾信《賀平鄴都表》：「平定寓内。」倪璠注：「寓，籀文『宇』字。」李白《明堂賦》：「哤聒乎區寓。」王琦注：「寓即宇字。」《荀子・賦》：「而大盈乎大寓。」楊倞注：「寓與宇同。」《宋書・孝武帝本紀》：「（大明四年詔）昔絥衣御寓。」又《宋書・樂志一》：「今帝德再昌，大孝御寓。」《南齊書・禮志下》：「（李撝議）聖上馭馭與御古今字寓。」《文選・沈約〈奏彈王源〉》：「自宸歷御寓。」並以「御寓」爲文。《讀書雜志・漢書第十五・叙傳》：「攸攸外寓。」又《餘編下・文選》：「怨高陽之相寓兮。」王念孫按：「寓當爲寓，字之誤也。」

〔二〕淵嘿黼扆，而響盈四表

〔集引〕

《儀禮・覲禮》：「天子衮冕負斧依。」鄭玄注：「負，謂背之南面也。」《禮記・明堂位》：「天子負斧依釋文：「依，本又作扆。」，南鄉而立。」鄭玄注：「負之言背也。」《書傳》：「黻扆，屏風，畫爲斧文，置户牖間。」《淮南子・氾論訓》：「周公繼文王之業……負扆而朝諸侯。」《南齊書・高帝本紀上》：「（宋帝禪位下詔）負扆握樞。」《集韻・德韻》：「嘿，通作默。」《書・堯典》：「光被四表，格于上下。」

【發義】

天子袞冕負扆握樞，而朝諸侯巡政，雖沈默寡言，然其響充滿四方之外。

〔三〕**命之爲義，制性之本也**

〔集引〕

《荀子·正名》：「生之所以然者謂之性。」

【發義】

性乃人之本性。儒家認爲天命即性，乃天生也。命之爲義，制性之本，乃天子據天命以制定人性。蓋天子至尊，百姓性命之所依託也。

〔四〕**其在三代，事兼誥誓**

〔集引〕

《穀梁傳·隱公八年》：「誥誓不及五帝。」

【發義】

其在夏、商、周三代，事兼誥誓。

〔五〕誓以訓戎，誥以敷政

〔集引〕

《文選》班固《典引》蔡邕注：「本事曰誥，戎事曰誓。」

【發義】

《書》之《甘誓》《湯誓》《泰誓》《牧誓》《費誓》《秦誓》，乃誓以訓戎。《書》之《召誥》《洛誥》，乃誥以敷政。

〔六〕命喻自天，故授官錫胤

〔集引〕

《詩·大雅·文王》：「周雖舊邦，其命維新。」《左傳·僖公二十八年》：「策命晉侯爲侯伯。」《論語·里仁》：「君子喻於義。」劉寶楠《正義》引《淮南子》注：「喻，明也。」《詩·邶風·簡兮》：「公言錫爵。」陳奐《傳疏》：「錫，賜也。」《説文·肉部》：「胤，子孫相承續也。」《文選·沈約〈奏彈王源〉》：「胤嗣殄滅。」李周翰注：「胤嗣，子孫也。」

【發義】

命者，人所稟受，故明其命，自於天也。而乾道變化，各正性命。是以誥誓明其命自於天，而授官正，賜冑姓。

〔七〕易之姤象，后以施命誥四方

〔集引〕

《易·姤》象傳：「姤，遇也。」

【發義】

姤，《易》卦名，六十四卦之一。巽下乾上之象。姤之爲遇見，若草遇風偃。天子遇之以施命令，告誡四方臣民。《書·仲虺之誥》：「徯予后，后來其蘇。」后，古代天子稱謂。

〔八〕誥命動民，若天下之有風矣

〔集引〕

《易·姤》：「后以施命誥四方。」《毛詩正義》：「風以動之，教以化之。」《後漢書·蔡邕列傳下》：「邕上封事曰：『……風者，天之號令，所以教人也。』」章懷注引《翼氏風角》曰：「風者，天之號令，所以譴告人君者。」《論衡·感虛》：「夫風者，氣也。論者以爲天（地）之號令也。」《書鈔》引《風俗通義》佚文：「風者，天之號令，譴告人君風而靡者也。」

【發義】

人君誥命，風以動之，號令天下，故教以化之。

〔九〕秦并天下，改命曰制

【集引】

《禮記·曲禮下》：「士死制。」鄭玄注：「制謂君教令，所使爲之。」《史記·秦始皇本紀》：「命爲制。」

【發義】

秦改命爲制，令爲詔。

〔一〇〕漢初定儀則

〔集引〕

《淮南子・脩務訓》：「設儀立度，可以爲法則。」

【發義】

漢初，天下甫定，經國乃定法度。

〔一一〕詔誥百官

〔集引〕

《説文・言部》：「詔，告也。」《周禮・春官・大宗伯》：「詔大號，治其大禮，詔相王之大禮。」《禮記・曲禮下》：「出入有詔於國。」

【發義】

詔誥，漢制度，高喻令曉，政令布告百官也。

〔雍案〕

誥，《御覽》引作「告」。楊明照《校注》云：「按以下文『詔者，告也』證之，『告』字是。胡廣《漢制度》：『詔書者，詔，告也。』《後漢書・光武帝紀》章懷注引」誥，同「告」也。《説文・言部》：「誥，告也。」徐鍇《繫傳》：「以文言告曉之也。」《爾雅・釋詁上》：「誥，告也。」邢昺疏：「誥者，布告也。」蕭統《文選序》：「又詔誥教令之流。」吕向注：「誥者，告也，高喻令曉。」《易・姤》象傳：「后以施命誥四方。」焦循《章句》：「誥，猶告也。」並可證也。

〔一二〕制施赦命

〖集引〗

《獨斷》：「制書，帝者制度之命也。……三公赦令、贖令之屬是也。」

【發義】

君之教令施之而赦令出矣。

〖雍案〗

命，《御覽》引作「令」。命，同「令」。猶政令也。《左傳・隱公十一年》：「宋不告命。」杜預注：「命者，國之大事政令也。」《禮記・緇衣》：「苗民匪用命。」鄭玄注：「命，政令也。」《大戴禮記・曾子制言下》：「問禁請命。」王聘珍《解詁》：「命，政令也。」

〔一三〕**策者，簡也**

〔集引〕

晉杜預《春秋左傳集解序》：「大事書之於策，小事簡牘而已。」

【發義】

簡者，竹簡。古之以爲書牒也。

〔一四〕**易稱君子以制度數**

〔集引〕

《文選·應貞〈晉武帝華林園集〉》詩：「貽宴好會，不常厥數。」李善注：「數，猶禮也。」

【發義】

《易》稱君子以制尊卑之禮。

〔一五〕記稱絲綸，所以應接群后

〖集引〗

《禮記·緇衣》：「王言如絲，其出如綸。」孔穎達疏：「王言初出微細如絲，及其出行於外，言更大如絲綸。」《書·顧命》：「在夏后之詞。」江聲《集注音疏》：「后，謂諸侯。」

【發義】

帝王之言如絲，其出卻如綸。蓋以絲綸謂帝王詔書，所以應接諸侯也。

〔一六〕虞重納言，周貴喉舌

〖集引〗

《書·舜典》：「命汝作納言，夙夜出納朕命，惟允。」孔安國傳：「納言，喉舌之官，聽下言納於上，受上言宣於下。」《詩·大雅·烝民》：「出納王命，王之喉舌。」

【發義】

虞世人君重於納言，周代人君貴於喉舌。

〔一七〕其出如綍，不反若汗

【集引】

《禮記・緇衣》：「王言如綸，其出如綍。」《漢書・楚元王傳》：「《易》曰：『涣汗其大號。』言號令如汗，汗出而不反者也。」

【發義】

王言出之彌大，動入史策。蓋言出如綸綍，大矣。言出若涣汗，不可收矣。

〔一八〕武帝使相如視草

【集引】

《漢書・淮南衡山濟北王傳》：「武帝方好藝文，以安屬爲諸父，辯博善爲文辭，甚尊重之，每爲報書及賜，常召司馬相如等視草乃遣。」顏師古注：「草，謂爲文之藁草。」

【發義】

古時詞臣奉旨修正詔諭稱視草。

〔一九〕隴右多文士，光武加意於書辭

〖集引〗

《後漢書・隗囂公孫述列傳》：「囂賓客、掾史，多文學生，每所上事，當世士大夫皆諷誦之。故帝有所辭答，尤加意焉。」

【發義】

光武帝加意於書辭，所詔乃答士大夫之諷也。

〔二〇〕觀文景以前，詔體浮新

〖集引〗

《國語・楚語上》：「以疏其穢而鎮其浮。」韋昭注：「浮，輕也。」

【發義】

三王策皆武帝手製，以經典緣飾，文辭彬然可觀，異於文、景以前詔書直言事狀，浮辭駁雜。

〖雍案〗

新，《御覽》引作「雜」。徐𤊹校「雜」。楊明照《校注》云：「按『雜』字是。」新，乃「雜」

之形謁也。

〔一一一〕武帝崇儒，選言弘奥

〖集引〗

《爾雅·釋詁上》：「弘，大也。」邢昺疏：「弘者，含容之大也。」馬融《長笛賦》：「而不知其弘妙。」吕延濟注：「弘，大。」

【發義】

漢武帝尊崇於儒，選言大而深者。

〔一一二〕策封三王，文同訓典

〖集引〗

《史記》：「封立三王，天子恭讓，群臣守義，文辭爛然，甚可觀也。」

【發義】

孝武帝之時，同日拜三子爲王，爲作策以申戒之。三王者，乃諸侯齊王劉閎、燕王劉旦、廣陵王劉胥。訓典者，乃指《尚書》之《伊訓》《堯典》。蓋謂策封三王詔，文字古雅，同於訓典。

〔一一三〕**及制誥嚴助**

〖**集引**〗

《後漢書·光武帝紀上》章懷注引《漢制度》：「制書者，帝者制度之命，其文曰『制詔三公』。」蔡邕《獨斷》：「制詔者，王者之言必爲法制也。」

【**發義**】

王者之言必爲法制，蓋以制詔而令行天下焉。

〔一一四〕**即云厭承明廬**

〖**集引**〗

《漢書·嚴朱吾丘主父徐嚴終王賈傳》：「助侍燕從容，上問助居鄉里時，助對曰：『家貧，爲友壻富人所辱。』上問所欲，對願爲會稽太守。於是拜爲會稽太守。數年，不聞問。賜書曰：『制詔會稽太守：君厭承明之廬，勞侍從之事，懷故土，出爲郡吏。」顏師古注：「承明廬在石渠閣外。」

【發義】

郡舉賢良，嚴助爲漢武帝所親幸，以爲中大夫，常與大臣等議論政事，厭承明之廬，勞侍從之事，欲爲會稽太守，武帝制詔遂其願。

〔二一五〕孝宣璽書，賜太守陳遂

〖集引〗

荀悦《漢紀》：「杜陵陳遂，字子長。上（宣帝）微時與遊戲博弈，數負遂。上即位，稍見進用，至太原太守。乃賜遂璽書曰：『制詔太原太守，官尊禄重，可以償遂博負矣。』」

【發義】

古之帝王，不乏擢微時所交者，及宣帝即位，念陳遂微時相隨博弈之故，制詔太原太守，可以其厚禄抵償昔之賭債。

〖雍案〗

「賜太守」，元作「責博士」，乃考《漢書》改。汪本作「責博進陳遂」。

〔二一六〕詔賜鄧禹，稱司徒爲堯

〔集引〕

《後漢書·鄧寇列傳》：「帝以關中未定，而禹久不進兵，下勑曰：『司徒，堯也；亡賊，桀也。長安吏人，遑遑無所依歸。宜以時進討，鎮慰西京，係百姓之心。』」

【發義】

禹幼遊學長安，與劉秀（光武）親善。秀起兵至河北，禹杖策往見，佐秀運籌帷幄。及關中未定，而禹久不進兵，秀下敕稱司徒爲堯，亡賊爲桀，乃用心良苦也。

〔二一七〕敕責侯霸，稱黄鉞一下

〔集引〕

《光武賜侯霸璽書》：「崇山幽都何可偶，黄鉞一下無處所。欲以身試法耶？」

【發義】

光武帝以黄鉞一下之敕，責之侯霸。

〔二八〕暨明帝崇學

【集引】

《隋書·經籍志一》：「光武中興，篤好文雅；明、章繼軌，尤重經術。」

【發義】

明帝繼軌光武，崇學尤重經術，蓋經術衍盛耳。

〔二九〕禮閣鮮才

【集引】

《南齊書·列傳卷四十六》：「尚書令王儉朝宗貴望，惠基同在禮閣，非公事不私覿焉。」

【發義】

王儉與惠基雖同在禮閣，然不私覿以授其私也。

〔三〇〕每爲詔敕，假手外請

【集引】

《後漢書・袁張韓周列傳》：「尚書陳忠上疏薦（周）興曰：『尚書出納帝命，爲王喉舌。臣等既愚闇，而諸郎多文俗吏，鮮有雅才，每爲詔文，宣示内外，轉相求請。』」《史通・載筆篇》：「古者國有詔命，皆人主所爲。……至於近古則不然。凡有詔敕，皆責成群下，但使朝多文士，國富辭人，肆其筆端，何事不録。……其君雖有反道敗德，唯頑與暴。觀其政令，則辛、癸不如；讀其詔誥，則勳、華再出。此所謂假手也。」

【發義】

蓋王每爲詔，宣示内外，必轉相假手也。

〔三一〕建安之末，文理代興

【集引】

《荀子・禮論》：「文理繁，情用省，是禮之隆也。文理省，情用繁，是禮之殺也。」

【發義】

建安之末，禮文儀節更迭興起。

〔三二〕潘勗九錫，典雅逸群

【集引】

《文章志》：「勗字元茂，初名芝，改名勗，後避諱。……荀彧去世，其碑文由潘勗所撰。魏公九錫策命，勗所作也。」《韓詩外傳》：「諸侯有德，天子錫之。一錫車馬，再錫衣服，三錫虎賁，四錫樂器，五錫納陛，六錫朱户，七錫弓矢，八錫鈇鉞，九錫秬鬯。」《三國志·魏書》：「建安十八年五月丙申，天子（漢獻帝）使御史大夫郗慮持節，策命曹操爲魏公，加九錫。」

【發義】

潘勗之《九錫》，典雅尤甚，超越衆作。

〔三三〕衛覬禪誥

【集引】

《三國志·魏書·衛覬傳》：「覬還漢朝爲侍郎，勸贊禪代之義，爲文誥之詔。」

【發義】

文誥之詔，亦多勸贊禪代之義。

〔三四〕自魏晉誥策，職在中書

〔集引〕

《三國志·魏書·劉放傳》：「黄初初，改祕書爲中書，以放爲監。」《通典》：「中書職掌詔命，非輕才所能獨任，自晉建國，嘗命宰相參領。中興以來，益重其任，故能王言彌徽，德音四塞者也。」

【發義】

中書職掌詔策，其任亦重，蓋自晉以還，多由宰相參領也。

〔三五〕劉放張華，互管斯任

〔集引〕

《三國志·魏書·劉放傳》：「放善爲書檄，三祖詔命，有所招喻，多放所爲。」《晉書·張華列傳》：「（華）遷長史，兼中書郎，朝議表奏，多見施用。」

【發義】
劉放善爲書檄，張華善爲表奏，蓋三祖詔命，多見施用也。

〔三六〕施命發號

〔集引〕
《書·冏命》：「發號施令，罔有不臧。」《文子·下德篇》：「發號施令，天下從風。」《淮南子·本經訓》：「發號施令，天下莫不從風。」又《要略》：「發號施令，以時教期。」

【發義】
施令發號，罔有不臧，以行教化，天下風從。

〔雍案〕
命，乃「令」之譌也。《書·冏命》：「發號施令，罔有不臧。」《文子·下德篇》：「發號施令，天下從風。」《淮南子·本經訓》：「發號施令，天下莫不從風。」又《要略》：「發號施令，以時教期。」並可證也。

〔三七〕洋洋盈耳

【集引】

《論語·泰伯》：「子曰：『師摯之始，《關雎》之亂，洋洋盈耳哉！』」《集解》引鄭玄曰：「洋洋盈耳，聽而美之。」朱熹《集注》：「洋洋，美盛意。」《後漢書·吳延史盧趙列傳》：「篤聞，乃爲書止。（李）文德曰：『……夕則消摇内階，詠《詩》南軒……洋洋乎其盈耳也。』」章懷注：「洋洋，美也。」

【發義】

美盛之意，盈乎其耳焉。

〔三八〕至於作威作福

【集引】

《三國志·魏書·蔣濟傳》：「文帝詔夏侯尚曰：『卿腹心重將，特當任使，作威作福，殺人活人。』尚以示濟。帝問濟：『天下風教何如？』對曰：『但見亡國之語耳。』帝作色問故。濟具以答，因曰：『作威作福，書之明戒。天子無戲言，唯陛下察之。』於是帝遣追取前詔。」

【發義】

天子詔令，作威作福，書之明戒，亦無戲言，是以天下風從也。

〔三九〕晉氏中興，唯明帝崇才

【集引】

《晉書·明帝紀》：「欽賢愛客，雅好文辭。當時名臣，自王導、庾亮、温嶠、桓彝、阮放等，咸見親待。」

【發義】

明帝雅好文辭，蓋崇才舉用，親善輩流。

〔四〇〕以温嶠文清

【集引】

《晉中興書》：「肅祖以温嶠爲散騎常侍侍講，太寧初手詔曰：『卿既以令望，忠允之懷，著於周旋，且文清而旨遠，宜居深密。今欲以爲中書令，朝論咸以爲宜。』」

【發義】

以温嶠文辭清新。

〔四一〕**體憲風流矣**

〔集引〕

《後漢書·鄧寇列傳》：「風爲號令。」李賢注引翼奉曰：「風者，天之號令，所以譴告人也。」

【發義】

自斯以後，取法之風消沉矣。

〔四二〕**夫王言崇秘，大觀在上，所以百辟其刑，萬邦作孚**

〔集引〕

《易·觀》：「大觀在上。」《詩·大雅·假樂》：「百辟卿士，媚於天子。」《禮記·禮運》：「刑仁講讓，示民有常。」《書·高宗肜日》：「天既孚命，正厥德。」《詩·大雅·文王》：「萬邦作孚。」

【發義】
人君之言神聖，觀察洞達透徹，所以諸侯效法，萬邦授命信順也。

〔四三〕**則義炳重離之輝**

〔集引〕
《易·離》彖傳：「離，麗也。日月麗乎天……重明以麗乎正。」

【發義】
故授官選賢，則恩義照映，日月重輝也。

〔四四〕**優文封策，則氣含風雨之潤**

〔集引〕
《易·繫辭上》：「潤之以風雨。」

【發義】
褒獎之文告封策，則其氣潤之以風雨。

〔四五〕 敕戒恒誥，則筆吐星漢之華

〖集引〗

《資治通鑑·漢紀》：「天之見異，所以敕戒人君，欲令覺悟反正，推誠行善，民心説而天意得矣。」《書·舜典》：「重華協於帝。」孔安國傳：「華謂文德，言其光文重合於堯，俱聖明。」

【發義】

教戒恒常文誥，則筆吐星漢之光彩。

〔四六〕 治戎燮伐，則聲有洊雷之威

〖集引〗

《易·震》象傳：「洊雷震。」程頤傳：「洊，重襲也。上下皆震，故爲洊雷。雷重仍則威益盛。」

【發義】

治理軍隊協調征伐，則有相繼而至雷聲之威。

〔四七〕眚災肆赦，則文有春露之滋

〔集引〕

《書·舜典》：「眚災肆赦，怙終賊刑。」

【發義】

因過失造成災害而寬赦，則文有春露之潤澤。

〔四八〕明罰敕法，則辭有秋霜之烈

〔集引〕

《易·噬嗑》象傳：「先王以明罰敕法。」

【發義】

明辨其罰，而正施其法也。

〔四九〕周穆命郊父受敕憲

〔集引〕

《穆天子傳》：「天子屬官效器，乃命正公郊父受敕憲。」

【發義】

穆天子所管屬之官吏，效法器用，乃命正公郊父受敕憲。

〔五〇〕警郡守以恤隱

〔集引〕

《國語·周語上》：「勤恤民隱，而除其害也。」韋昭注：「恤，憂也。隱，痛也。」

【發義】

警戒郡守，以勤憂民瘼痛疾。

〔五一〕禹稱戒之用休

〔**集引**〕

《書·大禹謨》：「戒之用休。」

【**發義**】

禹用美言戒喻善政也。

〔五二〕君父至尊，在三罔極

〔**集引**〕

《荀子·儒效》：「豈不至尊、至富、至重、至嚴之情舉積此哉。」

【**發義**】

君父至尊，故資敬奉君，必同至極。

〔**雍案**〕

罔，黄叔琳校云：「元作『同』，許改。」罔，乃「同」之形譌也。《國語·晉語一》：「欒共子謂：『民生於三，事之如一。父生之，師教之，君食之……故壹事之。惟其所在，則致死焉。』」《宋書·徐羨之傳》：「（元嘉三年詔）民生於三，事之如一，愛敬同極。」

〔五三〕漢高祖之敕太子

〔集引〕

劉邦《手敕太子》：「吾遭亂世，當秦禁學，自喜，謂讀書無益。洎踐祚以來，時方省書，乃使人知作者之意。追思昔所行，多不是。……汝見蕭（何）、曹（參）、張（良）、陳（平）諸公侯，吾同時人，倍年於汝者，皆拜。」

【發義】

漢高祖非習儒之士，蓋自喜謂讀書無益也。及其踐祚，乃省書使知作者意，而慨讀書非無所用，告太子拜其同時人而倍年於子者。

〔五四〕東方朔之戒子，亦顧命之作也

〔集引〕

《漢書·東方朔傳〈贊〉》：「朔戒其子以尚容：『首陽爲拙，柳惠爲工；飽食安步，以仕易農；

依隱玩世，詭時不逢。』」

【發義】

《尚書》有《顧命》，記周武王臨終之言。

〔五五〕及馬援已下，各貽家戒

〔集引〕

《後漢書・馬援列傳》：「（援誡兄子嚴、敦書曰：）『吾欲汝曹聞人過失，如聞父母之名，耳可得聞，口不可得言也。好論議人長短，妄是非正法，此吾所大惡也。……汝曹知吾惡之甚矣，所以復言者，施衿結縭，申父母之戒，欲使汝曹不忘之耳。』」

【發義】

馬援各貽家戒，猶申父母之戒，告以不言人之過失，不議人之長短，惡妄是非正法。

〔五六〕班姬女戒，足稱母師也

〔集引〕

《後漢書・列女傳》：「扶風曹世叔妻者，班彪之女也，名昭。博學高才，作《女誡》七篇，有助内訓。」《漢書·外戚傳》：「倢伃誦《詩》及《窈窕》《德象》《女師》之篇。」顔師古注：「《詩》，謂《關雎》以下也。《窈窕》《德象》《女師》之篇，皆古箴戒之書也。故《傳》云誦《詩》及《窈窕》以下諸篇，明《詩》外别有此篇耳。」《列女傳·母儀·魯之母師》：「母師者，魯九子之寡母也。……（魯）大夫美之，言於穆公。賜母尊號曰母師。使明請夫人，夫人諸姬皆師之。君子謂母師能以身教。」

【發義】

母師能以身教，蓋班姬七戒，乃助内之訓，足爲母師焉。

〔五七〕契敷五教，故王侯稱教

【集引】

《書·舜典》：「帝曰：『契，百姓不親，五品不遜，汝作司徒，敬敷五教，在寬。』」孔安國傳：「布五常之教，務在寬。」《史記·五帝本紀》裴駰《集解》：「鄭玄曰：『五品，父、母、兄、弟、子也。』王肅曰：『五品，五常也。』馬融曰：『（五教）五品之教。』」

【發義】

契爲司徒，舜告戒敬敷五倫之教。五教者，乃父義，母慈，兄友，弟恭，子孝也。

〔五八〕**昔鄭弘之守南陽，條教爲後所述，乃事緒明也**

〔集引〕

《漢書·公孫劉田王楊蔡陳鄭傳》：「弘爲南陽太守，皆著治迹，條教法度，爲後所述。」

【發義】

鄭弘尤善條文教令，爲後所述，乃事情條理明瞭也。

〔五九〕**孔融之守北海，文教麗而罕於理，乃治體乖也**

〔集引〕

《困學紀聞》：「孔北海答王休教曰：『掾清身潔己，歷試諸難，謀而鮮過，惠訓不倦。余嘉乃勳……用升爾於王庭，其可辭乎？』文辭温雅，有典誥之風，漢郡國之條教如此。自注云：『然應試諸難，恐不可用。』」《抱朴子外篇·清鑒》：「孔融、邊讓，文學邈俗，而並不達治務，所在敗績。」

【發義】

孔融文學邈俗，教令辭氣温雅，可玩而誦。論事考實，難可悉行。然其並不達治務，蓋背離也。

〔六〇〕若諸葛孔明之詳約

【集引】

《三國志・蜀書・諸葛亮傳》陳壽《上諸葛氏集表》：「論者或怪亮文彩不豔，而過於丁寧周至。」

《晉書・孝友・李密傳》：「（張華）次問：『孔明言教何碎？』密曰：『昔舜、禹、皋陶相與語，故得簡雅；大誥與凡人言，宜碎。孔明與言者無己敵，言教是以碎耳。』華善之。」

【發義】

諸葛孔明過於丁寧周至，言教碎耳。

〔六一〕庾稚恭之明斷

【集引】

《晉書・諸葛恢庾翼劉惔傳》：「翼字稚恭。風儀秀偉，少有經綸大略……翼每竭志能，勞謙匪懈，戎政嚴明。」

【發義】

庾翼處理軍政之事果毅，嚴刑明賞。

〔六二〕寅嚴宗誥

【集引】

《書·舜典》：「夙夜惟寅，直哉惟清。」《書·洛誥》：「惇宗將禮，稱秩元祀。」

【發義】

恭敬尊崇其誥。

〔六三〕我有絲言

【集引】

《禮記·緇衣》：「子曰：『王言如絲，其出如綸。』」鄭玄注：「言言出彌大也。綸，今有秩，嗇夫所佩也。」陸德明《釋文》：「綸，音倫。……綬也。」孔穎達疏：「王言初出微細如絲，及其出行於外，言更漸大如似綸也。言綸麤於絲。」

【發義】

絲言其出，漸大如綸。

〔六四〕兆民尹好

〔集引〕

《文選·顏延之〈陶徵士誄〉》：「伊好之洽。」呂延濟注：「伊，惟；洽，合也。」《左傳·閔公元年》：「天子曰兆民，諸侯曰萬民。」

【發義】

天子之言，教化風從，兆民惟其和洽。

〔雍案〕

尹好，不文。「伊好」之訛也。

〔六五〕輝音峻舉，鴻風遠蹈

〔集引〕

《孟子·盡心下》：「充實而有光輝之謂大。」

【發義】

帝王詔令大舉，其教化閎大，遠而行之。

〔六六〕騰義飛辭，渙其大號

【集引】

《玄應音義》卷十一「蜚墮」注：「飛，揚也。」《淮南子·繆稱訓》：「子産騰辭。」高誘注：「騰，傳也。」《易·渙》：「九五：渙汗其大號。」王弼注：「散汗大號，以蕩險阨者也。」孔穎達疏：「『人險阨驚怖而勞，則汗從體出，以散險阨者也。』」李鼎祚《集解》：「《九家易》曰：『……故宣布號令，百姓被澤，若汗之出身不還反也。』」《漢書·楚元王傳》：「乃上封事諫曰：『……《易》曰：「渙汗其大號。」言號令如汗，汗出而不反者也。』」顔師古注：「言王者渙然大發號令，如汗之出也。」

【發義】

傳其義理，揚其辭采，渙然大發號令。

檄移第二十

震雷始於曜電，出師先乎威聲〔一〕，故觀電而懼雷壯，聽聲而懼兵威。兵先乎聲，其來已久〔二〕。昔有虞始戒於國〔三〕，夏后初誓於軍，殷誓軍門之外，周將交刃而誓之。故知帝世戒兵，三王誓師〔四〕，宣訓我衆，未及敵人也〔五〕。至周穆西征，祭公謀父稱古有威讓之令，令有文告之辭，即檄之本源也〔六〕。及春秋征伐，自諸侯出〔七〕，懼敵弗服，故兵出須名〔八〕，振此威風，暴彼昏亂。劉獻公之所謂告之以文辭，董之以武師者也〔九〕。齊桓征楚，詰苞茅之闕〔一〇〕；晉厲伐秦，責箕郜之焚〔一一〕。管仲吕相，奉辭先路，詳其意義，即今之檄文。暨乎戰國，始稱爲檄。檄者，皦也；宣露於外，皦然明白也。張儀檄楚，書以尺二〔一二〕，明白之文，或稱露布〔一三〕，播諸視聽也。夫兵以定亂，莫敢自專，天子親戎，則稱恭行天罰〔一四〕；諸侯御師，則云肅將王誅〔一五〕。故分閫推轂〔一六〕，奉辭伐罪〔一七〕，非唯致果爲毅〔一八〕，亦且厲辭爲武。使聲如衝風所擊〔一九〕，氣似欃槍所掃〔二〇〕，奮其武怒〔二一〕，總其罪人，懲其惡稔之時〔二二〕，顯其貫盈之數〔二三〕，搖奸宄之膽〔二四〕，訂信慎之心；使百尺之衝，摧折於咫書〔二五〕，萬雉之城，顛墜於一檄者也〔二六〕。觀隗囂之檄亡新，布其三逆〔二七〕，文不雕飾，而辭切事明，隴右文士，得檄之體矣。陳琳之檄豫州，壯有骨鯁〔二八〕，雖奸閹攜養，章密太甚〔二九〕，發邱摸金，誣過其虐；然抗辭書釁，皦然露骨矣〔三〇〕。敢指曹公之鋒，幸哉免袁黨之戮也。鍾會檄蜀，徵驗甚明〔三一〕；桓公檄胡，觀釁尤切，並壯筆也〔三二〕。

凡檄之大體，或述此休明〔三三〕，或叙彼苛虐，指天時，審人事，算彊弱，角權勢，標蓍龜于前驗，懸鞶鑑于已然，雖本國信，實參兵詐〔三四〕。譎詭以馳旨，煒曄以騰説，凡此衆條，莫或違之者也。故其植義颺辭，務在剛健；插羽以示迅，不可使辭緩；露板以宣衆，不可使義隱〔三五〕；必事昭而理辨，氣盛而辭斷，此其要也。若曲趣密巧，無所取才矣。又州郡徵吏，亦稱爲檄，固明舉之義也。

移者，易也；移風易俗，令往而民隨者也〔三六〕。相如之難蜀老〔三七〕，文曉而喻博，有移檄之骨焉。及劉歆之移太常〔三八〕，辭剛而義辨，文移之首也。陸機之移百官〔三九〕，言約而事顯，武移之要者也。故檄移爲用，事兼文武，其在金革，則逆黨用檄，順命資移，所以洗濯民心〔四〇〕，堅同符契〔四一〕，意用小異，而體義大同，與檄參伍，故不重論也。

贊曰：三驅弛剛〔四二〕，九伐先話〔四三〕。鞶鑑吉凶，蓍龜成敗。惟壓鯨鯢〔四四〕，抵落蜂蠆〔四五〕。移寶易俗〔四六〕，草偃風邁〔四七〕。

【發義】

宣露曒然，令往民隨。

國之大事，在祀與戎。討罪御師，文張武伐。布政垂教，移風易俗。蓋檄者，事昭理辨，辭挾壯筆。移者，令往民隨，符合堅契。

〔一〕震雷始於曜電，出師先乎威聲

〖集引〗

《易·説卦》：「震爲雷。」《漢書·禮樂志》：「（安世房中歌）靁震震，電燿燿。」又《刑法志》：「刑罰威獄，以類天之震曜殺戮也。」顔師古注：「震，謂雷電也。」《漢書·叙傳下》述《刑法志》：「靁電皆至，天威震耀。」《説文·雨部》：「靁，『雷』本字。」《太平御覽·咎徵部·卷一》：「又曰：《易傳》曰：『萬民勞，厥妖天鳴。』」《隋書》曰：「北齊文宣天保年中，天西南有聲如雷。時帝不恤國政，大興師旅。」又曰：「梁武帝天監時，有聲如雷。是歲，交州刺史李凱舉兵反。」

【發義】

夫震雷始於曜電，天鳴所坼，是以出師先乎威聲響徹也。

〔二〕**兵先乎聲，其來已久**

【集引】

《史記·淮陰侯列傳》：「廣武君對曰：『……兵固有先聲而後實者。』」

【發義】

兵者，貴乎先聲奪人，而後實者見矣。

〔三〕**昔有虞始戒於國**

【集引】

《司馬法·天子之義》：「有虞氏戒於國中，欲民體其命也。」

【發義】

昔有虞氏警戒國民，體察其命也。

〔四〕故知帝世戒兵，三王誓師

〔集引〕

《商君書·錯法》：「三王五霸，其所道不過爵禄，而功相萬者，其所道明也。」

【發義】

有虞氏戒於國中，欲民體其命也。夏后氏誓於軍中，欲民先成其慮也。殷誓於軍門之外，欲民先意以待事也。周將交刃而誓之，以致民志也。

〔五〕宣訓我衆，未及敵人也

〔集引〕

《司馬法·天子之義》：「殷誓於軍門之外，欲民先意以行事也。」《尹文子》佚文：「將戰，有司讀誥誓，三令五申之；既畢，然後即敵。」

【發義】

宣示誥誓於百姓，欲民先意以行事，而未及敵人也。

〔六〕**祭公謀父稱古有威讓之令，令有文告之辭，即檄之本源也**

〔集引〕

《國語·周語上》：「周穆王將征犬戎，祭公謀父諫曰：『先王耀德不觀兵，有威讓之令，有文告之辭。』」

【發義】

周之卿士祭公謀父，穆王將征犬戎，祭公謀父諫以先王耀德不觀兵，作《祈招》之詩。王不從。

〔七〕**及春秋征伐，自諸侯出**

〔集引〕

《論語·季氏》：「天下無道，則禮樂征伐，自諸侯出。」

【發義】

陵夷至於戰代，合縱連衡，列國力政，固自諸侯出。

〔八〕故兵出須名

【集引】

《禮記·檀弓下》：「師必有名。」鄭玄注：「庶幾其師有善名。」《陳書·後主紀〈論〉》：「智勇爭奮，師出有名，揚旆分麾，風行電掃。」《漢書·高帝紀上》：「新城三老董公遮説漢王曰：『臣聞「順德者昌，逆德者亡」，『兵出無名，事故不成』。」顔師古注引蘇林曰：「名者，伐有罪。」

【發義】

故兵出行伐，須有其名，以使成功也。

〔九〕劉獻公之所謂告之以文辭，董之以武師者也

【集引】

《左傳·昭公十三年》：「晉侯使叔向告劉獻公曰：『抑齊人不盟，若之何？』對曰：『盟以底信，君苟有信，諸侯不貳，何患焉？告之以文辭，董之以武師，雖齊不許，君庸多矣。』」

【發義】

劉獻公，周之卿士。其所謂先告之以文辭，責其罪狀，然後用軍隊討伐，君功多矣。

〔一〇〕齊桓征楚，詰苞茅之闕

〔集引〕

《左傳・僖公四年》：「齊侯以諸侯之師伐楚，管仲曰：『爾貢包茅不入，王祭不共，無以縮酒，寡人是徵。』」

【發義】

苞茅，即包茅也。古代祭祀時，用以濾酒去滓的束成綑的菁茅草。蓋《書・禹貢》有：「包匭菁茅。」齊桓公征楚，詰問包茅之缺，無以縮祭。

〔雍案〕

苞，黄叔琳校云：「汪本作『菁』。」《御覽》引作「菁」。元本、弘治本、活字本、佘本、張本、兩京本、胡本、訓故本、合刻本、文津本並同。楊明照《校注》云：「舍人此文，蓋本《穀梁（傳）僖公四年》作『菁茅』。」菁茅，草名。古代祭祀用以漉酒去滓。《書・禹貢》：「包匭菁茅。」孔安國傳：「菁以爲葅，茅以縮酒。」《穀梁傳・僖公四年》：「桓公曰：『昭王南征不反，菁茅之貢不至，故周室不祭。』」范甯注：「菁茅，香草，所以縮酒，楚之職貢。」「包茅」，古代祭祀時，用以濾酒去滓之成綑之菁茅草。也作「苞茅」。《左傳・僖公四年》：「爾貢包茅不入，王祭不共，無以縮酒。」蓋

「苞茅」與「菁茅」通用。

〔一一〕**晉厲伐秦，責箕郜之焚**

〔**集引**〕

《左傳·成公十三年》：「晉侯使呂相絶秦曰：『……君（秦桓公）亦不惠稱盟，利吾有狄難，入我河縣，焚我箕郜，我是以有輔氏之聚。』」

【**發義**】

晉與秦絶交，而伐秦，乃責箕郜之焚也。

〔一二〕**張儀檄楚，書以尺二**

〔**集引**〕

《史記·張儀列傳》：「儀嘗從楚相飲，相亡璧，意儀盜之，掠笞數百。張儀既相秦，爲文檄告楚相曰：『始吾從若飲，我不盜而璧，若笞我。若善守汝國，我顧且盜而城。』」《説文》：「檄，二尺書。」

【發義】張儀爲文檄告楚相，其書二尺。

〔一三〕**或稱露布**

〔集引〕魏武帝《述志令》：「露布天下。」《文章緣起》：「漢露布，賈弘爲馬超伐曹操所作。」

【發義】露布者，不封檢文書，露而宣布，欲四方速知，亦謂之露版者也。蓋魏武奏事云：「有警急，輒露版插羽是也。」

〔一四〕**天子親戎，則稱恭行天罰**

〔集引〕《書·甘誓》：「今予惟恭行天之罰。」孔安國傳：「恭，奉也。」《書·泰誓下》：「奉予一人，恭行天罰。」《白虎通德論·論天子自出與使方伯之議》：「王法天誅者，天子自出者，以爲王者乃天之所立，而欲謀危社稷，故自出，重天命也。」

【發義】

天子親戎，乃欲謀危社稷，自出而重天命。蓋奉行天道，曰天罰也。

〔雍案〕

恭，元本、弘治本、活字本、汪本、佘本、張本、兩京本、訓故本、合刻本、四庫本作「龔」。徐㷝校作「恭」。「恭」與「龔」，古相通假。《爾雅·釋詁下》：「恭，敬也。」郝懿行《義疏》：「恭，通作『龔』。」《書·甘誓》：「今予惟恭行天之罰。」劉逢禄《今古文集解》：「《呂覽》作『龔』。」《經籍籑詁·冬韻》：「《書·堯典》：『象恭滔天。』《漢書·王尊傳》作『象龔滔天』。」《説文·共部》桂馥《義證》：「龔，經典又借『恭』字。」朱駿聲《通訓定聲》：「龔，叚借爲『恭』爲『龏』。」柳宗元《唐鐃歌鼓吹曲十二篇并序》：「罔不龔。」蔣之翹《輯注》：「龔，音恭，義同。」

〔一五〕諸侯御師，則云肅將王誅

〔集引〕

《書·泰誓上》：「皇天震怒，命我文考，肅將天威。」枚頤傳：「言天怒紂之惡，命文王敬行天罰。」《書·甘誓》：「天用勦滅其命。」孔穎達《正義》：「天子用兵，稱恭行天罰；諸侯討有罪，稱肅將王誅。皆示有所稟承，不敢專也。」

【發義】

諸侯御師，恭奉王命，敬行誅伐有罪也。

〔一六〕**故分閫推轂**

〔集引〕

《史記・馮唐列傳》：「臣聞上古王者之遣將也，跪而推轂曰：『閫以内者，寡人制之；閫以外者，將軍制之。軍功爵賞，皆決於外，歸而奏之。』」閫，郭門也。

【發義】

故王者遣將出征，統兵於外，將以制之焉。

〔一七〕**奉辭伐罪**

〔集引〕

《書・大禹謨》：「肆予以爾衆士，奉辭罰罪。」《文選・潘岳〈西征賦〉》李善注引作「伐罪」。

【發義】

弔伐之義，先代常典，是以奉辭伐罪。

〔一八〕非唯致果爲毅

〖集引〗

《左傳·宣公二年》：「殺敵爲果，致果爲毅。」孔穎達《正義》：「能殺敵人，是名爲果，言能果敢以除賊；致此果敢，乃名爲毅，言能強毅以立功。」

【發義】

惟致果敢除敵，方能堅韌以立其功也。

〔一九〕使聲如衝風所擊

〖集引〗

《史記·韓長孺列傳》：「安國曰：『……衝風之末，力不能漂鴻毛。』」《漢書·竇田灌韓傳》顏師古注：「衝風，疾風之衝突者也。」

【發義】

使聲勢如疾風衝突，所擊銳不可當。

〔二一〇〕氣似欃槍所掃

〔集引〕

《後漢書·崔駰列傳》：「（崔篆《慰志賦》）運欃槍以電埽兮。」章懷注：「欃槍，彗也。」《司馬相如賦》：「攬欃槍以爲旌兮。」張揖曰：「彗星爲欃槍。」《史記·天官書》：「紫宮左三星曰天槍……所見之國，不可舉事用兵。」

【發義】

衆士竟野，戈挺彗雲，氣勢若運欃槍以電掃。

〔二一一〕奮其武怒

〔集引〕

《左傳·昭公五年》：「薳啓彊曰：『……奮其武怒，以報其大恥。』」《國語·周語下》：「成王能明文昭，能定武烈者也。」韋昭注：「烈，威也。」

【發義】

揚其武烈，奮其武怒，以行討伐。

〔一一二〕**懲其惡稔之時**

【集引】

《左傳·昭公十八年》：「毛得必亡，是昆吾稔之日也。」杜預注：「稔，熟也。」《文選·陳琳〈爲曹洪與魏文帝書〉》李善注引曹丕《答曹洪書》：「今魯罪兼苗、桀，惡稔厲、莽。」

【發義】

惡積釁稔，固征討乃其惡稔之時。

〔一一三〕**顯其貫盈之數**

【集引】

《書·泰誓上》：「商罪貫盈，天命誅之；予弗順天，厥罪惟鈞。」孔安國傳：「紂之爲惡，一以貫之，惡貫以滿，天畢其命。今不誅討，則爲逆天，與紂同罪。」《左傳·宣公六年》：「中行桓子曰：『使疾其民，以盈其貫。』」

【發義】

天有顯道，厥類惟彰，惡貫滿盈，運數已盡，天命誅之。

〔二四〕摇奸宄之膽

〔集引〕

《書·舜典》：「寇賊姦宄。」孔安國傳：「在外曰姦，在内曰宄。」《釋文》：「宄，音軌。」《左傳·成公十七年》：「長魚矯曰：『亂在外爲姦，在内爲軌。』」《釋文》：「軌，一作宄。」「『奸』與『姦』通。」

【發義】

征伐既行，是以撼奸宄膽落。

〔二五〕使百尺之衝，摧折於咫書

【集引】

《戰國策·齊策》：「蘇子説齊閔王曰：『……百尺之衝，折之衽席之上。』」《詩·皇矣》注：「衝，衝車也，從旁衝突者也。」

【發義】

衝墉之車，其衝百尺，摧折於檄文。

〔二六〕萬雉之城，顛墜於一檄者也

【集引】

《公羊傳》：「雉者何？五板而堵，五堵而雉，百雉而城。一曰城高一丈曰堵，三堵曰雉。」班固《西都賦》：「建金城之萬雉。」

【發義】

城牆長三丈廣一丈爲雉，萬雉之城，言其高大也。其雖高大，亦傾覆崩墜於一檄者也。

〔二七〕**觀隗囂之檄亡新，布其三逆**

〔**集引**〕

《後漢書・隗囂公孫述列傳》：「移檄告郡國曰：『……故新都侯王莽，慢侮天地，悖道逆理。……昔秦始皇毀壞謚法，以一二數欲至萬世，而莽下三萬六千歲之歷，言身當盡此度。……是其逆天之大罪也。分裂郡國，斷截地絡。發冢河東，攻劫丘壟，此其逆地之大罪也。故攻戰之所敗，苛法之所陷，飢饉之所夭，疾疫之所及，以萬萬計。其死者則露屍不掩，生者則奔亡流散，幼孤婦女，流離係虜。此其逆人之大罪也。』」

【**發義**】

東漢初將軍隗囂《移檄告郡國》之檄，宣布王莽「逆天、逆地、逆人」之罪，亡其國號。

〔二八〕**陳琳之檄豫州，壯有骨鯁**

〔**集引**〕

《史記・吴太伯世家》：「方今吴外困於楚，而内空無骨鯁之臣，是無奈我何。」

【發義】

陳琳，字孔璋，建安七子之一。其《爲袁紹檄豫州》，氣壯而有正直。

〔二九〕**雖奸閹攜養，章密太甚**

〔集引〕

陳琳《爲袁紹檄豫州》：「司空曹操，祖父中常侍騰，與左悺、徐璜並作妖孽。父嵩乞匄攜養，因贓假位。……操贅閹遺醜，本無懿德。」《國語·晉語二》：「章父之惡，取笑諸侯，吾誰鄉而入。」

【發義】

雖奸閹攜養，乃陳琳檄豫州文中罵曹操語，揭露其密太甚。

〔三〇〕**然抗辭書釁，皦然露骨矣**

〔集引〕

《左傳·宣公十二年》：「會聞用師觀釁而動。」杜預注：「釁，罪也。」

【發義】

然抗直之辭，以書其罪，分明露骨矣。

〔三一〕鍾會檄蜀，徵驗甚明

【集引】

《三國志·魏書·鍾會傳》：「會移檄蜀將吏士民曰：『……蜀相牡見禽於秦，公孫述授首於漢……此皆諸賢所備聞也。明者見危於無形，智者規禍於未萌……豈晏安酖毒，懷禄而不變哉？』」

【發義】

鍾會《移蜀將吏士民檄》，舉證考驗事理甚明。

〔三二〕桓公檄胡，觀釁尤切，並壯筆也

【集引】

東晉桓温《檄胡文》：「胡賊石勒，暴肆華夏，齊民塗炭，煎困讎孽，至使六合殊風，九鼎乖越。……寡人不德，忝荷戎重。先順者獲賞，後伏者蒙誅，此之風範，想所聞也。」

【發義】

桓温《檄胡文》，視釁迫切，並壯筆也。

〔三三〕**凡檄之大體，或述此休明**

〔集引〕

《三國志・魏書・陳矯傳》：「所在操綱領，舉大體，能使群下自盡。」

【發義】

凡檄之本質，或述此美善。

〔三四〕**雖本國信，實參兵詐**

〔集引〕

《集韻・覃韻》：「參，謀也。」《孫子・軍爭》：「故兵以詐立。」《韓非子・難一》：「戰陣之間，不厭詐僞。」《呂氏春秋・義賞》：「昔晉文公將與楚人戰於城濮。……咎犯對曰：『……繁戰之君，不足於詐。詐之而已矣。』」

【發義】

諸侯權衡勢力，角逐興亡，謀算強弱，虚憑國信，實謀於兵詐矣。

〔三五〕插羽以示迅，不可使辭緩；露板以宣衆，不可使義隱

【集引】

《史記・韓信盧綰列傳》：「吾以羽檄徵天下兵。」裴駰《集解》：「魏武帝《奏事》曰：『今邊有小警，輒露檄插羽，飛羽檄之意也。』駰案：推其言，則以鳥羽插檄書，謂之羽檄，取其急速若飛鳥也。」《漢書・高帝紀下》：「吾以羽檄徵天下兵」顔師古注：「檄者，以木簡爲書，長尺二寸，用徵召也。其有急事，則加以鳥羽插之，示速疾也。魏武《奏事》云：『今邊有警，輒露檄插羽。』檄音胡歷反。」

【發義】

露檄插羽，以示速疾，故不可使辭緩慢；露板以宣衆士，不可使義隱晦。

〔三六〕移風易俗，令往而民隨者也

【集引】

《莊子・天地》：「大聖之治天下也，搖蕩民心，使之成教易俗。」《禮記・樂記》：「故樂行而倫

清，耳目聰明，血氣和平，移風易俗，天下皆寧。」《孝經・廣要道》：「移風易俗，莫善於樂。」《史記・李斯列傳》：「（諫逐客書）孝公用商鞅之法，移風易俗，民以殷盛，國以富彊。」

【發義】

轉移風氣，變易習俗，令出而民相與隨也。

〔三七〕相如之難蜀老

【集引】

《史記・司馬相如列傳》：「相如使蜀，蜀長老多言通西南夷之不爲用。相如欲諫，業已建之，不敢。乃著書藉蜀父老爲辭，而己詰難之，以風天子，且因宣其使指，令百姓皆知天子意。」

【發義】

司馬相如使蜀，蜀長老不爲用，不敢諫，蓋詰難蜀老，宣其使指，令百姓皆知天子意也。

〔三八〕及劉歆之移太常

【集引】

《漢書・楚元王傳》：「劉歆欲建立《左氏春秋》及《毛詩》、逸《禮》、古文《尚書》皆列於學宮，哀帝令歆與五經博士講論其義。諸博士或不肯置對，歆因移書太常博士，責讓之。」

【發義】

諸博士不肯置對，蓋歆移書太常博士責讓焉。

〔三九〕陸機之移百官

【集引】

《晉書·成都王穎傳》：「穎方恣其欲，而憚長沙王乂在內，遂與河間王顒表請誅后父羊玄之、左將軍皇甫商等，檄乂使就第，乃與顒將張方伐京都。以平原内史陸機爲前鋒都督。」

【發義】

陸機至洛，與成都王牋曰：「王室多故，羊玄之等乘寵凶豎，皇甫商同惡相求，共爲亂階云云。或機此時有移百官文，後代失傳耳。」陸機雖有移百官文，然恐後代失傳，不可考焉。

〔四〇〕所以洗濯民心

【集引】

《左傳·襄公二十一年》：「在上位者洒濯其心，壹以待人，軌度其信，可明徵也，而後可以治人。」《意林》引崔實《政論》：「洗濯民心，湔浣浮俗。」

【發義】

滌除罪惡，以淨民心，湔浣浮俗。

〔四一〕堅同符契

【集引】

梁僧祐《弘明集》何承天《答宗居士書》：「證譬堅明。」《金樓子·立言篇下》：「曹子建、陸士衡皆文士也，觀其辭致側密，事語堅明，意匠有序，遺言無失。」

【發義】

堅固可徵明符契。

〔四二〕三驅弛剛

【集引】

《易·比》：「王用三驅，失前禽。」《抱朴子外篇·君道》：「識弛綱而悅遠。」

【發義】

三面驅禽獸，而網開一面。此用湯網去三面事，蓋謂王者先德教而後征伐也。

〔雍案〕

剛，乃「網」之譌也。《抱朴子外篇・君道》：「識弛網而悦遠。」《史記・殷本紀》：「湯出，見野張網四面，祝曰：『自天下四方皆入吾網。』……乃去其三面。」

〔四三〕九伐先話

〔集引〕

《周禮・夏官・大司馬》：「以九伐之法正邦國：馮弱犯寡則眚（削地）之，賊賢害民則伐之，暴内陵外則壇（撤職）之，野荒民散則削之，負固不服則侵之，賊殺其親則正之，放弑其君則殘之，犯令陵政則杜之，外内亂、鳥獸行則滅之。」

【發義】

兵先乎聲，固九伐先行告諭。

〔四四〕惟壓鯨鯢

〔集引〕

《左傳・宣公十二年》：「古者明王伐不敬，取其鯨鯢而封之，以爲大戮，於是乎有京觀以懲淫慝。」

【發義】

毀滅壓服凶惡之人。

〔雍案〕

惟，元本、弘治本、活字本、張乙本、兩京本、王批本、胡本、訓故本作「摧」。汪本、佘本、張甲本、何本、梅本、凌本、合刻本、梁本、祕書本、謝鈔本、彙編本、别解本、尚古本、岡本、四庫本、王本、張松孫本、鄭藏鈔本、崇文本作「推」。楊明照《校注》云：「按『摧』字是。《喻林》八七引作「摧」『推』『惟』並『摧』之殘誤。黄本出於梅氏，梅原作「推」，諸本亦無作「惟」者，則「惟」乃黄氏臆改。」楊説是。《説文・手部》《廣雅・釋詁一》《廣韻・灰韻》《慧琳音義》卷二七：「摧，折也。」《韓非子・存韓》：「天下摧我兵矣。」王先慎《集解》引《説文》：「摧，折也。」《文選・劉琨〈重贈盧諶〉》：「駭駟摧雙輈。」吕延濟注：「摧，折也。」《慧琳音義》卷五一「摧殘已」注引顧野王云：

「摧，猶折也。」」

〔四五〕抵落蜂蠆

【集引】

《左傳・僖公二十二年》：「臧文仲曰：『君無謂邾小，蠭蠆有毒，而況國乎！』」《史記・秦始皇本紀》：「蜂準。」張守節《正義》：「蜂，蠆也。」《慧琳音義》卷七九「蛇蝎」注引《文字典說》：「蠆，蜂蠆，有毒蝎也。」《漢書・蒯通傳》：「不如蠭蠆之致蠚。」顏師古注：「蠆，蝎也。」

【發義】

擊落蜂蠆，喻去除其毒害。

〔四六〕移寶易俗

【集引】

《文選・謝脁〈齊敬皇后哀策文〉》：「家臻寶業。」張銑注：「寶業，天子位也。」

【發義】

移帝位而變易風俗。移寶者，喻改朝換代。

〔雍案〕

寶業，天子位也。舍人《時序》有「暨皇齊馭寶」，可引證。

〔四七〕草偃風邁

〔集引〕

《書·君陳》：「爾惟風，下民惟草。」枚頤傳：「民從上教而變，猶草應風而偃。」《論語·顏淵》：「孔子對曰：『……君子之德風，小人之德草。草上之風必偃。』」《集解》引孔安國曰：「……偃，仆也。加草以風，無不仆者。猶民之化於上。」《孟子·滕文公上》：「君子之德，風也；小人之德，草也。草上之風，必偃。」趙岐注：「偃，伏也。以風加草，莫不偃伏也。」

【發義】

民從上風教而變易，猶草應風而偃伏。

古學發微四種

雍平 箋注

文心發義

第三册

雍平

SPM 南方傳媒
廣東人民出版社
·廣州·

卷五

封禪第二十一

夫正位北辰〔一〕，嚮明南面〔二〕，所以運天樞，毓黎獻者〔三〕，何嘗不經道緯德，以勒皇蹟者哉〔四〕！録圖曰：潬潬嗚嗚，棼棼雉雉〔五〕，萬物盡化。言至德所被也〔六〕。丹書曰：義勝欲則從，欲勝義則凶〔七〕。戒慎之至也。則戒慎以崇其德，至德以凝其化〔八〕，七十有二君，所以封禪矣〔九〕。

昔黄帝神靈，克膺鴻瑞〔一〇〕，勒功喬岳，鑄鼎荆山〔一一〕。大舜巡岳，顯乎虞典〔一二〕。成康封禪，聞之樂緯〔一三〕。及齊桓之霸，爰窺王跡〔一四〕，夷吾譎陳，距以怪物〔一五〕。固知玉牒金鏤〔一六〕，專在帝皇也。然則西鶼東鰈，南茅北黍〔一七〕，空談非徵〔一八〕，勳德而已。是史遷八書，明述封禪者〔一九〕，固禋祀之殊禮，名號之秘祝，祀天之壯觀矣〔二〇〕。

秦皇銘岱，文自李斯〔二一〕，法家辭氣，體乏弘潤〔二二〕；然疎而能壯，亦彼時之絕采也〔二三〕。鋪觀兩漢隆盛，孝武禪號於肅然，光武巡封於梁父〔二四〕，誦德銘勳，乃鴻筆耳〔二五〕。觀相如封禪，蔚爲唱首〔二六〕，爾其表權輿，序皇王，炳元符，鏡鴻業〔二七〕，驅前古於當今之下，騰休明於列聖之上，歌之以禎瑞，讚之以介邱〔二八〕，絕筆兹文，固維新之作也。及光武勒碑，則文自張純〔二九〕，首胤典謨〔三〇〕，末同祝辭，引鉤讖，叙離亂〔三一〕，計武功，述文德，事覈理舉，華不足而實有餘矣。凡此二家，並岱宗實跡也。及揚雄劇秦〔三二〕，班固典引〔三三〕，事非鐫石，而體因紀禪。觀劇秦爲文，影寫長卿，詭言遯辭，故兼包神怪〔三四〕。然骨掣靡密，辭貫圓通，自稱極思〔三五〕，無遺力矣。典引所叙，雅有懿乎〔三六〕，歷鑒前作，能執厥中，其致義會文，斐然餘巧，故稱封禪麗而不典，劇秦典而不實〔三七〕。豈非追觀易爲明，循勢易爲力歟！至於邯鄲受命〔三八〕，攀響前聲，風末力寡〔三九〕，輯韻成頌，雖文理順序，而不能奮飛〔四〇〕。陳思魏德〔四一〕，假論客主，問答迂緩〔四二〕，且已千言，勞深勣寡，飆燄缺焉〔四三〕。

兹文爲用，蓋一代之典章也。構位之始，宜明大體，樹骨於訓典之區，選言於宏富之路，使意古而不晦於深，文今而不墜於淺，義吐光芒，辭成廉鍔〔四四〕，則爲偉矣。雖復道極數殫〔四五〕，終然相襲，而日新其采者〔四六〕，必超前轍焉。

贊曰：封勒帝勣，對越天休〔四七〕。逖聽高岳，聲英克彪〔四八〕。樹石九旻〔四九〕，泥金八幽〔五〇〕。鴻律蟠采，如龍如虯〔五一〕。

【發義】

增高表德，隆厚報功。

詭言遁辭，胤謨鉤讖；覈事舉理，鐫石勒迹。誦德銘勳，誇張揄以盛美，炳符鏡業，頌揚寓以戒慎。

〔一〕正位北辰

〖集引〗

《史記·天官書》：「中宮天極星，其一明者，太一常居也。」

【發義】

北辰位於中宮，乃天帝正位。蓋謂帝王居位於中正也。

〔二〕 **嚮明南面**

〔集引〕

《易·說卦》：「聖人南面而聽天下，嚮明而治。」《論語·雍也》：「雍也，可使南面。」

【發義】

古代官吏之長，以坐北朝南爲尊位。故天子諸侯見群臣，或卿大夫見僚屬，皆南面而坐。蓋言南面者，謂天將明時，天子臨朝面南而坐，治理天下也。

〔三〕 **所以運天樞，毓黎獻者**

〔集引〕

《史記·天官書》：「斗爲帝車，運於中央。」《文選·王融〈永明十一年策秀才文五首〉》：「握樞臨極。」李周翰注：「樞，北斗第一星。」《慧琳音義》卷一一引《集訓》：「樞，樞機發動之端也。」《易·繫辭上》：「言行，君子之樞機。」韓康伯注：「樞機，制動之主。」《後漢書·崔駰列傳》：「重侯累將，建天樞，執斗柄。」《書·益稷》：「萬邦黎獻，共惟帝臣。」孔安國傳：「獻，賢也。」

【發義】

所以王者運天樞，執斗柄，養育黎庶賢者。

〔四〕何嘗不經道緯德，以勒皇蹟者哉

【集引】

《文選·左思〈蜀都賦〉》：「一經神怪，一緯人理。」吕向注：「經、緯，猶織文也。」《禮記·月令》：「物勒工名。」鄭玄注：「勒，刻也。」《書·堯典》：「庶績咸熙。」孔安國傳：「績，功也。」

【發義】

何嘗不經緯天地之道德，以刻石紀王者功績哉？

【雍案】

楊明照《校注》云：「按『蹟』當作『績』。贊中『封勒帝勣』「勣」與「績」古今字句可證。」《玉篇·力部》：「勣，功也。」《玄應音義》卷四「敗績」注引《聲類》云：「勣，功也。」「績，今作『勣』。」《廣韻·錫部》：「勣，通作『績』。」《詩·大雅·文王有聲》：「維禹之績。」馬瑞辰《傳箋

通釋》：「績，當爲蹟之叚借。」又曰：「『績』『迹』通用。」《爾雅·釋詁下》：「績，業也。」郝懿行《義疏》：「績，又通作『迹』。」《左傳·哀公元年》：「復禹之績。」陸德明《釋文》：「績，一本作『迹』。」《孔叢子·小爾雅·廣言》：「迹，蹈也。」胡承珙《義證》：「迹，通作『蹟』。」《文選·陶潛〈始作鎮軍參軍經曲阿作〉》：「誰謂形迹拘。」舊校：「五臣作『蹟』。」《集韻·昔韻》：「迹，或作『遺』『蹥』『速』『蹟』『跡』。」《九經古義·尚書下》：「武成：『至于大王肇基王迹。』迹，古『績』字。」《詩·小雅·沔水》：「念彼不蹟。」李富孫《詩經異文釋》：「『蹟』『迹』本一字。」《爾雅·釋訓》：「不遹，不蹟也。」郝懿行《義疏》：「蹟者，與『迹』同。」

〔五〕録圖曰：濢濢嗚嗚，棼棼雉雉

【集引】

《詩·大雅·常武》：「王旅嘽嘽。」朱熹《集注》：「嘽嘽，衆盛貌。」《漢書·傅常鄭甘陳段傳》：「嘽嘽焞焞。」顔師古注：「嘽嘽，衆也。」《書·吕刑》：「民興胥漸，泯泯棼棼。」孔穎達疏：「棼棼，擾攘之狀。」

【發義】

《録圖》所云，乃天地化生之初，民興胥漸，泯泯爲亂，輾轉不正，擾攘雜陳。

〔雍案〕

録，《繹史·黄帝紀》引作「緑」。何焯改作「緑」。紀昀云：「『録』，當作『緑』。」汪本、張本、訓故本並作「緑」。《淮南子·俶真訓》有：「洛出丹書，河出緑圖。」《文心雕龍·正緯》有：「堯造緑圖，昌制丹書。」俱以「緑圖」與「丹書」對文。

〔六〕萬物盡化。言至德所被也

〔集引〕

《書·泰誓上》：「惟天地萬物父母，惟人萬物之靈。」《荀子·臣道》：「功參天地，澤被生民。」

【發義】

萬物皆化生，乃天地之大德所及也。

〔七〕丹書曰：義勝欲則從，欲勝義則凶

〔集引〕

《淮南子·齊俗訓》：「義者，循理而行宜也。」《禮記·曲禮上》：「欲不可從。」朱彬《訓纂》

引應子和曰：「情之動爲欲。」《左傳・昭公五年》：「從而不失儀。」杜預注：「從，順也。」《大戴禮記・武王踐阼》：「武王踐阼三日……然後召師尚父而問焉，曰：『昔黄帝、顓頊之道存乎？意亦忽不可得見與？』師尚父曰：『在丹書。王欲聞之，則齊齋矣。』……師尚父西面道書之言曰：『敬勝怠者吉，怠勝敬者滅；義勝欲者從，欲勝義者凶。』」

【發義】

循理而行宜，有所勝情之動則順，情之動有所勝宜則凶。

〔八〕則戒慎以崇其德，至德以凝其化

〖集引〗

《書・皋陶謨》：「撫于五辰，庶績其凝。」

【發義】

戒蘊慎行，以崇尚道德，蓋大德以形成其教化也。

〖雍案〗

「則」上疑脱「然」字。

〔九〕**七十有二君，所以封禪矣**

〔集引〕

《史記·封禪書》引管仲語曰：「古者封泰山禪梁甫者，七十二家。」《大戴禮記·保傅》：「封泰山而禪梁甫。」

【發義】

古代帝王祭天地之典禮曰封禪。於泰山上築土爲壇祭天，報天之功，稱封；於泰山下梁甫山上闢場祭地，稱禪。

〔一〇〕**昔黄帝神靈，克膺鴻瑞**

〔集引〕

《大戴禮記·五帝德》：「孔子曰：『黄帝，少典之子也，曰軒轅，生而神靈。』」《書·堯典》：「克明俊德，以親九族。」《書·武成》：「誕膺天命，以撫方夏。」漢王充《論衡·指瑞》：「王者受富貴之命，故其動出見吉祥異物，見則謂之瑞。」

【發義】

昔黄帝生而神異威靈，蓋能受大祥瑞。

〔一一〕勒功喬岳，鑄鼎荆山

〔集引〕

《詩·周頌·時邁》：「懷柔百神，及河喬岳。」毛萇傳：「喬，高也。高岳，岱宗也。」《釋文》：「嶽，本亦作『岳』，同。音岳。」孔穎達疏：「言高嶽岱宗者，以巡守之禮必始於東方，故以岱宗言之。」《史記·封禪書》：「黄帝采首山銅，鑄鼎於荆山下。」

【發義】

黄帝勒石於泰山，頌美功德。又采首山銅，鑄鼎於荆山下。

〔一二〕大舜巡岳，顯乎虞典

〔集引〕

《書·舜典》：「歲二月，東巡守，至于岱宗……五月，南巡守，至於南岳……八月，西巡守，至於西岳……十有一月朔，巡守至於北岳。」

【發義】

舜帝巡守於泰山，顯揚《虞典》。

〔一三〕**成康封禪，聞之樂緯**

〔集引〕

《樂緯·樂·動聲儀》：「成、康之間，郊配封禪。」《史記·封禪書》：「爰周德之洽，維成王，成王之封禪則近之矣。」

【發義】

西周成王、康王郊配封禪，聞之《樂緯》。

〔一四〕**及齊桓之霸，爰窺王跡**

〔集引〕

《漢書·郊祀志》：「齊桓公既霸，會諸侯於葵邱，而欲封禪。管仲曰：『古者封泰山禪梁父者七十二家，而夷吾所記者十有二焉……皆受命然後得封禪。』……管仲睹桓公不可窮以辭，因設之以事……桓公乃止。」《書·武成》：「至于大王，肇基王迹。」

【發義】

齊桓公既霸而欲封禪，爰窺創業之功跡。

〔一五〕夷吾譎陳，距以怪物

〔集引〕

《史記·齊太公世家》：「桓公稱曰：『……吾欲封泰山，禪梁父。』管仲固諫不聽。乃説桓公以遠方珍怪物至，乃得封。桓公乃止。」

【發義】

夷吾巽諫桓公，拒以珍怪物。

〔雍案〕

陳，黃叔琳校云：「當作『諫』。」文溯本剜改爲「諫」。紀昀云：「『陳』訓敷陳，不必改『諫』。」《説文·言部》：「譎，權詐也。」《詩·序》：「主文而譎諫。」陸德明《釋文》：「譎，詐也。」孔穎達疏：「譎者，權詐之名。」《論語·憲問》：「晉文公譎而不正。」劉寶楠《正義》引宋翔鳳云：「譎者，聖人之權衡也。」《經義述聞·通説上·譎》：「譎，權也。」《史記·齊太公世家》所記乃夷吾譎諫桓公也。

距，何本、凌本、别解本、尚古本、岡本、王本、鄭藏鈔本、崇文本作「拒」。距，與「拒」通。《資治通鑑·周紀四》：「乃起四邑之兵入距難。」胡三省注：「距，猶『拒』也。」《潛夫論·明闇》：「乃懼距無用而讓有用也。」汪繼培箋：「距與拒通。」《叙録》：「距諫所敗。」汪繼培箋：「距與拒通。」《戰國策·齊策六》：「距全齊之兵。」鮑彪注：「『距』『拒』同。」《鹽鐵論·地廣》：「距强胡之難。」張之象注：「距，通作『拒』。」《荀子·仲尼》：「而富人莫之敢距也。」王先謙《集解》引盧文弨曰：「距，古字；拒，俗字。」

〔一六〕固知玉牒金鏤

〖集引〗

《後漢書·祭祀上》：「（封禪）用玉牒書，藏方石……有玉檢……檢用金鏤五周，以水銀和金以爲泥。」

【發義】

固知封禪乃用玉製書札，金縷封書題簽也。

〔一七〕然則西鶼東鰈，南茅北黍

〖集引〗

《漢書·郊祀志》：「（管仲）曰：『古之封禪，鄗上黍，北里禾，所以爲盛。江淮間一茅三脊，所以爲藉也。東海致比目之魚，西海致比翼之鳥，然後物有不召而至者十有五焉。』」顏師古注：「比目魚其名謂之鰈，比翼鳥其名謂之鶼。」

【發義】

蓋古之登封泰山，乃以瑞物茅黍爲藉，珍物之不召而至者有鶼鰈也。

〔一八〕空談非徵

〖集引〗

《書·胤征》：「聖有謨訓，明徵定保。」《論語·八佾》：「夏禮，吾能言之；杞，不足徵也。」

【發義】

不切實際之談，非能證驗。

〔一九〕是史遷八書，明述封禪者

〔集引〕

《詩・周頌・時邁》：「明昭有周。」毛萇傳：「明矣，知未然也。」孔穎達疏：「以達見遠事謂之爲明。」

【發義】

司馬遷《史記》有「八書」，乃《禮書》《樂書》《律書》《曆書》《天官書》《封禪書》《河渠書》《平準書》。上有明述封禪故事。

〔雍案〕

「是」下闕「以」。

〔二〇〕固禋祀之殊禮，名號之秘祝，祀天之壯觀矣

〔集引〕

《史記・司馬相如列傳》：「（封禪書）皇皇哉！斯事天下之壯觀。」《史記・封禪書》：「（武帝封泰山），封廣丈二尺，高九尺，其下則有玉牒書，書秘。」《舊唐書·禮儀志》：「玄宗因問：『玉牒之文，前代帝王，何故秘之？』賀知章對曰：『玉牒本是通於神明之意。前代帝王，所求各異，或禱年算，或思神仙，其事微密，是故莫知之。』」

【發義】

精意以享，禋也。固以禋祀祀昊天上帝之殊禮，銘號之秘祝，乃刻石紀績，祝天下之壯觀矣。

〔雍案〕

名，乃「銘」之譌也。銘，記也；名也。銘號者，乃銘記其器爲號，以尊神顯物也。《說文新附·金部》：「銘，記也。」《廣韻·青韻》：「銘，銘記。」《文選·班固〈封燕然山銘〉》：「封燕然山銘。」呂延濟注：「銘，名也。」《禮記·禮運》：「作其祝號。」鄭玄注：「號者，所以尊神顯物也。」《周禮·春官·大祝》：「則執明水火而號祝。」孫詒讓《正義》：「號祝，謂以六號詔祝於神之辭。」

祀，乃「祝」之譌也。祝，以言告神也。《說文·示部》：「祝，祭主贊詞者。从示，从人口。一曰从兑省。」《書·金縢》：「祝曰。」孫星衍《今古文注疏》引《說文》：「祝，祭主贊詞者。」

〔二一〕秦皇銘岱，文自李斯

【集引】

《史記·秦始皇本紀》：「始皇東行郡縣，上鄒嶧山，立石，與魯諸儒生議，刻石頌秦德，議封禪望祭山川之事。乃遂上泰山……禪梁父，刻所立石。」

【發義】

秦始皇封禪泰山，刻石頌秦德，文乃李斯所撰。

〔二二〕法家辭氣，體乏弘潤

【集引】

《論語·泰伯》：「出辭氣，斯遠鄙倍矣。」《論語·憲問》：「東里子産潤色之。」劉寶楠《正義》：「潤色，謂增美其辭，使有文采可觀也。」《史記·太史公自序》司馬談《論六家要旨》：「法家不別親疏，不殊貴賤，一斷於法，則親親尊尊之恩絶矣。」

【發義】

李斯所撰銘文，法家言辭聲調，文體缺少大潤色。

〔一三〕**然疎而能壯，亦彼時之絶采也**

〔集引〕

《詩·小雅·采芑》：「克壯其猶。」毛萇傳：「壯，大也。」

【發義】

然疏放而能壯觀，亦冠出彼時之文采也。

〔一四〕**鋪觀兩漢隆盛，孝武禪號於肅然，光武巡封於梁父**

〔集引〕

《廣雅·釋詁三》：「號，告也。」《史記·孝武本紀》：「丙辰，禪泰山下阯東北肅然山，如祭后土禮。」《後漢書·祭祀上》：「文曰：『維建武三十有二年二月，皇帝東巡狩，至於岱宗，柴，望秩於山川，班于群神，遂覲東后。』」又《光武帝紀下》：「（中元元年春）二月己卯，幸魯，進幸太山。北海王興、齊王石朝于東嶽。辛卯，柴望岱宗，登封泰山。甲午，禪於梁父。」

【發義】

遍觀兩漢封禪典禮之隆重盛大，孝武帝禪泰山下阯東北肅然山，告天之功；光武帝巡狩，封於泰山下，除地於梁父山之陰，爲墠以祭地，報地之功，以廣土地也。

〔二五〕誦德銘勳，乃鴻筆耳

【集引】

《史記·秦始皇本紀》：「二十八年，始皇東行郡縣……乃遂上泰山，立石，封，祠祀。……刻所立石，其辭曰：『……二十有六年，初并天下，罔不賓服。親巡遠方黎民，登茲泰山，周覽東極。從臣思迹，本原事業，祗誦功德。』」又：「（議刻金石）今皇帝并一海内，以爲郡縣，天下和平。……群臣相與誦皇帝功德，刻于金石，以爲表經。」《論衡·須頌》：「古之帝王建鴻德者，須鴻筆之臣褒頌紀載，鴻德乃彰，萬世乃聞。」

【發義】

祗誦功德，銘刻勳績，是以鴻筆之臣褒頌紀載矣。

〔二六〕觀相如封禪，蔚爲唱首

【集引】

《史記·司馬相如列傳》：「天子曰：『司馬相如病甚，可往從悉取其書，若不然，後失之矣。』

使所忠往，而相如已死，家無書。問其妻，對曰：『長卿固未嘗有書也。……長卿未死時，爲一卷書，曰：「有使者來求書，奏之。無他書。」』其遺札書言封禪事。」

【發義】

司馬相如臨終前撰《封禪文》，遺漢武帝，蔚爲唱首。其《封禪》之書，裔皇具麗。

〔二七〕爾其表權輿，序皇王，炳元符，鏡鴻業

【集引】

《詩·秦風·權輿》：「今也每食無餘，于嗟乎！不承權輿。」毛萇傳：「權輿，始也。」《文王有聲》：「皇王維辟。」毛萇傳：「皇，大也。」《文選·顔延之〈車駕幸京口侍游蒜山作〉》：「宅道炳星緯。」李周翰注：「炳，光也。」又《文選·揚雄〈劇秦美新〉》：「玄符靈契。」李周翰注：「玄符，天符也。」《後漢書·班彪列傳下》：「榮鏡宇宙。」

【發義】

爾其表起始，序述大王功績，光天符，以鑒大業。

〔雍案〕

元，元本、弘治本、活字本、汪本、佘本、張本、兩京本、何本、胡本、梅本、凌本、合刻本、

梁本、祕書本、謝鈔本、彙編本、別解本、尚古本、岡本、崇文本並作「玄」。《文通》引同。楊明照《校注》云：「按『玄』字是。」《周禮·考工記·畫繢》：「天謂之玄。」

〔二八〕**讚之以介邱**

【集引】

詹鍈《文心雕龍義證》：「《漢書·司馬相如傳》載《封禪文》：『微夫斯之爲符也，以登介邱。不亦恧乎？』」顔師古注：「服虔曰：『介，大也。邱，山也。言登泰山封禪也。』」

【發義】

頌揚之以登泰山封禪也。

〔二九〕**及光武勒碑，則文自張純**

【集引】

《後漢書·祭祀上》：「（建武三十二年）二月，上至奉高，遣侍御史與蘭臺令史，將工先上山刻石。」又《張曹鄭列傳》：「純奏上宜封禪，曰：『……宜及嘉時，遵唐帝之典，繼孝武之業，以二月東巡狩，封於岱宗。明中興，勒功勳，復祖統，報天神，禪梁父，祀地祇，傳祚子孫，萬世之基也。』中元元年，帝乃東巡岱宗，以純視御史大夫從，并上元封舊儀及刻石文。」

【發義】

漢光武帝封禪勒碑之文，出自張純手筆也。

〔三〇〕首胤典謨

【集引】

漢孔安國《尚書序》：「典謨訓誥誓命之文，凡百篇。」

【發義】

首繼《尚書》中之《堯典》《皋陶謨》《湯誥》《伊訓》。

〔三一〕引鉤讖，叙離亂

【集引】

《後漢書·祭祀上》：「（王莽）遂以篡叛……宗廟墮壞，社稷喪亡，不得血食，十有八年。揚、徐、青三州首亂，兵革横行。延及荆州，豪傑并兼，百里屯聚，往往僭號。北夷作寇，千里無煙，無雞鳴犬吠之聲。」

【發義】

是以引《緯書》叙離亂。文内多引《河圖》《赤伏符》《孝經》《鉤命決》等書。

〔三二〕及揚雄劇秦

〔集引〕

揚雄《劇秦美新〈序〉》：「司馬相如作《封禪》一篇，以彰漢氏之休。臣敢竭肝膽，寫腹心，作《劇秦美新》一篇，雖未究萬分之一，亦臣之極思也。」

【發義】

王莽建新王朝，揚雄仿司馬相如《封禪文》，作《劇秦美新》，上封事給王莽，評論秦朝，美化王莽之新朝。其文抨擊秦始皇焚書、統一度量衡等措施，爲王莽歌功頌德。

〔三三〕 班固典引

【集引】

《文選·班固〈典引序〉》：「伏惟相如《封禪》，靡而不典，揚雄《（劇秦）美新》，典而亡實。臣不勝區區，竊作《典引》一篇。」李善注：「典謂堯典，引猶續也。漢承堯後，故述漢德以續堯典。」

【發義】

班固仿《劇秦美新》，作《典引》述漢德嗣堯典也。

〔三四〕 詭言遯辭，故兼包神怪

【集引】

《吕氏春秋·淫辭》：「則下多所言非所行也，所行非所言也。言行相詭，不祥莫大焉。」

【發義】

揚雄《劇秦美新》，篇中「元符靈契，黄瑞涌出」云云。厥摹效司馬相如，言辭詭異，不願吐露真意，故兼包神怪之事。

〔三五〕然骨掣靡密，辭貫圓通，自稱極思

〔集引〕

《文選·嵇康〈琴賦序〉》：「歷世才士並爲之賦頌，其體制風流莫不相襲。」南朝梁劉勰《文心雕龍·附會》：「夫才量學文，宜正體製。」《梁書·陶弘景傳》：「弘景爲人，圓通謙謹，出處冥會，心如明鏡，遇物便了。」又《文心雕龍·論説》：「故其義貴圓通，辭忌枝碎。」《文心雕龍·銓賦》：「及仲宣靡密，發端必遒。」揚雄《劇秦美新》云：「作《劇秦美新》一篇，雖未究萬分之一，亦臣之極思也。」

【發義】

揚雄創作，文體裁製細密，文辭融會貫通而不偏執，自稱盡思想所及。

〔雍案〕

楊明照《校注》云：「按『骨掣』二字不辭，疑當作『體製』。《定勢》《附會》兩篇並有『體制』之文。郝懿行云：『按「掣」疑本作「制」，下篇「應物掣巧」，一作「制」，是也。』」《儀禮·有司徹》「腊臂」鄭玄注：「亦所謂腊如牲體。」賈公彦疏：「骨即體也。」《大戴禮記·千乘》：「陳刑制辟。」王聘珍

《解詁》：「制，裁制也。」《禮記・月令》：「義者天下之制也。」孔穎達疏：「制，謂裁制。」《説文・刀部》王筠《句讀》：「制，引伸之爲凡斷制之通名。」《晏子春秋・内篇・諫下》：「古聖人製衣服也，冬輕而暖。」孫星衍《音義》：「製，《藝文類聚》作『制』。」《文選・沈約〈宋書謝靈運傳論〉》：「至於先士茂製。」舊校：「五臣本製作『制』。」《慧琳音義》卷六「製造」注引《考聲》：「製，掣斷也。」唐玄宗《孝經序》：「御製序并注。」邢昺疏：「製者，裁翦述作之謂也。」《釋名・釋姿容》：「掣，制也。」《鹽鐵論・散不足》：「吏捕索掣頓。」張之象注引《釋名》：「掣，制也，制頓之使順己也。」《太玄・爭》：「知掣者全。」司馬光《集注》：「掣，范本作『制』。」蓋「骨掣」乃「體制」也，非不辭，實鮮見也。

〔三六〕典引所叙，雅有懿乎

【集引】

《漢書・韋賢傳》：「惟懿惟奐。」顏師古注：「懿，美也。」

【發義】

《典引》所叙，雅有美采之華。

【雍案】

紀昀云：「『乎』當作『采』。」楊明照《校注》云：「按紀説是。《雜文篇》：『班固賓戲，含懿采之華。』是舍人於孟堅文評爲『懿采』，前後兩言之。《時序篇》『鴻風懿采』，亦可證。」《易·小畜》象傳：「君子以懿文德。」李鼎祚《集解》引虞翻曰：「懿，美也。」蔡邕《郭有道碑文》：「懿乎其純。」李周翰注：「懿，美也。」《文選·陸機〈吴趨行〉》：「文德熙淳懿。」李周翰注：「懿，美也。」《楚辭·九章·懷沙》：「衆不知余之異采。」王逸注：「采，文采也。」《漢書·霍光金日磾傳》：「天下想聞其風采。」顔師古注：「采，文采也。」

〔三七〕**故稱封禪麗而不典，劇秦典而不實**

【集引】

《莊子·天下》：「不靡於萬物。」成玄英疏：「靡，麗也。」《書鈔》引張瞻《劇秦美新》注：「相如封禪，靡而不典。」《後漢書·班彪列傳下》：「固又作《典引》篇，述叙漢德。以爲相如《封禪》靡而不典，揚雄《美新》典而不實，蓋自謂得其致焉。」顔師古注「靡而不典」云：「文雖靡麗，而體無古典。」又注「典而不實」云：「體雖典則，而其事虚僞，謂王莽事不實。」

【發義】

故稱相如《封禪》，其文靡麗，而體不典則也；揚雄《劇秦美新》，其文典則，而事猶虛僞也。

〔雍案〕

楊明照《校注》云：「按『麗』當作『靡』，始與《典引》合。原文黃、范兩家注已具張瞻《劇秦美新》注：『相如封禪，靡而不典。』《書鈔》一百引即沿用孟堅文，亦作『靡』。《明詩篇》有『靡而非典』語。」「麗」與「靡」，古相通用。《漢書·司馬相如傳》：「滂濞泱軋麗以林離。」顏師古注引張揖曰：「麗，靡也。」《莊子·天下》：「不靡於萬物。」成玄英疏：「靡，麗也。」《漢書·司馬相如傳》：「尚有靡者。」顏師古注：「靡，麗也。」《廣雅·釋言》：「靡，麗也。」王念孫《疏證》：「靡爲靡麗之麗。」

〔三八〕至於邯鄲受命

〔集引〕

《詩·大雅·皇矣》：「天立厥配，受命既固。」

【發義】

至於邯鄲淳著《魏受命述》，攀延前者声響，而风力漸微不濟。

〔三九〕風末力寡

〖集引〗

《史記・韓長孺列傳》：「衝風之末，力不能漂鴻毛，非初不勁，末力衰也。」《漢書・竇田灌韓傳》顔師古注：「衝風，疾風之衝突者也。」

【發義】

衝風之末，蓋力衰也。

〔四〇〕而不能奮飛

〖集引〗

《詩・邶風・柏舟》：「靜言思之，不能奮飛。」

【發義】

蓋謂不能奮發而有所爲也。

〔四一〕陳思魏德

【集引】

《陳思王集·魏德論》末曰：「固將封泰山，禪梁父，歷名山以祈福，周五方之靈宇，越八九於往素，踵帝王之靈矩，流餘祚於黎烝，鍾元吉乎聖主。」

【發義】

陳思王《魏德論》，文存六百餘字，俱係答客問之辭。

〔四二〕問答迂緩

【集引】

《藝文類聚·王粲〈儒吏論〉》：「竹帛之儒，豈生而迂緩也。」

【發義】

陳思王之《魏德論》俱是答辭，言多遲滯。

〔四三〕 勞深勣寡，飆焱缺焉

【集引】

《文選·陸機〈辨亡論〉》：「望飆而奮。」李周翰注：「飆，風也。」《初學記·簡文帝〈對燭賦〉》：「宵深色麗，焰動風過。」

【發義】

功深而績效寡，其風發少，光照缺焉。

〔四四〕 辭成廉鍔

【集引】

《莊子·説劍》：「以清廉士爲鍔。」陸德明《釋文》引司馬彪云：「鍔，劍刃也。」張立齋《注訂》：「廉，棱；鍔，刃也。」清龔自珍《己亥雜詩》：「廉鍔非關上帝才，百年淬厲電光開。」

【發義】

文辭若劍刃，鋒利甚矣。

〔四五〕雖復道極數殫

〔集引〕

《文選・揚雄〈劇秦美新〉》：「道極數殫。」李善注：「言天道既極，曆數又殫。」張銑注：「漢道已極，曆數窮盡。」《廣雅・釋詁》：「殫，盡也。」

【發義】

雖復漢道已極，曆數窮盡。蓋作封禪文之道，窮盡已極焉。

〔四六〕終然相襲，而日新其采者

〔集引〕

《文選・嵇康〈琴賦〉》：「歷世才士，並爲之賦頌。其體制風流，莫不相襲。」李善注：「孔安國《尚書・大禹謨・傳》曰：『襲，因也。』」

【發義】

終然相互因襲而日見翻新其采。

〔四七〕對越天休

〔集引〕

《詩·周頌·清廟》："對越在天。"鄭玄箋："對，配。越，於也。"又《大雅·江漢》："對揚天休。"鄭玄箋："對，答。休，美。"《國語·周語中》："各守爾典，以承天休。"韋昭注："典，常也。休，慶也。"《書·湯誥》："以承天休。"枚頤傳："守其常法，承天美道。"

【發義】

對揚天之美德。

〔四八〕逖聽高岳，聲英克彪

〔集引〕

《封禪文》："逖聽者風聲。"《史記·司馬相如列傳》："（封禪文）蜚英聲。"司馬貞《索隱》引胡廣曰："飛揚英華之聲。"《文選·司馬相如〈封禪文〉》李善注："蜚，古飛字也。"

【發義】

遠聽高岳，英華之聲能彪外。

〔雍案〕

楊明照《校注》云：「按『聲英』二字當乙，始能與上句『遜聽』相對。《史記・司馬相如列傳》：『（封禪文）蜚英聲。』」楊説是也。英聲，美好名聲也。《文選・何晏〈景福殿賦〉》：「故當時享其功利，後世賴其英聲。」唐李白《古風》：「卻秦振英聲，後世仰末照。」

〔四九〕樹石九旻

〔集引〕

《史記・封禪書》：「（始皇）自泰山陽至巔，立石頌秦始皇帝德，明其得封也。」又：「（武帝）東上泰山，泰山之草木葉未生，乃令人上石，立之泰山巔。」《後漢書・祭祀上》：「（元封元年）三月，上東上泰山，乃上石立之泰山巔。」

【發義】

九旻，猶九天。樹石九旻，極言其高。

〔五〇〕泥金八幽

【集引】

《白虎通德論·封禪》：「或曰：『封者，金泥銀繩……封以印璽。』」《風俗通義·正失》：「（封泰山禪梁父）或曰：『金泥銀繩，印之以璽。』」又《御覽》引《漢官儀》：「傳曰：『封者，以金泥銀繩，印之以璽。』」《後漢書·祭祀上·封禪》：「乃求元封時封禪故事，議封禪所施用。有司奏當用方石再累置壇中，皆方五尺，厚一尺，用玉牒書藏方石（下）。牒厚五寸，長尺三寸，有玉檢。……檢用金縷五周，以水銀和金以爲泥。玉璽一方寸二分，一枚方五寸。」《漢書》孟康注：「王者成功治定，告成功於天。封，崇也，助天之高也。刻石紀號，有金策、石函、金泥、玉檢之封也。」（《武帝紀》：「（元封元年）登封泰山」句注）

【發義】

檢玉泥金，埋於地之極深處，其函內隱四正四隅，故謂「八幽」，檢封以升中告禪。

〔五一〕鴻律蟠采，如龍如虯

【集引】

漢王充《論衡・須頌》：「古之帝王建鴻德者，須鴻筆之臣褒頌紀載，鴻德乃彰，萬世乃聞。」

【發義】

封禪之文，大筆聚集文采，如龍如虯之活現。

【雍案】

律，范文瀾引黄（丕烈）云：「活字本作『岳』。」楊明照《校注》云：「按傳録黄顧合校本，顧廣圻於『逖聽高岳』句下方校云：『岳活嶽』。是所校謂『高岳』之『岳』活字本作『嶽』，本書「岳」字活字本皆作「嶽」非謂『鴻律』之『律』活字本作『岳』也。范氏所引有誤。又按『鴻律』於此費解，『律』疑『筆』之誤。《書記》《鎔裁》《練字》三篇及本篇上文並有『鴻筆』之文。『鴻筆』，謂撰封禪文字之大手筆也。」「律」與「聿」古通用，皆謂筆也。《爾雅・釋言》：「律，述也。」郝懿行《義疏》：「律，通作『聿』。《説文》：『聿，所以書也。楚謂之聿，吳謂之不律。是聿律皆謂筆。』」邵晉涵《正義》：「律，與『聿』通。」

章表第二十二

夫設官分職，高卑聯事〔一〕。天子垂珠以聽，諸侯鳴玉以朝〔二〕。敷奏以言，明試以功〔三〕。故堯咨四岳，舜命八元〔四〕，固辭再讓之請，俞往欽哉之授，並陳辭帝庭，匪假書翰。然則敷奏以言，則章表之義也；明試以功，即授爵之典也〔五〕。至太甲既立，伊尹書誡〔六〕，思庸歸亳，又作書以讚〔七〕，文翰獻替，事斯見矣〔八〕。周監二代，文理彌盛〔九〕，再拜稽首，對揚休命〔一〇〕，承文受册，敢當丕顯〔一一〕，雖言筆未分，而陳謝可見〔一二〕。降及七國，未變古式，言事於主，皆稱上書〔一三〕。秦初定制，改書曰奏。漢定禮儀，則有四品：一曰章，二曰奏，三曰表，四曰議。章以謝恩，奏以按劾，表以陳請，議以執異。章者，明也。詩云爲章于天，謂文明也；其在文物，赤白曰章〔一四〕。表者，標也。禮有表記，謂德見于儀；其在器式，揆景曰表〔一五〕。章表之目，蓋取諸此也。按七略藝文，謡詠必録；章表奏議，經國之樞機，然闕而不纂者，乃各有故事而在職司也。

前漢表謝，遺篇寡存。及後漢察舉，必試章奏。左雄奏議，臺閣爲式〔一六〕；胡廣章奏，天下第一〔一七〕。並當時之傑筆也。觀伯始謁陵之章，足見其典文之美焉。昔晉文受册，三辭從命，是以漢末讓表，以三爲斷〔一八〕。曹公稱爲表不必三讓，又勿得浮華。所以魏初表章，指事造實，求其靡麗，則未足美矣。至於文舉之薦禰衡，氣揚采飛〔一九〕；孔明之辭後主，志盡文暢〔二〇〕。雖華實異旨，並表之英也。琳瑀章表，有譽當時〔二一〕；孔璋稱健，則其標也〔二二〕。陳思之表，獨冠群才〔二三〕。觀其體贍而律調，辭清而志顯，應物製巧，隨變生趣，執轡有餘，故能緩急應節矣。逮晉初筆札，則張華爲儁〔二四〕。其三讓公封，理周辭要，引義比事，必得其偶，世珍鷦鷯〔二五〕，莫顧章表。及羊公之辭開府，有譽於前談〔二六〕；庾公之讓中書，信美於往載〔二七〕。序志顯類〔二八〕，有文雅焉。劉琨勸進，張駿自序，文致耿介，並陳事之美表也。

原夫章表之爲用也，所以對揚王庭，昭明心曲〔二九〕。既其身文，且亦國華〔三〇〕。章以造闕，風矩應明〔三一〕；表以致禁，骨采宜耀〔三二〕。循名課實〔三三〕，以章爲本者也。是以章式炳賁，志在典謨〔三四〕，使要而非略，明而不淺。表體多包，情僞屢遷〔三五〕，必雅義以扇其風，清文以馳其麗。然懇惻者辭爲心使〔三六〕，浮侈者情爲文使〔三七〕，繁約得正，華實相勝，脣吻不滯〔三八〕，則中律矣。子貢云：心以制之，言以結之〔三九〕，蓋一辭意也。荀卿以爲觀人美辭，麗於黼黻文章，亦可以喻於斯乎！

贊曰：敷奏絳闕，獻替黼扆〔四〇〕。言必貞明，義則弘偉。肅恭節文，條理首尾。君子秉文，辭令有斐〔四一〕。

【發義】

敷奏以言，陳述以情。

夫章表者，要而非略，明而不淺。義雅扇其風，文清馳其麗。懇惻辭爲心使，浮侈情爲文屈。

〔一〕夫設官分職，高卑聯事

【集引】

《周禮·天官·太宰》：「太宰以八法治官府，三曰官聯，以會官治。」

【發義】

設置官位，分其職責，高低與其事務關聯。

〔二〕天子垂珠以聽，諸侯鳴玉以朝

【集引】

《禮記・玉藻》：「天子玉藻，十有二旒，前後邃延。」鄭玄疏：「天子玉藻者，藻謂雜采之絲繩，以貫於玉，以玉飾藻，故云玉藻也。」《後漢書・輿服下》：「冕冠，垂旒，前後邃延，玉藻。」蔡邕《獨斷》：「（漢）冕制：皆廣七寸，長尺二寸，繫白玉珠子其端，十二旒。」《禮記・玉藻》：「朝則結佩……天子佩白玉而玄組綬，公侯佩山玄玉而朱組綬，大夫佩水蒼玉而純組綬。」又：「古之君子必佩玉。……周還中規，折還中矩，進則揖之，退則揚之，然後玉鏘鳴也。」

【發義】

天子冕旒垂珠，以正視聽；諸侯佩以鳴玉，進退有聲。

〔三〕敷奏以言，明試以功

【集引】

《書・堯典》：「明試以功。」孫星衍《今古文注疏》引《説文》：「試，用也。」《管子・明法解》：「凡所謂功者，安主上利萬民者也。」

【發義】

敷陳奏進，諸侯各使陳進治理之言，明試其言以要其功。

〔四〕故堯咨四岳，舜命八元

〖集引〗

《書・堯典》：「帝曰：『咨！四岳。』」孔安國傳：「四岳，即上羲和之四子，分掌四岳之諸侯，故稱焉。」《史記・五帝本紀》：「堯又曰：『嗟！四嶽。』」裴駰《集解》：「鄭玄曰：『四嶽，四時官，主方嶽之事。』」《左傳・襄公四年》：「訪問於善爲咨。」又《文公十八年》：「舜臣堯……舉八元，使布五教于四方。」又《文公十八年》：「高辛氏有才子八人：伯奮、仲堪、叔獻、季仲、伯虎、仲熊、叔豹、季貍……天下之民謂之八元……使布五教于四方。」杜預注：「元，善也。」

【發義】

故堯咨四岳，主方岳之事。舜使八元，以行其善，敷五教於四方。

〔五〕然則敷奏以言，則章表之義也；明試以功，即授爵之典也

〔**集引**〕

《後漢書·肅宗孝章帝紀》：「（建初元年詔）敷奏以言，則文章可採；明試以功，則政有異迹。」

【**發義**】

然則敷陳奏進，明以謝恩，表以陳請，明試以功，政有異績，即授爵賜車服之禮儀。

〔六〕至太甲既立，伊尹書誡

〔**集引**〕

《書·伊訓序》：「太甲元年，伊尹作《伊訓》。」

【**發義**】

商王太甲即位，大臣伊尹作《伊訓》告誡太甲。

〔七〕思庸歸亳，又作書以讚

〔集引〕

《書·太甲上》：「太甲既立，不明，伊尹放諸桐。三年，復歸于亳，思庸，伊尹作《太甲》三篇。」

【發義】

太甲放桐，於桐宮三年，悔其過而思及常久不變之道，自怨自艾，處仁守義。蓋伊尹作書以讚也。

〔雍案〕

《太甲》上中二篇，其端有「伊尹作書曰」。彥和「作書以讚」本此。

〔八〕文翰獻替，事斯見矣

〔集引〕

《左傳·昭公二十年》：「君所謂可，而有否焉，臣獻其否，以成其可；君所謂否，而有可焉，臣獻其可，以去其否；是以政平而不干，民無爭心。」漢蔡邕《蔡中郎集·幽冀二州刺史久缺疏》：

「智淺謀漏，無所獻替。」

【發義】

文翰獻可替否，乃諍言進諫之意，事斯見矣。

〔九〕**周監二代，文理彌盛**

〔**集引**〕

《論語·八佾》：「子曰：『周監於二代，郁郁乎文哉！吾從周。』」《集解》引孔安國曰：「監，視也。言周文章備於二代，當從周也。」

【發義】

周視於夏、商二代，禮文儀節彌盛也。

〔一〇〕**再拜稽首，對揚休命**

〔**集引**〕

《詩·大雅·江漢》：「虎拜稽首，對揚王休。」《易·大有》：「君子以遏惡揚善，順天休命。」

《書・説命下》：「敢對揚天子之休命。」枚頤傳：「對，答也，答受美命而稱揚之。」

【發義】

答受美善之命令而稱揚之。

〔一一〕承文受册，敢當不顯

【集引】

《左傳・僖公二十八年》：「王策命晉侯爲侯伯。晉侯三辭從命，曰：『重耳敢再拜稽首，奉揚天子之丕顯休命。』受策以出。」

【發義】

既承文受册，謙讓於大明也。

〔一二〕雖言筆未分，而陳謝可見

【集引】

《禮記・曲禮上》：「史載筆，士載言。」范文瀾注：「召虎、重耳皆受命口謝，非如後世有謝章，而陳謝之意可見。」

【發義】

雖口頭陳辭與書翰未分，而陳情謝恩可見。

〔一三〕**言事於主，皆稱上書**

〔**集引**〕

范文瀾云：「王應麟（《漢書·藝文志》）考證曰：『七國未變古式，言事於王，皆稱上書；秦初，改書曰奏。』」

【發義】

言事於王，皆稱上書，乃七國未變古式，而因循舊制也。

〔一四〕**其在文物，赤白曰章**

〔**集引**〕

《周禮·考工記》：「青與赤，謂之文；赤與白，謂之章。」

【發義】

其在有文采之物，赤白曰章。

〔一五〕其在器式，揆景曰表

〖集引〗

《詩·鄘風·定之方中》：「揆之以日。」毛萇傳：「揆，度也。《釋文》：「（度）待洛反。」度日出入，以知東西。」孔穎達疏：「此度日出入，謂度其影也。」《淮南子·本經訓》：「天地之大，可以矩表識也。」高誘注：「表，影表。」《史記·司馬穰苴傳列》：「先馳至軍，立表下漏待（莊）賈。」司馬貞《索隱》：「立表，謂立木爲表，以視日景。」《晉書·天文志》：「鄭衆説：『土圭之長，尺有五寸。以夏至之日，立八尺之表，其景與土圭等，謂之地中。』」桓譚《新論》：「二儀之大，可以章程測也。三綱之動，可以圭表測也。」

【發義】

其在器用，揆度日影以爲矩曰表。

〔一六〕左雄奏議，臺閣爲式

〖集引〗

《後漢書·左周黄列傳》：「自雄掌納言，多所匡肅。章表奏議，臺閣以爲故事。」又《仲長統傳〈昌言·法誡〉》：「光武皇帝愠數世之失權，忿彊臣之竊命，矯枉過直，政不任下，雖置三公，事歸臺閣。」李賢注：「臺閣謂尚書也。」

【發義】

左雄掌納言，章奏皆以尚書爲式也。

〔一七〕胡廣章奏，天下第一

〖集引〗

《後漢書·鄧張徐張胡列傳》：「遂察孝廉，既到京師，試以章奏。安帝以廣爲天下第一。」

【發義】

胡廣章奏，安帝謂之其式天下第一。

〔一八〕**是以漢末讓表，以三爲斷**

〔集引〕

應劭《漢官儀》：「和帝丁酉策書曰：『故太尉鄧彪，元功之族，而三讓彌高，海内歸仁，爲群賢首。』」《蔡中郎集·東鼎銘》：「乃詔曰：『其以大鴻臚喬玄爲司空。』再拜稽首以讓。帝曰：『俞。往哉！』三讓，然後受命。」又《西鼎銘》：「乃制詔曰：『其以光禄大夫玄爲太尉。』公拜稽首曰：『臣聞之，三讓莫或克從，臣不敢辟。』」

【發義】

漢末讓表，莫或克從，三爲斷止，臣不敢辟也。

〔一九〕**至於文舉之薦禰衡，氣揚采飛**

〔集引〕

《後漢書·文苑列傳·禰衡》：「衡始弱冠，而融年四十，遂與爲交友。上疏薦之曰：『……見處士平原禰衡，年二十四，字正平，淑質貞亮，英才卓礫。」

【發義】

孔融之《薦禰衡表》，氣勢昂揚，文采飛騰。

〔二一〇〕孔明之辭後主，志盡文暢

〔集引〕

《三國志·蜀書·諸葛亮傳》：「五年，率諸軍北駐漢中，臨發，上疏曰：『先帝創業未半而中道崩殂，今天下三分，益州疲弊，此誠危急存亡之秋也。……蓋追先帝之殊遇，欲報之於陛下也。』」

【發義】

諸葛亮辭別後主，上《出師表》盡表心志，文辭暢達。

〔二一一〕琳瑀章表，有譽當時

〔集引〕

《文選·曹丕〈典論〉》：「（陳）琳、（阮）瑀之章表書記，今之雋也。」

【發義】

陳琳、阮瑀之章表，稱譽於當時。

〔一二二〕**孔璋稱健，則其標也**

〔**集引**〕

《魏文帝與吴質書》：「孔璋章表殊健。」

【**發義**】

陳琳，字孔璋。所奏章表，文雋筆健，則其標顯也。

〔一二三〕**陳思之表，獨冠群才**

〔**集引**〕

《易·否·象》：「不亂群也。」《易·繫辭上》：「物以群分。」李鼎祚《集解》引虞翻曰：「物三稱群。」《説文·羊部》：「群，引申爲凡類聚之稱。」

【**發義**】

曹植之章表，冠絕當時，群才居後。太和二年，植常自憤怨，抱利器而無所施，上疏求自試。五年，植上疏求存問親戚。

〔二四〕逮晉初筆札，則張華爲儁

【集引】

《漢書·游俠傳》：「與谷永俱爲五侯上客，長安號曰：『谷子雲筆札，樓君卿脣舌。』言其見信用也。」漢王充《論衡·自紀》：「材小任大，職任剌割，筆札之思，歷年寢廢。」

【發義】

晉初筆札，以張華爲俊秀。

〔二五〕世珍鷦鷯

【集引】

《晉書·張華傳》：「華初未知名，著《鷦鷯賦》以自寄。」

【發義】

張華《鷦鷯賦》，世所珍愛也。

〔二六〕**及羊公之辭開府，有譽於前談**

〔**集引**〕

《晉書·羊祜傳》：「後加車騎將軍，開府如三司之儀，祜上表固讓。」

【**發義**】

羊祜辭讓開府，有譽於過往言論。

〔二七〕**庾公之讓中書，信美於往載**

〔**集引**〕

《書·金縢》：「信，噫，公命我勿敢言。」《左傳·昭公元年》：「子皙信美矣。」

【**發義**】

庾亮之《讓中書監表》，確實美於往載。

〔二八〕序志顯類

〔集引〕

《史記·魯仲連鄒陽列傳〈贊〉》：「鄒陽辭雖不遜，然其比物連類，有足悲者。」又《屈原賈生列傳》：「舉類邇而見義遠。」又《太史公自序》曰：「連類以爭義。」司馬相如《封禪書》曰：「依類託寓。」枚乘《七發》曰：「離辭連類。」皇甫士安叙《三都賦》曰：「觸類而長之。」

【發義】

叙述心志，縱横陳述，係乎知類，故連類比物。

〔雍案〕

顯，宋本、鈔本、喜多本、鮑本《御覽》引作「聯」。顯，乃「聯」之譌。《文心雕龍·物色》「詩人感物，聯類不窮」，可證。《韓非子·難言》：「多言繁稱，連類比物。」《一切經音義》三：「連，古文『聯』，同。」《慧琳音義》卷六四「聯類」注引《博雅》：「聯，綴也。」《小學蒐佚》：「聯，綴也。」

〔二九〕所以對揚王庭，昭明心曲

【集引】

《易·夬》：「夬，揚于王庭。」李鼎祚《集解》：「鄭玄曰：『……揚，越也。』」《詩·大雅·既醉》：「君子萬年，介爾昭明。」《詩·秦風·小戎》：「亂我心曲。」鄭玄箋：「心曲，心之委曲也。」

【發義】

所以對越於王庭，顯明心之委曲處。

〔三〇〕既其身文，且亦國華

【集引】

《國語·魯語上》：「且吾聞以德榮爲國華，不聞以妾與馬。」

【發義】

既其自身之文采，且亦國家之光華。

〔三一〕章以造闕，風矩應明

〔集引〕

《漢書·嚴朱吾丘主父徐嚴終王賈傳》：「詣闕上書，書久不報。」

【發義】

章以及於宮闕，風檢法則應明。

〔三二〕骨采宜耀

〔集引〕

唐李白《李太白詩·宣州謝朓樓餞別校書叔雲》：「蓬萊文章建安骨，中間小謝又清發。」

【發義】

章之體幹有文采，則宜光耀。

〔三三〕循名課實

〔集引〕

《韓非子·定法》：「因任而授官，循名而責實。」《鄧析子·無厚》：「循名責實，君之事也。」又：「循名責實，察法立威，是明王也。」《文選·任昉〈王文憲集序〉》：「奏課爲最。」劉良注：「課，考也。」

【發義】

就其名而求其實，就其言而觀其行，考察是否名副其實。

〔三四〕是以章式炳賁，志在典謨

〔集引〕

《文選·曹丕〈與吴質書〉》：「古人思炳燭夜遊。」李善注：「秉或作炳。」《廣雅·釋詁一》：「賁，美也。」

【發義】

是以章式秉美，志在《堯典》《皋陶謨》。

〔三五〕情僞屢遷

〔集引〕

《易·繫辭上》：「聖人立象以盡意，設卦以盡情僞。」

【發義】

無情者不得盡其情。情者，情實也。情實爲真，真僞屢遷，乃謂真僞多次變易。

〔三六〕然懇惻者辭爲心使

〔集引〕

《後漢書·左周黄列傳》：「瓊辭疾讓封六七上，言旨懇惻，乃許之。」

【發義】

然誠懇痛切者，文辭爲心所遣。

〔三七〕浮侈者情爲文使

〔集引〕

《文選·李康〈運命論〉》：「而道不可曲。」吕延濟注：「屈，損也。」

【發義】

華而不實者，其情爲文所僞而損也。

〔雍案〕

文，黄叔琳校云：「元作『出』，一作『情爲文屈』。」天啟梅本作「情爲文屈」。楊明照《校注》云：「宋本、鈔本、活字本、喜多本《御覽》引作『情爲文出』，下有『必使』二字；倪本、鮑本《御覽》作『情爲文屈』，下亦有『必使』二字。元本、弘治本、活字本、汪本等作『情爲出使』者，乃其上下脱『文』『必』二字，『出』又『屈』之譌。此當作『情爲文屈』，與上『辭爲心使』對；『必使』二字屬下句讀。」屈，僞也。《老子》：「大直若屈。」陸德明《釋文》：「屈，僞也。」

〔三八〕脣吻不滯

〔集引〕

《文選・曹冏〈六代論〉》：「姦情散於胷懷，逆謀消於脣吻。」

【發義】

蓋華麗質樸，相互制約，則言辭不滯固。

〔雍案〕

唇，宋本、鈔本、活字本、喜多本、鮑本《御覽》引作「脣」。楊明照《校注》云：「按作『脣』是。《説文・肉部》：『脣，口耑也。』又《口部》：『唇，驚也。』是二字意義各别。此當以作『脣』爲是。」《釋名・釋形體》：「脣，緣也，口之緣也。」《説文・肉部》王筠《句讀》引《白帖》：「脣者，舌之藩。」段玉裁注：「（脣，）口之厓也。」桂馥《義證》引《春秋元命苞》：「脣者，口之緣也。」《玉篇・肉部》《希麟音義》卷四「䏶脣」注引《切韻》《廣韻・諄韻》：「脣，口脣也。」

〔三九〕心以制之，言以結之

〔集引〕

《左傳·哀公十二年》：「公會吴於橐皋。吴子使太宰嚭請尋盟。公不欲，使子貢對曰：『盟，所以周信也，故心以制之，玉帛以奉之，言以結之，明神以要之。』」

【發義】

蓋謂心須合於義，言須締於信。

〔四〇〕敷奏絳闕，獻替黼扆

〔集引〕

《書·舜典》：「敷奏以言，明試以功。」孔安國傳：「敷，陳也；奏，進也。」《東觀漢記·桓榮》：「每朝會，輒令榮於公卿前敷奏經書，帝稱善。」漢蔡邕《蔡中郎集·幽冀二州刺史久缺疏》：「智淺謀漏，無所獻替。」《文選·袁宏〈三國名臣序贊〉》：「伯言（陸遜）謇謇，以道佐世，出能勤功，入能獻替。」《書·顧命》：「狄設黼扆綴衣。」孔安國傳：「狄，下士。扆，屏風，畫爲斧文，置户牖間。」《周禮・春官・司几筵》：「凡大朝覲、大饗射，凡封國命諸侯，王位設黼依。」

【發義】

陳述奏進宮殿，諍言進諫帝王。

〔雍案〕

替，張甲本作「僣」。楊明照《校注》云：「按《説文・竝部》：『暜，廢也；一曰偏下也。替，或从兟从曰。』「替」爲「暜」之俗體張甲本作『僣』，蓋由『暜』致誤。汪本、張乙本即作「替」『獻替』二字，出《國語・晉語九》，又《左傳・昭公二十年》。篇首亦有「文翰獻替」句」《漢書・王子侯表上》：「或替差失軌。」顏師古注：「替，古『僣』字也。」《經籍籑詁・霽韻》：「《書・大誥》：『不敢替上帝命。』《漢書・翟方進傳》作『予不敢僣上帝命』。」蓋張甲本作「僣」，乃「僣」之形誤也。黼扆，也作「黼依」「斧扆」。古帝王之座，後設黼扆。

〔四一〕辭令有斐

〔集引〕

《論語・公冶長》：「斐然成章。」朱熹《章句》：「斐，文貌。」

【發義】

應對之言，辭有文采。

奏啟第二十三

昔唐虞之臣，敷奏以言；秦漢之輔，上書稱奏。陳政事，獻典儀，上急變，劾愆謬，總謂之奏。奏者，進也；言敷于下，情進于上也。

秦始立奏，而法家少文〔一〕。觀王綰之奏勳德，辭質而義近〔二〕；李斯之奏驪山，事略而意逕〔三〕；政無膏潤，形於篇章矣〔四〕。自漢以來，奏事或稱上疏，儒雅繼踵，殊采可觀。若夫賈誼之務農〔五〕，鼂錯之兵事〔六〕，匡衡之定郊〔七〕，王吉之觀禮〔八〕，温舒之緩獄〔九〕，谷永之諫仙〔一〇〕，理既切至，辭亦通暢，可謂識大體矣。後漢群賢，嘉言罔伏〔一一〕。楊秉耿介於災異〔一二〕，陳蕃憤懣於尺一，骨鯁得焉〔一三〕；張衡指摘於史職〔一四〕，蔡邕銓列於朝儀〔一五〕，博雅明焉。魏代名臣，文理迭興。若高堂天文，王觀教學〔一六〕，王朗節省〔一七〕，甄毅考課，亦盡節而知治矣。晉氏多難，災屯流移〔一八〕。劉頌殷勤於時務〔一九〕，温嶠懇惻於費役〔二〇〕，並體國之忠規矣〔二一〕。

夫奏之爲筆，固以明允篤誠爲本〔二二〕，辨析疏通爲首。強志足以成務，博見足以窮理，酌古御今，治繁總要，此其體也。若乃按劾之奏，所以明憲清國〔二三〕。昔周之太僕，繩愆糾繆〔二四〕；秦之御史，職主文法；漢置中丞，總司按劾〔二五〕；故位在鷙擊，砥礪其氣〔二六〕，必使筆端振風，簡上凝霜者也〔二七〕。觀孔光之奏董賢，則實其奸回〔二八〕；路粹之奏孔融，則誣其釁惡〔二九〕。名儒之與險士，固殊心焉〔三〇〕。若夫傅咸勁直，而按辭堅深〔三一〕；劉隗切正，而劾文闊略〔三二〕。各其志也。後之彈事，迭相斟酌〔三三〕，惟新日用，而舊準弗差。然函人欲全，矢人欲傷，術在糾惡，勢必深峭〔三四〕。詩刺讒人，投畀豺虎〔三五〕；禮疾無禮，方之鸚猩〔三六〕；墨翟非儒，目以豕彘〔三七〕；孟軻譏墨，比諸禽獸〔三八〕。詩禮儒墨，既其如兹，奏劾嚴文，孰云能免？是以世人爲文，競於詆訶，吹毛取瑕，次骨爲戾，復似善罵，多失折衷〔三九〕。若能闢禮門以懸規，標義路以植矩〔四〇〕，然後踰垣者折肱〔四一〕，捷徑者滅趾〔四二〕，何必躁言醜句〔四三〕，詬病爲切哉〔四四〕？是以立範運衡，宜明體要；必使理有典刑，辭有風軌〔四五〕，總法家之式〔四六〕，秉儒家之文，不畏彊禦，氣流墨中〔四七〕，無縱詭隨，聲動簡外〔四八〕，乃稱絶席之雄，直方之舉耳〔四九〕。

啟者，開也。高宗云：啟乃心，沃朕心〔五〇〕。取其義也。孝景諱啟，故兩漢無稱。至魏國箋記，始云啟聞。奏事之末，或云謹啟〔五一〕。自晉來盛啟，用兼表奏。陳政言事，既奏之異條〔五二〕；讓爵謝恩，亦表之別幹〔五三〕。必斂飭入規，促其音節〔五四〕，辨要輕清，文而不侈，亦啟之大略也。

又表奏确切，號爲讜言。讜者，偏也。王道有偏，乖乎蕩蕩，其偏，故曰讜言也〔五五〕。孝成稱班伯之讜言，貴直也。自漢置八儀，密奏陰陽〔五六〕；皁囊封板，故曰封事〔五七〕。鼂錯受書，還上便宜〔五八〕。後代便宜，多附封事，慎機密也〔五九〕。夫王臣匪躬，必吐謇諤〔六〇〕，事舉人存〔六一〕，故無待泛説也。

贊曰：皁飭司直〔六二〕，肅清風禁〔六三〕。筆鋭干將，墨含淳酖〔六四〕。雖有次骨，無或膚浸〔六五〕。獻政陳宜，事必勝任。

【發義】

進言上書，陳政言事。

隸事爲筆，尚於徵典。窮理敷言，必以循軌。文貴短而不侈，辭允明而本誠。斂飭入規，促其音節。通辨成務，直其讜言。

〔一〕秦始立奏，而法家少文

【集引】

《漢雜事》：「秦初之制，改書爲奏。」

【發義】

秦初始立奏，而法家循名責實，辭不敷華，蓋欠缺文采也。

〔二〕觀王綰之奏勳德，辭質而義近

【集引】

《史記·秦始皇本紀》：「秦初并天下，令丞相、御史曰：『……寡人以眇眇之身，興兵誅暴亂，賴宗廟之靈，六王咸伏其辜，天下大定。今名號不更，無以稱成功，傳後世。其議帝號。』丞相綰、御史大夫劫、廷尉斯等皆曰：『……今陛下興義兵，誅殘賊，平定天下，海内爲郡縣，法令由一統，自上古以來未嘗有，五帝所不及。臣等謹與博士議曰：「古有天皇，有地皇，有泰皇，泰皇最貴。」臣等昧死上尊號，王爲泰皇。』」

【發義】

觀王綰所奏，頌秦之功德，文辭樸略，其義淺近也。

〔三〕李斯之奏驪山，事略而意逕

〔集引〕

蔡質《漢儀》：「李斯治驪山陵，上書曰：『臣所將隸徒七十餘萬人，治驪山者已深已極，鑿之不入，燒之不爇，叩之空空，如下天狀。』」《易·繫辭上》：「書不盡言，言不盡意。」《世説新語·方正》：「（周嵩）既前，都不問（兄顗）病，直云：『君在中朝，與和長輿（嶠）齊名，那與佞人刁協有情。』逕便出。」

【發義】

李斯奏驪山，事猶簡略，而意亦直捷。

〔四〕政無膏潤，形於篇章矣

〔集引〕

《孫子·兵勢》：「形名是也。」杜牧注：「夫形者，陳形也。」

【發義】

政無恩澤，陳形於篇章矣。

〔五〕賈誼之務農

〔集引〕

《國語·周語上》：「三時務農，而一時講武。」

【發義】

漢文帝即位，躬修儉節，思安百姓。賈誼念民近戰國，乃奏於上，不廢糞田之舉，使民歸之農，天下各食其力，蓄積足而人樂其所也。

〔六〕鼂錯之兵事

〔集引〕

《漢書·爰盎鼂錯傳》：「匈奴彊，數寇邊，上發兵以禦之。錯上言兵事。」

【發義】

匈奴強禦，而數寇邊。文帝發兵抵禦，鼂錯奏於上，敷陳用兵事略。

〔七〕匡衡之定郊

〔集引〕

《漢書·郊祀志》：「成帝初即位，丞相匡衡等奏言：『帝王之事，莫大乎承天之序。承天之序，莫重於郊祀，宜於長安定南北郊爲萬世基。』天子從之。」

【發義】

古於郊外祭祀天地，謂之郊祀。郊謂大祀，祀謂群祀。承天者，謂承奉天道也。《易·坤》曰：「至哉坤元，萬物資生，乃順承天。」

〔八〕王吉之觀禮

〔集引〕

《漢書·王貢兩龔鮑傳》：「吉疏曰：『安上治民，莫善於禮。願陛下與公卿大臣延及儒生，述舊禮，明王制，驅一世之民，躋之仁壽之域。』」

【發義】

王吉之疏，以禮爲善，蓋其觀之明王制，而齊之爲禮宗，禮容設而上安民治也。

〔九〕温舒之緩獄

【集引】

《漢書·賈鄒枚路傳》：「宣帝初即位，温舒上書言宜尚德緩刑。」

【發義】

温舒上書以諫宣帝，平獄寬刑，乃尚德之舉也。

〔一〇〕谷永之諫仙

【集引】

《漢書·郊祀志》：「成帝末年頗好鬼神，亦以無繼嗣故，多上書言祭祀方術者，皆得待詔，祠祭上林苑中長安城旁。……谷永説上曰：『臣聞明於天地之性，不可惑以神怪。……而盛稱奇怪鬼神，廣崇祭祀之方。……皆姦人惑衆，挾左道，懷詐僞，以欺罔世主。』」

【發義】

成帝惑於神怪，故方術者挾左道，漫語欺罔世主，言仙人而不物不經，蓋谷永諫之而直陳詐僞。

〔一一〕後漢群賢，嘉言罔伏

〖集引〗

《書·大禹謨》：「嘉言罔攸伏。」枚頤傳：「善言無所伏，言必用。」《禮記·儒行》：「陳言而伏。」朱彬《訓纂》引呂興叔曰：「伏者，閉而不出之謂。」

【發義】

後漢賢才群拔，善言無所隱伏。

〔一二〕楊秉耿介於災異

〖集引〗

《後漢書·楊震列傳》：「帝時微行，私過幸河南尹梁胤府舍。是日大風拔樹，晝昏，秉因上疏諫曰：『……王者至尊，出入有常。……況以先王法服而私出槃游！……設有非常之變，上負先帝，下悔靡及。』」

【發義】

楊秉正直，蓋以災異之象而諫於上也。

〔一三〕陳蕃憤懣於尺一，骨鯁得焉

【集引】

《後漢書·李王鄧來列傳》：「骨鯁可任。」李賢注：「骨鯁，喻正直也。」《後漢書·陳王列傳》：「時封賞踰制，内寵猥盛，蕃乃上疏諫曰：『……陛下宜採求得失，擇從忠善。尺一選舉，委尚書三公，使褒責誅賞，各有所歸，豈不幸甚！』」

【發義】

陳蕃憤懣於詔書（漢制版寫詔書爲尺一），骨直以立，蓋得焉。

〔一四〕張衡指摘於史職

【集引】

《後漢書·張衡列傳》：「衡收檢遺文，畢力補綴，又條上司馬遷、班固所叙與典籍不合者十餘事。又以爲王莽本傳，但應載篡事而已。至於編年月，紀災祥，宜爲元后本紀。……宜以更始之號，建於光武之初。」

【發義】

司馬遷、班固爲史職，所叙典籍有不合，蓋張衡指出其缺點錯誤。

〔一五〕蔡邕銓列於朝儀

〔集引〕

蔡邕《獨斷》：「正月朝賀，三公奉璧上殿，向御座北面。太常贊曰：『皇帝爲君，興，三公伏。』皇帝坐，乃進璧。舊儀，三公以下月朝，後省，常以六月朔十月朔旦朝。後又以盛暑省六月朝。故今獨以爲正月十月朔朝也。」

【發義】

蔡邕闡明朝廷位次，儀檢有序可循。

〔一六〕若高堂天文，王觀教學

〔集引〕

《三國志·魏書·高堂隆傳》：「青龍中，大治殿舍。……是歲，有星孛於大辰。……隆上疏曰：

『……今之宮室，實違禮度，乃更建立九龍，華飾過前。天彗章灼，始起於房心，犯帝座而干紫微，此乃皇天子愛陛下，是以發教戒之象……欲必覺寤陛下……不宜有忽，以重天怒。』」

【發義】

大辰，乃星次名。即蒼龍七宿中之三宿。有星孛於大辰，大火也。蓋蒼龍宿之體，最爲明，是爲心宿。古人觀察大火，以占吉凶。帝大治殿舍，有星孛於大火，乃天怒之象。高堂觀天文，是以發教戒之象，諫帝覺悟，須經意所爲。

〔一七〕王朗節省

【集引】

《呂氏春秋·召類》：「其唯仁且節與。」高誘注：「節，儉也。」《論語·學而》：「節用而愛人。」劉寶楠《正義》：「節，竹約也，引申爲節儉之義。」《國語·晉語四》：「省用足財。」韋昭注：「省，減也。」《大戴禮記·衛將軍文子》：「好學省物而不懃。」王聘珍《解詁》：「省，減省也。」

【發義】

魏王朗有《節省奏》。

〔一八〕晉氏多難，災屯流移

【集引】

《資治通鑑・晉紀》：「流離屯厄。」胡三省注：「屯，難也。」

【發義】

晉氏多難，皇運艱弊，蓋累世之交屯厄夷滅。

〔一九〕劉頌殷勤於時務

【集引】

《晉書・劉頌列傳》：「頌在郡上疏『……古者封建既定，各有其國，後雖王之子孫，無復尺土，此今事之必不行者也。若推親疏，轉有所廢，以有所樹，則是郡縣之職，非建國之制。』」

【發義】

劉頌殷勤於當時要事，奏言封國之制宜如古典，及六州將士之役，凡數千言，詔褒美之。

〔二〇〕温嶠懇惻於費役

〔集引〕

《晉書·温嶠傳》：「太子起西池樓觀，頗爲勞費。嶠上疏以爲朝廷草創，巨寇未滅，宜應儉以率下。務農重兵，太子納焉。」

【發義】

用財多謂之費。朝廷草創，巨寇未滅，而太子勞費，起西池樓觀以行樂，乃非智也。蓋温嶠懇惻於心，諫須儉約以率下焉。

〔二一〕並體國之忠規矣

〔集引〕

《周禮·天官·序官》：「惟王建國，辨方正位，體國經野，設官分職，以爲民極。」

【發義】

體國者，謂營建國中宮室門途，如身之有四體，蓋喻治理國家也。

〔一二二〕固以明允篤誠爲本

〔集引〕

《論語·學而》：「君子務本。」

【發義】

固以惟明允恭，篤厚真誠爲主體。

〔一二三〕所以明憲清國

〔集引〕

《書·說命下》：「監于先王成憲，其永無愆。」張立齋《義證》：「『明憲』，謂彰明法令。『清國』，謂澄清國政。」

【發義】

所以彰明法令，清察於國治。

〔二四〕昔周之太僕，繩愆糾繆

〔集引〕

《書·冏命》：「繩愆糾謬，格其非心，俾克紹先烈。」

【發義】

周有太僕之職，掌正王之服位，出入王之大命，糾正過錯。

〔二五〕秦之御史，職主文法；漢置中丞，總司按劾

〔集引〕

《急就篇》：「誅罰詐僞劾罪人。」宋王應麟《補注》：「劾，推窮罪人也。漢世問罪謂之鞫，斷獄謂之劾。」

【發義】

御史大夫，秦始設官職，掌文書法令。漢延其制，設置御史中丞，總管檢察彈劾。御史所居官署，稱御史臺，又名蘭臺寺，掌圖籍祕書，外督部刺史，內領侍御史員十五人，受公卿奏事，舉劾按章。

〔二六〕**故位在鷙擊，砥礪其氣**

〔集引〕

《楚辭·離騷》：「鷙鳥之不群兮。」王逸注：「鷙，執也，謂能執服衆鳥，鷹鸇之類也。」《漢書·蓋諸葛劉鄭孫毋將何傳》：「今日鷹隼始擊，當順天氣取奸惡，以成嚴霜之誅。」《春秋緯感精符》：「霜者，刑罰之表也。季秋霜始降，鷹隼擊，王者順天行誅，成肅殺之威。」

【發義】

鷙，擊鳥也。其所至能執服衆鳥，是以不群。譬之若人，虎摯之士，猛致人爵，執憲轂下，威棱剛克，是以砥礪其氣。

〔二七〕**必使筆端振風，簡上凝霜者也**

〔集引〕

《初學記》引崔篆《御史箴》：「簡上霜凝，筆端風起。」

【發義】

筆端振起聲勢，簡上形成霜威也。

〔二一八〕**觀孔光之奏董賢，則實其奸回**

〔**集引**〕

《漢書·佞幸傳》：「莽復風大司徒光奏：『賢質性巧佞，翼姦以獲封侯。……治第宅，造冢壙，放效無極，不異王制。……死後父恭等不悔過，乃復以砂畫棺四時之色。……至尊無以加。恭等幸得免於誅，不宜在中土。臣請收没入財物縣官。』」

【**發義**】

孔光檢察董賢，證實其奸邪。

〔二一九〕**路粹之奏孔融，則誣其釁惡**

〔**集引**〕

《後漢書·鄭孔荀列傳》：「曹操既積嫌忌，而郗慮復搆成其罪，遂令丞相軍謀祭酒路粹枉狀奏融曰：『少府孔融，昔在北海，見王室不靜……欲規不軌，云我大聖之後，而見滅於宋，有天下者，何必卯金刀。』」

【發義】

路粹彈劾孔融，誣陷其罪惡。

〔三〇〕**名儒之與險士，固殊心焉**

〔集引〕

《晉書・庾冰傳》：「冰字季堅，兄亮以名德流訓，冰以雅素垂風。」《禮記・中庸》：「小人行險以儌幸。」鄭玄注：「險，謂傾危之道。」《國語・晉語一》：「惡其心，必內險之。」《漢書・王莽傳上》：「莽以大司徒孔光名儒。」彥和本此。

【發義】

名德流訓之儒與傾危行以儌幸之士，厥心殊異焉。

〔三一〕**若夫傅咸勁直，而按辭堅深**

〔集引〕

《晉書・傅咸傳》：「傅長虞爲司隸，勁直忠果，劾按驚人。雖非周才，偏亮可貴也。」。《文選・

干寶《晉紀總論》李善注引孫盛《晉陽秋》：「司隸校尉傅咸，勁直正厲，果於從政，先後彈劾奏百寮，王戎多不見從。」《韓非子·孤憤》：「能法之士，必強毅而勁直；不勁直不能矯姦。」《詩·大雅·生民》：「實堅實好。」朱熹《集傳》：「堅，其實堅也。」

【發義】

傅咸字長虞，剛簡有大節，勁直不屈，而彈劾罪過之奏文，堅確且苛細周納。

〔三二二〕劉隗切正，而劾文闊略

〔集引〕

《晉書·劉隗列傳》：「而隗之彈奏不畏強禦，皆此類也。」

【發義】

劉隗切實正確，而彈劾之文粗疏簡略。

〔三二三〕後之彈事，迭相斟酌

〔集引〕

《三國志·蜀書·諸葛亮傳〈出師表〉》：「至於斟酌損益，進盡忠言，則攸之、禕、允之任也。」

【發義】

迨後彈劾之事，輪替相互斟酌。六朝御史中丞劾奏曰彈事。

〔三四〕術在糾惡，勢必深峭

〔**集引**〕

《禮記·文王世子》：「正術也。」鄭玄注：「術，法也。」《史記·袁盎鼂錯列傳》：「錯爲人陗直刻深。」裴駰《集解》：「韋昭曰：『術岸高曰峭。』瓚曰：『陗，峻。』司馬貞《索隱》：『峭，峻也。』」《漢書·爰盎鼂錯傳》顏師古注：「陗字與峭同。峭謂『峻陿』也。」

【發義】

法在糾惡，勢必深刻陗直。

〔三五〕詩刺讒人，投畀豺虎

〔**集引**〕

《詩·小雅·巷伯》：「取彼讒人，投畀豺虎，豺虎不食。」《莊子·漁父》：「好言人之惡謂之讒。」《荀子·修身》：「傷良曰讒，害良曰賊。」

【發義】

《詩》刺傷良之人，棄予豺虎也。

〔雍案〕

楊明照《校注》云：「按『剌』字誤，當依何本、凌本、別解本、尚古本、岡本、王本、崇文本作『刺』。」刺，乃「刺」之形譌也。《廣雅·釋詁二》：「刺，箴也。」《慧琳音義》卷一五：「刺殺」注引《字書》：「刺，箴也。」《慧琳音義》卷七「譏刺」注引《毛詩》傳云：「刺，責也。」又卷七二「譏刺」注引《考聲》云：「刺，誹也。」《詩·小雅·沔水序》：「規宣王也。」孔穎達疏：「刺者，責其爲惡言。」《小學蒐佚·韓詩》：「刺，非也。」

〔三六〕禮疾無禮，方之鸚猩

〔集引〕

《禮記·曲禮上》：「鸚鵡能言，不離飛鳥；猩猩能言，不離禽獸。今人而無禮，雖能言，不亦禽獸之心乎！」

【發義】

《禮》所記，憎恨人之無禮，心無異於鳥獸也。

〔三七〕**墨翟非儒，目以豕彘**

〔**集引**〕

《墨子·非儒》：「（儒者）貪于飲食，惰于作務，陷于飢寒，危于凍餒，無以違之。是若人乞，鼸鼠藏，而羝羊視，賁彘起。君子笑之。怒曰：『散人焉知良儒。』」

【發義】

墨子譏儒生，視之以公羊視，闖豬起也，貪食慵懶貧寒如乞匄。

〔三八〕**孟軻譏墨，比諸禽獸**

〔**集引**〕

《孟子·滕文公下》：「楊氏（楊朱）爲我，是無君也；墨氏兼愛，是無父也。無父無君，是禽獸也。」

【發義】

孟子譏楊朱、墨翟之言論，謂楊朱主張爲我，乃不要君王；墨翟主張兼愛，乃不要父母。不要君王、父母，乃禽獸也。

〔三九〕是以世人爲文，競於詆訶，吹毛取瑕，次骨爲戾，復似善罵，多失折衷

〖集引〗

《宋書·荀伯子傳》：「（伯子）爲御史中丞，凡所奏劾，莫不深相謗毀，或延及祖禰，示其切直；又頗雜嘲戲，世人以此非之。」《後漢書·宣張二王杜郭吴承鄭趙列傳》：「林奏曰：『……吹毛索疵，詆欺無限。……至於法不能禁，令不能止，上下相遁，爲敝彌深。』」章懷注：「詆欺，謂飾非成釁，非其本罪……遁，猶回避也。」《三國志·吴書·步騭傳》：「（上疏）伏聞諸典校擿抉細微，吹毛求疵，重案深誣，趨欲陷人。」唐顔師古《前漢書叙例》：「六藝殘缺，莫覩全文，各自名家，揚鑣分路，是以向歆、班馬、仲舒、子雲所引諸經，或有殊異，與近代儒者訓義弗同。不可追駮前賢，妄指瑕纇；曲從後説，苟會扃塗。」《史記·酷吏列傳》：「其治與（減）宣相放，然重遲，外寬，内深次骨。」又《留侯世家》：「四人皆曰：『陛下輕士善罵，臣等義不受辱，故恐而亡匿。』」又《孔子世家〈贊〉》：「折中於夫子。」司馬貞《索隱》：「《離騷》曰：『明五帝以折中。』王叔師云：『折

中，正也。』宋均云：『折，斷也。中，當也。言欲折斷其物而用之，與度相中當也。』」中，古通「衷」。

【發義】

是以世人爲文，競於詆謗斥責，故意挑剔瑕纇，入骨極深爲戾背；復似善罵，多失調和二者取其中正，無所偏頗。

〔四〇〕若能闢禮門以懸規，標義路以植矩

〖集引〗

《孟子·萬章下》：「夫義，路也；禮，門也。惟君子能由是路，出入是門也。」《戰國策·齊策二》：「命懸於趙。」鮑彪注：「懸，繫也。」《説文·夫部》：「規，有法度也。」《呂氏春秋·知度》：「相與植法則也。」高誘注：「植，立也。」

【發義】

若能開禮門以繫於法度，標義路以立於矩則。

〔四一〕然後踰垣者折肱

〔集引〕

《國語·吴語》：「君有短垣而自踰之。」《詩·鄭風·將仲子》：「將仲子兮，無踰我牆。」《易·豐·爻辭》：「折其右肱。」

【發義】

然後超越法度，挫敗無遺。

〔四二〕捷徑者滅趾

〔集引〕

《楚辭·屈原〈離騷〉》：「夫唯捷徑以窘步。」《易·噬嗑·爻辭》：「履校滅趾。」陸德明《釋文》：「趾，足也。」

【發義】

是以譬喻不循正軌而求速成者應絶足。

〔四三〕何必躁言醜句

〖集引〗

《論語・季氏》：「言未及之而言，謂之躁。」何晏《集解》引鄭玄曰：「躁，不安靜。」《説文・走部》：「趮，疾也。」段玉裁注：「今字作『躁』。」《詩・鄘風・牆有茨》：「言之醜也。」朱熹《集傳》：「醜，惡也。」

【發義】

何必疾言惡句。

〔四四〕詬病爲切哉

〖集引〗

《禮記・儒行》：「常以儒相詬病。」鄭玄注：「詬病，猶恥辱也。」《詩・小雅・斯干》鄭玄箋：「言時人骨肉用是相愛好，無相詬病也。」

【發義】

恥辱爲切哉。

〔四五〕必使理有典刑，辭有風軌

〔集引〕

《詩·大雅·蕩》：「雖無老成人，尚有典刑。」鄭玄箋：「猶有常事故法，可案用也。」《資治通鑑·陳紀》：「以懲風軌。」胡三省注：「風軌，風迹也。」

【發義】

必使理有常規，辭有風迹。

〔四六〕總法家之式

〔集引〕

《史記·太史公自序》：「法家不別親疏，不殊貴賤，一斷於法，則親親尊尊之恩絶矣。」又：「法家嚴而少恩，然其正君臣上下之分，不可改矣。」

【發義】

法家善能裁斷，是以總法家之裁。

〔雍案〕

式，宋本、活字本、喜多本、鮑本《御覽》引作「裁」。式，乃「裁」之譌也。此謂法家善能裁斷，是以總法家之裁也。范甯《春秋穀梁傳集解序》：「公羊辯而裁。」楊士勛疏：「裁，謂善能裁斷。」

〔四七〕不畏彊禦，氣流墨中

〔集引〕

《詩·大雅·烝民》：「維仲山甫，柔亦不茹，剛亦不吐，不侮矜寡，不畏彊禦。」孔穎達《正義》：「不畏懼於強梁御善之人。」

【發義】

不畏強暴禦善者，氣勢流議於文墨之中。《詩·大雅·蕩》孔穎達《正義》云：「御善者，見善事而抗御之，是心不向善不從教化之人也。」

〔四八〕無縱詭隨，聲動簡外

【集引】

《詩・大雅・民勞》：「無縱詭隨，以謹無良。」毛萇傳曰：「詭隨，詭人之善，隨人之惡者。」

【發義】

無放縱詭人之善，隨人之惡者，聲勢震動於簡策之外。

〔四九〕乃稱絶席之雄，直方之舉耳

【集引】

《後漢書・李王鄧來列傳》：「常爲横野大將軍，位次與諸將絶席。」《後漢書・宣張二王杜郭吴承鄭趙列傳》：「建武元年，拜御史中丞。光武特詔御史中丞與隸校尉、尚書令會同，並專席而坐。故京師號曰：『三獨坐』。」《漢舊儀》：「御史中丞朝會獨坐，出討姦猾，內與尚書令、司隸校尉會同，皆專席。京師號之曰『三獨坐』者也。」《易・坤・文言》：「直，其正也；方，其義也。君子敬以直內，義以方外。」牟庭注：「《韓非子・解老》：『所謂方者，內外相應也，言行相稱也……所謂直者，義必公正，心不偏黨也。』」

【發義】

絶席，乃尊席也。此謂地位尊貴，乃稱獨坐一席之雄，端直方正之舉止耳。

〔五〇〕高宗云：啟乃心，沃朕心

〔集引〕

《書·説命上》：「啟乃心，沃朕心，若藥弗瞑眩，厥疾弗瘳。」孔安國傳曰：「開汝心以沃我心，如服藥必瞑眩極，其病乃除，欲其出切言以自警。」孔穎達《正義》：「當開汝心所有，以灌沃我心；欲令以彼所見教己未知故也。」

【發義】

開啟汝心，以灌沃我心。

〔雍案〕

據甲骨卜辭考證，「高宗」應是商王武湯，而非商王武丁也。余所著《殷鑑·武丁》云：「周公作《毋逸》，稱武丁爲『高宗』者，乃由《尚書》之《高宗肜日》誤會而來。高宗肜日者，當是『王窒高祖，肜日亡尤』省文，即武丁歲於高祖乙也。」

〔五一〕或云謹啟

【集引】

唐劉將孫《事始》：「沈約《書》云：『景帝名啟，兩帝按當作漢俱諱；魏國牋記，末方曰謹啟。』」《事物紀原・集類二》：「魏國牋記，始云啟，末云謹啟。」

【發義】

蓋因景帝名啟，皆諱之，而於末云謹啟也。

〔五二〕陳政言事，既奏之異條

【集引】

《荀子・大略》：「孟子三見宣王，不言事。」《後漢書・显宗孝明帝紀》詔：「古者卿士獻詩，百工箴諫，其言事者，靡有所諱。」

【發義】

陳述政見，言明事實，既奏之分條。古代對君王談論政事或進諫，謂之言事也。

〔五三〕讓爵謝恩，亦表之別幹

〔集引〕

《書・堯典》：「允恭克讓。」趙孟頫注：「推賢尚善曰讓。」《禮記・曲禮上》：「是以君子恭敬撙節退讓以明禮。」

【發義】

禮讓爵位，感謝恩德，亦啟之分枝。蓋奏啟有別，奏之爲主，啟之爲支。

〔五四〕必斂飭入規，促其音節

〔集引〕

《後漢書・文苑列傳》：「（曹操）聞衡善擊鼓，乃召爲鼓吏，因大會賓客，閱試音節。」

【發義】

必收斂謹飭而入常規，緊縮其聲音節奏。此謂啟聲促篇短也。

〔五五〕王道有偏，乖乎蕩蕩，其偏，故曰讜言也

〔**集引**〕

《書・洪範》：「無偏無黨，王道蕩蕩。」《論語・泰伯》：「巍巍乎！唯天爲大，唯堯則之。蕩蕩乎！民無能名焉。」《漢書敘傳》：「禁中張畫屏風，畫紂醉踞妲己，作長夜之樂。上指畫問班伯，伯對曰：『《詩》《書》淫亂之戒，其原皆在於酒。』上迺喟然歎曰：『吾久不見班生，今日復聞讜言。』」

【**發義**】

王道有偏，蓋失乎正直，背離廣大；其言無偏頗，故曰善言。

〔五六〕漢置八儀，密奏陰陽

〔**集引**〕

《後漢書・禮儀中》：「八能之士常以日冬至成天文，日夏至成地理。作陰樂以成天文，作陽樂以成地理。」

【發義】

後漢時，於冬至日，命八能之士奏樂，樂畢，各板書言事，封以皁囊，送西陛，跪授尚書。

【雍案】

「八儀」，乃「八能」也。八能者，能使用六種樂器奏出八音之士也。

〔五七〕**皁囊封板，故曰封事**

〔集引〕

《後漢書·禮儀中》：「召太史令各板書，封以皁囊。」《獨斷》：「凡章表皆啟封，其言密事，得皁囊盛。」《漢書·霍光金日磾傳》：「上令吏民得奏封事，不關尚書。」

【發義】

皁囊，漢制，群臣上章表，如事涉秘密，則封以皁囊。

〔五八〕**鼂錯受書，還上便宜**

〔集引〕

《史記·袁盎鼂錯列傳》：「太常遣鼂錯受《尚書》伏生所，還，因上便宜事，以《書》稱説。」

《南齊書・顧憲之傳》：「愚又以便宜者，蓋便於公，宜於民也。」

【發義】

鼂錯受書，其還，上便於國，宜於民之事，以《尚書》陳説也。

〔五九〕後代便宜，多附封事，慎機密也

〔集引〕

《後漢書・蔡邕列傳》：「故密特稽問……具對經術，以皁囊封上。」章懷注：「《漢官儀》曰『凡章表皆啟封，其言密事得皁囊』也。」

【發義】

後代因利乘便，見機行事，而多附封事，以慎機密也。

〔六〇〕夫王臣匪躬，必吐謇諤

〔集引〕

《易・蹇》：「象曰：『蹇，難也。』」又：「六二，王臣蹇蹇，匪躬之故。」孔穎達疏：「履正居中，志匡王室，能涉蹇難而往濟，故曰王臣蹇蹇也。」孔穎達《正義》：「盡忠於君，匪以私身之故，而不往濟君，故曰匪躬之故。」《隸釋·衛尉衡方碑》：「謇謇王臣，群公憲章。」又《隸釋·漢冀州從事張表碑》：「委蛇公門，謇謇匪躬。」蹇，與「謇」通。《晉書·武帝紀》：「（泰始八年）帝曰：『讜言謇諤，所望於左右也。』」《廣韻·鐸韻》：「諤，謇諤，直言。」

【發義】

王臣非爲自身安全，必吐直言。

〔六一〕事舉人存

〖集引〗

《禮記·中庸》：「哀公問政，子曰：『文武之政，布在方策；其人存，則其政舉。』」

【發義】

蓋布政亦在敵，事舉而人存焉。

〔六二二〕 皁飭司直

【集引】

《詩·鄭風·羔裘》：「邦之司直。」毛萇傳：「司，主也。」

【發義】

司直，乃官名。漢武帝元狩五年置，幫助丞相檢舉不法，位在司隸校尉上。皁飭司直，乃謂密封章表造成其事，以整飭司直，以修正其身也。

【雍案】

楊明照《校注》云：「按『皁飭』二字不可解，《札迻》十二謂當作『皁袀』，亦未可從。疑爲『白簡』之舛誤。」楊氏所云蹈誤。「皁飭」，於文可解。《左傳·昭公七年》：「士臣皁。」孔穎達疏引服虔云：「皁，造也，造成事也。」

〔六二三〕 肅清風禁

【集引】

《漢書·韋賢傳》：「王朝肅清，唯俊之庭。」

【發義】

持事謹敬，以清風紀。

〔六四〕**筆鋭干將，墨含淳酖**

〔集引〕

《左傳·莊公三十二年》：「公子牙卒。」杜預注：「飲酖而死。」陸德明《釋文》：「（酖）音鴆，本亦作鴆。」《易·小過》王弼注：「宴安鴆毒。」陸德明《釋文》：「鴆本亦作酖。」《左傳·閔公元年》：「宴安酖毒，不可懷也。」

【發義】

筆端利於劍，墨含酖之毒。

〔六五〕**雖有次骨，無或膚浸**

〔集引〕

《史記·酷吏列傳》：「其治與（減）宣相放，然重遲，外寬，内深次骨。」《論語·顔淵》：「子曰：『浸潤之譖，膚受之愬，不行焉，可謂遠也已矣！』」朱熹《集注》：「膚受爲肌膚所受，利害切身。」

【發義】

雖有内深次骨，無或不實之辭。膚受者，膚淺不實也。

議對第二十四

周爰諮謀，是謂爲議〔一〕。議之言宜，審事宜也。易之節卦，君子以制度數議德行〔二〕。周書曰：議事以制，政乃弗迷〔三〕。議貴節制〔四〕，經典之體也。

昔管仲稱軒轅有明臺之議〔五〕，則其來遠矣。洪水之難，堯咨四岳〔六〕，宅揆之舉，舜疇五人〔七〕。三代所興，詢及芻蕘〔八〕。春秋釋宋，魯桓務議〔九〕。及趙靈胡服，而季父爭論〔一〇〕；商鞅變法，而甘龍交辨〔一一〕。雖憲章無算，而同異足觀。迄至有漢，始立駁議〔一二〕。駁者，雜也；雜議不純，故曰駁也。自兩漢文明，楷式昭備，藹藹多士〔一三〕，發言盈庭〔一四〕；若賈誼之遍代諸生〔一五〕，可謂捷於議也。至如主父之駁挾弓〔一六〕，安國之辨匈奴〔一七〕，賈捐之之陳於朱崖〔一八〕，劉歆之辨於祖宗〔一九〕。雖質文不同，得事要矣。若乃張敏之斷輕侮〔二〇〕，郭躬之議擅誅〔二一〕，程曉之駁校事〔二二〕，司馬芝之議貨錢〔二三〕，何曾蠲出女之科〔二四〕，秦秀定賈充之謚〔二五〕，事實允當，可謂達議體矣。漢世善駁，則應劭爲首〔二六〕；晉代能議，則傅咸爲宗。然仲瑗博古，而銓貫有叙〔二七〕；長虞識治，而屬辭枝繁〔二八〕；及陸機斷議，亦有鋒穎，而諛辭弗剪，頗累文骨〔二九〕。亦各有美，風格存焉。

夫動先擬議〔三〇〕，明用稽疑，所以敬慎群務，弛張治術〔三一〕。故其大體所資，必樞紐經典，採故實於前代，觀通變於當今；理不謬摇其枝〔三二〕，字不妄舒其藻〔三三〕。又郊祀必洞於禮，戎事必練於兵，田穀先曉於農，斷訟務精於律；然後標以顯義，約以正辭，文以辨潔爲能，不以繁縟爲巧；事以明覈爲美，不以深隱爲奇。此綱領之大要也。若不達政體，而舞筆弄文，支離構辭，穿鑿會巧，空騁其華，固爲事實所擯，設得其理，亦爲遊辭所埋矣〔三四〕。昔秦女嫁晉，從文衣之媵，晉人貴媵而賤女；楚珠鬻鄭，爲薰桂之櫝，鄭人買櫝而還珠。若文浮於理，末勝其本，則秦女楚珠，復在於兹矣。

又對策者，應詔而陳政也；射策者，探事而獻説也〔三五〕。言中理準，譬射侯中的〔三六〕，二名雖殊，即議之别體也。古之造士，選事考言〔三七〕。漢文中年，始舉賢良，鼂錯對策，蔚爲舉首〔三八〕。及孝武益明，旁求俊乂〔三九〕，對策者以第一登庸〔四〇〕，射策者以甲科入仕〔四一〕，斯固選賢要術也。觀鼂氏之對，證驗古今，辭裁以辨，事通而贍，超升高第，信有徵矣。仲舒之對，祖述春秋，本陰陽之化，究列代之變，煩而不慁者，事理明也〔四二〕。公孫之對，簡而未博，然總要以約文，事切而情舉〔四三〕，所以太常居下，而天子擢上也。杜欽之對，略而指事，辭以治宣，不爲文作。及後漢魯丕，辭氣質素，以儒雅中策，獨入高第。凡此五家，並前代之明範也。魏晉已來，稍務文麗，以文紀實，所失已多，及其來選，又稱疾不會〔四四〕，雖欲求文，弗可得也。是以漢飲博士，而雉集乎堂〔四五〕；晉策秀才，而麏興於前〔四六〕。無他怪也，選失之異耳。

夫駁議偏辨，各執異見；對策揄揚，大明治道。使事深於政術，理密於時務，酌三五以鎔世〔四七〕，而非迂緩之高談；馭權變以拯俗，而非刻薄之僞論；風恢恢而能遠〔四八〕，流洋洋而不溢〔四九〕，王庭之美對也。難矣哉，士之爲才也！或練治而寡文，或工文而疎治。對策所選，實屬通才〔五〇〕，志足文遠〔五一〕，不其鮮歟〔五二〕！

贊曰：議惟疇政，名實相課〔五三〕。斷理必綱，摛辭無懦〔五四〕。對策王庭，同時酌和〔五五〕。治體高秉，雅謨遠播。

【發義】

咨謀審事，對射獻説。

議政深明治體，審事言宜。對策務切時用，獻説義準。理在潔辯，文非妄作。

〔一〕周爰諮謀，是謂爲議

【集引】

《詩·小雅·皇皇者華》：「載馳載驅，周爰咨謀。」毛萇傳：「忠信爲周；訪問於善爲咨。咨事之難易爲謀。」鄭玄箋：「爰，於也。」陸德明《釋文》：「『咨』，亦作『諮』。」《説文·言部》：「議，語也。」「論，議也。」「謀，慮難曰『謀』。」又《口部》：「謀事曰『咨』。」黄侃曰：「然則議亦論事之泛稱。」

【發義】

議論乃諮謀於事也。訪問周遍，事在議論。

〔一二〕易之節卦，君子以制度數議德行

〖集引〗

《易・節》：「象曰：『澤上有水，節。君子以制數度，議德行。』」孔穎達疏：「數度，謂尊卑禮命之多少；德行，謂人才堪任之優劣。君子象節，以制其禮數等差，皆使有度；議人之德行任用，皆使得宜。」

【發義】

水在澤中，乃得其節。故曰：澤上有水，節也。運命在於數，皆有其度。蓋禮數等差，尊卑多少由運命也。人才之德行，堪用有其優劣也。

〖雍案〗

度數，活字本《御覽》引作「數度」。楊明照《校注》云：「按作『數度』始與易合。前《詔策篇》亦誤倒。」度數，乃「數度」之譌也。

〔三〕議事以制，政乃弗迷

【集引】

《書·周官》：「議事以制，政乃不迷。」孔穎達《正義》：「凡欲制斷當今之事，必以古之義理議論量度其終始，合於古義然後行之，則其爲之政教乃不迷錯也。」

【發義】

議論當世要務，當以制斷量度而行，使施行政教而不迷錯也。

〔四〕議貴節制

【集引】

《荀子·議兵》：「秦之鋭士，不可以當桓、文之節制。」

【發義】

節制者，乃謂節度法制也。

〔五〕昔管仲稱軒轅有明臺之議

【集引】

《管子·桓公問》：「黄帝立明臺之議者，上觀於賢也。」《三國志·魏書·文帝紀》延康元年令：「軒轅有明臺之議，放勳有衢室之問，皆所以廣詢於下也。」

【發義】

明臺者，傳爲黄帝聽政議政之所。

〔六〕洪水之難，堯咨四岳

【集引】

《書·堯典》：「帝曰：『咨！四岳。湯湯洪水方割，蕩蕩懷山襄陵，浩浩滔天，下民其咨！有能俾乂？』僉曰：『於！鯀哉！』」

【發義】

四岳，爲唐堯臣。分管四方之諸侯，故曰四岳。

〔七〕宅揆之舉，舜疇五人

〔集引〕

《書·舜典》：「有能奮庸熙帝之載，使宅百揆。」又：「納於百揆，百揆時叙。」《論語·泰伯》：「舜有臣五人，而天下治。」何晏《集解》引孔安國曰：「禹、稷、契、皋陶、伯益也。」

【發義】

百揆者，古代總領國政之長官。舜帝使任百揆之舉，咨而用五人治天下也。

〔八〕詢及芻蕘

〔集引〕

《詩·大雅·板》：「先民有言，詢於芻蕘。」毛萇傳：「芻蕘，薪采者。」

【發義】

詢及芻蕘，謂謀及取芻取蕘之人。

〔雍案〕

芻，元本、弘治本、活字本、汪本、佘本、張本、兩京本、王批本、何本、合刻本、梁本、別解本、尚古本、岡本、王本作「蒭」。楊明照《校注》云：「按《詩・大雅・板》：『先民有言，詢於芻蕘。』不作『蒭』。『芻』已從艸，不必再加艸頭也。」此楊氏未訓也。芻，本又作「蒭」，音義同。《玉篇・艸部》《廣韻・虞部》：「芻，俗作『蒭』。」《爾雅・釋草》：「菉，王芻。」陸德明《釋文》：「芻，本又作『蒭』。」《孟子・梁惠王下》：「芻蕘者往焉。」周廣業《古注考》：「《三輔黃圖》又《長短經》作『蒭』。」

〔九〕春秋釋宋，魯桓務議

〔集引〕

《左傳・僖公二十一年》：「秋，宋公、楚子、陳侯、蔡侯、鄭伯、許男、曹伯會於盂，（楚）執宋公以伐宋……十有二月癸丑，公會諸侯盟於薄，釋宋公。」《公羊傳・僖公二十一年》：「執未有言釋之者，此其言釋之何？公與爲爾也。公與爲爾奈何？公與議爾也。」又：「楚人知雖殺宋公，猶不得宋國，於是釋宋公。」

【發義】

僖公會諸侯盟於薄，爲釋宋襄公，而致力於議論。

【雍案】

黄叔琳注云：「按魯桓公無議釋宋事，『桓』當作『僖』。」文溯本剜改爲「僖」。桓，乃「僖」之譌也。

〔一〇〕及趙靈胡服，而季父爭論

【集引】

《史記·趙世家》：「（趙武靈王曰：）『吾欲胡服……』……（王叔公子成曰：）『臣聞中國者，蓋聰明徇智之所居也……今王舍此而襲遠方之服，變古之教，易古之道，逆人之心。』……（王）曰：『夫服者所以便用也……果可以便其事，不同其禮……變服騎射以備燕、三胡、秦、韓之邊……』公子成再拜稽首曰：『……王將繼簡襄之意，以順先王之志，臣敢不聽命乎？』」

【發義】

趙武靈王欲胡服，季父對辯而論。

〔一一〕商鞅變法，而甘龍交辨

【集引】

《史記·商君列傳》：「孝公既用衛鞅……衛鞅曰：『……聖人苟可以強國，不法其故；苟可以利民，不循其禮。』孝公曰：『善。』甘龍曰：『不然。聖人不易民而教，知者不變法而治。因民而教，不勞而成功；緣法而治者，吏習而民安之。』衛鞅曰：『龍之所言，世俗之言也。……三代不同禮而王，五伯不同法而霸。智者作法，愚者制焉；賢者更禮，不肖者拘焉。』……孝公曰：『善。』……卒定變法之令。」

【發義】

商鞅變更法制，甘龍與之互相辯論。

〔一二〕迄至有漢，始立駁議

【集引】

漢蔡邕《獨斷》：「凡群臣上書於天子者有四名：一曰章，二曰奏，三曰表，四曰駁議。」《後漢書・楊李翟霍爰徐列傳（附應劭）》：「又集駁議三十篇，以類相從，凡八十二事。」又《鄭范陳賈張列傳》附鄭衆上疏：「若復遣之，虜必自謂得謀，其群臣駁議者不敢復言。」李賢注：「駁議謂勸單于歸漢。」

【發義】

及漢之制，始立駁議。臣屬對朝廷決策有異議而上書，稱駁議。

〔一三〕藹藹多士

〖集引〗

《詩・大雅・卷阿》：「藹藹王多吉士。」毛萇傳：「藹藹，猶『濟濟』也。」鄭玄箋：「王之朝多善士，藹藹然君子在上位者。」陸德明《釋文》：「《爾雅・釋訓》云：『（藹藹）臣盡力也。』」

【發義】

漢立駁議之制，朝多善士。

〔一四〕發言盈庭

〔集引〕

《詩·小雅·小旻》：「謀夫孔多，是用不集。發言盈庭，誰敢執其咎？」

【發義】

謀事者衆，詾詾滿庭，而無敢決當是非。《文體明辨序説》曰：「蓋古者國有大事，必集群臣而廷議之，交口往復，務盡其情，若罷鹽鐵、擊匈奴之類是也。」

〔一五〕若賈誼之遍代諸生

〔集引〕

《史記·屈原賈生列傳》：「孝文皇帝初立，聞河南守吴公治平爲天下第一……乃徵爲廷尉。廷尉乃言賈生年少，頗通諸子百家之書。文帝召以爲博士。是時賈生年二十餘，最爲少，每詔令議下，諸老先生不能言，賈生盡爲之對。人人各如其意所欲出，諸生於是乃以爲能，不及也。」

【發義】

文帝每詔議，賈誼盡爲之對，蓋遍代諸生，而文帝説之。

〔一六〕至如主父之駁挾弓

〔集引〕

《漢書·嚴朱吾丘主父徐嚴終王賈傳》：「丞相公孫弘奏言：『民不得挾弓弩……』上下其議。壽王對曰：『臣聞古者作五兵，非以相害，以禁暴討邪也。安居則以制猛獸而備非常，有事則以設守衛而施行陣……且所爲禁者，爲盜賊之以攻奪也……臣恐邪人挾之而吏不能止，良民以自備而抵法禁，是擅賊威而奪民救也……大不便。』……上以難丞相弘，弘詘服焉。」

【發義】

吾邱偃事，蓋舉駁奏言，禁民毋得挾弓弩便也。

〔雍案〕

非主父偃事，主父，乃「吾邱」之譌也。

〔一七〕安國之辨匈奴

〔集引〕

《漢書·竇田灌韓傳》：「匈奴來請和親，上下其議。大行王恢，燕人，數爲邊吏，習胡事，議曰：『漢與匈奴和親，率不過數歲即背約。不如勿許，舉兵擊之。』……安國曰：『……且匈奴，輕疾悍亟之兵也，至如猋風，去如收電……難得而制。今使邊郡久廢耕織，以支胡之常事，其勢不相權也，臣故曰勿擊便。』」

【發義】

武帝時，匈奴請和親，大行王恢議伏兵襲擊。韓安國之辨，乃權宜其勢也。

〔一八〕賈捐之之陳於朱崖

【集引】

《法言·孝至》：「朱崖之絶，捐之之力也。」李軌注：「朱崖，南海水中郡。元帝時，背叛不臣，議者欲往征之。賈捐之以爲無異禽獸也，『棄之不足惜，不擊不損威』。元帝聽之。」《漢書·嚴朱吾丘主父徐嚴終王賈傳》：「元帝初元元年，珠厓又反……捐之建議，以爲不當擊……上使侍中駙馬都尉樂昌侯王商詰問捐之曰：『珠厓内屬爲郡久矣，今背畔逆節，而云不當擊……經義何以處之？』捐之對曰：『……（秦）興兵遠攻，貪外虛内……而天下潰畔……今陛下不忍悁悁之忿，欲驅士衆擠之大海之中……非所以救助飢饉，保全元元也……願遂棄珠厓，專用恤關東爲憂。』對奏……丞相於定國以爲……捐之議是，上乃從之。」

【發義】

朱厓背叛不臣，非冠帶之國，棄之何足惜，蓋賈捐之之議，在於戒征也。

〔一九〕劉歆之辨於祖宗

【集引】

劉歆《武帝廟不宜毀議》：「孝武皇帝南滅百粵，北攘匈奴，至今累世賴之。天子三昭三穆，與太祖之廟而七。孝宣皇帝舉公卿之議，既以爲世宗之廟，臣愚以爲不宜毀。」

【發義】

劉歆之辨於祖宗，文載《漢書·韋賢傳》。質樸文華不同，得叙事之要略。班彪贊曰：「考觀諸儒之議，劉歆博而篤矣。」

〔二〇〕張敏之斷輕侮

【集引】

《後漢書·鄧張徐張胡列傳》：「建初中，有人侮辱人父者，而其子殺之。肅宗貰其死刑而降宥之，自後因以爲比。是時遂定其議以爲輕侮法。敏駁議曰：『……使執憲之吏，得設巧詐，非所以導在醜不爭之義……可下三公廷尉蠲除其敝。』議寢不省。敏復上疏曰：『……未曉輕侮之法將何以禁？必不能使不相輕侮，而更開相殺之路……今欲趣生，反開殺路，一人不死，天下受敝。』……和帝從之。」

【發義】

張敏駁議斷輕侮，義在蠲除其敝也。其議在理，蓋和帝從之也。

〔二一〕郭躬之議擅誅

〖集引〗

《後漢書·郭陳列傳》：「永平中，奉車都尉竇固出擊匈奴，騎都尉秦彭爲副。彭在別屯，而輒以法斬人。固奏彭專擅，請誅之……議者皆然固奏。躬獨曰：『於法，彭得斬之。』帝曰：『軍征校尉一統於督，彭既無斧鉞，何得專殺人乎？』躬對曰：『一統於都者，謂在部曲也。今彭專軍別將，有異於此。兵事呼吸，不容先關督帥。且漢制棨戟即爲斧鉞，於法不合罪。』帝從躬議。」

【發義】

騎都尉秦彭專擅，而無法守。郭躬之議，入其罪誅之有法，蓋帝從躬議也。

〔二二二〕程曉之駁校事

【集引】

《三國志·魏書·程昱傳》：「時校事放橫。（程）曉上疏曰：『……遂令（校事）上察宮廟，下攝衆司，官無局業，職無分限，隨意任情，唯心所適，法造於筆端，不依科詔，獄成於門下，不顧覆訊。……外則託天威以爲聲勢，内則聚群姦以爲腹心。……罪惡之著，行路皆知。……進退推算，無所用之。……』於是遂罷校事官。」

【發義】

魏嘉平中，程曉爲黄門侍郎，時校事放横，曉上疏極言其弊，遂罷校事官。

〔二二三〕司馬芝之議貨錢

【集引】

《書·洪範》：「八政：一曰食，二曰貨。」孔穎達疏：「貨者，金玉布帛之總名。」《易·繫辭下》：「日中爲市，致天下之民，聚天下之貨。」

【發義】

魏文帝廢五銖錢，令民以穀幣爲市。至明帝時，巧僞滋多，芝議以用錢非獨豐國，亦以省刑。明帝從之，乃恢復用錢。

〔二四〕何曾饗出女之科

〔集引〕

《晉書·刑法志》：「是時魏法，犯大逆者誅及已出之女。……（何曾）使主簿程咸上議曰：『……而父母有罪，追刑已出之女；夫黨見誅，又有隨姓之戮。一人之身，内外受辟。今女既嫁，則爲異姓之妻，如或産育，則爲他族之母。……男不得罪於他族，而女獨嬰戮於二門，非所以哀矜女弱，饗明法制之本分也。臣以爲在室之女，從父母之誅，既醮之婦，從夫家之罰。宜改舊科，以爲永制。』於是有詔改定律令。」

【發義】

毌丘儉之誅，其子甸妻荀氏應坐死，詔聽離婚。荀氏所生女芝爲劉子元妻，亦坐死，以懷妊繫獄。荀氏辭詣司隸校尉何曾乞恩，求没爲官婢以贖芝命。曾哀之，使主簿程咸上議，遂捐棄出女之舊科。

〔二一五〕秦秀定賈充之謚

〔集引〕

《晉書・秦秀傳》：「及（賈）充薨，秀議曰：『充舍宗族弗授，而以異姓爲後，悖禮溺情，以亂大倫。……絶父祖之血食，開朝廷之禍門，《謚法》昏亂紀度曰荒，請謚荒公。』」

【發義】

賈充子死，用外孫韓謐繼嗣，違反禮制。及賈充死，秦秀議其謚爲荒，晉武帝不從。

〔二一六〕漢世善駁，則應劭爲首

〔集引〕

《後漢書・楊李翟應霍爰徐列傳》：「劭凡爲駁議三十篇。」

【發義】

應劭善駁，凡議必引經據典。

〔一七〕**然仲瑗博古，而銓貫有叙**

〔集引〕

《淮南子·兵略訓》：「發必中銓，言必合數。」《論語·里仁》：「子曰：『參乎！吾道一以貫之。』」

【發義】

應劭字仲遠，又作仲瑗，博古多識，凡駁議，事理會通有叙。著作富贍，存者有《漢官儀》《風俗通義》等。唐顔師古注《漢書》，徵引頗多。

〔一八〕**長虞識治，而屬辭枝繁**

〔集引〕

《晉書·傅咸傳》：「傅咸字長虞。」《易·繫辭下》：「中心疑者其辭枝。」孔穎達疏：「枝，謂樹枝也。中心於事疑惑，則其心不定，其辭分散，若閒枝也。」

【發義】

傅咸識政治，所作文辭分散繁複。

〔二九〕及陸機斷議，亦有鋒穎，而諛辭弗剪，頗累文骨

〔集引〕

唐劉知幾《史通・雜説上・左氏傳》：「或腴辭潤簡牘，或美句入詠歌。」彦和《文心雕龍・風骨》：「故辭之待骨，如體之樹骸。」

【發義】

陸機斷議，雖亦出鋭拔尖，而過美之辭不剪截，故多累其文之體幹筆力也。

〔雍案〕

紀昀云：「『諛』當作『腴』。」《御覽》引作「腴」。《文通》引同。元本、弘治本、汪本、佘本、張本、兩京本、王批本、何本、胡本、訓故本、梅本、凌本、合刻本、梁本、祕書本、謝鈔本、彙編本、别解本、尚古本、岡本、四庫本、王本、張松孫本、崇文本並作「腴」。楊明照《校注》云：「紀説是也。《雜文篇》：『腴辭雲搆。』亦足爲當作『腴』之證。又按『剪』，當依元本、弘治本、汪本、佘本、張本、兩京本等作『翦』。」劉知幾《史通・雜説（上）・左氏傳》有：「或腴辭潤簡牘，或美句入詠歌。」蓋「腴辭」，美辭也。剪，俗「翦」字也。《説文・刀部》：「剪，齊斷也。」桂馥《義證》：「剪，通作『翦』。」《玉篇・刀部》《廣韻・獮韻》：「剪，俗『翦』字。」

〔三〇〕動先擬議

〔集引〕

《易·繫辭上》：「擬之而後言，議之而後動。」

【發義】

審視要務，謀動而行，先在其議，蓋議之而後動也。

〔三一〕弛張治術

〔集引〕

《禮記·雜記下》：「張而不弛，文武不能也；弛而不張，文武弗爲也。一張一弛，文武之道也。」《論衡·書解》：「韓非著治術，身下秦獄，身且不全，安能輔國？」《隋書·高祖紀》上開皇三年詔：「朕君臨區宇，深思治術，欲使生人從化，以德代刑。」

【發義】

一張一弛，乃致治之術也。

【雍案】

㢮，宋本、鈔本、活字本、喜多本《御覽》引作「施」。楊明照《校注》云：「按『施』『弛』「㢮」爲「弛」之或體古通，《臧琳經義雜記》七言之甚詳。『弛張』二字原出《禮記・雜記下》，然古亦有作『施張』者，《古文苑・孔融〈離合作郡姓名字〉》詩『出行施張』，郭元祖《列仙傳〈讚〉》『蓋萬物施張，渾爾而就』是也。《御覽》引作『施』，或《文心》古本如此。」「㢮」與「施」「弛」，古相通用。《慧琳音義》卷九七「張㢮」注引《説文》：「㢮，弓解也。」《周禮・天官・小宰》：「六曰斂㢮之聯事。」鄭玄注引杜子春云：「㢮，讀爲『施』。」《楚辭・九辯》：「老冉冉而愈㢮。」舊校：「《釋文》一作『施』。」《廣雅・釋詁二》：「㢮，緩也。」王念孫《疏證》：「㢮，本作『弛』。」

〔三二〕理不謬搖其枝

【集引】

《易・繫辭下》：「中心疑者其辭枝。」孔穎達疏：「枝，謂樹枝也。中心於事疑惑，則其心不定，其辭分散，若閒枝也。」

【發義】

於理不錯謬搖動條枝也。

〔三三〕 字不妄舒其藻

【集引】

《漢書·叙傳〈答賓戲〉》：「雖馳辯如波濤，摛藻如春華，猶無益於殿景。」顔師古注：「藻，文辭也。」

【發義】

用字不妄亂而舒發其辭藻。

〔三四〕 亦爲遊辭所埋矣

【集引】

《後漢書·儒林列傳·伏恭》：「初，父黯章句繁多，恭乃删減浮辭，定爲二十萬言。」

【發義】

亦爲虚飾多餘之言辭所隱没。

【雍案】

遊，乃「浮」之謂也。

〔三五〕射策者，探事而獻説也

【集引】

《漢書·蕭望之傳》：「望之以射策甲科爲郎。」顔師古注：「射策者，謂爲難問疑義書之於策，量其大小署爲甲乙之科，列而置之，不使彰顯。有欲射者，隨其所取，得而釋之，以知優劣。射之言投射也。對策者，顯問以政事經義，令各對之，而觀其文辭，定高下也。」

【發義】

對策、射策之制始於漢代，乃取士之制也。應試者摸取試題，就其難問疑義之事，書策獻其説也。

〔三六〕譬射侯中的

【集引】

《禮記·射義》：「射侯者，射爲諸侯也。射中，則得爲諸侯。」

【發義】

射侯者，箭靶也。侯，射布也。張之以受矢。射中靶心，謂之中的也。

〔三七〕古之造士，選事考言

【集引】

《禮記·王制》：「命鄉論秀士，升之司徒，曰選士。司徒論選士之秀者，而升之學，曰俊士。升於司徒者，不征於鄉，升於學者，不征於司徒，曰造士。」張立齋《注訂》：「選事者，因事以選才；考言者，較言以用事也。」

【發義】

學而有成之士，謂之造士也。蓋古之造士，因應其事選才，爭較其言用事也。

〔三八〕鼂錯對策，蔚爲舉首

【集引】

《漢書·爰盎鼂錯傳》：「後詔有司舉賢良文學士，錯在選中。上親策詔之，曰：『惟十有五年九月壬子，皇帝曰：昔者大禹勤求賢士，施及方外……』錯對曰：『臣竊聞古之賢主莫不求賢以爲輔翼……』時賈誼已死，對策者百餘人，唯錯爲高第，繇是遷中大夫。」

【發義】

鼂錯對策，蔚爲選用之首也。

〔三九〕**及孝武益明，旁求俊乂**

〔集引〕

《漢書·儒林傳〈贊〉》：「自武帝立《五經》博士，開弟子員，設科射策，勸以官禄。」《書·皋陶謨》：「俊乂在官。」《釋文》引馬融曰：「千人曰俊，百人曰乂。」又《太甲上》：「旁求俊彦。」枚頤傳：「旁，非一方。」又《説命下》：「旁招俊乂，列于庶位。」枚頤傳：「廣招俊乂，使列衆官。」又《太甲中》：「視遠惟明，聽德惟聰。」

【發義】

及孝武帝愈加聰明，及近而視遠，非一方求諸賢能者也。

〔四〇〕**對策者以第一登庸**

〔集引〕

《書·堯典》：「帝曰：『疇咨？若時登庸。』」孔安國傳：「疇，誰。庸，用也。誰能咸熙庶績，順是事者，將登用之。」《史記·五帝本紀》：「堯曰：『誰可順此事？』」孔穎達《正義》：「言將登用之嗣位也。」

【發義】

對策者以第一而舉用。自漢代以來考試取士，皆以政事、經義等設問並寫在簡策上，讓應考者對答曰對策。

〔四一〕射策者以甲科入仕

〖集引〗

《漢書·蕭望之傳》：「望之以射策甲科爲郎。」顏師古注：「射策者，謂爲難問疑義書之於策，量其大小署爲甲乙之科。」

【發義】

射策乃漢代取士之制。由主試者出試題，寫在簡策上，分甲、乙科，列置案上，應試者隨意取答，主試者按題目難易和所答内容而定優劣。上者爲甲，次者爲乙。

〔四二〕**煩而不慁者，事理明也**

〔集引〕

《廣雅·釋詁三》：「慁，亂也。」

【發義】

煩雜而不混亂者，事理明晰也。

〔四三〕**事切而情舉**

〔集引〕

《荀子·勸學》：「《詩》《書》故而不切。」楊倞注：「《詩》《書》但論先王故事，而不委曲切近於人。」《左傳·文公元年》：「楚國之舉，恒在少者。」杜預注：「舉，立也。」

【發義】

謂事之切合，而情實立也。

〔四四〕及其來選，又稱疾不會

〔集引〕

《晉書·孔坦傳》：「先是，以兵亂之後，務存慰悅，遠方秀、孝到，不策試，普皆除署。至是，帝申明舊制，皆令試經，有不中科，刺史、太守免官。太興三年，秀（才）、孝（廉）多不敢行，其有到者，並託疾。」

【發義】

兵亂之後，士人無心策試，即使有到者，皆稱疾而不會試也。

〔四五〕是以漢飲博士，而雉集乎堂

〔集引〕

《漢書·成帝紀》：「（鴻嘉）二年春，行幸雲陽。三月，博士行飲酒禮。有雉蜚集于庭，歷階升堂而雊。……其舉敦厚有行義能直言者，冀聞切言嘉謀。」

【發義】

六國時有博士，秦、漢相承，諸子、詩賦、術數、方技，都立博士。西漢屬太常。漢武帝建元五年置五經博士，晉置國子博士。

〔四六〕晉策秀才，而麏興於前

〔集引〕

《宋書·五行志二》：「晉成帝咸和六年正月丁巳，會州郡秀、孝於樂賢堂，有麏見於前，獲之。孫盛曰：『夫秀、孝，天下之彥士，樂賢堂，所以樂養賢也。晉自喪亂以後，風教凌夷，秀無策試之才，孝乏四行之實。麏興於前，或斯故乎！』」《晉書·五行志·毛蟲之孽》：「成帝咸和六年正月丁巳，會州郡秀、孝於樂賢堂。有麏見於前，獲之。」

【發義】

秀才之謂，始見於《管子·小匡》：「農之子常爲農，樸野而不慝，其秀才之能爲士者，則足賴也。」尹知章注：「有秀異之材，可爲士者。」至漢，始以秀才爲舉士之科目。

〔四七〕酌三五以鎔世

〔集引〕

《禮記·坊記》：「上酌民言。」鄭玄注：「酌，猶取也。」《史記·孔子世家》：「楚令尹子西曰：『……今孔丘述三五。』」《漢書・郊祀志下》：「夫周、秦之末，三五之隆。」顔師古注：「三謂三皇，五謂五帝也。」《文選・班固〈東都賦〉》：「事勤乎三五。」劉良注：「三五，三皇五帝也。」《資治通鑑・周紀》：「不鎔範。」胡三省注引《董仲舒傳》注：「鎔，謂鑄器之模範也。」董仲舒《賢良對策》：「上之化下，下之從下，猶金在鎔，惟冶者所爲。」

【發義】

取三皇五帝事，以鎔範於世也。

〔四八〕風恢恢而能遠

〔集引〕

《荀子・非十二子》：「恢恢然。」楊倞注：「恢恢，容衆之貌。」

【發義】

教化容衆而能及遠也。

〔四九〕流洋洋而不溢

【集引】

《書·伊訓》：「聖謨洋洋，嘉言孔彰。」

【發義】

流於美盛而不過度。

〔五〇〕對策所選，實屬通才

【集引】

《意林》引杜恕《篤論》：「校才選能，莫善於對策。」

【發義】

對策所選用之士，皆博學多識，敏慧淹雅，才識卓越，能力超拔者也。

〔五一〕志足文遠

【集引】

《左傳·襄公二十五年》：「仲尼曰：『志有之，言以足志，文以足言。不言，誰知其志？言之無文，行而不遠。』」

【發義】

志足者，言之有文，行而遠焉。

〔五二〕不其鮮歟

【集引】

《爾雅·釋詁上》：「鮮，善也。」

【發義】

蓋不其鮮歟，乃謂不其善歟。

〔五三〕議惟疇政，名實相課

〔集引〕

《書・堯典》：「疇咨若時登庸。」孔安國傳：「疇，誰。」又《舜典》：「咨十有二牧。」趙孟頫注：「咨亦謀也。」

【發義】

議論惟誰咨謀其政，名實相考核。

〔五四〕斷理必綱，摛辭無懦

〔集引〕

《文選・潘岳〈夏侯常侍誄〉》：「飛辯摛藻。」呂向注：「摛，舒也。」

【發義】

斷定其理必堅強，蓋舒發文辭無弱。

〔雍案〕

黄侃《札記》云：「此句與下句一意相足，下云『摛辭無懦』，則此『綱』字爲『剛』字之訛。」

綱，訓故本作「剛」。與黃説合。

〔五五〕同時酌和

〖集引〗

《左傳·成公六年》：「子爲大政，將酌於民者也。」杜預注：「酌，取民心以爲政。」《管子·白心》：「人不倡不和。」

【發義】

會同當時政事，取民心爲政，蓋斟酌考量以應和也。

書記第二十五

大舜云：「書用識哉〔一〕！」所以記時事也。蓋聖賢言辭，總爲之書〔二〕，書之爲體，主言者也〔三〕。揚雄曰：「言，心聲也；書，心畫也。聲畫形，君子小人見矣〔四〕。」故書者，舒也。舒布其言，陳之簡牘〔五〕，取象於夬，貴在明決而已〔六〕。三代政暇，文翰頗疎〔七〕。春秋聘繁，書介彌盛〔八〕。繞朝贈士會以策〔九〕，子家與趙宣以書〔一〇〕，巫臣之遺子反〔一一〕，子産之諫范宣〔一二〕，詳觀四書，辭若對面。又子服敬叔進弔書于滕君〔一三〕，固知行人挈辭，多被翰墨矣〔一四〕。及七國獻書，詭麗輻輳〔一五〕，漢來筆札，辭氣紛紜〔一六〕。觀史遷之報任安〔一七〕，東方朔之難公孫〔一八〕，楊惲之酬會宗〔一九〕，子雲之答劉歆〔二〇〕，志氣槃桓，各含殊采〔二一〕。並杼軸乎尺素，抑揚乎寸心〔二二〕。逮後漢書記，則崔瑗尤善〔二三〕。魏之元瑜，號稱翩翩〔二四〕；文舉屬章，半簡必録〔二五〕；休璉好事，留意詞翰〔二六〕。抑其次也。嵇康絶交，實志高而文偉矣〔二七〕；趙至叙離，迺少年之激切也〔二八〕。至如陳遵占辭，百封各意〔二九〕；

禰衡代書，親疎得宜〔三〇〕。斯又尺牘之偏才也。

詳總書體，本在盡言，言以散鬱陶〔三一〕，託風采，故宜條暢以任氣〔三二〕，優柔以懌懷〔三三〕；文明從容，亦心聲之獻酬也〔三四〕。若夫尊貴差序，則肅以節文〔三五〕。戰國以前，君臣同書，秦漢立儀，始有表奏〔三六〕；王公國內，亦稱奏書，張敞奏書於膠后，其義美矣〔三七〕。迄至後漢，稍有名品，公府奏記，而郡將奏牋〔三八〕。記之言志，進己志也。牋者，表也，表識其情也〔三九〕。崔實奏記於公府，則崇讓之德音矣〔四〇〕；黄香奏牋於江夏〔四一〕，亦肅恭之遺式矣。公幹牋記，麗而規益〔四二〕，子桓弗論，故世所共遺；若略名取實，則有美於爲詩矣〔四三〕。劉廙謝恩，喻切以至〔四四〕；陸機自理，情周而巧〔四五〕。牋之爲善者也。原牋記之爲式，既上窺乎表，亦下睨乎書，使敬而不懾，簡而無傲〔四六〕，清美以惠其才，彪蔚以文其響，蓋牋記之分也〔四七〕。

夫書記廣大，衣被事體〔四八〕，筆劄雜名，古今多品。是以總領黎庶，則有譜籍簿録；醫歷星筮，則有方術占試；申憲述兵，則有律令法制；朝市徵信，則有符契券疏；百官詢事，則有關刺解牒；萬民達志，則有狀列辭諺。並述理於心，著言於翰，雖藝文之末品，而政事之先務也。

故謂譜者，普也。注序世統，事資周普〔四九〕；鄭氏譜詩，蓋取乎此〔五〇〕。

籍者，借也。歲借民力，條之於版；春秋司籍，即其事也。

簿者，圃也。草木區別，文書類聚；張湯李廣，爲吏所簿〔五一〕，别情僞也。

録者，領也。古史世本，編以簡策〔五二〕，領其名數，故曰録也。

方者，隅也。醫藥攻病，各有所主，專精一隅，故藥術稱方。

術者，路也。算歷極數，見路乃明，九章積微〔五三〕，故以爲術；淮南萬畢，皆其類也。

占者，覘也。星辰飛伏，伺候乃見，精觀書雲，故曰占也〔五四〕。

式者，則也。陰陽盈虚，五行消息，變雖不常，而稽之有則也。

律者，中也。黄鐘調起，五音以正〔五五〕，法律馭民，八刑克平，以律爲名，取中正也。

令者，命也。出命申禁，有若自天〔五六〕；管仲下命如流水〔五七〕，使民從也。

法者，象也。兵謀無方，而奇正有象，故曰法也〔五八〕。

制者，裁也。上行於下，如匠之制器也。

符者，孚也。徵召防僞，事資中孚〔五九〕；三代玉瑞〔六〇〕，漢世金竹，末代從省，易以書翰矣。

契者，結也。上古純質，結繩執契；今羌胡徵數，負販記緡，其遺風歟！

券者，束也。明白約束，以備情僞，字形半分，故周稱判書〔六一〕。古有鐵券，以堅信誓〔六二〕，王褒髯奴，則券之楷也〔六三〕。

疏者，布也。布置物類，撮題近意，故小券短書，號爲疏也。

關者，閉也。出入由門，關閉當審；庶務在政，通塞應詳。韓非云：孫亶回聖相也，而關於州部〔六四〕。蓋謂此也。

刺者，達也。詩人諷刺，周禮三刺，事叙相達，若針之通結矣。

解者，釋也。解釋結滯，徵事以對也。

牒者，葉也。短簡編牒，如葉在枝，温舒截蒲，即其事也〔六五〕。議政未定，故短牒咨謀。牒之尤密，謂之爲籤。籤者，纖密者也。

狀者，貌也。體貌本原，取其事實，先賢表謚，並有行狀〔六六〕，狀之大者也。

列者，陳也。陳列事情，昭然可見也。

辭者，舌端之文〔六七〕，通己於人。子産有辭，諸侯所賴，不可已也。

諺者，直語也。喪言亦不及文，故弔亦稱諺〔六八〕。廛路淺言，有實無華〔六九〕。鄒穆公云：囊滿儲中，皆其類也〔七〇〕。太誓曰：古人有言，牝雞無晨〔七一〕。大雅云：人亦有言，惟憂用老。並上古遺諺，詩書可引者也。至於陳琳諫辭，稱掩目捕雀；潘岳哀辭，稱掌珠伉儷。並引俗説而爲文辭者也。夫文辭鄙俚，莫過於諺，而聖賢詩書，採以爲談，況踰於此，豈可忽哉！

觀此四條，並書記所總。或事本相通，而文意各異；或全任質素，或雜用文綺，隨事立體，貴乎精要；意少一字則義闕，句長一言則辭妨，並有司之實務，而浮藻之所忽也。然才冠鴻筆，多踈尺牘，譬九方堙之識駿足，而不知毛色牝牡也〔七二〕。言既身文，信亦邦瑞〔七三〕，翰林之士，思理實焉。

贊曰：文藻條流，託在筆札。既馳金相〔七四〕，亦運木訥〔七五〕。萬古聲薦，千里應拔〔七六〕。庶務紛綸，因書乃察〔七七〕。

【發義】

舒言陳牘，載事屬章。

書之爲義，隨事立體，記久明遠，彌綸天下之事。記之爲志，舉文屬章，述理著言，表識時下之情。

〔一〕**大舜云：書用識哉**

〔集引〕

《書·益稷》：「帝（舜）曰：『……書用識哉！』」蔡沈《集傳》：「識，音志。……識，誌也。録其過惡以識於册。」

【發義】

大舜云：舒布其言以誌哉！

〔二〕蓋聖賢言辭，總爲之書

〔集引〕

《墨子·尚賢》：「書之竹帛。」《周禮·地官·黨正》：「正歲，屬民讀法，而書其德行道藝。」《易·繫辭上》：「書不盡言。」焦循《章句》：「著於竹帛者謂之書。」《新書·道德説》：「書者，著德之理於竹帛，而陳之令人觀焉，以著所從事。」《尚書序》孔穎達疏：「書者，舒也。」柳宗元《報崔黯秀才書》：「辭之傳於世者，必由於書。」

【發義】

聖賢言語所用之辭，總爲之舒布也。

〔三〕書之爲體，主言者也

〔集引〕

《易·繫辭上》「言行君子之樞機，樞機之發，榮辱之主也。」

【發義】

舒布爲體，主言者，言行之根本也。

〔四〕**揚雄曰：言，心聲也；書，心畫也。聲畫形，君子小人見矣**

〖集引〗

《易·繫辭上》：「形而上者謂之道。」孔穎達疏：「形是有質之稱。」

【發義】

言者，繫乎心所出，故謂心聲；書者，表達心意，故謂心畫。蓋聲畫具其本質，君子小人自然見矣。

〔五〕**舒布其言，陳之簡牘**

〖集引〗

杜預《春秋左傳集解序》：「大事書之於策，小事簡牘而已。」

【發義】

舒布其言辭，敷陳於簡牘。

〔六〕取象於夬，貴在明決而已

【集引】

《易·繫辭下》：「上古結繩而治，後世聖人易之以書契，百官以治，萬民以察，蓋取諸夬。」韓伯康注：「夬，決也。書契所以決斷萬事也。」《易·夬》：『夬，決也。』

【發義】

取卦象於《易·夬》，貴在明瞭判斷而已。

〔七〕三代政暇，文翰頗疎

【集引】

《梁書·鍾嶸傳》：「衡陽王元簡出守會稽，引爲寧朔記室，專掌文翰。」

【發義】

三代乃謂夏、商、周，其政閒，蓋公文頗疏。

〔八〕春秋聘繁，書介彌盛

〖集引〗

《考異》：「書介者，以書爲紹介也。」

【發義】

及至春秋，諸侯通問亦多，持文書紹介者彌盛。

〔九〕繞朝贈士會以策

〖集引〗

《左傳·文公十三年》：「晉人患秦（穆公）之用士會也……乃使魏壽餘……誘士會。……秦伯師於河西……使士會……乃行。繞朝贈之以策，曰：『子無謂秦無人，吾謀適不用也。』」

【發義】

春秋時，晉士會因事奔秦，爲秦所用。晉乃使魏壽餘僞爲魏叛以入秦，勸説士會回晉。士會乃行，秦大夫繞朝贈之以策，及言已發覺士會之情。繞朝贈士會以政書，乃謂其有先見之明也。士會，春秋時晉大夫，字季，食采邑於隨及范，也稱隨會、隨季或范季。

〖雍案〗

《春秋左傳正義》引服虔云：「繞朝以政書贈士會。」蓋「政書」乃指下之兩言也。

〔一〇〕子家與趙宣以書

〖集引〗

《左傳・文公十七年》：「晉侯不見鄭伯，以爲貳於楚也。鄭子家使執訊而與之書，以告趙宣子曰：『寡君即位三年，召蔡侯而與之事君……請陳侯於楚而朝諸君。……以陳蔡之密邇於楚而不敢貳焉，則敝邑之故也。……（文公四年）亦獲成於楚。居大國之間而從於強令，豈其罪也！』」

【發義】

子家與趙宣以書，晉與鄭遂結盟。

〔一一〕巫臣之遺子反

〖集引〗

《左傳・成公七年》：「子重是以怨巫臣。子反欲取夏姬，巫臣止之，遂取以行，子反亦怨之。及共王即位，子重、子反殺巫臣之族子閻、子蕩及清尹弗忌及襄老之子黑要，而分其室。……巫臣自晉遺二子書。」

【發義】

巫臣，屈巫也。春秋時楚國王族。子反，楚公子側。屈巫與公子側爭夏姬，屈巫持夏姬奔晉，子反滅其族。巫臣自晉遺子反、子重二子書曰：「爾以讒慝貪婪事君，而多殺不辜，余必使爾疲於奔命以死。」

〔雍案〕

遺，宋本、鈔本、活字本、喜多本《御覽》引作「責」。楊明照《校注》云：「按書中有『爾以讒慝貪惏事君，而多殺不辜』之語，作『責』較勝。」《説文·貝部》段玉裁注：「責，引伸爲誅責、責任。」朱駿聲《通訓定聲》：「責，罰也。」《慧琳音義》卷二「詰責」注引《説文》：「責，求也，問罪也。」

〔一二〕子産之諫范宣

〔集引〕

《左傳·襄公二十四年》：「（晉）范宣子爲政，諸侯之幣重，鄭人病之。二月，鄭伯如晉。子産寓書於子西以告宣子，曰：『子爲晉國，四鄰諸侯不聞令德而聞重幣，僑也惑之。……夫諸侯之賄，聚於公室，則諸侯貳；若吾子賴之則晉國貳。諸侯貳則晉國壞，晉國貳則子之家壞，何没没也，將焉用賄！』」

【發義】

子産諫范宣，范宣子纔減輕徵收之財物。

〔一三〕**又子服敬叔進弔書于滕君**

〖集引〗

《禮記·檀弓下》：「滕成公之喪，使子叔、敬叔弔，進書，子服惠伯爲介。」

【發義】

滕成公喪，魯使子服、敬叔往弔。進書，子服惠伯爲副使也。

〔一四〕**固知行人挈辭，多被翰墨矣**

〖集引〗

《穀梁傳·襄公十一年》：「行人者，挈國之辭也。」范甯注：「行人，是傳國之辭命者。」

【發義】行人者，謂行聘問之外交使者，挈國之辭，載諸史策，蓋多被翰墨矣。其尤重詞命，語微婉而多切，言流靡而不淫。

〔**雍案**〕

挈，宋本、喜多本《御覽》引作「絜」。《書記洞詮》同。活字本《御覽》作「潔」。楊明照《校注》云：「按《穀梁傳・襄公十一年》：『行人者，挈國之辭也。』范注：『行人，是傳國之辭命者。』舍人語本此。作『絜』誤。「潔」又由「絜」致誤」《玉篇・手部》《廣韻・屑韻》：「挈，提挈也。」《資治通鑑・周紀》：「挈國以呼禮儀。」胡三省注：「挈即提挈之挈。」《說文・手部》段玉裁注：「提與挈皆謂縣而持之也。」

〔一五〕及七國獻書，詭麗輻輳

〔**集引**〕

范文瀾注：「今可見者，若樂毅《報燕惠王書》、魯連《遺燕將書》、荀卿《與春申君書》、李斯《諫逐客書》、張儀《與楚相書》，皆是也。」

【發義】

及七國所獻之書翰，詭異綺麗聚集。

〔雍案〕

輳，宋本、鈔本、喜多本、鮑本《御覽》引作「湊」。汪本、張本、訓故本、四庫本同。倪本、活字本《御覽》誤作「湊」。楊明照《校注》云：「按『湊』字是。《説文·水部》：『湊，水上人所會也。』又《車部》：『轂，輻所湊也。』『輳』乃俗體，當以作『湊』爲正。」《玉篇·車部》《廣韻·候韻》：「輳，輻輳也。」《集韻·候韻》：「輳，輻共轂也。」《鹽鐵論·雜論》：「四方輻輳。」張之象注引顏師古曰：「輳，聚也。言如車輻之聚於轂也。」《漢書·酈陸朱劉叔孫傳》：「四方輻輳。」顏師古注：「輳，字或作『湊』。」《廣韻·候韻》：「輳，亦作『湊』。」《説文·水部》朱駿聲《通訓定聲》：「湊，字亦作『輳』。」《慧琳音義》卷一二「所湊」注：「湊，亦作『輳』。」

〔一六〕漢來筆札，辭氣紛紜

〔集引〕

《史記·司馬相如列傳》：「『（相如）請爲天子《游獵賦》，賦成奏之。』上許，令尚書給筆札。」

【發義】

古無紙，書於木簡，固曰筆札。漢來筆札，文辭氣度多盛。

〔一七〕觀史遷之報任安

〔集引〕

《漢書·司馬遷傳》：「遷既被刑之後，爲中書令，尊寵任職，故人益州刺史任安予遷書，責以古賢臣之義。遷報之曰：『少卿足下，曩者辱賜書，教以慎於接物，推賢進士爲務。』」

【發義】

司馬遷《報任安書》，自言因救李陵而受腐刑，爲撰《史記》，忍辱不死。

〔一八〕東方朔之難公孫

〔集引〕

《漢書·公孫弘卜式兒寬傳》：「（武帝）時又東置蒼海，北築朔方之郡。弘數諫，以爲罷弊中國以奉無用之地，願罷之。於是上使朱買臣等難弘置朔方之便。發十策，弘不得一。」《全漢文》載東方朔《與公孫弘借車書》：「東門先生居蓬户空穴之中，而魏公子一朝以百騎尊寵之；吕望未嘗與文王同席而坐，一朝讓以天下半。大丈夫相知，何必撫塵而游，垂髮年偃伏以日數哉！」

【發義】

東方朔進謁公孫弘，所作《與公孫弘借車書》，心志託於尺牘，文辭含采。

〔雍案〕

難，乃「謁」之譌也。《御覽》引無「朔」字；「難」作「謁」。《御覽》所引是也。

〔一九〕楊惲之酬會宗

〔集引〕

《左傳·昭公二十七年》：「爲惠已甚，吾無以酬之。」杜預注：「酬，報獻。」

【發義】

惲失位家居，治産業，起室宅，以財自娱。友人孫會宗知略士也，與惲書諫誡之，報獻以書。

〔二〇〕子雲之答劉歆

〖集引〗

《文選・揚雄〈答劉歆書〉》：「天下上計孝廉，及內郡衛卒會者，雄常把三寸弱翰，賫油素四尺，以問其異語，歸即以鉛摘次之於槧，二十七歲於今矣。而語言或交錯相反覆，方覆論思詳悉集之，燕其疑。……令人君坐幃幕之中，知絕遐異俗之語，典流於昆嗣，言列於漢籍，誠雄心所絕極，至精之所想遘也。」

【發義】

劉歆欲覽揚雄《方言》，揚雄作《答劉歆書》，曰蒐方言積二十七年，稿尚未定，莫能示之，俟定稿後再示人。

〔二一〕志氣槃桓，各含殊采

〖集引〗

《後漢書・張王种陳列傳〈李燮求加禮於岱書〉》：「稟命不永，奄然殂殞，若不槃桓難進，等輩皆已公卿矣。」

【發義】

志乃心之所之，與氣迴旋周轉，則尺牘中文辭各含殊采。

〖雍案〗

槃，宋本、鈔本、倪本、喜多本《御覽》引作「盤」。《書記洞詮》同。楊明照《校注》云：「按以《頌讚篇》『盤桓乎數韻之辭』例之，作『盤』前後一律。」《別雅》《説文》：「『盤』『槃』同字。」卷一：「槃桓，盤桓也。」《詩·衛風·考槃》：「考槃在澗。」朱熹《集傳》：「槃，盤桓之意。」《玉篇·木部》：「槃，或作盤、鎜。」《易·屯》象傳：「雖盤桓志行正也。」李鼎祚《集解》引荀爽曰：「盤桓者，動而退也。」《文選·張衡〈西京賦〉》：「奎踽盤桓。」薛綜注：「盤桓，便旋也。」

〔一二〕並杼軸乎尺素，抑揚乎寸心

〖集引〗

《文選·陸機〈文賦〉》：「雖杼軸於予懷，怵他人之我先。」李善注：「杼軸，以機喻也。」又《文賦》：「函綿邈於尺素，吐滂沛乎寸心。」李善注：「列子（仲尼篇）文摯謂龍叔曰：『吾見子之心矣，方寸之地虚矣。』」詹鍈《文心雕龍義證》：「直解爲『錯綜交織於尺素之上，起伏回旋於寸心之中。』」

【發義】

並杼軸者，以機織喻其組織構思而成文章，蓋抑揚乎胸中方寸之地。

〔一一三〕**逮後漢書記，則崔瑗尤善**

〔集引〕

《後漢書·崔駰列傳》：「瑗高於文辭，尤善爲書記箴銘。」

【發義】

崔瑗尤善書記，文辭高秀。

〔一一四〕**魏之元瑜，號稱翩翩**

〔集引〕

《文選·曹丕〈與吴質書〉》：「元瑜書記翩翩，致足樂也。」

【發義】

阮瑀，子元瑜。其書記文辭優美，蓋號稱翩翩也。

〔一二五〕**文舉屬章，半簡必録**

〔集引〕

《後漢書·鄭孔荀列傳》：「魏文帝深好融文辭，每歎曰：『楊、班儔也。』募天下有上融文章者，輒賞以金帛。」

【發義】

魏文帝深好孔融文辭，每見片簡亦必録之。

〔一二六〕**休璉好事，留意詞翰**

〔集引〕

《應璩集·序》：「璩博學，好屬文，善爲書記。」《斠詮》：「好事，謂樂於興造事端也。……由此記載知其作品好譏諷時事。」

【發義】

嚴可均《全三國文》卷三十所輯休璉文三十餘篇，全爲牋書。《文選》書類所選二十四首中，休璉（應璩）之作即有其四。其作品好譏諷時事，蓋舍人謂其好事，而留意辭翰。

〔二七〕嵇康絶交，實志高而文偉矣

〔集引〕

《三國志·魏書·王粲傳》注引《魏氏春秋》：「山濤爲選曹郎，舉康自代。康答書拒絶。」《文選·嵇康〈與山巨源絶交書〉》：「自惟至熟，有……甚不可者二。……又每非湯武而薄周孔，在人間不止此事，會顯世教所不容，此甚不可一也。剛腸疾惡，輕肆直言，遇事便發，此甚不可二也。」

【發義】

嵇康《與山巨源絶交書》，申明己不能做官也。康與魏宗室媾婚，不願助司馬氏，其文體性不屈，節操抗邁。

〔二八〕趙至叙離，迺少年之激切也

〔集引〕

《晉書·趙至傳》："至與（嵇）康兄子蕃友善，及將遠適，乃與蕃書叙離，并陳其志。"

【發義】

趙至叙離之《與嵇茂齊書》，少年激昂。

〔雍案〕

切，宋本、鈔本、活字本、喜多本、鮑本《御覽》引作"昂"。楊明照《校注》云："『昂』，古作『卬』，『切』乃『卬』之誤。"古之"卬""昂"，通用字也。《穀梁傳·昭公八年》："卬車以其轅表門。"陸德明《釋文》："卬，本又作『昂』。"《荀子·正名》："顒顒卬卬。"楊倞注："『卬卬，志氣高朗也。"李富孫《詩經異文釋》卷一三引《釋訓》孫炎注："卬卬，志氣高遠貌。"

〔二九〕至如陳遵占辭，百封各意

〔集引〕

《漢書·游俠傳》："（陳遵）容貌甚偉，略涉傳記，贍於文辭。性善書，與人尺牘，主皆藏去以爲榮。……起爲河南太守，既至官，當遣從史西，召善書吏十人於前，治私書謝京師故人。遵憑几，口占書吏，且省官事，書數百封，親疏各有意。河南大驚。」

【發義】

至如陳遵占辭於書吏，書數百封，而親疏各有意也。

〔三〇〕禰衡代書，親疎得宜

〔集引〕

《後漢書·文苑列傳下》：「衡爲作書記，輕重疏密，各得體宜。祖持其手曰：『處士，此正得祖意，如祖腹中之所欲言也。』」

【發義】

禰衡事於江夏太守黄祖，所作書記親疏得宜，其言祖甚稱心也。

〔三一〕言以散鬱陶

〔集引〕

《書·五子之歌》：「鬱陶乎予心，顔厚有忸怩。」孔安國傳：「言哀思也。」孔穎達疏：「鬱陶，精神憤結積聚之意。」

【發義】

外竟會心，則懷抱欣悦。内憂思積，則鬱陶未暢。蓋舒發言辭，以散鬱陶。

〔三二〕故宜條暢以任氣

〔集引〕

《禮記·樂記》：「感條暢之氣，而滅平和之德。」《文選·王褒〈洞簫賦〉》：「條暢通達，中節操兮。」李善注：「言聲有條貫，通暢洞達，而中於節操。」

【發義】

鬱陶散而託於風采，故宜條貫暢達以任其氣也。

〔雍案〕

條暢，黄叔琳校云：「《御覽》作『滌蕩』。」倪刻《御覽》作「條暢」。楊明照《校注》云：「按『滌蕩』與『條暢』同。《淮南子·泰族篇》『柎循其所有而滌蕩之』，《文子·道原篇》作『條暢』，是其證。」《讀書雜志·淮南内篇》：「『拊循其所有而滌蕩之』。『滌蕩』與『條暢』同。」《説文·木部》朱駿聲《通訓定聲》：「條，叚借爲『滌』。」《禮記·樂記》：「感條暢之氣。」朱彬《訓纂》引王念孫曰：「條暢，讀爲『滌蕩』。」《文選·王褒〈洞簫賦〉》：「洞條暢而罕節兮。」李善注：「條暢，條直通暢也。」又《潘岳〈夏侯常侍誄〉》：「縱心條暢。」呂延濟注：「條暢，通達也。」又《王褒〈四子講德論〉》：「進者樂其條暢。」李周翰注：「條暢，猶通達也。」

〔三三〕優柔以懌懷

〔集引〕

《大戴禮記·子張問入官》：「優而柔之，使自求之。」《孔子家語·入官篇》同。王肅注：「優，寬也。柔，和也。使自求其宜也。」杜預《春秋左傳集解序》：「優而柔之，使自求之。」孔穎達疏：「優柔俱訓爲安，寬舒之意也。」

【發義】

寬舒以怡悅懷抱。

〔三四〕文明從容，亦心聲之獻酬也

〔集引〕

《易·大有》：「其德剛健而文明，應乎天而時行，是以元亨。」《禮記·緇衣》：「長民者衣服不貳，從容有常。」孔穎達疏：「《正義》曰：『從容有常者，從容，謂舉動有其常度。』」揚雄《法言·問神》：「故言，心聲也。」詹鍈《文心雕龍義證》：「心聲之呈獻與酬答，即思想感情之交流。」牟世金注：「獻：進酒。酬：答酒。」

【發義】

有文采而明達，舉動有常，言發乎心之進答也。

〔三五〕則肅以節文

〔集引〕

《禮記·玉藻》：「言容詻詻，色容厲肅。」《漢書·五行志中》：「貌之不恭，是謂不肅。」《斠詮》：「節文，爲禮節飾也，因人情以爲節度而存禮敬之容。」

【發義】

則恭敬以爲節度，而存禮敬之容。

〔三六〕秦漢立儀，始有表奏

〔集引〕

《國語·周語下》：「度之於軌儀。」《淮南子·脩務訓》：「設儀立度，可以爲法則。」

【發義】

秦漢制定法度，始有章表牋奏。

〔三七〕張敞奏書於膠后，其義美矣

〔集引〕

《漢書·趙尹韓張兩王傳》：「王太后數出遊獵，敞奏書諫曰：『……今太后資質淑美，慈愛寬仁，諸侯莫不聞，而少以田獵縱欲爲名，於以上聞，亦未宜也。』書奏，太后止不復出。」

【發義】

張敞奏書於膠后，義美溢於文辭。

〔三八〕**公府奏記，而郡將奏牋**

〔**集引**〕

《漢書·蕭望之傳》：「（鄭）朋奏記望之。」

【**發義**】

奏記、奉牋，示其名品之異。

〔**雍案**〕

奏牋，宋本、鈔本、喜多本《御覽》引作「奉牋」。奏牋，乃「奉牋」之譌。《三國志·魏書·崔林傳》云：「……杖節統事州郡，莫不奉牋致敬。」

〔三九〕**牋者，表也，表識其情也**

〔**集引**〕

《後漢書·鄧張徐張胡列傳》：「諸生試章句，文吏試牋奏。」李賢注：「周成《雜字》曰：『牋，表也。』《漢雜事》曰：『凡群臣之書，通於天子者四品：一曰章，二曰奏，三曰表，四曰駁議。』」

【發義】

牋表者，外以彰示其情也。

〔雍案〕

表識，《御覽》引作「識表」。《文體明辨》《書記洞詮》同。元本、弘治本、活字本、汪本、佘本、張本、兩京本、王批本、胡本、謝鈔本、訓故本並同。楊明照《校注》云：「按《説文》：『箋，表識書也。』此舍人説所本。「箋」與「牋」正俗字當以作『表識』爲是。」表識，標誌也。《漢書·王莽傳》有：「初，京師聞青、徐賊衆數十萬人，訖無文號旌旗表識，咸怪異之。」《後漢書·孝桓帝紀》：「（建和三年詔）今京師廝舍，死者相枕……若無親屬，可於官壖地葬之，表識姓名，爲設祠祭。」

〔四〇〕崔實奏記於公府，則崇讓之德音矣

〔集引〕

《後漢書·崔駰列傳》：「辟太尉袁湯、大將軍梁冀府，並不應。」

【發義】

崔寔奏記，今聞於謙讓也。

〔雍案〕

實，乃「寔」之譌。《札記》云：「崔寔奏記於公府，今無所考。公府蓋謂梁冀，寔嘗爲大將軍冀司馬也。」

〔四二〕黄香奏牋於江夏

〔集引〕

《後漢書·文苑列傳》：「黄香，字文彊，江夏安陸人也。……年十二，太守劉護聞而召之，署門下孝子，甚見愛敬。」

【發義】

黄香奉牋於江夏太守，文辭極恭敬也。

〔雍案〕

奏牋，乃「奉牋」之譌也。此謂黄香奉牋於江夏太守，文辭極恭敬也。黄香奉牋原文散佚。

〔四二〕公幹牋記，麗而規益

〔**集引**〕

《三國志·魏書·邢顒傳》載劉楨《諫曹植書》：「家丞邢顒，北土之彥，少秉高節。……而楨禮遇殊特，顒反疏簡。私懼觀者將謂君侯習近不肖，禮賢不足，採庶子之春華，忘家丞之秋實。爲上招謗，其罪不小，以此反側。」

【**發義**】

公幹牋記，得規諫之體，文麗而有法度。

〔**雍案**〕

「麗」上，《御覽》引有「文」字。

〔四三〕若略名取實，則有美於爲詩矣

〔**集引**〕

《淮南子·脩務訓》：「誦《詩》《書》者，期於通道略物。」高誘注：「略，達。」《玉篇·宀

部》：「實，不空也。」

【發義】

達名取實，以君子之德而充其言，蓋有美於詩矣。

〔四四〕劉廙謝恩，喻切以至

〔集引〕

《三國志・魏書・劉廙傳》：「魏諷反，廙弟偉爲諷所引，當相坐誅。太祖……特原不問。……廙上疏謝曰：『臣罪應傾宗，禍應覆族。遭乾坤之靈，值時來之運，揚湯止沸，使不燋爛，起煙於寒灰之上，生華於已枯之木。物不答施於天地，子不謝生於父母，可以死效，難用筆陳。』」

【發義】

劉廙謝曹操不殺之恩，所喻剴切得當。

〔四五〕陸機自理，情周而巧

〔集引〕

《晉書・陸機傳》：「（趙王）倫將篡位，以爲中書郎。倫之誅也，齊王冏以機職在中書，九錫文及禪詔疑機與焉，遂收機等九人付廷尉。賴成都王穎、吴王晏並救理之。」《資治通鑑·周紀》：「巧文辯惠則賢。」胡三省注引韋昭曰：「巧文，巧於文辭。」

【發義】

言其意謂之情，其周至於用，爲己辯白，而巧於文辭。陸機得釋後，上《謝吴王表》《與吴王表》及《謝成都王牋》（表牋均見於《全晉文》卷九十七），對其被疑受誣有所申辯，曰：「臣職在中書，詔命所出。臣本以筆札見知。」王隱《晉書》曰：「禪文本草，今見在中書，一字一迹，自可分別。」

〔四六〕簡而無傲

【集引】

《書·舜典》：「剛而無虐，簡而無傲。」孔安國傳：「剛失之虐，簡失之傲，教之以防其失。」又《堯典》：「簡而無傲。」孫星衍《今古文注疏》引《詩傳》云：「簡者，大也。」

【發義】

智氣簡備，蓋謂大而無傲也。

〔四七〕**清美以惠其才，彪蔚以文其響，蓋𢦑記之分也**

〔**集引**〕

《莊子·則陽》：「惠子聞之而見戴晉人。」陸德明《釋文》：「惠，施也。」《廣韻·文韻》：「文，美也，善也。」

【**發義**】

清麗美善以施其才性，文采華盛以美其聲響，蓋𢦑記之素分也。

〔四八〕**夫書記廣大，衣被事體**

〔**集引**〕

《後漢書·鄧張徐張胡列傳》：「達練事體，明解朝章。」

【**發義**】

書記寬闊，覆蓋事之體統。

〔四九〕注序世統，事資周普

【集引】

《宋書·禮志三》：「尊祀世統，以昭功德。」《文苑英華·王起〈五色露賦〉》：「始曖空而雜糅，俄泫草而周普。」

【發義】

家族世代相承之系統謂之世統。蓋謂記録世系年代，事資周匝普遍，要求完備也。

〔五〇〕鄭氏譜詩，蓋取乎此

【集引】

《釋名·釋典藝》：「譜，布也，布列見其事也。亦曰緒也，主緒人世類相繼，如統緒也。」

【發義】

漢鄭玄將《詩經》分國布列，與諸侯國世次合編爲《詩譜》。唐人奉詔撰《正義》，割裂詩譜説置《風》《雅》《頌》之首。其譜至北宋亡佚。清丁晏重加補綴，著《詩譜考正》，胡元儀别爲總譜，稱

《毛詩譜》，皆收入《皇清經解續編》。清吴騫著有《詩譜補亡後訂》及《拾遺》各一卷，收入《清芬堂叢書》。

〔五一〕張湯李廣，爲吏所簿

〔集引〕

《史記·酷吏列傳》：「使使八輩簿責湯。」又《李將軍列傳》：「急責廣之幕府對簿。」

【發義】

使臣用文書上之記載責問張湯、李廣。

〔五二〕古史世本，編以簡策

〔集引〕

《管子·宙合》：「是故聖人著之簡筴，傳以告後進。」筴，同「策」。

【發義】

《世本》，史書名。《漢書·藝文志〈六藝略〉》載有《世本》十五篇，又《司馬遷傳〈贊〉》亦言及此書。記黄帝以還至春秋時（後人增補至漢）列國諸侯大夫之氏姓、世系、居邑、製作等。

〖雍案〗

《世本》一書，又曰《系本》，蓋避李世民諱也。於唐代已有殘闕，至宋末亡佚。今本《世本》，乃清王謨、孫馮翼、王梓材、陳其榮、秦嘉謨、張澍、雷學淇、茆泮林等輯。

〔五三〕九章積微

〖集引〗

《荀子·大略》：「夫盡小者大，積微者箸。」

【發義】

《九章算術》積數學之微妙也。

〖雍案〗

《九章算術》乃古代典籍。漢張蒼、耿壽昌等曾據舊文遺殘刪補。今本乃晉劉徽、唐李淳風注，九卷。其分方田、粟米、衰分、少廣、商功、均輸、方程、盈不足、勾股等九章，共二百四十六則題。

〔五四〕精觀書雲，故曰占也

〔集引〕

《左傳·僖公五年》：「朔，日南至。公既視朔，遂登觀臺以望，而書，禮也。凡分至啟閉，必書雲物，爲備故也。」《周禮·春官·保章氏》：「以五雲之物，辨吉凶水旱。」鄭玄注：「物，色也。視日旁雲氣之色。」

【發義】

登觀臺而望，觀四時之變行禮，而書天象雲氣之色，故曰占也。

〔雍案〕

精，黃叔琳校云：「疑作『登』。」精，乃「登」之譌也。《中論·曆數》云：「人君親登觀臺，以望氣而書雲物爲備者也。」

〔五五〕黃鐘調起，五音以正

〔集引〕

《漢書·律曆志上》：「五聲之本，生於黃鐘之律。九寸爲宫，或損或益，以定角商徵羽。」

【發義】

五聲本於黃鐘，其音以正，出於其律。

〔雍案〕

鐘，弘治本、汪本、佘本、張本、兩京本、王批本、何本、王本、鄭藏鈔本、崇文本並作「鍾」。黃鍾，又作「黃鐘」，古樂十二律之一。《禮記·月令》：「其日壬癸……其音羽，律中黃鍾。」鄭玄注：「黃鍾者，律之始也。九寸，仲冬氣至則黃鍾之律應。」《莊子·盜跖》：「今將軍……脣如激丹，齒如齊貝，音中黃鐘，而名曰盜跖。」《說文·金部》：「鐘，樂鐘也。秋分之音，物穜成。」段玉裁注：「鐘，經傳多作鍾，叚借酒器字。」《集韻·鍾韻》：「鐘，通作『鍾』。」《玉篇·金部》《廣韻·鍾韻》：「鐘，大樂器也。」《爾雅·釋樂》：「大鐘，謂之『鏞』。」《文選·宋玉〈招魂〉》：「鏗鐘搖虡。」舊校：「鐘，五臣本作『鍾』。」

〔五六〕出命申禁，有若自天

〔集引〕

《詩·大雅·大明》：「有命自天，命此文王。」鄭玄箋：「天爲將命文王君天下，於周京之地。」

【發義】

令之所出，申禁有若自然。

〔五七〕管仲下命如流水

〔集引〕

《管子·牧民·士經》：「下令於流水之原者，令順民心也。」《史記·管晏列傳》：「故其稱曰：『……下令如流水之原，令順民心。』」又劉向《管子書録》：「故其書稱曰：『……下令猶流水之原，令順人心。』」

【發義】

下令若流水，乃順民心也。

〔雍案〕

命，乃「令」之譌也。

〔五八〕兵謀無方，而奇正有象，故曰法也

〖集引〗

《孫子·兵勢》：「三軍之衆，可使必受敵而無敗者，奇正是也。」又：「戰勢不過奇正，奇正之變，不可勝窮也。」又《軍爭》：「故其疾如風，其徐如林，侵掠如火，不動如山，難知如陰，動如雷霆。」《書·舜典》：「象以典刑。」

【發義】

兵之謀略，在於用兵無常也。古之用兵，以對陣交鋒爲正，設計邀截襲擊爲奇，象以典刑，故曰兵則。

〔五九〕符者，孚也。徵召防僞，事資中孚

〖集引〗

《文選序》：「書誓符檄之品。」張銑注：「符，孚也。徵召防僞，事資中孚。」《易·雜卦》：「中孚，信也。」

【發義】

孚者，信用也。徵召防僞，事資其信也。

〔六〇〕三代玉瑞

〔集引〕

《周禮·春官·典瑞》：「掌玉瑞玉器之藏。」鄭玄注：「人執以見曰瑞，禮神曰器。瑞，符信也。」

【發義】

三代書記，皆掌玉瑞，以爲符信也。

〔六一〕字形半分，故周稱判書

〔集引〕

《周禮·秋官·朝士》：「凡有責者，有判書以治則聽。」

【發義】

周之判書，字寫中間，分爲兩半，各執其一。

〔六二〕古有鐵券，以堅信誓

【集引】

《楚漢春秋》：「高祖初，封侯者皆賜丹書鐵券，曰：『使黄河如帶，太山如礪，漢有宗廟，爾無絕世。』」《漢書·高帝紀下》：「天下既定……又與功臣剖符作誓，丹書鐵券，金匱石室，藏之宗廟。」

【發義】

古代帝王頒賜功臣授以世代享受某種特權之契曰鐵券，乃以堅其信誓。

〔六三〕王褒髯奴，則券之楷也

【集引】

《南齊書·文學傳〈論〉》：「王褒《僮約》，束晳《發蒙》，滑稽之流。」

【發義】

王褒《僮約》有「髯奴便了」語，故稱《僮約》爲《髯奴》。褒因所買髯奴便了不肯買酒，與之立《僮約》之券，明定日工，使髯奴「目淚下落，鼻涕長一尺」，其乃俳諧之言，辭淺會俗，皆悦笑也。

【雍案】

楷，宋本、鈔本、活字本、喜多本《御覽》引作「諧」。岡本同。楊明照《校注》云：「按『諧』字是。《諧隱篇》云：『諧之言皆也，辭淺會俗，皆悦笑也。』釋此正合。『則券之諧』，謂子淵《僮約》《僮約》有「髯奴便了」語，故稱僮約爲髯奴（孫志祖《讀書脞録》卷七、朱亦棟《群書札記》卷十三並謂舍人所指爲僮約）。爲俳諧之券文也。《南齊書·文學傳〈論〉》：『王褒《僮約》，束皙《發蒙》，滑稽之流。』亦可作爲旁證。」《玉篇·言部》《廣韻·皆韻》：「諧，調也。」按《漢書·東方朔傳》有：「上以朔口諧辭給，好作問之。」蓋「諧」者，詼諧也。

〔六四〕孫亶回聖相也，而關於州部

【集引】

《韓非子·問田》：「今陽成義渠，明將也，而措於毛伯；公孫亶回，聖相也，而關於州部。何哉！」《漢書·董仲舒傳》：「太學者，賢士之所關也。」顏師古注：「關，由也。」

【發義】

聖相先經由州部之職考驗也。

〔六五〕**温舒截蒲，即其事也**

〔集引〕

《漢書·賈鄒枚路傳》：「温舒取澤中蒲，截以爲牒，編用寫書。」

【發義】

温舒於澤中取蒲，截以編葉爲短簡，用以書寫。

〔六六〕**先賢表諡，並有行狀**

〔集引〕

《説文·言部》：「諡，行之迹也。」

【發義】

諡者，行之迹也。行狀興於漢代，先賢表彰行之迹，並有述其德行之狀。

〔雍案〕

諡，同「謚」。

〔六七〕辭者，舌端之文

〔集引〕

《荀子·正名》：「辭也者，兼異實之名以論一意也。」《易·繫辭上》：「辯吉凶者存乎辭。」陸德明《釋文》：「辭，説也。」

【發義】

辭者，惟舌所出聲文，固曰舌端之文也。

〔六八〕諺者，直語也。喪言亦不及文，故弔亦稱諺

〔集引〕

《孝經·喪親》：「子曰：『孝子之喪親也……言不文。』」

【發義】

喪親之言不及文，故弔亦直語也。

〔六九〕塵路淺言，有實無華

〔集引〕

《荀子·王制》：「順州里，定廛宅。」楊倞注：「廛謂市内百姓之居，宅謂邑内居也。」《周禮·地官·遂人》：「萬夫有川，川上有路，以達于畿。」

【發義】

市廛道路之言語，粗鄙淺陋，蓋有實無華。

〔七〇〕囊滿儲中，皆其類也

〔集引〕

《新序·刺奢》：「周諺曰：『囊漏貯中。』」《宋書·范泰傳》：「泰又諫曰：『……故囊漏貯中，識者不吝。』」

【發義】

囊漏儲中，遺小而存大也。事見《新書·春秋》。

【雍案】

滿，黄叔琳校云：「汪本作『漏』。」滿，乃「漏」之譌也。

〔七一〕太誓曰：古人有言，牝雞無晨

【集引】

《書·牧誓》：「王曰：『古人有言曰：牝雞無晨。牝雞之晨，惟家之索。』」孔穎達《正義》：「牝雞之鳴，喻婦人知外事。故重申喻意，云雌代雄鳴，則家盡，婦奪夫政，則國亡。」

【發義】

紂之政黯也，若牝雞之鳴，無晨之光明，國之將亡矣。

【雍案】

太，乃「牧」之譌也。《書·牧誓》：「王曰：『古人有言曰：牝雞無晨。牝雞之晨，惟家之索。』」可證。

〔七二〕譬九方堙之識駿足，而不知毛色牝牡也

【集引】

《淮南子·道應訓》：「（秦穆公使九方堙求馬）三月而反報曰：『已得馬矣，在於沙丘。』穆公曰：『何馬也？』對曰：『牡而黄。』使人往取之，牝而驪。穆公不説，召伯樂而問之，曰：『敗矣！子之所使求者，毛物牝牡弗能知，又何馬之能知？』伯樂喟然太息曰：『……若堙之所觀者，天機也，得其精而忘其粗。』」

【發義】

雖才冠鴻筆，而多疏於尺牘，譬之於九方堙衹識駿足，不辨牝牡之色也。

〔七三〕信亦邦瑞

【集引】

《左傳·僖公二十五年》：「（晉文）公曰：『信國之寶也。』」

【發義】

誠實不欺，謂之信。蓋信亦若玉瑞，乃邦之符信也。

〔七四〕既馳金相

〔集引〕

《文選·宋玉〈神女賦〉》：「五色並馳。」李善注：「馳，施也。」《詩·大雅·棫樸》：「金玉其相。」

【發義】

既施文采之美。

〔七五〕亦運木訥

〔集引〕

《論語·子路》：「子路曰：『剛毅木訥，近仁。』」何晏《集解》引王肅曰：「木，質樸也。訥，遲鈍也。」

【發義】

亦運之質樸遲鈍也。

〔七六〕萬古聲薦，千里應拔

〔集引〕

《文心雕龍·書記》：「萬古聲薦。」牟世金注：「聲名顯揚。薦：進，舉。」《斠詮》：「應拔，謂應酬之拔來報往也。」《禮記·少儀》：「毋拔來，毋報往。」鄭玄注：「拔、報，皆疾也。」

【發義】

萬古聲名顯揚，千里應響迅疾也。

〔七七〕庶務紛綸，因書乃察

〔集引〕

《文選·陸機〈辯亡論〉》：「故百官苟合，庶務未遑。」又《文選·班固〈東都賦〉》：「豈特方軌並跡，紛綸後辟，理近古之所務，蹈一聖之險易云耳哉！」許慎《説文解字叙》：「及神農氏結繩爲治，而統其事，庶業其繁，飾僞萌生。黄帝之史倉頡，見鳥獸蹏迒之迹，知分理之可相別異也，初造書契，百工以乂，萬品以察。」

【發義】

國家各種政務繁多，蓋因書可以考察。

卷六

神思第二十六

古人云：形在江海之上，心存魏闕之下。神思之謂也〔一〕。文之思也，其神遠矣〔二〕。故寂然凝慮，思接千載，悄焉動容，視通萬里〔三〕；吟詠之間，吐納珠玉之聲；眉睫之前，卷舒風雲之色。其思理之致乎？故思理爲妙，神與物遊〔四〕，神居胸臆，而志氣統其關鍵〔五〕；物沿耳目，而辭令管其樞機〔六〕。樞機方通，則物無隱貌〔七〕；關鍵將塞，則神有遯心〔八〕。是以陶鈞文思，貴在虛靜〔九〕，疏瀹五藏，澡雪精神〔一〇〕；積學以儲寶，酌理以富才〔一一〕，研閱以窮照，馴致以懌辭〔一二〕；然後使元解之宰，尋聲律而定墨〔一三〕；獨照之匠，闚意象而運斤〔一四〕。此蓋馭文之首術，謀篇之大端〔一五〕。

夫神思方運，萬塗競萌〔一六〕，規矩虛位，刻鏤無形〔一七〕；登山則情滿於山，觀海則意溢於海〔一八〕，我才之多少，將與風雲而並驅矣。方其搦翰，氣倍辭前〔一九〕；暨乎篇成，半折心始〔二〇〕。何則？意翻空而易奇，言徵實而難巧也〔二一〕。是以意授於思，言授於意〔二二〕；密則無際，疎則千里；或理在方寸，而求之域表〔二三〕；或義在咫尺，而思隔山河〔二四〕。是以秉心養術，無務苦慮〔二五〕；含章司契，不必勞情也〔二六〕。

人之稟才，遲速異分〔二七〕；文之制體，大小殊功〔二八〕。相如含筆而腐毫〔二九〕，揚雄輟翰而驚夢〔三〇〕，桓譚疾感於苦思〔三一〕，王充氣竭於思慮〔三二〕，張衡研京以十年〔三三〕，左思練都以一紀，雖有巨文，亦思之緩也〔三四〕。淮南崇朝而賦騷〔三五〕，枚皋應詔而成賦〔三六〕，子建援牘如口誦〔三七〕，仲宣舉筆似宿構〔三八〕，阮瑀據案而制書〔三九〕，禰衡當食而草奏，雖有短篇，亦思之速也〔四〇〕。若夫駿發之士〔四一〕，心總要術，敏在慮前，應機立斷〔四二〕；覃思之人，情饒歧路〔四三〕，鑒在疑後，研慮方定〔四四〕。機敏故造次而成功〔四五〕，慮疑故愈久而致績〔四六〕。難易雖殊，並資博練。若學淺而空遲，才疎而徒速，以斯成器，未之前聞。是以臨篇綴慮，必有二患。理鬱者苦貧，辭溺者傷亂〔四七〕。然則博見爲饋貧之糧，貫一爲拯亂之藥，博而能一，亦有助乎心力矣〔四八〕。

若情數詭雜，體變遷貿〔四九〕，拙辭或孕於巧義，庸事或萌於新意，視布於麻，雖云未費，杼軸獻功，煥然乃珍〔五〇〕。至於思表纖旨，文外曲致，言所不追，筆固知止〔五一〕；至精而後闡其妙，至變而後通其數〔五二〕，伊摯不能言鼎，輪扁不能語斤，其微矣乎〔五三〕！

贊曰：神用象通，情變所孕〔五四〕。物以貌求，心以理應〔五五〕。刻鏤聲律，萌芽比興〔五六〕。結慮司契，垂帷制勝〔五七〕。

【發義】

意識玄妙，心隨機運。

心以理應，神會而興象。物以貌求，思運而成章。通窒靈機，關乎外聯妙造。遲速異分，繫乎內發神接。積學在乎秉心養術，研閱在乎儲寶成器。

〔一〕**古人云：形在江海之上，心存魏闕之下。神思之謂也**

〔**集引**〕

《莊子·讓王》：「身在江海之上，心居乎魏闕之下。」《淮南子·俶真訓》：「神游魏闕之下。」高誘注：「魏闕，王者門外闕，所以縣教象之書於象魏也。巍巍高大，故曰魏闕。」

【**發義**】

神也者，意識玄妙，不可形詰者也。思也者，心慮所行，睿敏者也。形者，有質之稱。形所立具是爲身，固游於江海之上。心者，形之主也。知覺主於中而應於外，固任思而存魏闕之下。

〔二〕**文之思也，其神遠矣**

〔**集引**〕

《書·洪範》：「五曰思。」孔穎達疏：「思者，心慮所行，使行得中也。」《毛詩指説》引梁簡文説：「發慮在心謂之思。」《素問·陰陽應象大論》：「在志爲思。」王冰注：「思，所以知遠也。」《書·堯典》：「欽明文思安安。」孔穎達疏引鄭玄云：「深慮通敏謂之思。」又《大禹謨》：「乃聖乃神。」孔安國傳：「神，妙無方。」《易・繫辭上》：「故神無方而易無體。」孔穎達疏：「神者，微妙玄通，不可測量。」

【發義】

文成於思心，思之所行，妙也無常，蓋遠矣。

〔三〕故寂然凝慮，思接千載，悄焉動容，視通萬里

〔集引〕

《易・繫辭上》：「寂然不動，感而遂通天下之故。」《文選・謝莊〈月賦〉》：「悄焉疚懷。」李善注引《毛詩》曰：「悄，憂貌。」

【發義】

處靜涵動，集中思慮，而接千載。憂焉動容，而視通萬里。

〔四〕故思理爲妙，神與物遊

〔集引〕

《晉書・戴若思傳〈陸機薦若思書〉》：「思理足以研幽，才鑒足以辯物。」《抱朴子外篇・勖

學》：「才性有優劣，思理有修短，或有夙知而早成，或有提耳而後喻。」

【發義】

思理者，思辨力也。深慮通達，所由者微妙，内接外境，蓋與物遊。

〔五〕神居胸臆，而志氣統其關鍵

〔集引〕

《孟子·公孫丑上》：「夫志，氣之帥也；氣，體之充也。」趙岐注：「志，心所念慮也。氣，所以充滿形體爲喜怒也。志帥氣而行，度其可否也。」《老子》：「善閉無關鍵而不可開。」

【發義】

心所主微妙，而爲志氣所攝，固統其機要，胸臆開焉。

〔六〕物沿耳目，而辭令管其樞機

〔集引〕

《國語·周語》：「夫耳目，心之樞機也。」韋昭注：「樞機，發動也。心有所欲，耳目爲之發動。」

【發義】物，外境也。耳目之近，感物造端，心境相得，應對之言辭管其發動也。

〔七〕**樞機方通，則物無隱貌**

〖集引〗《經籍籑詁·物韻補遺》引《周易略例》：「物无妄。」王弼注：「物，象也。」

【發義】制動之主通也，則形質之象無隱其外表。

〔八〕**關鍵將塞，則神有遯心**

〖集引〗《呂氏春秋·報更》：「博則無所遁矣。」高誘注：「遁，失也。」

【發義】機要將閉，理塞其通，則微妙失其思心，無所主內而接外。

〔九〕是以陶鈞文思，貴在虛静

【集引】

《漢書·賈鄒枚路傳》：「（陽上書曰：）『……聖王制世御俗，獨化於陶鈞之上。』」《莊子·人間世》之言曰：「唯道集虚。」《荀子·解蔽》：「故治之要，在於知道。人何以知道？曰：『心。』心何以知道？曰：『虚壹而静。心未嘗不藏也，然而有所謂虚；心未嘗不滿也，然而有所謂壹；心未嘗不動也，然而有所謂静。……虚壹而静，謂之大清明。』」

【發義】

夫文出於運思，其在制也。蓋貴在虚壹而静矣。用志不分，乃凝於神，虚静者也。

〔一〇〕疏瀹五藏，澡雪精神

【集引】

《莊子·知北遊》：「汝齋戒，疏瀹而心，澡雪而精神。」《書·盤庚下》：「今予其敷心腹腎腸，歷告爾百姓于朕志。」孔穎達疏：「以心爲五臟之主。」

【發義】

疏通其内，純潔心志，以使神志思想保持通暢純正。

〔一一〕**積學以儲寶，酌理以富才**

〖集引〗

《文選·王延壽〈魯靈光殿賦〉》：「據坤靈之寶勢。」張銑注：「寶，奇也。」又《文選·顏延之〈三月三日曲水詩序〉》：「必酌之於故實。」張銑注：「酌，取也。」《説文·宀部》：「富，備也。」

【發義】

積學乃秉心養術，儲奇取道以備其才。

〔一二〕**研閲以窮照，馴致以懌辭**

〖集引〗

《易·坤》象傳：「履霜堅冰，陰始凝也；馴致其道，至堅冰也。」孔穎達疏：「馴，猶狎順也。若鳥獸馴狎然。言順其陰柔之道，習而不已，乃至堅冰也。」

【發義】

極深而研幾，以尋究根源而見明也。蓋漸進而達，順思致或情致以尋繹文辭。

〖雍案〗

懌，黄叔琳校云：「一作『繹』。」天啟梅本改「繹」。元本、弘治本、活字本、汪本、佘本、張本、兩京本、王批本、胡本、訓故本、四庫本並作「繹」。《喻林》、《稗編》、湯紹祖《續文選》、胡震亨《續文選》、《文儷》同。《方言》：「繹，尋繹也。」《詩・周頌・賚》：「敷時繹思。」朱熹《集傳》：「繹，尋繹也。」《論語・子罕》：「繹之爲貴。」陸德明《釋文》引馬云：「繹，尋繹也。」《文選・王襃〈四子講德論〉》：「於是文繹復集。」李善注引馬融《論語注》：「繹，尋繹也。」《漢書・循吏傳》：「語次尋繹。」顔師古注：「繹，謂抽引而出也。」蓋「馴致以繹辭」，乃謂「順思致或情致以尋繹文辭也」。

〔一三〕**然後使元解之宰，尋聲律而定墨**

〖集引〗

《莊子・齊物論》：「若有真宰，而特不得其眹。」《禮記・玉藻》：「卜人定龜，史定墨。」《荀子・正名》：「心也者，道之工宰也。」又《解蔽》：「心者，形之君也。」

【發義】

玄解者，玄了也。乃墨識而深徹瞭解也。其宰者，主宰也。探求聲律而定繩墨。

〖雍案〗

元，各本皆作「玄」。元，乃「玄」之諱也。「玄解」者，玄了也。《申鑒·雜言下》：「幽深謂之玄。」《吕氏春秋·精通》：「萬民之宰也。」高誘注：「宰，主也。」《淮南子·原道訓》：「成化像而弗宰。」高誘注：「宰，主也。」《文選·江淹〈雜體詩三十首〉》：「直置忘所宰。」李善注引《淮南子》高誘注：「宰，主也。」

〔一四〕獨照之匠，闚意象而運斤

〖集引〗

《文子·微明》：「視於冥冥，聽於無聲，冥冥之中，獨有曉焉；寂寞之中，獨有照焉。」《淮南子·俶真訓》：「視於冥冥，聽於無聲，冥冥之中，獨見曉高注：「曉，明也。」焉；寂寞之中，獨有照焉。」《莊子·徐無鬼》：「匠石運斤成風。」又《天道》：「輪扁曰：『……斲輪，徐則甘而不固，疾則苦而不入，不徐不疾，得之於手而應之於心，口不能言，有數存焉於其間。臣不能以喻臣之子，臣之子亦不能受之於臣，是以行年七十而老斲輪。』」

【發義】

出類超群曉見之哲者，闚其意思與形象而運斤斧，游刃有餘。

〔一五〕**此蓋馭文之首術，謀篇之大端**

〔集引〕

《禮記·禮器》：「二者居天下之大端。」鄭玄注：「端，本也。」

【發義】

蓋駕馭文章之首藝，謀統篇章之大本，務必通達神思意象之旨，方能擅勝。

〔一六〕**夫神思方運，萬塗競萌**

〔集引〕

《莊子·齊物論》：「日夜相代乎前，而莫知其所萌。」

【發義】

玄妙之思方運，其塗也萬，競相發端。

〔一七〕規矩虛位，刻鏤無形

〖集引〗

《禮記・經解》：「規矩誠設，不可欺以方圜。」

【發義】

方圜虛以其位，蓋刻鏤無形也。

〔一八〕登山則情滿於山，觀海則意溢於海

〖集引〗

《淮南子・本經訓》：「人愛其情。」高誘注：「情，性也。」《易・咸》彖傳：「而天地萬物之情可見矣。」孔穎達疏：「感物而動謂之情。」《莊子・外物》：「言者所以在意。」成玄英疏：「意，妙理也。」《禮記・大學》：「先誠其意。」朱熹《章句》：「意者，心之所發也。」

【發義】

情致高寄，惟山止託，蓋登之而情滿於山；意境闊視，惟海包涵，蓋觀之而意溢於海。

〔一九〕方其搦翰，氣倍辭前

〔集引〕

唐劉知幾《史通·辨職》：「搦管操觚，歸其準的。」

【發義】

方其執筆臨文，信心十足，將所養之氣倍攄於摛藻之前。

〔二〇〕暨乎篇成，半折心始

〔集引〕

《文選·曹冏〈六代論〉》：「暨乎戰國。」吕延濟注：「暨，及也。」又《文選·班彪〈王命論〉》：「暨乎稷契。」劉良注：「暨，及也。」

【發義】

及衡文篇成，僅得構思之半。蓋陸士衡云「恒患意不稱物，文不逮意」者也。

〔二一〕**意翻空而易奇，言徵實而難巧也**

〔集引〕

《大戴禮記·誥志》：「此無空禮，無空名。」王聘珍《解詁》：「空，虛也。」

【發義】

意象虛構而易生奇妙境界，言辭求實而難達於精巧也。

〔二二〕**是以意授於思，言授於意**

〔集引〕

《文選·潘岳〈笙賦〉》：「披黃苞以授甘。」張銑注：「授，取也。」《周禮·天官·庖人》：「以灋授之。」孫詒讓《正義》引《文選》薛綜注：「授，與也。」《文選·王粲〈贈蔡子篤詩〉》：「言授斯詩。」劉良注：「授，與也。」

【發義】

是以意蘊取於構思，言與於意蘊。

〔二三〕或理在方寸，而求之域表

〔集引〕

《三國志·蜀書·諸葛亮傳》：「亮與徐庶並從，爲曹公所追破，獲庶母。庶辭先主而指其心曰：『本欲與將軍共圖王霸之業者，以此方寸之地也。今已失老母，方寸亂矣，無益於事，請從此别。』」

【發義】

方寸者，内也。蓋思理在方寸之虚，由内而求之於外境也。

〔二四〕或義在咫尺，而思隔山河

〔集引〕

《易·解》：「剛柔之際，義無咎也。」王弼注：「義猶理也。」《左傳·僖公九年》：「天威不違顔咫尺。」

【發義】

義理雖近而莫得，而思亦隔之畛域。

〔一一五〕是以秉心養術，無務苦慮

〖集引〗

《詩·鄘風·定之方中》：「秉心塞淵。」毛萇傳：「秉，操也。」

【發義】

是以操持其心，涵養學術，無須極盡思慮自然工到，勞情少矣。

〔一一六〕含章司契，不必勞情也

〖集引〗

《易·坤》：「含章可貞。」孔穎達疏：「章，美也。」《詩·小雅·都人士》曰：「出言有章。」《文選·陸機〈文賦〉》：「意司契而爲匠。」劉良注：「司，理也。」詹鍈《文心雕龍義證》：「『含章』是説美質包孕於内。」《老子》：「有德司契。」河上公注：「有德之君，司察契信而已。」

【發義】

含美於内理信，乃掌握行文規約，蓋不必勞情也。

〔二七〕人之稟才，遲速異分

〔集引〕

《漢書·杜周傳》：「周少言重遲，而内深次骨。」顔師古注：「遲謂性非敏速也。」

【發義】

人之稟賦殊異，蓋性遲鈍敏速亦異其素分。

〔二八〕文之制體，大小殊功

〔集引〕

《漢書·刑法志》：「五曰議功。」顔師古注：「功，有大勳力者。」

【發義】

爲文在於規劃體裁，規模大小，功力各異。

〔二九〕相如含筆而腐毫

〔集引〕

《漢書·賈鄒枚路傳》：「（皋）爲文疾，受詔輒成，故所賦者多。司馬相如善爲文而遲，故所作少而善於皋。」

【發義】

司馬相如吮墨摛詞，筆爛韜翰而文章成。

〔三〇〕揚雄輟翰而驚夢

〔集引〕

《全後漢文》卷十四引桓譚《新論·祛蔽》：「（漢）成帝幸甘泉，詔揚子雲作賦。倦臥，夢其五臟出在地，以手收内。」

【發義】

揚雄受帝命作賦，用心過度，輟筆倦睡而驚夢，醒遂大病。

〔三一〕桓譚疾感於苦思

【集引】

桓譚《新論》：「余少時見揚子雲之麗文高論，而猥欲追及。嘗激一事而作小賦，用精思太劇，而立感動發病，彌日瘳。」

【發義】

桓譚少時作賦，構思力求精到，過劇而致疾。

〔三二〕王充氣竭於思慮

【集引】

《後漢書·王充王符仲長統列傳》：「充閉門潛思，著《論衡》二十餘萬言。年漸七十，志力衰耗，乃造《性書》十六篇，裁節嗜欲，頤神自守。」

【發義】

王充著《論衡》，殫精竭慮。

〔三三〕張衡研京以十年

【集引】

《易·繫辭上》：「夫《易》，聖人之所以極深而研幾也。」《文選·張衡〈東京賦〉》：「由余以西戎孤臣，而悝繆公於宫室，如之何其以温故知新，研覈是非，近於此惑。」

【發義】

張衡窮十年之功，研討《兩京賦》。

〔三四〕左思練都以一紀，雖有巨文，亦思之緩也

【集引】

《書·畢命》：「既歷三紀。」孔安國傳：「十二年曰紀。」《孟子·滕文公上》：「民事不可緩也。」《國語·晉語三》：「丕鄭如秦謝緩賂。」韋昭注：「緩，遲也。」

【發義】

左思撰《三都賦》，推敲辭意，殫精竭思，十二年方成。雖篇幅巨構，而文思遲緩。

〔三五〕淮南崇朝而賦騷

【集引】

《詩·衛·河廣》：「誰謂宋遠，曾不崇朝。」《三國志·魏書·涼茂傳》：「以海内初定，民始安集，故未責將軍之罪耳，而將軍乃欲稱兵西向，則存亡之效，不崇朝而決，將軍其勉之。」

【發義】

淮南子劉安崇朝賦騷，神思駿發。

【雍案】

孫詒讓《札迻》謂舍人此文本高誘《淮南子序》：「詔使爲《離騷賦》，自旦受詔，至早食已上。」從天亮到早飯之間，謂之崇朝也。

〔三六〕枚皋應詔而成賦

【集引】

《文選·班固〈兩都賦序〉》：「賦者，古詩之流也。」

【發義】

枚皋應帝王之命作賦，揮筆立就。魏、晉以還，稱應帝王之命而作之詩文爲應詔。三國魏曹植有《應詔詩》，南朝宋范曄有《樂遊應詔詩》，皆見《文選》。

〔三七〕子建援牘如口誦

〔集引〕

《文選·楊修〈答臨淄侯曹子建牋〉》：「嘗親見執事，握牘持筆，有所造作。若成誦在心，借書於手，曾不斯須，少留思慮。」

【發義】

曹植援牘，思慮敏捷，成誦在心，蓋出口成章。

〔三八〕仲宣舉筆似宿構

〔集引〕

《三國志·魏書·王粲傳》：「王粲字仲宣……善屬文，舉筆便成，無所改定，時人常以爲宿構。

然正復精意覃思，亦不能加也。」

【發義】

王粲舉筆寫作，若早已構思成文。

〔雍案〕

搆，唐寫本作「構」。《御覽》引同。楊明照《校注》云：「按『搆』，當依別本作構。已詳《雜文篇》『腴辭雲搆』條。」「搆」與「構」，音同義通。《資治通鑑·漢紀》：「趙廣漢搆會吏民之後。」胡三省注引顏師古曰：「搆，結也。」《慧琳音義》卷八「思搆」注引《字書》、卷四二「交搆」注引《考聲》：「搆，結架也。」《孟子·梁惠王上》：「構怨於諸侯。」朱熹《集注》：「構，結也。」《荀子·勸學》：「怨之所構。」楊倞注：「構，結也。」《韓非子·揚權》：「上不與構。」王先慎《集解》引舊注：「構，結也。」《慧琳音義》卷三一「鬭構」注引《考聲》云：「構，結架也。」

〔三九〕阮瑀據案而制書

〔集引〕

《典略》：「太祖嘗使阮瑀作書與韓遂，時太祖適近出，瑀隨從，因於馬上具草，書成呈之。太祖攬筆欲有所定，而竟不能增損。」

【發義】

阮瑀制書之疾，無復增損，蓋其用筆精當也。

〔雍案〕

案，梅慶生云：「疑作『鞍』。」吴翌鳳、顧廣圻説同。訓故本作「鞌」。楊明照《校注》云：「按『鞌』字是。《典略》：『太祖嘗使瑀作書與韓遂。時太祖適近出，瑀隨從，因於馬上具草。書成，呈之。太祖擥筆欲有所定，而竟不能增損。』《三國志・魏書・王粲傳》裴注、《書鈔》六九又一百三、《類聚》五八、《御覽》五九五引《金樓子》：『劉備叛走，曹操使阮瑀爲書與備，馬上立成。』《御覽》六百引『馬上具草』『馬上立成』，即『據鞌制書』之謂。」楊氏所云是也。《説文・革部》：「鞌，馬鞁具也。从革从安。」段玉裁注：「鞌，此爲跨馬設也。」《玉篇・革部》：「鞌，亦作『鞍』。」《慧琳音義》卷四四「鞌勒」注引《考聲》云：「鞌，馬鞌。」

〔四〇〕禰衡當食而草奏，雖有短篇，亦思之速也

〔集引〕

《後漢書・文苑列傳》：「（劉）表嘗與諸文人共草章奏並極其才思。時衡出，還見之，開省未周，因毁以抵地。衡乃從求筆札，須臾立成，辭義可觀。表大悦，益重之。」

【發義】

禰衡對酒席而草奏章，雖是短篇，亦皆文思敏捷也。

〔四一〕**若夫駿發之士**

〖集引〗

《詩·周頌·噫嘻》：「駿發爾私。」鄭玄箋：「駿，疾也。發，伐也。」《陸士龍集·贈顧驃騎後二首序》：「祁陽秉文之士，駿發其聲。」

【發義】

秉文之士，文思駿發。

〔四二〕**心總要術，敏在慮前，應機立斷**

〖集引〗

《漢書·趙尹韓張兩王傳》：「以廉絜通敏下士爲名。」顔師古注：「敏，爲才識捷疾也。」《三國志·蜀書·郤正傳〈釋譏〉》：「辯者馳説，智者應機。」

【發義】

其内兼綜切要之法，才識捷疾於思慮之前，適應時機而當即決斷。

〔四三〕覃思之人，情饒歧路

〔集引〕

《後漢書·鄧張徐張胡列傳〈論〉》：「統之，方軌易因，險塗難御，故昔人明慎於所受之分，遲遲於歧路之閒也。」《爾雅·釋宫》：「二達謂之歧旁。」郭璞注：「歧，道旁出也。」《釋名·釋道》：「二達曰歧旁，物兩爲歧，在邊曰旁。」

【發義】

蓋深思者，性情豐富，而歧路旁出。

〔雍案〕

歧，元本、弘治本、汪本、佘本、張本、兩京本、王批本、何本、梅本、凌本、合刻本、梁本、祕書本、彙編本、别解本、清謹軒本、尚古本、岡本、四庫本、王本、張松孫本、鄭藏鈔本並作「岐」。《稗編》、湯氏《續文選》、胡氏《續文選》、《文儷》、《文通》、《四六法海》、《賦略》緒言同。楊明照《校注》云：「按《爾雅·釋宫》：『二達謂之岐旁。』郭注：『岐道旁出也。』《釋名·釋道》：『二達曰岐旁，物兩爲岐，在邊曰旁。』《列子・説符篇》：『楊子之鄰人亡羊，既率其黨，又請楊子之豎追之。楊子曰：「嘻！亡一羊，何追者之衆？」鄰人曰：「多岐路。」』是『岐路』字原作『歧』。諸本是也。」此楊氏未訓也。「歧」與「岐」，古相通用，音義相同。《廣韻・支韻》：「歧，歧路也。」《爾雅・釋宮》：「二達謂之歧旁。」郭璞注：「歧，道旁出也。」郝懿行《義疏》：「歧，猶枝也，物別生曰枝，道別出曰歧。」《文選・陸機〈長安有狹邪行〉》：「伊洛有歧路。」李善注引《爾雅》郭璞注：「歧，道旁出也。」《中説・立命》：「我未見處歧路而不遲迴者。」阮逸注：「路分二曰歧。」《玉篇・止部》：「歧，歧路也。」《慧琳音義》卷九三「歧嶷」注引《韻英》云：「歧，歧路也。」」

〔四四〕鑒在疑後，研慮方定

〔**集引**〕

《文選・孫楚〈爲石仲容與孫皓書〉》：「獨見之鑒。」呂向注：「鑒，明也。」《文選・張衡〈西京賦〉》：「鑒戒唐詩。」李善注引《國語》賈逵注曰：「鑒，察也。」《禮記・坊記》：「夫禮者，所以章疑別微。」孔穎達疏：「謂是非不決。」《論語・季氏》：「疑思問，忿思難，見得思義。」

【發義】

其明察在疑問之後，研摩思慮方定。

〔四五〕機敏故造次而成功

〔集引〕

《後漢書·吴蓋陳臧列傳》：「漢爲人質厚少文，造次不能以辭自達。」

【發義】

機巧於心而才識捷疾，故不經意間至是而成功。

〔四六〕慮疑故愈久而致績

〔集引〕

《書·太甲下》：「弗慮胡獲，弗爲胡成。」《詩·大雅·文王有聲》：「豐水東注，維禹之績。」

【發義】

思慮疑問故愈久而功效成。

〔四七〕**理鬱者苦貧，辭溺者傷亂**

〔**集引**〕

《呂氏春秋·達鬱》：「病之留，惡之生也，精氣鬱也。」高誘注：「鬱，滯不通也。」

【**發義**】

思理鬱結不暢者，内苦其貧乏。辭采氾濫過度者，傷其文雜亂。

〔四八〕**博而能一，亦有助乎心力矣**

〔**集引**〕

《書·大禹謨》：「爾尚一乃心力，其克有勳。」

【**發義**】

蓋博見而能一乃，亦有助乎心思能力矣。

〔四九〕若情數詭雜，體變遷貿

【集引】

《後漢書·班梁列傳》：「（班超上疏：）『……臣前與官屬三十六人奉使絶域……於今五載，胡夷情數，臣頗識之。』」

【發義】

情數者，蓋謂内所思發之情况。若其幽眇複雜，則風格變化多端。

〔五〇〕視布於麻，雖云未費，杼軸獻功，焕然乃珍

【集引】

《淮南子·説林訓》：「黼黻之美，在於機杼。」高誘注：「白與黑爲黼，青與赤爲黻。皆文衣也。」

【發義】

織麻爲布，其質未變，而經加工修飾，焕然成文之美乃珍之。蓋紀昀云：「補出刊改乃工一層……神思之理，乃括盡無餘。」

〔**雍案**〕

軸，《類要》引作「柚」。楊明照《校注》云：「按《詩·小雅·大東》『杼柚其空』舍人作『軸』，從別本也。『杼軸』，已詳《書記篇》『並杼軸乎尺素』句注。」杼軸，與「杼柚」古相通用。《廣韻·屋韻》：「柚，杼柚，機具。」又云：「柚，亦通作『軸』。」《類篇·木部》：「柚，杼柚織也。」《說文·木部》徐鍇《繫傳》：「柚，亦用爲『杼柚』字。」朱駿聲《通訓定聲》：「柚，叚借爲『軸』。」《詩·小雅·大東》：「杼柚其空。」陸德明《釋文》：「柚，本又作『軸』。」《玉篇·車部》：「軸，杼木作『軸』也。」《說文·車部》段玉裁注：「軸，引伸爲凡機樞之偁。」《慧琳音義》卷八〇「衺軸」注引《方言》云：「軸，杼軸也。」

〔五一〕**至於思表纖旨，文外曲致，言所不追，筆固知止**

〔**集引**〕

《易·繫辭下》：「其旨遠，其辭文，其言曲而中。」

【**發義**】

思於外而纖細其旨要，文於外而曲折其情致，樸茂自美而不追琢，筆固然適可而止，此神思難以言表之意蘊奧旨。

〔五二〕至精而後闡其妙，至變而後通其數

【集引】

《易·繫辭下》：「夫易彰往而察來，而微顯闡幽。」

【發義】

思至精者而後顯其微妙，文至變者而後通其道理。

〔五三〕伊摯不能言鼎，輪扁不能語斤，其微矣乎

【集引】

《孫子·用間》：「昔殷之興也，伊摯在夏。」曹操注：「伊尹也。」《楚辭·離騷》：「摯咎繇而能調。」王逸注：「摯，伊尹名。」《吕氏春秋·本味》：「湯得伊尹……明日設朝而見之。説湯以至味……曰：『……鼎中之變，精妙微纖，口弗能言，志弗能喻。』」《文选·陸機〈文賦〉》：「是蓋輪扁所不得言，故亦非筆説之所能精。」《南齊書·文學·陸厥傳》：「（沈）約答曰：『……韻與不韻，

復有精麤，輪扁不能言。』」《藝文類聚》引《阮籍集·伏羲與籍書》：「昔者，輪扁不能言微。」

【發義】

伊摯不能言鼎，輪扁不能語斤，蓋在其微妙焉。

〔五四〕**神用象通，情變所孕**

〔**集引**〕

《易·繫辭下》：「象也者，像也。」李鼎祚《集解》引崔憬注：「象者，形象之象也。」《文選·傅毅〈舞賦〉》：「不可爲象。」李善注：「象，形象也。」

【發義】

神形於外者乃象，其用象通，乃情變所孕矣。

〔五五〕**物以貌求，心以理應**

〔**集引**〕

《詩·小雅·魚麗》：「物其多矣。」陳奐《傳疏》：「物，萬物也。」《玉篇·牛部》：「凡生天地之間皆謂物也。」

【發義】

此所謂「外思造化，中得心源」，心物交融，貌求理應是也。

〔五六〕**刻鏤聲律，萌芽比興**

〖集引〗

《墨子·辭過》：「臺榭曲直之望，青黃刻鏤之飾。」《淮南子·齊俗訓》：「夫雕琢刻鏤，傷農事者也。」

【發義】

情動於中而形於聲。蓋用心深而入於聲律，始生比興。

〔五七〕**結慮司契，垂帷制勝**

〖集引〗

《史記·儒林列傳》：「以治春秋，孝景時爲博士。下帷講誦，弟子傳以久次相受業，或莫見其面。蓋三年，董仲舒不觀於舍園，其精如此。」《文選·束晳〈讀書賦〉》：「垂帷帳以隱几，披紈素而讀書。」

【發義】

積學博見，綴慮構思而理信，乃可垂帷制勝也。此與「運籌帷幄之中，決勝千里之外」道理相通。

體性第二十七

夫情動而言形〔一〕，理發而文見〔二〕，蓋沿隱以至顯〔三〕，因内而符外者也。然才有庸儁〔四〕，氣有剛柔〔五〕，學有淺深〔六〕，習有雅鄭〔七〕，並情性所鑠〔八〕，陶染所凝〔九〕，是以筆區雲譎，文苑波詭者矣〔一〇〕。故辭理庸儁，莫能翻其才〔一一〕；風趣剛柔，寧或改其氣〔一二〕；事義淺深，未聞乖其學；體式雅鄭，鮮有反其習。各師成心，其異如面〔一三〕。

若總其歸塗，則數窮八體：一曰典雅，二曰遠奥，三曰精約，四曰顯附，五曰繁縟，六曰壯麗，七曰新奇，八曰輕靡。典雅者，鎔式經誥，方軌儒門者也〔一四〕。遠奥者，馥采典文，經理元宗者也〔一五〕。精約者，覈字省句，剖析毫釐者也〔一六〕。顯附者，辭直義暢，切理厭心者也〔一七〕。繁縟者，博喻醲采，煒燁枝派者也〔一八〕。壯麗者，高論宏裁，卓爍異采者也〔一九〕。新奇者，擯古競今，危側趣詭者也〔二〇〕。輕靡者，浮文弱植，縹緲附俗者也〔二一〕。故雅與奇反，奥與顯殊，繁與約舛，壯與輕乖〔二二〕，文辭根葉，苑囿其中矣。

若夫八體屢遷〔二三〕，功以學成，才力居中，肇自血氣〔二四〕；氣以實志，志以定言〔二五〕，吐納英華，莫非情性〔二六〕。是以賈生俊發，故文潔而體清〔二七〕；長卿傲誕，故理侈而辭溢〔二八〕；子雲沈寂，故志隱而味深；子政簡易，故趣昭而事博〔二九〕；孟堅雅懿，故裁密而思靡；平子淹通，故慮周而藻密；仲宣躁鋭，故穎出而才果〔三〇〕；公幹氣褊，故言壯而情駭〔三一〕；嗣宗俶儻，故響逸而調遠〔三二〕；叔夜儁俠，故興高而采烈〔三三〕；安仁輕敏，故鋒發而韻流〔三四〕；士衡矜重，故情繁而辭隱。觸類以推，表裏必符，豈非自然之恒資，才氣之大略哉〔三五〕！

夫才有天資，學慎始習，斲梓染絲，功在初化〔三六〕，器成綵定，難可翻移。故童子雕瑑，必先雅製〔三七〕，沿根討葉，思轉自圓，八體雖殊，會通合數，得其環中，則輻輳相成〔三八〕。故宜摹體以定習，因性以練才，文之司南，用此道也〔三九〕。

贊曰：才性異區〔四〇〕，文辭繁詭〔四一〕。辭爲膚根，志實骨髓〔四二〕。雅麗黼黻，淫巧朱紫〔四三〕。習亦凝真，功沿漸靡〔四四〕。

【發義】

積中發外，氣蘊其質。

體性相契，文心必符。才氣固由稟賦，因性可以練才。文骨惟在培植，慕體可以定習。氣以實志，體壯篇遒。才以真性，格高品逸。

〔一〕夫情動而言形

【集引】

《詩·大序》：「情動於中而形於言。」

【發義】

積中而發外是爲形，蓋情動於中而言形。

〔二〕理發而文見

【集引】

《禮記·樂記》：「理發諸外，而民莫不承順。」鄭玄注：「理，容貌之進止也。」

【發義】

理發諸外，容貌進止，蓋文見矣。

〔三〕**蓋沿隱以至顯**

【集引】

《文選·陸機〈文賦〉》：「或本隱以之顯。」

【發義】

蓋情理隱於内以至顯。

〔四〕**然才有庸儁**

【集引】

《文選·任昉〈爲齊明皇帝作相讓宣城郡公第一表〉》：「臣本庸才，智力淺短。」李善注引三國魏毌丘儉《表》：「禹禼之朝，不畜庸才。」《慧琳音義》卷六二「儁人」注引《考聲》：「儁，才出千人也。」《呂氏春秋·孟秋》：「簡練桀儁。」高誘注：「材過千人爲儁。」《左傳·宣公十五年》：「酆舒有三儁才。」杜預注：「儁，絶異也。」孔穎達疏引《辨名記》：「倍人曰茂，十人曰選，倍選曰儁。」

【發義】

才有庸儁之别。平庸者，智力淺短也；儁邁者，才智高明也。

〔五〕氣有剛柔

【集引】

《論語·公冶長》：「吾未見剛者。」劉寶楠《正義》：「剛彊義近。」《易·雜卦》：「乾剛坤柔。」李富孫《易經異文釋》卷五：「剛柔相摩，《衆經音義》十引作『堅柔』。」

【發義】

氣藴於内，強弱各具也。

〔六〕學有淺深

【集引】

《書·説命下》：「學于古訓，乃有獲。」《論語·述而》：「學而時習之，不亦説乎！」《荀子·

正論》：「淺不足與測深，愚不足與謀知。」

【發義】

人之學也，深淺殊異，蓋由天資。

〔七〕習有雅鄭

〔集引〕

《書·太甲下》：「茲乃不義，習與性成。」《論語·陽貨》：「惡鄭聲之亂雅樂也。」

【發義】

習也有雅樂鄭聲之別，雅樂貞正，鄭聲淫俗。

〔八〕並情性所鑠

〔集引〕

《荀子·性惡》：「故順情性則不辭讓，辭讓則悖於情性也。」《孟子·告子上》：「仁義禮智，非由外鑠我也，我固有之也。」趙岐注：「仁義禮智，人皆有其端，懷之於內，非從外消鑠我也。」

【發義】

情性即本性，先天之質性也。其所鑠，乃銷鎔其質性而鑄鍊其辭。

【雍案】

鑠，元本、弘治本、活字本、汪本、佘本、張本、兩京本、王批本、胡本、訓故本、梁本、四庫本並作「爍」。楊明照《校注》云：「按《孟子·告子上》：『仁義禮智，非由外鑠我也，我固有之也。』趙注：『仁義禮智，人皆有其端，懷之於內，非從外消鑠我也。』此『鑠』字義當與之同。作『爍』非。」「爍」與「鑠」，古相通用。《説文·金部》朱駿聲《通訓定聲》：「鑠，字亦作爍。」《文選·馬融〈長笛賦〉》：「或鑠金礱石。」李善注：「鑠與爍同。」《廣雅·釋詁三》：「鑠，磨也。」王念孫《疏證》：「《考工記》云：『爍金以爲刃。』」《周禮·考工記〈序〉》：「爍金以爲刃。」陸德明《釋文》：「爍，義當作『鑠』。」孫詒讓《正義》：「爍，即『鑠』之俗。」《玄應音義》卷九「煜爚」注：「爍，字與『鑠』同，銷鑠也。」

〔九〕陶染所凝

【集引】

北齊顏之推《顏氏家訓·慕賢》：「人在少年，神情未定，所與款狎，熏漬陶染，言笑舉動，無心於學，潛移暗化，自然似之。」

【發義】

熏漬陶冶所凝，蓋後天所備也。

〔一〇〕**是以筆區雲譎，文苑波詭者矣**

〔集引〕

《呂氏春秋·淫辭》：「則下多所言非所行也，所行非所言也。言行相詭，不祥莫大焉。」《文選·揚雄〈甘泉賦〉》：「於是大厦雲譎波詭。」

【發義】

雲譎波詭者，乃謂變化奇異也。

〔一一〕**故辭理庸儁，莫能翻其才**

〔集引〕

《後漢書·宣張二王杜郭吴承鄭趙列傳〈奏〉》：「臣愚以爲宜如舊制，不合翻移。」

【發義】

故辭理平庸俊拔，莫能變動其才性。

〔一二〕**風趣剛柔，寧或改其氣**

〔集引〕

《晉書·文苑傳〈論〉》：「夫賞好生於情，剛柔本於性。」《典論·論文》：「文以氣爲主，氣之清濁有體，不可力強而致。」《抱朴子外篇·尚博》：「清濁參差，所稟有主。朗昧不同科，強弱各殊氣。」

【發義】

風格意味並剛與柔，寧或改其氣質。

〔一三〕**各師成心，其異如面**

〔集引〕

《莊子·齊物論》：「夫隨其成心而師之，誰獨且無師乎？」郭象注：「夫心之足以制一身之用者，謂之成心。」《左傳・襄公三十一年》：「人心之不同，如其面焉。」

【發義】

師者，師式效法也。各師成見，其異如面，蓋執文如閱人也。

〔一四〕典雅者，鎔式經誥，方軌儒門者也

〖集引〗

《宋書・謝靈運傳〈論〉》：「爰逮宋氏，顔謝騰聲，靈運之興會標舉，延年之體裁明密，并方軌前秀，垂範後昆。」黄侃《札記》：「義歸正直，辭取雅訓，皆入此類。若班固《幽通賦》、劉歆《讓太常博士》之流是也。」

【發義】

典雅者，辭取法經典雅訓，並行儒門者也。

〔一五〕遠奥者，馥采典文，經理元宗者也

〖集引〗

《文選・王儉〈褚淵碑文〉》：「眇眇玄宗。」黄侃《札記》：「理致淵深，辭采微妙，皆入此類。

若賈誼《鵩賦》，李康《運命論》之流是也。」

【發義】

遠奧者，複采典文，經常條貫宗教玄理者也。玄宗眇眇，是以其遠奧也。

〔**雍案**〕

楊明照《校注》云：「按以《原道篇》『符采複隱』、《練字篇》『複文隱訓』、《隱秀篇》『隱以複意爲工』、《總術篇》『奥者複隱』例之，『馥』當作『複』，始合。《文心（雕龍）》全書中僅此處用一「馥」字，殊爲可疑。與文意亦不合。」「馥采」不文，楊氏所云是。複，重也。蓋辭采重疊謂之「複采」。《廣雅·釋詁四》：「複，重也。」《慧琳音義》卷九一「繁複」注：「複，重重累有也。」《廣韻·宥韻》：「複，重複。」

〔一六〕精約者，覈字省句，剖析毫釐者也

〔**集引**〕

《文選·張衡〈西京賦〉》：「剖析毫釐，擘肌分理。」黄侃《札記》：「斷義務明，練辭務簡，皆入此類。若陸機之《文賦》，范曄《後漢書》諸論之流是也。」

【發義】精約者，覈字省句，辨别分析細微者也。

〔一七〕**顯附者，辭直義暢，切理厭心者也**

〔集引〕黄侃《札記》：「語貴丁寧，義求周浹，皆入此類。若諸葛亮《出師表》，曹冏《六代論》之類是也。」

【發義】切理而滿心者，蓋文辭秉直，義尤暢達。

〔一八〕**繁縟者，博喻釀采，煒燁枝派者也**

〔集引〕《禮記·學記》：「能博喻，然後能爲師。」孔穎達疏：「博喻，廣曉也。」黄侃《札記》：「辭采紛披，意義稠複，皆入此類。若枚乘《七發》，劉峻《辨命論》之流是也。」

【發義】

繁縟者，廣曉厚采，蓋煒燁枝派者也。

〖雍案〗

釀，乃「醲」之形譌也。用「醲」乃與下文偶，且始合文意。《廣雅·釋詁》：「醲，厚也。」「博喻醲采」，謂廣曉厚采也。

〔一九〕壯麗者，高論宏裁，卓爍異采者也

〖集引〗

《文選·揚雄〈羽獵賦〉》：「隋珠和氏，焯爍其陂。」李善注：「焯，古灼字。」又《文選·左思〈蜀都賦〉》：「符采彪炳，暉麗灼爍。」黄侃《札記》：「陳義俊偉，措辭雄瑰，皆入此類。揚雄《河東賦》，班固《典引》之流是也。」

【發義】

壯麗者，高論俊發，克隆宏構，蓋異采揚明也。

〖雍案〗

爍，活字本、謝鈔本作「鑠」，張紹仁校「鑠」。楊明照《校注》云：「按作『鑠』非是。『卓』，

疑『焯』之誤。《文選・揚雄〈羽獵賦〉》：『隋珠和氏，焯爍其陂。』李注：『焯，古灼字。』《漢書・揚雄傳上》顏注：「焯爍，光貌。」《左思・蜀都賦》：『符采彪炳，暉麗灼爍。』劉注：「灼爍，豔色也。」嵇康《琴賦》：『華容灼爍，發采揚明。』」《古文苑・宋玉〈舞賦〉》：『珠翠灼爍而照曜兮。』章注：「灼爍，鮮明貌。」張衡《觀舞賦》：『光灼爍以發揚。』並其證。」《太玄・童》：「焯于龜資。」司馬光《集注》：「焯，與『灼』同。」「爍」與「鑠」，古相通。《説文・金部》朱駿聲《通訓定聲》：「鑠，字亦作『爍』。」《玄應音義》卷七「鑠如」注：「鑠，閃鑠也。」《文選・顏延之〈宋文皇帝元皇后哀策文〉》：「圓精初鑠。」李善注：「鑠，言光明也。」

〔二一〇〕新奇者，擯古競今，危側趣詭者也

〔集引〕

詹鍈《文心雕龍義證》：「『危側』，謂險僻；『趣詭』，謂情趣詭奇。」《詩・大雅・桑柔》：「君子實維，秉心無競。」黄侃《札記》：「詞必研新，意必矜創，皆入此類。潘岳《射雉賦》，顏延之《曲水詩序》之流是也。」

【發義】

新奇者，擯棄古舊而競相爭異，其徑險僻，蓋情趣詭奇也。

〔二二〕**輕靡者，浮文弱植，縹緲附俗者也**

〖集引〗

《世說新語·言語》：「王（羲之）謂謝（安）曰：『夏禹勤王，手足胼胝；文王旰食，日不暇給。今四郊多壘，宜人人自效，而虛談廢務，浮文妨要，恐非當今所宜。』」黄侃《札記》：「辭須蒨秀，意取柔靡，皆入此類。江淹《恨賦》，孔稚珪《北山移文》之流是也。」

【發義】

輕靡者，華而不實之文，蒨秀柔靡，根柢不深，蓋乃縹緲附俗也。

〔二三〕**繁與約舛，壯與輕乖**

〖集引〗

《梁書·陶弘景傳》：「心如明鏡，遇物便了；言無煩舛，有亦輒覺。」《左傳·昭公三十年》：「楚執政衆而乖。」漢王充《論衡·薄葬》：「今墨家非儒，儒家非墨，各有所持，故乖不合。」

【發義】

繁與簡錯亂，壯與輕背離。

〔二三〕**若夫八體屢遷**

〔**集引**〕

《易·繫辭下》：「易之爲書也不可遠，爲道也屢遷。」孔穎達疏：「屢遷者，屢，數也。」李鼎祚《集解》引虞翻曰：「遷，徙也。」《文選·陸機〈文賦〉》：「其爲物也多姿，其爲體也屢遷。」李善注：「文非一則，故曰屢遷。」

【**發義**】

數窮八體，其非一則，故曰屢遷。

〔二四〕**才力居中，肇自血氣**

〔**集引**〕

三國魏《曹子建集·求自試表》之一：「志成鬱結，欲逞其才力，輸能於明君也。」《荀子·修身》：「凡用血氣志意知慮，由禮則治通，不由禮則勃亂提僈。」

【**發義**】

才力儲其中，發端於感情。

〔二五〕氣以實志，志以定言

〖集引〗

《左傳·昭公九年》：「味以行氣，氣以實志，志以定言。」杜預注：「氣和，則志充。在心爲志，發口爲言。」

【發義】

氣和志則充盈於内，而出爲聲文也。

〔二六〕吐納英華，莫非情性

〖集引〗

《梁書·蕭子顯傳》：「高祖（蕭衍）雅愛子顯才，又嘉其容止吐納，每御筵侍坐，偏顧訪焉。」

《禮記·樂記》：「和順積中，而英華發外。」

【發義】

談吐議論，英華外發，莫非本性。

〔二七〕是以賈生俊發，故文潔而體清

〔集引〕

宋樓鑰《玫瑰集·代書寄内弟耐翁總幹》詩：「文采既俊發，吏才人共推。」《宋書·謝靈運傳〈論〉》：「縱横俊發，過於延之。」《高僧傳·唱導論》：「辭吐俊發。」《釋名·釋言語》：「潔，確也，確然不群貌也。」

【發義】

是以賈生俊美豪放，故文辭確然不群，風格清奇。

〔二八〕長卿傲誕，故理侈而辭溢

〔集引〕

《文選·班固〈典引〉》：「司馬相如洿行無節，但有浮華之辭，不周於用。」

【發義】

司馬相如慢世自放，行爲惡濁下流，故其理多侈而文辭浮溢。

〔二九〕子政簡易，故趣昭而事博

〔集引〕

《漢書·楚元王傳》：「向字子政……爲人簡易無威儀。」《晏子春秋·内篇·諫上》：「及其衰也，行安簡易，身安逸樂。」

【發義】

劉向簡慢輕忽，不接世俗，故志趣顯明而用事博引。

〔三〇〕仲宣躁鋭，故穎出而才果

〔集引〕

《三國志·魏書·杜襲傳》：「魏國既建，爲侍中，與王粲、和洽並用。粲彊識博聞，故太祖游觀出入，多得驂乘，至其見敬，不及洽、襲。襲嘗獨見，至於夜半。粲性躁競，起坐曰：『不知公對杜襲道何等也？』洽笑答曰：『天下事豈有盡邪！卿晝侍可矣。悒悒於此，欲兼之乎！』」

【發義】

王粲急疾而好勝，故穎脱而出，而才亦果矣。

【雍案】

鋭，乃「競」之譌也。「躁鋭」不文。據「集引」《三國志・魏志・杜襲傳》條則「鋭」應作「競」必矣。《嵇中散集・養生論》：「今以躁競之心，涉希静之塗。」《抱朴子外篇・嘉遯》：「標退静以抑躁競之俗。」《顔氏家訓・省事》：「世見躁競得官者，便謂弗索何獲？」《隋書・儒林・劉炫傳》：「炫性躁競。」並可證也。

〔三二〕**公幹氣褊，故言壯而情駭**

【集引】

《文選・謝靈運〈擬鄴中詩集序〉》：「（劉）楨卓犖偏人，而文最有氣，所得頗經奇。」李周翰注引潘勗《玄達賦》：「匪偏人之自躂，訴諸衷於來哲。」李周翰注：「偏人，謂文才偏美於人。」《御覽》引《文士傳》：「劉楨辭氣鋒烈，莫有折者。」《詩品》：「劉楨詩其源出於古詩，仗氣愛奇，動多振絶。」

【發義】

劉楨爲文最有才氣，偏美於人，故言辭壯放而情尤詫異。

〔雍案〕

褊，乃「偏」之譌也。

〔三二〕 **嗣宗俶儻，故響逸而調遠**

〔集引〕

《史記·魯仲連鄒陽列傳》：「好奇偉俶儻之畫策。」《漢書·司馬遷傳〈報任安書〉》：「古者富貴而名摩滅，不可勝記，唯俶儻非常之人稱焉。」

【發義】

阮籍無拘無束，卓異不凡，故其響邁高逸，而韻調悠遠。

〔三三〕 **叔夜儁俠，故興高而采烈**

〔集引〕

《世説新語·品藻》：「簡文云：『何平叔巧累於理，嵇叔夜儁傷其道。』」

【發義】

嵇康風度高邁，尚奇任俠，故旨趣高尚而情采揚烈。

〔三四〕安仁輕敏，故鋒發而韻流

【集引】

《論語·學而》：「敏於事而慎於言。」

【發義】

潘岳輕捷睿敏，故落筆成文，鋒發勢鋭，氣暢韻流。

〔三五〕豈非自然之恒資，才氣之大略哉

【集引】

《史記·項羽本紀》：「籍長八尺餘，力能扛鼎，才氣過人。」《莊子·大宗師》：「我爲汝言其大略。」《孟子·滕文公上》：「此其大略也。」

【發義】

因文觀人，豈非先天資質，才能氣概之大端哉！

〔三六〕斲梓染絲，功在初化

〖集引〗

《書・梓材》：「若作梓材，既勤樸斲。」

【發義】

斲梓者，謂初營造之舉也。染絲者，謂始織造之作也。蓋其功在初化者。陶染之功，庶成器服之美。

〔三七〕故童子雕琢，必先雅製

〖集引〗

《漢書・董仲舒傳〈賢良對策〉》：「臣聞良玉不琢，資質潤美，不待刻琢，此亡異於達巷黨人不學而自知也。」《荀子・王制》：「使夷俗邪音，不敢亂雅。」

【發義】

故童子宜雕琢其性，以求諸成器，必先規範裁製。

【雍案】

瑑，元本、弘治本、活字本、汪本、佘本、張本、兩京本、何本、梅本、凌本、合刻本、梁本、祕書本、謝鈔本、彙編本、別解本、清謹軒本、尚古本、岡本、四庫本、王本、張松孫本、鄭藏鈔本、崇文本並作「琢」。《喻林》《文通》引同。沈岩改「琢」爲「瑑」。楊明照《校注》云：「按『瑑』『琢』二字本通，然以《原道篇》『雕琢情性』及《情采篇》『雕琢其章』例之，當以作『琢』爲是。《漢書·司馬遷傳》：「（報任安書）今雖欲彫瑑曼辭以自解。」顏注：「瑑，刻也。音篆。」」《列子·黃帝》：「雕瑑復朴。」殷敬順《釋文》：「瑑，本作『琢』。」《漢書·揚雄傳下》：「除彫瑑之巧。」顏師古注：「瑑，刻鏤也。」又《王吉傳》：「古者工不造琱瑑。」顏師古注：「瑑者，刻鏤爲文。」

〔三八〕八體雖殊，會通合數，得其環中，則輻輳相成

【集引】

《莊子·齊物論》：「樞始得其環中，以應無窮。」《詩·小雅·巧言》：「心焉數之。」朱熹《集傳》：「數，辨也。」

【發義】

八體雖各有殊，融會貫通於辨，得其環中，則若輻輳之合，相輔相成。

〔雍案〕

輳，元本、弘治本、汪本、兩京本、訓故本、四庫本並作「湊」。楊明照《校注》云：「按『湊』字是。」「輳」與「輳」，古相通用，音義亦同。其訓已詳《書記》條。

〔三九〕文之司南，用此道也

〔集引〕

《鬼谷子·謀篇》：「故鄭人之取玉也，載司南之車，爲其不惑也。」《韓非子·有度》：「故先王立司南以端朝夕。」唐李商隱《會昌一品集序》：「爲九流之華蓋，作百度之司南。」司南，指南針。

【發義】

爲文之道，以司南爲正法也。

〔四〇〕才性異區

〔集引〕

《荀子·修身》：「彼人之才性之相縣也，豈若跛鼈之與六驥足哉！」《嵇中散集·明膽論》：

「賦受多少，故才性有昏明。」《抱朴子外篇・勗學》：「才性有優劣。」

【發義】

才性昏明優劣，異乎賦受也。

〔四一〕文辭繁詭

〔集引〕

《宋書・謝靈運傳〈論〉》：「自漢至魏四百餘年，辭人才子，文體三變。」南朝梁鍾嶸《詩品》：「宋徵士陶潛詩，其源出於應璩，又協左思風力，文體省静，殆無長語。」

【發義】

文之體裁複雜多變。

〔雍案〕

辭，乃「體」之謁也。舍人此謂文之體裁繁雜多變也。體，體裁也。沈約《宋書謝靈運傳〈論〉》有：「延年之體裁明密。」李善注：「體裁，制也。」

〔四二〕辭爲膚根，志實骨髓

〔集引〕

《文子·道德》：「以耳聽者，學在皮膚；以心聽者，學在肌肉；以神聽者，學在骨髓。」

【發義】

辭爲其次要者，乃膚根也。志實其主要者，乃骨髓也。

〔雍案〕

楊明照《校注》謂「膚根」似當作「肌膚」始合。楊説是也。膚根，乃「肌膚」之譌。《淮南子·原道訓》：「不浸於肌膚，不浹於骨髓。」《漢書·禮樂志》：「夫樂本情性，浹於肌膚而藏於骨髓。」並其證。

〔四三〕雅麗黼黻，淫巧朱紫

〔集引〕

《北齊書·文苑傳》：「然文之所起，情發於中。……其有帝資懸解，天縱多能，摛黼黻於生知，問珪璋於先覺……斯固感英靈以特達，非勞心所能致也。」

【發義】

華美之辭藻，過度奇巧，則雜亂正色。

〔四四〕習亦凝真，功沿漸靡

〔集引〕

《老子》：「窈兮冥兮，其中有精；其精甚真，其中有信」《莊子·秋水》：「謹守而勿失，是謂反其真。」詹鍈《文心雕龍義證》：「漸靡，漸染也。」

【發義】

蓋習亦凝本性，功沿以漸，漸染而進微妙。

風骨第二十八

詩總六義，風冠其首，斯乃化感之本源，志氣之符契也。是以怊悵述情，必始乎風〔一〕，沉吟鋪辭，莫先於骨〔二〕。故辭之待骨，如體之樹骸〔三〕；情之含風，猶形之包氣〔四〕。結言端直，則文骨成焉〔五〕；意氣駿爽，則文風清焉〔六〕。若豐藻克贍，風骨不飛，則振采失鮮，負聲無力〔七〕。是以綴慮裁篇，務盈守氣〔八〕，剛健既實，輝光乃新〔九〕，其爲文用，譬征鳥之使翼也〔一〇〕。故練於骨者，析辭必精〔一一〕；深乎風者，述情必顯。捶字堅而難移，結響凝而不滯，此風骨之力也。若瘠義肥辭，繁雜失統，則無骨之徵也；思不環周，索莫乏氣，則無風之驗也〔一二〕。昔潘勗錫魏，思摹經典，群才韜筆，乃其骨髓峻也〔一三〕；相如賦仙，氣號凌雲〔一四〕，蔚爲辭宗，迺其風力遒也。能鑒斯要，可以定文，兹術或違，無務繁采。

故魏文稱文以氣爲主，氣之清濁有體，不可力強而致。故其論孔融，則云體氣高妙；論徐幹，則云時有齊氣〔一五〕；論劉楨，則云有逸氣〔一六〕。公幹亦云：孔氏卓卓，信含異氣〔一七〕，筆墨之性，殆不可勝。並重氣之旨也。夫翬翟備色，而翾翥百步〔一八〕，肌豐而力沉也〔一九〕；鷹隼乏采，而翰飛戾天，骨勁而氣猛也〔二〇〕。文章才力，有似於此。若風骨乏采，則鷙集翰林，采乏風骨，則雉竄文囿。唯藻耀而高翔〔二一〕，固文筆之鳴鳳也〔二二〕。

若夫鎔鑄經典之範，翔集子史之術〔二三〕，洞曉情變，曲昭文體〔二四〕，然後能孚甲新意，雕畫奇辭〔二五〕。昭體故意新而不亂，曉變故辭奇而不黷〔二六〕。若骨采未圓，風辭未練〔二七〕，而跨略舊規，馳騖新作，雖獲巧意，危敗亦多〔二八〕。豈空結奇字，紕繆而成經矣〔二九〕。周書云：辭尚體要，弗惟好異〔三〇〕。蓋防文濫也。然文術多門，各適所好，明者弗授，學者弗師〔三一〕；於是習華隨侈，流遁忘反〔三二〕。若能確乎正式，使文明以健〔三三〕，則風清骨峻，篇體光華。能研諸慮，何遠之有哉〔三四〕！

贊曰：情與氣偕，辭共體並。文明以健，珪璋乃騁〔三五〕。蔚彼風力，嚴此骨鯁〔三六〕。才鋒峻立〔三七〕，符采克炳〔三八〕。

【發義】

述情而化，守氣而成。

風流蕩而發情思，骨樹立而成體度。文寡風力，則乏其采。辭多氣韻，則振其響。翰飛猛而鷹擊，藻耀高以鳳鳴。

〔一〕是以怊悵述情，必始乎風

〔**集引**〕

《公羊傳·宣公十五年》何休《解詁》：「男女有所怨恨，相從而歌；飢者歌其食，勞者歌其事。」《漢書·食貨志》：「男女有不得其所者，因相與歌詠，各言其傷。」

【**發義**】

古之男女有不得其所者，因相與歌詠，各述其情，各言其傷。蓋謂怊悵述情，必始乎風也。

〔二〕沉吟鋪辭，莫先於骨

〔**集引**〕

《後漢書·張曹鄭列傳》：「晝夜研精，沈吟專思。」

【發義】

骨格爲氣所立，氣盤郁於内，發乎聲文。蓋沉思布設文辭，莫先於骨格也。

〔三〕**故辭之待骨，如體之樹骸**

〖集引〗

《莊子·德充符》：「直寓六骸。」陸德明《釋文》：「崔（譔）云：『手足首身也。』」

【發義】

故辭之須骨格，乃具筆力，如風格之樹立形體也。

〔四〕**情之含風，猶形之包氣**

〖集引〗

《書·説命下》：「咸仰朕德，時乃風。」孔安國傳：「風，教也。」《孟子·公孫丑上》：「我養吾浩然之氣。」漢王充《論衡·無形》：「人以氣爲壽，形隨氣而動，氣性不均，則於體不同。」

【發義】

情之含風，内以其美可以教化，猶形體包容氣性。

〔五〕**結言端直，則文骨成焉**

〖集引〗

《鶡冠子·能天》：「因動静而生結。」陸佃注：「結，猶實也。」《九歎·離世》：「立師曠俾端詞兮。」王逸注：「端，正也。」

【發義】

蓋文之氣骨所成，全憑結言端直也。

〔六〕**意氣駿爽，則文風清焉**

〖集引〗

《管子·心術下》：「是故意氣定然後反正。」

【發義】

意外無風，則氣亦不爽。蓋含風包氣，意氣駿爽，自然文風清焉。

〔七〕若豐藻克贍，風骨不飛，則振采失鮮，負聲無力

〔集引〕

《文選·曹植〈七啟〉》：「燿飛文。」張銑注：「飛文，謂光相照也。」

【發義】

辭藻能富足，風骨不高，文不能光相照也。則振發其采亦失其鮮明，更無力恃其聲。

〔八〕務盈守氣

〔集引〕

《左傳·昭公十一年》：「單子會韓宣子于戚，視下，言徐。叔向曰：『單子其將死乎！……今單子爲王官伯，而命事於會，視不登帶，言不過步，貌不道容，而言不昭矣。不道，不共，不昭，不從，無守氣矣。』」孔穎達疏：「言無守身之氣，將必死。」

【發義】

守身之氣，務求其盈。

〔九〕**剛健既實，輝光乃新**

〔集引〕

《易・大畜》彖傳：「大畜剛健篤實，輝光日新其德。」

【發義】

剛健充實，郁哉彌盛，被服其風，輝光乃新。

〔一〇〕**譬征鳥之使翼也**

〔集引〕

《禮記・月令》：「征鳥厲疾。」

【發義】

譬諸征鳥，厲疾而使其翼也。

〔一一〕故練於骨者，析辭必精

【集引】

《宋書·王僧綽傳》：「好學有理思，練悉朝典。」《莊子·天下》：「判天地之美，析萬物之理。」

【發義】

故練悉於骨格者，析辭必精確。

〔一二〕思不環周，索莫乏氣，則無風之驗也

【集引】

唐韓愈《韓昌黎集·進學解》：「轍環天下，卒老於行。」《說文·馬部》：「驗，今亦云效也。」《廣韻·豔韻》：「驗，效也。」《呂氏春秋·察傳》：「其於人必驗之以理。」高誘注：「驗，效也。」《淮南子·主術訓》：「驗在近而求之遠。」高誘注：「驗，效也。」

【發義】

思不周浹，毫無生氣，則無風骨之效也。

【雍案】

莫，黄叔琳校云：「元作『課』，楊改。」何焯云：「疑是『牽課』。」楊明照《校注》云：「按作『牽課』是。《養氣篇》『非牽課才外也』，正以『牽課』連文。『索』即『牽』之形誤。《宋書・孝武帝紀》：『（大明二年詔）勿使牽課虚懸。』又《謝莊傳》：『（與江夏王義恭牋）牽課尫瘵。』《梁書・徐勉傳》：『（誡子崧書）牽課奉公，略不克舉。』《徐孝穆集七・答族人梁東海太守長孺書》：『牽課疲朽，不無辭製。』《出三藏記集序》：『于是牽課羸恙，沿波討源。』《廣弘明集・蕭繹内典碑銘集林序》：『或首尾倫帖，事似牽課。』是牽課二字，爲南朝常語。」牽課，牽率也。《文選・沈約〈和謝宣城〉》：「牽拙謬東汜。」李善注：「牽拙，牽率庸拙也。」又《文選・陸機〈文賦〉》：「課虚無以責有。」李周翰注：「課，率也。」《集韻・戈韻》：「課，率也。」

〔一三〕昔潘勗錫魏，思摹經典，群才韜筆，乃其骨髓峻也

【集引】

《漢書・蓋諸葛劉鄭孫毋將何傳》：「周公上聖，召公大賢，尚猶有不相説，著於經典，兩不相損。」《晉書・王接〈報潘滔書〉》：「今世道交喪，將遂剥亂，而識智之士鉗口韜筆，禍敗日深，如火之燎原，其可救乎？」唐李咸用《披沙集・讀睦修上人歌篇》詩：「意下紛紛造化機，筆頭滴滴文章髓。」

【發義】

魏初建，潘勗爲策命文。自漢武策封三王已來，未有此制。勗乃依商周憲章，唐虞辭義，温雅與典誥同風。時於朝士，皆莫能措一字。蓋謂勗策魏公九錫文，思摹經典，群才擱筆，含風而清，體之精華亦深藴矣。

〔雍案〕

峻，何本、凌本、合刻本、梁本、别解本、尚古本、岡本、王本、鄭藏鈔本、崇文本並作「駿」。翰墨園本作「畯」。思賢講舍本同。楊明照《校注》云：「按以篇末『則風清骨峻』諭之，『駿』『畯』並非。又按『髓』當作『骾』。『峻』固可訓爲大，《禮記·大學》鄭注但骨可言大，而髓則不能言大；雖亦可訓爲美，《淮南子·覽冥篇》高注然止言骨髓之美，則又未盡『結言端直』之義。其應作『骾』，必矣。贊中有『嚴此骨鯁與骾通』語，尤爲切證。《附會篇》『事義爲骨髓』，《御覽》五八五引作『骨骾』。是『骾』『髓』二字易淆之例。」「峻」與「駿」，古相通用。《集韻·稕韻》：「峻，通作『駿』。」《禮記·大學》：「峻命不易。」朱熹《章句》：「峻，詩作『駿』。」《三家詩異文疏證補遺·韓詩·崧高》：「峻極于天。」馮登府《疏證》：「峻，毛作『駿』。」

〔一四〕相如賦仙，氣號淩雲

〔集引〕

《史記·司馬相如列傳》：「相如見上好僊道，因曰：『上林之事未足美也，尚有靡者。臣嘗爲《大人賦》，未就，請具而奏之。』相如以爲列僊之傳居山澤閒，形容甚臞，此非帝王之僊意也。乃遂就《大人賦》。……相如既奏《大人之頌》，天子大説，飄飄有淩雲之氣，似游天地之閒意。」

【發義】

司馬相如賦仙，藻思縹緲，蓋有淩雲之氣也。

〔一五〕論徐幹，則云時有齊氣

〔集引〕

《魏文帝集·典論〈論文〉》：「王粲長於辭賦，徐幹時有齊氣，然非粲之匹也。……孔融體氣高妙，有過人者，然不能持論，理不勝辭，至於雜以嘲戲。及其所善，揚、班儔也。」

【發義】

齊氣者，齊地之氣也。

〔一六〕論劉楨，則云有逸氣

〔集引〕

《漢魏六朝散文·曹丕〈與吴質書〉》：「公幹有逸氣，但未遒耳。」

【發義】

劉楨筆力未遒，而有超俗之氣。

〔一七〕孔氏卓卓，信含異氣

〔集引〕

《世説新語·容止》：「嵇延祖（紹）卓卓如野鶴之在雞群。」

【發義】

孔融特立，信含奇特之氣。蓋筆墨之性，殆不可勝也。

〔一八〕夫翬翟備色，而翾翥百步

〔集引〕

《爾雅·釋鳥第十七》：「伊洛而南，素質，五采皆備成章，曰翬。」郭璞注：「翬亦雉屬，言其毛色光鮮。」《説文》：「雉五采皆備曰翬。」又：「翟，山雉尾長者。」

【發義】

翬翟雖備其采，而小飛不過百步矣。

〔雍案〕

翾，宋本、鈔本《御覽》引作「翶」。倪本、活字本、鮑本《御覽》作「翔」。楊明照《校注》云：「按《説文·羽部》：『翾，小飛也。』詁此正合。『翶』『翔』二字皆非。」楊説是也。《玉篇·羽部》：「翾，小飛皃也。」《慧琳音義》卷九六「翾飛」注引《考聲》：「翾，小飛皃也。」《廣韻·仙韻》《類篇·羽部》：「翾，小飛也。」《楚辭·九歌·東君》：「翾飛兮翠曾。」洪興祖《補注》：「翾，小飛也。」朱熹《集注》：「翾，小飛輕揚之貌。」《荀子·不苟》：「喜則輕而翾。」楊倞注：「翾，小飛也。」《文選·張衡〈思玄賦〉》：「翾鳥舉而魚躍兮。」張銑注：「翾，輕飛也。」

〔一九〕肌豐而力沉也

〔集引〕

《古文苑·司馬相如〈美人賦〉》：「皓體呈露，弱骨豐肌。」《文選·陸機〈挽歌詩〉》之三：「豐肌饗螻蟻，妍骸永夷泯。」

【發義】

肌肉豐滿而沉膇乏力。

〔二〇〕鷹隼乏采，而翰飛戾天，骨勁而氣猛也

〔集引〕

《詩·小雅·小宛》：「宛彼鳴鳩，翰飛戾天。」毛萇傳：「翰，高；戾，至也。」

【發義】

鷹隼不備其采，而翰飛勁疾於天，蓋由其骨勁而氣猛也。

〔一一一〕唯藻耀而高翔

【集引】

《鮑氏集·學劉公幹體之四》：「藻耀君王池。」《楚辭·宋玉〈九辯〉》：「將去君而高翔。」

【發義】

藻拔而生耀，氣集而高翔。

〔一一二〕固文筆之鳴鳳也

【集引】

《詩·大雅·卷阿》：「鳳皇鳴矣，于彼高岡。」鄭玄箋：「鳳皇鳴於山脊之上者，居高視下，觀可集止。」《文選·何晏〈景福殿賦〉》：「故能翔岐陽之鳴鳳。」

【發義】

固文筆之振，其響若鳴鳳也。

〔二三〕 **翔集子史之術**

〔**集引**〕

《論語·鄉黨》：「色斯舉矣，翔而後集。」何晏《集解》引周生烈曰：「迴翔審觀，而後下止也。」邢昺疏：「此『翔而後集』一句，以飛鳥喻也。」

【**發義**】

詳察採輯子史之術。

〔二四〕 **洞曉情變，曲昭文體**

〔**集引**〕

《晉書·郭璞傳》：「景純通秀，夙振宏材，沉研鳥册，洞曉龜枚。」《易·繫辭下》：「其旨遠，其辭文，其言曲而中。」

【**發義**】

透徹瞭解情變，曲折周盡而明文章之風格。

〔二五〕然後能孚甲新意，雕畫奇辭

【集引】

《詩疏》：「楊之莩甲，早於衆木；昏姻失時，曾木之不如也。」

【發義】

然後能萌發新意，雕飾出奇之文辭。

【雍案】

孚，何焯校作「莩」。黃叔琳校云：「汪作『莩』。」元本、弘治本、活字本、佘本、張本、兩京本、何本、胡本、訓故本、合刻本、梁本、謝鈔本、別解本、清謹軒本、尚古本、岡本、四庫本、王本、鄭藏鈔本、崇文本，並作「莩」。《辭學指南》《金石例》《文斷》《喻林》引同。《釋名·釋天》：「甲，孚甲也，萬物解孚甲而生也。」《易·解》象傳：「百果草木皆甲坼。」孔穎達疏：「百果草木皆莩甲開坼。」孚甲，與「莩甲」通，義亦同也。《詩·小雅·大田》：「既方既草。」鄭玄箋：「方，房也；謂孚甲始生而未合時也。」鄭玄疏：「孚者，米外之粟皮……甲者，以在米外，若鎧甲之在人表。」《禮記·月令·孟春之月》：「其日甲乙。」鄭玄注：「……時萬物皆解孚甲，自抽軋而出，因以爲日名焉。」《後漢書·肅宗孝章帝紀》元和二年：「方春生養，萬物莩甲，宜助萌陽，以育時物。」

李賢注：「前書《音義》曰：『莩，葉裏白皮也。』《易》曰『百果甲坼』也。」

〔二六〕曉變故辭奇而不黷

〖集引〗

《三國志·蜀書·張翼傳》：「（姜）維議復出軍，唯翼庭爭，以爲國小不宜黷武。」

【發義】

知道變化，故辭奇而不濫用。

〔二七〕若骨采未圓，風辭未練

〖集引〗

《玉篇·口部》：「圓，周也。」《類篇·口部》：「圓，全也。」《説文·口部》王筠《句讀》：「言圓非與方對之圜，乃是圓全無缺陷也。」

【發義】

若骨格風采未周備圓滿，風辭未涚湅，則其骨也無立，風也無從。

〔二八〕而跨略舊規，馳騖新作，雖獲巧意，危敗亦多

〖**集引**〗

《後漢書·吴蓋陳臧列傳》：「述必不敢略尚而擊公也。」李賢注：「略，猶過也。」

【**發義**】

而越過舊規，追逐新作，雖獲巧意，危敗亦多。

〔二九〕豈空結奇字，紕繆而成經矣

〖**集引**〗

《漢書·揚雄傳》：「劉棻嘗從雄學作奇字。」

【**發義**】

豈空結奇突之字，紕繆而成經典矣。

〖**雍案**〗

經，元本、弘治本、活字本、汪本、張甲本、兩京本、何本、胡本、訓故本、梅本、凌本、合刻本、梁本、祕書本、謝鈔本、彙編本、別解本、尚古本、岡本、王本、鄭藏鈔本並作「輕」。《文通》《四六法海》《諸子彙函》同。何焯改「經」。范文瀾云：「『經』字不誤，經，常也，言不可爲常道。『矣』字疑當作『乎』。」楊明照《校注》云：「按『輕』字是，『經』則非也。『空結奇字，紕繆成輕』，殆即《體性篇》所斥『輕靡』之『輕』。『矣』字亦未誤。此文句式，與《序志篇》『豈取騶奭之群言雕龍也』同。『豈』，猶其也。見《經傳釋詞》卷五尋繹文意，實非疑問語氣。」楊云「輕」字是也。輕，輕佻而失據也。《荀子·不苟》：「喜則輕而翾。」楊倞注：「輕，謂輕佻失據。」蓋舍人用「輕」字，乃接續前之「翾」也。《老子》云：「輕則失本。」

〔三〇〕**周書云：辭尚體要，弗惟好異**

〖集引〗

《書·畢命》：「政貴有恒，辭尚體要，不惟好異。」

【發義】

文辭尊崇切實簡要，不獨好尚有異。

〔三一〕**明者弗授，學者弗師**

〔**集引**〕

《史記・商君列傳》：「内視之謂明。」《後漢書・馬援列傳》：「自鑒其情亦明矣。」李賢注：「自見之謂明。」

【**發義**】

深明者弗授，學者弗師式。

〔三二〕**於是習華隨侈，流遁忘反**

〔**集引**〕

《孟子・梁惠王上》：「苟無恒心，放辟邪侈，無不爲已。」

【**發義**】

習華者任情發展，隨心放縱，恣意所爲，則忘而不反。

〔**雍案**〕

徐𤊹云：「『遁』疑『蕩』字。」楊明照《校注》云：「按《後漢書・張衡傳》：『衡因上疏陳事曰：「……夫情勝其性，流遯與遁通忘反。」』《晉書・隱逸・戴逵傳》：『（放達爲非道論）則流遁忘反，爲風波之行。』《文選・張衡〈東京賦〉》：『若乃流遁忘反，放心不覺。』是『遁』字不誤。徐説非。」楊云「遁」字是。《廣韻・慁韻》：「遁，去也。」《文選・張衡〈東京賦〉》：「若乃流遁忘反。」李善注：「遁，去也。」《淮南子・原道訓》：「淖溺流遁。」高誘注：「遁，逸也。」《文選・應璩〈與從弟君苗君胄書〉》：「楚人流遁於京臺。」李周翰注：「遁，遊也。」

〔三三〕若能確乎正式，使文明以健

【集引】

《易・同人》彖傳：「文明以健，中正而應，君子正也。」《書・舜典》：「濬智文明，温恭允塞。」孔穎達疏：「經天緯地曰文，照臨四方曰明。」

【發義】

堅確正當之法式，使文德輝耀，以行剛健。

〔三四〕能研諸慮，何遠之有哉

〖集引〗

《易·繫辭下》：「能説諸心，能研諸侯之慮。」

【發義】

能研窮諸慮者，行之若近，何遠之有哉！

〔三五〕文明以健，珪璋乃騁

〖集引〗

《易·大有》：「其德剛健而文明，應乎天而時行，是以元亨。」《書·舜典》：「濬哲文明，温恭允塞。」《禮記·聘義》：「以圭璋聘，重禮也。……圭璋特達，德也。」鄭玄注：「特達，爲以朝聘也。」孔穎達疏：「行聘之時，唯執圭璋特得通達。」可證也。

【發義】

文采光明，而以其德剛健，則特達也。

〔雍案〕

騁，何焯校爲「聘」。元本、弘治本、活字本、汪本、佘本、張本、兩京本、王批本、胡本、訓故本、謝鈔本、文津本並作「聘」。文溯本剜改爲「騁」。《斠詮》云：「……文章之情辭朗麗而氣體雅健者，則如持有珪璋美玉具備高貴品德之君子，乃可馳譽文壇也。」將「聘」詮爲「騁」，所詮無據，非彦和本旨。

〔三六〕蔚彼風力，嚴此骨鯁

〔集引〕

《文選·陸機〈贈賈謐詩〉》：「蔚彼高藻，如玉之闌。」李善注：「蔚，文貌。」

【發義】

蔚彼風力，嚴此文章骨架。

〔三七〕才鋒峻立

〔集引〕

《廣韻·咍韻》：「才，文才也。」《小學·蒐佚·聲類》：「鋒，鋭也。」

【發義】

才出鋒鋭，蓋能峻立。

〔三八〕符采克炳

〖集引〗

《文選·左思〈蜀都賦〉》：「符采彪炳。」劉逵注：「符采，玉之横文也。」

【發義】

符采者，文采也。文采照爛，乃能彪炳。

通變第二十九

夫設文之體有常，變文之數無方〔一〕，何以明其然耶？凡詩賦書記，名理相因，此有常之體也〔二〕；文辭氣力，通變則久，此無方之數也〔三〕。名理有常，體必資於故實〔四〕；通變無方，數必酌於新聲〔五〕。故能騁無窮之路，飲不竭之源。然綆短者銜渴〔六〕，足疲者輟塗〔七〕，非文理之數盡，乃通變之術疎耳。故論文之方，譬諸草木，根幹麗土而同性，臭味晞陽而異品矣〔八〕。

是以九代詠歌，志合文則〔九〕。黄歌斷竹，質之至也〔一〇〕；唐歌在昔，則廣於黄世〔一一〕；虞歌卿雲，則文於唐時〔一二〕；夏歌雕牆，縟於虞代〔一三〕；商周篇什，麗於夏年〔一四〕。至於序志述時，其揆一也〔一五〕。暨楚之騷文，矩式周人；漢之賦頌，影寫楚世；魏之策制，顧慕漢風；晉之辭章，瞻望魏采。搉而論之〔一六〕，則黄唐淳而質〔一七〕，虞夏質而辨〔一八〕，商周麗而雅〔一九〕，楚漢侈而豔〔二〇〕，魏晉淺而綺〔二一〕，宋初訛而新〔二二〕。從質及訛，彌近彌澹。何則？競今疎古，風味氣衰也〔二三〕。今才穎之士，刻意學文，多略漢篇，師範宋集〔二四〕，雖古今備閱，然近附而遠疎矣。夫青生於藍，絳生於蒨，雖踰本色，不能復化〔二五〕。桓君山云：予見新進麗文，美而無採；及見劉揚言辭，常輒有得。此其驗也。故練青濯絳，必歸藍蒨，矯訛翻淺，還宗經誥；斯斟酌乎質文之間，而隱括乎雅俗之際〔二六〕，可與言通變矣。

夫誇張聲貌，則漢初已極，自兹厥後，循環相因〔二七〕，雖軒翥出轍，而終入籠内〔二八〕。枚乘七發云：通望兮東海，虹洞兮蒼天。相如上林云：視之無端，察之無涯，日出東沼，月生西陂。馬融廣成云：天地虹洞，固無端涯，大明出東，月生西陂。揚雄校獵云：出入日月，天與地沓。張衡西京云：日月於是乎出入，象扶桑於濛汜。此並廣寓極狀，而五家如一。諸如此類，莫不相循，參伍因革，通變之數也〔二九〕。

是以規略文統，宜宏大體〔三〇〕，先博覽以精閱，總綱紀而攝契〔三一〕；然後拓衢路，置關鍵，長轡遠馭〔三二〕，從容按節，憑情以會通，負氣以適變〔三三〕，采如宛虹之奮鬐〔三四〕，光若長離之振翼〔三五〕，迺穎脱之文矣〔三六〕。若乃齷齪於偏解，矜激乎一致〔三七〕，此庭間之迴驟，豈萬里之逸步哉〔三八〕！

贊曰：文律運周〔三九〕，日新其業。變則其久，通則不乏。趨時必果，乘機無怯〔四〇〕。望今制奇，參古定法。

【發義】

憑情會通，負氣適變。

參古而非泥古，競今而非變今。觀照以會通，踐行而適變。資故實以討宗途，酌新聲以循法式。兼取質文，無偏雅俗，文隨時以會通。

〔一〕**夫設文之體有常，變文之數無方**

〖集引〗

《莊子·人間世》：「與之爲無方，則危吾國。」

【發義】

設文之體裁有恒常，而變文之數無固法。

〔二二〕**名理相因，此有常之體也**

〔集引〕

《三國志・魏書・鍾會傳》：「及壯，有才數技藝，而博學精練名理。」《世説新語・言語》：「裴僕射善談名理，混混有雅致。」

【發義】

名立理融，厥相因襲，此有常之體也。

〔二三〕**文辭氣力，通變則久，此無方之數也**

〔集引〕

《易・繫辭下》：「變則通，通則久。」南朝謝赫《古畫品録・夏瞻》：「雖氣力不足而精彩有餘。」《文心雕龍・聲律》：「氣力窮於和韻。」

【發義】

文辭才力，通變則久，此無常之道理也。

〔四〕名理有常，體必資於故實

〔集引〕

鍾嶸《詩品·總論》：「清晨登隴首，羌無故實；明月照積雪，詎出經史。」

【發義】

名理有常，體必資於出處。出處，故事之是也。

〔疏案〕

資，古與「咨」通。《廣雅·釋詁二》：「資，問也。」王念孫《疏證補正》：「『咨』『資』古通用。」《爾雅·釋詁下》：「咨，蹉也。」郝懿行《義疏》：「咨，又通作『資』。」《易·萃》：「齎咨涕洟。」李富孫《詩經異文釋》：「集解本作齎資。鼂氏易云：『陸希聲作資，財也。』」《後漢書·董卓列傳》：「潁川張咨爲南陽太守。」李賢注：「獻帝春秋咨作資。」《經籍籑詁·支韻補遺》：「《尚書》：『小民惟曰怨咨。』《禮記·緇衣》作：『小民惟曰怨資。』」《國語·周語上》有：「賦事行刑，必問於遺訓而咨於故實。」

〔五〕通變無方，數必酌於新聲

〔集引〕

《逸周書·文酌》：「聚有九酌。」朱右曾《集訓校釋》：「酌，斟酌以行之也。」

【發義】

通變無常，數必酌於新聲。蓋變古亂常，雖見若新而不倫也。

〔六〕然綆短者銜渴

〔集引〕

《莊子·至樂》：「綆短者不可以汲深。」《荀子·榮辱》：「短綆不可以汲深井之泉。」楊倞注：「綆，索也。」《淮南子·說林訓》：「短綆不可以汲深，器小不可以盛大，非其任也。」《詩·小雅·采薇》：「憂心烈烈，載飢載渴。」張立齋《考異》：「口含心感者皆謂之銜。」

【發義】

綆短者不能汲深，固銜渴也。蓋不周浹深入，載渴思飲。

〔七〕足疲者輟塗

【集引】

《論語·雍也》：「子曰：『力不足者，中道而廢。』」《論語·陽貨》：「遇諸塗。」皇侃《義疏》：「塗，道路也。」《莊子·達生》：「夫畏塗者。」成玄英疏：「塗，道路也。」《荀子·性惡》：「塗之人可以爲禹。」楊倞注：「塗，道路也。」

【發義】

足行疲力者，止於道路。

〔八〕故論文之方，譬諸草木，根幹麗土而同性，臭味晞陽而異品矣

【集引】

《易·離》彖傳：「離，麗也。日月麗乎天，百穀草木麗乎土。」王弼注：「麗，猶著也。」《詩·小雅·湛露》：「湛湛露斯，匪陽不晞。」毛萇傳：「陽，日也。晞，乾也。」《左傳·襄公八年》：「季武子曰：『誰敢哉！今譬於草木，寡君在君，君之臭味也。』」杜預注：「言同類。」

【發義】

蓋論文無常，譬諸草木，根幹附著於土而同性，氣味晞變而異品。以喻文體雖有定式，而通變則無定規也。

〔九〕是以九代詠歌，志合文則

〖集引〗

《詩・大雅・下武》：「孝思維則。」陳奐《傳疏》：「則，法也。」

【發義】

詩言志，歌永言。是以九代詠歌，志合文之則。九代，乃指黄帝、唐、虞、夏、商、周（包括楚）、漢、魏、晉（包括宋初）。

〔一〇〕黄歌斷竹，質之至也

〖集引〗

《論語・雍也》：「質勝文則野，文勝質則史。」

【發義】

《斷竹歌》，二言之始，質樸至也。其見《吴越春秋》，未云所出何代，彦和謂本於黄世，莫知所據者何？李詳引黄生《義府》云：「此未知詩理，蓋此必四言成句，語脈緊，聲情始切，若讀作二言，其聲嘽緩而不激揚，恐非歌旨。」黄生《義府》所解，實未知聲情舒發之所自，音韻抑揚之所由。《吴越春秋》：「范蠡進善射者陳音。越王請音而問曰：『孤聞子善射，道何所生？』音曰：『臣聞弩生於弓，弓生於彈，彈起於古之孝子不忍見父母爲禽獸所食，故作彈以守之。故歌曰：斷竹續竹，飛土逐宍。』」

〔一二〕**唐歌在昔，則廣於黄世**

〖集引〗

黄侃《札記》云：「此云在昔，獨無所徵。」

【發義】

《在昔》獨無所徵，其謂廣於黄世，蓋彦和之世尚有跡象可考聞耳。

〔一二〕虞歌卿雲，則文於唐時

【集引】

《尚書大傳》：「舜將禪禹，百工相和而歌《卿雲》。帝歌曰：『卿雲爛兮，糺縵縵兮，日月光華，旦復旦兮。』八伯咸進，稽首而和歌曰：『明明上天，爛然是陳。日月光華，弘予一人。』」《廣韻·文韻》：「文，美也，善也。」

【發義】

《卿雲》之歌，則有文也，其美於唐堯時。

〔一三〕夏歌雕牆，縟於虞代

【集引】

黄侃《札記》云：「此僞古文《五子之歌》辭。」《書·五子之歌》：「峻宇雕牆。」《漢書·王莽傳下》：「德盛者文縟。」顔師古注：「縟，繁也。」《禮記·表記》所載孔子言夏曰：「喬（驕）而野，樸而不文。」「其民之敝，利而巧，文而不慚。」

【發義】

太康失邦，昆弟五人須於洛汭，作《五子之歌》，其二曰：「訓有之，内作色荒，外作禽荒。甘酒嗜音，峻宇雕牆。有一于此，未或不亡。」蓋《雕牆》之歌，采飾於虞代。

〔雍案〕

雕，《玉海》引作「彫」。「彫」字是。彫，與《書·五子之歌》合也。《左傳·宣公二年》有：「厚斂以彫牆。」杜預注：「彫，畫也。」又見於《史記·晉世家》：「厚斂以彫牆。」裴駰《集解》引賈逵曰：「彫，畫也。」

〔一四〕商周篇什，麗於夏年

〔集引〕

《禮記·表記》：「虞、夏之質，殷、周之文，至矣。虞、夏之文，不勝其質；殷、周之質，不勝其文。」

【發義】

《詩》之《雅》《頌》十篇爲一什。其謂商周篇什，麗於夏帝太康之年。

〔一五〕序志述時，其揆一也

〖集引〗

《孟子·離婁下》：「先聖後聖，其揆一也。」趙岐注：「揆，度也。言聖人之度量同也。」《文選·袁宏〈三國名臣序贊〉》：「風美所扇，訓革千載。其揆一也。」李周翰注：「揆，理也。」

【發義】

序志述時，其理一也。

〔一六〕搉而論之

〖集引〗

《廣韻·四覺》：「搉，揚搉。」《廣雅·釋訓》：「揚搉，都凡也。」《文選·左思〈蜀都賦〉》：「請爲左右揚搉而陳之。」劉良注：「韓非有《揚搉篇》。班固（《漢書·叙傳下》）曰：『揚搉古今。』其義一也。」顏師古注：「許慎《淮南子注（俶真訓·閒詁）》曰：『揚搉，粗略也。』」

【發義】

揚搉而論之也。

〔一七〕則黄唐淳而質

〔集引〕

《淮南子・齊俗訓》：「衰世之俗……澆天下之淳，析天下之樸。」高誘注：「淳，厚也。」《文選・張衡〈思玄賦〉》：「何道真之淳粹兮，去穢累而影輕。」舊注：「不澆曰淳，不雜曰粹。」

【發義】

黄唐之世，厚尚其樸略也。

〔一八〕虞夏質而辨

〔集引〕

《禮記・表記》云：「虞、夏之文，不勝其質。」

【發義】

虞夏之别，文不勝其樸略也。

〔一九〕商周麗而雅

〖集引〗

《禮記·表記》云：「殷、周之質，不勝其文。」

【發義】

商周去樸略，而文麗雅正。

〔二〇〕楚漢侈而豔

〖集引〗

《莊子·駢拇》：「而侈於德。」陸德明《釋文》引崔譔云：「侈，過也。」《三國志·吴書·孫權傳（黄龍元年）》：「信言不豔，實居於好。」

【發義】

楚漢去唐虞之世遠矣，文不勝其質，故過於侈而豔也。

〔二一一〕魏晉淺而綺

〖集引〗

《莊子·知北遊》：「不知深矣，知之淺矣。」

【發義】

魏晉之世，文尚淺近，群才稍入輕綺。降及元康，潘、陸特秀，縟旨星稠，繁文綺合。

〔二一二〕宋初訛而新

〖集引〗

《詩·小雅·沔水》：「民之訛言。」鄭玄箋：「訛，僞也。」

【發義】

降及宋初，言僞而新奇。

〔二三〕競今疎古，風味氣衰也

【集引】

《詩・大雅・桑柔》：「君子實維，秉心無競。」《呂氏春秋・分職》：「以其財賞，而天下皆競。」

【發義】

習尚所趨，競今疎古，文化大衰，蓋風末氣衰也。

【雍案】

味，黄叔琳校云：「一作『末』。」徐𤊹云：「『味』字疑誤。」孫人和云：「按作『末』是也。《封禪篇》云『風末力寡』，與此意同。」按「末」字是。

〔二四〕今才穎之士，刻意學文，多略漢篇，師範宋集

【集引】

《詩品・序》：「次有輕薄之徒，笑曹、劉爲古拙，謂鮑照羲皇上人，謝朓今古獨步。」

【發義】

齊世才穎之士，刻意學文，多輕漢而師式宋，好尚所趨，規摹宋集，善效康樂體，至其合也。

〔二五〕夫青生於藍，絳生於蒨，雖踰本色，不能復化

〔集引〕

《淮南子・俶真訓》：「今以涅染緇，則黑於涅；以藍染青，則青於藍。涅非緇也，青非藍也，茲雖遇其母，而無能復化已。」高誘注：「涅，礬石也。母，本也。」《荀子・勸學》：「青，取之藍，而青於藍。」《爾雅・茹藘》郭璞注：「今之蒨也。可以染絳。」邢昺疏：「今染絳蒨也。一名茹藘，一名茅蒐。」《詩疏廣要注》：「本草：茜根可以染絳。一名蒨。」

【發義】

青、絳之色雖逾藍、蒨本色，然不能再變化也。

〔二六〕斯斟酌乎質文之間，而櫽括乎雅俗之際

〔集引〕

《孔子家語》：「自極於隱括之中。」櫽，同「隱」。《荀子・性惡》：「故枸木必將待櫽括烝矯然後直。」楊倞注：「櫽括，正曲木之木也。烝，謂烝之使柔；矯，謂矯之使直也。」

【發義】

考慮樸略與文華之間，而矯正於高雅與通俗之際。

〔**雍案**〕

檃，弘治本、汪本、佘本、張本、王批本、何本、梅本、凌本、梁本、祕書本、謝鈔本、彙編本、別解本、尚古本、岡本、張松孫本、崇文本並作「隱」。《詩紀別集》《文通》引同。楊明照《校注》云：「按『檃括』『檃栝』『隱括』『隱栝』，古籍多互作。依《說文》當作「檃桰」然以《鎔裁篇》『檃括情理』，《指瑕篇》『若能檃括於一朝』，各本皆作『檃括』證之，則此亦當作『檃括』，前後始能一律。《荀子·性惡篇》：『故拘木必將待檃括烝矯然後直。』楊注：『檃括，正曲木之木也。』」《說文·木部》：「檃，栝也。」徐鍇《繫傳》：「檃，即正邪曲之器也。」又曰：「檃，古今皆借隱字爲之。」《荀子·非相》：「府然若渠匽檃栝之於己也。」楊倞注：「檃栝，所以制木。」又《大略》：「示諸檃栝。」楊倞注：「檃栝，矯煣木之器也。」

〔一一七〕自茲厥後，循環相因

〔**集引**〕

《文選·王儉〈褚淵碑文〉》：「自茲厥後，無替前規。」

靡聞。

【發義】

降及漢初，誇張聲貌已極，自茲厥後，循環相因，自王、揚、枚、馬之徒，詞賦競爽，而吟詠靡聞。

〔二八〕**雖軒翥出轍，而終入籠内**

〔集引〕

《楚辭·屈原〈遠游〉》：「雌蜺便娟以增撓兮，鸞鳥軒翥而翔飛。」宋洪興祖《補注》：「《方言》：『翥，舉也。楚謂之翥。』」《文選·潘岳〈射雉賦〉》：「鬱軒翥以餘怒，思長鳴以效能。」

【發義】

循常蹈故，拘摹古人，不能復化，無替前規，雖飛舉出其轍跡，而終未得其脱。

〔二九〕**參伍因革，通變之數也**

〔集引〕

《易·繫辭上》：「參伍以變，錯綜其數。」孔穎達疏：「參，三也；伍，五也。或三或五，以相參合，以相改變。」《宋書·武帝紀下〈永初元年詔〉》：「夫世代迭興，承天統極，雖遭遇異塗，因革殊事，若乃功濟區宇，道振生民，興廢所階，異世一揆。」

【發義】

通變之法，必古今兼照，錯綜比較，以爲驗證因襲和破舊創新，究美自成。

〔三〇〕**是以規略文統，宜宏大體**

〖集引〗

《三國志·魏書·田豫傳〈評〉》：「居身清白，規略明練。」《莊子·天下》：「不幸不見天地之純，古人之大體。」《三國志·魏書·陳矯傳》：「所在操綱領，舉大體，能使群下自盡。」

【發義】

經營謀劃文之總要，宜宏其本質。

〔三一〕**總綱紀而攝契**

〖集引〗

《荀子·勸學》：「禮者，法之大分，類之綱紀也，故學至乎禮而止矣。」詹鍈《文心雕龍義證》：

「攝契即抓住文章要點。」

【發義】

總合大綱要領，而執持文章要略。

〔三二〕長轡遠馭

【集引】

《文選・孫楚〈爲石仲容與孫皓書〉》：「長轡遠御，（「御」「馭」古今字）妙略潛授。」劉良注：「長轡遠御，謂有長遠之策也。」《南齊書・孔稚珪傳》：「……長轡遠馭，子孫是賴。」

【發義】

蓋通變之策，在於從長遠思考也。

〔三三〕憑情以會通，負氣以適變

【集引】

《易・繫辭上》：「聖人有以見天下之動，而觀其會通，以行其典禮。」

【發義】

憑情以會合變通，恃氣以適應變化。

〔三四〕 **采如宛虹之奮鬐**

〔集引〕

《文選·張衡〈西京賦〉》：「瞰宛虹之長鬐。」薛綜注：「鬐，脊也。」張銑注：「宛，謂屈曲也。鬐，虹鬣也。」《莊子·外物》：「已而大魚食之，牽巨鉤錎没而下，騖揚而奮鬐，白波若山，海水震蕩。」

【發義】

文采若長虹之高拱絢麗也。

〔三五〕 **光若長離之振翼**

〔集引〕

《文選·張衡〈思玄賦〉》：「前長離使拂羽兮。」李善注：「長離，朱雀也。」《漢書·禮樂志》：

「長麗前掞光燿明。」顔師古注：「臣瓚曰：『長麗，靈鳥也。』故相如賦《大人賦》曰：『前長麗《漢書》作「離」而後矞皇。』舊説云：『鸞也。』師古曰：『麗，音離。』」

【發義】

光芒若靈鳥之振翼。長離，朱鳥星，南方七星宿總稱。因稱朱鳥，彦和以喻之振翼也。

〔三六〕**迺穎脱之文也**

〔集引〕

《史記·平原君虞卿傳》：「平原君曰：『夫賢士之處世也，譬若錐之處囊中，其末立見。』……毛遂曰：『臣乃今日請處囊中耳。使遂蚤得處囊中，乃脱穎而出，非特其末見而已。』」

【發義】

迺若錐芒脱出，超俗之文也。

〔三七〕**若乃齷齪於偏解，矜激乎一致**

〔集引〕

《文選·司馬相如〈難蜀父老〉》：「委瑣齷齪。」李善注：「齷齪，局促也。」

【發義】

若乃局促於片面解析，驕傲偏激，其致不二。

〔三八〕此庭間之迴驟，豈萬里之逸步哉

〔集引〕

《楚辭·哀時命》：「騁騏驥于中庭兮，焉能極夫遠道。」

【發義】

庭間迴驟之馬，豈若逸行於萬里哉。

〔三九〕文律運周

〔集引〕

《文選·陸機〈文賦〉》：「普辭條與文律，良余膺之所服。」《曹子建集·朔風詩》：「四氣代謝，懸景運周。」

【發義】

文章之音律，運之周徧不止。

〔四〇〕趨時必果，乘機無怯

【集引】

《淮南子·原道訓》：「禹之趨時也，履遺而弗取，冠挂而弗顧，非爭其先也，而爭其得時也。」《論語·子路》：「言必信，行必果。」《慧琳音義》卷一「無怯」注引《韻詮》「怯，弱也。」《集韻·葉韻》：「怯，弱也。」

【發義】

隨時勢爲轉移，必以決斷，乘機無弱。

〔雍案〕

怯，黄叔琳校云：「一作『跆』。」天啟梅本作「跆」。元本、弘治本、活字本、汪本、張本、兩京本、王批本、胡本、萬曆梅本、謝鈔本並作「法」。何本、凌本、合刻本、梁本、祕書本、別解本、尚古本、岡本、王本、鄭藏鈔本、崇文本並作「怯」。梅氏萬曆重刊本作「怯」（見馮舒校語），四庫本剜改爲「怯」。楊明照《校注》云：「按『法』字蓋涉末句『參古定法』而誤。以其形推之，『怯』與『法』較近，當以作『怯』爲是。」楊説非是。《説文·足部》：「跆，蹪也。」《廣韻·洽韻》：

「跆，躓礙。」《廣韻・至韻》《希麟音義》卷九「躓害」注引《説文》云：「躓，礙也。」《慧琳音義》卷五四「躓礙」注引《考聲》：「躓礙不進也。」蓋此文作「乘機無跆」，較勝於「乘機無怯」也。

古學發微四種

雍平　箋注

文心發義

第四册

雍平

SPM 南方傳媒
廣東人民出版社
·廣州·

定勢第三十

夫情致異區，文變殊術〔一〕，莫不因情立體，即體成勢也。勢者，乘利而爲制也〔二〕。如機發矢直，澗曲湍回，自然之趣也。圓者規體，其勢也自轉；方者矩形，其勢也自安〔三〕。文章體勢，如斯而已。是以模經爲式者，自入典雅之懿〔四〕；效騷命篇者，必歸豔逸之華；綜意淺切者，類乏醞藉〔五〕；斷辭辨約者，率乖繁縟。〔六〕譬激水不漪，槁木無陰，自然之勢也。

是以繪事圖色，文辭盡情，色糅而犬馬殊形，情交而雅俗異勢，鎔範所擬，各有司匠〔七〕，雖無嚴郛，難得踰越〔八〕。然淵乎文者，並總群勢〔九〕，奇正雖反，必兼解以俱通〔一〇〕；剛柔雖殊，必隨時而適用〔一一〕。若愛典而惡華，則兼通之理偏〔一二〕，似夏人爭弓矢，執一不可以獨射也；若雅鄭而共篇，則總一之勢離，是楚人鬻矛譽楯，兩難得而俱售也〔一三〕。是以括囊雜體，功在銓別，宮商朱紫，隨勢各配。章表奏議，則準的乎典雅；賦頌歌詩，則羽儀乎清麗；符檄書移，則楷式於明斷；史論序注，則師範於覈要；箴銘碑誄，則體制於弘深；連珠七辭，則從事於巧豔。此循體而成勢，隨變而立功者也。雖復契會相參，節文互雜〔一四〕，譬五色之錦，各以本采爲地矣〔一五〕。

桓譚稱文家各有所慕，或好浮華而不知實覈，或美衆多而不見要約。陳思亦云：世之作者，或好煩文博採，深沉其旨者；或好離言辨白，分毫析釐者。所習不同，所務各異。言勢殊也。劉楨云：文之體指實強弱〔一六〕，使其辭已盡而勢有餘，天下一人耳，不可得也。公幹所談，頗亦兼氣〔一七〕。然文之任勢，勢有剛柔，不必壯言慷慨乃稱勢也。又陸雲自稱：往日論文，先辭而後情〔一八〕，尚勢而不取悦澤〔一九〕，及張公論文，則欲宗其言〔二〇〕。夫情固先辭，勢實須澤，可謂先迷後能從善矣〔二一〕。

自近代辭人，率好詭巧〔二二〕，原其爲體，訛勢所變，厭黷舊式〔二三〕，故穿鑿取新；察其訛意，似難而實無他術也，反正而已。故文反正爲乏，辭反正爲奇〔二四〕。效奇之法，必顛倒文句，上字而抑下，中辭而出外，回互不常，則新色耳〔二五〕。夫通衢夷坦，而多行捷徑者，趨近故也〔二六〕；正文明白，而常務反言者，適俗故也。然密會者以意新得巧，苟異者以失體成怪〔二七〕。舊練之才，則執正以馭奇〔二八〕；新學之鋭，則逐奇而失正。勢流不反，則文體遂弊〔二九〕。秉兹情術，可無思耶〔三〇〕！

贊曰：形生勢成，始末相承。湍迴似規，矢激如繩。因利騁節，情采自凝。枉轡學步，力止襄陵。

【發義】

因情而立，乘利爲制。

文衰而勢尪，氣勃而勢強。體具奇正，勢備剛柔。因情立體，作者情思所立也；即體成勢，篇體姿態所成也。

〔一〕夫情致異區，文變殊術

〔集引〕

《荀子·非相》：「文而致實。」楊倞注：「致，至也。」《禮記·文王世子》：「正術也。」鄭玄注：「術，法也。」

【發義】

心神之使而至異區，文之變化亦殊其法。

〔二〕**勢者，乘利而爲制也**

【集引】

《孫子·始計》：「勢者，因利而制權也。」《易·繫辭上》：「制而用之謂之法。」

【發義】

制裁其勢因利也。蓋文變殊法在其因利而制也。

〔三〕**圓者規體，其勢也自轉；方者矩形，其勢也自安**

【集引】

《尹文子·大道上》：「圓者之轉，非能轉而轉，不得不轉也；方者之止，非能止而止，不得不止也。」《淮南子·原道訓》：「員者常轉，窾者主浮，自然之勢也。」

【發義】

圓者規體，其常轉而成自然之勢；方者矩形，其能止而成自安之勢。蓋動靜有其體勢，文章體勢亦如是。

〔四〕是以模經爲式者，自入典雅之懿

〔集引〕

《文選·陸機〈豪士賦序〉》：「如彼之懿。」吕向注：「懿，美也。」

【發義】

經乃模則，是以效法爲式者，自然入典雅之美。

〔五〕綜意淺切者，類乏醖藉

〔集引〕

《易·繫辭上》：「錯綜其數。」孔穎達疏：「綜謂總聚。」《廣雅·釋詁三》：「切，近也。」《漢書·雋疏于薛平彭傳》：「廣德爲人，温雅有醖藉。」顔注引服虔曰：「寬博有餘也。」

【發義】

總聚其意淺近者，類乏寬博有餘含蓄不足。

〔雍案〕

藉，兩京本、何本、梅本、凌本、合刻本、梁本、祕書本、彙編本、别解本、尚古本、岡本、文

津本、王本、鄭藏鈔本、崇文本皆作「籍」，《文通》引同。楊明照《校注》云：「按『醖藉』，又作『温藉』『蕴藉』或『緼藉』，其『藉』字無作『籍』者。兩京本等作『籍』，誤。」此楊氏未訓也。藉，古與「籍」通。《漢書·酷吏傳》：「治敢往，少温籍。」《史記》作「蕴藉」。《墨子·號令》：「人舉而藉之。」孫詒讓《閒詁》：「藉，與『籍』通。」《列子·仲尼》：「而爲牢藉。」殷敬順《釋文》：「藉，本作『籍』。」李富孫《春秋左傳異文釋》卷五：「昭一八年傳：鄅人藉稻。《説文·邑部》引作籍稻。」《文選·袁淑〈效曹子建樂府白馬篇〉》：「藉藉關外來。」舊校：「藉，善作『籍』。」杜甫《同李太守登歷下古城員外新亭》：「跡籍臺觀舊。」仇兆鰲《詳注》引《韻會》：「古『籍』字與『藉』通。」《史通·雜説中》：「必籍多聞以成博識。」浦起龍《通釋》：「（籍，）通『藉』。」《説文·竹部》朱駿聲《通訓定聲》：「籍，叚借爲『藉』。」《墨子·魯問》：「籍設而親在百里之外。」孫詒讓《閒詁》引畢沅云：「籍，亦『藉』之叚字。」《韓非子·八經》：「取資乎衆，籍信乎辯。」王先慎《集解》：「籍，讀爲『藉』。」

〔六〕斷辭辨約者，率乖繁縟

【集引】

《文選·曹植〈七啟〉》：「步光之劍，華藻繁縟。」

【發義】

性辨而明，辨然而約，率背離繁密而華茂也。

〔雍案〕

斷，黄叔琳校云：「一作『斵』。」徐𤊹云：「當作『斵』。」楊明照《校注》云：「按『斷』字不誤。『斷辭』二字出《易・繫辭下》。《徵聖》《比興》兩篇亦並用之。」「斷」與「斵」，古字通也。《韓非子・安危》：「斵割於法之外。」王先慎《集解》引顧廣圻曰：「今本斵作斷。」《文選・王褒〈四子講德論〉》：「公輸不能以斵。」舊校：「五臣本斵作斷。」《説文・斤部》段玉裁注：「斷，引申之義爲决斷。」《廣韻・换韻》：「斷，决斷。」《助字辨略》卷三：「斷，决辭。」

〔七〕鎔範所擬，各有司匠

〔集引〕

詹鍈《文心雕龍義證》：「『司匠』，主司製作之匠事。」

【發義】

鑄器之模所效，各施技巧，蓋謂意匠經營也。

〔八〕**雖無嚴郛，難得踰越**

〔集引〕

《廣韻·虞韻》：「郛，郛郭。」漢揚雄《法言·吾子》：「虐政虐世，然後知聖人之爲郛郭也。」

【發義】

雖無高峻屏障，難得超越也。

〔九〕**然淵乎文者，並總群勢**

〔集引〕

《詩·邶風·燕燕》：「仲氏任只，其心塞淵。」毛萇傳：「淵，深也。」《左傳·襄公二十九年》：「美哉，淵乎！」杜預注：「淵，深也。」《淮南子·精神訓》：「夫天地運而相通，萬物總而爲一。」

【發義】

深乎文章者，並綜集其態勢。

〔一〇〕奇正雖反，必兼解以俱通

〔集引〕

漢王充《論衡·對作》：「世俗之性，好奇怪之語，説虛妄之文。」

【發義】

奇怪與雅正雖相反，必兼其解，以並融會貫通。

〔一一〕剛柔雖殊，必隨時而適用

〔集引〕

《易·説卦》：「立地之道，曰柔與剛。」《孫子·九地》：「剛柔皆得，地之理也。」

【發義】

剛健與柔婉雖各異，必隨時機適合運用。

〔一二〕若愛典而惡華，則兼通之理偏

〖集引〗

《廣弘明集·梁昭明太子（蕭統）〈答玄圃園講頌啟令〉》：「辭典文豔，既温且雅。」

【發義】

若愛好典雅而厭惡華美，則兼通之理有所偏矣。

〔一三〕是楚人鬻矛譽楯，兩難得而俱售也

〖集引〗

《韓非子·難一》：「楚人有鬻楯與矛者，譽之曰：『吾楯之堅，物莫能陷也。』又譽其矛曰：『吾矛之利，於物無不陷也。』或曰：『以子之矛，陷子之楯，何如？』其人弗能應也。」

【發義】

此以喻爲文也。蓋凡互相抵觸，兩難得而俱所用也。

〖雍案〗

楊明照《校注》云：「按此文失倫次，當作『是楚人鬻矛楯，譽兩，難得而俱售也』。始能與上

文『似夏人爭弓矢，執一，不可以獨射也』相儷。舍人是語，本《韓非子・難一篇》。原文范注已具（黃注所引見《難勢篇》）若作『鬻矛譽楯』，既與韓子『兩譽矛楯』之説舛馳，復與本篇上文『雅鄭共篇，總一勢離』之意不侔。當校正。《潛夫論・釋難篇》：『韓非子之取矛盾以喻者，將假其不可兩立，以詰堯舜之不得並之勢。』『不可兩立』，即『難得俱售』，亦此文失倫次之有力旁證。」楊説是也。「楯」與「盾」，古相通用。《説文・木部》段玉裁注：「楯，古亦用爲『盾』字。」《玉篇・木部》：「楯，本亦作『盾』。」《方言》卷九：「楯……關西謂之楯。」錢繹《箋疏》：「『楯』與『盾』同。」《慧琳音義》卷八九「矛楯」注引《説文》云：「楯，瞂也，所以扞身蔽目。」又注引《字書》：「楯，大排也。」

〔一四〕雖復契會相參，節文互雜

〔**集引**〕

《藝文類聚・曹植〈玄暢賦〉》：「上同契於稷、卨，降合顥於伊、望。」《禮記・檀弓下》：「辟踊，哀之至也。有筭，爲之節文也。」《史記・劉敬叔孫通列傳》：「叔孫通曰：『五帝異樂，三王不同禮。禮者，因時世人情爲之節文者也。』」

【發義】

雖復投合時機相參，節制修飾互雜。

〔一五〕**各以本采爲地矣**

〔集引〕

《禮記·樂記》：「樂者，音之所由生也，其本在人心之感於物也。」《漢書·嚴朱吾丘主父徐嚴終王賈傳》：「夫佳麗珍怪固順於耳目，故養失而泰，樂失而淫，禮失而采，教失而僞。」

【發義】

取譬五色之錦，各以原文飾爲質地矣。

〔一六〕**劉楨云：文之體指實強弱**

〔集引〕

《大戴禮記·曾子立事》：「弱者畏。」《淮南子·原道訓》：「志弱而事強。」高誘注：「強，無不勝也。」王聘珍《解詁》：「弱者，不強。」

【發義】

文之體勢，強弱殊異。

〔雍案〕

徐㤝引謝肇淛云：「當作『文之體指，虛實強弱。』」黃侃云：「『文之體指實強弱』句有誤。細審彦和語，疑此句當作『文之體指貴強』，下衍『弱』字。」范文瀾云：「疑公幹語當作『文之體指，實殊強弱』。」劉永濟云：「『體』下疑脱一『勢』字。此句當作『文之體勢貴強』。『指』『弱』二字衍，『實』又『貴』之誤。」楊明照《校注》云：「按此文確有誤脱，諸家之説仍有未安。『指』，疑爲『勢』之誤。草書「勢」「指」二字之形甚近《南齊書·文學·陸厥傳》：『劉楨奏書，大明體勢之致。』即此引文當作『體勢』之切證。本篇以『定勢』標目，篇中言文勢者不一而足；上文且有『即體成勢』及『循體成勢』之語，亦足以證當作『體勢』也。『實』下似脱一『有』字。原文作『文之體勢，實有強弱』。」楊氏云原文作「文之體勢，實有強弱」是也。然所云「草書『勢』『指』二字之形甚近」，則非。

〔一七〕頗亦兼氣

〔集引〕

《左傳·莊公十年》：「夫戰，勇氣也。一鼓作氣，再而衰，三而竭。」

【發義】

公幹所談，頗亦兼氣勢。

〔一八〕**又陸雲自稱：往日論文，先辭而後情**

〔集引〕

《周禮·冬官考工記》：「或坐而論道，或作而行之。」

【發義】

陸雲自稱：往日討論文章，先注重文辭，而後考慮感情。

〔一九〕**尚勢而不取悅澤**

〔集引〕

《參同契上》：「薰蒸達四肢，顏色悅澤好。」

【發義】

尚體勢而不取色表之潤。

〔二一〇〕則欲宗其言

〔集引〕

《陸清和集·與兄平原書》：「往日論文，先辭而後情，尚潔而不取悅澤。嘗憶兄道張公父子論文，實欲自得，今日便欲宗其言。」

【發義】

則欲尊崇其表達。

〔二一一〕可謂先迷後能從善矣

〔集引〕

《易·坤》：「先迷，後得主利。」《論語·述而》：「子曰：『三人行，必有我師焉。擇其善者而從之。』」《左傳·成公八年》：「君子曰：『從善如流，宜哉！』」

【發義】

可謂先分辨不清，而後能擇善而從矣。

〔一二二〕**自近代辭人，率好詭巧**

〔**集引**〕

《淮南子·本經訓》：「嬴鏤雕琢，詭文回波。」《文選·班固〈西都賦〉》：「殊形詭制，每各異觀。」《淮南子·本經訓》：「飾智以驚愚，設詐以巧上。」

【**發義**】

晉宋辭人，大多好尚奇異虚僞不實也。

〔一二三〕**原其爲體，訛勢所變，厭黷舊式**

〔**集引**〕

《爾雅·釋詁下》：「訛，言也。」《論語·雍也》：「予所否者，天厭之，天厭之。」《書·微子之命》：「世世享德，萬邦作式。」

【**發義**】

推其爲體，言勢所變，厭煩濫用舊模式。

〔二四〕故文反正爲乏，辭反正爲奇

〔集引〕

《左傳·宣公十五年》：「故文反正爲乏。」

【發義】

古文「乏」爲「正」之反寫，辭反正爲特異。

〔雍案〕

乏，黄叔琳校云：「元作『支』。」梅慶生校云：「按『支』當作『之』。」元本、弘治本等乃作「之」。徐𤊹校「乏」。何本、兩京本、梁本、别解本、謝鈔本作「乏」。《文通》引同。楊明照《校注》云：「按『乏』字是。」《説文·正部》：「乏，《春秋傳》曰：『反正爲乏。』」《左傳·宣公十五年》有：「反正爲乏。」《玄應音義》卷二五「無乏」注：「反正爲乏。」

〔二五〕回互不常，則新色耳

〔集引〕

《北史·王劭傳》：「劭復迴互其字，作詩二百八十篇，奏之。」

【發義】

色者，采也。有文曰采，回環交錯不常，則新色耳。言新者，更造之辭。

〔二六〕**夫通衢夷坦，而多行捷徑者，趨近故也**

〖集引〗

《老子》：「大道甚夷，而民好徑。」河上公注：「夷，平易也。」《離騷》：「夫唯捷徑以窘步。」王逸注：「捷，疾也。徑，邪道也。窘，急也。」

【發義】

暢通平坦之道，而舍之不由，多行捷徑以趨近故也。

〔二七〕**然密會者以意新得巧，苟異者以失體成怪**

〖集引〗

《老子》：「絶巧棄利，盜賊無有。」《莊子·齊物論》：「故爲是舉莛與楹，厲與西施，恢恑憰怪，道通爲一。」《論語·述而》：「子不語怪、力、亂、神。」

【發義】

密切結合，以出新意而得其巧。隨便立異者，以失體範而成罕見。

〔二八〕**舊練之才，則執正以馭奇**

〔集引〕

《漢書·薛宣朱博傳》：「（翟方進）薦宣明習文法，練國制度。」顔師古注：「練猶熟也，言其詳熟。」

【發義】

前代練達之才，則執守其正以操奇。

〔二九〕**勢流不反，則文體遂弊**

〔集引〕

《呂氏春秋·本味》：「故久而不弊。」高誘注：「弊，敗也。」《大戴禮記·子張問入官》：「故明不可弊也。」王聘珍《解詁》：「弊，敗也。」

【發義】

態勢任流不反，則文體遂破敗。

〔三〇〕秉兹情術，可無思耶

〔集引〕

《莊子·人間世》：「吾未至乎事之情。」唐韓愈《韓昌黎集·師説》：「聞道有先後，術業有專攻。」

【發義】

持此情勢學術，可無思耶！

卷七

情采第三十一

聖賢書辭，總稱文章，非采而何〔一〕！夫水性虛而淪漪結〔二〕，木體實而花萼振〔三〕。文附質也。虎豹無文，則鞹同犬羊〔四〕；犀兕有皮，而色資丹漆〔五〕。質待文也。若乃綜述性靈，敷寫器象，鏤心鳥跡之中〔六〕，織辭魚網之上〔七〕，其爲彪炳，縟采名矣。故立文之道，其理有三：一曰形文，五色是也〔八〕；二曰聲文，五音是也〔九〕；三曰情文，五性是也〔一〇〕。五色雜而成黼黻〔一一〕，五音比而成韶夏〔一二〕，五情發而爲辭章〔一三〕，神理之數也〔一四〕。孝經垂典，喪言不文〔一五〕，故知君子常言，未嘗質也。老子疾僞，故稱美言不信，而五千精妙，則非棄美矣〔一六〕。莊周云辯雕萬物，謂藻飾也〔一七〕。韓非云豔采辯説，謂綺麗也〔一八〕。綺麗以豔説，藻飾以辯雕，文辭之變，於斯極矣。研味李老，則知文質附乎性情〔一九〕；詳覽莊韓，則見華實過乎淫侈〔二〇〕。若擇源於涇渭之流〔二一〕，按轡於邪正之路，亦可以馭文采矣〔二二〕。夫鉛黛所以飾容〔二三〕，而盼倩生於淑姿〔二四〕；文采所以飾言〔二五〕，而辯麗本於情性〔二六〕。故情者文之經，辭者理之緯，經正而後緯成，理定而後辭暢，此立文之本源也。

昔詩人什篇，爲情而造文〔二七〕；辭人賦頌，爲文而造情〔二八〕。何以明其然？蓋風雅之興，志思蓄憤〔二九〕，而吟詠情性，以諷其上，此爲情而造文也；諸子之徒，心非鬱陶〔三〇〕，苟馳夸飾，鬻聲釣世〔三一〕，此爲文而造情也；故爲情者要約而寫真，爲文者淫麗而煩濫。而後之作者，採濫忽真，遠棄風雅，近師辭賦，故體情之製日疎，逐文之篇愈盛〔三二〕。故有志深軒冕，而汎詠皋壤〔三三〕；心纏幾務，而虛述人外〔三四〕。真宰弗存，翩其反矣〔三五〕。夫桃李不言而成蹊，有實存也；男子樹蘭而不芳，無其情也。夫以草木之微，依情待實；況乎文章，述志爲本，言與志反，文豈足徵？

是以聯辭結采，將欲明經；采濫辭詭，則心理愈翳〔三六〕。固知翠綸桂餌，反所以失魚〔三七〕。言隱榮華〔三八〕，殆謂此也。是以衣錦褧衣，惡文太章〔三九〕；賁象窮白，貴乎反本〔四〇〕。夫能設謨以位理，擬地以置心〔四一〕，心定而後結音，理正而後摛藻，使文不滅質，博不溺心〔四二〕，正采耀乎朱藍，間色屏於紅紫，乃可謂雕琢其章，彬彬君子矣〔四三〕。

贊曰：言以文遠，誠哉斯驗〔四四〕。心術既形，英華乃贍〔四五〕。吴錦好渝，舜英徒豔〔四六〕。繁采寡情，味之必厭〔四七〕。

【發義】

性動之質，文過其實。

文由情發，固不厭采。然采本乎情，狀乎物。其實以用，則明乎情，表乎思也。

蓋文之有采，乃情物交會，情采交融焉。

〔一〕聖賢書辭，總稱文章，非采而何

【集引】

《論語·公冶長》：「子貢曰：『夫子之文章，可得而聞也。』」何晏注：「章，明也。文，彩。形質著見，可以耳目循。」

【發義】聖賢之書辭，稽理至德，含章而明，華實彪炳，煥然成采，形質著見，耳目可循，蓋兼綜而稱文章，非采而何！

〔二〕夫水性虚而淪漪結

〖集引〗《詩・邶風・北風》：「其虚其邪。」毛萇傳：「虚，徐也。」陸德明《釋文》：「一本作虚，徐也。」馬瑞辰《傳箋通釋》：「虚者，舒之同音假借。《詩・魏風・伐檀》：「河水清且淪猗。」毛萇傳：「小風水成文，轉如輪也。」陸德明《釋文》：「猗……本亦作『漪』，同。」「淪，音倫。《韓詩》云：『順流而風曰淪。淪，文貌。』」《爾雅・釋水》：「小波爲淪。」《釋名・釋水》：「水小波曰淪。淪，倫也，水文相次有倫理也。」

【發義】水性隨勢而流，其虚徐而結練文。

〖雍案〗漪，元本、弘治本、汪本、張本、兩京本、王批本、文溯本並作「猗」。《文儷》引同。謝鈔本作

「漪」。馮舒校「猗」。楊明照《校注》云：「按《詩·魏風·伐檀》：『河水清且漣猗。』《釋文》：『猗……本亦作「漪」，同。』《文選·吴都賦》：『刷盪漪瀾。』劉注：『漪瀾，水波也。』是『淪猗』字可作『漪』矣。《定勢篇》：『譬激水不漪。』則此或原是『漪』字，不必校改爲『猗』也。」「淪漪」是也。《説文·水部》：「淪，小波爲淪。从水，侖聲。《詩》曰：『河水清且淪漪。』一曰没也。」徐鍇《繫傳》：「淪，有倫理也。」

〔三〕木體實而花萼振

〔集引〕

《晉書·皇甫謐傳〈釋勸論〉》：「是以春華發萼，夏繁其實。」

【發義】

木之本體既含質實，則其文采振發。

〔雍案〕

花，元本、弘治本、活字本、汪本、佘本、張本、兩京本、王批本、胡本、何本、訓故本、合刻本、梁本、别解本、尚古本、岡本、清謹軒本、四庫本、王本、鄭藏鈔本、崇文本並作「華」。楊明照《校注》云：「按『華』字是。孫志祖《讀書脞録》（卷七）謂古書花皆作華，魏晉間始有之。是華與花古今字也。

《才略篇》：『非群華之韡萼也。』是此亦當作『華』。《詩·小雅·常棣》：『常棣之華，鄂不韡韡。』鄭箋：『承華者曰鄂。』《説文·𠂹部》韡下引詩作萼，《文選六臣注本束晳〈補亡詩〉》李注引《詩》及鄭箋亦作萼，與此同。」楊説是也。《文選·謝莊〈宋孝武宣貴妃誄〉》有：「接萼均芳。」李善注引《毛詩》鄭玄曰：「承華者萼。」亦可引證也。

〔四〕虎豹無文，則鞹同犬羊

〔集引〕

《詩·齊風·載驅》：「載驅薄薄，簟茀朱鞹。」《論語·顏淵》：「子貢曰：『文猶質也，質猶文也；虎豹之鞹，猶犬羊之鞹。』」皇侃《義疏》：「鞹者，皮去毛之稱也。」

【發義】

虎豹無文采，則其革同犬羊。

〔五〕犀兕有皮，而色資丹漆

〔集引〕

《左傳·宣公二年》：「宋城，華元爲植，巡功。城者謳曰：『……棄甲而復。』使其驂乘謂之曰：『牛則有皮，犀兕尚多？棄甲則那？』役人曰：『從其有皮，丹漆若何？』」

【發義】

古人常以犀兕對舉。此爲皮乃質也，丹漆乃文也，蓋質需文焉。

〔六〕**鏤心鳥跡之中**

〔集引〕

《説文解字叙》：「黄帝之史倉頡，見鳥獸蹄迒之跡，知分理之可相别異也，初造書契。」桂馥《義證》：「謂刻畫心思，指深刻細緻地構思。」

【發義】

將構思刻畫於心也。

〔七〕**織辭魚網之上**

〔集引〕

《東觀漢記》：「黄門蔡倫，字敬仲，典作上方，造意用樹皮及敝布、魚網作紙。奏上，帝善其能，自是莫不用，天下咸稱蔡侯紙也。」《後漢書·宦者列傳》：「倫乃造意，用樹膚、麻頭及敝布、魚網以爲紙。」

【發義】

造意有所依託舒展也。

〔八〕**一曰形文，五色是也**

〖集引〗

《穀梁傳·桓公十四年》：「望遠者，察其貌，而不察其形。」范甯注：「形，容色。」《書·益稷》：「以五采彰施於五色，作服，汝明。」《老子》：「五色令人目盲。」

【發義】

表見於容色者，乃謂之形文，蓋五采是也。

〔九〕**二曰聲文，五音是也**

〖集引〗

《鬼谷子·反應》：「以無形求有聲，其釣語合事，得人實也。」《禮記·樂記》：「聲成文，謂之音。」《老子》：「五音令人耳聾。」《楚辭·屈原〈九歌·東皇太一〉》：「五音紛兮繁會。」

【發義】

聲發於内而出於外，若言之可聞，蓋謂之聲文也。

〔一〇〕三曰情文，五性是也

〔集引〕

詹鍈《文心雕龍義證》：「『情文』，情中之文。」《荀子·禮論》：「故至備，情文俱盡；其次，情文代勝。」清趙翼《甌北詩話·吴梅村詩》：「有意處則情文兼至，姿態横生。」

【發義】

情文，由性情文理構成之文也。

〔一一〕五色雜而成黼黻

〔集引〕

《書·益稷》：「宗彝、藻、火、粉、米、黼、黻、絺、繡，以五采彰施於五色，作服。」孔安國傳：「黼若斧形，黻爲兩己相背。」《考工記》：「白與黑謂之黼，黑與青謂之黻。」《左傳·桓公二年》：「火、龍、黼、黻，昭其文也。」杜預注：「白與黑謂之黼，形若斧；黑與青謂之黻，兩己相戾。」《國語·鄭語》：「物一無文。」韋昭注：「五色雜，然後成文。」

【發義】

五色雜而成文采，是以黼黻之藻麗。

〔一二〕五音比而成韶夏

〔集引〕

《孟子·離婁上》：「不以六律，不能正五音。」《楚辭·屈原〈九歌·東皇太一〉》：「五音紛兮繁會。」

【發義】

五音者，宮、商、角、徵、羽也。韶、夏者，鄭曲也。韶，舜時樂名；夏，禹時樂名。此謂五音協比調次而成韶、夏之曲。

〔雍案〕

徐𤊹云：「『夏』，一作『護』。」《喻林》引作「華」。楊明照《校注》云：「按以《樂府篇》

『雖摹韶夏』及『實韶夏之鄭曲也』證之，作『護』非是；《事類篇》引曹植《報陳琳書》，亦有「聽者因以蔑韶夏矣」語（它書多有以「韶夏」連文者，此不具舉）。『華』字尤謬。又按『比』，讀如《史記・樂書》『協比聲律』、《漢書・食貨志上》『比其音律』之『比』。顔注：「比，謂調次之也。比，音頻二反。」《白虎通德論・社稷》：『《禮記》曰：「……舜樂曰簫韶，禹樂曰大夏。」』《漢書・禮樂志》：『舜作招，（顔注：「招讀曰韶。」）禹作夏。』《國語・鄭語》：『聲一無聽。』韋注：『五聲雜然後可聽。』《抱朴子外篇・交際》：『單絃不能發韶夏之和音。』又《尚博》：『衆音雜而韶濩和也。』」楊説是也。護，乃湯樂也。《文選・王中〈頭陀寺碑文〉》：「步中雅頌，驟合韶護。」注引鄭玄曰：「韶，舜樂；護，湯樂也。」「韶護」，亦泛指古樂。又作「韶濩」「韶護」。漢桓寬《鹽鐵論・論菑》：「蓋越人美嬴蚌而簡太牢，鄙夫樂咋唶而怪韶濩。」唐元結《元次山集》：「停橈靜聽曲中意，好是雲山韶濩音。」《禮記・樂記》：「夏，大也。」鄭玄注：「夏，禹樂名也。」《文選・班固〈答賓戲〉》：「非韶夏之樂也。」吕向注：「夏，禹樂名也。」《文選・成公綏〈嘯賦〉》：「越韶夏與咸池。」李周翰注：「夏，禹樂也。」

〔一三〕五情發而爲辭章

【集引】

《白虎通德論・情性》：「人稟陰陽氣而生，故内懷五性六情。」

【發義】

五性者，隨文而異。《大戴禮記·文王官人》以喜、怒、欲、懼、憂爲五性也。此乃彦和所本。

〔雍案〕

情，黄叔琳校云：「疑作『性』。」馮舒云：「『情』，疑作『性』。」何焯説同。楊明照《校注》云：「按此句爲承上文『三曰情文，五性是也』之辭，實應作『性』。《大戴禮記·文王官人》：『民有五性』，《白虎通德論·情性篇》『人稟陰陽氣而生，故内懷五性六情』，《漢書·翼奉傳》『五性不相害，六情更興廢』，並以『五性』爲言。訓故本正作『五性』，不誤。當據改。」「五性」者，隨文而異。《大戴禮記·文王官人》以喜、怒、欲、懼、憂爲五性；《漢武内傳》以暴、淫、奢、酷、賊爲五性；《白虎通德論·性情》曰：「五性者何？謂仁、義、禮、智、信也。」

〔一四〕神理之數也

〔集引〕

《禮記·學記》：「言及於數。」孔穎達疏：「數，謂法象。」

【發義】

蓋謂神妙自然之法象也。《易·繫辭上》：「是故法象莫大乎天地，變通莫大乎四時。」

〔一五〕**孝經垂典，喪言不文**

〔**集引**〕

《孝經·喪親》：「孝子之喪親也，哭不偯，禮無容，言不文。」

【**發義**】

《孝經》已垂法度，喪言不用文采。

〔一六〕**老子疾僞，故稱美言不信，而五千精妙，則非棄美矣**

〔**集引**〕

《老子》：「信言不美，美言不信。」

【**發義**】

老子雖以「美言不信」疾僞，而所遺五千真言，言道德之意，言出精妙，蓋其非棄美矣。

〔一七〕莊周云辯雕萬物，謂藻飾也

〖集引〗

《莊子·天道》：「辯雖雕萬物，不自説也。」《老子》：「善者不辯，辯者不善。」

【發義】

莊子所云巧言萬物，謂藻飾文辭也。

〔一八〕韓非云豔采辯説，謂綺麗也

〖集引〗

《韓非子·外儲説左上》：「豔乎辯説文麗之聲。」《孟子·滕文公下》：「予豈好辯哉？予不得已也。」

【發義】

韓非子云：辯説在乎豔麗。蓋巧言之説，謂華麗也。

〖雍案〗

采，乃「乎」之形訛。

〔一九〕**研味李老，則知文質附乎性情**

〔**集引**〕

《列子·天瑞》：「有味味者。」《後漢書·周黄徐姜申屠列傳》：「安貧樂潛，味道守真。」

【**發義**】

極深探研而體味《孝經》《老子》，則知其文采樸質附麗於性情也。

〔二〇〕**詳覽莊韓，則見華實過乎淫侈**

〔**集引**〕

《文選·王褒〈洞簫賦〉》：「浸淫叔子遠其類。」李善注：「浸淫，猶漸冉，相親附之意。」

【**發義**】

詳覽《莊子》《韓非子》，則華實過乎浸淫多矣。

〔一一一〕若擇源於涇渭之流

【集引】

《詩·邶風·谷風》：「涇以渭濁，湜湜其沚。」毛萇傳：「涇渭相入而清濁異。」陸德明《釋文》：「涇音經，濁水也；渭音謂，清水也。」

【發義】

若擇其源分清涇渭之流。

〔一一二〕按轡於邪正之路，亦可以馭文采矣

【集引】

《史記·絳侯周勃世家》：「亞夫乃傳言開壁門，壁門士吏謂從屬車騎曰：『將軍約，軍中不得驅馳。』於是天子乃按轡徐行。」

【發義】

徐行辨別邪正路向，亦可以駕馭文采矣。

〔一二三〕 **夫鉛黛所以飾容**

〔**集引**〕

唐白居易《長慶集·青冢》：「凝脂化爲泥，鉛黛復何有。」

【**發義**】

鉛粉與黛黑乃塗畫之品，用以美化容貌。

〔一二四〕 **而盼倩生於淑姿**

〔**集引**〕

《詩·衛風·碩人》：「巧笑倩兮，美目盼兮。」毛萇傳：「倩，好口輔。盼，白黑分。」

【**發義**】

美目盼而好口輔，生於美好之姿采。

〔**雍案**〕

盼，元本、弘治本、汪本、張本、兩京本、王批本、何本、梅本、凌本、梁本、祕書本、謝鈔本、彙編本、別解本、清謹軒本、尚古本、岡本、張松孫本、崇文本並作「盼」。《詩紀別集》一、《文儷》、《四六法海》同。楊明照《校注》云：「按『盻』字非是。《詩・衛風・碩人》：『巧笑倩兮，美目盼兮。』毛傳：『盼，白黑分。』」《集韻・襉韻》：「盼，美目也。」又云：「盼，或作『盻』。」《詩・衛風・碩人》：「美目盼兮。」陸德明《釋文》引《字林》云：「盼，美目也。」《論語・八佾》：「美目盼兮。」劉寶楠《正義》引《字林》：「盼，美目也。」

〔二五〕**文采所以飾言**

〔**集引**〕

《韓非子・難言》：「捷敏辯給，繁於文采，則見以爲史。」

【**發義**】

文采用以美化語言。

〔二六〕**而辯麗本於情性**

〔**集引**〕

《文選・潘岳〈夏侯常侍誄〉》：「飛辯摛藻。」呂向注：「辯，美辭也。」

【發義】

而美辭本於情性也。

辯，增定別解本、清謹軒本並作「辨」。《詩紀別集》一、《經史子集合纂類語》九同。楊明照

〔雍案〕

《校注》云：「按《漢書·王褒傳》：『辭賦大者與古詩同義，小者辯麗可喜。』則作『辨』非是。」「辯」與「辨」，古相通用。《説文·辡部》朱駿聲《通訓定聲》：「辯，叚借爲『辨』。」《墨子·尚同中》：「維辯使治天均。」孫詒讓《閒詁》：「『辯』『辨』字通。」《古文苑·董仲舒〈士不遇賦〉》：「口信辨而言訥。」章樵注：「『辯』『辨』二字古通用。」

〔二七〕昔詩人什篇，爲情而造文

〔集引〕

《晉書·樂志》：「三祖紛綸，咸工篇什。」

【發義】

昔詩人篇什，爲性情之發而造文。

〔雍案〕

「什篇」，《藝苑卮言》一、《古逸書》引作「篇什」。什篇，乃「篇什」之謁也。《晉書·樂志》：「三祖紛綸，咸工篇什。」《詩經》之《雅》《頌》十篇爲一什，後因稱詩篇爲篇什也。《文心雕龍·明詩》有：「至於三六雜言，則出自篇什。」《文心雕龍·通變》有：「商周篇什，麗於夏年。」並可引證也。

〔二一八〕辭人賦頌，爲文而造情

〔集引〕

《孟子·離婁下》：「君子深造之以道。」趙岐注：「造，致也。」

【發義】

辭人《賦》《頌》，爲文采而致其情。

〔二一九〕蓋風雅之興，志思蓄憤

〔集引〕

《史記·太史公自序》：「詩三百篇，大抵聖賢發憤之所爲作也。」

【發義】

蓋《風》《雅》之興，乃聖賢志向思慮蓄憤之作也。

〔三〇〕**諸子之徒，心非鬱陶**

〔集引〕

《書·五子之歌》：「鬱陶乎予心，顔厚有忸怩。」孔安國傳：「鬱陶，哀思也。」孔穎達疏：「鬱陶，精神憤結積聚之意。」

【發義】

諸子之徒，心非憂思積聚。所謂諸子之徒，非九流十家也。

〔三一〕**苟馳夸飾，鬻聲釣世**

〔集引〕

詹鍈《文心雕龍義證》：「謂賣聲名釣取世譽，猶之乎説沽名釣譽。」

【發義】

苟而向往夸飾，沽名釣取世譽者也。

〔三二〕故體情之製日疎，逐文之篇愈盛

〔集引〕

《莊子·刻意》：「能體純素，謂之真人。」

【發義】

體察時念之作日漸稀少，追逐文采之篇什愈盛。

〔三三〕故有志深軒冕，而汎詠皋壤

〔集引〕

《管子·法法》：「先王制軒冕以著貴賤。」《莊子·繕性》：「古之所謂得志者，非軒冕之謂也。……今之所謂得志者，軒冕之謂也。」成玄英疏：「軒，車也；冕，冠也。」《晉書·應貞傳》：「自漢至魏，世以文章顯，軒冕相襲，爲郡盛族。」《莊子·知北遊》：「山林與？皋壤與？使我欣欣然而樂與？」《南齊書·謝朓傳》：「皋壤摇落，對之惆悵；岐路東西，或以嗚唈。」

【發義】

軒冕者，官位爵禄也。故有志深軒冕者，汎詠於澤房洼地。

〔三四〕心纏幾務，而虛述人外

〔集引〕

《文選・嵇康〈與山巨源絶交書〉》：「機務纏其心，世故繁其慮。」《後漢書・郭陳列傳》：「（尹）勤字叔梁，篤性好學，屏居人外，荆棘生門。」

【發義】

心纏於機要事務，而虛述於世外。

〔雍案〕

幾，凌本作「機」。楊明照《校注》云：「按以《徵聖篇》『妙極機神』，《論説篇》『鋭思於機此依元本、弘治本等。黄本已改作「幾」。神之區』證之，『機』字是。《文選・嵇康〈與山巨源絶交書〉》『機務纏其心』，爲此語所本，正作『機』。《宋書・王弘傳》：『參讚機務。』又《裴松之傳》：『而機務惟殷。』《梁書・徐勉傳》：『雖當機務，下筆不休。』又《孔休源傳》：『軍民機務，動止詢謀。』並其旁證。」楊氏所證是。「幾」與「機」，古相通用也。詳見《文心雕龍・徵聖》「妙極機神」條。

〔三五〕真宰弗存，翩其反矣

【集引】

《莊子·齊物論》：「必有真宰，而特不得其眹。」《詩·小雅·角弓》：「騂騂角弓，翩其反矣。」朱熹《集傳》：「翩，反貌。」

【發義】

内失自然之性，則全然相反矣。

〔三六〕采濫辭詭，則心理愈翳

【集引】

《慧琳音義》卷三四「所翳」注引《文字典説》：「翳，隱也。」

【發義】

文采過濫，文辭乖常，則心理隱而深晦不明。

〔三七〕固知翠綸桂餌，反所以失魚

【集引】

《御覽》引《闞子》：「魯人有好釣者，以桂爲餌，黄金之鉤，錯以銀碧，垂翡翠之綸，其持竿處位即是，然其得魚不幾矣。故曰：『釣之務不在芳飾，事之急不在辯言。』」

【發義】

固知文章不在虚飾，虚飾反失其本質也。

〔三八〕言隱榮華

【集引】

《莊子·齊物論》：「言隱於榮華。」成玄英疏：「榮華，浮辯之辭，華美之言也。只爲滯於華辯，所以蔽隱至言。」

【發義】

言隱蔽華美也。

〔三九〕是以衣錦褧衣，惡文太章

〔集引〕

《詩·衛風·碩人》：「碩人其頎，衣錦褧衣。」孔穎達《正義》：「錦衣所以加褧者，爲其文之大著也。」《禮記·中庸》：「詩曰：『衣錦尚絅。』惡其文之著也。」陸德明《釋文》：「絅，《詩》作『褧』。」朱熹《集傳》：「錦，文衣也。褧，禪也。錦衣而加褧焉，爲其文之太著也。」又《中庸集注》：「衣，去聲。絅，口迥反。惡，去聲。……褧，絅同。禪衣也。尚加也。」《易·姤》：「天地相遇，品物咸章也。」

【發義】

衣錦加絅，以章其文，令人厭惡其太顯也。

〔四〇〕賁象窮白，貴乎反本

〔集引〕

《吕氏春秋·壹行》：「孔子卜得賁。孔子曰：『不吉。』子貢曰：『夫賁亦好矣，何謂不吉乎？』孔子曰：『夫白而白，黑而黑，夫賁又何好乎？』」高誘注：「賁，色不純也。」《説苑·反質》：「孔子卦得賁，喟然仰而嘆息，意不平。子張進，舉手而問曰：『師聞賁者吉卦，而嘆之乎？』孔子曰：『賁非正色也，是以嘆之。吾思夫質素，白當正白，黑當正黑。夫質又何也？吾亦聞之，丹漆不文，白玉不雕，寶珠不飾，何也？質有餘者，不受飾也。』」

【發義】

賁者，《易》之卦名，文飾也。其象窮白，貴乎反本之樸也。

〔四一〕夫能設謨以位理，擬地以置心

〔集引〕

《論衡·物勢》：「今夫陶冶者，初埏埴作器，必模範爲形。」唐杜甫《杜工部詩史補遺·丈人山》：「丈人祠西佳氣濃，緣雲擬住最高峰。」

【發義】

立文章之範所以立理，擬實質地以置形之主。蓋謂選擇適宜之體裁寫出内容，計劃以實質地安放感情也。

〔雍案〕

謨，黄叔琳校引謝云：「當作『模』。」何本、別解本並作「模」。《文通》《四六法海》同。王充《論衡・物勢》云：「今夫陶冶者，初埏埴作器，必模範爲形故作之也。」「謨」與「模」，義異之，本不相通。謨，謀也。《爾雅・釋詁上》：「謨，謀也。」邢昺疏：「謨者，大謀也。」模，《説文・木部》《廣雅・釋詁》《廣韻・模韻》《小學蒐佚・聲類》：「模，法也。」《説文・木部》段玉裁注：「以木曰模；以金曰鎔；以土曰型；以竹曰範，皆法也。」《慧琳音義》卷四二「作模」注引鄭注：「模，所以瑑文章之範也。」「能設謨以位理」，蓋謂能立文章之範所以立理。

〔四二〕使文不滅質，博不溺心

〔集引〕

《莊子・繕性》：「心與心識知，而不足以定天下，然後附之以文，益之以博，文滅質，博溺心。」

【發義】

使辭章既有文采又不滅其質實，豐富而不沉湎其内。

〔四三〕乃可謂雕琢其章，彬彬君子矣

【集引】

《詩·大雅·棫樸》：「追琢其章，金玉其相。」毛萇傳：「追，彫也。金曰彫，玉曰琢。相，質也。」《荀子·富國》：「故爲之雕琢、刻鏤、黼黻文章，使足以辨貴賤而已，不求其觀。……詩曰：『雕琢其章，金玉其相。亹亹我王，綱紀四方。』此之謂也。」楊倞注：「相，質也。……言雕琢爲文章，又以金玉爲質。勉力爲善，所以綱紀四方也。與《詩》義小異也。」《説苑·修文》：「故聖人之與聖也……周則又始，窮則反本也。《詩》曰：『彫琢其章，金玉其相。』言文質美也。」《論語·雍也》：「文質彬彬，然後君子。」《集解》引包咸曰：「彬彬，文質相半之貌。」

【發義】

尋繹彦和文意，乃謂雕琢其章，以反本質，文質相半而美矣。

〔四四〕言以文遠，誠哉斯驗

【集引】

《左傳·襄公二十五年》：「言之無文，行而不遠。」

【發義】

言以有文，行可及遠，誠可徵驗。

〔四五〕心術既形，英華乃贍

【集引】

《莊子·天道》：「此五末者，須精神之運，心術之動，然後從之者也。」成玄英疏：「術，能也。心之所能，謂之心術也。」《禮記·樂記》：「應感起物而動，然後心術形焉。」鄭玄注：「術，所由也。形，猶見也。」又：「和順積中而英華外發。」《漢書·禮樂志》顏師古注：「術，道徑也。心術，心之所由也。形，見也。」

【發義】

應感起物而動，心之所由，道徑能形，神采之美外發，自富贍。

〔四六〕吴錦好渝，舜英徒豔

【集引】

《文選·班固〈幽通賦〉》：「曷渝色兮。」李善注引曹大家曰：「渝，變也。」《文選·左思〈魏都賦〉》：「洵美之所不渝。」李善注引毛萇曰：「渝，變也。」

【發義】

吴錦色染好渝，木槿朝生夕隕，有花無實，皆徒其豔耳。

〔**雍案**〕

舜，元本、弘治本、汪本、佘本、張本、兩京本、胡本、訓故本並作「蕣」。《喻林》《四六法海》同。楊明照《校注》云：「按《詩·鄭風·有女同車》：『顔如舜華。』《説文·舛部》『蕣』下引作『蕣』。是二字本通。」《玉篇·舜部》《廣韻·稕部》：「舜，《説文》作『䑞』。」《説文·䑞部》朱駿聲《通訓定聲》：「舜，叚借爲『蕣』。」蕣，木槿也。庾信《周趙國夫人紇豆陵氏墓誌銘》：「年華於蕣。」倪璠注引毛萇《詩傳》：「蕣，木槿也。」《文選·郭璞〈遊仙詩〉》：「蕣榮不終朝。」張銑注：「蕣，槿花也，朝榮暮落。」李善注引潘岳《朝菌賦序》曰：「朝菌者，時人以爲蕣華。」

〔四七〕繁采寡情，味之必厭

〔**集引**〕

陸機《文賦》：「言寡情而鮮愛。」

【發義】

文采繁豔，言辭寡情，味之鮮愛，必厭之也。

鎔裁第三十二

情理設位，文采行乎其中〔一〕。剛柔以立本，變通以趨時〔二〕。立本有體，意或偏長；趨時無方，辭或繁雜。蹊要所司，職在鎔裁〔三〕，隱括情理，矯揉文采也。規範本體謂之鎔，剪截浮詞謂之裁。裁則蕪穢不生，鎔則綱領昭暢〔四〕，譬繩墨之審分，斧斤之斲削矣。駢拇枝指，由侈於性〔五〕，附贅懸肬，實侈於形〔六〕。二意兩出，義之駢枝也；同辭重句，文之肬贅也。

凡思緒初發，辭采苦雜〔七〕，心非權衡，勢必輕重〔八〕。是以草創鴻筆〔九〕，先標三準：履端於始，則設情以位體；舉正於中，則酌事以取類；歸餘於終，則撮辭以舉要。然後舒華布實，獻替節文〔一〇〕，繩墨以外，美材既斲，故能首尾圓合，條貫統序。若術不素定，而委心逐辭，異端叢至，駢贅必多〔一一〕。

故三準既定，次討字句。句有可削，足見其疏；字不得減，乃知其密。精論要語，極略之體；游心竄句，極繁之體〔一二〕；謂繁與略，隨分所好〔一三〕。引而伸之〔一四〕，則兩句敷爲一章；約以貫之，則一章删成兩句。思贍者善敷〔一五〕，才覈者善删〔一六〕。善删者字去而意留，善敷者辭殊而意顯。字删而意闕，則短乏而非覈；辭敷而言重，則蕪穢而非贍。

昔謝艾王濟〔一七〕，西河文士，張俊以爲艾繁而不可删，濟略而不可益；若二子者，可謂練鎔裁而曉繁略矣。至如士衡才優，而綴辭尤繁〔一八〕；士龍思劣，而雅好清省。及雲之論機，亟恨其多，而稱清新相接，不以爲病〔一九〕，蓋崇友于耳。夫美錦製衣，脩短有度〔二〇〕，雖翫其采，不倍領袖，巧猶難繁，况在乎拙。而文賦以爲榛楛勿剪，庸音足曲〔二一〕，其識非不鑒，乃情苦芟繁也。夫百節成體，共資榮衛〔二二〕；萬趣會文，不離辭情。若情周而不繁，辭運而不濫，非夫鎔裁，何以行之乎！

贊曰：篇章户牖，左右相瞰。辭如川流，溢則汎濫〔二三〕。權衡損益，斟酌濃淡。芟繁剪穢，弛於負擔〔二四〕。

【發義】

規範本體，剪截浮辭。

鎔則包舉本體，適乎輕重；裁則剪截字句，宜乎繁略。酌事以取類，摛情以敷采。蓋使言以足志，文以足言，言之有文焉。

〔一〕**情理設位，文采行乎其中**

【集引】

《易·繫辭上》：「天地設位，而易行乎其中矣。」

【發義】

情理施用於位，文采行乎其中。

〔二〕**剛柔以立本，變通以趨時**

【集引】

《易·繫辭下》：「剛柔者，立本者也；變通者，趨時者也。」

【發義】

文之剛健柔婉，乃以樹立根本；文之通會變化，乃以隨時勢爲轉移。

〔三〕蹊要所司，職在鎔裁

〔集引〕

《三國志·魏書·田疇傳》：「時方夏水雨，而濱海洿下，濘滯不通，虜亦遮守蹊要，軍不得進。」

【發義】

關鍵所理，重要途徑在鎔範剪裁。

〔四〕裁則蕪穢不生，鎔則綱領昭暢

〔集引〕

《淮南子·齊俗訓》：「原人之性，蕪濊而不得清明者，物或堁之也。」

【發義】

剪截浮辭，則冗雜不生。規範本體，則大綱要領明暢。

〔五〕**駢拇枝指，由侈於性**

〔**集引**〕

《莊子·駢拇》：「駢拇枝指，出乎性哉，而侈於德。」

【**發義**】

蓋文之甚，若駢拇枝指，由過於天性。

〔六〕**附贅懸肬，實侈於形**

〔**集引**〕

《莊子·駢拇》：「附贅縣疣，出乎形哉，而侈於性。」

【**發義**】

形乃有質之稱，蓋質之甚，若附贅懸肬，實過於形。

〔**雍案**〕

肬，古與「疣」通。《集韻·尤韻》：「肬，或作疣、默。」

〔七〕**凡思緒初發，辭采苦雜**

〔**集引**〕

《初學記·釋洪偃〈遊故苑詩〉》：「悵望傷遊目，辛酸思緒多。」

【**發義**】

舒文在即，思慮發端，頭緒萬縷，文思才藻苦於雜亂。

〔八〕**心非權衡，勢必輕重**

〔**集引**〕

《禮記·經解》：「故衡誠縣，不可欺以輕重。」鄭玄注：「衡，稱也。縣，謂錘也。」《孟子·梁惠王上》：「權，然後知輕重。」趙岐注：「權，銓衡也，可以稱輕重。」《意林》引《慎子》：「有權衡者，不可欺以輕重。」《漢書·律曆志上》：「衡權者，衡，平也；權，重也。衡所以任權而均物平輕重也。」

【**發義**】

心中所主，若非權衡，勢必輕重。

〔九〕是以草創鴻筆

【集引】

《抱朴子》佚文云：「雖鴻筆不可益也。」《論語·憲問》：「爲命，裨諶草創之，世叔討論之，行人子羽脩飾之，東里子産潤色之。」《論衡·須頌》：「古之帝王建鴻德者，須鴻筆之臣褒頌紀載，鴻德乃彰，萬世乃聞。」

【發義】

是以起稿大手筆，先突出三準則。

【雍案】

紀昀云：「『鴻』，當作『鳴』。後『鳴筆之徒』句可證。」楊明照《校注》云：「按紀説非是。《論衡·須頌篇》、原文已見《封禪篇》「乃鴻筆耳」條下《抱朴子》佚文「雖鴻筆不可益也」（《意林》四引）並有『鴻筆』之文。《晉書》陳壽等傳論亦有「奮鴻筆於西京」語《封禪篇》『乃鴻筆耳』，《書記篇》『才冠鴻筆』，亦並作『鴻筆』。《練字篇》『鳴筆之徒』句『鳴』字本誤，朱謀㙔已校爲『鴻』矣。」「鳴筆」是也。楊氏引《封禪》及《書記》之『鴻筆』校此文，非舍人本旨。鳴，古與「明」通假。《文選·陸機〈長安有狹邪行〉》：「欲鳴當及晨。」李善注：「『明』與『鳴』同，古字通也。」又《李康〈運命論〉》：「里社鳴而聖人出。」李善注：「『明』與『鳴』古字通。」蓋舍人此謂草創應明其著筆，非謂大手筆也。

〔一〇〕然後舒華布實，獻替節文

〔集引〕

漢蔡邕《蔡中郎集·幽冀二州刺史久缺疏》：「智淺謀漏，無所獻替。」

【發義】

舒華乃指辭采，布實乃指内容，獻可替否，須斟酌推敲，節制修飾。

〔雍案〕

替，黄叔琳校云：「疑作『質』；元作『贊』。」徐𤊹云：「『贊』，當作『替』，後有『獻替』之句。」何焯改「質」。文溯本剜改爲「質」。楊明照《校注》云：「按徐説是。元本、弘治本、活字本、汪本等作『贊』，乃『朁』之形誤。（「替」正字作「普」，或體作「朁」。）何本、訓故本、謝鈔本正作『替』；《文通》二一引同。本書屢用『獻替』二字，何改『質』，非也。」漢蔡邕《蔡中郎集·幽冀二州刺史久缺疏》有：「智淺謀漏，無所獻替。」《文選·袁宏〈三國名臣序贊〉》：「伯言（陸遜）蹇蹇，以道佐世，出能勤功，入能獻替。」蓋舍人謂「獻替」者，乃進可行者，去不可行者也。

〔一一〕**若術不素定，而委心逐辭，異端叢至，駢贅必多**

〔**集引**〕

《淮南子·精神訓》：「委心而不以慮。」

【**發義**】

臨文方法不預先確定，而聽任本心追求文辭，異端叢至，駢贅必多矣。

〔一二〕**游心竄句，極繁之體**

〔**集引**〕

《莊子·駢拇》：「駢於辯者，纍瓦結繩竄句，游心於堅白同異之閒。」陸德明《釋文》：「竄……藏也。」又引司馬彪云：「竄句，謂邪説微隱穿鑿文句也。」《孝經序》：「且傳以通經爲義，義以必當爲主，至當歸一，精義無二，安得不剪其繁蕪，而撮其樞要也。」

【**發義**】

注意微隱穿鑿文句，極爲雜亂之體也。

〔一二三〕隨分所好

〔集引〕

唐姚合《姚少監詩集·武功縣中作之八》：「只應隨分過，已是錯彌深。」白居易《長慶集·自題新昌居止因招楊郎中小飲》詩：「能到南園同醉否？笙歌隨分有些些。」

【發義】

繁與略，隨性適分所好。

〔雍案〕

隨，元本、弘治本、汪本、佘本、張本、兩京本、王批本、何本、胡本、訓故本、梅本、凌本、合刻本、祕書本、謝鈔本、尚古本、岡本、四庫本、王本、張松孫本、鄭藏鈔本、崇文本並作「適」。楊明照《校注》云：「按『適』字是。《明詩篇》『隨性適分』，《養氣篇》『適分胸臆』，並以『適分』爲言，可證。」適，當訓「宜」。《吕氏春秋·適威》：「不能用威適。」高誘注：「適，宜也。」《潛夫論·交際》：「貧賤難得適。」汪繼培箋：「適，宜也。」分，當訓「限」。《廣韻》：「扶問切，去問奉。諄部。」《莊子·秋水》：「約分之至也。」成玄英疏：「分，限也。」《玉篇·八部》：「分，限也。」

〔一四〕**引而伸之**

【集引】

《易·繫辭上》：「引而伸之，觸類而長之。」清江沅《説文解字注後叙》：「本義明而後餘義明，引伸之義亦明。」

【發義】

蓋謂引伸觸類之，始得貫通其旨。

〔一五〕**思贍者善敷**

【集引】

《後漢書·班彪列傳下〈論〉》：「（司馬）遷文直而事覈，（班）固文贍而事詳。」《穆天子傳》：「敷筵席，設几。」

【發義】

發慮在心，心慮所行，文思充足者，善於鋪陳擴展。

〔一六〕**才覈者善删**

〔集引〕

唐白居易《長慶集·策林六八〈議文章〉》：「今褒貶之文無覈實，則懲勸之道缺矣。」

【發義】

運才於實者，善於删繁化簡。

〔一七〕**昔謝艾王濟**

〔集引〕

《晉書·張重華傳》：「主簿謝艾，兼資文武。」

【發義】

謝艾，東晉涼州牧張重華之屬官。王濟，晉太原晉陽人，字武子，王渾子。善《易》及《莊》《老》。累官至侍中。

〔一八〕至如士衡才優，而綴辭尤繁

〖集引〗

《世説新語》劉孝標注引《文章傳》曰：「機（士衡）善屬文，司空張華見其文章，篇篇稱善；猶譏其作文大治，謂曰：『人之作文，患於不才，至子爲文，乃患太多也。』」又：「孫興公云：『……陸（士衡）文深而蕪。』」

【發義】

陸機文才優勝，修飾文辭過於繁蕪。

〔一九〕而稱清新相接，不以爲病

〖集引〗

《陸清河集·與兄（陸）機書》：「兄文章之高遠絶異，不可復稱言，然猶皆欲微多，但清新相接，不以此爲病耳。」

【發義】

而稱清麗新穎相接，不以爲缺點也。

〔二一〇〕夫美錦製衣，脩短有度

〔集引〕

《左傳·襄公三十一年》：「子産曰：『……子有美錦，不使人學製焉。』」杜預注：「製，裁也。」

【發義】

文之裁製，長短有度。

〔二一一〕而文賦以爲榛楛勿剪，庸音足曲

〔集引〕

《文選·陸機〈文賦〉》：「彼榛楛之勿翦，亦蒙榮於集翠。」又：「放庸音以足曲。」

【發義】

其識非不清照，乃其情苦於芟繁也。

〔一二二〕**夫百節成體，共資榮衛**

〔**集引**〕

《抱朴子内篇·道意》：「若乃精靈困於煩擾，榮衛消於役用，煎熬形氣，刻削天和。」

【**發義**】

榮衛者，氣血也。蓋文之形氣既成，乃資營周不休。

〔一二三〕**辭如川流，溢則汎濫**

〔**集引**〕

《詩·大雅·常武》：「如川之流。」《文選·王儉〈褚淵碑文〉》李善注引蔡邕《何休碑》：「辭述川流。」

【**發義**】

文辭過溢，其若川流，汎濫矣。

〔二四〕芟繁剪穢，弛於負擔

【集引】

《左傳·莊公二十二年》：「赦其不閑於教訓，而免於罪戾，弛於負擔。」杜預注：「弛，去離也。」

【發義】

蓋鎔裁在於删去繁縟，剪裁雜亂，去離負擔也。

聲律第三十三

夫音律所始，本於人聲者也〔一〕。聲含宫商，肇自血氣〔二〕，先王因之以制樂歌，故知器寫人聲〔三〕，聲非學器者也。故言語者，文章神明，樞機吐納，律呂脣吻而已〔四〕。古之教歌，先揆以法〔五〕，使疾呼中宫，徐呼中徵。夫商徵響高，宫羽聲下，抗喉矯舌之差，攢脣激齒之異，廉肉相準，皎然可分〔六〕。今操琴不調，必知改張〔七〕，摘文乖張，而不識所調〔八〕。響在彼弦，乃得克諧，聲萌我心，更失和律，其故何哉？良由内聽難爲聰也。故外聽之易，弦以手定；内聽之難，聲與心紛。可以數求，難以辭逐。凡聲有飛沈，響有雙疊，雙聲隔字而每舛，疊韻雜句而必睽〔九〕；沈則響發而斷，飛則聲颺不還。並轆轤交往，逆鱗相比〔一〇〕，迂其際會，則往蹇來連〔一一〕，其爲疾病，亦文家之吃也〔一二〕。夫吃文爲患，生於好詭，逐新趣異，故喉脣糺紛；將欲解結，務在剛斷。左礙而尋右，末滯而討前，則聲轉於吻，玲玲如振玉；辭靡於耳，纍纍如貫珠矣〔一三〕。是以聲畫妍蚩，寄在吟詠〔一四〕，吟詠滋味，流於字句，氣力窮於和韻〔一五〕。異音相從謂之和，同聲相應謂之韻。韻氣一定，故餘聲易遺，和體抑揚，故遺響難契〔一六〕。屬筆易巧，選和至難，綴文難精，而作韻甚易，雖纖意曲變，非可縷言，然振其大綱，不出茲論。

若夫宮商大和，譬諸吹籥〔一七〕，翻迴取均，頗似調瑟〔一八〕。瑟資移柱，故有時而乖貳〔一九〕；籥含定管，故無往而不壹。陳思潘岳，吹籥之調也〔二〇〕；陸機左思，瑟柱之和也〔二一〕。概舉而推，可以類見。又詩人綜韻，率多清切〔二二〕；楚辭辭楚，故訛韻實繁〔二三〕。及張華論韻，謂士衡多楚，文賦亦稱知楚不易〔二四〕，可謂銜靈均之聲餘，失黃鍾之正響也〔二五〕。凡切韻之動，勢若轉圜〔二六〕；訛音之作，甚於枘方〔二七〕；免乎枘方，則無大過矣〔二八〕。練才洞鑒〔二九〕，剖字鑽響，識疎闊略〔三〇〕，隨音所遇，若長風之過籟〔三一〕，南郭之吹竽耳〔三二〕。古之佩玉，左宮右徵〔三三〕，以節其步，聲不失序，音以律文，其可忘哉〔三四〕！

贊曰：標情務遠，比音則近〔三五〕。吹律胸臆，調鍾脣吻〔三六〕。聲得鹽梅，響滑榆槿〔三七〕。割棄支離，宮商難隱。

【發義】

五音所發，六呂所和。

聲發乎心，内聽非在乎外求，和體抑揚，遺響難契。文依乎情，外舒乃合乎内聽，代言頓挫，屬韻易乖。情發肺腑，則感物而韻揚；聲流脣吻，則合節而律應。

〔一〕夫音律所始，本於人聲者也

〔集引〕

《禮記·樂記》：「凡音之起，由人心生也；人心之動，物使之然也。感於物而動，故形於聲。」鄭玄注：「宫、商、角、徵、羽，雜比曰音，單出曰聲。形，猶見也。」又：「凡音者，生人心者也。情動於中，故形於聲；聲成文，謂之音。」

【發義】

五音六律所始，原於人之聲音也。

〔二〕**聲含宮商，肇自血氣**

〔**集引**〕

《白虎通德論·姓名》：「人含五常而生，聲有五音：宮、商、角、徵、羽。」

【**發義**】

聲含有宮商，發端於感情。

〔**雍案**〕

含，何本、凌本、梁本、祕書本、尚古本、岡本、王本、鄭藏鈔本並作「合」。楊明照《校注》云：「按『合』字非是。『聲含宮商』，猶言聲含有宮商耳，非謂其合於宮商也。《白虎通德論·姓名篇》：『人含五常而生，聲有五音：宮，商，角，徵，羽。』」楊説是也。含，函也。《説文·口部》朱駿聲《通訓定聲》：「含，以函爲之。」

〔三〕**故知器寫人聲**

〔**集引**〕

《易·繫辭上》：「形而上者謂之道，形而下者謂之器。」《淮南子·本經訓》：「雷震霆之聲，可以鼓鐘寫也。」高誘注：「寫，猶放斁也。」

【發義】

器者，有形者也。故知器者，放斁人聲也。

〔四〕**文章神明，樞機吐納，律吕脣吻而已**

【集引】

《荀子·勸學》：「積善成德，而神明自得，聖心備焉。」《莊子·齊物論》：「勞神明爲一，而不知其同也。」《易·繫辭上》：「言行，君子之樞機。」唐劉知幾《史通·浮詞》：「夫人樞機之發，亹亹不窮，必有徐音足句，爲其始末。」

【發義】

文章關乎精神與智慧，言語之發，吐納聲文而爲律吕。

〔五〕**先揆以法**

【集引】

《韓非子·外儲説右上》：「教歌者，先揆以法，疾呼中宫，徐呼中徵。」

【發義】

古之教歌，先揆度以法，既揆以法，聲自合耳。

〔六〕**廉肉相準，皎然可分**

〔集引〕

《禮記·樂記》：「先王耻其亂，故制雅頌之聲以道之……使其曲直繁瘠廉肉節奏，足以感動人之善心而已矣。」鄭玄注：「繁瘠廉肉，聲之鴻殺也。」

【發義】

鴻，乃指強也；殺，乃指弱也。蓋謂音之尖鋭飽滿相合，強弱明白可分。廉，棱角，尖鋭也。肉，肥滿，豐滿也。

〔七〕**今操琴不調，必知改張**

〔集引〕

《漢書·董仲舒傳》：「竊譬之琴瑟不調，甚者，必解而更張之，乃可鼓也。」

【發義】

操琴而音不協調，必知而改張。

〔八〕**摛文乖張，而不識所調**

〖集引〗

《廣弘明集·孝思賦》：「何在我而不爾，與二氣而乖張。」

【發義】

摛文不順，而不識所調也。

〖雍案〗

摛，何本、凌本、梁本、天啟梅本、祕書本、尚古本、岡本、王本、張松孫本、鄭藏鈔本、崇文本並作「摛」。楊明照《校注》云：「按『摛』字是。《樂府》《詮賦》《銘箴》《程器》四篇，並有『摛文』連文之句。左思《七諷》：『摛文潤世。』（《書鈔》一百引（嚴可均《全晉文》卷七四佚此條））」《説文·手部》：「摛，舒也。从手，離聲。」徐鍇《繫傳》：「摛，以手舒之也。」

〔九〕**雙聲隔字而每舛，疊韻雜句而必暌**

〔集引〕

《南史·謝莊傳》：「王玄謨問莊：『何者爲雙聲？何者爲疊韻？』答曰：『玄護爲雙聲，碻磝爲疊韻。』」

【發義】

雙聲字隔而每不合，疊韻句雜而必分離。

〔一〇〕**並轆轤交往，逆鱗相比**

〔集引〕

宋嚴羽《滄浪詩話·詩體》：「有轆轤韻者，雙出雙入。」王瑋慶注：「案轆轤韻格，有單轆轤者，單出單入，兩句一換韻也。雙轆轤者，雙出雙入，四句一换韻也。」

【發義】

聲並轆轤之圓轉，韻若逆鱗之排列。

〔一一〕迂其際會，則往蹇來連

〔集引〕

《漢書・王莽傳〈太后詔〉》：「安漢公莽輔政三世，比遭際會，安光漢室，遂同殊風。」漢王充《論衡・偶會》：「聖主龍興於倉卒，良輔超拔於際會。」《易・蹇》：「往蹇來連。」王弼注：「往則無應，來則乘剛；往來皆難，故曰往蹇來連。」

【發義】

迕其時機遇合，則往來皆難。彥和此語用《易・蹇》六四爻辭。孔穎達疏：「蹇，難也。……馬（融）云：『連，亦難也。』」

〔雍案〕

《四聲論》篇引，蹇，作「謇」；連，作「替」。楊明照《校注》云：「按『蹇』『謇』通用，『替』字非是。舍人此語用《易・蹇》六四爻辭。孔疏：『蹇，難也。……馬（融）云：「連，亦難也。」』」「蹇」與「謇」，古今字，義爲難也。《方言》卷六：「蹇，難也。」錢繹《箋疏》：「『蹇』『謇』，古今字。」《説文・足部》朱駿聲《通訓定聲》：「蹇，亦作『謇』。」《易經異文釋》卷三：「蹇，《衆經音義》十引作謇。六二，『王臣蹇蹇』，漢《衛尉衡方碑》作『謇謇王臣』，王逸《離騷注》、後漢楊震《傳論注》、魏陳群《傳注》《文選・辯亡論注》皆引作『謇謇』。」《文選・袁宏〈三國名臣序贊〉》：「伯言蹇蹇。」舊注：「五臣本『蹇蹇』作『謇謇』。」《易・蹇》：「往蹇來連。」李鼎祚《集解》引虞翻曰：「蹇，難也。」陸德明《釋文》引馬云：「連，亦難也。」《説文・足部》段玉裁注：「行難謂之蹇，言難亦謂之蹇。」《集韻・獮韻》：「連，難也。」《漢書・揚雄傳下》：「孟軻雖連蹇，猶爲萬乘師。」顔師古注引張晏曰：「連蹇，難也。」《莊子・大宗師》：「連乎其似好閉也。」陸德明《釋文》引崔云：「連，連蹇也。」

〔一二〕亦文家之吃也

〔集引〕

《史記・老子韓非列傳》：「非爲人口吃，不能道説，而善著書。」

【發義】

文家手善於文，而口吃於言也。

〔一三〕纍纍如貫珠矣

〔集引〕

《禮記·樂記》：「故歌者上如抗，下如隊，曲如折……纍纍乎端如貫珠。」唐白居易《長慶集·和新樓北園偶集》詩：「歌聲凝貫珠，舞袖飄亂麻。」

【發義】

連續不絶若聲音之圓潤美妙。

〔一四〕是以聲畫妍蚩，寄在吟詠

〔集引〕

揚雄《法言·問神》：「故言，心聲也；書，心畫也。聲畫形，君子小人見矣。」李軌注：「聲發成言，畫紙成書。書有文質，言有史野。二者之來，皆由於心。」

【發義】

是以心聲並心畫之妍蚩，寄託於吟詠。

〔雍案〕

蚩，何本、梁本、清謹軒本、尚古本、岡本、文溯本、王本、鄭藏鈔本、崇文本並作「媸」。楊明照《校注》云：「按『媸』字《説文》所無，古多以『蚩』爲之。《後漢書·文苑下·趙壹傳》：『孰知辨其蚩妍。』《文選·文賦》：『妍蚩好惡。』江淹《雜體詩·孫廷尉首》：『浪迹無蚩妍。』劉峻《辨命論》：『而謬生妍蚩。』並不作『媸』。本書以『妍蚩』連文者凡四處，各本亦多作『蚩』。此文《四聲論》篇所引，亦作『蚩』。則舍人原皆作『蚩』可知矣。」「蚩」與「媸」，古今字，音義同。唐劉知幾《史通·史官建置》有：「向使世無竹帛，時闕史官……則善惡不分，妍媸永滅者矣。」

〔一五〕吟詠滋味，流於字句，氣力窮於和韻

〔集引〕

《梁書·鍾嶸傳〈詩品序〉》：「五言居文辭之要，是衆作之有滋味者也。」

【發義】

意味流於下句，氣力盡於和韻。

〔雍案〕

「吟詠」二字乃衍，「字」乃「下」之譌也。「滋味流於下句」，與「氣力窮於和韻」屬對。楊明

照《校注》云：「按『吟詠』二字原係誤衍，何本、徐校本、天啟梅本是也。孫氏不審，而欲再增『字句』二字以彌縫之，非是。『下』字未誤，弘治本、活字本、汪本、佘本、張本、兩京本、王批本、胡本、訓故本亦並作『下』；《詩紀別集》二引同。商改爲『字』非。《四聲論》篇引，正作『滋味流於下句』。當據訂。」滋味，泛指味道，亦引申爲意味也。《玄應音義》卷三「滋味」注：「滋，潤也。」《文選·嵇康〈與山巨源絶交書〉》：「去滋味。」吕向注：「滋味，美味也。」《吕氏春秋·適音》：「口之情欲滋味。」高誘注：「欲美味也。」《禮記·月令》：「薄滋味，毋致和，節耆欲，定心氣。」南唐李煜《李後主詞·相見歡》：「别是一般滋味在心頭。」

〔一六〕和體抑揚，故遺響難契

〔集引〕

《慧琳音義》卷八「抑挫」注引賈逵注《國語》：「抑，止也。」《文選·盧諶〈贈劉琨〉》：「如樂之契。」吕向注：「契，合也。」

【發義】

和體易抑止，故遺響難契合。

【雍案】

遺，岡本作「遺」。尚古本同。楊明照《校注》云：「按岡本蓋涉上而誤。『遺響』與『餘聲』對文。《文選·洞簫賦》有「吟氣遺響」語」遺，餘也。《文選·張衡〈西京賦〉》：「遺光儵爚。」薛綜注：「遺，餘也。」宋蘇轍《真興寺閣》詩：「蕭然倚楹嘯，遺響入雲霄。」明胡應麟《詩藪·古體下》：「《木蘭歌》是晉人擬古樂府……尚協東京遺響。」清周亮工《書影》卷一〇：「義山之詩，乃詩人之緒音，屈宋之遺響，蓋得子美之深而變出之者也。」清平步青《霞外攟屑·詩話·費鹿峰詩箋》：「泛然酬應之作，猶是七子遺響。」亦以「遺響」連文。

〔一七〕譬諸吹籥

【集引】

《公羊傳·宣公八年》「去籥」注：「籥，所吹以節舞也。吹籥而舞，文樂之長。」

【發義】

古之有吹籥，與羽並執作舞器，吹以節舞，蓋文樂之長也。

〔一八〕**翻迴取均，頗似調瑟**

〔**集引**〕

《新唐書·楊收傳》：「夫旋宮以七聲爲均，均，言韻也。」揚雄《法言》：「以往聖人之法治將來，譬猶膠柱而調瑟。」

【**發義**】

均者，均鍾。用以度鍾之大小清濁也。翻迴取均，調律所以立均出度也。蓋頗似移柱調瑟。

〔一九〕**瑟資移柱，故有時而乖貳**

〔**集引**〕

《淮南子·氾論訓》：「譬猶師曠之施瑟柱也，所推移上下者，無寸尺之度，而靡不中音。」《鹽鐵論·相刺》：「膠柱而調瑟，固而難合矣。」

【**發義**】

瑟憑移柱，故有時而失調。

〔二一〇〕陳思潘岳，吹籥之調也

〖集引〗

《詩·邶風·簡兮》：「左手執籥，右手秉翟。」毛萇傳：「籥，六孔。」陸德明《釋文》：「以竹爲之，長三尺，執之以舞。」

【發義】

曹植、潘岳之作，無往不協，乃正聲也。

〔二一一〕陸機左思，瑟柱之和也

〖集引〗

《淮南子·氾論訓》：「譬猶師曠之施瑟柱也，所推移上下者，無寸尺之度，而靡不中音。」

【發義】

陸機、左思之作，中雜方言，律有乖違。

〖雍案〗

瑟柱者，瑟上架弦之柱，又曰弦柱也。

〔一二二〕又詩人綜韻，率多清切

〔集引〕

唐杜甫《杜工部草堂詩箋·樂遊園歌》：「拂水低徊舞袖翻，緣雲清切歌聲上。」

【發義】

詩人兼綜其韻，率多聲音清徹。

〔一二三〕楚辭辭楚，故訛韻實繁

〔集引〕

《詩·小雅·節南山》：「式訛爾心，以畜萬邦。」

【發義】

《楚辭》用楚音而成，故其化音實繁。

〔二四〕及張華論韻，謂士衡多楚，文賦亦稱知楚不易

〔**集引**〕

《大戴禮記·禮察》：「莫如安審取舍。」王聘珍《解詁》：「取，謂所擇用也。」

【**發義**】

陸機所作多楚音，蓋多而累寡，不能易之。

〔二五〕可謂銜靈均之聲餘，失黃鍾之正響也

〔**集引**〕

《楚辭·屈原〈離騷〉》：「皇覽揆余初度兮，肇錫余以嘉名。名余曰正則兮，字余曰靈均。」

【**發義**】

士衡既多楚音，實乃銜屈原之餘聲，失黃鍾之正響也。

〔**雍案**〕

「聲餘」二字當乙。「銜靈均之餘聲」，與「失黃鍾之正響」屬對。

〔二六〕凡切韻之動，勢若轉圜

〖集引〗

《漢書·楊胡朱梅云傳》：「昔高祖納善若不及，從諫若轉圜。」顏師古注：「轉圜，言其順也。」

【發義】

凡切合聲韻之動，則勢若圓轉而順也。

〔二七〕訛音之作，甚於枘方

〖集引〗

《楚辭·宋玉〈九辯〉》：「圜鑿而方枘兮，吾固知其鉏鋙而難入。」

【發義】

訛音之作難諧，若枘鑿之方圓，兩不相合也。

〔二一八〕 則無大過矣

〔集引〕

《論語·述而》：「子曰：『加我數年，五十以學《易》，可以無大過矣。』」

【發義】

則無大過失矣。

〔二一九〕 練才洞鑒

〔集引〕

《晉書·郭璞傳〈客傲〉》：「無巖穴而冥寂，無江湖而放浪，玄悟不以應機，洞鑑不以昭曠。」

【發義】

練熟才能，深明通曉。

〔三〇〕識疎闊略

〔集引〕

《説文・疋部》朱駿聲《通訓定聲》：「疋者，破包足動也。孕則塞，生則通。因轉注爲開通分遠之誼，俗字作疎。」《漢書・王莽傳》：「願陛下愛精休神，闊略思慮。」顔師古注：「闊，寬也。略，簡也。」

【發義】

疏通無塞，辨别寬簡。

〔雍案〕

「識疎」二字當乙。

〔三一〕若長風之過籟

〔集引〕

《文子・自然》：「若風之過簫，忽然而感之，各以清濁應。」《淮南子・齊俗訓》：「若風之遇簫，忽然感之，各以清濁應矣。」許慎注：「簫，籟也。」《酉陽雜俎·貶誤》高誘注：「清，商；濁，宫也。」《莊子·齊物論》：「地籟則衆竅是已，人籟則比竹是已，敢問天籟。」

【發義】

若長風之過所發出之聲音也。

〔三二〕 **南郭之吹竽耳**

〔集引〕

《韓非子·内儲説上》：「齊宣王使人吹竽，必三百人。南郭處士請爲王吹竽，宣王説之，廩食以數百人。宣王死，湣王立，好一一聽之，處士逃。」

【發義】

南郭之吹竽，虚而無聲響也。

〔三三〕 **古之佩玉，左宫右徵**

〔集引〕

《禮記·玉藻》：「古之君子必佩玉，右徵角，左宫羽，趨以采齊，行以肆夏。」

【發義】

古之君子必佩玉，係徵角宮羽，趨以《采齊》樂曲，行以《肆夏》樂曲。《采齊》，又曰《采茨》，古樂章也；《肆夏》，古樂章也。《左傳·襄公四年》：「穆叔如晉，報知武子之聘也，晉侯享之。金奏《肆夏》之三，不拜。」杜預注：「《肆夏》，樂曲名。《周禮》以鐘鼓奏《九夏》，其二曰《肆夏》。」

〔三四〕**聲不失序，音以律文，其可忘哉**

〔**集引**〕

《詩·大雅·行葦》：「序賓以賢。」《説文·彳部》：「律，均布也。」

【發義】

聲不失其次序，音以均布其美善，其可忘哉。

〔**雍案**〕

黄叔琳校云：「王本作『忽』。」忘，乃「忽」之譌。《文心雕龍·書記》：「豈可忽哉！」辭意與此同，可證。《漢書·孝成許皇后傳》：「豈可以忽哉。」顔師古注：「忽，怠忘也。」

〔三五〕**標情務遠，比音則近**

〔**集引**〕

《文選・嵇康〈琴賦〉》：「莫近於音聲也。」李周翰注：「近，猶過也。」

【**發義**】

表其情而務遠，連次其音則過也。

〔三六〕**吹律胸臆，調鍾脣吻**

〔**集引**〕

《漢書・揚雄傳》：「師曠之調鍾，竢知音者之在後也。」顔師古注：「晉平公鍾，工者以爲調矣。師曠曰：『臣竊聽之，知其不調也。』至於師涓，而果知鍾之不調。是師曠欲善調之鍾，爲後世之有知音。」

【**發義**】

吹律發於内，調聲振於脣吻。

【雍案】

鍾，元本、弘治本、活字本、汪本、佘本、張本、兩京本、王批本、何本、訓故本、梅本、凌本、合刻本、祕書本、謝鈔本、文溯本、王本、鄭藏鈔本、張松孫本作「鐘」。《喻林》引同。按「鍾」與「鐘」，古字通用。詳訓見本書《書記》「黄鐘調起」條。

〔三七〕聲得鹽梅，響滑榆槿

【集引】

《書·説命下》：「若作和羹，爾惟鹽梅。」枚頤傳：「鹽，鹹。梅，醋。羹須鹹醋以和之。」《禮記·内則》：「堇荁枌榆免薨滫瀡以滑之。」陳澔注：「堇，菜名。荁似堇而葉大。榆之白者名枌。免，新鮮者，薨，乾陳者；言堇荁枌榆四物或用新或用舊也。滫，《説文》：『久泔也。瀡，滑也。滫瀡，滫之滑者也。』」又：「荁音丸。免音問。薨音考。滫，思酒切。瀡音髓。」

【發義】

聲得和之，響滑潤之。

章句第三十四

夫設情有宅，置言有位〔一〕；宅情曰章，位言曰句〔二〕。故章者，明也；句者，局也〔三〕。局言者聯字以分疆，明情者總義以包體，區畛相異〔四〕，而衢路交通矣〔五〕。夫人之立言，因字而生句，積句而成章，積章而成篇〔六〕。篇之彪炳，章無疵也；章之明靡，句無玷也；句之清英，字不妄也〔七〕；振本而末從，知一而萬畢矣〔八〕。

夫裁文匠筆，篇有小大；離章合句，調有緩急。隨變適會〔九〕，莫見定準。句司數字，待相接以爲用；章總一義，須意窮而成體。其控引情理，送迎際會〔一〇〕，譬舞容迴環，而有綴兆之位〔一一〕；歌聲靡曼，而有抗墜之節也〔一二〕。尋詩人擬喻，雖斷章取義，然章句在篇，如繭之抽緒〔一三〕，原始要終，體必鱗次〔一四〕。啟行之辭，逆萌中篇之意〔一五〕；絶筆之言，追媵前句之旨。故能外文綺交，内義脈注〔一六〕，跗萼相銜，首尾一體〔一七〕。若辭失其朋，則羈旅而無友〔一八〕；事乖其次，則飄寓而不安。是以搜句忌於顛倒，裁章貴於順序，斯固情趣之指歸，文筆之同致也〔一九〕。若夫筆句無常，而字有條數，四字密而不促，六字格而非緩，或變之以三五，蓋應機之權節也〔二〇〕。至於詩頌大體，以四言爲正，唯祈父肇禋〔二一〕，以二言爲句。尋二言肇於黄世，竹彈之謡是也；三言興於虞時，元首之詩是也〔二二〕；四言廣於夏年，洛汭之歌是也〔二三〕；五言見於周代，行露之章是也〔二四〕；六言七言，雜出詩騷；而體之篇成於兩漢。情數運周，隨時代用矣〔二五〕。

若乃改韻從調，所以節文辭氣〔二六〕，賈誼枚乘，兩韻輒易；劉歆桓譚，百句不遷。亦各有其志也。昔魏武論賦，嫌於積韻，而善於資代〔二七〕。陸雲亦稱四言轉句，以四句爲佳。觀彼制韻，志同枚賈。然兩韻輒易，則聲韻微躁，百句不遷，則唇吻告勞〔二八〕；妙才激揚，雖觸思利貞〔二九〕，曷若折之中和，庶保無咎。

又詩人以兮字入於句限，楚辭用之，字出句外。尋兮字成句，乃語助餘聲，舜詠南風，用之久矣，而魏武弗好，豈不以無益文義耶！至於夫惟蓋故者，發端之首唱；之而於以者，乃劄句之舊體；乎哉矣也，亦送末之常科。據事似閑，在用實切。巧者迴運，彌縫文體，將令數句之外，得一字之助矣。外字難謬〔三〇〕，況章句歟？

贊曰：斷章有檢，積句不恒〔三一〕。理資配主，辭忌失朋〔三二〕。環情草調，宛轉相騰。離合同異，以盡厥能〔三三〕。

【發義】

積句成章，因字生句。

安章明通事理之會，在乎總義包體；造句巧變天機之合，在乎宅情位言。任機無常，挈綱有秩。

〔一〕夫設情有宅，置言有位

【集引】

《說文·宀部》：「宅，所託也。」桂馥《義證》：「《御覽》引作人所託也。」《說文句讀·宀部》：「宅，託也，人所投託也。」《周禮·夏官·太僕》：「掌正王之服位。」鄭玄注：「位，立處也。」《管子·心術上》：「位者，謂其所立也。」

【發義】

設情有所寄託，置言有所立處。

〔二〕**宅情曰章，位言曰句**

〔**集引**〕

《孟子·盡心上》：「君子之志於道也，不成章不達。」《漢書·王子侯表上》：「句容哀侯黨。」顔師古注：「句，讀爲章句之句。」《集韻·遇韻》：「句，詞絶也。」《孟子·梁惠王上》：「梁惠王章句上。」孫奭疏：「句者，辭之絶也。」《説文·句部》朱駿聲《通訓定聲》引周伯琦曰：「語絶爲句。」

【**發義**】

寄託情感成文曰章，所立言語曰句。

〔三〕**故章者，明也；句者，局也**

〔**集引**〕

《詩·周南·關雎》鄭玄疏：「句必聯字而言，句者，局也，聯字分疆，所以局言者也。章者，明也，總義包體，所以明情者也。」《禮記·曲禮上》：「進退有度，左右有局，各司其局。」鄭玄注：

「局，部分也。」

【發義】

章以總義包體，明述感情也。句以聯字分疆，部分言辭也。

〔四〕區畛相異

〔集引〕

《周禮·地官·遂人》：「十夫有溝，溝上有畛。」

【發義】

範圍大小相異。

〔五〕而衢路交通矣

〔集引〕

《公羊傳·宣公十二年》：「放乎路衢。」何休注：「道四達謂之衢。」

【發義】

而道路彼此交接相通矣。

〔六〕**夫人之立言，因字而生句，積句而成章，積章而成篇**

〔集引〕

《論衡·正説》：「文字有意以立句，句有數以連章，章有體以成篇。」

【發義】

夫人之抒意立言，蓋運字出句，集句而爲章，集章而成篇也。

〔雍案〕

成章，元本、弘治本、汪本、佘本、張本、兩京本、王批本、胡本、訓故本、文津本作「爲章」。文溯本將「爲」剜改爲「成」，《翰苑新書序》《唐音癸籤》四引同。「成」字重出，失當，「爲章」是也。

〔七〕**句之清英，字不妄也**

〔集引〕

《後漢書·文苑列傳下·邊讓傳》：「（蔡邕）薦（讓）於何進曰：『伏惟幕府初開，博選清英。』」《文選·班固〈西都賦〉》：「鮮顥氣之清英。」《晉書·文苑傳〈序〉》：「綜採繁縟，杼軸清英。」《文選·蕭統〈文選序〉》：「自非略其蕪穢，集其清英。」吕延濟注：「清英，喻善也。」《易》「無妄」陸德明《釋文》：「無妄，無虚妄也。」

【發義】

句之精萃，字不虚妄也。

〔雍案〕

清，何本、凌本、梁本、清謹軒本、尚古本、岡本、王本、鄭藏鈔本作「青」。楊明照《校注》云：「按『青』字非是。《時序篇》『結藻清英』，《程器篇》『昔庾元規才華清英』，亦並作『清英』。《文選〈西都賦〉》：『鮮顥氣之清英。』『清英』二字即出於此。」

〔八〕知一而萬畢矣

〔集引〕

《莊子·天地》：「記曰：『通於一而萬事畢。』」

【發義】

知於一，而盡於萬矣。

〔九〕隨變適會

〔集引〕

《易·繫辭上》：「唯變所適。」韓康伯注：「變動貴於適時，趣舍存乎會也。」

【發義】

隨其變化而適會於時。

〔一〇〕其控引情理，送迎際會

〔集引〕

宋吕南公《灌園集·夢寐》詩：「别恨不堪詩控引，高情猶賴酒分張。」

【發義】

其控制情理，取捨得當。

〔一一〕譬舞容迴環，而有綴兆之位

〔集引〕

《荀子·樂論》：「執其干戚，習其俯仰屈伸，而容貌得莊焉；行其綴兆，要其節奏，而行列得正焉。」《禮記·樂記》：「行其綴兆，要其節奏，行列得正焉。」鄭玄注：「綴，表也，所以表行列也。……兆，域也，舞者進退所至也。」

【發義】

譬舞容回環，而有行列得正之位。

〔一二〕歌聲靡曼，而有抗墜之節也

〔集引〕

《禮記·樂記》：「故歌者上如抗，下如隊，曲如折，止如槁木。」

【發義】

歌聲柔美，而有高低抑揚之節奏也。

〔一三〕如繭之抽緒

〔集引〕

《文選·張衡〈南都賦〉》：「白鶴飛兮繭曳緒。」李周翰注：「猶蠶繭曳絲緒而相連。」

【發義】

章句在篇，若蠶繭曳絲緒聯綴不斷。

〔一四〕原始要終，體必鱗次

〔集引〕

《易·繫辭下》：「易之爲書也，原始要終，以爲質也。」《論衡·實知》：「亦揆端推類，原始見終。」《集解》引崔憬曰：「質，體也。言易之爲書，原窮其事之初，若『初九潛龍勿用』，是原始也；又要會其事之末，若『上九亢龍有悔』，是要終也。」杜預《春秋左傳集解序》：「將令學者原始要終，尋其枝葉，究其所窮。」《藝文類聚》《文選·張華〈勵志詩〉》「四氣鱗次」句引李尤《辟雍賦》：「王公群后，卿士具集。攢羅鱗次，差池雜遝。」《文選·潘岳〈射雉賦〉》：「綠柏參差，文翮鱗次。」李周翰注：「文如鳥翮，又似魚鱗之相次。」

【發義】

探究事物發展之源起終結，體必若魚鱗相次也。

〔一五〕啟行之辭，逆萌中篇之意

〔集引〕

《詩·小雅·六月》：「元戎十乘，以先啟行。」《三國志·蜀書·諸葛亮傳》：「於是以亮爲右將軍行丞相事。」杜預注引《漢晉春秋》亮上言：「凡事如是，難可逆見。」

【發義】

開始行文，預先萌發中篇之意。

〔一六〕故能外文綺交，內義脈注

〔集引〕

《梁簡文帝集·贈張纘詩》：「綺思曖霞飛，清文煥飈轉。」

【發義】

外之文采，華美交映。内之義旨，脈絡貫注。

〔一七〕**跗蕚相銜，首尾一體**

〔集引〕

《詩·小雅·常棣》：「鄂不韡韡。」鄭玄箋：「承華者曰鄂。不當作拊。拊，鄂足也。」鄭玄疏：「鄭以爲華下有鄂，鄂下有拊……由華以覆鄂，鄂以承華……華鄂相覆而光明，猶兄弟相順而榮顯。」

【發義】

跗蕚相銜，關係密切，蓋謂首尾一體。

〔一八〕**若辭失其朋，則羈旅而無友**

〔集引〕

《楚辭·宋玉〈九辯〉》：「廓落兮，羈旅而無友生。」《文選·張衡〈思玄賦〉》：「顧羈旅而無友兮。」

【發義】

若辭失同類，則如寄居作客，而無友也。

〔雍案〕

朋，黃叔琳校云：「元作『明』。」徐𤊹云：「玩贊語，（明）當作『朋』。」何本、訓故本、謝鈔本、清謹軒本、岡本並作「朋」。《文通》引同。楊明照《校注》云：「徐校梅改是也。」朋，類也。同類謂之朋。《廣雅·釋詁三》：「朋，類也。」《太玄·釋》：「失澤朋。」范望注：「朋，類也。」《論語·學而》：「有朋自遠方來。」朱熹《集注》：「朋，同類也。」《易·損》：「十朋之龜。」李鼎祚《集解》引侯果曰：「朋，類也。」《易·坤》：「利西南得朋。」惠棟述：「同類爲朋。」

〔一九〕斯固情趣之指歸，文筆之同致也

〔集引〕

《後漢書·杜欒劉李劉謝列傳》：「所與交友，必也同志，好尚或殊，富貴不求合；情趣苟同，貧賤不易意。」

【發義】

斯固情趣之意旨歸向，文筆之相同趨向。

〔二〇〕蓋應機之權節也

【集引】

《禮記·中庸》：「喜怒哀樂之未發，謂之中；發而皆中節，謂之和。」

【發義】

權者反經而合道，然後有善者也。蓋謂應機之變通適度也。

〔二一〕唯祈父肇禋

【集引】

《詩·小雅·祈父》：「祈父，予王之爪牙。」毛萇傳：「祈父，司馬也。」《詩·周頌·維清》：「肇禋，迄用有成，維周之禎。」

【發義】

唯祈父開始祭祀。祈父，周代官名，即司馬也。

〔一二一〕三言興於虞時，元首之詩是也

【集引】

《書·益稷》：「（帝庸）歌曰：『股肱喜哉，元首起哉，百工熙哉。』……（皋陶）乃賡載歌曰：『元首明哉，股肱良哉，庶事康哉。』」

【發義】

哉爲語助，以喜起熙、明良康爲韻，是三言也。

〔一二二〕四言廣於夏年，洛汭之歌是也

【集引】

《書·禹貢》：「伊、洛、瀍、澗，既入于河。」《説文》：「洛水出左馮翊、歸德、北夷界中，東南入渭。」《周禮·夏官·職方氏》：「其川涇、汭。」鄭玄注：「汭在豳地。」

【發義】

四言之體廣於夏代，夏國君太康之弟於洛水邊作《五子之歌》。

〔二四〕五言見於周代，行露之章是也

〔集引〕

《詩·召南·行露》：「誰謂雀無角，何以穿我屋？」

【發義】

五言之詩始見於周代，《行露》之章是也。

〔二五〕情數運周，隨時代用矣

〔集引〕

《後漢書·班梁列傳》：「臣前與官屬三十六人奉使絶域……於今五載，胡夷情數，臣頗識之。」

【發義】

情況運轉周迴，隨時更替而用矣。

〔二六〕若乃改韻從調，所以節文辭氣

〔集引〕

《禮記·檀弓下》：「辟踊，哀之至也。有筭，爲之節文也。」

【發義】

若乃變韻從調，所以節制修飾辭氣。

〔雍案〕

鈴木云：「按『從』疑作『徙』。」楊明照《校注》云：「按鈴木說是。《文選·嵇康〈琴賦〉》『改韻易調』，《晉書·文苑·袁宏傳》『移韻徙事』，可資旁證。姚振宗《隋書經籍志考證·別集類一》引作「改韻易調」，蓋以意改也。」《説文·辵部》：「辿，迻也。从辵，止聲。」《廣雅·釋言》《玉篇·彳部》：「徙，移也。」《莊子·逍遥遊》：「海運則將徙於南冥。」郭慶藩《集釋》引《説文》曰：「徙，迻也。」《荀子·禮論》：「象徙道也。」王先謙《集解》引郝懿行曰：「徙者，迻也。」《爾雅·釋詁下》：「遷、運，徙也。」邢昺疏：「徙，移徙也。」

〔二七〕昔魏武論賦，嫌於積韻，而善於資代

〔集引〕

《文選・陸機〈辨亡論上〉》：「險阻之利，俄然未改，而成敗貿理，古今詭趣，何哉？」呂向注：「《廣雅》曰：『貿，易也。』」《史記・項羽本紀》：「彼可取而代也。」

【發義】

魏武論賦語不可考，何焯疑爲魏文，未言所出。曹氏基命，籠絡吟詠，振其英響，頗有聲色，其嫌於積韻，而善於變化更替。

〔雍案〕

賦，《玉海》作「詩」，是也。資，《玉海》作「貿」，是也。此謂曹氏嫌於積韻，而善於變化更替也。

〔二八〕百句不遷，則脣吻告勞

〔集引〕

《左傳・昭公五年》：「吾子爲國政，未改禮而又遷之。」《文選・曹冏〈六代論〉》：「姦情散於

胷懷，逆謀消於脣吻。」

【發義】

百句不變易，則言辭告勞也。

〔雍案〕

唇，元本、弘治本、活字本、汪本、佘本、張本、兩京本、王批本、何本、胡本並作「脣」。「脣」字是也。脣吻，謂言辭也。唇，《說文·口部》曰：「驚也。」《玉篇·口部》《廣韻·真韻》《集韻·諄韻》皆同也。脣，《說文·肉部》曰：「口耑也。」王筠《句讀》引《白帖》：「脣者，舌之藩。」段玉裁注：「（脣，）口之厓也。」桂馥《義證》引《春秋元命苞》：「脣者，齒之垣。」《玉篇·肉部》《廣韻·諄韻》：「脣，口脣也。」《希麟音義》卷四「䑛脣」注引《切韻》：「脣，口脣也。」《釋名·釋形體》：「脣，緣也，口之緣也。」《資治通鑑·漢紀》云：「頗能弄脣吻。」

〔一一九〕妙才激揚，雖觸思利貞

〔集引〕

《楚辭·屈原〈離騷〉》注引漢班孟堅（固）《離騷序》：「雖非明智之器，可謂妙才者也。」《後漢書·虞傅蓋臧列傳》：「洪辭氣慷慨，聞其言者，無不激揚。」《易·繫辭上》：「引而伸之，觸類而長之，天下之能事畢矣。」孔穎達疏：「謂觸逢事類而增長之。」《易・乾・文言》：「利者義之和也，貞者事之幹也。」又：「利物足以和義，貞固足以幹事。」

【發義】

才藝出衆者，激動振奮，雖觸動構思順利貞正也。

〔三〇〕外字難謬

【集引】

《釋名・釋言語》：「難，憚也，人所忌憚也。」

【發義】

外加之字，虛也，蓋患其謬誤焉。

〔三一〕斷章有檢，積句不恒

【集引】

《文選・曹丕〈典論・論文〉》：「譬諸音樂，曲度雖均，節奏同檢。」李善注：「《蒼頡篇》曰：

『檢，法度也。』」《左傳・襄公二十八年》：「賦詩斷章，余取所求焉。」

【發義】

取其一章有法式，積句不恒常。

〔三二〕理資配主，辭忌失朋

【集引】

《易・豐》：「初九，遇其配主。」《太玄・釋》：「失澤朋。」范望注：「朋，類也。」

【發義】

旨奧資配於主，辭忌失其朋類。

〔三三〕環情草調，宛轉相騰。離合同異，以盡厥能

【集引】

《莊子・天下》：「椎拍輐斷，與物宛轉，捨是與非，苟可以免。」成玄英疏：「宛轉，變化也。」

《文選・王延壽〈魯靈光殿賦〉》：「揭蘧蘧而騰湊。」李周翰注：「騰，合也。」

【發義】

環繞心神之使，以從音節，使之宛轉相合。進而離同合異，以盡其能事。

〔雍案〕

草，黃叔琳校引孫云：「當作『節』。」楊明照《校注》云：「按孫說於文意雖通，於致誤之由則失，未可從也。疑原是『革』字，『草』其形誤。『革』，改也；《易·革卦》鄭注更也。《詩·大雅·皇矣》毛傳『革調』，即篇中『改韻從原作「從」，此依鈴木氏說改。調』之意也。徐𤊹亦校爲「革」，可謂先得我心。」《別雅》卷二：「革，更也。」玉搢注：「革即更之入聲字，聲義皆可相通。」

合同，黃叔琳校云：「王本作『同合』。」元本、弘治本、活字本、汪本、佘本、兩京本、王批本、何本、胡本、合刻本、梁本、清謹軒本、尚古本、岡本、四庫本、王本、鄭藏鈔本、崇文本並作「同合」。諸本作「同合」是也。「合同」二字當乙。

麗辭第三十五

造化賦形，支體必雙〔一〕，神理爲用，事不孤立〔二〕。夫心生文辭，運裁百慮〔三〕，高下相須，自然成對〔四〕。唐虞之世，辭未極文〔五〕，而皋陶贊云：罪疑惟輕，功疑惟重〔六〕。益陳謨云：滿招損，謙受益。豈營麗辭，率然對爾〔七〕。易之文繫，聖人之妙思也〔八〕。序乾四德，則句句相銜〔九〕；龍虎類感，則字字相儷〔一〇〕；乾坤易簡，則宛轉相承〔一一〕；日月往來，則隔行懸合〔一二〕。雖句字或殊，而偶意一也。至於詩人偶章，大夫聯辭，奇偶適變，不勞經營。自揚馬張蔡，崇盛麗辭，如宋畫吴冶，刻形鏤法〔一三〕，麗句與深采並流，偶意共逸韻俱發。至魏晉群才，析句彌密，聯字合趣，剖毫析釐。然契機者入巧，浮假者無功〔一四〕。

故麗辭之體，凡有四對：言對爲易，事對爲難，反對爲優，正對爲劣。言對者，雙比空辭者也；事對者，並舉人驗者也；反對者，理殊趣合者也；正對者，事異義同者也。長卿上林賦云：修容乎禮園，翱翔乎書圃。此言對之類也〔一五〕。宋玉神女賦云：毛嬙鄣袂，不足程式；西施掩面，比之無色。此事對之類也〔一六〕。仲宣登樓云：鍾儀幽而楚奏，莊舄顯而越吟。此反對之類也〔一七〕。孟陽七哀云：漢祖想枌榆，光武思白水。此正對之類也〔一八〕。凡偶辭胸臆，言對所以爲易也；徵人之學，事對所以爲難也〔一九〕；幽顯同志，反對所以爲優也〔二〇〕；並貴共心，正對所以爲劣也〔二一〕。又以事對，各有反正，指類而求，萬條自昭然矣。

張華詩稱：遊鴈比翼翔，歸鴻知接翮；劉琨詩言：宣尼悲獲麟，西狩泣孔丘。若斯重出，即對句之駢枝也〔二二〕。是以言對爲美，貴在精巧；事對所先，務在允當〔二三〕。若兩事相配，而優劣不均，是驥在左驂，駑爲右服也〔二四〕。若夫事或孤立，莫與相偶，是夔之一足，踸踔而行也〔二五〕。若氣無奇類，文乏異采〔二六〕，碌碌麗辭，則昏睡耳目〔二七〕。必使理圓事密，聯璧其章〔二八〕，迭用奇偶，節以雜佩〔二九〕，乃其貴耳。類此而思，理自見也。

贊曰：體植必兩，辭動有配〔三〇〕。左提右挈，精味兼載〔三一〕。炳爍聯華，鏡靜含態。玉潤雙流，如彼珩珮〔三二〕。

【發義】

駢偶成對，運裁成辭。

虛己應物，對舉契機入巧；挾情適事，偶合切意成妙。事異義同，正對爲劣；理殊趣合，反對爲優。

〔一〕造化賦形，支體必雙

〔集引〕

《淮南子·原道訓》：「（大丈夫）乘雲陵霄，與造化者俱。」高誘注：「造化，天地。」又《精神訓》：「夫造化者，既以我爲坯矣。」高誘注：「言既以我爲人。」《左傳·昭公三十二年》：「（史墨）對曰：『物生有兩……體有左右。』」杜預注：「謂有兩。」

【發義】

夫稟生受有謂之形，其有身體之質，體有左右，肩股必雙。

〔二〕**神理爲用，事不孤立**

〖集引〗

《易·説卦》：「是以立天之道，曰陰與陽；立地之道，曰柔與剛；立人之道，曰仁與義。」

【發義】

神明之理爲用，事物自然不孤立。故有無相生，難易相成，長短相形，高下相傾，音聲相和，前後相隨。蓋獨陰不生，獨陽不生；獨柔不濟，獨剛不濟；獨仁不行，獨義不行。

〔三〕**夫心生文辭，運裁百慮**

〖集引〗

《左傳·襄公二十五年》：「晉爲伯，鄭入陳，非文辭不爲功。」

【發義】

文發乎心，運思謀篇，裁奪文辭，考慮周備。

〔四〕**高下相須，自然成對**

〖集引〗

《詩·小雅·谷風》：「習習谷風，維風及雨。」毛萇傳：「興也。風雨相感，朋友相須。」《漢書·律曆志上》：「規矩相須，陰陽位序，圜方乃成。」

【**發義**】

上下相互配合，自然構成對偶。

〔五〕**唐虞之世，辭未極文**

〖集引〗

《詩·大雅·崧高》：「崧高維嶽，駿極于天。」鄭玄箋：「極，至也。」

【**發義**】

唐虞之世，樸略而未至文采。

〔六〕而皋陶贊云：罪疑惟輕，功疑惟重

〔集引〕

《書集傳》蔡沈釋云：「罪已定矣，而於法之中，有疑其可重可輕者，則從輕以罰之。功已定矣，而於法之中，有疑其可輕可重者，則從重以賞之。」《正義》：「罪有疑者，雖重，從輕罪之；功有疑者，雖輕，從重賞之。」

【發義】

唐虞世雖樸而不文，然亦儷偶天成。《尚書》偶語，匪由營造。

〔七〕豈營麗辭，率然對爾

〔集引〕

《周禮·夏官·校人》：「麗馬一圉，八麗一師。」鄭玄注：「麗，偶也。」

【發義】

營造偶儷之辭，豈可率然對耳。

【雍案】

爾，乃「耳」之譌。

〔八〕易之文繫，聖人之妙思也

【集引】

漢王充《論衡·藝增》：「諸子之文，筆墨之疏，人賢所著，妙思所集，宜如其實，猶或增之。」

【發義】

《易》之《文言》《繫辭》，意相偶，人聖所使，精心構思所集。

〔九〕序乾四德，則句句相銜

【集引】

《易·乾》：「乾，元亨利貞。」《易·文言》：「元者，善之長也。亨者，嘉之會也。利者，義之和也。貞者，事之幹也。君子體仁足以長人，嘉會足以合禮，利物足以和義，貞固足以幹事。」

【發義】

《易》序乾之四德，謂元、亨、利、貞，四句皆相銜接也。

〔一〇〕龍虎類感，則字字相儷

〖集引〗

《左傳·莊公八年》：「殺孟陽於牀，曰：『非君也，不類。』」《易·文言·乾》：「同聲相應，同氣相求。水流濕，火就燥，雲從龍，風從虎。」《左傳·成公十一年》：「鳥獸猶不失儷。」

【發義】

龍虎相似感應，則字字相互成對也。

〔一一〕乾坤易簡，則宛轉相承

〖集引〗

《易·繫辭上》：「乾道成男，坤道成女。乾知大始，坤作成物。乾以易知，坤以簡能，易則易知，簡則易從；易知則有親，易從則有功；有親則可久，有功則可大；可久則賢人之德，可大則賢人之業。」

【發義】

《易》之易簡，宛轉相承，皆對偶也。

〔一二〕日月往來，則隔行懸合

〖集引〗

《易·繫辭下》：「日往則月來，月往則日來，日月相推而明生焉。寒往則暑來，暑往則寒來，寒暑相推而歲成焉。」

【發義】

日月往來，憑空偶合。

〔一三〕如宋畫吳冶，刻形鏤法

〖集引〗

《淮南子·脩務訓》：「夫宋畫吳冶，刻刑鏤法，亂修曲出，其爲微妙，堯舜之聖不能及。」高誘注：「宋人之畫，吳人之冶，刻鏤刑法，亂理之文，修飾之巧，曲出於不意也。」《莊子·田子方》：「宋元君將畫圖，衆史皆至……有一史後至者，儃儃然不趨，受揖不立，因之舍。公使人視之，則解衣般礴，臝。君曰：『可矣，是真畫者也。』」《吳越春秋·闔閭内傳》：「干將者，吳人也。……干將作劍，采五山之鐵精，六合之金英，候天伺地，陰陽同光，百神臨觀，天氣下降，而金鐵之精不銷……干將妻乃斷髮翦爪，投於爐中，使童女童男三百人鼓橐裝炭，金鐵乃濡，遂以成劍。」

【發義】

麗辭者，若融入吴人之冶、宋人之畫，刻畫於真，鏤雕於精也。

〔一四〕**然契機者入巧，浮假者無功**

〔**集引**〕

《莊子·至樂》：「萬物皆出於機，皆入於機。」成玄英疏：「機者，發動，所謂造化也。」《莊子·天道》：「覆載天地刻雕衆形而不爲巧。」郭象注：「巧者，爲之妙耳。」

【發義】

契合造化者入妙，虚浮不實者無功。

〔一五〕**長卿上林賦云：修容乎禮園，翺翔乎書圃。此言對之類也**

〔**集引**〕

《莊子·逍遥遊》：「翺翔蓬蒿之間，此亦飛之至也。」

【發義】司馬相如字長卿。儷文比其字句，意相屬者，言對之類也。其《上林賦》，垂采藻於千年，絲綸獨掌。

〔一六〕宋玉神女賦云：毛嬙鄣袂，不足程式，西施掩面，比之無色。此事對之類也

〔集引〕《莊子·齊物論》：「毛嬙、麗姬，人之所美也。」

【發義】事對貴乎切典。

〔一七〕仲宣登樓云：鍾儀幽而楚奏，莊舄顯而越吟。此反對之類也

〔集引〕《左傳·成公九年》：「晉侯觀於軍府，見鍾儀，問之曰：『南冠而縶者誰也？』有司對曰：『鄭人所獻楚囚也。』使稅之……問其族，對曰：『泠人也。』……使與之琴，操南音……文子曰：『……

樂操土音，不忘舊也。』」《史記·陳軫傳》：「（陳軫）曰：『越人莊舃仕楚執珪，有頃而病。』楚王曰：『舃故越之鄙細人也，今仕楚執珪，貴富矣，亦思越不？』中謝對曰：『凡人之思故，在其病也。彼思越則越聲，不思越則楚聲。』使人往聽之，猶尚越聲也。」

【發義】

理殊趣合，言對之反也。

〔一八〕孟陽七哀云：漢祖想枌榆，光武思白水。此正對之類也

〖集引〗

《漢書·郊祀志》：「（高祖）詔御史，令豐治枌榆社。」《文選·張衡〈東京賦〉》：「龍飛白水，鳳翔參墟。」顔師古注：「白水，謂南陽白水縣也，世祖（漢光武帝）所起之處也。」

【發義】

張載，字孟陽，本集有《七哀》詩二首。事異義同，言對之正也。漢高祖爲豐縣枌榆鄉人，初起兵時禱於枌榆社。

〔一九〕徵人之學，事對所以爲難也

〔集引〕

《南史·王諶傳》：「尚書令王儉嘗集才學之士，總校虚實，類物隸之，謂之隸事。」

【發義】

晉、宋以降，隸事之風日盛，徵人之學，事對所以爲難也。

〔雍案〕

徵，黄叔琳校云：「元作『擬』；一作『徵』。」弘治本、汪本、兩京本、王批本、胡本、何本、訓故本、萬曆梅本並作「徵」。徐𤊹云：「（徵）當作『徵』。」（見凌本、合刻本、梁本）劉永濟云：「今按當作『擬人貴學』，『貴』字誤入下文『並貴同心』句，『並貴』當依紀評作『並肩』，各本皆誤。此文謂事對必舉人相擬，舉人之功，在乎博學，學不博則擬人不於其倫，故曰『所以爲難也』。」楊明照《校注》云：「按晉宋以降，隸事之風日盛，舍人曾列事類一篇論之；上文亦明言『事對爲難』。由弘治本、汪本等作『徵』推之，必原是『徵』字。元本、活字本、謝鈔本正作『徵』，未誤。梅慶生初校謂當作『擬』，見萬曆本第六次校定本即改爲『徵』。見天啟本可謂擇善而從矣。劉説非是。」「徵」字是也。徵，證驗也。《漢書·董仲舒傳》：「善言天者必有徵於人。」顏師古注：「徵，證。」

《禮記·中庸》：「久則徵。」鄭玄注：「徵，猶效驗也。」《説文·壬部》段玉裁注：「徵者，證也，驗也。」徐鍇《繫傳》：「徵，徵驗也。」篇中文曰：「事對者，並舉人驗者也。」蓋「徵人之學」乃舍人本旨也。

〔一一〇〕幽顯同志，反對所以爲優也

【集引】

《荀子·正論》：「上幽險，則下漸詐矣。」楊倞注：「幽，隱也。」《國語·晉語四》：「同德則同心，同心則同志。」

【發義】

此舉王粲《登樓賦》例言。鍾儀幽而楚奏，莊舃顯而越吟，深顯志向相同，反對所以爲優也。

〔一一一〕並貴共心，正對所以爲劣也

【集引】

漢揚雄《法言·學行》：「顔其劣乎。」

【發義】

此舉張載《七哀》詩例言。高祖、光武俱爲帝，故曰「並貴」；想枌榆、思白水皆念鄉，故曰「共心」。蓋謂正對以爲弱也。

〔雍案〕

紀昀云：「『貴』，當作『肩』。」楊明照《校注》云：「按上文之『幽顯同志』云云，是就所舉登樓賦例言；此處之『並貴共心』云云，則指所舉《七哀》詩例言。高祖、光武俱爲帝王，故云『並貴』；想枌榆、思白水同是念鄉，故云『共心』。紀説誤。近於南京圖書館臨所藏傳録何焯校本，何氏亦云：『並貴，謂高祖、光武。』」《孝經・聖治》：「人爲貴。」邢昺疏：「夫稱貴者，是殊異可重之名。」《廣雅・釋言》《玉篇・貝部》：「貴，尊也。」帝王貴爲九五之尊，蓋以「貴」言高祖、光武也。

〔一二二〕若斯重出，即對句之駢枝也

〔集引〕

《莊子・駢拇》：「是故駢於足者，連無用之肉也；枝於手者，樹無用之指也。」

【發義】

「游雁比翼翔，歸鴻知接翮」及「宣尼悲獲麟，西狩泣孔邱」詩句，語複重出，皆若駢枝，多餘而無用者也。

〔二三〕**務在允當**

〔集引〕

《左傳·僖公二十八年》：「允當則歸。」杜預注：「無求過分。」《後漢書·張衡列傳》：「百揆允當，庶績咸熙。」

【發義】

屬對，務在平允適當。

〔二四〕**是驥在左驂，駑爲右服也**

〔集引〕

《列子·周穆王》：「命駕八駿之乘：……次車之乘：……左驂盜驪而右山子。」

【發義】

彥和此用《列子》之「左驂盜驪」故實矣。

〔雍案〕

驥，《類要》引作「驪」；《吟窗雜録》同。驥，乃「驪」之譌也。驪，「盜驪」之省也。《玉篇·馬部》：「驪，盜驪，千里馬也。」

〔二五〕**是夔之一足，趻踔而行也**

〔集引〕

《山海經》：「東海中有流波山入海七千里。其上有獸，狀如牛，蒼身而無角，一足。」《莊子·秋水》：「夔謂蚿曰：『吾以一足趻踔而行，予無如矣。』」

【發義】

夔之一足，跳躍而行，蓋失其雙。

〔雍案〕

趻，譚獻校作「踸」。元本、弘治本、汪本、佘本、張本、兩京本、王批本、胡本、訓故本、謝鈔本、四庫本皆作『踸』。《吟窗雜録》《喻林》《漢魏詩乘總録》《藝苑卮言》《天中記》《翰苑新書序》《續文章緣起》引同。《類要》作「堪」，乃傳寫之誤。楊明照《校注》云：「按『跉』字《説文》所無，新附有『踸』字。《楚辭·東方朔〈七諫〉》：『馬蘭踸踔而日加。』《文賦》：『故踸踔於短垣。』《江文通文集·鏡論語》：『寧踸踔於馬蘭。』是古人率用『踸』字。又按舍人此文本《莊子·秋水篇》，黄氏所注是也。范注先引韓非子事既不愜，繼引莊子文又未備，皆非。」《集韻·𨅊韻》：「楚錦切，上寑初。侵部。」「跉，或作『踸』。」「跉，跉踔，行不進皃。」《莊子·秋水》：「吾以一足跉踔而行。」陸德明《釋文》引李善云：「跉卓，行皃。」成玄英疏：「跉踔，跳躑也。」《廣雅·釋詁三》：「逴，蹇也。」王念孫《疏證》：「《莊子·秋水篇》云：『吾以一足跉踔而行。』『跉踔』與『䟡踔』同，亦作『踸踔』。」

〔二六〕若氣無奇類，文乏異采

【集引】

《楚辭·屈原〈九章·懷沙〉》：「文質疏内兮，衆不知余之異采。」

【發義】

若氣質無奇特出類，則缺乏不同尋常之文采也。

〔二七〕碌碌麗辭，則昏睡耳目

〔集引〕

《宋書·樂志》：「魏文侯雖好古，然猶昏睡於古樂。」《史通·補注》：「有昏耳目，難爲披覽。」

【發義】

麗辭平庸，則有昏耳目，難爲披覽。

〔二八〕必使理圓事密，聯璧其章

〔集引〕

《荀子·正名》：「形體色理以目異。」《荀子·儒效》：「其知慮多當矣，而未周密也。」

【發義】

必使文理圓融，狀事周密，情辭並美，故稱聯璧。

〔二九〕迭用奇偶，節以雜佩

〔集引〕

《詩·鄭風·女曰雞鳴》：「雜佩以贈之。」毛萇傳：「雜佩者，珩、璜、琚、瑀、衝牙之類。」

【發義】

迭用奇偶，適度以雜佩。

〔三〇〕體植必兩，辭動有配

〔集引〕

《漢書·賈誼傳》上疏陳政事：「曰安且治者，非愚則諛，皆非事實知治亂之體者也。」

【發義】

主體既立必雙，文辭動輒有匹配。

〔三一〕**左提右挈，精味兼載**

〔集引〕

《莊子·刻意》：「形勞而不休則弊，精用而不已則勞。」《晉書·成公簡傳》：「潛心味道。」《淮南子·俶真訓》：「日月無所載。」高誘注：「載，行也。」

【發義】

蓋謂左提右挈，則精神旨趣兼而行也。

〔三二〕**玉潤雙流，如彼珩珮**

〔集引〕

《禮記·聘義》：「昔者，君子比德於玉焉。温潤而澤，仁也……叩之，其聲清越以長。」《淮南子·説山訓》：「夫玉潤而澤有光，其聲舒揚。」《詩·小雅·采芑》：「有瑲蔥珩。」《國語·晉語二》：「白玉之珩六雙。」

【發義】

雙流者，乃謂光潤有澤，響潤有聲，以喻麗辭須求藻飾及聲律也。

卷八

比興第三十六

詩文弘奧，包韞六義〔一〕，毛公述傳，獨標興體〔二〕，豈不以風通而賦同，比顯而興隱哉〔三〕！故比者，附也〔四〕；興者，起也〔五〕。附理者切類以指事〔六〕，起情者依微以擬議〔七〕。起情故興體以立，附理故比例以生。比則畜憤以斥言〔八〕，興則環譬以記諷〔九〕。蓋隨時之義不一，故詩人之志有二也。

觀夫興之託諭，婉而成章〔一〇〕，稱名也小，取類也大〔一一〕。關雎有別，故后妃方德〔一二〕；尸鳩貞一，故夫人象義〔一三〕。義取其貞，無從於夷禽〔一四〕；德貴其別，不嫌於鷙鳥〔一五〕。明而未融，故發注而後見也〔一六〕。且何謂爲比？蓋寫物以附意，颺言以切事者也。故金錫以喻明德〔一七〕，珪璋以譬秀民〔一八〕，螟蛉以類教誨〔一九〕，蜩螗以寫號呼〔二〇〕，澣衣以擬心憂〔二一〕，席卷以方志固〔二二〕。凡斯切象，皆比義義銷亡〔二七〕。於是賦頌先鳴，故比體雲構，紛紜雜遝，信舊章矣〔二八〕。

閭忠烈，依詩製騷，諷兼比興〔二五〕。炎漢雖盛，而辭人夸毗〔二六〕，詩刺道喪，故興

也〔二三〕。至如麻衣如雪，兩驂如舞〔二四〕，若斯之類，皆比類者也。楚襄信讒，而三

夫比之爲義，取類不常〔二九〕。或喻於聲，或方於貌，或擬於心〔三〇〕，或譬於事。宋玉高唐云：纖條悲鳴，聲似竽籟。此比聲之類也。枚乘菟園云：猋猋紛紛，若塵埃之間白雲。此則比貌之類也〔三一〕。賈生鵩賦云：禍之與福，何異糺纆。此以物比理者也〔三二〕。王褒洞簫云：優柔温潤，如慈父之畜子也。此以聲比心者也〔三三〕。馬融長笛云：繁縟絡繹，范蔡之説也。此以響比辯者也〔三四〕。張衡南都云：起鄭舞，蠒曳緒。此以容比物者也〔三五〕。若斯之類，辭賦所先，日用乎比，月忘乎興，習小而棄大，所以文謝於周人也〔三六〕。至於揚班之倫，曹劉以下，圖狀山川，影寫雲物，莫不織綜比義，以敷其華〔三七〕，驚聽回視〔三八〕，資此効績〔三九〕。又安仁螢賦云：流金在沙。季鷹雜詩云：青條若總翠。皆其義者也。故比類雖繁，以切至爲貴，若刻鵠類鶩，則無所取焉。

贊曰：詩人比興，觸物圓覽〔四〇〕。物雖胡越，合則肝膽〔四一〕。擬容取心，斷辭

必敢〔四二〕。攢雜詠歌，如川之渙〔四三〕。

【發義】

以物比事，引辭起詠。

比者顯而事出有意，索物記情也；興者隱而理本無心，觸物起情也。取譬有別，隱顯亦異。蓋有意而明者切類，無心而發者異趣。

〔一〕詩文弘奧，包韞六義

〖集引〗

《易·蒙》：「包蒙。」孔穎達疏：「包謂包含。」《慧琳音義》卷八五「韞異」注引《切韻》云：「韞，藏也。」

【發義】

《詩》之文，大而深也，其包韞六義。六義者，指《風》《雅》《頌》《賦》《比》《興》也。

〔二〕毛公述傳，獨標興體

〔集引〕

《漢書·藝文志》：「《毛詩故訓傳》三十卷。……毛公之學，自謂子夏所傳。」

【發義】

《漢書·藝文志》稱「毛公之學」，未詳其名。三國時始稱毛亨作故訓傳。獨標興體，乃謂《毛詩》於詩下别注以明興體。孔子録詩，已合《風》《雅》《頌》中，難復摘别，篇中義多興，乃淆雜第次，而毛公獨旌表興，其比、賦俄空焉。蓋聖者顛倒而亂形名，大師偏幫而失鄰類。

〔三〕豈不以風通而賦同，比顯而興隱哉

〔集引〕

《詩·國風·周南·關雎序》：「風，風也，教也，風以動之，教以化之。……上以風化下，下以風刺上。」

【發義】

賦者，鋪陳其事，而直言之者也。其以風通而同，乃謂通於美刺，同爲鋪陳。比者，是以一物比

一事，而用意常在言外。意雖切而卻淺，意雖淺而味卻長。蓋比顯而興隱哉！

〔雍案〕

通，黄叔琳校云：「一作『異』。」天啟梅本改「異」。楊明照《校注》云：「按『通』，謂通於美刺；『同』，謂同爲鋪陳。天啟梅本改『通』爲『異』，非是。」「通」者，達也。《玉篇・辵部》《廣韻・東韻》：「通，達也。」《逸周書・皇門》：「罔不允通。」朱右曾《集訓校釋》：「通，達也。」《資治通鑑・周紀》：「文通儻饒智略。」胡三省注：「通，達也。」

〔四〕故比者，附也

〔集引〕

《周禮・春官・大師》鄭玄注：「比者，比方於物也。」《詩》孔穎達疏引而釋之曰：「諸言如者，皆比辭也。」

【發義】

比者，乃以一物比一事。其用意常在言外，意雖切而淺，意雖淺而味長。成伯璵《毛詩指説》曰：「物類相從，善惡殊態，以惡類惡，名之爲比，《牆有茨》比方是子者也；以美擬美，謂之爲興，歎詠盡韻，善之深也。聽《關雎》聲和，知后妃能諧和衆妾，在河洲之闊遠，喻門闈之幽深，鴛鳶于飛，陳萬化得所，此之類也。」

〔五〕興者，起也

【集引】

《周禮·春官·大師》：「興者，託事於物。」孔穎達疏：「興者起也，取譬引類，起發己心，詩文諸舉草木鳥獸以見意者，皆興辭也。」毛萇傳：「特言興也，爲其理隱故也。」

【發義】

興者，爲其理隱故，先言他物，以引起所詠之辭也。其亦與比相似，只是借作引起，不必別有深意。黄侃《札記》：「鄭以善惡分比興，不如先鄭注誼之確。且《牆茨》之言，《毛傳》亦目爲興，焉見以惡類惡，即爲比乎。至鍾記室云：『文已盡而意有餘，興也；因物喻志，比也。』其解比興，又與詁訓乖殊。彦和辨比興之分，最爲明晰。一曰『起情與附理』，二曰『斥言與環譬』，介畫憭然，妙得先鄭之意矣。」

〔六〕**附理者切類以指事**

〔**集引**〕

《荀子·勸學》：「《詩》《書》故而不切。」楊倞注：「《詩》《書》但論先王故事，而不委曲切近於人。」《漢書·蓋諸葛劉鄭孫毋將何傳》：「此其言必有卓詭切至當聖心者。」

【**發義**】

附理者，切合物類以指明其事也。

〔七〕**起情者依微以擬議**

〔**集引**〕

杜預《春秋左傳集解序》：「其微顯闡幽。」孔穎達疏：「微，謂纖隱。」

【**發義**】

起其情以雎鳩比諸淑女，乃依隱微之意擬諸而議焉。

〔八〕比則畜憤以斥言

〔**集引**〕

《周禮·春官·大師》鄭玄注：「比，見今之失，不敢斥言，取比類以言之。」《資治通鑑·齊紀》：「卿欲我斥言之乎。」胡三省注：「直言以指人之罪過，無所回避，謂之斥。」

【**發義**】

比者積憤直言以明指也。

〔**雍案**〕

楊明照《校注》云：「按「『畜』當作『蓄』，音之誤也。《説文·艸部》：『蓄，積也。』又《田部》：『畜，田畜也。』是二字意義各别。《情采篇》：『蓋風雅之興，志思蓄憤。』尤爲切證。何本、梁本、别解本、尚古本、岡本、王本、鄭藏鈔本、崇文本作『蓄』，不誤；何焯《鈍吟雜録評》、浦銑《歷代賦話續集（十四）》引同。當據改。」「畜」與「蓄」，古相通假，義亦同。畜，積也。讀曰蓄（見《漢書·景帝紀》：「素有畜積。」顔師古注）。《廣韻》將之歸沃部，許竹切，入屋曉。《易·小畜》：「小畜，亨。」陸德明《釋文》：「畜，積也，聚也。」《大戴禮記·文王官人》：「喜氣内畜。」王聘珍《解詁》：「畜，積也。」《易·師》象傳：「君子以容民畜衆。」陸德明《釋文》：「畜，聚也。」《玉篇・艸部》：「蓄，蓄積也。」《文選・班固〈西都賦〉》：「願賓攄懷舊之蓄念。」李善注引孔安國《尚書傳》曰：「蓄，積也。」又《文選・成公綏〈嘯賦〉》：「舒蓄思之悱憤。」呂向注：「蓄，積也。」

〔九〕興則環譬以記諷

〔集引〕

《周禮・春官・大師》鄭玄注：「興，見今之美，嫌於媚諛，取善事以喻勸之。」

【發義】

興則曲委取譬，以寄寓諷意。

〔雍案〕

記，黃叔琳校云：「一作『託』。」徐𤊹校「託」。天啟梅本改「託」，張松孫本同。《鈍吟雜録評》引作「託」。張本作「寄」。楊明照《校注》云：「按『記諷』不辭，『寄』字亦誤。當以作『託』爲是。此云『託諷』，下云『託諭』，其意一也。《漢書・敘傳下・司馬相如傳》述：『寓言淫麗，託風顔注：「風讀曰諷。」終始。』《文選・顔延之〈五君詠〉》：『寓辭類託諷。』並以『託諷』連文。《史通・序傳篇》亦有「或託諷以見其情」語訓故本作『託』，未誤。當據改。」《説文・言部》：「託，寄也。」

从言，乇聲。」《方言》卷二：「託，寄也。凡寄爲託。」

〔一〇〕觀夫興之託諭，婉而成章

〔集引〕

《左傳·成公十四年》：「君子曰：『春秋之稱……婉而成章。』」杜預注：「婉，曲也。謂曲屈其辭，有所辟諱，以示大順，而成篇章。」

【發義】

觀夫興之寄寓表明，曲屈其辭而成章。

〔雍案〕

楊明照《校注》云：「按《文選·曹植〈七啟〉》：『假靈龜以託喻。』『諭』與『喻』同。」《玉篇·言部》《廣韻·遇韻》：「諭，譬諭也。」《史通·惑經》：「其所未諭一也。」浦起龍《通釋》：「（『諭』）『喻』通。」《周禮·地官·師氏》：「掌以媺詔王。」鄭玄注：「教之以事而諭諸德者也。」孫詒讓《正義》：「諭，《禮記》作『喻』，義同。」

〔一一〕稱名也小，取類也大

〔集引〕

《易·繫辭下》：「其稱名也小，其取類也大。」韓康伯注：「託象以明義，因小以喻大。」

【發義】

稱名也小，託象以明義，取類以喻大也。

〔一二〕關雎有別，故后妃方德

〔集引〕

《詩·國風·周南·關雎序》：「《關雎》，后妃之德也，風之始也，所以風天下而正夫婦也。」《淮南子·泰族訓》：「《關雎》興於鳥，而君子美之，爲其雌雄之不乘，居也。」《列女傳·仁智·魏曲沃負傳》：「夫雎鳩之鳥，猶未嘗見乘居而匹處也。」《後漢書·虞傳蓋臧列傳》：「由是朝廷重其方格，每公卿有缺，爲衆議所歸。」李賢注：「方，正也。」

【發義】

《關雎》有別，故后妃正德。《關雎》乃《詩》之始，其謂樂得淑女以配君子，刑於寡妻，至於兄弟，以御於家邦，立千古夫婦之則。詩述后妃之德，侔乎天地，推本而言之，妃匹之際，萬化之原，婚姻之禮正，然後品物遂而天命全。

〔一三〕尸鳩貞一，故夫人象義

〖集引〗

《詩·曹風·鳲鳩》：「鳲鳩在桑，其子七兮。淑人君子，其儀一兮。」毛萇傳：「鳲鳩之養其子，朝從上下，暮從下上，平均如一。」劉向《列女傳·召南申女》：「頌曰：『召南申女，貞一脩容。』」《詩·小序》：「《鵲巢》，夫人之德也。國君積行累功以致爵位，夫人起家而居有之，德如鳲鳩，乃可以配焉。」

【發義】

鳲鳩守一，故夫人則而象義。

〖雍案〗

夫，訓故本作「淑」；「義」，作「儀」。楊明照《校注》云：「按《詩·曹風·鳲鳩》：『鳲鳩在桑，其子七兮；淑人君子，其儀一兮。』如訓故本，是舍人此文所指，爲《曹風》之鳲鳩矣。王氏注即引《曹風·鳲鳩》然元明各本皆作『夫人象義』，則所指乃《召南》之

《釋文》：「鳲，音尸。本亦作尸。」

鵲巢。原文黄、范兩家注已具上云『后妃方德』，此云『夫人象義』，正相匹對。王本作『淑人』嫌泛，非也。」「義」與「儀」，古今字，其義同，讀曰儀。《大戴禮記・目録》：「哀公問五義。」王聘珍《解詁》：「義，讀曰儀。」《大戴禮記・千乘》：「上有義。」王聘珍《解詁》同上。《管子・七法》：「義也……謂之象。」《集校》引何如璋云：「義，字讀作『儀』。」《尚書大傳》卷一：「尚考太室之義。」鄭玄注：「義，當爲『儀』。」《經籍籑詁・支韻》：「《楊信碑》：『追念義刑。』『儀』作『義』。」《經義述聞・左傳中・婦義事也》：「《小雅・楚茨篇》『禮儀卒度』，《韓詩》作『義』；《周官・大行人》『大客之儀』，《大戴禮・朝事篇》作『義』；《樂記》『制之禮義』，《漢書・禮樂志》作『儀』；《周語》『示民軌儀』，《大射儀》注引作『義』。」

〔一四〕義取其貞，無從於夷禽

〔集引〕

《經義述聞・周易上・虞氏釋貞以之正違失經義》：「固守之謂貞。」

【發義】

義取其正，無從於常禽蓋以尸鳩取譬夫人，象徵其義，固守而不舍棄，亦可歌詠。

【雍案】

郝懿行云：「按『夷禽』，未詳其義。」黃侃云：「『從』，當爲『疑』字之誤。」楊明照《校注》云：「按『從』，讀曰縱。《説文·糸部》：『縱，緩也；一曰舍也。』《後漢書·譙玄傳》章懷注：「縱，舍也。」夷，常也。《書·顧命》傳、《詩·大雅·皇矣》傳『無從於夷禽』，言常禽如尸鳩亦可歌詠，而不舍棄也。許印芳《詩法萃編》三引作「無惡於拙禽」，蓋以意改，非是。」《論語·八佾》：「從之，純如也。」邢昺疏：「從，讀曰縱，謂放縱也。」劉寶楠《正義》：「從，同『縱』，謂縱緩之也。」《類篇·彳部》：「從，舍也。」「從，緩也。」《義府·從心》：「從，當讀爲『縱』。」《詩·齊風·南山》：「曷又從止。」馬瑞辰《傳箋通釋》：「從之言縱，亦有自由自便之意。」《説文·大部》段玉裁注：「《皇矣》傳曰：夷，常也者，謂夷即彝之叚借也。」《詩·大雅·瞻卬》：「靡有夷屆。」毛萇傳：「夷，常也。」孔穎達疏：「夷，常，《釋詁》文，彼夷作彝，音義同。」蓋舍人「無從於夷禽」，義謂無自由於常禽耳。

〔一五〕德貴其別，不嫌於鷙鳥

【集引】

《大戴禮記·本命》：「審倫而明其別。」王聘珍《解詁》：「別，辨也。」《詩傳》：「雎鳩，王雎也，鳥摯而有別。」杜預注：「摯本亦作鷙。」

【發義】

德貴其辨，不嫌於鷙鳥。

〔一六〕**明而未融，故發注而後見也**

〔**集引**〕

《左傳·昭公五年》：「《明夷》之《謙》，明而未融，其當旦乎。」杜預注：「融，朗也。」孔穎達疏：「融是大明，故爲朗也。」

【發義】

明而未朗，故發明注義而後見也。

〔一七〕**故金錫以喻明德**

〔**集引**〕

《詩·衛風·淇奥》：「有匪君子，如金如錫。」毛萇傳：「金錫湅而精。」《禮記·祭統》：「是故君子之齊也，專致其精明之德也。」

【發義】

金錫乃精煉之屬，湅之而精，取譬君子之德精明也。

〔一八〕珪璋以譬秀民

〔集引〕

《文選·曹丕〈與鍾大理書〉》：「良玉比德君子，珪璋見美詩人。」《詩·大雅·板》：「天之牖民……如璋如圭……牖民孔易。」毛萇傳：「牖，道也。……如璋如圭，言相合也。」孔穎達疏：「牖與誘古字通用，故以爲導也。……半圭爲璋，合二璋則成圭。」

【發義】

珪璋以譬誘民美德。

〔雍案〕

楊明照《校注》云：「按此文有誤字。梅慶生以來各家俱引《詩·大雅·卷阿》之十一章以注，似是而實非也。因《卷阿》詩文與『秀民』無涉，恐非舍人所指。『秀』，當作『誘』。今本脫其言旁耳。《大雅·板》：『天之牖民，如壎如篪，如璋如圭，如取如攜，攜無曰益，牖民孔易。』毛傳：『牖，道也。……如璋如圭，言相合也。』孔疏：『「牖」與「誘」，古字通用。』《風俗通義·聲音篇》

《書鈔》十引『天之牖民』作『天之誘民』；《禮記·樂記》、《韓詩外傳》五、《史記·樂書》引『牖民孔易』作『誘民孔易』。則此處之『秀民』，當作『誘民』無疑。舍人用經傳語多從別本，此又一證矣。」《廣雅·釋詁》：「牖，道也。」王念孫《疏證》：「道謂之牖，故道引亦謂之牖。」《説文·片部》段玉裁注：「牖所以通明，故叚爲『誘』。」朱駿聲《通訓定聲》：「牖，叚借爲『迪』，或爲『羑』，即『誘』也。」陳奂《傳疏》：「牖者，『誘』之假借。」馬瑞辰《傳箋通釋》：「『誘』『牖』通用。」李富孫《七經異文釋》：「《風俗通·聲音》《北堂書鈔》《御覽》竝引作『誘民』。」《説文·厶部》：羑，相訹呼也。」段玉裁注：「《大雅》：『天之牖民。』傳曰：『牖，道也。』是則《傳》謂『牖』『誘』同字。《大雅》：『牖民。』《韓詩外傳》《樂記》作『誘民』，古二字多通用。」「秀民」，語見《國語·齊語》：「其秀民之能爲士者。」韋昭注：「秀民，民之秀出者也。」蓋「秀民」，與「誘民」義異，非舍人所指耳。

〔一九〕螟蛉以類教誨

〔集引〕

《詩·小雅·小宛》：「螟蛉有子，蜾蠃負之。教誨爾子，式穀似之。」毛萇傳：「螟蛉，桑蟲也。蜾蠃，蒲盧也。」鄭玄箋：「蒲盧取桑蟲之子，負持而去，煦嫗養之，以成其子。喻有萬民不能治，則能治者將得之。」揚雄《法言》：「螟蛉之子殪而逢蜾蠃，祝之曰：『類我類我，久則肖之矣。』」

【發義】

詩人以螟蛉取譬，比諸教誨。

〔二一〇〕蜩螗以寫號呼

【集引】

《詩·大雅·蕩》：「文王曰咨！咨女殷商。如蜩如螗，如沸如羹。」《詩·邶風·泉水》：「駕言出遊，以寫我憂。」鄭玄箋：「我心寫者，舒其情意，無留恨也。」又：「飲酒號呼之聲，如蜩螗之鳴。」

【發義】

以蜩螗厲響取譬，以宣洩號呼。

〔二一一〕澣衣以擬心憂

【集引】

《詩·邶風·柏舟》：「心之憂矣，如匪浣衣。」鄭玄箋：「衣之不澣，則憒辱無照察。」

【發義】

衣之不浣，取擬心憒於憂，而辱無照察也。

〔一二二〕席卷以方志固

〔集引〕

《詩·邶風·柏舟》：「我心匪席，不可卷也。」毛萇傳：「席雖平，尚可卷。」

【發義】

束裝而行，以比擬心志固執。

〔雍案〕

席卷，黄叔琳校云：「汪本作『卷席』。」楊明照《校注》云：「按元本、弘治本、活字本、佘本、張本、兩京本、王批本、胡本、四庫本亦並作『卷席』；《詩紀別集》一引同。是也。上云『澣衣』，此云『卷席』，文始相儷。」卷席，語見李賀《將發》詩：「東牀卷席罷。」王琦注：「卷席，束裝而行也。」

〔一一三〕**凡斯切象，皆比義也**

〔集引〕

《易·繫辭下》：「象也者，像也。」李鼎祚《集解》引崔憬注：「象者，形象之象也。」

【發義】

凡斯切合於象，皆比擬於義也。

〔一一四〕**至如麻衣如雪，兩驂如舞**

〔集引〕

「兩驂如舞」者，語出《詩·鄭風·大叔于田》：「執轡如組，兩驂如舞。」毛萇傳：「驂之與服，和諧中節。」《詩·曹風·蜉蝣》：「蜉蝣掘閱，麻衣如雪。」鄭玄箋：「麻衣，深衣。」

【發義】

麻衣，深衣也。無采飾者爲緦服，有采飾者則爲朝服。此所謂麻衣者，乃朝服也。兩驂如舞，其比喻馭術之高明也。

〔二五〕依詩製騷，諷兼比興

〔集引〕

王逸《楚辭章句》序：「屈原履忠被譖，憂悲愁思，獨依詩人之義而作離騷。」又《離騷》序：「《離騷》之文，依《詩》取興，引類譬喻，故善鳥香草以配忠貞，惡禽臭物以比讒佞，靈脩美人以媲於君，宓妃佚女以譬賢臣，虬龍鸞鳳以託君子，飄風雲霓以爲小人。」

【發義】

《離騷》諸言草木，比物託事，二者兼而有之。故曰：諷兼比興。屈原依《詩》而製《離騷》，諷刺兼比興。

〔二六〕炎漢雖盛，而辭人夸毗

〔集引〕

《詩·大雅·板》：「天之方懠，無爲夸毗。」毛萇傳：「夸毗，以體柔人也。」孔穎達疏引李巡曰：「屈己卑身，求得於人曰體柔。」《爾雅·釋訓》：「夸毗，體柔也。」郭璞注：「屈己卑身，以柔順人也。」朱熹《集傳》：「夸，大；毗，附也。小人之於人，不以大言夸之，則以諛言毗之也。」

【發義】

漢代屬五行中之火，故稱炎漢。其雖盛，而辭人夸誕比附。

〔二七〕詩刺道喪，故興義銷亡

〔集引〕

曹學佺云：「『詩』當作『諷』，興起乎風，比近乎賦，興義銷亡，故風氣愈下。」《漢書·藝文志·詩賦略》：「大儒孫卿及楚臣屈原離讒憂國，皆作賦以風，咸有惻隱古詩之義。其後宋玉、唐勒，漢興枚乘、司馬相如，下及揚子雲，競爲侈麗閎衍之詞，没其風諭之義。」顔師古注：「離，遭也。風讀曰諷。」

【發義】

興依風而興，諷刺之道喪，興亦式微，故興義銷亡，風氣愈下也。

〔雍案〕

曹學佺云：「『詩』，當作『諷』。」譚獻説同。楊明照《校注》云：「按訓故本正作『諷』。當據改。《書記篇》有「詩人諷刺」語《漢書·藝文志》：『楚臣屈原，離讒憂國，皆作賦以風，咸有惻隱古詩之義；其後宋玉唐勒，漢興，枚乘司馬相如下及揚子雲，競爲侈麗閎衍之詞，没其風諭之義。』足與此文相發。又按『刺』，當依何本、梅本、凌本、王本改作『刺』。」《匡謬正俗》有：「諷刺謂自下而上，教化謂自上而下。」《廣韻·送韻》：「諷，諷刺。」《集韻·送韻》：「諷，諫諷。」《廣雅·釋詁四》：「諷，教也。」《集韻·東韻》：「諷，告也。」《詩·序》：「風，風也，教也。」孔穎達疏：「諷，謂微加曉告。」陸德明《釋文》引崔靈恩云：「用風感物，則謂之諷。」《文選·揚雄〈甘泉賦序〉》：「奏甘泉賦以風。」

〔二一八〕於是賦頌先鳴，故比體雲構，紛紜雜遝，信舊章矣

〔**集引**〕

《史記·淮陰侯列傳》：「天下之士，雲合霧集，魚鱗襍遝，熛至風起。」

【**發義**】

於是賦頌先鳴，比體如雲交結，衆多雜亂，背離舊之法則矣。

〔**雍案**〕

「故」字誤衍。

〔二九〕夫比之爲義，取類不常

〔集引〕

《史記·司馬相如列傳》：「蓋世必有非常之人，然後有非常之事。」

【發義】

指物譬喻之爲義，取類不普通。

〔三〇〕或喻於聲，或方於貌，或擬於心

〔集引〕

《文選·桓温〈薦譙元彦表〉》：「方之於秀。」張銑注：「方，比也。」

【發義】

或曉喻而形於聲，或比類而飾於貌，或比擬而見於心。

〔三一〕枚乘菟園云：焱焱紛紛，若塵埃之間白雲。此則比貌之類也

【集引】

《後漢書・班彪傳》附班固《東都賦》：「羽旄掃霓，旌旗拂天，焱焱炎炎，揚光飛文。」《説文・焱部》段玉裁注：「古書焱與猋二字多互譌，如班固《東都賦》『焱焱炎炎』，當作『猋猋炎炎』。」

【發義】

枚乘《菟園》之「猋猋紛紛，若塵埃之間白雲」，動有其狀，蓋謂比貌相類也。

【雍案】

焱焱，乃「猋猋」之譌。枚乘所寫鳥，「猋猋」爲是。蓋謂衆鳥離合紛紛，若塵埃之間白雲，變化多端，不可名狀。《説文・犬部》：「猋，犬走皃。音飇。」猋，又作「颮」。《説文・風部》：「颮，古『飇』字也。」《文選・班固〈西都賦〉》：「颮颮紛紛，矰繳相纏。」李善注：「颮颮紛紛，衆多之貌也。」又引《説文》云：「颮，古『飇』字也。」《集韻・覺韻》：「颮，颮颮，衆多皃。」《廣韻・覺韻》：「颮，颮颮紛紛，衆多皃。」清吴景旭《歷代詩話》：「《九歌》『猋遠舉兮雲中』。吴旦生曰：『朱子《辯證》：「猋，《説文》從三犬，而釋爲群犬走貌。然《大人賦》有『猋風涌而雲浮』

者，其字從三大，蓋别一字也。此類皆當從三火。」』余觀《世本》皆作『焱』，諸注：『焱，皁遥反，去疾貌。』王逸注：『言神之往來急疾，焱然遠舉，復還其處也。』」

〔三二〕賈生鵩賦云：禍之與福，何異糺纆。此以物比理者也

【集引】

《史記·屈原賈生列傳〈鵩鳥賦〉》：「夫禍之與福兮，何異糾纆。」裴駰《集解》：「禍福相爲表裏，如糾纆繩索相附會也。」

【發義】

禍福無常，何異糾結。此以物比理者，而用意在言外也。

【雍案】

顧廣圻云：「『賦』，當作『鳥』。」譚獻説同。楊明照《校注》云：「按顧、譚説是。此段所引《高唐》《菟園》《洞簫》《長笛》《南都》諸賦，皆未箸賦字，此亦應爾。《詮賦篇》亦引《菟園》《洞簫》《鵩鳥》諸賦，而《鵩鳥》正不作《鵩賦》。」《文選·賈誼〈鵩鳥賦〉》：「鵩似鴞，不祥鳥也。」李善注引晉灼引《巴蜀異物志》：「有鳥小如雞，體有文色，土俗因形名之曰鵩，不能遠飛，行不出域。」

〔三三〕王褒洞簫云：優柔温潤，如慈父之畜子也。此以聲比心者也

〔集引〕

王褒《洞簫賦》：「聽其巨音，則周流氾濫。并包吐含，若慈父之畜子也。」《漢書・傅常鄭甘陳段傳》：「示棄捐不畜。」顔師古注：「畜，謂愛養也。」

【發義】

以聲比身之所主者，優柔温潤，如慈父之愛養子也。

〔雍案〕

畜，元本、弘治本、活字本、汪本、佘本、張本、兩京本、王批本、何本、訓故本、梅本、凌本、合刻本、祕書本、謝鈔本、彙編本、王本、張松孫本、鄭藏鈔本、崇文本並作「愛」。《詩紀別集》、《賦略》緒言引同。何焯改「畜」。楊明照《校注》云：「按梅本有校語云：『本賦作「畜」字。』是黄氏據《文選・洞簫賦》改爲『畜』也。意舍人所見本有作『愛』者，不然，『愛』『畜』二字之形不近，何由致誤？」楊説是。《呂氏春秋・節喪》有：「慈親之愛其子也。」高誘注：「愛，心不能忘也。」可以引證。

〔三四〕馬融長笛云：繁縟絡繹，范蔡之説也。此以響比辯者也

【集引】

《文選·嵇康〈琴賦〉》：「沛騰遌而競趣，翕韡曄而繁縟。」李善注：「繁縟，聲之細也。」

【發義】

以響比辯者，謂其聲之細，接連不斷，乃范蔡之説也。

〔三五〕張衡南都云：起鄭舞，蠒曳緒。此以容比物者也

【集引】

《玄應音義》卷一七「以繭」孔安國注：「繭，蠶縈絲也。」《詩·召南·采蘋序》：「采蘋，大夫妻能循法度，則可以承先祖共祭祀矣。」孔穎達疏：「治絲繭。」陸德明《釋文》：「繭，字又作蠒。」

【發義】

以容止比物者，起鄭舞而繭曳其緒。

〔雍案〕

曳，黄叔琳校云：「元作『抽』，按本賦改。」楊明照《校注》云：「按謝鈔本即作『曳』。元本等作『抽』，非出舍人誤記，即由寫者依《章句篇》『如繭之抽緒』妄改。」楊説是也。《説文・申部》：「曳，臾曳也。从申，丿聲。」《玉篇・申部》《廣韻・祭韻》：「曳，牽也，引也。」李賀《嘲少年》：「絲曳紅鱗出深沼。」王琦注：『曳，引也，牽也。』

〔三六〕所以文謝於周人也

〔集引〕

《文選・顔延之〈贈王太常詩〉》：「屬美謝繁翰。」李善注：「謝，猶慚也。」

【發義】

《詩》中有周之作，衹緣重形式而輕内涵，因小失大，所以文慚於周人。

〔三七〕莫不纖綜比義，以敷其華

〔集引〕

《禮記・檀弓上》：「華而睆，大夫之簀與？」

【發義】

綜乃機縷也，所以持經而施緯，使不失其條理者也。織綜比義，是以綜理比類其義，以鋪陳藻飾。

〔雍案〕

纖，乃「織」之譌。劉文《正緯》有：「蓋緯之成經，其猶織綜。」又：「先緯後經，體乖織綜。」並可引證。綜乃機縷也，所以持經而施緯，使不失其條理者也。

〔三八〕驚聽回視

〔集引〕

《文選·揚雄〈羽獵賦〉》：「軍驚師駭。」李善注引宋衷《春秋緯注》曰：「驚，動也。」《釋名·釋容姿》：「聽，靜也，靜然後所聞審也。」《慧琳音義》卷一「聽往」注引《考聲》云：「聽，以耳審聲也。」

【發義】

驚乃動也，聽乃靜也。蓋謂動靜回皇以視。

〔三九〕資此効績

〔集引〕

《國語·魯語下》：「男女效績。」韋昭注：「績，功也。」《文選·陸機〈文賦〉》：「立片言而居要，乃一篇之警策。雖衆辭之有條，必待茲而效績。」李善注：「必待警策之言，以效其功也。」《廣韻·三十六效》：「效，又效力、效驗也。効，俗。」

【發義】

資此效驗之功也。

〔雍案〕

《墨子·明鬼下》：「官府選效。」孫詒讓《閒詁》：「効，俗『效』字。」《玉篇·力部》：「効，俗『效』字。」《説文·攴部》段玉裁注：「《廣韻》云：『俗字作効。』今俗分別『效力』作『効』，『效法』『效驗』作『效』，尤爲鄙俚。」

〔四〇〕詩人比興，觸物圓覽

〔集引〕

詹鍈《文心雕龍義證》：「『圓覽』，言精密觀察。」

【發義】

詩人比興，觸遇事物，周以觀察。

〔四一〕物雖胡越，合則肝膽

〔集引〕

《淮南子·俶真訓》：「是故自其異者視之，肝膽胡越。」高誘注：「肝膽，喻近；胡越，喻遠。」《文心雕龍·附會》：「故善附者，異旨如肝膽；拙會者，同音如胡越。」《孔叢子·論勢》：「吴越之人，同舟濟江，中流遇風波，其相救如左右手者，所患同也。」

【發義】

物雖遠也，合則以近。

〔四二〕擬容取心，斷辭必敢

【集引】

《史記・李斯列傳》：「趙高曰：『顧小而忘大，後必有害。狐疑猶豫，後必有悔。斷而敢行，鬼神避之，後有成功。』」

【發義】

擬諸其形容，而取身之所主，裁斷文辭必果決也。

〔四三〕攢雜詠歌，如川之渙

【集引】

《墨子・備城門》：「城上爲攢火。」《史記・司馬相如列傳〈上林賦〉》：「攢立叢倚，連卷累佹。」《集韻・盍韻》：「雜，集合意。」《書・禹貢》：「奠高山大川。」《玉篇・水部》：「渙，水盛皃。」

【發義】

聚集歌詠，如川流之盛。

〔雍案〕

黄侃《札記》云：「『涣』字失韻，當作『澮』，字形相近而誤。澮澮，水貌也。」黄説是也。澮，通「贍」，讀爲「贍」。《别雅》卷四：「澮，贍也。」《漢書·司馬遷傳》：「澮足萬物。」顔師古注：「澮，古『贍』字。」《吕氏春秋·上德》：「澮乎四海。」《集釋》引俞樾曰：「古書每以澮爲贍足之贍。」

夸飾第三十七

夫形而上者謂之道，形而下者謂之器〔一〕。神道難摹，精言不能追其極〔二〕；形器易寫，壯辭可得喻其真。才非短長，理自難易耳。故自天地以降，豫入聲貌〔三〕，文辭所被，夸飾恒存〔四〕。雖詩書雅言，風格訓世〔五〕，事必宜廣，文亦過焉。是以言峻則嵩高極天〔六〕，論狹則河不容舠〔七〕，説多則子孫千億〔八〕，稱少則民靡孑遺〔九〕；襄陵舉滔天之目〔一〇〕，倒戈立漂杵之論〔一一〕，辭雖已甚，其義無害也。且夫鴞音之醜，豈有泮林而變好〔一二〕；荼味之苦，寧以周原而成飴〔一三〕。並意深褒讚，故義成矯飾〔一四〕。大聖所録，以垂憲章〔一五〕。孟軻所云：説詩者不以文害辭，不以辭害意也〔一六〕。

自宋玉景差，夸飾始盛〔一七〕。相如憑風，詭濫愈甚〔一八〕。故上林之館，奔星與宛虹入軒〔一九〕；從禽之盛，飛廉與鷦鷯俱獲〔二〇〕。及揚雄甘泉，酌其餘波，語瓌奇則假珍於玉樹〔二一〕，言峻極則顛墜於鬼神。至東都之比目，西京之海若，驗理則理無不驗〔二三〕，窮飾則飾猶未窮矣。又子雲羽獵〔二四〕，鞭宓妃以饟屈原〔二五〕；張衡羽獵，困元冥於朔野〔二六〕。孌彼洛神〔二七〕，既非罔兩；惟此水師，亦非魑魅〔二八〕；而虛用濫形，不其疎乎！此欲夸其威而飾其事，義睽剌也〔二九〕。至如氣貌山海，體勢宮殿，嵯峨揭業〔三〇〕，熠燿焜煌之狀，光采煒煒而欲然，聲貌岌岌其將動矣。莫不因夸以成狀，沿飾而得奇也。於是後進之才，獎氣挾聲，軒翥而欲奮飛，騰擲而羞跼步〔三一〕。辭入煒燁，春藻不能程其豔〔三二〕；言在萎絕，寒谷未足成其凋〔三三〕。談歡則字與笑並，論慼則聲共泣偕〔三四〕，信可以發蘊而飛滯〔三五〕，披瞽而駭聾矣〔三六〕。

然飾窮其要，則心聲鋒起〔三七〕，夸過其理，則名實兩乖〔三八〕。若能酌詩書之曠旨，翦揚馬之甚泰〔三九〕，使夸而有節，飾而不誣，亦可謂之懿也〔四〇〕。

贊曰：夸飾在用，文豈循檢〔四一〕。言必鵬運〔四二〕，氣靡鴻漸〔四三〕。倒海探珠〔四四〕，傾崑取琰。曠而不溢，奢而無玷〔四五〕。

【發義】

華言無實，巧文敷辭。

爲言不溢，美不足稱，然敷意太甚，則真意轉漓。爲文不渥，事不足褒，然誇飾亟微，則多情變寡。

〔一〕**夫形而上者謂之道，形而下者謂之器**

〔**集引**〕

《易·繫辭上》：「是故形而上者謂之道，形而下者謂之器。」孔穎達疏：「道是無體之名，形是有質之稱。凡有從無而生，形由道而立，是先道而後形。是道在形之上，形在道之下。故自形外已上者，謂之道也；自形内而下者，謂之器也。形雖處道器兩畔之際，形在器不在道也。既有形質可爲器用，故云形而下者謂之器也。」

【**發義**】

形者，積中外發也。外發見其功，故自形外已上者，謂之道也；器者，有形之具體事物，故謂形而下者也。

〔二〕**神道難摹，精言不能追其極**

〔**集引**〕

《易·觀》：「觀天之神道，而四時不忒，聖人以神道設教，而天下服矣。」孔穎達疏：「神道者，微妙無方，理不可知，目不可見，不知所以然而然，謂之神道。」

【發義】

神妙無方之道難摹，精微之言不能追其極也。

〔三〕**故自天地以降，豫入聲貌**

〔集引〕

《説文·象部》朱駿聲《通訓定聲》：「豫，古文『與』。」段玉裁注：「豫，假借爲『與』。」郝懿行《義疏》：「豫，又通作『與』。」《慧琳音義》卷二七「不豫」注：「豫，古文『與』。」

【發義】

故自天地以降，與入聲貌。

〔四〕**文辭所被，夸飾恒存**

〔集引〕

《文選·班固〈東都賦〉》：「考聲教之所被。」李周翰注：「被，及也。」《孟子·離婁上》：「人有恒言。」趙岐注：「恒，常也。」

【發義】

文辭所及，夸飾常存。

〔五〕雖詩書雅言，風格訓世

【集引】

《詩·大序》：「風，風也，教也；風以動之，教以化之。」慧皎《高僧傳〈序〉》：「明《詩》《書》《禮》《樂》，以成風俗之訓。」《論語·述而》：「子所雅言，《詩》《書》執禮，皆雅言也。」朱熹《集解》引孔安國、鄭玄訓爲「正言」。

【發義】

雅言，正言也。《詩》《書》雅言，明禮樂，以成風俗之訓世也。風者，風以動之而教化也。

〔雍案〕

格，謝鈔本作「俗」。顧廣圻校作「俗」。楊明照《校注》云：「按『風格訓世』，義不可通。作『俗』是也。《議對篇》「風格存焉」，《御覽》五九五引「格」作「俗」，是二字易譌之例。『風』，讀爲『諷』。『風俗訓世』，即《詩·大序》『風，風也，教也；風以動之，教以化之』之意。慧皎《高僧傳〈序〉》：『明詩書禮樂，以成風俗之訓。』語意與此同，尤爲切證。」《集韻·東韻》：「風，諷也。」《說文·豐部》朱駿聲《通訓定聲》：「風者，諷也。」《周禮·夏官·合方氏》：「同其好善。」鄭玄注：「謂風俗所高尚。」孔穎達疏：「風，謂政教所施。」

〔六〕是以言峻則嵩高極天

【集引】

《詩·大雅·崧高》：「崧高維嶽，峻極于天。」

【發義】

言峻者，乃謂高言也。

〔七〕論狹則河不容舠

【集引】

《詩·衛風·河廣》：「誰謂河廣，曾不容舠。」

【發義】

是以所論狹窄，則言不盡意，無所涵容。

〔八〕說多則子孫千億

〖集引〗

《詩·大雅·假樂》：「干禄百福，子孫千億。」

【發義】

干禄者，求福也；千億者，極言其多也。

〔九〕稱少則民靡孑遺

〖集引〗

《詩·大雅·雲漢》：「周餘黎民，靡有孑遺。」

【發義】

是以稱少，則民無剩餘。

〔一〇〕**襄陵舉滔天之目**

〔**集引**〕

《書·堯典》：「湯湯洪水方割，蕩蕩懷山襄陵，浩浩滔天。」《穀梁傳·閔公元年》：「其不目而曰仲孫，疏之也。」范甯注：「不目，謂不言公子慶父。」

【**發義**】

舉滔天之稱言，大水漫上丘陵。

〔一一〕**倒戈立漂杵之論**

〔**集引**〕

《書·武成》：「罔有敵于我師，前徒倒戈，攻于後以北，血流漂杵。」

【**發義**】

漂杵之論，其誇飾至極。

〔一二〕**且夫鴞音之醜，豈有泮林而變好**

〔**集引**〕

《詩·魯頌·泮水》：「翩彼飛鴞，集于泮林。食我桑黮，懷我好音。」

【**發義**】

鴞其惡鳴，雖止於泮林，而無好音也。

〔一三〕**荼味之苦，寧以周原而成飴**

〔**集引**〕

《詩·大雅·緜》：「周原膴膴，堇荼如飴。」

【**發義**】

周原，周地原野，在岐山南，其地肥沃。蓋荼味之苦，難道以周原而成糖膏乎？

〔一四〕故義成矯飾

【集引】

《荀子·性惡》：「古者聖王以人之性惡，以爲偏險而不正，悖亂而不治，是以爲之起禮義，制法度，以矯飾人之情性而正之，以擾化人之情性而導之也。」楊倞注：「矯，彊抑也。擾，馴也。」

【發義】

故義者，在乎矯飾人之情性，以正之也。

〔一五〕大聖所録，以垂憲章

【集引】

《禮記·中庸》：「仲尼祖述堯舜，憲章文武。」

【發義】

孔子至聖，道德高尚完備，創典述訓，其所録者，以垂效法。

〔一六〕孟軻所云：說詩者不以文害辭，不以辭害意也

〔集引〕

《孟子·萬章上》：「故說詩者不以文害辭，不以辭害志。以意逆志，是爲得之。」趙岐注：「辭，詩人所歌詠之辭。」

【發義】

蓋說詩者，不以求工文飾，而傷害詩人所詠之辭，不以迎逆文辭，而傷害詩人所詠之志也。

〔雍案〕

朱熹《集注》云：「文，字也。辭，語也。逆，迎也。……言說詩之法，不可以一字而害一句之義，不可以一句而害設辭之志，當以己意迎取作者之志，乃可得之。」所注謂「文，字也」，乃片面之解。文，於此當作文飾解爲是。《孝經·喪親》：「言不文。」陸德明《釋文》：「文，文飾也。」《易·乾》：「文言曰。」孔穎達疏引莊氏云：「文，謂文飾也。」

〔一七〕**自宋玉景差，夸飾始盛**

〔**集引**〕

《文選·皇甫謐〈三都賦序〉》：「宋玉之徒，淫文放發，言過於實，誇競之興，體失之漸。風雅之則，於是乎乖。」

【**發義**】

誇競之風，始盛於宋玉、景差也。

〔**雍案**〕

景差，《漢書·古今人表》作「景瑳」。戰國楚人。仕於頃襄王爲大夫。善爲賦，與宋玉、唐勒齊名。《楚辭》所收《大招》或題景差所作。

〔一八〕**相如憑風，詭濫愈甚**

〔**集引**〕

《史記·司馬相如列傳》：「無是公言天子上林廣大，山谷水泉萬物，及子虛言楚雲夢所有甚衆，侈靡過其實。」詹鍈《文心雕龍義證》：「斯波六郎：『憑風』乘其風勢之意，承上句之『夸飾始盛』，且應下文之『酌其餘波』。」

【發義】

司馬相如競誇辭賦，憑風放依，掞藻宣華，寓言淫麗，侈靡過實，蓋詭濫愈甚。

〔一九〕**故上林之館，奔星與宛虹入軒**

〔**集引**〕

《史記·司馬相如列傳〈上林賦〉》：「奔星更於閨闥，宛虹拖於楯軒。」

【**發義**】

司馬相如《上林賦》「奔星與宛虹入軒」，奇鬱壯放，誇飾雄麗。

〔二〇〕**從禽之盛**

〔**集引**〕

《易·屯》：「象曰：『即鹿無虞，以從禽也。』」

【發義】

田獵追逐鳥獸，所獲豐盛。

〔二一〕飛廉與鷦鵬俱獲

【集引】

《漢書・武帝本紀》：「還作甘泉通天觀，長安飛廉館。」顏師古注：「應劭曰：『飛廉，神禽，能致風氣者也。』……晉灼曰：『身似鹿，頭如爵，有角而蛇尾，文如豹文。』」《文選・司馬相如〈上林賦〉》：「天子校獵……椎蜚廉……掩焦明。」

【發義】

蓋蜚廉於焦明俱獲，湊砌之句，襯其文飾也。

〔雍案〕

黃叔琳校云：「按本賦作『焦明』。」鷦鵬，乃「焦明」之謌。《史記・司馬相如列傳〈上林賦〉》：「掩焦明。」裴駰《集解》：「焦明似鳳。」張守節《正義》：「案：長喙，疏翼，員尾，非幽閑不集，非珍物不食。」《楚辭・劉向〈九歎・遠遊〉》：「駕鸞鳳以上遊兮，從玄鶴與鷦明。」王逸注：「鷦明，俊鳥也。」焦明，與鷦明音義同。《說文》「鷫」解謂南方之鳥，《漢書・司馬相如傳

〈上林賦注〉》引張揖謂西方之鳥。

〔一二二〕**語瓌奇則假珍於玉樹**

【**集引**】

《文選·左思〈三都賦序〉》：「然而相如賦《上林》而引『盧橘夏熟』，揚雄賦《甘泉》而陳『玉樹青葱』……假稱珍怪，以爲潤色。」張銑注：「潤其文章，使有光色。」

【**發義**】

假稱珍怪，潤色辭章，使之瓌奇無比。

〔一二三〕**驗理則理無不驗**

【**集引**】

《大戴禮記·本命》：「可驗而後言。」王聘珍《解詁》：「驗，徵也。」

【**發義**】

徵幾微之理，則無可證也。

〔雍案〕

不驗，乃「可驗」之譌。此謂徵幾微之理，則無可證也。《大戴禮記·本命》云：「可驗而後言。」王聘珍《解詁》：「驗，徵也。」

〔二四〕又子雲羽獵

〔集引〕

《文選·宋玉〈高唐賦〉》：「傳言羽獵，銜枚無聲。」

【發義】

揚雄有《羽獵賦》，稱帝王狩獵，士卒負羽箭隨從，因名羽獵。《漢書·揚雄傳》：「其十二月羽獵，雄從。」顏師古注引服虔曰：「士負羽。」

〔雍案〕

羽，黄叔琳校云：「一作『校』。」元本、弘治本、活字本、汪本、佘本、張本、兩京本、王批本、何本、胡本、梅本、凌本、合刻本、梁本、祕書本、清謹軒本、尚古本、岡本、四庫本、王本、張松孫本、鄭藏鈔本、崇文本並作「校」。湯氏《續文選》二七、胡氏《續文選》一二、《文儷》一三、《四六法海》、《賦略》緒言引同。梅慶生云：「（校）當作『羽』。」楊明照《校注》云：「按以

《通變篇》引『出入日月，天與地沓』二句而標爲『校獵』證之，此當依諸本作『校』，前後始能一律。黄氏從梅校徑改爲『羽』，非是。」「校」字是也。「校獵」者，設栅欄以便圈圍野獸，然後獵取也。《文選・枚乘〈七發〉》：「恐虎豹，慴鷙鳥，逐馬鳴鑣，魚跨麋角……此校獵之至壯也。」《漢書・成帝紀》：「從胡客大校獵。」顔師古注：「校，謂用木自相貫穿以爲闌校耳。」《資治通鑑・漢紀》：「帝校獵上林苑。」胡三省注：「校，欄格也。」《集韻・效韻》：「校，木爲欄格，軍部及養馬用之。」

〔二一五〕鞭宓妃以饟屈原

〔集引〕

《藝文類聚・揚雄〈羽獵賦〉》：「鞭洛水之宓妃，餉屈原與彭胥。」《説文・食部》：「周人謂餉曰饟。」《玉篇・食部》：「饟，饋食也。」

【發義】

此非子雲原意。

〔二六〕困元冥於朔野

〔集引〕

《左傳·昭公十八年》：「禳火于玄冥、回禄。」杜預注：「玄冥，水神。」《禮記·月令·孟冬之月》：「其神玄冥。」《漢書·叙傳》：「雄朔野以颺聲。」顔師古注引應劭曰：「朔，北方也。」

【發義】

蓋謂水神困於北方之野也。

〔雍案〕

元，元本、弘治本、汪本、佘本、張本、兩京本、王批本、何本、梅本、凌本、合刻本、梁本、祕書本、謝鈔本、别解本、尚古本、岡本、崇文本皆作「玄」。湯氏《續文選》、胡氏《續文選》、《文儷》、《四六法海》、《賦略》緒言、《文通》引同。清謹軒本、四庫本作「玄」，闕末筆。楊明照《校注》云：「按『玄』字是。玄冥，水正也。見《左傳·昭公二十九年》。」「玄」者，謂北也。「玄冥」者，水正，北方之神也。《楚辭·大招》：「冥淩浹行。」王逸注：「冥，玄冥，北方之神也。」《文選·揚雄〈羽獵賦〉》：「處於玄宫。」李善注：「玄，北方也。」又《吴質〈答東阿王書〉》：「至乃歷玄闕。」張銑注：「玄，北也。」

〔二七〕變彼洛神

【集引】

《詩·邶風·泉水》：「孌彼諸姬。」毛萇傳：「孌，好貌。」《史記·司馬相如列傳〈上林賦〉》：「若夫青琴宓妃之徒。」司馬貞《索隱》：「如淳曰：『宓妃，伏羲女，溺死洛水，遂爲洛水之神。』」

【發義】

蓋容色之好者，莫若洛神宓妃焉。

〔二八〕惟此水師，亦非魑魅

【集引】

《三國志·吴書·諸葛恪傳〈薛綜移文〉》：「藜蓧稂莠，化爲善草，魑魅魍魎，更成虎士。」《左傳·文公十八年》：「投諸四裔，以禦魑魅。」杜預注：「魑魅，山林異氣所生，爲人害者。」

【發義】

惟此水怪，亦非山神鬼怪也。

〔雍案〕

「水師」乃「水怪」之譌。《左傳·宣公三年》：「螭魅罔兩。」杜預注：「螭，山神，獸形。魅，怪物。罔兩，水神。」

〔二九〕**此欲夸其威而飾其事，義睽剌也**

〔集引〕

《唐宋八大家文鈔·柳宗元〈上大理崔大卿應制舉不敏啟〉》：「剌繆經旨。」蔣之翹《輯注》：「剌，乖剌也。」

【發義】

此欲夸言其威，而極飾其事，義理違逆也。

〔三〇〕**體勢宮殿，嵯峨揭業**

〔集引〕

《文選·王延壽〈魯靈光殿賦〉》：「飛陛揭孽，緣雲上征。」《慧琳音義》卷七六「揭鳥」注引王逸注《楚辭》：「揭，亦高也。」《文選・何晏〈景福殿賦〉》：「於是揭以高昌崇觀。」呂向注：「揭，特高貌。」《玉篇・丵部》：「業，高大也。」《後漢書・班彪列傳》：「增槃業峨。」李賢注：「業峨，高也。」

【發義】

形制若宮殿，嵯峨特高。

〔三二〕騰擲而羞跼步

〔集引〕

《慧琳音義》卷一五「跳躑」注：「躑，亦跳也。」《淮南子・精神訓》：「病疵瘕者……蹉跼而諦，通夕不寐。」

【發義】

騰躑而羞蹉行不申其步也。

〔雍案〕

擲，元本、弘治本、汪本、佘本、張本、兩京本、王批本、何本、胡本、凌本、合刻本、梁本、別解本、清謹軒本、尚古本、岡本、四庫本、王本、鄭藏鈔本、崇文本皆作「躑」。湯氏《續文選》、胡氏《續文選》、《文儷》、《四六法海》、《賦略》緒言引同。何氏《類鎔》十五有此文，亦作「躑」。楊明照《校注》云：「按『躑』爲蹢之後起字，『擲』又『躑』之俗體，當據改爲『躑』。」《慧琳音義》卷三九「擲躅」注：「擲，亦從足作『躑』。」《慧琳音義》卷六六「跳躑」注：「躑，正作『蹢』。論文作『躑』，俗字也。」《文選·司馬彪〈贈山濤〉》：「撫劒起躑躅。」李善注：「躑躅，與蹢躅同。」又《楚辭·九思·憫上》：「待天明兮立躑躅。」舊注：「躑躅，一作『蹢躅』。」《文選·張衡〈東京賦〉》：「豈徒跼高天蹐厚地而已哉。」薛綜注：「跼，傴僂也。」《文選·赭白馬賦》李善注引《字林》：「跼，踡行不申也。」《戰國策·齊策五》：「則亡天下可跼足而須也。」鮑彪注：「跼，不伸也。」《慧琳音義》卷八三「跼蹐」注引顧野王云：「跼，不伸，亦曲也。」《集韻·燭韻》：「跼，踡跼不伸也。」《玉篇·足部》《廣韻·燭韻》：「跼，踡跼。」

〔三二〕辭入煒燁，春藻不能程其豔

【集引】

《文選·陸機〈文賦〉》：「奏平徹以閑雅，説煒曄而譎誑。」曄，同燁。《周禮·考工記·梓人》：「張皮侯而棲鵠，則春以功。」鄭玄注：「春讀爲蠢。蠢，作也，出也。」黄庭堅《次韻晁仲考進士試卷》：「諸生程藝文。」任淵注：「程，品也。」《廣韻·清韻》：「程，品也。」

【發義】

文辭切合鮮明，出文采不能品其豔。

〔三三〕**言在萎絶，寒谷未足成其凋**

〔集引〕

《楚辭·離騷》：「雖萎絶其亦何傷兮。」王逸注：「萎，病也。」劉向《别録》：「燕有谷，地美而寒，不生五穀。」

【發義】

言在病絶，寒谷未足成其凋落。

〔三四〕**談歡則字與笑並，論慼則聲共泣偕**

〔集引〕

《抱朴子外篇·嘉遁》：「言歡則木梗怡顔如巧笑，語戚則偶象嚬顣而滂沱。」《廣雅·釋詁二》：「字，飾也。」《廣韻·志韻》：「字者，飾也。」

【發義】

言談喜樂則飾與笑並，議論悲傷則嗚共泣偕。

〔雍案〕

字，徐㶿校作「容」。「偕」，《經史子集合纂類語》引作「諧」。楊明照《校注》云：「按徐校馮引皆非。《文賦》：『思涉樂其必笑，方言哀而已歎。』《抱朴子外篇·嘉遁》：『言歡則木梗怡顔如巧笑，語戚則偶象嚬嘁而滂沱。』並足與此文相發。」《類篇·子部》：「字，文也。」

〔三五〕信可以發藴而飛滯

〔集引〕

《論語·述而》：「不悱不發。」皇侃《義疏》：「發，發明也。」《論語·爲政》：「退而省其私，亦足以發。」皇侃《義疏》：「發，發明義理也。」朱熹集注：「發，謂發明所言之理。」《文選·王巾〈頭陁寺碑文〉》：「其涅槃之藴也。」李善注引《周易》韓康伯《注》曰：「藴，淵奥也。」

【發義】

信可以發明其深奥，而揚内之滯積也。

〔三六〕披瞽而駭聾矣

【集引】

《莊子·逍遥遊》：「瞽者無以與乎文章之觀。」

【發義】

瞽者無以與乎文章之觀，故披而可見，是以觸發其聾矣。

〔三七〕然飾窮其要，則心聲鋒起

【集引】

《荀子·王制》：「和解調通，好假道人而無所凝止之，則姦言並至，嘗試之説鋒起。」

【發義】

然修飾盡其要妙，則心聲齊起。

〔三八〕夸過其理，則名實兩乖

【集引】

《管子·九守》：「名實當則治，不當則亂。」

【發義】

夸過其理，則名稱與實際兩相背離。

〔三九〕翦揚馬之甚泰

【集引】

《老子》：「是以聖人去甚、去奢、去泰。」

【發義】

若能參酌《詩》《書》之曠旨，除去子雲、相如誇飾之過縱。

〔四〇〕使夸而有節，飾而不誣，亦可謂之懿也

〔集引〕

《荀子·非相》：「噡唯則節。」王先謙《集解》引郝懿行曰：「節，謂節制之也。」《文選·杜預〈春秋左傳序〉》：「亦又近誣。」吕向注：「誣，虚也。」《易·小畜》象傳：「君子以懿文德。」李鼎祚《集解》引虞翻曰：「懿，美也。」

【發義】

使夸而有節制，飾而不虚罔，亦可謂之美也。

〔四一〕夸飾在用，文豈循檢

〔集引〕

《文選·曹丕〈典論·論文〉》：「譬諸音樂，曲度雖均，節奏同檢。」李善注：「《倉頡篇》曰：『檢，法度也。』」

【發義】

誇飾在於需要，文豈循法式。

〔四二〕言必鵬運

〖集引〗

《莊子·逍遥遊》：「北冥有魚，其名爲鯤。鯤之大不知其幾千里也。化而爲鳥，其名爲鵬。鵬之背不知其幾千里也。怒而飛，其翼若垂天之雲。……鵬之徙於南冥也，水擊三千里，摶扶摇而上者九萬里，去以六月息者也。」

【發義】

言之出，勢必若鵬運，而至遠也。

〔四三〕氣靡鴻漸

〖集引〗

《漢書·公孫弘卜式兒寬傳〈贊〉》：「公孫弘、卜式、兒寬皆以鴻漸之翼，困於燕爵。」顔師古注引李奇曰：「漸，進也。鴻一舉而進千里者，羽翼之材也。」《荀子·榮辱》：「靡之儇之。」楊倞注：「靡，順從也。」

【發義】

氣順從鴻舉，進之千里也。

〔四四〕**倒海探珠**

〔集引〕

《莊子·列御寇》：「夫千金之珠，必在九重之淵，而驪龍頷下。」

【發義】

蓋謂探珠之術，其在高超神妙焉。

〔四五〕**曠而不溢，奢而無玷**

〔集引〕

《老子》：「曠兮其若谷，渾兮其若濁。」《史記·司馬相如列傳〈子虛賦〉》：「奢言淫樂，而顯侈靡。」

【發義】

寬廣而不過度，誇張而無過失。

事類第三十八

事類者，蓋文章之外〔一〕，據事以類義，援古以證今者也。昔文王繇易，剖判爻位〔二〕，既濟九三，遠引高宗之伐〔三〕；明夷六五，近書箕子之貞〔四〕。斯略舉人事以徵義者也。至若胤征羲和，陳政典之訓〔五〕；盤庚誥民，叙遲任之言〔六〕。此全引成辭以明理者也。然則明理引乎成辭，徵義舉乎人事，迺聖賢之鴻謨，經籍之通矩也〔七〕。大畜之象，君子以多識前言往行〔八〕，亦有包於文矣〔九〕。

觀夫屈宋屬篇，號依詩人〔一〇〕，雖引古事，而莫取舊辭。唯賈誼鵩賦，始用鶡冠之説；相如上林，撮引李斯之書。此萬分之一會也。及揚雄百官箴，頗酌於詩書；劉歆遂初賦，歷叙於紀傳。漸漸綜採矣。至於崔班張蔡，遂捃摭經史，華實布濩〔一一〕，因書立功，皆後人之範式也。

夫薑桂同地，辛在本性〔一二〕；文章由學，能在天資。才自内發，學以外成〔一三〕，有學飽而才餒〔一四〕，有才富而學貧。學貧者迍邅於事義〔一五〕，才餒者劬勞於辭情〔一六〕，此内外之殊分也。是以屬意立文，心與筆謀，才爲盟主，學爲輔佐，主佐合德〔一七〕，文采必霸，才學褊狹，雖美少功。夫以子雲之才，而自奏不學〔一八〕，及觀書石室，乃成鴻采〔一九〕。表裏相資，古今一也〔二〇〕。故魏武稱張子之文爲拙，然學問膚淺，所見不博，專拾掇崔杜小文，所作不可悉難，難便不知所出，斯則寡聞之病也。夫經典沉深，載籍浩瀚，實群言之奥區，而才思之神皋也〔二一〕。揚班以下，莫不取資，任力耕耨，縱意漁獵〔二二〕，操刀能割〔二三〕，必列膏腴〔二四〕，是以將贍才力，務在博見，狐腋非一皮能温〔二五〕，雞蹠必數千而飽矣〔二六〕。是以綜學在博，取事貴約〔二七〕，校練務精，捃理須覈〔二八〕，衆美輻輳，表裏發揮〔二九〕。劉劭趙都賦云：公子之客，叱勁楚令歃盟；管庫隸臣，呵强秦使鼓缶。用事如斯，可謂理得而義要矣。故事得其要，雖小成績，譬寸轄制輪，尺樞運關也〔三〇〕。或微言美事，置於閑散，是綴金翠於足脛，靚粉黛於胸臆也。

凡用舊合機，不啻自其口出〔三一〕，引事乖謬，雖千載而爲瑕。陳思，群才之英也，報孔璋書云：葛天氏之樂，千人唱，萬人和，聽者因以蔑韶夏矣。此引事之實謬也。按葛天之歌，唱和三人而已。相如上林云：奏陶唐之舞，聽葛天之歌，千人唱，萬人和。唱和千萬人，乃相如接人，然而濫侈葛天，推三成萬者，信賦妄書，致斯謬也。陸機園葵詩云：庇足同一智，生理合異端。夫葵能衛足，事譏鮑莊〔三二〕；葛藟庇根，辭自樂豫〔三三〕。若譬葛爲葵，則引事爲謬；若謂庇勝衛，則改事失真。斯又不精之患。夫以子建明練，士衡沈密，而不免於謬；曹仁之謬高唐，又曷足以嘲哉〔三四〕？夫山木爲良匠所度，經書爲文士所擇，木美而定於斧斤，事美而制於刀筆，研思之士，無慚匠石矣。

贊曰：經籍深富，辭理遐亘〔三五〕。皜如江海〔三六〕，鬱若崑鄧〔三七〕。文梓共採〔三八〕，瓊珠交贈。用人若己〔三九〕，古來無懵。

【發義】

據事援引，類義證驗。

〔一〕**事類者，蓋文章之外**

【集引】

《後漢書·郭陳列傳》：「寵爲（鮑）昱撰《辭訟比》七卷，決事科條，皆以事類相從。」《三國志·魏書·武宣卞皇后傳》：「少有才學。」裴松之注引《魏略·曹丕答卞蘭教》：「賦者，言事類之所賦也。」

【發義】

用之者，事也。徵言徵事，文之爲用，自喻喻人，蓋事類非己所出，故曰：文章之外。

〔二〕**昔文王繇易，剖判爻位**

〔集引〕

《周易正義》：「卦辭爻辭并是文王所作。」《淮南子·要略》：「總要舉凡，而語不剖判純樸。」

【發義】

文王繇《易》，分析辨别爻位。

〔三〕**既濟九三，遠引高宗之伐**

〔集引〕

《易·既濟》：「既濟，亨小利貞，初吉終亂。」孔穎達疏：「濟者，濟渡之名。既者，皆盡之稱。

萬事皆濟，故以既濟爲名。」《易·既濟》：「高宗伐鬼方，三年克之。」

【發義】

鬼方，殷、周時西北部族。考其當在岐、周以西，汧、隴之間。

〔雍案〕

既濟，《易》卦名。離下坎上。䷾。稱武丁爲「高宗」者，乃由《尚書》之《高宗肜日》誤會而來。高宗肜日者，當是「王𡧊高祖，肜日亡尤」省文，即武丁歲於高祖乙也。甲骨卜辭可以參正。「甲寅卜，其又歲于高祖乙，一牢、三牢。」（《粹》一六五）「乙未卜，□貞，王𡧊大乙，肜日，亡尤。」（《粹》一五九）（見雍平《殷鑑·武丁》）

〔四〕明夷六五，近書箕子之貞

〔集引〕

《易·明夷》：「六五，箕子之明夷，利貞。」

【發義】

明夷，明而被傷也。蓋謂紂王無道，箕子諫不聽，佯狂爲奴，以保全其貞。

〔五〕至若胤征羲和，陳政典之訓

〔集引〕

《書·胤征》：「惟仲康肇位四海，胤侯命掌六師。羲和廢厥職，酒荒于厥色。胤后承王命徂征。」

又：「惟時羲和顛覆厥德，沈亂于酒，畔官離次，俶擾天紀，遐棄厥司。……羲和尸厥官，罔聞知，昏迷于天象，以干先王之誅。《政典》曰：『先時者殺無赦，不及時者殺無赦。』」孔安國傳：「《政典》，夏后爲政之典籍。」《書·堯典》：「胤子朱啟明。」孔安國傳：「胤，國。」

【發義】

商仲康因羲和廢棄職守，沉湎於酒，荒誤農時，胤君奉命征討，陳先王《政典》之訓。

〔雍案〕

羲和，羲氏、和氏，唐虞時掌管天地四時之官。

〔六〕盤庚誥民，敘遲任之言

〔集引〕

《書·盤庚上》：「遲任有言曰：『人惟求舊，器非求舊，惟新。』」

【發義】

殷王盤庚告諭國人，曾引用遲任之言。遲任，殷之賢者。

〔七〕迺聖賢之鴻謨，經籍之通矩也

【集引】

《書·伊訓》：「聖謨洋洋，嘉言孔彰。」《論語·爲政》：「七十而從心所欲，不踰矩。」

【發義】

乃聖賢之博大學説，經籍之通用法則。

【雍案】

楊明照《校注》云：「按『鴻謨』『通矩』，謂『舉人事』與『引成辭』二者，則『謨』當作『模』。《情采篇》『夫能設謨以位理』，其誤『模』爲『謨』，與此同。」楊説是也。《説文·言部》：「謨，議謀也。从言，莫聲。《虞書》曰：『咎繇謨。』暮，古文謨从口。」《書·大禹謨》：「大禹謨。」孔安國傳：「謨，謀也。」《詩·大雅·抑》：「訏謨定命。」毛萇傳：「謨，謀也。」《集韻·模韻》：「謨，古作『暮』『惎』『譕』，或書作『謩』。」《説文·木部》：「模，法也。从木，莫聲。讀若嫫母之『嫫』。」徐鍇《繫傳》：「模，以木爲規模也。」《玉篇·木部》《廣韻·模韻》《小學蒐佚·

聲類》《慧琳音義》卷五「揆模」注引《字林》云、《慧琳音義》卷一八「楷模」注引鄭箋《毛詩》云：「模，法也。」

〔八〕**大畜之象，君子以多識前言往行**

〔**集引**〕

《論語·子路》：「故君子名之必可言也，言之必可行也。」

【**發義**】

君子據事類義，以多記前言往行。

〔九〕**亦有包於文矣**

〔**集引**〕

《易·蒙》：「包蒙。」孔穎達疏：「包謂包含。」

【**發義**】

是以前言往行，亦有包蒙於文矣。

〔一〇〕**觀夫屈宋屬篇，號依詩人**

〖集引〗

《宋史·吴時傳》：「時敏於爲文，未嘗屬稿，落筆已就，兩學目之曰立地書廚。」

【發義】

屈原、宋玉撰綴篇章，引聲謳吟，依詩人之比興。

〔一一〕**華實布濩**

〖集引〗

漢司馬相如《上林賦》郭璞注：「布濩，猶布露也。」

【發義】

浮華質實，紛亂散布也。

〖雍案〗

濩，元本、弘治本、汪本、佘本、張本、兩京本、王批本、胡本、訓故本皆作「護」。楊明照

《校注》云：「按『護』『濩』同音通假。《文選·司馬相如〈封禪文〉》『我氾布護之』作『護』；《上林賦》『布濩閎澤』，揚雄《劇秦美新》『布濩流衍』作『濩』，是其相通之證。『布濩』之作『布護』，猶『大濩』之作『大護』然也。郭璞《上林賦》注：『布濩，猶布露也。』」「濩」與「護」，通假字，音義同。《説文·水部》段玉裁注：「濩，或假爲『護』。」朱駿聲《通訓定聲》：「濩，字亦作『頀』。」《廣韻》：「（濩）胡誤切，去暮匣。魚部。」《周禮·春官·大司樂》：「大濩大武。」孫詒讓《正義》：「《吕氏春秋·古樂篇》云：『湯命伊尹作爲大護。』『濩』『護』字通。」《希麟音義》卷二「布濩」注引顔師古注《漢書》：「布濩，猶言布露，謂於鈌露之處，皆遍布也。」

〔一一二〕**夫薑桂同地，辛在本性**

〔**集引**〕

《書鈔》引《宋玉集序》：「宋玉事楚懷王，友人言之宋玉，玉以爲小臣。王議友人。友曰：『薑桂因地而生，不因地而辛。』」

【**發義**】

薑桂因地而生，不因地而辛，蓋辛在其本性也。

〔雍案〕

同，《御覽》引作「因」。楊明照《校注》云：「按『因』字是，『同』其形誤也。《宋玉集序》：『宋玉事楚懷王，友人言之宋玉，玉以爲小臣。王議友人。友曰：「薑桂因地而生，不因地而辛。」』《書鈔》三三引《韓詩外傳》七：『宋玉因其友見楚襄王，襄王待之無以異，乃讓其友。友曰：「夫薑桂因地而生，不因地而辛。」』《新序·雜事》五、《渚宮舊事》三同爲舍人此文所本，正作『因』。」《說文·口部》：「因，就也。从口、大。」《廣雅·釋詁三》《玉篇·口部》《廣韻·真韻》：「因，就也。」

〔一二三〕才自内發，學以外成

〔集引〕

《論語·先進》：「才不才，亦各言其志也。」

【發義】

故文才由内蘊而發，學之以外輔而成。

〔一四〕有學飽而才餒

〔集引〕

《廣雅·釋詁一》：「飽，滿也。」《孟子·告子下》：「既飽以德。」朱熹《集注》：「飽，充足也。」

【發義】

學問充滿而才力不足。

〔一五〕學貧者迍邅於事義

〔集引〕

《古文苑·漢蔡邕〈述行賦〉》：「塗迍邅其蹇連，潦汙滯而爲災。」唐劉長卿《劉隨州集·贈別于群投筆赴安西》詩：「誰謂命迍邅，還令計反覆。」

【發義】

學之缺乏者，難行於據事類義。

〔一六〕才餒者劬勞於辭情

〔集引〕

《禮記·大學》：「無情者不得盡其辭。」鄭玄注：「情，猶實也。」

【發義】

才力不足者，勞心於辭實。

〔一七〕主佐合德

〔集引〕

《文子·精誠》：「故大人與天地合德。」《淮南子·泰族訓》：「故大人者，與天地合德。」《漢書·律曆志上》：「衡權合德。」

【發義】

内主之助，合德也。

〔一八〕**夫以子雲之才，而自奏不學**

〔**集引**〕

揚雄《答劉歆書》云：「自奏少不得學。」

【**發義**】

揚雄自奏少不得學，然其才稟具矣。

〔一九〕**及觀書石室，乃成鴻采**

〔**集引**〕

揚雄《太玄經》：「鴻文無范，恣于川。」

【**發義**】

子雲及觀書石渠閣，乃成鴻文大作。

〔二〇〕表裏相資，古今一也

〔集引〕

《荀子·禮論》：「文理情用，相爲内外表裏，並行而雜。」

【發義】

内儲其才，外積其學，相以憑借，古今一也。

〔二一〕而才思之神皐也

〔集引〕

《廣雅·釋言》：「皐，局也。」王念孫《疏證》：「皐爲曲局之局，又爲界局之局。」《文選·張衡〈西京賦〉》：「寔惟地之奥區神皐。」

【發義】

才思之引物而生，妙萬物而爲言之局也。

〔二一二〕縱意漁獵

【集引】

《抱朴子外篇·鈞世》：「然古書雖多，未必盡美；要當以爲學者之山淵，使屬筆者得采伐漁獵其中。」

【發義】

放縱其意，屬筆汎涉其中。

〔二一三〕操刀能割

【集引】

《左傳·襄公三十一年》：「子産曰：『……猶未能操刀而使割也。』」《六韜·文韜·守土》：「太公曰：『……操刀必割。』」《新書·宗首》：「黄帝曰：『……操刀必割。』」《漢書·賈誼傳〈陳政事疏〉》：「黄帝曰：『日中必熭，操刀必割。』」顔師古注引臣瓚：「太公曰：『日中不慧，是謂失時；操刀不割，失利之期。』言當及時也。」

【發義】

乃喻屬筆當及時，斷取事類以爲用也。

〔二四〕必列膏腴

〔集引〕

《宋書·禮志》晉荀崧疏：「於是（左）丘明退撰所聞而爲之傳，其書善禮，多膏腴美辭，張本繼末以發明經義。」

【發義】

必列華美。

〔雍案〕

列，黄叔琳校云：「汪作『裂』。」何焯校作「裂」。元本、弘治本、活字本、佘本、張本、兩京本、王批本、何本、胡本、訓故本、合刻本、梁本、別解本、尚古本、岡本、四庫本、王本、鄭藏鈔本、崇文本並作「裂」。楊明照《校注》云：「按《説文·刀部》：『列，分解也。』又《衣部》：『裂，繒餘也。』是分裂字本應作『列』，然古多通用不別。」《管子·法禁》：「故下與官列法。」戴望《校正》：「列，古裂字。」又《五輔》：「是故博帶棃大袂列。」《集校》引丁士涵云：「列，古

『裂』字。」《諸子平議・管子二》：「故下與官列法。」俞樾按：「列，讀爲『裂』，『裂』亦分也，『列』『裂』古通用。」《讀書雜志・漢書第一三・列眥》：「逢蒙列眥。」蕭該曰：「案《淮南》曰：『瞋目裂眥。』……《内則》：『衣裳綻裂。』《釋文》云：『裂，本又作「列」。』」

〔一一五〕狐腋非一皮能温

〔集引〕

《慎子・知忠》：「粹白之裘，蓋非一狐之皮也。」《御覽》引《慎子》：「狐白之裘，非一狐之腋。」《吕氏春秋・用衆》：「天下無粹白之狐，而有粹白之裘，取之衆白也。」《淮南子・説山訓》：「天下無粹白狐，而有粹白之裘，掇之衆白也。」《史記・劉敬叔孫通列傳〈贊〉》：「語曰：『千金之裘，非一狐之腋也。』」

【發義】

藴積之厚非在其表也。

〔雍案〕

「温」與「藴」，古通用也。《詩・小雅・小宛》：「飲酒温克。」孔穎達疏：「藴藉者，定本及箋作『温』字。舒瑗云：『苞裹曰藴，謂藴藉自持，含容之義。』經中作『温』者，蓋古字通用。」《經籍纂詁·吻韻》：「祝睦後碑：『温化以禮。』『藴』作『温』。」

〔二六〕雞蹠必數千而飽矣

【集引】

《吕氏春秋·用衆》：「善學者，若齊王之食雞也，必食其跖數千而後足。」

【發義】

學之取衆，然後博矣。

〔二七〕是以綜學在博，取事貴約

【集引】

《孟子·離婁下》：「博學而詳説之，將以反説約也。」《御覽》引袁準《正書》：「學莫大於博，行莫過於約。」

【發義】

兼綜其學，在乎博。取譬事類貴乎約略。

【雍案】

約，《吟窗雜録》作「要」。楊明照《校注》云：「按『要』字非是。《孟子·離婁下》：『孟子曰：「博學而詳説之，將以反説約也。」』袁準《正書》：『學莫大於博，行莫過於約。』《御覽》六一二引並以『博』與『約』對舉。」約，少也。要，與「約」字通假，古相通用。《説文·臼部》朱駿聲《通訓定聲》：「要，叚借爲『約』。」《釋名·釋形體》：「要，約也，在體之中，約結而小也。」王先謙《疏證補》引蘇輿曰：「『要』『約』，一聲之轉，古亦通用。」《玉篇·臼部》：「要，今爲『要約』字。」《廣韻》：「（約）於笑切，去笑影。宵部。」《淮南子·主術訓》：「所守甚約。」高誘注：「約，要也，少也。」《孟子·離婁下》：「將以反説約也。」焦循《正義》引《淮南子》高誘注：「約，要也，少也。」

〔二八〕捃理須覈

【集引】

白居易《長慶集·策林〈議文章〉》：「今褒貶之文無覈實，則懲勸之道缺矣。」

【發義】

捃摭理論，須以覈實。

〔雍案〕

理，黄叔琳校云：「一作『摭』。」天啟梅本改「摭」。楊明照《校注》云：「按『摭』字非是。《吟窗雜録》作『捃理貴覈』，是所見本作『理』。」捃，拾取也。理，義理也。《説文·玉部》段玉裁注引戴震《孟子字義疏證》：「理者，察之而幾微，必區以別之名也。」

〔二九〕衆美輻輳，表裏發揮

〔集引〕

《史記·劉敬叔孫通列傳》：「且明主在其上，法令具於下，使人人奉職，四方輻輳，安敢有反者。」《易·乾·文言》：「六爻發揮，旁通情也。」孔穎達疏：「發謂發越也，揮謂揮散也。」唐柳宗元《柳先生集·哭連州凌員外司馬》詩：「六學誠一貫，精義窮發揮。」

【發義】

蓋謂衆美聚集，而内外發越揮散也。

〔三〇〕譬寸轄制輪，尺樞運關也

〔集引〕

《淮南子·繆稱訓》：「終年爲車，無三寸之鎋，不可以驅馳；匠人斲户，無一尺之楗，不可以閉藏。」《淮南子·人間訓》：「夫車之所以能轉千里者，以其要在三寸之轄。」《莊子·讓王》：「蓬户不完，桑以爲樞。」《漢書·五行志下》：「視門樞下，當有白髮。」顏師古注：「樞，門扇所由開閉者也。」

【發義】

其譬謂寸轄制止，不可繼續行進也；尺樞啟閉，可以運轉關鍵也。

〔雍案〕

轄，豎貫軸頭之鐵，可以禁轂之突也。《釋名·釋車》：「轄，害也，車之禁害也。」樞，户所以轉動開閉之樞機也。唐李賀《公莫舞歌》：「鐵樞鐵楗重束關。」王琦《輯注》：「樞，門户開闔之機也。」

〔三一〕**不啻自其口出**

〔**集引**〕

《書·秦誓》：「人之彥聖，其心好之，不啻如自其口出，是能容之。」

【**發義**】

故凡用舊，合於機者，無異於自其口出。

〔三二〕**夫葵能衛足，事譏鮑莊**

〔**集引**〕

《左傳·成公十七年》：「（齊靈公刖鮑牽。）仲尼曰：『鮑莊子（鮑牽）之知，不如葵，葵猶能衛其足。』」

【**發義**】

蓋舉葵能衛足之事類，以譏鮑莊也。

〔三三〕葛藟庇根，辭自樂豫

【集引】

《左傳·文公七年》：「昭公將去群公子。樂豫曰：『不可。公族，公室之枝葉也，若去之，則本根無所庇蔭矣。葛藟猶能庇其本根，故君子以爲比，況國君乎！』」

【發義】

舉葛藟猶能庇根之事類，以辭樂豫也。

〔三四〕曹仁之謬高唐，又曷足以嘲哉

【集引】

陳琳《爲曹洪與曹丕書》：「蓋聞過高唐者，效王豹之謳。」《孟子·告子下》：「（淳于髠）曰：『昔者王豹處於淇而河西善謳，綿駒處於高唐而齊右善歌。』」

【發義】

曹洪非子建士衡之比，其謬綿駒作王豹，固不足以嘲也。

〔雍案〕

「仁」乃「洪」之譌。

〔三五〕**辭理遐亘**

〔集引〕

《慧琳音義》卷九〇「緜亘」注引《韻英》：「亘，長遠也。」

【發義】

辭理遠接也。

〔三六〕**皜如江海**

〔集引〕

《孟子·滕文公上》：「子夏、子張、子游以有若似聖人，欲以所事孔子事之，彊曾子。曾子曰：『不可。江漢以濯之，秋陽以暴之，皜皜乎不可尚已。』」朱熹集注：「江漢水多，言濯之潔也。秋日燥烈，言暴之乾也。皜皜，潔白貌。尚，加也。言夫子道德明著，光輝潔白，非有若所能彷彿也。」

【發義】

經籍明著，而光輝潔白，徧及江海也。

〔三七〕**鬱若崑鄧**

〔集引〕

《文選·張衡〈西京賦〉》：「珍物羅生，焕若崑崙。」李善注：「《山海經》云：『崑崙之墟，有珠樹、文玉樹。』」又：「嘉卉灌叢，蔚若鄧林。」李善注：「《山海經·海外北經》曰：『夸父與日逐走，入日。渴欲得飲于河渭，河渭不足，北飲大澤。未至，道渴而死。棄其杖，化爲鄧林。』」《淮南子·地形訓》：「夸父其策，是爲鄧林。」

【發義】

盛若崑樹鄧林。

〔三八〕**文梓共採**

〔集引〕

《吳越春秋》：「越王乃使木工三千餘人入山伐木，一夜天生神木一雙，大二十圍，長五十尋。陽爲文梓，陰爲梗枏。」

【發義】

梓具文理，在於共採。

〔三九〕 **用人若己**

〔集引〕

《書·仲虺之誥》：「用人惟己。」枚頣傳：「用人之言，若自己出。」

【發義】

用人之言化爲己出，是以明用無懵。

練字第三十九

夫文象列而結繩移〔一〕，鳥跡明而書契作〔二〕，斯乃言語之體貌，而文章之宅宇也〔三〕。蒼頡造之，鬼哭粟飛〔四〕；黄帝用之，官治民察。先王聲教，書必同文〔五〕，輶軒之使，紀言殊俗〔六〕，所以一字體，總異音。周禮保氏掌教六書〔七〕。秦滅舊章，以吏爲師〔八〕，及李斯删籀而秦篆興〔九〕，程邈造隸而古文廢〔一〇〕。漢初草律，明著厥法〔一一〕，太史學童，教試六體；又吏民上書，字謬輒劾。是以馬字缺畫，而石建懼死，雖云性慎，亦時重文也〔一二〕。至孝武之世，則相如譔篇〔一三〕。及宣成二帝，徵集小學〔一四〕，張敞以正讀傳業〔一五〕，揚雄以奇字纂訓〔一六〕，並貫練雅頌，總閱音義，鴻筆之徒，莫不洞曉，且多賦京苑，假借形聲，是以前漢小學，率多瑋字〔一七〕，非獨制異，乃共曉難也。暨乎後漢，小學轉疎，複文隱訓，臧否太半〔一八〕。及魏代綴藻，則字有常檢，追觀漢作，翻成阻奥。故陳思稱揚馬之作，趣幽旨深，讀者非師傳不能析其辭，非博學不能綜其理。豈直才懸，抑亦字隱〔一九〕。自晉來用字，率從簡易，時並習易，人誰取難？今一字詭異，則群句震驚；三人弗識，則將成字妖矣。後世所同曉者，雖難斯易，時所共廢，雖易斯難，趣舍之間，不可不察。夫爾雅者，孔徒之所纂，而詩書之襟帶也；倉頡者，李斯之所輯，而鳥籀之遺體也；雅以淵源詁訓，頡以苑囿奇文，異體相資，如左右肩股，該舊而知新，亦可以屬文。若夫義訓古今，興廢殊用，字形單複，妍媸異體，心既託聲於言，言亦寄形於字，諷誦則績在宫商，臨文則能歸字形矣。

是以綴字屬篇，必須練擇：一避詭異，二省聯邊，三權重出，四調單複。詭異者，字體瓌怪者也。曹攄詩稱豈不願斯遊，褊心惡呦呶〔二〇〕。兩字詭異，大疵美篇，況乃過此，其可觀乎！聯邊者，半字同文者也。狀貌山川，古今咸用，施於常文，則齟齬爲瑕〔二一〕，如不獲免，可至三接，三接之外，其字林乎！重出者，同字相犯者也。詩騷適會〔二二〕，而近世忌同，若兩字俱要，則寧在相犯。故善爲文者，富於萬篇，貧於一字，一字非少，相避爲難也。單複者，字形肥瘠者也。瘠字累句，則纖疎而行劣〔二三〕；肥字積文，則黯黕而篇闇〔二四〕；善酌字者，參伍單複，磊落如珠矣〔二五〕。凡此四條，雖文不必有，而體例不無。若值而莫悟，則非精解。

至於經典隱曖，方册紛綸〔二六〕，簡蠹帛裂，三寫易字，或以音訛，或以文變。子思弟子，於穆不祀者〔二七〕，音訛之異也。晉之史記，三豕渡河〔二八〕，文變之謬也。尚書大傳有别風淮雨〔二九〕，帝王世紀云列風淫雨，别列淮淫，字似潛移，淫列義當而不奇，淮别理乖而新異。傅毅制誄，已用淮雨，固知愛奇之心，古今一也。史之闕文，聖人所慎〔三〇〕，若依義棄奇，則可與正文字矣。

贊曰：篆隸相鎔，蒼雅品訓〔三一〕。古今殊跡，妍媸異分〔三二〕。字靡異流，文阻難運〔三三〕。聲畫昭精，墨采騰奮〔三四〕。

【發義】

練擇成章，運流於字。

〔一〕**夫文象列而結繩移**

〖集引〗

《易·繫辭下》：「八卦成列，象在其中矣；因而重之，爻在其中矣。」又：「上古結繩而治，後世聖人易之以書契。」孔穎達疏：「結繩者，鄭康成注云：『事大大結其繩，事小小結其繩。』」李鼎祚《集解》引《九家易》曰：「古者無文字，其有約誓之事，事大大其繩，事小小其繩。結之多少，隨物衆寡，各執以相考。」南朝梁顧野王《玉篇序》：「政罷結繩，教興書契。」《呂氏春秋・蕩兵》：「而工者不能移。」高誘注：「移，易也。」

【發義】

上古民智未開，故無文字，用繩打結，以形狀之異及數量標記不同事件。後聖人出，因應爻象之卦，推論人事變化，以治民事，故以易結繩。

〔雍案〕

文象，乃「爻象」之譌。「文」與「爻」形近而譌也。

〔二〕鳥跡明而書契作

〔集引〕

《周禮・春官・菙氏》：「菙氏掌共燋契。」鄭玄注：「契，謂契龜之鑿也。」

【發義】

黄帝之史蒼頡，見鳥獸蹏迒之迹，知分理之，可以別異也，初作書契。蓋以物象之本，依類象形以爲文，形聲相益以爲字。言孳乳浸多，著於竹帛之謂書，鑿於甲骨之謂契。

〔三〕斯乃言語之體貌，而文章之宅宇也

【集引】

《文選·宋玉〈登徒子好色賦〉》：「玉爲人體貌閑麗，口多微辭。」《淮南子·原道訓》：「以馳大區。」高誘注：『區，宅也。宅謂天也。』

【發義】

聲發成言。言者，心聲也。其發於外，蓋成體貌，符號之表徵也。文章乃語言之舒發也，心發動而成於文，出言有章，故宅宇乃其所託也。

〔四〕鬼哭粟飛

【集引】

《淮南子·本經訓》：「昔者蒼頡作書而天雨粟，鬼夜哭。」

【發義】

鬼哭者，謂蒼頡制字，鬼聞之而驚，驚文字出，人用之有詐僞，故哭矣。

〔五〕先王聲教，書必同文

〖集引〗

《書·禹貢》：「東漸於海，西被於流沙，朔南暨聲教，訖於四海。」《世説新語·品藻》：「司馬文王（昭）問武陔：『陳玄伯（泰）何如其父司空（群）？』陔曰：『通雅博暢，能以天下聲教爲己任者，不如也。』」《禮記·中庸》：「車同軌，書同文。」

【發義】

遠古帝王之聲威教化，書寫必文字相同也。

〔六〕輶軒之使，紀言殊俗

〖集引〗

漢應劭《風俗通義序》：「周秦常以歲八月，遣輶軒之使求異代方言。」

【發義】

輕車之使，記録殊方俗異之方言文字。

〔雍案〕

輶軒，使臣所乘之車。漢揚雄《方言》一書全稱爲《輶軒使者絶代語釋别國方言》。

〔七〕周禮保氏掌教六書

〔集引〕

《周禮・地官・保氏》：「保氏掌諫王惡，養國子以道。乃教之六藝，一曰五禮，二曰六樂，三曰五射，四曰五馭，五曰六書，六曰九數。」

【發義】

夫書契稱字，始於先秦，保氏教國子，先以《六書》《七略》列書名之守於小學。六書之辭，初見於《周禮・地官・保氏》，鄭衆《周禮解詁》也有六書之名，皆未釋明。許慎《説文解字叙》對六書首爲定義，彦和所謂保氏掌教六書，乃引許慎定義而言焉。

〔雍案〕

「保」下，黄叔琳校云：「張本有『章』字。」楊明照《校注》云：「按元本、弘治本、活字本、汪本、佘本、兩京本、王批本、何本、胡本、梅本、凌本、合刻本、梁本、祕書本、謝鈔本、彙編本、清謹軒本、尚古本、岡本、文津本、王本、張松孫本、鄭藏鈔本、崇文本亦並有『章』字；文溯本剜去

「章」字《文通》二三引同。皆非也。『教以六書』，見《地官·保氏》，原文黄、范兩家注已具非保章氏也。」章太炎《小學略説》亦依《周禮·地官》云：「地官保氏教國子以六藝，曰禮樂射御書數。」蓋「保」下「章」字乃衍耳。

〔八〕**秦滅舊章，以吏爲師**

【集引】

《史記·秦始皇本紀》：「李斯請史官非《秦紀》皆燒之，非博士官所職，天下敢有藏《詩》《書》、百家語者，悉詣守、尉雜燒之。有敢偶語《詩》《書》者弃市，以古非今者族。若欲有學法令，以吏爲師。」

【發義】

秦既滅舊之典章，凡學法令者，皆以官吏爲師式。

〔九〕**及李斯删籀而秦篆興**

【集引】

《漢書·藝文志·小學》：「蒼頡七章者，秦丞相李斯所作也；爰歷六章者，車府令趙高所作也；博學七章者，太史令胡毋敬所作也。文字多取《史籀篇》，而篆體復頗異，所謂秦篆者也。」《説文解字叙》：「秦始皇帝初兼天下，丞相李斯乃奏同之，罷其不與秦文合者。斯作《倉頡篇》，中車府令趙高作《爰歷篇》，太史令胡毋敬作《博學篇》，皆取史籀大篆，或頗省改，所謂小篆者也。」

【發義】

籀文通行於戰國秦，形近篆文。及秦一統天下，李斯省改籀文，取簡易而去繁難者，作《倉頡篇》，秦篆乃興。

〔一〇〕程邈造隸而古文廢

〔集引〕

《説文解字叙》：「是時秦燒滅經書，滌除舊典，大發隶卒，興役戍，官獄職務繁，初有隸書，以趣約易，而古文由此絶矣。」又：「四曰左書，即秦隸書。秦始皇帝使下杜人程邈所作也。」

【發義】

隸書傳爲秦世程邈於雲陽獄中所作，是時始造隸書，起於官獄多事，苟趨省易，施之於徒隸也。其後政務繁多，胥吏書寫文字，結構破篆，而工整遜之，稱爲隸書。隸之初，於昭襄王時已與小篆並行，後人稱爲秦隸或古隸。

〔一二〕漢初草律，明著厥法

〔集引〕

《漢書·藝文志》：「漢興，蕭何草律顏注：「草，創造也。」，亦著其法，曰：『太史試學童能諷書九千字以上，乃得爲史。又以六體試之，課最者以爲尚書、御史、史書令史。吏民上書，字或不正，輒舉劾。』六體者，古文、奇字、篆書、隸書、繆篆、蟲書。」

【發義】

漢初定制，蕭何乃創造其範，明著其法以範天下書者。

〔雍案〕

草，元本、弘治本、活字本、汪本、佘本、張本、兩京本、王批本、何本、胡本、梅本、凌本、合刻本、梁本、祕書本、謝鈔本、彙編本、清謹軒本、王本、張松孫本、鄭藏鈔本、崇文本皆作「章」。《文通》引同。楊明照《校注》云：「按『章』字非是。《漢書·藝文志》：『漢興，蕭何草律，顏注：「草，創造之。」亦著其法。』舍人此文所本也。」《後漢書·郭陳列傳》：「蕭何草律。」李賢注：「草，謂創造之也。」《論語·憲問》：「裨諶草創之。」劉寶楠《正義》：「草者，言始制之，若草蕪雜也。」

〔一二〕**是以馬字缺畫，而石建懼死，雖云性慎，亦時重文也**

〔**集引**〕

《漢書·萬石衛直周張傳》：「（長子）建，爲郎中令。奏事下，建讀之，驚恐曰：『書馬者，與尾而五，今迺四，不足一，獲譴死矣。』其爲謹慎，雖他皆如是。」

【**發義**】

漢世極重文字，書寫皆循軌範。

〔一三〕**則相如譔篇**

〔**集引**〕

《漢書·藝文志》：「武帝時，司馬相如作《凡將篇》，無復字。」

【**發義**】

司馬相如雖終專長於賦，然於小學，亦有《凡將篇》，無復字也。蓋其精神流動，運筆古雅，皆精於小學故。

〔一四〕徵集小學

【集引】

《漢書·藝文志》：「至元始中，徵天下通小學者以百數，各令記字於庭中。」《説文解字叙》：「孝平時，徵（爰）禮等百餘人，令説文字未央廷中。」

【發義】

《漢書·藝文志》所收小學十家，胥是字書及訓詁之類。

〔一五〕張敞以正讀傳業

【集引】

《漢書·藝文志》：「倉頡多古字，俗師失其讀。宣帝時，徵齊人能正讀者，張敞從受之。傳至外孫之子杜林，爲作訓故。」

【發義】

漢前多古字，俗師失其句讀。時人張敞經始訓故，援引他經，正諸句讀，傳業於杜林。

〔雍案〕

讀，句讀也。標點文中休止及停頓之處也。元黄公紹《韻會舉要·宥》：「凡經書成文語絶處，謂之句；語末絶而點分之，以便誦詠，謂之讀。」

〔一六〕**揚雄以奇字纂訓**

〔集引〕

《漢書·藝文志》：「元始中，徵天下通小學者以百數，各令記字於庭中。揚雄取其有用者，以作《訓纂篇》。」

【發義】

揚雄擅奇字，蓋取其有用者纂集其訓也。

〔一七〕**是以前漢小學，率多瑋字**

〔集引〕

張立齋《注訂》：「瑋，瑰瑋不通俗也，即上文所謂奇字。」

【發義】

漢前蓋多瑰瑋不通俗之奇字也。

〔一八〕複文隱訓，臧否太半

〖集引〗

《易·繫辭上》：「探賾索隱，鉤深致遠。」《詩·大雅·抑》：「於呼小子，未知臧否。」《左傳·隱公十一年》：「師出臧否亦如之。」杜預注：「臧否，謂善惡得失也。」《東京賦》注：「凡數，三分有二爲太半。」

【發義】

訓者，謂字有義也。蓋文字繁複，隱晦其義，得失各半也。

〔一九〕豈直才懸，抑亦字隱

〖集引〗

唐劉知幾《史通·五行志·雜駁》：「案遂之立宣殺子赤也，此乃文公末代，輒謂僖公暮年，世寔懸殊，言何倒錯。」

【發義】

豈當才稟懸殊，抑亦文字深奥。

〔**雍案**〕

直，何本、祕書本、清謹軒本、尚古本、岡本、崇文本皆作「真」。《歷代賦話續集》引同。楊明照《校注》云：「按『真』字誤。《詔策篇》：『豈直取美當時，亦敬慎來葉矣。』亦以『豈直』連文。」《經傳釋詞》卷六：「直，猶特也，專也。《晏子雜篇》曰：『……嬰最不肖，故直使楚矣。』直使楚，特使楚也。《韓詩外傳》曰：『……姑乃直使人追去婦還之。』言特使人追還去婦也。」《經詞衍釋》卷六：「直，猶特也，專也。《齊策》：『臣，郢之登徒也，直送象牀。言特送象牀於孟嘗也。』《史記·淮南王傳》：『直來爲大王畫耳。』」《孟子·梁惠王上》：「直不百步耳。」焦循《正義》引王引之《經傳釋詞》云：「直，猶特也，但也。」朱熹《集注》：「直，猶但也。」《荀子·禮論》：「直無由進之耳。」楊倞注：「直，但也。」

〔一一〇〕**曹攄詩稱豈不願斯遊，褊心惡哅呶**

〔**集引**〕

《三國志·魏書·曹休傳》裴松之注引《文士傳》曰：「（曹）肇孫攄，字顔遠。少厲志操，博學，有才藻。……大司馬齊王冏輔政，攄與齊人左思俱爲記室督從中郎。」《詩品中》：「季倫石崇字顏遠，並有英篇。」

【發義】

曹攄詩稱不願斯遊，心地狹窄，而討厭喧嘩也。

〔雍案〕

攄，芸香堂本作「據」。翰墨園本、思賢講舍本同。楊明照《校注》云：「按蕭齊前詩家無『曹據』其人；元明各本亦無作『曹據』者。『據』字當爲寫刻之誤。此與《才略篇》『曹攄清靡於長篇』之『曹攄』，應是一人。《三國志·魏書〈曹休傳〉》裴注引《文士傳》曰：『（曹）肇孫攄，字顏遠。少厲志操，博學，有才藻。……大司馬齊王冏輔政，攄與齊人左思俱爲記室督從中郎。』唐修《晉書·良吏（攄）傳》略同《詩品中》：『季倫石崇字顏遠，並有英篇。』其詩丁福保《全晉詩》卷四據《文選》及《文館詞林》輯得七首；惜漏此二句。」曹攄，見《晉書·良吏傳》，西晉沛國（今安徽亳縣）人。篤志好學，工於詩賦，今存詩約十首，載《文選》者有《感歸》《思友人》等。原有集三卷，已佚。

〔二一〕則齟齬爲瑕

〔集引〕

《楚辭·九辯》：「圜鑿而方枘兮，吾固知其鉏鋙而難入。」洪興祖《補注》：「鉏鋙，不相當也。」《廣韻·語韻》：「齟齬，不相當也；或作鉏鋙。」

【發義】

則不相當，而爲疵病也。

〔二二〕詩騷適會

〔集引〕

《商君書·畫策》：「由此觀之，神農非高於黄帝也，然其名尊者，以適於時也。」

【發義】

古人多不忌同字重韻，《詩》《騷》中同字重韻者，不一而足。如《離騷》中有「非世俗之所服」「退將復修吾初服」「判獨離而不服」，重出三「服」字。

〔二三〕瘠字累句，則纖疏而行劣

〔集引〕

漢揚雄《法言・學行》：「顔其劣乎。」

【發義】

瘦弱之字，重疊之句，則纖細陳列，而行猶鄙劣也。

〔二四〕肥字積文，則黯黕而篇闇

〔集引〕

《爾雅・釋言》：「陪，闇也。」邢昺疏：「闇，冥昧也。」

【發義】

豐滿之字，堆疊之文，則晦澀不明，而篇猶冥昧也。

〔二一五〕善酌字者，參伍單複，磊落如珠矣

〔集引〕

《易·繫辭上》：「參伍以變，錯綜其數。」孔穎達疏：「參，三也；伍，五也。或三或五，以相參合，以相改變。」

【發義】

善於斟酌用字者，錯綜比較單複，錯落分明如珠也。

〔二一六〕至於經典隱曖，方册紛綸

〔集引〕

《抱朴子外篇·自叙》：「方册所載，罔不窮覽。」宋程大昌《演繁露》：「方册云者，書之於版，亦或書之竹簡也。通版爲方，聯簡爲册。」《後漢書·逸民列傳》：「少受業太學，通五經，善談論，故京師爲之語曰：『五經紛綸井大春。』」李賢注：「紛綸，猶浩博也。」

【發義】

至於經典隱微不明顯，蓋經典淵博浩繁也。

〔二七〕子思弟子，於穆不祀者

〖集引〗

《毛詩正義》：「《譜》（鄭玄《詩譜》）云：『子思論詩，於穆不已。』仲子曰：『於穆不似。』此傳雖引仲子之言，而文無不似之義，蓋取其所説而不從其讀。」《詩·周頌·清廟》：「於穆清廟，肅雝顯相。」毛萇傳：「於，歎辭也。穆，美。」

【發義】

贊歎其美，乃稱於穆。而「於穆不已」讀若「不似」，乃音訛之異也。

〖雍案〗

「祀」乃「似」之譌。《毛詩正義》取孟仲子之説，而不從其讀也。

〔二八〕晉之史記，三豕渡河

〖集引〗

《呂氏春秋·察傳》：「子夏之晉，過衛。有讀史記者，曰：『晉師三豕涉（《意林》作渡）河。』

子夏曰：『非也，是己亥耳。』夫己與三相近，豕與亥相似。至於晉而問之，則曰：『晉師己亥涉河也。』」《風俗通義·正失》：「晉師己亥渡河，有『三豕』之文。」《劉子校釋·審名》：「『三豕』渡河，云彘行水上。」《孔子家語》：「（子夏）當返衛，見讀史志者云：『晉師伐秦，三豕渡河。』子夏曰：『非也，己亥耳。』讀史志曰：『問諸晉史，果曰己亥。』」

【發義】

晉之有讀史記者，將「己亥」讀作「三豕」，乃字之訛也。

〔雍案〕

楊明照《校注》云：「按『河』下當有『者』字，始與上『於穆不祀者』句一律。」「豕」，乃字之訛也。「河」下漏「者」字，當補。

〔一一九〕尚書大傳有別風淮雨

〔集引〕

《尚書大傳》：「越裳以三象重九譯而獻白雉……其使請曰：『吾受命吾國之黃耇曰：「久矣，天之無別風淮雨，意者中國有聖人乎？」』」

【發義】

「别風淮雨」，《帝王紀》作「列風淫雨」。「别風淮雨」於文無解，乃「列風淫雨」傳寫之譌，蓋彦和舉列也。

〔雍案〕

吴翌鳳云：「『淮雨』下，當缺『王元長《曲水詩序》用别風』事。」（見北京大學圖書館所藏吴氏校本）

〔三〇〕史之闕文，聖人所慎

〔集引〕

《論語·衛靈公》：「子曰：『吾猶及史之闕文也，今亡矣夫！』」《集解》引包咸曰：「古之良史，於書字有疑，則闕之，以待知者。」又《論語·爲政》：「子曰：『多聞闕疑，慎言其餘，則寡尤。』」《漢書·藝文志》：「古制，書必同文，不知則闕，問諸故老。至於衰世，是非無正，人用其私。故孔子曰：『吾猶及史之闕文也，今亡矣夫！』蓋傷其寖不正。」

【發義】

多聞疑闕，乃聖人慎對於史也。

〔三一〕篆隸相鎔，蒼雅品訓

【集引】

《續高僧傳·釋曇衍》：「故經文繁富者，則指摘一句，用攝廣文，時人貴其通贍鎔裁而簡衷矣。」

【發義】

篆書、隸書相與鎔化，《蒼》《雅》品評訓釋。

【雍案】

《蒼》《雅》者，謂《三蒼》《爾雅》等文字訓詁之書。

〔三二〕古今殊跡，妍媸異分

【集引】

《文選·陸機〈文賦〉》：「混妍蚩而成體，累良質而爲瑕。」《抱朴子外篇·文行》：「若夫翰迹韻略之廣逼，屬辭比義之妍媸……其懸絶也雖天外毫内，不足以喻其遼邈。」

【發義】

文字之跡，古今殊異，美醜有别其素質也。

〔雍案〕

媸，元本、弘治本、活字本、汪本、佘本、張本、兩京本、王批本、訓故本、梅本、謝鈔本皆作「蚩」，當據改。「蚩」與「媸」，古今字，音義同。唐劉知幾《史通·史官·建置》有：「向使世無竹帛，時闕史官……則善惡不分，妍媸永滅者矣。」

〔三三〕字靡異流，文阻難運

〔集引〕

《慧琳音義》卷二三引《惠苑音義》：「身上靡。」注引《漢書拾遺》曰：「靡，傾也。」

【發義】

用字傾向異流，文字阻滯難以周用也。

〔三四〕聲畫昭精，墨采騰奮

〔集引〕

《斠詮》：「聲，謂聲律，指音節宮商之諧叶；畫，謂筆畫，指字形單複之調度也。」

【發義】

音節筆畫顯示精當，墨采騰飛。

〔雍案〕

采，《金壺記》中引作「彩」。楊明照《校注》云：「按『采』『彩』古通。」《墨子・辭過》：「以爲錦繡文采靡曼之衣。」孫詒讓《閒詁》：「《長短經》正作以爲文彩靡曼之衣。」《文選・張協〈雜詩十首〉》：「寒花發黄采。」舊校：「五臣作彩。」《司馬遷〈報任少卿書〉》：「而文采不表於後世也。」舊校：「善本采作彩。」

隱秀第四十

夫心術之動遠矣，文情之變深矣〔一〕，源奧而派生，根盛而穎峻，是以文之英蕤，有秀有隱〔二〕。隱也者，文外之重旨者也〔三〕。秀也者，篇中之獨拔者也〔四〕。隱以複意爲工〔五〕，秀以卓絶爲巧〔六〕，斯乃舊章之懿績，才情之嘉會也〔七〕。夫隱之爲體，義主文外〔八〕，秘響傍通，伏采潛發〔九〕，譬爻象之變互體〔一〇〕，川瀆之韞珠玉也。故互體變爻，而化成四象〔一一〕；珠玉潛水，而瀾表方圓〔一二〕。始正而末奇，内明而外潤，使翫之者無窮，味之者不厭矣。彼波起辭間，是謂之秀，纖手麗音，宛乎逸態，若遠山之浮煙靄，孌女之靚容華。然煙靄天成，不勞於粧點；容華格定，無待於裁鎔；深淺而各奇，穠纖而俱妙〔一三〕，若揮之則有餘，而攬之則不足矣〔一四〕。

夫立意之士，務欲造奇，每馳心於玄默之表〔一五〕；工辭之人，必欲臻美，恒溺思於佳麗之鄉。嘔心吐膽，不足語窮；煅歲煉年，奚能喻苦？故能藏穎詞間，昏迷於庸目〔一六〕；露鋒文外，驚絶乎妙心。使醞藉者蓄隱而意愉，英鋭者抱秀而心悦〔一七〕，譬諸裁雲製霞，不讓乎天工〔一八〕，斲卉刻葩，有同乎神匠矣。若篇中乏隱，等宿儒之無學，或一叩而語窮；句間鮮秀，如巨室之少珍，若百詰而色沮〔一九〕。斯並不足於才思，而亦有媿於文辭矣。將欲徵隱，聊可指篇。古詩之離別，樂府之長城，詞怨旨深，而復兼乎比興；陳思之黃雀，公幹之青松，格剛才勁，而並長於諷諭；叔夜之□□〔二〇〕，嗣宗之□□〔二一〕，境玄思澹，而獨得乎優閑；士衡之□□〔二二〕，彭澤之□□〔二三〕，心密語澄〔二四〕，而俱適乎□□。如欲辨秀，亦惟摘句。常恐秋節至，涼飆奪炎熱，意悽而詞婉，此匹婦之無聊也；臨河濯長纓，念子悵悠悠，志高而言壯，此丈夫之不遂也；東西安所之，徘徊以旁皇，心孤而情懼，此閨房之悲極也；朔風動秋草，邊馬有歸心，氣寒而事傷，此羈旅之怨曲也。

凡文集勝篇，不盈十一；篇章秀句，裁可百二。並思合而自逢，非研慮之所求也。或有晦塞爲深，雖奥非隱，雕削取巧，雖美非秀矣。故自然會妙，譬卉木之耀英華〔二五〕；潤色取美，譬繒帛之染朱緑〔二六〕。朱緑染繒，深而繁鮮；英華曜樹，淺而煒燁。秀句所以照文苑，蓋以此也。

贊曰：深文隱蔚，餘味曲包〔二七〕。辭生互體，有似變爻。言之秀矣，萬慮一交。

動心驚耳，逸響笙匏〔二八〕。

【發義】

情在詞外，狀溢目前。

言外隱複，言不盡旨。蓋含蓄而委曲，情在詞外而蘊藉也。篇中獨拔，擷其菁英。蓋挺秀而華美，狀溢目前而恢奇也。

〖雍案〗

此篇自「始正而末奇」，至「此閨房之悲極也」，元至正乙未刻本闕葉，爲明人僞撰增入，紀昀云：「詞句不類舍人」。黄侃《札記》云：「詳此補亡之文，出辭膚淺，無所甄明，且原文明云：思合自逢，非由研慮，即補亡者，亦知不勞妝點，無待裁鎔，乃中篇忽羼入馳心、溺思、嘔心、煅歲諸語，此之矛盾，令人笑詫，豈以彦和而至於斯？至如用字之庸雜，舉證之闊疏，又不足誚也。」劉永濟《校釋》云：「文中有『彭澤之□□』句，此彭澤乃指淵明。然細檢全書，品列成文，未及陶公隻字。蓋陶公隱居息游，當時知者已鮮，又顔、謝之體，方爲世重，陶公所作，與世異味，而陶集流傳，始於昭明，舍人著書，乃在齊代，其時陶集尚未流傳，即令入梁，曾見傳本，而書成已久，不及追加。故以彭澤之閑雅絶倫，《文心》竟不及品論。淺人見不及此，以陶居劉前，理可援據，乃於此文特加徵引，適足成其僞託之證。」竊謂補闕之文，造語見宋、元用詞痕迹，齊、梁爲文習尚未見用「吐膽」，其辭見於《京本通俗小説·馮玉梅團圓》：「承信求馮公屏去左右……承信方敢吐膽傾心。」蓋增入闕葉者，以窺仰劉旨，旁緝劣筆，羼入贋迹所紿也。

〔一〕**夫心術之動遠矣，文情之變深矣**

〖集引〗

《莊子·天道》：「此五末者，須精神之運，心術之動，然後從之者也。」成玄英疏：「術，能也。心之所能，謂之心術也。」《荀子·非相》：「故相形不如論心，論心不如擇術……術正而心順之，則形相雖惡，而心術善，無害爲君子也。」《世説新語·文學》：「孫子荆（楚）除婦服，作詩以示王武子，王曰：『未知文生於情，情生於文？覽之悽然，增伉儷之重。』」

【發義】

夫心所由然後心術形焉，厥爲動則致遠矣。而文生於情，其變自然深矣。

〔二〕是以文之英蕤，有秀有隱

【集引】

《文選·嵇康〈琴賦〉》：「鬱紛紜以獨茂兮，飛英蕤於昊蒼。」李善注引《説文》：「蕤，草木花貌。」李白《化城寺大鐘銘》：「系玄元之英蕤。」王琦《輯注》引《琴賦》李善注：「蕤，草木花貌。」

【發義】

文之菁華，若花之貌，挺秀含蓄。

【雍案】

英，《吟窗雜録》作「精」。楊明照《校注》云：「按《嵇中散集·琴賦》：『飛英蕤於昊蒼。』是『英蕤』連文，固有所本也。『精』字非是。」《文選·嵇康〈琴賦〉》：「飛英蕤於昊蒼。」吕延濟注：「英蕤，花也。」李善注引《説文》曰：「蕤，草木花貌。」《文選·張協〈雜詩〉》：「芳蕤豈再馥。」李周翰注：「蕤，草木華也。」《陸機〈文賦〉》：「播芳蕤之馥馥。」李善注引《纂要》曰：「草木華曰『蕤』。」蓋「英蕤」者，謂英華也。

〔三〕**隱也者，文外之重旨者也**

〔**集引**〕

《宋書·謝靈運傳〈論〉》：「妙達此旨，始可言文。」

【**發義**】

隱也者，不盡之意在言外曰隱。

〔**雍案**〕

張戒《歲寒堂詩話》引劉勰云：「情在詞外曰隱，狀溢目前曰秀。」黄侃引此二語，謂：「此真《隱秀》篇之文。」梅聖俞云：「含不盡之意見於言外，狀難寫之景如在目前。」語有所合，意能相參。

〔四〕**秀也者，篇中之獨拔者也**

〔**集引**〕

《文選·張衡〈思賢賦〉》：「含嘉秀以爲敷。」吕延濟注：「秀，美也。」

【**發義**】

文章之大美者，亦篇中之出類拔萃者也。

〔五〕隱以複意爲工

【集引】

《説文·工部》王筠《句讀》：「巧於文飾，故曰工也。」《文選·司馬相如〈長門賦序〉》：「聞蜀郡成都司馬相如天下工爲文。」吕向注：「工，善也。」

【發義】

隱以複意，乃言外有意爲善於文飾也。

〔六〕秀以卓絶爲巧

【集引】

《三國志·魏書·管寧傳》：「德行卓絶，海内無偶。」《墨子·魯問》：「公輸子自以爲至巧。」

【發義】

秀以超越特出爲高明也。

〔七〕斯乃舊章之懿績，才情之嘉會也

〔集引〕

《詩·大雅·假樂》：「不愆不忘，率由舊章。」《左傳·昭公元年》：「子盍亦遠績禹功，而大庇民乎？」《世説新語·賞譽下》：「許玄度（詢）送母始出都，人問劉尹（惔）：『玄度定稱所聞不？』劉曰：『才情過於所聞。』」

【發義】

舊典章制度，乃美之績也，才思情致，乃嘉之會也。

〔雍案〕

績，当作績。考黄侃《爾雅音訓·釋詁第一》：「績、武，繼也。績、跡同聲，『績』之訓『繼』，猶『武』之訓『繼』也。」《説文·糸部》：「繼，續也。」《穀梁傳·成公五年》：「伯尊其無績乎？」范甯注：「績，或作『續』。」

〔八〕夫隱之爲體，義主文外

〔集引〕

《易·乾》：「君子體仁足以長人。」《韓非子·三守》：「則主言惡者。」王先慎《集解》引顧廣圻曰：「主，謂爲主首也。」《陔餘叢考》卷二一：「主字之義，猶言魁首也。」

【發義】

隱之爲含容，以義先主於文外也。

〔九〕秘響傍通，伏采潛發

〔集引〕

《斠詮》：「秘響，謂秘而不宣之心聲。旁通，語出《易經·乾·文言》：『六爻發揮，旁通情也。』」章太炎《檢論·易論》：「《易》無體而感爲體（《世説·文學篇》：「殷荆州問遠公：『《易》以何爲體？』答曰：『《易》以感爲體。』」）。人情所至，惟淫泆搏殺最奮，而聖王爲之立中制節。」

【發義】

内蘊其聲，秘而不宣，隱情采暗中蓄發也。

〔雍案〕

秘，元本、弘治本、汪本、佘本、張本、兩京本、王批本、訓故本、梁本、岡本、尚古本、文津本、崇文本作「祕」。《喻林》引同。「秘」乃「祕」之俗字。《廣韻·至韻》：「祕，俗作『秘』。」楊明照《校注》引《原道篇》「旁通而無滯」，明徵「傍」當作「旁」。余謂楊氏未訓也。傍，古與「旁」通假。《廣韻·唐韻》：「傍，亦作『旁』。側也。」《説文·人部》段玉裁注：「傍，亦假旁爲之。」《儀禮·鄉射禮》：「無獵獲。」鄭玄注：「獵矢從傍。」陸德明《釋文》：「傍，或作旁。」

〔一〇〕譬爻象之變互體

〔集引〕

《易·説》：「發揮於剛柔而生爻。」《易·繫辭上》：「爻者，言乎變者也。」又：「聖人有以見天下之動，而觀其會通，以行其典禮，繫辭焉以斷其吉凶，是故謂之爻。」《説文·爻部》：「爻，交也，象《易》六爻頭交也。」段玉裁注曰：「交者，交錯之義，六爻爲重體，故作重爻象之。」

【發義】

爻，爻辭之省稱。《周易》中組成卦之符號曰爻。「⚊」是陽爻，「⚋」是陰爻。含有交錯變化之義。《易》以六爻相交成象，爻象即卦所表示之形象。其變乃互卦也。

〔一一〕**故互體變爻，而化成四象**

〔**集引**〕

《易·繫辭上》：「太極生兩儀，兩儀生四象，四象生八卦。」王弼注：「四象謂金、木、水、火。震木、離火、兑金、坎水，各主一時。」

【**發義**】

互體者，互卦也。《易》卦凡卦爻二至四、三至五，兩體交互，各成一卦，曰互體。

〔**雍案**〕

《易》本占卜用之書，漢儒荀爽、虞翻等人穿鑿附會，有所謂卦變、互體之説，皆不足信也。四象之説，紛紜不一。宋儒以兩儀爲陰陽，而以太陽、太陰、少陽、少陰爲四象。清成瓘有《篛園日札·兩儀四象異義》。

〔一二〕**珠玉潛水，而瀾表方圓**

〔**集引**〕

《藝文類聚》引《尸子》：「凡水，其方折者有玉，其圓者長珠。」

【發義】

文之含蓄者，若珠玉潛水，方圓得體也。

〔一三〕**穠纖而俱妙**

〔集引〕

《文選·宋玉〈神女賦〉》：「穠不短，纖不長。」《文選·曹植〈洛神賦〉》：「穠纖得中。」

【發義】

穠纖得中而俱妙矣。

〔雍案〕

嬝，乃「穠」之譌也。《文選·宋玉〈神女賦〉》：「穠不短，纖不長。」吕向注：「穠，肥。」《文選·曹植〈洛神賦〉》：「穠纖得中。」劉良注：「穠，肥。」並可以引證。

〔一四〕**若揮之則有餘，而攬之則不足矣**

〔集引〕

《文選·張協〈七命〉》：「沫如揮紅。」李善注：「揮，散也。」《慧琳音義》卷四四「承攬」注引《廣雅》：「攬，取也。」又引王逸注《楚辭》：「攬，持也。」

【發義】

隨其自然散發則有餘，而取持則不足矣。

〔一五〕**每馳心於玄默之表**

〔集引〕

《淮南子·主術訓》：「君人之道，其猶零星之尸也，儼然玄默而吉祥受福。」《晉書·儒林傳〈序〉》：「簡文玄默，敦悅丘墳。」《太玄·中》：「神戰于玄。」范望注：「心藏神内爲玄。」《吕氏春秋·觀表》：「先知必審徵表。」高誘注：「表，異。」

【發義】

每馳心於神内，默然之異也。

〔一六〕**故能藏穎詞間，昏迷於庸目**

〔集引〕

《書·大禹謨》：「蠢兹有苗，昏迷不恭。」

【發義】

故能藏穎秀於文辭間，目光平庸者分辨不明。

〔一七〕**英鋭者抱秀而心悦**

〖集引〗

《説文·金部》：「鋭，芒也。」《左傳·昭公十六年》：「不亦鋭乎！」孔穎達疏：「鋭是鋒芒，不得爲折。」

【發義】

才出鋒芒者，抱其秀異而心悦。

〔一八〕**譬諸裁雲製霞，不讓乎天工**

〖集引〗

元趙孟頫《松雪齋集·贈放煙火者》詩：「人間巧藝奪天工，煉藥燃燈清晝同。」

【發義】

裁製辭章，不讓於自然工巧也。

〔一九〕若百詰而色沮

〔集引〕

若多問詰而神色沮喪。

【發義】

倘若百詰，神色沮喪，蓋有愧於文辭矣。

〔二〇〕叔夜之□□

〔雍案〕

周振甫《文心雕龍今譯》云：「按嵇康有《贈秀才入軍》，因此給補上『贈行』。」功甫本闕二字，周氏之補，未可確信。

〔二一〕**嗣宗之□□**

〔**雍案**〕功甫本闕二字，一本增入「詠懷」，明不學者僞增也。

〔二二〕**士衡之□□**

〔**雍案**〕功甫本闕二字，一本增入「疏放」，明不學者僞增也。

〔二三〕**彭澤之□□**

〔**雍案**〕紀昀云：「稱淵明爲彭澤，乃唐人語，六朝但有徵士之稱，不稱其官也。」楊明照《校注》云：「按此篇所補四百餘字，出明人僞撰，紀氏已多所抉發；惟謂『稱淵明爲彭澤，乃唐人語』云云，則未確。《鮑氏集》卷四有『學陶彭澤體』一首，是稱淵明爲彭澤，非始於唐人也。」

功甫本闕二字，一本增入「豪逸」，明不學者僞增也。黄叔琳《輯注》云：「《隱秀篇》自『始正而末奇』至『朔風動秋草』朔字，元至正乙未刻於嘉禾者即闕此葉，此後諸刻仍之。胡孝轅、朱鬱儀皆不見完書，錢功甫得阮華山宋槧本鈔補，後歸虞山，而傳録於外甚少。康熙庚辰，何心友從吳興賈人得一舊本，適有鈔補《隱秀篇》全文。辛巳，義門過隱湖，從汲古閣架上見馮己蒼所傳録功甫本，記其闕字以歸。如『疎放』『豪逸』四字，顯然爲不學者以意增加也。」紀昀云：「癸巳三月，以永樂大典所收舊本校勘，凡阮本所補悉無之，然後知其真出僞撰。」

〔二四〕心密語澄

〔集引〕

《淮南子·要略》：「澄徹神明之精。」高誘注：「澄，清也。」

【發義】

内思綿密，語言清麗。

〔一一五〕故自然會妙，譬卉木之耀英華

〔集引〕

《老子》：「故常無欲以觀其妙。」《宋史·岳飛傳》：「運用之妙，存乎一心。」《漢書·揚雄傳〈長楊賦〉》：「英華沉浮，洋溢八區。」

【發義】

故自然會合深微，積中外發，神采譬諸卉木之美焉。

〔一一六〕潤色取美，譬繒帛之染朱綠

〔集引〕

《論語·憲問》：「爲命，裨諶草創之，世叔討論之，行人子羽修飾之，東里子産潤色之。」

【發義】

飾文有采而取其美，譬諸絲織品之染色也。

〔雍案〕

楊明照《校注》云：「按『取』字與上『取巧』複，疑當作『致』。《頌讚》《才略》兩篇，並

有『致美』之文。《左傳・文公十五年》：『史佚有言曰：「兄弟致美。」』」「取」字是。取，獲也，致也。《集韻・厚韻》：「取，獲也。」《孟子・公孫丑下》：「焉有君子而可以貨取乎？」朱熹《集注》：「取，猶致也。」繒，絲織物總稱，古謂之帛，漢謂之繒。《漢書・樊酈滕灌傅靳周傳》有：「灌嬰，睢陽販繒者也。」

〔二一七〕**深文隱蔚，餘味曲包**

〔**集引**〕

《易・革》：「君子豹變，其文蔚也。」《漢書・叙傳》：「多識博物，有可觀采，蔚爲辭宗，賦頌之首。」

【**發義**】

文之深微而隱其采之華美，餘味則曲折包含也。

〔二一八〕**動心驚耳，逸響笙匏**

〔**集引**〕

《文選・枚乘〈七發〉》：「涌觸並起，動心驚耳。」

【發義】

動達其心，驚動其聞者，則若笙匏超絕之響焉。

指瑕第四十一

管仲有言：無翼而飛者聲也，無根而固者情也〔一〕。然則聲不假翼，其飛甚易；情不待根，其固匪難。以之垂文，可不慎歟？古來文才，異世爭驅，或逸才以爽迅〔二〕，或精思以纖密，而慮動難圓，鮮無瑕病。陳思之文，群才之俊也，而武帝誄云：尊靈永蟄。明帝頌云：聖體浮輕〔三〕。浮輕有似於胡蝶，永蟄頗疑於昆蟲，施之尊極，豈其當乎？左思七諷，説孝而不從，反道若斯，餘不足觀矣〔四〕。潘岳爲才，善於哀文〔五〕，然悲内兄，則云感口澤〔六〕；傷弱子，則云心如疑〔七〕。禮文在尊極，而施之下流，辭雖足哀，義斯替矣。若夫君子擬人，必於其倫〔八〕，而崔瑗之誄李公，比行於黄虞〔九〕；向秀之賦嵇生，方罪於李斯〔一〇〕；與其失也，雖寧僭無濫〔一一〕，然高厚之詩，不類甚矣〔一二〕。凡巧言易摽，拙辭難隱〔一三〕，斯言之玷，實深白圭〔一四〕，繁例難載，故略舉四條。

若夫立文之道，惟字與義。字以訓正，義以理宣，而晉末篇章，依希其旨，始有賞際奇至之言，終無撫叩酬即之語〔一五〕，每單舉一字，指以爲情。夫賞訓錫賚，豈關心解？撫訓執握，何預情理〔一六〕？雅頌未聞，漢魏莫用；懸領似如可辯，課文了不成義。斯實情訛之所變，文澆之致弊〔一七〕。而宋來才英，未之或改，舊染成俗，非一朝也。近代辭人，率多猜忌，至乃比語求蚩〔一八〕，反音取瑕〔一九〕，雖不屑於古，而有擇於今焉。又製同他文，理宜删革，若排人美辭，以爲己力〔二〇〕，寶玉大弓，終非其有〔二一〕。全寫則揭篋，傍采則探囊〔二二〕，然世遠者太輕，時同者爲尤矣。

若夫注解爲書，所以明正事理；然謬於研求，或率意而斷。西京賦稱中黄育獲之疇，而薛綜謬注謂之閹尹〔二三〕，是不聞執雕虎之人也。又周禮井賦，舊有疋馬〔二四〕；而應劭釋疋，或量首數蹄，斯豈辯物之要哉〔二五〕！原夫古之正名，車兩而馬疋〔二六〕，疋兩稱目，以並耦爲用。蓋車貳佐乘〔二七〕，馬儷驂服〔二八〕，服乘不隻，故名號必雙，名號一正，則雖單爲疋矣。疋夫疋婦，亦配義矣〔二九〕。夫車馬小義，而歷代莫悟；辭賦近事，而千里致差〔三〇〕；況鑽灼經典，能不謬哉〔三一〕！夫辯言而數筌蹄，選勇而驅閹尹，失理太甚，故舉以爲戒〔三二〕。丹青初炳而後渝〔三三〕，文章歲久而彌光〔三四〕，若能隱括於一朝，可以無慚於千載也。

贊曰：羿氏舛射〔三五〕，東野敗駕〔三六〕。雖有儁才，謬則多謝〔三七〕。斯言一玷，千載弗化。令章靡疚，亦善之亞〔三八〕。

【發義】

指摘病累，證驗瑕疵。

文之瑕疵，不一而足，更僕難數，略舉以指摘，疎陳以證驗。

〔一〕**管仲有言：無翼而飛者聲也，無根而固者情也**

【集引】

《管子·戒》：「管仲復於桓公曰：『無翼而飛者聲也，無根而固者情也。』」尹知章：「出言於門庭，千里必應，故曰：『無翼而飛』。同舟而濟，胡越不患異心，固曰『無根而固』。」

【發義】

聲雖無翼，厥飛則颺。情雖無根，厥固則定。

〔二〕**或逸才以爽迅**

〔**集引**〕

《後漢書・蔡邕列傳》：「太尉馬日磾馳往謂（王）允曰：『伯喈曠世逸才，多識漢事，當續成後史，爲一代大典。』」

【**發義**】

才智出衆者，爭驅以爽邁奮迅於時。

〔三〕**而武帝誄云：尊靈永蟄。明帝頌云：聖體浮輕**

〔**集引**〕

《陳思王集・武帝誄》：「幽闥一扃，尊靈永蟄。」《冬至獻襪頌》：「翱翔萬域，聖體浮輕。」李詳《補注》云：「（《顔氏家訓・文章》）亦言陳思王《武帝誄》遂深永蟄之思，是方父於蟲也。」

【**發義**】

陳思其文，雖爲群才之儁，然亦至病累。蓋彥和訴之，詰曰：「浮輕有似於胡蝶，永蟄頗疑於昆蟲，施之尊極，豈其當乎？」

〔四〕左思七諷，説孝而不從，反道若斯，餘不足觀矣

〖集引〗

《論語·泰伯》：「子曰：『如有周公之才之美，使驕且吝，其餘不足觀也已。』」

【發義】

左思《七諷》，説孝而不順守其從，反道若斯，餘不足觀。從而不失儀，乃順守矣。

〖雍案〗

道，《文通》引作「古」。楊明照《校注》云：「按《雜文篇》：『自桓麟《七説》以下，左思《七諷》以上……或文麗而義暌，或理粹而辭駁……唯《七厲》叙賢，歸以儒道。』則《七諷》之『説孝不從』，當是違反『儒道』。《原道篇》贊『炳燿仁孝』，《諸子篇》『至如商韓，六蝨五蠹，棄孝廢仁』，《程器篇》『黄香之淳孝』，足見舍人爲重視『孝』者，故以『反道』評之。若作『古』，則非其指矣。《論語·泰伯》：『子曰：「如有周公之才之美，使驕且吝，其餘不足觀也已。」』」反道，違反正道也。《書·大禹謨》：「侮慢自賢，反道敗德。」

〔五〕潘岳爲才，善於哀文

【集引】

王隱《晉書》：「潘岳善屬文，哀誄之妙，古今莫比，一時所推。」《書鈔》引《晉書·潘岳傳》：「（岳）辭藻絶麗，尤善爲哀誄之文。」

【發義】

潘岳爲才，尤善哀誄之文，所作哀辭，貫人靈之情性。

〔六〕然悲内兄，則云感口澤

【集引】

《禮記·玉藻》：「父没而不能讀父之書，手澤存焉爾；母没而桮圈不能飲焉，口澤之氣存焉爾。」

【發義】

其以念母之説，用指妻兄不合，疵病也。

〔七〕傷弱子，則云心如疑

〔集引〕

潘岳《金鹿哀辭》：「將反如疑，回首長顧。」金鹿，岳幼子也。《禮記·檀弓上》：「孔子在衛，有送葬者，而夫子觀之，曰：『善哉爲喪乎！……其往也如慕，其反也如疑。』」

【發義】

其以對父母之喪説，用指其子不合，疵病也。蓋彦和云：「禮文在尊極，而施之下流，辭雖足哀，義斯替矣。」

〔八〕若夫君子擬人，必於其倫

〔集引〕

《禮記·曲禮下》：「儗人必於其倫。」鄭玄注：「儗，猶比也。」

【發義】

君子比人，必於其倫類也。

【雍案】

擬，《歷代賦話》引作「儗」。「擬」與「儗」，義同。《周禮·夏官·射人》：「則以貍步張三侯。」鄭玄注：「擬，本又作儗，同。」

〔九〕比行於黄虞

【集引】

《漢書·王莽傳〈贊〉》：「而莽晏然，自以黄、虞復出也。」《文選·揚雄〈劇秦美新〉》：「著黄、虞之裔。」

【發義】

比德行於黄帝、虞舜也。

〔一〇〕向秀之賦嵇生，方罪於李斯

【集引】

向秀《思舊賦》：「昔李斯之受罪兮，歎黄犬而長吟。悼嵇生之永辭兮，顧日影而彈琴。」《吕氏春秋・安死》：「其所是方其所非也。」高誘注：「方，比也。」《資治通鑑・魏紀》：「世之論者以秦方於舅。」胡三省注：「方，比也。」

【發義】

嵇康被誅，秀作《思舊賦》，雖比擬罪於李斯也。

〔一一〕與其失也，雖寧僭無濫

【集引】

《左傳・襄公二十六年》：「（蔡聲子曰：）『……歸生聞之，善爲國者，賞不僭而刑不濫。賞僭則懼及淫人，刑濫則懼及善人，若不幸而過，寧僭無濫。』」

【發義】

與其失也，寧差失過分，亦無過度也。

〔雍案〕

僭，黄叔琳校云：「元作『降』，孫改。」楊明照《校注》云：「按何本、梁本、謝鈔本正作『僭』；《文通》引同。孫改是也。」《左傳・哀公五年》：「不僭不濫。」杜預注：「僭，差也。」

〔一一二〕然高厚之詩，不類甚矣

〔集引〕

《左傳·襄公十六年》：「晉侯與諸侯宴於温，使諸大夫舞，曰：『歌詩必類，齊高厚之詩不類。』」

【發義】

晉國與諸侯會盟，以詩助舞，齊高厚所賦之詩，不善甚矣。

〔雍案〕

厚，元本、弘治本、活字本、汪本、佘本、張本、兩京本、王批本、何本、胡本、訓故本、梅本、凌本、合刻本、梁本、祕書本、謝鈔本皆作「原」。《文通》引同。馮舒云：「『原』，當作『厚』。」楊明照《校注》云：「按黄氏改『原』爲『厚』是。高厚之詩不類，見《左傳·襄公十六年》。原文黄注已具」楊説是。

〔一三〕凡巧言易標，拙辭難隱

〔集引〕

《管子·侈靡》：「若夫教者，摽然若秋雲之遠。」一本作「標」。

【發義】

凡工巧之言容易標舉，拙劣之辭尤難隱藏。

〔一四〕斯言之玷，實深白圭

〔集引〕

《詩·大雅·抑》：「白圭之玷，尚可磨也；斯言之玷，不可爲也。」毛萇傳：「玷，缺也。」《禮記·緇衣》：「詩云：『白圭之玷，尚可磨也；斯言之玷，不可爲也。』」鄭玄注：「玷，缺也。言圭之缺，尚可磨而平之；言之缺，無如之何。」《左傳·僖公九年》：「君子曰：『《詩》所謂：「白圭之玷，尚可磨也；斯言之玷，不可爲也。」』荀息有焉。」

【發義】

言之缺，病入其內，難爲治也，甚於白圭有缺耳。

〔一五〕**始有賞際奇至之言，終無撫叩酬即之語**

〔**集引**〕

嵇康《嵇中散集·與山巨源絶交書》：「素不便書，又不喜作書，而人間多事，堆案盈機，不相酬答。」

【**發義**】

始有欣賞際會奇至之言，終無歎賞酬近之語。

〔**雍案**〕

即，謝兆申云：當作「酢」。非也。「即」者，近也。《公羊傳·宣公元年》：「古之道不即人心。」何休注：「即，近也。」《爾雅·釋詁下》：「即，尼也。」邵正涵《正義》：「即，言近就也。」

〔一六〕**夫賞訓錫賚，豈關心解？撫訓執握，何預情理**

〔**集引**〕

《禮記·學記》：「雖終其業，其去之必速。」鄭玄注：「學不心解，則亡之易。」《書·周官》：

「訓迪厥官。」孔穎達疏：「訓，訓爲順也。」

【發義】

晉末篇章，意旨所託，依稀不常，欣賞際合奇致之言始有，而撫叩酬酢之語終無。每單舉一字，指以爲情。蓋賞際順之錫賚，豈關心領意會。撫叩順之執握，何預風致道理。

〔一七〕文澆之致弊

【集引】

《淮南子·齊俗訓》：「衰世之俗……澆天下之淳，析天下之樸。」

【發義】

文之澆淳散樸，固致其弊。

〔一八〕至乃比語求蚩

【集引】

《顔氏家訓·文章》：「梁世費旭詩云：『不知是耶非。』殷澐詩云：『飄颺雲母舟。』簡文曰：

『旭既不識其父，澐又飄颺其母。』」

【發義】

至乃同音比擬，求諸譏笑。耶、爺諧音，而雲母之母與同母。

〔一九〕反音取瑕

〔集引〕

《文鏡祕府》：「翻語病者，正言是佳詞，反語則深累是也。如鮑明遠詩云：『雞鳴關吏起，伐鼓早通晨。』伐鼓正言是佳詞，反語則不祥，是其病也。崔氏曰：『伐鼓反語腐骨是其病。』」

【發義】

反切音者，乃取疵病也。

〔二〇〕若排人美辭，以爲己力

〔集引〕

《左傳·昭公十四年》：「己惡而掠美爲昏。」杜預注：「掠，取也。」又《左傳·僖公二十四年》：「竊人之財，猶謂之盜；況貪天之功，以爲己力乎！」

【發義】

製同他文，理宜删革，若掠人美辭，以爲己力。

〔雍案〕

排，黄叔琳校云：「王本即訓故本作『掠』。」文溯本剜改爲「掠」。何焯云：「疑作『採』。」楊明照《校注》云：「按《説文·手部》：『排，擠也。』《廣雅·釋詁三》：『排，推也。』其訓於此均不愜，當以作『掠』爲是。《左傳·昭公十四年》：『己惡而掠美爲昏。』杜注：『掠，取也。』詁此正合。若作『排』，則與下幾句文意不屬矣。」《説文·手部》：「掠，奪取也。」唐白居易《長慶集·得景領縣府無蓄稾無儲管郡詰其慢職景云王者富人藏於下故也判》有：「既爽奉公之節，宜甘掠美之科。」

〔二一〕寶玉大弓，終非其有

〔集引〕

《左傳·定公八年》：「陽虎劫公與武叔，以伐孟氏。……陽氏敗。陽虎脱甲，如公宫，取寶玉大弓以出。」又《左傳·定公九年》：「夏，陽虎歸寶玉大弓。」杜預注：「無益近用，而祇爲名，故歸之。」《左傳會注》：「陽虎取本國之重器，將以賂外國以求容，徐思其不義之甚，故歸之。」

【發義】

寶玉，夏后氏之璜。大弓，封父之繁弱。皆魯國寶器。陽虎盜之，出奔至齊，後又至晉，終非其有。孔子著《春秋》，以「盜竊寶玉大弓」，貶斥陽虎之罪狀。

〔一二二〕**傍采則探囊**

〔集引〕

《莊子·胠篋》：「將爲胠篋探囊發匱之盜而爲守備，則必攝緘縢，固扃鐍，此世俗之所謂知也。」

【發義】

旁采則若剽竊也。

〔一二三〕**西京賦稱中黄育獲之疇，而薛綜謬注謂之閹尹**

〔集引〕

《文選·張衡〈西京賦〉》：「乃使中黄之士，育獲之儔。」李善注：「《尸子》曰：『中黄伯曰：

「余左執泰行之獲而右搏雕虎。」』《戰國策》：『范睢説秦王曰：「烏獲之力焉而死，夏育之勇焉而死。」』」《斠詮》：「薛綜之注『中黃之士』爲『閹尹』，蓋涉中黃門而誤。《漢書·百官公卿表》：『諸仆射署長，中黃門皆屬焉。』顏師古注：『中黃門，奄人，居禁中，在黃門之內給事者也。』而不知中黃門爲人名，中黃門爲少府屬官，一字之差，謬以千里焉。」

【發義】

文之瑕疵，亦在一字，一字之差，其謬千里焉。

〔二四〕又周禮井賦，舊有疋馬

〔集引〕

《周禮·地官·小司徒》：「乃經土地，而井牧其田野。」鄭玄注引《司馬法》：「六尺爲步，步百爲畝，畝百爲夫，夫三爲屋，屋三爲井，井十爲通，通爲匹馬。」孫詒讓《正義》：「三十家使出馬一匹，故曰通爲匹馬。」

【發義】

《周禮》之井賦，舊有馬疋之謂。

〔二五〕而應劭釋疋，或量首數蹄，斯豈辯物之要哉

〖集引〗

應劭《風俗通義》：「或曰：『馬夜行目明，照前四丈，故曰一匹。』或說：『度馬縱横，適得一匹。』」《漢書·食貨志》：「（布帛）長四丈爲匹。」《廣韻·五質》：「匹，俗作『疋』。」

【發義】

應劭釋疋，辯物非得要略，蓋亦可詬病也。

〔二六〕原夫古之正名，車兩而馬疋

〖集引〗

《書·牧誓序》：「武王戎車三百兩。」孔安國傳：「車稱兩。」《詩·召南·鵲巢》：「百兩御之。」毛萇傳：「百兩，百乘也。」《易·中孚·爻辭》：「（六四）馬匹亡。」

【發義】

究其本原，古之正名，有『車兩』與『馬疋』也。

〖雍案〗

楊明照《校注》云：「按《（尚）書·牧誓序》：『武王戎車三百兩。』孔傳：「車稱兩。」《詩·召南·鵲巢》：『百兩御之。』《毛傳》：「百兩，百乘也。」此車稱『兩』之證。《易·中孚·爻辭》：『馬匹亡。』《（尚）書·文侯之命》：『馬四匹。』此馬稱『匹』之證。《廣韻·五質》：『匹，俗作疋。』活字本「疋」作「匹」，下同。」《文選·左思〈蜀都賦〉》：「歸從百兩。」李周翰注：「大車稱兩。」《後漢書·吴延史盧趙列傳》：「則載之兼兩。」李賢注：「車有兩輪，故稱兩也。」《詩·召南·鵲巢》：「百兩御之。」陳奐《傳疏》：「兩，一車兩輪也。」王先謙《三家義集疏》引魯説曰：「車有兩輪，故稱爲兩，猶履有兩隻，亦稱爲兩。」又曰：「車一兩爲兩，兩相爲體也。」《藝文類聚·舟車部·車》引《風俗通義》：「車一兩謂兩，兩相與體也。原其所以言兩者，箱裝及輪，兩兩而耦，故稱兩爾。」《方言》卷二：「臺敵，延也。」郭璞注：「一作『迮』也。」戴震《疏證》：「延蓋疋之訛。注内迮也，蓋疋之訛。『疋』即俗『匹』字。」《説文·匸部》：「馬稱匹者，亦以一牝一牡離之而云匹。」《玉篇·匸部》：「匹，一馬也。」《楚辭·九章·懷沙》：「獨無匹兮。」《慧琳音義》卷一五「匹偶」注：「匹，俗用作『疋』。」

〔二一七〕蓋車貳佐乘

〔集引〕

《禮記·少儀》：「乘貳車則式，佐車則否。」鄭玄注：「貳車，朝祀之副車也。佐車，戎獵之副車也。」

【發義】

蓋正則可爲法式，而副則可否耳。

〔雍案〕

「車貳佐乘」，其文淆次，當乙作「車乘貳佐」。《禮記·少儀》云：「乘貳車則式，佐車則否。」鄭玄注：「貳車，朝祀之副車也。佐車，戎獵之副車也。」「車乘貳佐」與下句「馬儷驂服」對偶。蓋謂正則可爲法式，而副則可否耳。

〔二一八〕馬儷驂服

〔集引〕

《詩·鄭風·大叔于田》：「兩驂如舞……兩服上襄。」

【發義】

驂服與車胥非單一者，蓋謂儷者也。

〔二九〕疋夫疋婦，亦配義矣

〔集引〕

《韓非子·有度》：「賞善不遺匹夫。」劉寶楠《論語正義》曰：「士大夫以上則有妾媵，庶人惟夫婦相匹。其名既定，雖單亦通，故《書傳》通謂之匹夫匹婦也。」黃叔琳《輯注》：「按《易·中孚》：『象曰：「馬匹亡。」』謂四與初絕，如馬之亡其匹也。可證訓疋之義，正與匹夫匹婦一例。」《爾雅·釋詁》：「匹……合也。」邢昺疏：「匹者，配合也。」

【發義】

固匹夫匹婦，亦配合其義也。

〔三〇〕而千里致差

〔集引〕

《禮記·經解》：「《易》曰：『君子慎始，差若豪釐，繆以千里。』」《大戴禮記·保傅》：

「《易》曰：『正其本，萬物理；失之毫釐，差之千里。』故君子慎始也。」《史記·太史公自序》：「《易》曰：『失之豪氂，差以千里。』」裴駰《集解》：「駰案：今《易》無此語，《易緯》有之。」

【發義】

爲文也，當慎用其字，若失之則致千里之差耳。

〔雍案〕

語見於《易·乾·鑿度》。

〔三一〕**況鑽灼經典，能不謬哉**

〔集引〕

《書·立政》：「我其克灼知厥若。」

【發義】

況深入研究，灼然於經典，能無偏失哉！

〔三二〕**夫辯言而數筌蹄，選勇而驅闔尹，失理太甚，故舉以爲戒**

【集引】

《大戴禮記·小辯》：「《爾雅》以觀於古，足以辯言矣。」

【發義】

蓋爲文者，辨別於言，明其謬誤；選擇於勇，敢其決斷，失理以爲戒也。

【雍案】

黄叔琳校云：「(言)一作『疋』；(筌)一作『首』。」萬曆梅本作「夫辯言而數筌蹄」，校云：「(筌)一作『首』。」天啟梅本作「夫辯疋而數首蹄」，校云：「(首)元作『筌』。」何本、凌本、梁本、祕書本、謝鈔本、尚古本、岡本、崇文本作「夫辯言而數首蹄」。弘治本、活字本、汪本、佘本、兩京本、胡本、訓故本作「夫辯言而數蹄」，脱一「首」字。徐𤊹校補「首」字。楊明照《校注》云：「上文有『量首數蹄』語，則作『夫辯言而數首蹄』是也」。楊説是也。

〔三三〕丹青初炳而後渝

〔集引〕

《法言·君子》：「或問：『聖人之言炳若丹青，有諸？』曰：『吁！是何言與？丹青初則炳，久則渝。』」李軌注：「丹青初則炳然，久則渝變；聖人之書，久而益明。」《晉書·虞溥傳》：「溥乃作誥以獎訓之，曰：『……故學之染人，甚於丹青。丹青吾見其久而渝矣，未見久學而渝者也。』」

【發義】

丹青之色，始炳然鮮明，而後渝變暗淡也。

〔三四〕文章歲久而彌光

〔集引〕

《史記·儒林列傳〈序〉》公孫弘奏：「文章爾雅，訓辭深厚。」

【發義】

文章歷歲愈久，愈顯其光彩。

〔三五〕羿氏舛射

〔集引〕

《御覽》引《帝王世紀》：「帝羿有窮氏，與吴賀北遊，賀使羿射雀左目，誤中右目。羿抑首而媿，終身不忘。」

【發義】

后羿射雀，失諸偏差，愧而不忘。

〔三六〕東野敗駕

〔集引〕

《莊子·達生》：「東野稷以御見莊公，進退中繩，左右旋中規。莊公以爲文弗過也，使之鉤百而反。顔闔遇之，入見曰：『稷之馬將敗。』公密而不應。少焉，果敗而反。公曰：『子何以知之？』曰：『其馬力竭矣，而猶求焉，故曰敗。』」

【發義】

東野稷之御，自恃高明，因而失事。

〔三七〕雖有儁才，謬則多謝

〖集引〗

《文選·謝靈運〈贈王太常〉》：「屬美謝繁翰。」李善注：「謝，慙也。」

【發義】

雖有卓越才智，謬則多慙，猶不及矣。

〔三八〕令章靡疚，亦善之亞

〖集引〗

《文選·謝朓〈和王著作八公山詩〉》：「平生仰令圖。」呂向注：「令，美也。」

【發義】

篇章美好，蓋無疚懷，亦次於作善。

古學發微四種

雍平 箋注

文心發義

第五册

雍平

SPM 南方傳媒
廣東人民出版社
·廣州·

養氣第四十二

昔王充著述，制養氣之篇，驗己而作，豈虚造哉〔一〕！夫耳目鼻口，生之役也〔二〕；心慮言辭，神之用也。率志委和，則理融而情暢〔三〕；鑽礪過分，則神疲而氣衰。此性情之數也。夫三皇辭質，心絕於道華〔四〕；帝世始文〔五〕，言貴於敷奏；三代春秋，雖沿世彌縟，並適分胸臆，非牽課才外也〔六〕。戰代枝詐，攻奇飾説〔七〕；漢世迄今，辭務日新，爭光鬻采，慮亦竭矣〔八〕。故淳言以比澆辭，文質懸乎千載；率志以方竭情，勞逸差於萬里；古人所以餘裕，後進所以莫遑也。

凡童少鑒淺而志盛，長艾識堅而氣衰〔九〕。志盛者思鋭以勝勞，氣衰者慮密以傷神。斯實中人之常資，歲時之大較也〔一〇〕。若夫器分有限，智用無涯〔一一〕，或慚鳧企鶴〔一二〕，瀝辭鐫思〔一三〕，於是精氣内銷，有似尾閭之波〔一四〕；神志外傷，同乎牛山之木〔一五〕。怛惕之盛疾〔一六〕，亦可推矣。至如仲任置硯以綜述〔一七〕，叔通懷筆以專業〔一八〕，既暄之以歲序，又煎之以日時，是以曹公懼爲文之傷命〔一九〕，陸雲歎用思之困神〔二〇〕，非虚談也。

夫學業在勤，功庸弗怠，故有錐股自厲，和熊以苦之人。志於文也，則申寫鬱滯，故宜從容率情，優柔適會〔二一〕。若銷鑠精膽，蹙迫和氣〔二二〕，秉牘以驅齡，灑翰以伐性〔二三〕，豈聖賢之素心，會文之直理哉？且夫思有利鈍，時有通塞，沐則心覆〔二四〕，且或反常，神之方昏，再三愈黷〔二五〕。是以吐納文藝，務在節宣〔二六〕，清和其心，調暢其氣〔二七〕，煩而即捨，勿使壅滯〔二八〕；意得則舒懷以命筆，理伏則投筆以卷懷〔二九〕，逍遥以針勞〔三〇〕，談笑以藥勌〔三一〕。常弄閑於才鋒，賈餘於文勇〔三二〕，使刃發如新，腠理無滯〔三三〕，雖非胎息之邁術〔三四〕，斯亦衛氣之一方也。

贊曰：紛哉萬象，勞矣千想。元神宜寶，素氣資養。水停以鑒〔三五〕，火靜而朗。無擾文慮，鬱此精爽〔三六〕。

【發義】

素氣資養，玄神且得。

夫内以所養，涵育熏陶，俟其自化，從容率情。蓋吐納文藝，節宣其氣，率志委和，理融情暢，虚靜以守，文機自發。

〔一〕驗己而作，豈虚造哉

〖集引〗

王充《論衡·自紀》：「章和二年，罷州家居，年漸七十……乃作養性之書，凡十六篇。養氣自守，適食則酒，閉明塞聰，愛精自保，適輔服藥引導，庶冀性命可延，斯須不老。」

【發義】

王充以俗儒守文，多失其實，疾虚妄而求實證。蓋驗己之作，非爲虚造也。

〔二〕**夫耳目鼻口，生之役也**

【集引】

《呂氏春秋·貴生》：「夫耳目鼻口，生之役也。」高誘注：「役，事也。」

【發義】

耳目口鼻，人所使器官，蓋生者皆勞其役也。

〔三〕**率志委和，則理融而情暢**

【集引】

《莊子·知北遊》：「生非汝有，是天地之委和也。」陸德明《釋文》引司馬彪云：「委，積也。」

【發義】

順遂心志以積和，則理氣融貫而性發舒展。

〔四〕夫三皇辭質，心絶於道華

【集引】

《周禮·地官·保氏》賈公彦疏引《孝經緯·援神契》：「三皇無文。」《禮記·曲禮》孔穎達《正義》引《老子》云：「禮者，忠信之薄，道德之華，爭愚之始。」《莊子·知北遊》：「禮者，道之華。」《斠詮》：「心絶於道華，心胸斷無紛華盛麗之意念也。……《史記·禮書》：『自子夏，門人之高第也，猶云：「出見紛華盛麗而説，入聞夫子之道而樂，二者心戰，未能自決。」而況中庸以下，漸漬於失教，被服於成俗乎？』岡白駒曰：『悦華麗與樂道義，二者戰於心中。』此處『道』與『華』字雖并舉，而義則偏取。」

【發義】

三皇無文，樸略尚質，蓋形之主絶於道之華靡矣。

〔雍案〕

皇，兩京本、胡本作「王」。楊明照《校注》云：「按『王』字非是。《孝經緯·援神契》：『三皇無文。』《周禮·地官·保氏》賈疏引是其證。」質，本也，實也。《論語·雍也》：「質勝文則野，文勝質則史。」劉寶楠《正義》：「質者，本也。」皇侃《義疏》：「質，實也。」《禮記·曲禮上》：「禮之質也。」鄭玄注：「質，猶本也。」《説文·貝部》徐鍇《繫傳》：「質，實也。」《莊子·知北遊》：「固不及質。」成玄英疏：「質，實也。」

〔五〕**帝世始文**

【集引】

《荀子·性惡》：「多言則文而類。」楊倞注：「文，謂言不鄙陋也。」《論衡·佚文》：「造論著説爲文。」

【發義】

有帝之世，言貴於敷奏，情而立文，由是文生焉。

〔六〕**三代春秋，雖沿世彌縟，並適分胸臆，非牽課才外也**

【集引】

《宋書·孝武帝紀》（大明二年詔）：「勿使牽課虛懸。」

【發義】

夏、商、周至春秋，人事進化，文章學問，千枝萬條，沿世彌縟，内發而適分，非牽強課求於才力以外。

〔七〕戰代枝詐，攻奇飾説

【集引】

《易·繫辭下》：「中心疑者其辭枝。」枝詐，一作「技詐」。《斠詮》：「謂戰國時代縱横游談，競尚姸巧詭詐也。技，《説文》：『巧也。』……技詐，猶言巧詐。」詹鍈《義證》：「謂攻求新奇，文飾説辭。」

【發義】

陵夷至於戰代，合從連衡，七國力政，棄背禮儀，征討爭強，枝蔓詭詐，攻奇飾説，適常權譎。

【雍案】

枝，兩京本、胡本、訓故本、岡本作「技」。徐𤊹校「枝」作「譎」。楊明照《校注》云：「按『枝』與『技』於此均費解，與『譎』之形亦不近，恐非舍人之舊。疑當作『權』。權，俗作权。蓋初由權作权，後遂譌爲枝或技耳。此云『權詐』，正如《諧隱篇》『蓋意生於權譎』之『權譎』然也。《説文·言部》：『譎，權詐也。』揚雄《尚書箴》：『秦尚權詐。』《類聚》四八引《論衡·定賢》：『以權詐卓譎，能將兵御衆爲賢乎？是韓信之徒也。』《漢書·刑法志》：『春秋之後，滅弱吞小，並爲戰國。……雄桀之士，因埶輔時，作爲權詐，以相傾覆。吴有孫武，齊有孫臏，魏有吴起，秦有商鞅，皆禽敵立勝，垂著篇籍。當此之時，合從連衡，轉相攻伐，代爲雌雄。……世方爭於功利，而馳説者以孫、吴爲宗。』」《抱朴子外篇·仁明》：「『囊六國相吞，豺虎力競，高權詐而下道德。』並以『權詐』連文，可證。又按劉向《戰國策·書録》：『是故始皇因四塞之固，……并有天下，杖於謀詐之弊。』『杖』或技，豈『杖』之誤歟？以其形最近，姑附識於此。」楊説是也。《春秋繁露·玉英》：「權，譎也。」《列女傳·孽嬖·晉獻驪姬》：「頌毒酒爲權。」王照圓《補注》：「權，謂譎詐也。」《戰國策·趙策二》：「此飾説也。」鮑彪注：「飾説，猶飾辯。」《戰國策·楚策一》：「飾辯虚辭。」鮑彪注：「飾，緣飾，非實也。」

〔八〕**漢世迄今，辭務日新，爭光鬻采，慮亦竭矣**

〔**集引**〕

《易·繫辭上》：「富有之謂大業，日新之謂盛德。」《禮記·大學》：「湯之盤銘曰：『苟日新，日日新，又日新。』」《史記·屈原賈生列傳》：「推此志也，雖與日月爭光可也。」《楚辭·九思·疾世》：「欲衒鬻兮莫取。」舊注：「鬻，賣也。」《漢書·東方朔傳》：「自衒鬻者以千數。」顔師古

注：「鬻，亦賣也。」

【發義】

由漢洎乎齊梁，辭務日新，互爭光芒，以衒賣文采，心慮所用竭矣。

〔九〕長艾識堅而氣衰

〔集引〕

《禮記·曲禮上》：「五十曰艾。」孔穎達疏：「年至五十，氣力已衰，髮蒼白色如艾也。」《吕氏春秋·去宥》：「人之老也，形益衰而智益盛。」高誘注：「老者見事多，所聞廣，故智益盛。」

【發義】

人者年至五十，見識豐堅，而氣力衰弱也。

〔一〇〕歲時之大較也

〔集引〕

《史記·貨殖列傳》：「此其大較也。」司馬貞《索隱》：「（較）音角。大較，猶大略也。」《文選·何晏〈景福殿賦〉》：「羌瓌瑋以壯麗，紛彧彧其難分，此其大較也。」李善注：「大較，猶大略也。」

【發義】

歲時之大略，於斯可窺。

〔一一〕智用無涯

〔集引〕

《莊子·養生主》：「吾生也有涯，而知也無涯，以有涯隨無涯，殆已。」郭象注：「以有限之性，尋無極之知，安得而不困哉？」陸德明《釋文》：「知，音智。」

【發義】

能處事物爲智，蓋智必及事而用，以有限之性，尋無涯之智用也。

〔一二〕或慚鳧企鶴

〔集引〕

《莊子·駢拇》：「是故鳧脛雖短，續之則憂；鶴脛雖長，斷之則悲。故性長非所斷，性短非所續，無所去憂也。」

【發義】

或慚此短而企望彼長，作者各有短長也。

〔一三〕**瀝辭鐫思**

〔集引〕

《慧琳音義》卷八一「鐫之」注引《韻英》：「鐫，刻也，琢也。」

【發義】

過濾其雜，精選文辭，雕琢文思也。

〔一四〕**於是精氣内銷，有似尾閭之波**

〔集引〕

《素問·生氣通天論》：「陰平陽祕，精神乃治，陰陽離决，精氣乃絶。」《莊子·秋水》：「天下之水，莫大於海，萬川歸之，不知何時止而不盈；尾閭泄之，不知何時已而不虚。」郭象注：「尾閭，海東川名。」

【發義】

人之元氣者，精爽神明也。神太用則竭，形太勞則弊。蓋損而内銷，則泄之若流入東川之水。

〔雍案〕

波，兩京本、胡本作「洩」。楊明照《校注》云：「按『洩』字蓋出後人妄改，不如『波』字義長。《均藻》四引作『波』。」《莊子·秋水》：「天下之水，莫大於海，萬川歸之，不知何時止而不盈；尾閭泄之，不知何時已而不虛。」蓋「洩」與「泄」，古相通用。

〔一五〕神志外傷，同乎牛山之木

〔集引〕

《孟子·告子上》：「牛山之木嘗美矣，以其郊於大國也，斧斤伐之……牛羊又從而牧之，是以若彼濯濯也。人見其濯濯也，以爲未嘗有材焉，此豈山之性也哉？」

【發義】

神氣發於性，守之而爲志，其損敗也，同乎牛山之木，濯濯而銷也。

〔雍案〕木，兩京本、胡本作「伐」。楊明照《校注》云：「按『伐』字亦出後人妄改。」「伐」字是。此非後人妄改。「伐」與「洩」對文。

〔一六〕怛惕之盛疾

〔集引〕《史記·孝文本紀》：「（十七年）憂苦萬民，爲之怛惕不安。」

【發義】在器中曰盛，蓋言疾在怛惕之中。

〔雍案〕怛，張本作「恒」。盛，黄叔琳校云：「一作『成』。」天啟梅本改「成」。楊明照《校注》云：「按『恒』字誤。《史記·文帝紀》：『（十七年）憂苦萬民，爲之怛惕不安。』是『怛惕』連文之證。『盛』讀平聲，在器中曰盛。《史記·文帝紀》《集解》引應劭注『怛惕盛疾』，猶言疾在怛惕之中，即憂能傷人之意也。天啟梅本改『成』，非是。」「盛」者，滿也，多也。《素問·腹中論》：「病有少腹盛。」張志聰《集注》：「盛，滿也。」又《脈要精微論》：「上盛則氣高，下盛則氣脹。」王冰注：「盛，謂盛滿。」《楚辭・九章・懷沙》：「任重載盛。」王逸注：「盛，多也。」《廣雅・釋詁三》《玉篇・皿部》《説文》《廣韻・勁韻》《集韻・勁韻》同。

〔一七〕至如仲任置硯以綜述

〖集引〗

《北堂書鈔・著述篇》引謝承《後漢書》：「王充貧無書，往市中省所賣書，一見便憶。門牆屋柱，皆施筆硯而著《論衡》。」

【發義】

王充雖貧而學有所養，深探淵微，得諸精思，每於宅内門户牆柱，各置筆硯簡牘，見事而作，綜述精要之言而爲《論衡》。

〔一八〕叔通懷筆以專業

〖集引〗

《後漢書・張曹鄭列傳》：「襃字叔通……博雅疏通，尤好禮事。常感朝廷制度未備，慕叔孫通爲漢禮儀，晝夜研精，沈吟專思，寢則懷抱筆札，行則誦習文書，當其念至，忘所之適。」

【發義】

曹襃專注其業，沈吟耽思，益復會心。

〔雍案〕

叔，黄叔琳校云：「元作『敬』，孫無撓改。」楊明照《校注》云：「按訓故本、謝鈔本正作『叔』。孫改是也。」曹襃，字叔通，東漢時期魯國薛人也。少篤志，有大度，結髮傳其父業，博雅疏通，尤好禮事。在位清正，官至侍中。

〔一九〕是以曹公懼爲文之傷命

〔集引〕

《御覽》引《魏略》：「陳思王精意著作，食飲損減，得反胃病也。」《海録碎事》引《抱朴子》佚文：「揚雄作賦，有夢腸之談；曹植爲文，有反胃之論。言勞神也。」

【發義】

曹植懼爲文，求諸精絶，勞神竟至外損。

〔**雍案**〕

曹公，乃「曹植」之謁。舍人所舉，應是曹植。而曹植非以「公」稱。漢末曹操位至三公，人皆號曹公。《三國志·蜀關羽傳》：「吾極知曹公待我厚。」晉陸雲《陸士龍文集·與兄平原書》：「一日三上臺，曹公藏石墨數十萬斤。」

〔二一〇〕陸雲歎用思之困神

〔**集引**〕

陸雲《與兄平原（陸機）書》：「兄文章已自行天下，多少無所在，且用思困人，亦不事復及。」

【**發義**】

陸雲用思至極，困心衡慮，蓋神疲精倦也。

〔二一一〕故宜從容率情，優柔適會

〔**集引**〕

晉杜預《春秋左傳集解序》：「優而柔之，使自求之。」孔穎達疏：「優柔俱訓爲安，寬舒之意也。」

【發義】

故宜從容以順遂性情，寬舒以適應時會。

〔一二二〕**若銷鑠精膽，蹙迫和氣**

【集引】

南朝梁江淹《江文通集·建平王讓鎮南徐州刺史啟》：「神乖意失，音影何地，呑悲茹號，情膽載絶。」

【發義】

倘使銷鎔心膽精力，和氣蹙蹙難於舒展。

〔一二三〕**秉牘以驅齡，灑翰以伐性**

【集引】

王充《論衡·效力》：「秦武王與孟説舉鼎不任，絶脈而死。少文之人，與董仲舒等涌胸中之思，必將不任，有絶脈之變。王莽之時，省五經章句，皆爲二十萬，博士弟子郭路夜定舊説，死於燭下。精思不任，絶脈氣滅也。」《吕氏春秋·本生》：「靡曼皓齒，鄭、衛之音，務以自樂，命之曰伐性之斧。」

【發義】

執簡以催促壽命，灑筆以危害心性。

〔二四〕沐則心覆

〔集引〕

《左傳·僖公二十四年》：「晉侯之豎頭須……求見，公辭焉以沐。謂僕人曰：『沐則心覆，心覆則圖反，宜吾不得見也。……』僕人以告，公遽見之。」

【發義】

沐則内心顛倒，且或反常。

〔二一五〕**神之方昏，再三愈黷**

〔**集引**〕

《易·蒙》：「初筮，告；再三，瀆。」陸德明《釋文》：「瀆，亂也。」

【**發義**】

精神正迷亂糊塗，再三行之，則愈加昏亂。

〔**雍案**〕

「瀆」「黷」，古今字。《集韻·屋韻》：「黷，通作『瀆』。」《説文·黑部》：「《易》曰：『再三黷。』」段玉裁注：「許所據《易》作『黷』，今《易》作『瀆』。」

〔二一六〕**是以吐納文藝，務在節宣**

〔**集引**〕

《大戴禮記·文王宫人》：「有隱於知禮者，有隱於文藝者。」《左傳》：「節宣其氣。」《申鑒·俗嫌》：「或問曰：『有養性乎？』曰：『養性秉中和，守之以生而已。……故君子節宣其氣，勿使有所壅閉滯底。』」

【發義】

是以談論寫作，務在節宣其氣。

〔二七〕調暢其氣

〖集引〗

《禮記·樂記》：「感條暢之氣，而滅平和之德。」《文選·王褒〈四子講德論〉》：「進者樂其條暢。」

【發義】

條直通暢其氣，使之致一而順也。

〖雍案〗

調，何本、凌本、別解本、尚古本、岡本、王本、鄭藏鈔本、崇文本作「條」。楊明照《校注》云：「按以《書記篇》：『故宜條暢以任氣。』例之，作『條』是。」《文選·王褒〈四子講德論〉》：「進者樂其條暢。」李善注：「條，理也。」《別雅》卷四：「條袒，條暢也。」「條鬯，條暢也。」

〔二一八〕煩而即捨，勿使壅滯

〔集引〕

《左傳·昭公元年》：「先王之樂，所以節百事也。故有五節，遲速本末以相及。中聲以降，五降之後，不容彈矣。於是有煩手淫聲，慆堙心耳，乃忘平和，君子弗聽也。物亦如之，至於煩乃捨也已，無以生疾。」又云：「勿使有所壅閉湫底，以露其體。」杜預注：「湫，集也。底，滯也。露，羸也。」

【發義】

煩者，鬱結不舒暢也，即捨之則勿使壅滯於內。

〔二一九〕理伏則投筆以卷懷

〔集引〕

《文賦》：「理翳翳而愈伏。」《論語·衛靈公》：「邦有道則仕，邦無道則可卷而懷之。」劉寶楠《正義》：「卷，收也，懷與裹同，藏也。……卷而藏之，蓋以物喻。」

【發義】

理伏於內，則擲筆以藏身。

〔三〇〕逍遥以針勞

【集引】

《詩·鄭風·清人》：「二矛重喬，河上乎逍遥。」陸德明《釋文》：「逍，本又作『消』；遥，本又作『摇』。」《楚辭·屈原〈離騷〉》：「欲遠集而無所止兮，聊浮遊以逍遥。」

【發義】

安閒自得，似以針灸蘇息其勞。

〔三一〕談笑以藥勌

【集引】

《莊子·應帝王》：「學道不勌。」陸德明《釋文》：「其眷反。」《漢書·嚴朱吾丘主父徐嚴終王賈傳》：「則士卒罷勌。」顏師古注：「勌，亦倦字。」《晉書音義·列傳第十九》：「勌，與倦同。」

【發義】

談笑風生，似以藥石去除倦怠。

〔三二二〕賈餘於文勇

〔集引〕

《左傳·成公二年》：「齊高固曰：『欲勇者賈余餘勇。』」《説文·力部》：「勇，氣也。」

【發義】

炫示饒足於文之勇氣。

〔三二三〕腠理無滯

〔集引〕

《吕氏春秋·先己》：「嗇其大寶，用其新，棄其陳，腠理遂通。」高誘注：「腠理，肌脈也。」

【發義】

腠理無滯，即條理無滯也。

〔雍案〕

鈴木云：「『湊』，當作『腠』。」楊明照《校注》云：「按鈴木説是。兩京本、胡本、訓故本正作『腠』。」《説文・水部》朱駿聲《通訓定聲》：「湊，字亦作『腠』。」《玉篇・肉部》《廣韻・候韻》：「腠，膚腠也。」《後漢書・方術列傳下》：「腠理至微。」李賢注：「腠理，皮膚之間也。」《文選・左思〈魏都賦〉》：「腠理則治。」呂向注：「腠理者，皮膚間也。」《素問・刺要論》：「病有在毫毛腠理者。」王冰注：「皮之文理曰腠理。」又《舉痛論》：「寒則腠理閉。」張志聰《集注》：「腠理，肌肉之文理。」《春秋繁露・天地之行》：「皮毛腠理也。」凌曙注引《呂氏春秋》高誘曰：「腠理，肌脈也。」

〔三四〕雖非胎息之邁術

〔集引〕

《抱朴子内篇・釋滯》：「得胎息者，能不以鼻口噓吸，如在胞胎之中，則道成矣。」《漢武内傳》：「王真習閉氣而吞之，名曰胎息。行之斷穀一百餘年，肉色光美，力並數人。」

【發義】

雖非修煉之萬術。

〔雍案〕

邁，元本、弘治本、汪本、張本、兩京本、王批本、胡本、訓故本作「萬」。《廣博物志》引同。

楊明照《校注》云：「按『萬術』與下句『一方』對，是也。」楊説是。「術」者，法也。《文選·嵇康〈與山巨源絶交書〉》：「吾頃學養生之術。」吕向注：「術，灋古法字也。」

〔三五〕水停以鑒

【集引】

《莊子·德充符》：「仲尼曰：『人莫鑒於流水，而鑒於止水。』」成玄英疏：「鑒，照也。夫止水所以留鑒者，爲其澄清故也。」又：「平者，水停之盛也。」成玄英疏：「停，止也。」《文子·九守》：「人莫鑒於流潦，而鑒於澄水，以其清且靜也。」《淮南子·俶真訓》：「人莫鑑於流潦，而鑑於止水者，以其靜也。」

【發義】

水止則其清且靜，可以留鑒者也。

〔三六〕鬱此精爽

【集引】

《左傳·昭公七年》：「用物精多，則魂魄強。是以有精爽，至於神明。」孔穎達疏：「精，亦神也；爽，亦明也。」

【發義】

無擾爲文之心慮，盛此以神明。

附會第四十三

何謂附會？謂總文理，統首尾，定與奪，合涯際，彌綸一篇〔一〕，使雜而不越者也〔二〕。若築室之須基構，裁衣之待縫緝矣。夫才量學文，宜正體製〔三〕，必以情志爲神明，事義爲骨髓，辭采爲肌膚〔四〕，宫商爲聲氣，然後品藻元黄〔五〕，摛振金玉〔六〕，獻可替否，以裁厥中〔七〕。斯綴思之恒數也。凡大體文章，類多枝派，整派者依源，理枝者循幹，是以附辭會義，務總綱領〔八〕，驅萬塗於同歸，貞百慮於一致〔九〕；使衆理雖繁，而無倒置之乖，群言雖多，而無棼絲之亂〔一〇〕；扶陽而出條，順陰而藏跡〔一一〕，首尾周密，表裏一體，此附會之術也。夫畫者謹髮而易貌，射者儀毫而失牆〔一二〕，鋭精細巧，必疎體統。故宜詘寸以信尺，枉尺以直尋〔一三〕，棄偏善之巧，學具美之績，此命篇之經略也。

夫文變多方〔一四〕，意見浮雜，約則義孤，博則辭叛〔一五〕，率故多尤，需爲事賊〔一六〕。且才分不同，思緒各異，或製首以通尾，或尺接以寸附，然通製者蓋寡，接附者甚衆。若統緒失宗，辭味必亂；義脈不流，則偏枯文體〔一七〕。夫能懸識湊理，然後節文自會〔一八〕，如膠之粘木，豆之合黃矣。是以駟牡異力，而六轡如琴〔一九〕，並駕齊驅，而一轂統輻，馭文之法，有似於此。去留隨心，修短在手，齊其步驟，總轡而已〔二〇〕。

故善附者異旨如肝膽，拙會者同音如胡越，改章難於造篇，易字艱於代句，此已然之驗也。昔張湯擬奏而再卻，虞松草表而屢譴，並理事之不明，而詞旨之失調也〔二一〕。及倪寬更草〔二二〕，鍾會易字〔二三〕，而漢武歎奇，晉景稱善者，乃理得而事明，心敏而辭當也。以此而觀，則知附會巧拙，相去遠哉！若夫絶筆斷章，譬乘舟之振楫〔二四〕；會詞切理，如引轡以揮鞭。克終底績〔二五〕，寄深寫遠〔二六〕。若首唱榮華，而媵句憔悴〔二七〕，則遺勢鬱湮〔二八〕，餘風不暢，此周易所謂臀無膚，其行次且也〔二九〕。惟首尾相援，則附會之體，固亦無以加於此矣。

贊曰：篇統間關，情數稠疊〔三〇〕。原始要終〔三一〕，疎條布葉。道味相附，懸緒自接〔三二〕。如樂之和，心聲克協〔三三〕。

【發義】

道味善附，經略巧會。

此篇作意，微言大旨，辭傳義會，體統爲要，司契在心，懸識腠理，提挈綱維，統括大歸。

〔一〕**合涯際，彌綸一篇**

〔集引〕

《易·繫辭上》：「故能彌綸天地之道。」孔穎達疏：「彌謂彌縫補合，綸謂經綸牽引。」

【發義】

合涯際者，綜合一篇也。

〔二〕**使雜而不越者也**

〔集引〕

《易·繫辭下》：「其稱名也，雜而不越。」韓康柏注：「各得其序，不相踰越。」

【發義】

使交相錯雜，而不越序踰矩也。

〔三〕**夫才量學文，宜正體製**

〔集引〕

《文選·嵇康〈琴賦·序〉》：「歷世才士並爲之賦頌，其體制風流莫不相襲。」

【發義】

童之具才稟者，宜正詩文之結構剪裁。

〔雍案〕

量，宋本、鈔本《御覽》引作「童」。范文瀾云：「『才量學文』，『量』疑當作『優』，或係傳寫之誤。殆由『學優則仕』意化成此語。」楊明照《校注》云：「按范説誤。『量』字其形與『優』不近，恐難致誤；『才量學文』，與『學優則仕』亦毫不相干，何能由其化成？《御覽》引『量』作『童』，極是。『量』其形誤也。《體性篇》：『故童子雕琢，必先雅製。』語意與此相同，可證。」楊説是。唐玄宗《孝經序》：「御製序并注。」邢昺疏：「製者，裁翦述作之謂也。」沈約《宋書·謝靈運傳〈論〉》：「至於先士茂製。」舊校：「五臣本『製』作『制』。」

〔四〕事義爲骨髓，辭采爲肌膚

【集引】

《莊子·逍遥遊》：「藐姑射之山，有神人居焉，肌膚若冰雪，淖約若處子。」

【發義】

據《事類》義理爲文之筋骨架構，摛辭成采爲皮肉附麗。

【雍案】

髓，宋本、鈔本、喜多本《御覽》引作「骾」。倪本、活字本、鮑本《御覽》作「鯁」。楊明照《校注》云：「按『骨髓』『骨鯁』，（骾與鯁音同得通）其義無甚出入；然以《辨騷篇》『骨鯁所樹，肌膚所附』例之，當以《御覽》所引爲是。」《廣韻·志韻》：「事，立也。」《諸子平議·莊子二》：「則韜乎其事心之大也。」俞樾按：「事心，猶立心。」《群經平議·春秋左傳一》：「事長則順。」俞樾按：「事，猶立也。」《素問·脈要精微論》：「骨者，髓之府也。」《玉篇·骨部》《慧琳音義》卷二：「骨髓」注引《字統》：「髓，骨中脂也。」《後漢書·李王鄧來列傳》：「骨鯁可任。」李賢注：「骨鯁，喻正直也。」《漢書·杜周傳》：「朝無骨骾之臣。」顔師古注：「骾，亦『鯁』字。」《晉書音義》：「骾，與鯁同。」蓋楊氏云「『骨髓』『骨鯁』……其義無甚出入」，乃望文生訓，蹈誤也。「事義爲骨髓」，意謂據《事類》義理爲文之筋骨架構也。

〔五〕然後品藻元黄

〔集引〕

《漢書·揚雄傳下〈法言·目〉》：「尊卑之條，稱述品藻。」

【發義】

然後品鑒文質，以潤其飾耳。

〔雍案〕

元，《御覽》引作「玄」。《喻林》《文通》引同。元本、弘治本、活字本、汪本、佘本、張本、兩京本、王批本、何本、胡本、訓故本、梅本、凌本、合刻本、梁本、祕書本、謝鈔本、彙編本、尚古本、岡本、四庫本、崇文本亦並作「玄」。楊明照《校注》云：「按《原道篇》『夫玄黄色雜』，《詮賦篇》『畫繪之著玄黄』，皆以『玄黄』連文，此固不應作『元』也。」《漢書·揚雄傳下〈法言·目〉》：「尊卑之條，稱述品藻。」顔師古注：「品藻者，定其差品及文質。」蓋舍人此謂然後品鑒文質，以潤其飾耳。

〔六〕摛振金玉

〖集引〗

《孟子·萬章》：「集大成者也，金聲而玉振也。」《文選·左思〈魏都賦〉》：「壯翼摛鏤於青霄。」呂向注：「摛，發也。」

【發義】

發其金聲，振其玉響。

〔七〕獻可替否，以裁厥中

〖集引〗

《左傳·昭公二十年》：「（晏子）對曰：『……君所謂可，而有否焉，臣獻其否，以成其可；君所謂否，而有可焉，臣獻其可，以去其否。』」杜預注：「否，不可也。獻君之否以成君可。」《後漢書·鄧張徐張胡列傳》：「（上書）臣以獻可替否爲忠。」《國語·晉語九》：「（史黯）對曰：『……夫事君者，諫過而賞善，薦可而替否，獻能而進賢，擇材而薦之。』」韋昭注：「薦，進也。替，去也。」

【發義】

爲文擇而用之，進退有餘，去留無遺，猶自可奪也。

〔八〕**是以附辭會義，務總綱領**

〔集引〕

《晉書·文苑·左思傳》：「（劉逵注《三都賦序》）傅辭會義，抑多精緻。」「附」與「傅」通。

【發義】

傅辭相屬，合義爲一，提挈綱領，統括大歸。

〔九〕**驅萬塗於同歸，貞百慮於一致**

〔集引〕

《易·繫辭下》：「天下同歸而殊塗，一致而百慮。」

【發義】

行萬塗而同歸一屬，正百念而相達一致。

〔一〇〕而無棼絲之亂

【集引】

《左傳·隱公四年》：「以亂，猶治絲而棼之也。」陸德明《釋文》：「棼，亂也。」

【發義】

群言雖多，不若亂絲之糾結。

〔一一〕扶陽而出條，順陰而藏跡

【集引】

《後漢書·崔駰列傳》：「（達旨）故能扶陽以出，順陰而入，春發其華，秋收其實。」《莊子·漁父》：「人有畏影惡迹而去之走者，舉足愈數而迹愈多，走愈疾而影不離身；自以爲尚遲，疾走不休，絶力而死。不知處陰以休影，處静以息迹。」《説苑·正諫》：「吴王濞反……（枚乘）爲書諫王，其辭曰：『……人性有畏其影而惡其迹者，卻背而走，無益也，不知就陰而止，影滅迹絶。』」《漢書·賈鄒枚路傳》：「吴王之初怨望謀爲逆也，乘奏書諫曰：『……人性有畏其景而惡其迹者，卻背而走，迹愈多，景愈疾，不知就陰而止，景滅迹絶。』」

【發義】

顯諸仁，藏諸用，扶陽而顯露，順陰而藏用。蓋文意雖有顯晦，然須首尾周密，表裏一體。

〔一二〕夫畫者謹髮而易貌，射者儀毫而失牆

【集引】

《吕氏春秋·處方》：「今夫射者儀毫而失牆，畫者儀髮而易貌，言審本也。」

【發義】

謹髮易貌，儀毫失牆，重小而輕大也。審本爲用，蓋附會之要略也。

【雍案】

范文瀾云：「『易貌』，疑當作『遺貌』。『遺貌』即『失貌』也。」楊明照《校注》云：「按『易』字未誤。『易』，輕也；《左傳·襄公十五年》杜注輕易也。《禮記·樂記》鄭注詁此並無不合。『謹髮易貌』，即重小輕大之意。不必準《吕氏春秋處方篇》《淮南子·説林篇》之『失貌』，而改『易』爲『遺』也。」易貌，輕略其貌也。《論語·學而》：「賢賢易色。」劉寶楠《正義》：「易有輕略之義。」

〔一三〕故宜詘寸以信尺，枉尺以直尋

【集引】

《文子·上義》：「老子曰：『屈寸而伸尺，小枉而大直，聖人爲之。』」又：「老子曰：『屈者，所以求伸也；枉者，所以求直也。屈寸伸尺，小枉大直，君子爲之。』」《御覽》引《尸子》：「孔子曰：『詘寸而信尺，小枉而大直，吾爲之也。』」《淮南子·氾論訓》：「誳寸而伸尺，聖人爲之；小枉而大直，君子行之。」高誘注：「寸，小；尺，大；枉，曲也。」《孟子·滕文公下》：「陳代曰：『……且志曰：「枉尺而直尋。」宜若可爲也。』」蓋「詘」「屈」通也。

【發義】

故宜屈以求伸，枉以求直矣。

〔一四〕夫文變多方

【集引】

《莊子·人間世》：「有人於此，其德天殺：與之爲無方，則危吾國；與之爲有方，則危吾身。」

【發義】

夫文之變，隨轉而異，也無固法。

〖雍案〗

多，黄叔琳校云：「汪作『無』。」馮舒「多」改「無」。《御覽》引作「無」。元本、弘治本、活字本、佘本、張本、兩京本、王批本、何本、胡本、訓故本、合刻本、梁本、祕書本、尚古本、岡本、四庫本、王本、鄭藏鈔本、崇文本並同。楊明照《校注》云：「《通變篇》『變文之數無方』，與此意同，當以作『無』爲是。『多』字蓋涉下文而誤。」《説文・亡部》徐鍇《繫傳》：「無者，對有之稱。」《助字辨略》卷一：「無，有之反也。」《莊子・天運》：「无同無方之傳。」陸德明《釋文》引司馬彪云：「方，常。」《文選・郭璞〈江賦〉》：「動應無方。」李善注引鄭玄：「方，常。」又《文選・曹植〈七啟〉》：「游心無方。」李善注引晉灼《漢書注》曰：「方，常。」《儀禮・士相見禮》：「升見無方。」胡培翬《正義》引敖繼公云：「方，猶常也。」《禮記・内則》：「博學無方。」鄭玄注：「方，猶常也。」

〔一五〕博則辭叛

〖集引〗

《鬼谷子・權篇》：「繁稱文辭者，博也。」《易・繫辭下》：「將叛者，其辭慚。」《楚辭・遠遊》：「叛陸離其上下兮。」蔣驥注：「叛，分散貌。」《廣雅・釋詁三》：「叛，亂也。」《文選・左思〈蜀都賦〉》：「叛衍相傾。」劉逵注：「叛，亂也。」

【發義】

博則文辭散亂。

〔雍案〕

叛，弘治本、汪本、佘本作「判」。徐𤊹校「判」爲「叛」。楊明照《校注》云：「按《易・繫辭下》：『將叛者，其辭慚。』此『辭叛』二字所本。作『判』誤。」楊説是。《説文・半部》：「叛，又借『判』字。」

〔一六〕率故多尤，需爲事賊

〔集引〕

《文賦》：「或率意而寡尤。」《左傳・哀公十四年》：「需，事之賊也。」

【發義】

爲文輕率者故多病，迺成事之大害。

【雍案】

率，《御覽》引作「變」。楊明照《校注》云：「按《文賦》：『或率意而寡尤。』舍人反其意而用之，與下『需爲事賊』句各明一義。作『變』非是。」「率」者，輕率也。

〔一七〕**義脈不流，則偏枯文體**

【集引】

《吕氏春秋》：「魯公孫綽曰：『我固能治偏枯。』」

【發義】

文之義旨脈絡不流暢，則文體偏枯不遂。

〔一八〕**夫能懸識湊理，然後節文自會**

【集引】

《詩·小雅·杕杜》：「會言近止。」鄭玄箋：「會，合也。」

【發義】

夫能預識條理，然後節制修飾自合。

〔雍案〕

湊，兩京本、胡本、訓故本作「腠」。《文通》引同。楊明照《校注》云：「按『腠』字是。『懸識腠理』，用扁鵲見蔡桓公《史記·扁鵲傳》《新序·雜事》二作齊桓侯事，見《韓非子·喻老篇》。」《說文·水部》朱駿聲《通訓定聲》：「湊，字亦作『腠』。」《玉篇·玉部》：「腠，膚腠也。」《廣韻·候韻》：「腠，膚理也。」《儀禮·鄉射禮記》：「進腠。」鄭玄注：「腠，膚理也。」《文選·司馬相如〈難蜀父老賦〉》：「躬腠胝無胈。」李善注引孟康曰：「腠，腠理也。」《素問·舉痛論》曰：「寒則腠理閉。」《史記·扁鵲倉公列傳》曰：「君有疾在腠理。」《後漢書·方術列傳下》曰：「腠理至微。」《文選·左思〈魏都賦〉》曰：「腠理則治。」《素問·刺要論》曰：「病有在毫毛腠理。」《春秋繁露·天地之行》曰：「皮毛腠理也。」並可以引證。

節文，黄叔琳校云：「一作『文節』。」元本、弘治本、活字本、汪本等作「文節」。楊明照《校注》云：「按《誄碑》《章表》《定勢》《鎔裁》《章句》五篇，並有『節文』之詞；《御覽》亦引作『節文』。『文節』非是。」節文，節制修飾也。《荀子·非相》：「噲唯則節。」王先謙《集解》引郝懿行曰：「節，謂節制之也。」《禮記·檀弓下》：「辟踊，哀之至也。有筭，爲之節文也。」《史記·劉敬叔孫通列傳》：「叔孫通曰：『五帝異樂，三王不同禮。禮者，因時世人情爲之節文者也。』」

〔一九〕是以駟牡異力，而六轡如琴

〔集引〕

《詩・小雅・車舝》：「四牡騑騑，六轡如琴。」

【發義】

四馬異乎其力，而六轡聯繮，有若琴鳴。

〔雍案〕

駟，《御覽》引作「四」。何本、凌本、梁本、祕書本、尚古本、岡本、王本、鄭藏鈔本、崇文本並作「四」。楊明照《校注》云：「按作『四』是也。《詩・小雅・車舝》：『四牡騑騑，六轡如琴。』《毛詩》中句有「四牡」者，凡二十七見，皆不作「駟」。」楊説是也。「駟」，古可假借爲「四」。《説文・馬部》朱駿聲《通訓定聲》：「駟，叚借爲『四』。」《經籍籑詁・寘韻》：「《詩・大明》：『駟騵彭彭。』《公羊隱元年疏》作『四騵彭彭』。」《詩・秦風・駟驖》：「駟驖孔阜。」王先謙《三家義集疏》：「三家駟作四。」牡，謂馬也。《文選・枚乘〈七發〉》：「客曰鍾岱之牡。」《詩・魯頌・駉》：「駉駉牡馬。」陳奐《傳疏》：「牡馬，謂壯大之馬，猶四馬之稱四牡，不必讀爲牝牡之牡也。」蓋此謂四馬異乎其力，而六轡聯繮，有若琴鳴。

〔二〇〕**齊其步驟，總轡而已**

〔**集引**〕

《易·繫辭上》：「齊小大者存乎卦。」王弼注：「齊，猶言辨也。」《荀子·禮論》：「故君子上致其隆，下盡其殺，而中處其中，步驟馳騁厲鶩不外是矣，是君子之壇宇宮廷也。」《孔子家語》：「善御馬者，正身以總轡。」

【**發義**】

辨別其緩急，統領其繮，以駕馭文章也。

〔二一〕**並理事之不明，而詞旨之失調也**

〔**集引**〕

《韓非子·解老》：「思慮熟則得事理，得事理則必成功。」《南齊書·陸厥傳〈沈約答陸厥書〉》：「譬由子野（桓伊）操曲，安得忽有闡緩失調之聲，以洛神比陳思（曹植）他賦，有似異手之作。」

【發義】並事情道理之不明晰，則文詞旨趣之不調和也。

〔雍案〕「理事」乃「事理」之譌，二字當乙。

〔一二二〕及倪寬更草

【發義】《漢書·公孫弘卜式兒寬傳》：「時張湯爲廷尉……會廷尉有疑奏，已再見卻矣，掾史莫知所爲。寬爲言其意，掾史因使寬爲奏。奏成，讀之皆服，以白廷尉湯。……上寬所作奏，即時得可。異日，湯見上，問曰：『前奏非俗吏所及，誰爲之者？』湯言兒寬。上曰：『吾固聞之久矣。』」

【發義】兒寬更草，能附會其意，蓋漢武歎奇。

〔雍案〕倪，元本、弘治本、汪本、佘本、張本、兩京本、王批本、胡本、訓故本作「兒」。《廣博物志》

引同。馮舒校「倪」作「兒」。楊明照《校注》云：「按以《時序篇》『歎兒寬之擬奏』驗之，此必原作『兒』也。《漢書》卷五八有傳作『兒』，亻旁後加。」

〔一二三〕**鍾會易字**

〖**集引**〗

晉郭頒《魏晉世語》：「司馬景王命中書郎虞松作表，再呈，不可意，令松更定之，經時竭思不能改，心有形色。鍾會取視，爲定五字。松悦服，以呈景王。王曰：『不當，爾耶？』松曰：『鍾會也。』王曰：『如此，可大用，真王佐才也。』」

【**發義**】

鍾會易五字，令松悦服，蓋晉景稱善。

〔一二四〕**若夫絶筆斷章，譬乘舟之振楫**

〖**集引**〗

杜預《春秋左傳集解序》：「今麟出非其時，虚其應而失其歸，此聖人所以爲感也。絶筆於獲麟一句者，所感而起，固所以爲終也。」《左傳·襄公二十八年》：「賦詩斷章，余取所求焉。」杜預注：「譬如賦詩者，取其一章而已。」《中庸》：「振河海而不泄。」鄭玄注：「振，猶收也。」《詩·小雅·采芑》：「振旅闐闐。」鄭玄箋：「振，猶止也。」

【發義】

若夫絶筆不書，斷其篇章，譬若乘舟之止楫，無所進也。

〔二五〕克終底績

【集引】

《爾雅·釋言》：「底，致也。」郝懿行《義疏》引：「《書》：『乃言底可績。』」

【發義】

能終致其功。

〔雍案〕

底，當作「厎」。厎，古與「底」通，義亦同。詳見前注。《爾雅·釋言》：「厎，致也。」郝懿行《義疏》引：「《書》：『乃言厎可績。』」蓋「克終底績」，乃謂能終致其功也。

〔二六〕寄深寫遠

〔**集引**〕

《説文·辵部》：「送，遣也。」《廣韻·送韻》：「送，遣也。」《春秋左傳異文釋》卷七：「襄廿六年傳：『伍舉實送之。』楚語作『遣之』。」《高僧傳·釋曇智傳》：「雅好轉讀，雖依擬前宗，而獨拔新異，高調清徹，寫送有餘。」又附《釋曇調》：「寫送清雅，恨功夫未足。」《文鏡祕府論·論文意》：「開發端緒，寫送文勢。」

【**發義**】

蓋文章之寄託，在寫遣而致遠也。

〔**雍案**〕

元本、活字本作「寄在寫遠」，《喻林》引同；弘治本、汪本、佘本作「寄在寫遠送」；張本、何本、萬曆梅本、凌本、合刻本、梁本、祕書本、謝鈔本、尚古本、岡本作「寄在寫以遠送」，《文通》引同；兩京本、王批本、胡本作「寄深寫遠送」。吴翌鳳云：「作『寄深寫遠』，與上四字作對。」楊明照《校注》云：「按諸本皆誤。疑當作『寄在寫送』。『寫送』，六朝常語。已詳《詮賦篇》『迭致文契』條。」此當作「寄在寫送」。《詩·小雅·蓼蕭》：「我心寫兮。」朱熹《集傳》：「寫，輸寫也。」

〔二七〕若首唱榮華，而媵句憔悴

〖集引〗

《文子・上德》：「有榮華者，必有愁悴。」《淮南子・説林訓》：「有榮華者，必有憔悴。」《爾雅・釋草》：「木謂之華，草謂之榮。」《莊子・齊物論》：「道隱於小成，言隱於榮華。」成玄英疏：「榮華者，謂浮辯之辭，華美之言也。」

【發義】

若起句辭藻華美，而所從二三句辭藻枯竭。

〖雍案〗

詩文中開頭起一句，後以二三句相從，曰媵句。

〔二八〕則遺勢鬱湮

〖集引〗

《左傳・昭公二十九年》：「鬱湮不育。」杜預注：「鬱，滯也；湮，塞也。」陸德明《釋文》：

「湮，音因。」

【發義】

則遺勢滯塞不暢也。

〔二一九〕此周易所謂臀無膚，其行次且也

【集引】

《易·夬》：「臀無膚，其行次且。」孔穎達疏：「次且，行不前進也。」

【發義】

此《易》之所謂臀無肌膚，其行困難也。

【雍案】

且，弘治本、汪本、張本、王批本作「雎」。訓故本作「鴡」。徐𤊹云：「『雎』，當作『且』。」何焯改「且」。楊明照《校注》云：「按《廣雅·釋訓》：『趑雎，難行也。』《玉篇·隹部》：『雎，次雎，行難也。』是『雎』字自可，不必依《易·夬卦》爻辭改爲『且』也。（「雎」與「鴡」同，見《集韻》。）」《廣雅·釋訓》：「趑雎，難行也。」王念孫疏：「『趑趄』『次且』，並與『趑雎』同。」《易·夬》：「其行次且。」李富孫《異文釋》：「次且，《集解》本作『趦趄』。《新序·雜事》引同。」又

曰：「次且，《繫傳》作『趑趄』。」

〔三〇〕篇統間關，情數稠疊

〔集引〕

《慧琳音義》卷四六「間關」注：「間關，又亦設置也。」

【發義】

綱格標明，篇之設置統括，大歸匪易，情況多而頻繁。

〔雍案〕

楊明照《校注》云：「按此與下句『情數稠疊』相對，而各明一義。『篇統間關』，喻結構之曲折；『情數稠疊』，喻内容之繁富。則『間關』二字，與《詩·小雅·車舝》之『間關』異趣。《漢書·王莽傳下》：『間關至漸臺。』顔注：『間關，猶言崎嶇展轉也。』《後漢書·鄧騭傳》：『騭等辭讓不獲，遂逃避使者，間關詣闕。』章懷注：『間關，猶崎嶇也。』又《荀彧傳〈論〉》：『荀君乃越河冀，間關以從曹氏。』章懷注：『間關，猶展轉也。』解此並合。」楊氏引「展轉」解「間關」，乃望文生訓而蹈誤也。尋繹文意，「間關」，當詁作「設置」。《慧琳音義》卷四六「間關」注：「間關，又亦設置也。」「情數」，當詁作「情況」。《後漢書·班梁列傳》：「臣前與官屬三十六人奉使絶域……於今五載，胡夷情數，臣頗識之。」

〔三一〕原始要終

〔集引〕

《易·繫辭下》：「《易》之爲書也，原始要終，以爲質也。」

【發義】

探究事物發展之起源與歸宿。

〔三二〕懸緒自接

〔集引〕

《斠詮》：「言文之情理與神韻能互相依附，則紛亂支離之思緒將自然銜接矣。」

【發義】

掛於思慮，其緒萬端，情理神韻相依，自然銜接耳。

〔三三二〕如樂之和，心聲克協

〖集引〗

《左傳》：「如樂之和，無所不諧。」

【發義】

如樂之和諧，心聲能協調。

總術第四十四

今之常言，有文有筆，以爲無韻者筆也，有韻者文也〔一〕。夫文以足言，理兼詩書〔二〕，别目兩名，自近代耳。顔延年以爲筆之爲體，言之文也〔三〕；經典則言而非筆，傳記則筆而非言。請奪彼矛，還攻其楯矣〔四〕。何者？易之文言，豈非言文？若筆不言文，不得云經典非筆矣。將以立論，未見其論立也。予以爲發口爲言，屬筆曰翰〔五〕，常道曰經，述經曰傳〔六〕。經傳之體，出言入筆，筆爲言使，可强可弱。分經以典奥爲不刊〔七〕，非以言筆爲優劣也。昔陸氏文賦，號爲曲盡〔八〕，然汎論纖悉，而實體未該〔九〕。故知九變之貫匪窮〔一〇〕，知言之選難備矣。

凡精慮造文，各競新麗，多欲練辭，莫肯研術。落落之玉，或亂乎石；碌碌之石，時似乎玉〔一一〕。精者要約，匱者亦尠；博者該贍，蕪者亦繁；辯者昭晳，淺者亦露；奥者複隱，詭者亦典〔一二〕。或義華而聲悴，或理拙而文澤。知夫調鐘未易〔一三〕，張琴實難〔一四〕。伶人告和，不必盡窕㮜之中〔一五〕；動用揮扇，何必窮初終之韻〔一六〕。魏文比篇章於音樂〔一七〕，蓋有徵矣。夫不截盤根，無以驗利器〔一八〕；不剖文奥，無以辨通才。才之能通，必資曉術，自非圓鑒區域，大判條例〔一九〕，豈能控引情源〔二〇〕，制勝文苑哉！

是以執術馭篇，似善弈之窮數；棄術任心，如博塞之邀遇〔二一〕。故博塞之文，借巧儻來〔二二〕，雖前驅有功，而後援難繼，少既無以相接，多亦不知所删，乃多少之並惑〔二三〕，何妍蚩之能制乎？若夫善弈之文，則術有恒數，按部整伍，以待情會，因時順機，動不失正。數逢其極，機入其巧，則義味騰躍而生，辭氣叢雜而至。視之則錦繪，聽之則絲簧，味之則甘腴，佩之則芬芳，斷章之功，於斯盛矣。夫驥足雖駿，纆牽忌長〔二四〕，以萬分一累，且廢千里。況文體多術，共相彌綸，一物攜貳〔二五〕，莫不解體。所以列在一篇，備總情變，譬三十之輻，共成一轂，雖未足觀，亦鄙夫之見也。

贊曰：文場筆苑，有術有門。務先大體，鑑必窮源〔二六〕。乘一總萬，舉要治繁〔二七〕。思無定契，理有恒存〔二八〕。

【發義】

總情入筆，執術馭篇。

乘一總萬，舉要治繁，乃爲文之術也。蓋忽本術而崇末節，非文之所由也。心識致思，故能總攝文術。

〔一〕**今之常言，有文有筆，以爲無韻者筆也，有韻者文也**

〖集引〗

唐趙璘《因話録・商部下》：「韓文公與孟東野友善，韓公文至高，孟長於五言，時號孟詩韓筆。」李詳《文心雕龍補注》云：「阮元《揅經室三集・學海堂文筆策問》：『問六朝至唐，皆有長於文長於筆之稱，如顔延之云：「竣得臣筆，測得臣文。」是也。何者爲文，何者爲筆……』福擬對引《金樓子・立言篇》云：『屈原、宋玉、枚乘、長卿之徒，止於辭賦，則謂之文。……至如不便爲詩如閻纂，善爲章奏如伯松，前此之流，汎謂之筆。吟詠風謡，流連哀思者謂之文。而學者率多不便屬辭，守其章句，遲於通變，質於心用。……徒能揚榷前言，抵掌多識，然而挹源知流，亦足可貴。筆退則非謂成篇，進則不云取義，神其巧惠，筆端而已。至如文者，惟須綺縠紛披，宮徵靡曼，脣吻遒會，情靈搖蕩。』」福附案云：『福讀此篇，呈家大人，大人曰：「此足以明六朝文筆之分。」』」

【發義】

文筆別目兩名，自乎晉，盛乎齊梁。厥名目類別之議，向來爭之彌澥。宋人將經典全歸於散，有失偏頗。降及清季，阮元援引六朝文筆之説，亦主張文必有韻，其曰：「有韻爲文，無韻爲筆。」又曰：「蓋文取乎沈思翰藻，吟詠哀思，故以有情辭聲韻者爲文。筆從聿，亦名不聿。聿，述也。直言無文采者爲筆。」劉師培於《文章源始》中敷暢其恉，云：「駢文一體，實爲文體之正宗。」又云：「明代以降，士學空疏，以六朝之前爲駢體，以昌黎諸輩爲古文，文之體例莫復辨，而文之製作不復覩矣。近代文學之士，謂天下文章，莫大乎桐城，於方、姚之文，奉爲文章之正軌，由斯而上，則以經爲文，以子史爲文。由斯以降，則枵腹蔑古之徒，亦得以文章自耀，而文章之真源失矣。」文有駢、散之分，駢、散各有專用。章太炎批駁阮、劉之説，於《國學概論》云：「凡簡單叙一事不能不用散文，如兼用多人多事，就非駢體不能提綱。以《禮記》而論，同是周公所著，但《周禮》用駢體，《儀禮》卻用散體。……更如孔子著《易經》用駢，著《春秋》就用散，也是一理。實在，散、駢各有專用，可並存而不能偏廢。」黄侃《札記》云：「阮氏之言，誠有見於文章之始，而不足以盡文辭之封域。本師章氏駁之，以爲《文選》乃哀次總集，體例適然，非不易之定論；又謂文筆文辭之分，皆足自陷，誠中其失矣。竊謂文辭封略，本可弛張，推而廣之，則凡書以文字，著之竹帛者，皆謂之文，非獨不論有文飾與無文飾，抑且不論有句讀與無句讀，此至大之範圍也。故《文心·書記篇》，雜文多品，悉可入録。再縮小之，則凡有句讀者皆爲文，而不論其文飾與否，純任文飾，固謂之文矣，即樸質簡拙，亦不得不謂之文。此類所包，稍小於前，而經傳諸子，皆在其籠罩。若夫文章之初，實先韻語；傳久行遠，實貴偶詞；修飾潤色，實爲文事；敷文摛采，實異質言，則阮氏之言，良有不可廢者。即彦和泛論文章，而《神思篇》已下之文，乃專有所屬，非泛爲著之竹帛者而言，亦不能遍通於經傳諸子。然則拓其疆宇，則文無所不包；揆其本原，則文實有專美。」竊以爲黄侃文筆之論，不循蹈襲，軒翥出轍，定論既立，聿遵不易。

〔雍案〕

今，黄叔琳校云：「元作『令』，商改。」徐㶿「令」改「今」。楊明照《校注》云：「按『今』字是。元本、覆刻汪本、張本、兩京本、何本、胡本、訓故本、謝鈔本、四庫本並作『令』，不誤。宋翔鳳《過庭録》卷十五文筆條有説」「今」字是。《説文·亼部》：「今，是時也。从亼，从乛。乛，古文及。」《玉篇·亼部》：「今，是時也。」《文選·張衡〈南都賦〉》：「方今天地之雎剌。」李善注引《蒼頡篇》：「今，時辭也。」

〔二〕**夫文以足言，理兼詩書**

〔集引〕

《左傳·襄公二十五年》：「仲尼曰：『志有之，言以足志，文以足言；不言，誰知其志，言之無文，行而不遠。』」

【發義】

文以成言，義兼詩書也。詩者，謂有韻之文也；書者，謂無韻之文也。

〔三〕**顏延年以爲筆之爲體，言之文也**

〔集引〕

李詳《補注》云：「案此尚言文筆未分，然《南史·顏延之傳》，言其諸子，竣得臣筆，測得臣文。又作首鼠兩端之説，則無怪彦和詆之矣。」

【發義】

顏延年以爲筆之爲體，言之文飾者也。

〔四〕請奪彼矛，還攻其楯矣

〔集引〕

《韓非子·難一》：「楚人有鬻楯與矛者，譽之曰：『吾楯之堅，物莫能陷也。』又譽其矛曰：『吾矛之利，於物無不陷也。』或曰：『以子之矛陷子之楯，何如？』其人弗能應也。」

【發義】

蓋奪彼矛，還攻其楯矣。義既矛盾，理必不然。

〔五〕予以爲發口爲言，屬筆曰翰

〔集引〕

《論衡·書解》：「出口爲言，集札爲文。」

【發義】

出言者入於筆，蓋筆别於文，非集札而爲言使也。

〔雍案〕

《論衡·書解》云：「出口爲言，著文爲篇。」「出言入筆，筆爲言使。」「非以言筆爲優劣也。」

「屬筆曰翰」當乙作「屬翰曰筆」。

〔六〕常道曰經，述經曰傳

〖集引〗

《論衡·書解》：「聖人作其經，賢者造其傳；述作者之意，採聖人之志，故經須傳也。」

【發義】

聖人不遹常道，是以則之而作其經。然經不盡言，言不盡意，賢者述作者之意，採聖人之志，故經須傳也。

〔七〕分經以典奧爲不刊

〖集引〗

《後漢書·逸民列傳·法真〈田羽薦真書〉》：「體兼四業，學窮典奧。」《古文苑·揚雄〈答劉歆書〉》：「是縣諸日月，不刊之書也。」劉歆《答揚雄書》：「是縣諸日月，不刊之書也。」

【發義】

六經以文義深奧爲不可修改。

〔雍案〕

分經，於此無解，乃「六經」之譌。

〔八〕昔陸氏文賦，號爲曲盡

〔集引〕

《文賦·序》：「他日殆可謂曲盡其妙。」

【發義】

昔陸機《文賦》，號稱爲宛轉詳盡。

〔九〕然汎論纖悉，而實體未該

〔集引〕

《漢書·食貨志上》：「賈誼説上（文帝）曰：『……古之治天下，至孅至悉也，故其畜積足恃。』」顔師古注：「孅，細也。悉，盡其事也。孅與纖同。」

【發義】

然其汎論瑣細，而文體未完備。

〔一〇〕故知九變之貫匪窮

〖集引〗

《漢武帝詔》：「詩云：『九變復貫，知言之選。』」

【發義】

故知變化多端之事非可以窮盡。

〔一一〕落落之玉，或亂乎石；碌碌之石，時似乎玉

〖集引〗

《老子》：「不欲琭琭如玉，落落如石。」河上公注：「琭琭，喻少；落落，喻多。」《後漢書·桓譚馮衍列傳下》：「又自論曰：『馮子以爲夫人之德，不碌碌如玉，落落如石。』」章懷注：「老子《德經》之詞也。言可貴可賤，皆非道真。玉貌碌碌，爲人所貴；石形落落，爲人所賤。」

【發義】

蓋取於形貌，而非識其質者，皆非道其本真焉。

【雍案】

疑此處「玉」「石」二字淆次。《别雅》卷五：「琭琭，碌碌也。」按尋繹文意，「玉」「石」二字非淆次也。《書·多士》：「允罔固亂。」孫星衍《今古文注疏》：「亂，惑也。」《吕氏春秋·論人》：「此不肖主之所以亂也。」高誘注：「亂，惑也。」蓋舍人此謂玉多則疑惑乎石，石少則疑似乎玉也。

〔一一二〕詭者亦典

【集引】

《易·繫辭下》：「其旨遠，其辭文，其言曲而中。」

【發義】

詭異者，文筆亦曲折。

【雍案】

何焯云：「『典』字有譌。」楊明照《校注》云：「按『典』字與上文之『尠』『繁』『露』，實不倫類，疑爲『曲』之誤。」楊説是。《玉篇·曲部》：「曲，不直也。」《戰國策·秦策五》：「以曲合於趙王。」鮑彪注：「曲，不正也。」高誘注：「曲，邪也。」

〔一三〕知夫調鐘未易

〔集引〕

《呂氏春秋·長見》：「晉平公鑄爲大鐘，使工聽之，皆以爲調矣。師曠曰：『不調，請更鑄之。』平公曰：『工皆以爲調矣。』師曠曰：『後世有知音者，將知鐘之不調也，臣竊爲君恥之。』至於師涓，而果知鐘之不調也。」高誘注：「調，和也。」《漢書·揚雄傳下》：「（解難）師曠之調鍾，竢知音之在後也。」《抱朴子外篇·喻蔽》：「瞽曠之調鍾，未必求解於同世。」《説文·金部》朱駿聲《通訓定聲》：「鍾，叚借爲鐘。」《周禮·考工記·鳧氏》：「鳧氏爲鍾。」孫詒讓《正義》：「鍾，鐘之叚字。」

【發義】

調鐘未易，在乎知音，未必求解於同世者焉。

〔一四〕張琴實難

〔集引〕

《漢書·董仲舒傳》：「仲舒對曰：『……竊譬之琴瑟不調，甚者必解而更張之，乃可鼓也。……

當更張而不更張，雖有良工，不能善調也。』」《宋書·樂志四·何承天〈鼓吹鐃歌·上邪篇〉》：「琴瑟時未調，改弦當更張。」

【發義】

琴瑟不和，雖有良工，亦難更張其絃。

〔一五〕伶人告和，不必盡窕㮁槬之中

〔集引〕

《國語·周語下》：「二十四年，鍾成，伶人告和，王謂泠州鳩曰：『鍾果和矣。』對曰：『未可知也。』」韋昭注：「伶人，樂人也。」《漢書·五行志》引《左傳·昭公二十一年》：「天王將鑄無射。泠州鳩曰：『王其以心疾死乎！……小者不窕，大者不㮁。㮁則不容，心是以感，感實疾。』」又：「今鍾㮁矣，王心弗堪。」杜預注：「窕，細不滿；槬，橫大不入。」陸德明《釋文》：「槬，户化反。」張立齋《注訂》：「此言雖伶人告知，其中音節巨細，或不盡相容也。」

【發義】

樂師告知調諧，樂聲音節不必拘於巨細之中，或不盡相容也。

〖雍案〗

栫，黄叔琳校云：「字衍。」天啟梅本已剜去「栫」字。元本、弘治本、活字本、張本、兩京本、王批本、何本、胡本、訓故本、凌本、合刻本、祕書本、謝鈔本、尚古本、岡本、四庫本、王本、張松孫本、鄭藏鈔本、崇文本並無「栫」字。汪本誤爲「瓜栫」二字，佘本「㼌」上有「瓜」字。楊明照《校注》云：「按『栫』當據删。蓋寫者誤重㼌字未竣時，知其爲衍，故未全書；傳寫者不察，亦復書出，遂致文不成義。」

〔一六〕動用揮扇，何必窮初終之韻

〖集引〗

《周禮·春官·大師》：「皆文之以五聲：宫、商、角、徵、羽。」

【發義】

動角揮羽之聲，何必盡初始終極之韻律。

〖雍案〗

何焯云：「『揮扇』，未詳。」郝懿行云：「按『動用揮扇，何必窮初終之韻』二句未詳。」范文瀾云：「『動用揮扇』二句，未詳其義。」楊明照《校注》云：「按此文向無注釋，殆書中之較難解者。然反覆研求，亦有跡可尋：二語既承上『張琴』句，其義必與鼓琴之事有關。《説苑・善説篇》：『雍門子周以琴見乎孟嘗君。……雍門子周引琴而鼓之，徐動宮、徵，微揮羽、角；初原誤作「切」，據《桓譚・新論》改。終，而成曲。孟嘗君涕浪汗增欷而就之，曰：「先生之鼓琴，令文立若破國亡邑之人也。」』舍人遺辭，即出於此。如改『用』爲『角』，改『扇』爲『羽』，則文從字順，渙然冰釋矣。」

〔一七〕魏文比篇章於音樂

〔集引〕

曹丕《典論・論文》：「文以氣爲主，氣之清濁有體，不可力強而致。譬之音樂，曲度雖均，節奏同檢，至於引氣不齊，巧拙有素，雖在父兄，不能以移子弟。」

【發義】

曹丕比篇章於音樂，蓋文亦有節律，聲體在乎氣之清濁，不可力強而致焉。

〔一八〕**夫不截盤根，無以驗利器**

〖集引〗

《後漢書·虞傅蓋臧列傳》：「不遇槃根錯節，何以別利器乎？」《古文苑·王粲〈刀銘〉》：「陸剸犀兕，水截鯢鯨。」章樵注：「剸、截，斷裁也。」

【發義】

不斷裁事之複雜，無以驗銳出之才焉。

〔一九〕**大判條例**

〖集引〗

《斠詮》：「謂全盤瞭解文之一切作法也。」

【發義】

廣以判斷文之條貫準則。

〔二一〇〕豈能控引情源

〔集引〕

宋吕南公《灌園集·夢寐》詩：「别恨不堪詩控引，高情猶賴酒分張。」

【發義】

豈能控制情之來源。

〔雍案〕

情，黄叔琳校云：「元作『清』。」梅本作「清」，校云：「當作『情』。」楊明照《校注》云：「按梅校是。『情源』與下句之『文苑』對。訓故本、梁本、謝鈔本正作『情』，未誤。文溯本剜改爲「情」《章句篇》『控引情理』，亦其旁證。」楊説是。源，本也。《文選·沈約〈奏彈王源〉》：「此風弗翦，其源遂開。」李周翰注：「源，本也。」沈約《宋書·謝靈運傳〈論〉》：「導清源於前。」張銑注：「源，本也。」「控引」，控制也。《文選·左思〈魏都賦〉》：「白藏之藏，富有無隄；同賑大内，控引世資。」

〔二一〕棄術任心，如博塞之邀遇

〔集引〕

《莊子・駢拇》：「問穀奚事，則博塞以遊。」《文選・廣絶交論》李善注引賈逵《國語》注：「遇，偶也。」《爾雅・釋言》：「遇，得也。」

【發義】

棄其技任内所發，如博徒心存幸致，求之偶得也。

〔雍案〕

棄，黄叔琳校云：「元作『築』。」楊明照《校注》云：「按元本、弘治本、活字本、汪本、佘本、張本、兩京本、胡本、訓故本、謝鈔本作『無』；《稗編》七五、《喻林》八九引同。徐𤊹云：「『無』，一作『棄』。」以梅校『元作築』覆刻汪本作「棊」推之，改棄是也。何本作「棄」《陸士衡文集・五等諸侯論》：『棄道任術。』句法與此相同，亦可證。」棄，去也。本亦作古弃字。《墨子・經下》：「偏棄之。」孫詒讓《閒詁》：「《經説》下作偏去。」

邀遇，兩京本、胡本作「邀遊」；《喻林》引同。馮舒云：「『邀遇』，一作『遨遊』。」楊明照《校注》云：「按『邀』，求也。《文選・廣絶交論》李注引賈逵《國語》注『遇』，偶也；《爾雅・釋言》得也。

《孟子·離婁下》趙注『博塞邀遇』，喻『棄術任心』以從事撰述，如博徒之希求偶得然。下文『故博塞之文，借巧儻來』云云，即承此而言。《文選·西京賦》：『不邀自遇。』薛注：「不須邀逐，往自得之。」似爲『邀遇』二字之所自出。兩京本、胡本作『邀遊』，蓋據《莊子·駢拇篇》『則博塞以遊』句臆改，而昧其與上下文意之不愜也。」「邀遇」是也。邀，古又作「徼」，徼幸也。《玄應音義》卷一一「邀利」注：「字書作徼，同。」《資治通鑑·漢紀》：「權邀羽連兵之難。」胡三省注：「邀，當作徼。徼幸也。」遇，猶得也。《孟子·離婁下》：「子父責善而不相遇也。」趙岐注：「遇，得也。」《淮南子·精神訓》：「故事有求之於四海之外而不能遇。」高誘注：「遇，得也。」蓋「如博塞之邀遇」，乃謂如博徒徼幸之得也。楊氏未得「邀」字之確訓之義而將此句臆斷爲『如博徒之希求偶得然』，實蹈誤也。

〔一二二〕借巧儻來

〔集引〕

《莊子·繕性》：「物之儻來，寄也。」

【發義】

假巧偶然得到。

〔一二三〕乃多少之並惑

〔集引〕

《老子》：「少則得，多則惑。」

【發義】

乃多少之並爲疑惑。

〔雍案〕

並，黄叔琳校云：「元作『非』，許改。」楊明照《校注》云：「按許改是也。何本、謝鈔本正作『並』。《老子》第二十二章：『少則得，多則惑。』舍人語本此。」《廣雅·釋言》：「並，俱也。」

〔一二四〕夫驥足雖駿，纆牽忌長

〔集引〕

《文選·張華〈勵志詩〉》：「纆牽之長，實累千里。」李善注：「《戰國策》（韓策三）段干越〔人〕謂韓相新城君曰：『昔王良弟子駕千里之馬……而難千里之行……是纆牽長也。』千里之馬，繫以長索，則爲累矣。」李周翰注：「纆，索也，以御馬也。」《戰國策·韓策三》：「段干越人謂新城君曰：『王良之弟子駕，云取千里馬，遇造父之弟子。』造父之弟子曰：『馬不千里。』王良之弟子曰：『馬，千里之馬也；服，千里之服也；而不能取千里，何也？』曰：『子纆長。』故纆牽於事，萬分之一也，而難千里之行。」

【發義】

蓋雖駿才，亦忌爲纆絆，難致遠焉。

〔二五〕一物攜貳

【集引】

《管子·白心》：「然而天不爲一物枉其時。」《鬬詮》：「攜貳，謂離異不相親附也。」

【發義】

物相類而離異不相親附也。

〔二六〕務先大體，鑑必窮源

〖集引〗

《後漢書・班彪列傳》：「及長，遂博貫載籍，九流百家之言，無不窮究。」

【發義】

凡文家涉文場筆苑，有技巧與門道。務先統領其體，鑑必深究來源。

〔二七〕乘一總萬，舉要治繁

〖集引〗

《宋文鑑・田錫〈太平御覽序〉》：「子書則異端之説勝；文集則宗經之辭寡。非獵精以鑒戒，舉要以觀會同，可爲日覽之書，資於日新之德，則雖白首，未能窮經。」

【發義】

趁其一而統其萬，舉其要略而理其煩雜。

〔一一八〕思無定契，理有恒存

〔集引〕

《文選・陸機〈文賦〉》：「意司契而爲匠。」劉良注：「契，要也。」

【發義】

文思無定式要約，寫作之道理卻常存。

時序第四十五

時運交移，質文代變〔一〕，古今情理，如可言乎？昔在陶唐，德盛化鈞〔二〕，野老吐何力之談〔三〕，郊童含不識之歌〔四〕。有虞繼作，政阜民暇，薰風詩於元后，爛雲歌於列臣〔五〕。盡其美者，何乃心樂而聲泰也〔六〕！至大禹敷土，九序詠功〔七〕；成湯聖敬，猗歟作頌〔八〕。逮姬文之德盛，周南勤而不怨〔九〕；大王之化淳，邠風樂而不淫〔一〇〕；幽厲昏而板蕩怒〔一一〕，平王微而黍離哀〔一二〕。故知歌謠文理，與世推移，風動於上，而波震於下者〔一三〕。

春秋以後，角戰英雄，六經泥蟠〔一四〕，百家飆駭〔一五〕。方是時也，韓魏力政，燕趙任權，五蠹六蝨，嚴於秦令〔一六〕，唯齊楚兩國，頗有文學〔一七〕。齊開莊衢之第〔一八〕，楚廣蘭臺之宮〔一九〕，孟軻賓館，荀卿宰邑〔二〇〕，故稷下扇其清風〔二一〕，蘭陵鬱其茂俗〔二二〕，鄒子以談天飛譽〔二三〕，騶奭以雕龍馳響〔二四〕，屈平聯藻於日月〔二五〕，宋玉交彩於風雲〔二六〕。觀其豔說，則籠罩雅頌。故知暐燁之奇意，出乎縱橫之詭俗也〔二七〕。

爰至有漢，運接燔書〔二八〕，高祖尚武，戲儒簡學〔二九〕，雖禮律草創，詩書未遑〔三〇〕，然大風鴻鵠之歌，亦天縱之英作也〔三一〕。施及孝惠，迄於文景，經術頗興，而辭人勿用〔三二〕，賈誼抑而鄒枚沈〔三三〕，亦可知已。逮孝武崇儒，潤色鴻業，禮樂爭輝，辭藻競騖〔三四〕。柏梁展朝讌之詩〔三五〕，金堤製恤民之詠〔三六〕，徵枚乘以蒲輪〔三七〕，申主父以鼎食〔三八〕，擢公孫之對策，歎兒寬之擬奏，買臣負薪而衣錦〔三九〕，相如滌器而被繡〔四〇〕；於是史遷壽王之徒，嚴終枚皋之屬，應對固無方，篇章亦不匱，遺風餘采，莫與比盛。越昭及宣，實繼武績，馳騁石渠，暇豫文會，集雕篆之軼材〔四一〕，發綺縠之高喻〔四二〕；於是王褒之倫，底祿待詔〔四三〕，自元暨成，降意圖籍〔四四〕，美玉屑之譚，清金馬之路〔四五〕，子雲銳思於千首〔四六〕，子政讎校於六藝〔四七〕，亦已美矣。爰自漢室，迄至成哀，雖世漸百齡，辭人九變，而大抵所歸，祖述楚辭〔四八〕，靈均餘影，於是乎在。

自哀平陵替，光武中興，深懷圖讖，頗略文華，然杜篤獻誄以免刑，班彪參奏以補令，雖非旁求，亦不遐棄。及明帝疊耀，崇愛儒術〔四九〕，肄禮璧堂，講文虎觀；

孟堅珥筆於國史〔五〇〕，賈逵給札於瑞頌〔五一〕，東平擅其懿文〔五二〕，沛王振其通論〔五三〕，帝則藩儀〔五四〕，輝光相照矣。自安和已下，迄至順桓，則有班傅三崔，王馬張蔡，磊落鴻儒，才不時乏，而文章之選，存而不論〔五五〕。然中興之後，群才稍改前轍，華實所附，斟酌經辭，蓋歷政講聚，故漸靡儒風者也。降及靈帝，時好辭製，造羲皇之書〔五六〕，開鴻都之賦〔五七〕，而樂松之徒，招集淺陋〔五八〕，故楊賜號爲驩兜，蔡邕比之俳優，其餘風遺文，蓋蔑如也〔五九〕。

自獻帝播遷，文學蓬轉，建安之末，區宇方輯。魏武以相王之尊，雅愛詩章；文帝以副君之重，妙善辭賦；陳思以公子之豪，下筆琳瑯〔六〇〕。並體貌英逸，故俊才雲蒸〔六一〕。仲宣委質於漢南〔六二〕，孔璋歸命於河北，偉長從宦於青土，公幹狗質於海隅〔六三〕，德璉綜其斐然之思，元瑜展其翩翩之樂，文蔚休伯之儔，于叔德祖之侶〔六四〕，傲雅觴豆之前〔六五〕，雍容衽席之上，灑筆以成酣歌，和墨以藉談笑。觀其時文，雅好慷慨，良由世積亂離，風衰俗怨，並志深而筆長〔六六〕，故梗概而多氣也。至明帝纂戎〔六七〕，制詩度曲，徵篇章之士，置崇文之觀，何劉群才，迭相照耀。少主相仍，唯高貴英雅，顧盼合章〔六八〕，動言成論。於時正始餘風，篇體輕澹，而嵇阮應繆，並馳文路矣。

逮晉宣始基，景文克構，並跡沈儒雅，而務深方術〔六九〕。至武帝惟新，承平受命〔七〇〕，而膠序篇章，弗簡皇慮。降及懷愍，綴旒而已〔七一〕。然晉雖不文，人才實盛。茂先摇筆而散珠，太沖動墨而横錦，岳湛曜聯璧之華，機雲標二俊之采，應傅三張之徒，孫摯成公之屬〔七二〕，並結藻清英，流韻綺靡〔七三〕。前史以爲運涉季世，人未盡才，誠哉斯談，可爲歎息！

元皇中興，披文建學〔七四〕，劉刁禮吏而寵榮，景純文敏而優擢〔七五〕。逮明帝秉哲，雅好文會〔七六〕，升儲御極，孳孳講藝〔七七〕，練情於誥策，振采於辭賦〔七八〕；庾以筆才逾親〔七九〕，温以文思益厚，揄揚風流，亦彼時之漢武也。及成康促齡，穆哀短祚〔八〇〕，簡文勃興，淵乎清峻，微言精理，函滿元席〔八一〕，澹思濃采，時灑文囿〔八二〕。至孝武不嗣，安恭已矣。其文史則有袁殷之曹，孫干之輩〔八三〕，雖才或淺深，珪璋足用。自中朝貴元，江左稱盛〔八四〕，因談餘氣，流成文體。是以世極迍邅，而辭意夷泰，詩必柱下之旨歸〔八五〕，賦乃漆園之義疏。故知文變染乎世情，興廢繫乎時序，原始以要終，雖百世可知也〔八六〕。

自宋武愛文〔八七〕，文帝彬雅，秉文之德〔八八〕，孝武多才，英采雲搆。自明帝以下，文理替矣。爾其縉紳之林，霞蔚而飆起；王袁聯宗以龍章，顏謝重葉以鳳采，何范張沈之徒〔八九〕，亦不可勝也。蓋聞之於世，故略舉大較。

暨皇齊馭寶，運集休明〔九〇〕。太祖以聖武膺籙〔九一〕，高祖以睿文纂業，文帝以貳離含章，中宗以上哲興運〔九二〕，並文明自天，緝遐景祚〔九三〕。今聖歷方興，文思光被〔九四〕，海岳降神，才英秀發〔九五〕。馭飛龍於天衢，駕騏驥於萬里，經典禮章，跨周轢漢，唐虞之文，其鼎盛乎！鴻風懿采，短筆敢陳〔九六〕；颺言讚時〔九七〕，請寄明哲。

贊曰：蔚映十代〔九八〕，辭采九變。樞中所動，環流無倦。質文沿時，崇替在選。終古雖遠，曠焉如面〔九九〕。

【發義】

風會於時，文變有序，辭人九變，蔚映十代。故知文學風尚，與世推移，文運衰盛有跡可循。

〔一〕**時運交移，質文代變**

〔集引〕

《文選·班彪〈北征賦〉》：「諒時運之所爲兮，永伊鬱其誰愬。」《後漢書·鄭孔荀列傳〈論〉》：「方時運之屯邅，非雄才無以濟其溺。」

【發義】

時會交替遷移，尚質與尚文之風各代有異，隨勢而變易。

〔二〕**昔在陶唐，德盛化鈞**

〔集引〕

《漢書·馮奉世傳》：「野王、立相代爲太守，歌之曰：『……政如魯衛德化鈞。』」

【發義】

堯初居於陶，後封於唐，爲唐侯，故稱陶唐。堯之德盛，教化遍及天下。

〔三〕野老吐何力之談

【集引】

《帝王世紀》：「帝堯之世，天下太和，百姓無事，有老人擊壤而歌曰：『日出而作，日入而息，鑿井而飲，耕田而食，帝力何有於我哉！』」《論衡·藝增》：「有年五十擊壤於路者，觀者曰：『大哉，堯德乎！』擊壤者曰：『吾日出而作，日入而息，鑿井而飲，耕田而食，堯何等力？』」《書·益稷》：「予欲宣力四方女爲。」江聲《集注音疏》：「治功曰力。」《左傳·昭公二十五年》：「爲政事庸力行務。」王聘珍《解詁》引《周禮》曰：「治功曰力。」《國語·晉語二》：「務施與力而不務德。」韋昭注：「力，功也。」

【發義】

帝堯之世，民爲耕食，無有多慮，野老吐言，放任自然，蓋堯治之功也。

〔四〕郊童含不識之歌

【集引】

《列子·仲尼》：「堯微服遊於康衢，聞兒童謠云：『立我蒸民，莫匪爾極，不識不知，順帝之則。』」

【發義】

堯治天下五十年，不知天下治與不治，乃微服出巡，遊於康衢，聞郊童不識之歌。堯時世俗淳樸，民順於天，故不知堯之功德。

〔五〕薰風詩於元后，爛雲歌於列臣

〔集引〕

《書·泰誓》：「元后作民父母。」《孔子家語·辯樂解》：「舜彈五弦之琴，造《南風》之詩，其詩曰：『南風之薰兮，可以解吾民之慍兮；南風之時兮，可以阜吾民之財兮。』」《尚書大傳·虞夏傳》：「維十有五祀……卿雲聚，俊乂集，百工相和而歌《卿雲》，帝乃倡之曰：『卿雲爛兮，糺縵縵兮，日月光華，旦復旦兮。』」

【發義】

虞舜繼作，政治清明，阜財善用於天下，蒸庶安閒，元首乃造《南風》之詩。舜將禪禹，有卿雲聚，舜乃歌《卿雲》，百工相和而歌。八伯咸進，稽首而和歌曰：「明月上天，爛然是陳。日月光華，弘予一人。」

【雍案】

范文瀾云：「『詩於元后』，疑當作『詠於元后』。」楊明照《校注》云：「按『詩』字自通。《史記·樂書》：『高祖過沛，詩三侯之章。』又《司馬相如傳》：『（封禪文）詩大澤之博。』其『詩』字正作動詞用也。」「詩」者，誦也，歌也。《漢書·藝文志》：「誦其言謂之詩，詠其聲謂之歌。」《詩·序》：「先王以是經夫婦。」孔穎達疏：「歌其聲謂之樂，誦其言謂之詩。」《周禮·春官·樂師》：「行以肆夏，趨以采薺。」鄭玄注：「肆夏采薺皆樂名，或曰皆逸詩。」孫詒讓《正義》：「凡以器播其聲則曰樂，人所歌則曰詩，二者皆有辭也。」

〔六〕盡其美者，何乃心樂而聲泰也

【集引】

《論語·八佾》：「子謂韶：『盡美矣，又盡善也。』」何晏《集解》引孔安國曰：「韶，舜樂名。」朱熹《集注》：「美者，聲容之盛。善者，美之實也。」

【發義】

盡其美者，何況心樂而聲通也。

〔七〕至大禹敷土，九序詠功

〔集引〕

《書·禹貢》：「禹敷土。」

【發義】

大禹敷土而分九州，乃詠其功。九序，詳見《明詩篇》。

〔八〕成湯聖敬，猗歟作頌

〔集引〕

《詩·商頌·長發》：「湯降不遲，聖敬日躋。」又《商頌·那》：「猗歟那歟！」

【發義】

湯薦章天命，降尊接士不遲，聖明肅慎。後世承祚之主，有中興之功，時有作詩頌之者。及商德之壞，武王伐紂，封紂兄微子啟爲宋公。七世至戴公時，大夫正考父校商之名頌十二篇於周太師，以《那》爲首，其首章曰：「猗歟那歟！」

〔九〕逮姬文之德盛，周南勤而不怨

〖集引〗

《詩·小序》：「《關雎》《麟趾》之化，王者之風，故繫之《周南》，言化自北而南也。」《左傳·襄公二十九年》：「吴公子札來聘……請觀於周樂。使工爲之歌《周南》《召南》。曰：『美哉！始基之矣，猶未也。然勤而不怨矣。』」杜預注：「《周南》《召南》，王化之基。猶有商紂，未盡善也。未能安樂，然其音不怨怒。」

【發義】

及姬旦（周公旦）、姬昌（周文王）德盛，託情風什，以立王化之基，然未尅商紂，《周南》憂勞，音不怨怒。

〔一〇〕大王之化淳，邠風樂而不淫

〖集引〗

《左傳·襄公二十九年》：「爲之歌《豳》。曰：『美哉！蕩乎！樂而不淫，其周公之東乎？』」

杜預注：「樂而不淫，言有節，周公遭管蔡之變，東征三年，爲成王陳后稷先公不敢荒淫，以成王業。故言其周公之東乎？」

【發義】

《豳風》别其詩，變其風矣，樂而不淫。鄭康成《詩譜》：「豳者，后稷之曾孫曰公劉者，自邰而出，所徙戎狄之地名。至商之末世，太王又避戎狄之難，而入處於岐陽。成王之時，周公避流言之難，出居東都；思公劉太王居豳之職，憂念民事至苦之功，以比序己志。後成王迎而反之。太史述其志主於豳公之事，故别其詩以爲豳國變風焉。」

〔一一〕幽厲昏而板蕩怒

〔集引〕

《詩·大雅·板序》：「《板》，凡伯刺厲王也。」又《大雅·蕩序》：「《蕩》，召穆公傷周室大壞也。厲王無道，天下蕩蕩，無綱紀文章，故作是詩也。」

【發義】

周道寖廢，其室大壞，蓋《詩》有《板》《蕩》二篇，譏刺厲王無道也。

〔一二〕平王微而黍離哀

〔集引〕

《詩·注疏》：「平王東遷，政遂微弱，不能復雅，下列稱風。」《詩·王風·黍離序》：「周大夫行役，至於宗周，過故宗廟宫室，盡爲禾黍。閔周室之顛覆，彷徨不忍去而作是詩也。」又《王風·黍離》章循注：「周既東遷，大夫行役至于宗周，過故宗廟宫室，盡爲禾黍。閔周室之顛覆，徬徨不忍去，故賦其所見。」

【發義】

周平王東遷，政遂微弱，蓋不能復雅，下列稱風，其哀託於《黍離》，聲尤怨哉。

〔一三〕風動於上，而波震於下者

〔集引〕

《書·大禹謨》：「四方風動。」孔安國傳：「民動順上命，若草應風。」

【發義】

風化動於上，而波震於下，民從上，風教而變也。

〖雍案〗

「者」下闕「也」。當增。

〔一四〕**六經泥蟠**

〖集引〗

揚雄《法言·問神》：「龍蟠于泥，蚖其肆矣。」班固《答賓戲》：「泥蟠而天飛者，應龍之神也。」

【發義】

春秋以後，王道既微，諸侯力政，時君世主，好惡殊方，六經泥蟠，神異附會，是以九家之術，蠭出並作。

〔一五〕**百家飆駭**

〖集引〗

《荀子·解蔽》：「今諸侯異政，百家異說，則必或是或非，或治或亂。」《元包經傳·太陽》：

「飆之萌。」李江注：「飆，風也。」《文選・陸機〈皇太子宴玄圃宣猷堂有令賦詩〉》：「協風旁駭，天晷仰澄。」李善注：「《廣雅》曰：『駭，起也。』」

【發義】

百家風起而播散焉。

〔一六〕五蠹六蝨，嚴於秦令

【集引】

《韓非子・五蠹》：「學者，言古者，帶劍者，近御者，及商工之民，此五者邦之蠹也。」《商君書・靳令》：「國貧而務戰，毒生於敵，無六蝨，必強。國富而不戰，偷生於內，有六蝨，必弱。」

【發義】

五蠹六蝨，皆爲國害。秦視文學爲蠹蝨，嚴令禁止。

〔一七〕唯齊楚兩國，頗有文學

【集引】

《論語・先進》：「文學，子游、子夏。」邢昺疏：「若文章博學，則有子游、子夏二人也。」

【發義】

齊、楚兩國，獨不禁文學，風氣蔚然。

〔一八〕齊開莊衢之第

【集引】

《史記·孟子荀卿列傳》：「騶奭者，齊諸騶子，亦頗采騶衍之術以紀文。於是齊王嘉之，自如淳于髡以下皆命曰列大夫，爲開第康莊之衢，高門大屋，尊寵之。」

【發義】

齊王嘉尚騶衍，衆士受命爲列大夫，開康衢，營大屋尊寵之，蓋齊王崇文有道也。

〔一九〕楚廣蘭臺之宮

【集引】

《文選·宋玉〈風賦〉》：「楚襄王遊於蘭臺之宮，宋玉、景差侍。」

【發義】

楚襄王尊文有致，造蘭臺以待文士，蓋楚襄王遊覽蘭臺，宋玉、景差侍文於側。

〔雍案〕

蘭臺，故址在今湖北鍾祥市東。

〔二一〇〕孟軻賓館，荀卿宰邑

〔集引〕

《史記·孟子荀卿列傳》：「荀卿，趙人，年五十始游學於齊。……齊襄王時，而荀卿最爲老師。……齊人或讒荀卿，荀卿乃適楚，而春申君以爲蘭陵令。春申君死而荀卿廢，因家蘭陵。」

【發義】

孟子爲齊之貴賓，消停於客館。而荀卿適楚，則爲蘭陵令。

〔二一一〕故稷下扇其清風

〔集引〕

《史記·孟子荀卿列傳》：「自騶衍與齊之稷下先生如淳于髡、慎到、環淵、接子、田駢、騶奭之徒，各著書言治亂之事以干世主，豈可勝道哉？」又《田敬仲完世家》：「宣王喜文學遊説之士，自如騶衍、淳于髡、田駢、接子、慎到、環淵之徒七十六人，皆賜列第，爲上大夫，不治而議論，是以齊稷下學士大盛，且數百千人。」司馬貞《索隱》曰：「稷，齊之城門也。」謂齊之學士集於稷門之下也。

【發義】

騶衍於稷下之士，著書言治亂之事，扇起清新學風，其風熾盛。

〔雍案〕

鄒衍，戰國齊臨淄人。《史記》作騶衍。

〔一一二〕蘭陵鬱其茂俗

〔集引〕

劉向《荀子叙》：「蘭陵多善爲學，蓋以孫卿也。長老至今稱之。曰：『蘭陵人喜字爲卿，蓋以法孫卿也。』」

【發義】

孫卿乃蘭陵善學之士，蓋蘭陵人學而盛其茂俗。

〔一二三〕鄒子以談天飛譽

【集引】

《史記·孟子荀卿列傳》：「騶衍之術迂大而閎辯；奭也文具難施。……故齊人頌曰：『談天衍，雕龍奭。』」裴駰《集解》：「劉向《別録》曰：『騶衍之所言五德終始，天地廣大，盡言天事，故曰談天。騶奭修衍之文，飾若雕鏤龍文，故曰雕龍。』」

【發義】

鄒子養政於天文，心奢而辭壯，以談天飛譽。

〔一二四〕騶奭以雕龍馳響

【集引】

《史記》裴駰《集解》引劉向《別録》云：「騶奭修衍之文，飾若雕鏤龍文，故曰雕龍。」

【發義】

騶奭採鄒衍之術以紀文，飾若雕鏤龍文，齊人稱之爲「雕龍奭」。

〔二五〕屈平聯藻於日月

〔集引〕

何晏《景福殿賦》：「光藻昭明。」劉良注：「藻，文也。」

【發義】

屈原軒翥詩人之後，奮飛辭家之前，作《離騷》而見志，離辭可觀，鴻藻聯翩，光騰日月，奇意暐燁。

〔二六〕宋玉交彩於風雲

〔集引〕

《南齊書·張融傳》：「磊若鷩山竭嶺以竦石，鬱若飛煙奔雲以振霞，連瑶光而交綵，接玉繩以通華。」唐王勃《上巳浮江宴序》：「林壑清其顧盼，風雲蕩其懷抱。」

【發義】

屈原既死之後，楚有宋玉，好辭而以賦見稱，交相彩映，鬱於風雲，作《風賦》《高唐賦》。

〔二七〕**出乎縱橫之詭俗也**

〔集引〕

《史記·孟子荀卿列傳》：「天下方務於合從連衡，以攻伐爲賢。」

【發義】

齊、楚文學，風熾於縱橫亂世，出乎詭異之俗。

〔二八〕**爰至有漢，運接燔書**

〔集引〕

《史記·秦始皇本紀》：「臣請史官非秦記皆燒之。非博士官所職，天下敢有藏詩書百家語者，悉詣守尉雜燒之……令下三十日不燒，黥爲城旦……制曰可。」

【發義】

漢世接於秦燔書之後，文運始復興。

〔二一九〕高祖尚武，戲儒簡學

〔集引〕

《史記·酈生陸賈列傳》：「騎士曰：『沛公不好儒，諸客冠儒冠來者，沛公輒解其冠，溲溺其中。與人言，常大駡。未可以儒生説也。』」

【發義】

漢高祖崇尚武功，戲弄儒生，怠慢學者。

〔二二〇〕雖禮律草創，詩書未遑

〔集引〕

《漢書·禮樂志》：「漢興，撥亂反正，日不暇給，猶命叔孫通制禮儀，以正君臣之位。……未盡備而通終。」《史記·酈生陸賈列傳》：「陸生時時前説稱《詩》《書》。高帝駡之曰：『乃公居馬上而得之，安事《詩》《書》！』」《論衡·佚文》：「高祖始令陸賈造書，未興《五經》。」

【發義】

漢始興，禮儀法律初制定，未暇講究《詩》《書》。

〔三一〕**然大風鴻鵠之歌，亦天縱之英作也**

〔**集引**〕

《史記・高祖本紀》：「高祖還歸，過沛，留。置酒沛宮，悉召故人父老子弟縱酒，發沛中兒得百二十人，教之歌。酒酣，高祖擊筑，自爲歌詩曰：『大風起兮雲飛揚，威加海内兮歸故鄉，安得猛士兮守四方。』令兒皆和習之。」《論語・子罕》：「固天縱之將聖。」

【**發義**】

高祖未嘗習藝文，然其所詠《大風》《鴻鵠》之歌，乃自然所縱任放之英作，言爲文儒所不能舉。

〔三二〕**經術頗興，而辭人勿用**

〔**集引**〕

《漢書・循吏傳〈序〉》云：「三人（董仲舒、公孫弘、兒寬）皆儒者，通於世務，明習文法，以經術潤飾吏事。」《史記・司馬相如列傳》：「會景帝不好辭賦。」既行經術，辭人勿用。

【**發義**】

漢世推行經術，始於文景。及至宣帝，於元康三年詔曰：『故掖庭令張賀輔導朕躬，修文學經術。』

〔三三〕賈誼抑而鄒枚沈

【集引】

《史記·屈原賈生列傳》：「於是天子議以爲賈生任公卿之位。絳、灌、東陽侯、馮敬之屬盡害之，乃短賈生曰：『雒陽之人，年少初學，專欲擅權，紛亂諸事。』於是天子後亦疏之，不用其議，乃以賈生爲長沙王太傅。」

【發義】

賈誼爲大臣所忌，被貶斥，志抑不暢。而鄒陽、枚乘亦不得志。

〔三四〕逮孝武崇儒，潤色鴻業，禮樂爭輝，辭藻競鶩

【集引】

班固《兩都賦序》：「至於武宣之世，乃崇禮官，考文章，内設金馬石渠之署，外興樂府協律之事，以興廢繼絶，潤色鴻業。」

【發義】

漢武帝推尊儒家，於建元五年初置五經博士，教授子弟。武帝之世，以文粉飾豐功大業，制禮作樂，光彩爭輝，競騖華辭。

〔三五〕柏梁展朝讌之詩

〔集引〕

《三輔黄圖·臺榭》：「柏梁臺，武帝元鼎二年春起此臺，在長安城中北闕内。《三輔舊事》云：『以香柏爲梁也。帝嘗置酒其上，詔群臣和詩，能七言詩者乃得上。』」

【發義】

漢元封三年，武帝與臣僚飲宴於柏梁臺，聯句作《柏梁詩》。

〔雍案〕

《漢書·武帝紀》：「元鼎二年，起柏梁臺。」注引服虔，謂以百頭梁作臺而名。

〔三六〕金堤製恤民之詠

【集引】

《文選·張衡〈西京賦〉》：「周以金隄，樹以柳杞。」吕延濟注：「金隄，言堅如金。」

【發義】

河水盛溢，泛浸瓠子金堤。武帝既封禪，發卒數萬人，塞瓠子決河。上悼功之不成，迺作歌。卒塞瓠子，築宫其上，名曰宣防。

〔三七〕徵枚乘以蒲輪

【集引】

《漢書·武帝紀》：「遣使者安車蒲輪，束帛加璧，徵魯申公。」

【發義】

武帝自爲太子聞乘名，及即位，迺以安車蒲輪徵乘。

〔三八〕中主父以鼎食

〔**集引**〕

《漢書·嚴朱吾丘主父徐嚴終王賈傳》：「偃數上疏言事，遷謁者、中郎、中大夫，歲中四遷。……偃曰：『……丈夫生不五鼎食，死則五鼎烹耳！』」《四書逸箋》：「五鼎皆用羊豕，而魚腊配之。」《孟子·梁惠王下》：「前以三鼎，而後以五鼎與？」

【**發義**】

中主父偃列鼎而食，奢華甚矣。

〔三九〕買臣負薪而衣錦

〔**集引**〕

《詩·衛風·碩人》：「碩人其頎，衣錦褧衣。」《漢書·嚴朱吾丘主父徐嚴終王賈傳》：「家貧……常艾薪樵賣以給食，擔束薪行且誦書。……上拜買臣會稽太守。上謂買臣曰：『富貴不歸故鄉，如衣繡夜行，今子何如？』」

【發義】

朱買臣負薪誦書，拜會稽太守而榮顯。

〔四〇〕相如滌器而被繡

〔集引〕

《漢書·司馬相如傳》：「相如與（文君）俱之臨邛，盡賣車騎，買酒舍。乃令文君當盧。相如身自著犢鼻褌，與傭保雜作，滌器於市中。……相如爲中郎將……至蜀，太守以下郊迎。」

【發義】

司馬相如賣酒市中，拜爲中郎將而顯極焉。

〔四一〕集雕篆之軼材

〔集引〕

《漢書·嚴朱吾丘主父徐嚴終王賈傳》：「褒既爲刺史作頌，又作其傳，益州刺史因奏褒有軼材。上（宣帝）乃徵褒。」《法言·吾子》：「或問：『吾子少而好賦？』曰：『然，童子雕蟲篆刻。』」

【發義】

集擅於辭賦技藝，而才能出衆者。

〔四二〕發綺縠之高喻

〔集引〕

《漢書・嚴朱吾丘主父徐嚴終王賈傳》：「上（宣帝）令褒與張子僑等並待詔，數從褒等放獵，所幸宮館，輒爲歌頌；第其高下，以差賜帛。議者多以爲淫靡不急。上曰：『不有博弈者乎？爲之猶賢乎已。辭賦大者與古詩同義，小者辯麗可喜，辟如女工有綺縠，音樂有鄭衛，今世俗猶皆以此虞説耳目；辭賦比之，尚有仁義風諭、鳥獸草木多聞之觀，賢於倡優博弈遠矣。』」《列女傳・辯通・齊宿瘤女》：「後宮蹈綺縠。」王照圓《補注》：「縠，細縛也。」

【發義】

揚雄發議，以辭賦之小者，辯麗於經學，譬如細紗，蓋高喻也。

〔雍案〕

范文瀾云：「『綺縠』，見《詮賦篇》。」楊明照《校注》云：「按《詮賦篇》『貽誚於霧縠』，范氏引《法言・吾子篇》『霧縠之組麗』云云以注，是也。然『霧縠』與『綺縠』，詞面既不相同，含義亦復各異，何能混而爲一，挹彼注兹？此因仍黄注之失也。《漢書·王褒傳》：『上宣帝令褒與張子僑等並待詔，數從褒等放獵，所幸宫館，輒爲歌頌，第其高下，以差賜帛。議者多以爲淫靡不急。上曰：「不有博弈者乎？爲之猶賢乎已。辭賦大者與古詩同義，小者辯麗可喜，辟如女工有綺縠，音樂有鄭衛，今世俗猶皆以此虞説耳目，辭賦比之，尚有仁義風諭，鳥獸草木多聞之觀，賢於倡優博弈遠矣。」』舍人『綺縠高喻』之説，即由此出。王氏訓故、梅氏音注皆曾引《漢書（褒傳）》以注，黄、范兩家何以竟未一顧！」《説文·糸部》：「綺，文繒也。」《潛夫論·浮侈》：「刓削綺縠。」汪繼培箋：「綺，文繒也。」「縠，細縛也。」《後漢書·孝安帝紀》：「至有走卒奴婢被綺縠。」李善注：「綺，文繒也。」《急就篇》卷二：「青綺綾縠靡潤鮮。」顔師古注：「綺，即今之『繒』。」王應麟《補注》引《釋名》：「縠，綺也。」

〔四三〕於是王褒之倫，底禄待詔

【集引】

《漢書·嚴朱吾丘主父徐嚴終王賈傳》：「於是益州刺史王襄……使褒作中和、樂職、宣布詩。……上（宣帝）乃徵褒，既至，詔褒爲聖主得賢臣頌其意。」《左傳·昭公元年》：「底禄以德。」杜預注：「底，致也。」陸德明《釋文》：「底，音旨。」

【發義】

蓋王褒之倫，待詔爲文而得致官禄也。

〔四四〕**自元暨成，降意圖籍**

〔集引〕

《漢書·元帝紀〈贊〉》：「元帝多才藝，善史書。……少而好儒，及即位，徵用儒生，委之以政。」

【發義】

自漢元帝劉奭、成帝劉驁，歸意圖書典籍。

〔四五〕**美玉屑之譚，清金馬之路**

〔集引〕

范甯注《史記》褚少孫補《滑稽列傳》：「東方朔歌曰：『陸沈於俗，避世金馬門。』金馬門者，官署門也。門傍有銅馬，故謂之金馬門。」張立齋《注訂》：「按金馬門，武帝時列士待詔之所。」

【發義】

揚雄與群賢同行，清金門之路，上玉堂之座，善以談吐詩文。

〔四六〕子雲鋭思於千首

〔集引〕

《藝文類聚》引《桓子新論》：「余素好文，見子雲工爲賦，欲從之學。子雲曰：『能讀千賦則善爲之矣。』」

【發義】

揚雄所擬千賦，精細於思而就。

〔四七〕子政讎校於六藝

〔集引〕

《漢書·藝文志》：「劉歆（子政）《七略》有《六藝略》。」

【發義】

劉歆研窮讎校六藝，撰著《六藝略》。

〔四八〕而大抵所歸，祖述楚辭

〔集引〕

《宋書·謝靈運傳〈論〉》：「自漢至魏……是以一世之士，各相慕習，源其飈流所始，莫不同祖風騷。」《文選》李善注引《續晉陽秋》：「自司馬相如、王褒、揚雄諸賢，代尚詩賦，皆體則風騷。」

【發義】

漢世習文之士，代尚詩賦，大抵所歸，皆體則風騷。

〔四九〕及明帝疊耀，崇愛儒術

〔集引〕

《論衡·佚文》：「孝明世好文人，並徵蘭臺之官，文雄會聚；今上（章帝）即令（當作命），詔求亡失，購募以金，安得不有好文之聲？」《隋書·經籍志》：「光武中興，篤好文雅，明、章繼軌，尤重經術。四方鴻生鉅儒，負袠自遠而至者，不可勝算。石室、蘭臺，彌以充積。」

【發義】

漢明、章先後繼美，世儒蔚起，爭輝疊耀。

〔五〇〕孟堅珥筆於國史

〔集引〕

曹植《求通親親表》：「執鞭珥筆。」李善注：「珥筆，戴筆也。」劉良注：「珥，插也。」

【發義】

孟堅躬覽載籍，廣記備言，戴筆而書國史。

〔五一〕賈逵給札於瑞頌

〔集引〕

《後漢書·鄭范陳賈張列傳》：「時有神雀集宮殿官府，冠羽有五采色。……帝乃召見逵問之。……敕蘭臺給筆札，使作《神雀頌》。」

【發義】

永平年間，有神雀集於宮殿官府，賈逵以爲胡人降服之徵，漢明帝命爲頌。

〔五二〕東平擅其懿文

【集引】

《後漢書·東平憲王蒼傳》：「蒼少好經書，雅有智思，上《光武受命中興頌》，帝（明帝）甚善之。」

【發義】

東平王劉蒼議定禮樂制度，擅於美飾札文。

〔五三〕沛王振其通論

【集引】

《後漢書·沛獻王輔傳》：「（劉輔）好經書，善説《京氏易》《孝經》《論語傳》及圖讖，作《五經論》，時號之曰《沛王通論》。」

【發義】

沛獻王劉輔溺於經書，揮筆振綺，撰《通論》爲式。

〔五四〕帝則藩儀

〖集引〗

《詩·大雅·烝民》：「天生烝民，有物有則。」

【發義】

明、章二帝崇儒，皆可爲法則；東平王、沛王習儒，皆可爲藩邦典儀。

〔五五〕存而不論

〖集引〗

《莊子·齊物論》：「六合之外，聖人存而不論。」《禮記·學記》：「時觀而弗語，存其心也。」孔穎達疏：「謂教者時時觀之，而不丁寧告語；所以然者，欲使學者存其心也。」

【發義】

存心默語，是以思考，蓋不遑論也。

〔五六〕造羲皇之書

【集引】

《後漢書·蔡邕列傳》：「初，（靈）帝好學，自造《皇羲篇》五十章。」

【發義】

皇羲，伏羲氏，上古傳説人物。漢靈帝劉宏喜文學，造《皇羲》之書，召集文士撰於鴻都門，其製出於「驩兜」「俳優」之流，了無文學價值，蓋揚、蔡蔑如也。

【雍案】

楊明照《校注》謂「羲皇」，當乙作「皇羲」。楊説是也。《楚辭·王逸〈九思·疾世〉》：「將諮詢兮皇羲。」八卦，非爲文字，稱其書爲《皇羲篇》，殊違常軌也。

〔五七〕開鴻都之賦

【集引】

《後漢書·孝靈帝紀》：「（光和元年）始置鴻都門學生。」章懷注：「鴻都，門名也。於内置學。」《後漢紀·靈帝紀》：「（光和元年）初置鴻都門生，本頗以經學相招，後諸能爲尺牘詞賦及工書鳥篆者，至數千人。或出典州郡，入爲尚書侍中，封賜侯爵。」

【發義】

漢靈帝光和元年二月，於鴻都門置學，後招能爲辭賦者。

〔五八〕而樂松之徒，招集淺陋

〔集引〕

《後漢書·酷吏列傳（陽球）》：「奏罷鴻都文學曰：『伏承有詔，敕中尚方爲鴻都文學樂松江覽等三十二人圖象立贊，以勸學者。……案松覽等皆出於微蔑，斗筲小人，依憑世戚，附託權豪，俛眉承睫，徼進明時；或獻賦一篇，或鳥篆盈簡，而位升郎中，形圖丹青；亦有筆不點牘，辭不辯心，假手請字，妖僞百品，莫不被蒙殊恩，蟬蜕滓濁。是以有識掩口，天下嗟歎。……未聞豎子小人，詐作文頌，而可妄竊天官，垂象圖素者也。……願罷鴻都之選，以消天下之謗。』」

【發義】

鴻都門生，招集淺學陋識者，樂松、江覽之徒，混入其中。

〔五九〕其餘風遺文，蓋蔑如也

〔集引〕

《法言·淵騫》：「世稱東方生之盛也，言不純師，行不純表，其流風遺書，蔑如也。」

【發義】

其流風遺文，辭義淺薄，不足稱也，蓋輕視焉。

〔六〇〕陳思以公子之豪，下筆琳瑯

〔集引〕

《孟子·盡心上》：「若夫豪傑之士。」焦循《正義》：「才過千人爲豪。」

【發義】

陳思文才富豔，風骨清峻，氣體豪朗，下筆敷辭，詩文極致。

〔雍案〕

瑯，元本、弘治本、汪本、佘本、張本、兩京本、王批本、何本、梅本、凌本、合刻本、梁本、祕書本、彙編本、別解本、清謹軒本、尚古本、岡本、王本、張松孫本、鄭藏鈔本、崇文本並作「琅」。《詩紀別集》《漢魏詩乘總録》《續文選》同。楊明照《校注》云：「按『瑯』，『琅』之俗體，當以作『琅』爲正。《才略篇》『磊落如琅玕之圃』，亦作『琅』。」《楚辭·九歌·東皇太一》：「璆鏘鳴兮琳瑯。」舊注：「琅，俗作『瑯』。」杜甫《奉贈太常張卿垍二十韻》：「琳瑯識介珪。」仇兆鰲《詳注》：「琳瑯，佩玉之飾。」

〔六一〕**並體貌英逸，故俊才雲蒸**

〔**集引**〕

《戰國策·齊策三》：「孟嘗君令人體貌而親郊迎之。」鮑彪注：「體貌，有禮容也。」

【**發義**】

昔文帝、陳王以公子之尊，博好文采，同聲相應，才士並出。惟粲等六人，最見名目。蓋並體貌而英華外發，逸群而内修，故俊拔之才，盛似雲蒸霞蔚。

〔六二〕仲宣委質於漢南

【集引】

《左傳·僖公二十三年》：「策名委質。」孔穎達疏：「策，簡策也。質，形體也。古之仕者，於所臣之人，書己名於策，以明繫屬之也。拜則屈膝而委身體於地，以明敬奉之也。」《國語·晉語九》：「夙沙釐曰：『……臣聞之，委質爲臣，無有二心。』」韋昭注：「言委質於君，書名於策。」

【發義】

王粲長於辭賦，託身漢南，歸向曹操。

〔六三〕公幹狥質於海隅

【集引】

《論衡·非韓》：「夫志潔行顯，不徇爵禄。」《文選·謝靈運〈登池上樓〉》詩：「徇禄反窮海。」李善注引趙岐《孟子注》曰：「徇，從也。」

【發義】

公幹（劉楨）從禄於海隅，行示其誠。

〔雍案〕

狥，弘治本、汪本、佘本、張本、兩京本、胡本、文溯本作「徇」。范文瀾云：「彥和『徇質於海隅』，語本陳思王而改『振藻』爲『徇質』，不知其説。」楊明照《校注》云：「按『狥』爲『徇』之俗體。『徇質』實不可解，殆涉前行之『委質』而誤。『質』，疑當作『禄』。《論衡·非韓篇》：『夫志潔行顯，不徇爵禄。』《文選·謝靈運〈登池上樓〉》詩：『徇禄反窮海。』李注引趙岐《孟子注》曰：『徇，從也。』今本《盡心上》作殉是『徇禄』即『從禄』。此云『公幹徇禄於海隅』，與上句『偉長從宦於青土』，其意正同。」楊改「狥質」爲「徇禄」，乃望文生訓而蹈誤也。「狥」又作「㣺」。「㣺」與「徇」，音義相同。《左傳·昭公元年》：「斬以狥。」李富孫《異文釋》：「《説文·彳部》引司馬法作斬以㣺。」「㣺，行示也。」《戰國策·魏策四》：「將還其委質。」吴師道注：「『質』『贄』通。」《白虎通德論·瑞贄》：「贄者，質也。質己之誠，致己之悃愊也。」蓋「狥質」，乃謂行示其誠也。

〔六四〕文蔚休伯之儔，于叔德祖之侶

〔集引〕

《文選·吴質〈答魏太子牋〉》：「即阮、陳之儔也。」李周翰注：「儔，類也。」《説文·人部》：

「侶，徒侶。」《文選・沈約〈鍾山詩應西陽王教〉》：「多值息心侶。」吕向注：「侶，徒侶也。」

【發義】

路粹、繁欽之儔類，邯鄲淳、楊修之徒侶，亦一時文學之曹，常結集雅會。

〔雍案〕

于叔，黄叔琳校云：「元作『子俶』。」元本、活字本作「子叔」。弘治本、汪本、佘本、張本、兩京本、胡本、謝鈔本、文津本作「子俶」。《詩紀（據嘉靖本）別集》《續文選》同。何本、合刻本、梁本、祕書本、別解本、增定別解本、清謹軒本、文溯本、王本、鄭藏鈔本、崇文本作「于俶」。王批本、訓故本、漢魏詩乘總録作「子淑」。楊明照《校注》云：「按邯鄲淳之字，《三國志・魏書・王粲傳》裴注引《魏略》作『子叔』，此據宋本《類聚》七四則引作『淑』，淑上當脱一字《御覽》七五三又引作『元淑』，頗不一致。然此處由各本作『子叔』『子俶』『于俶』『子淑』與《三國志・魏書》注之『子叔』、《類聚》之『淑』、《御覽》之『元淑』相校，似應作『子淑』。《法書要録》八、《金壺記上》即作子淑」「子淑」是也。古人冠後取字，乃據本名涵義另立別名，以敬其名也。「淳」與「淑」，義皆可訓清也，善也，美也。《慧琳音義》卷三「淳熟」注引《考聲》《廣韻・諄韻》：「淳，清也。」《慧琳音義》卷二〇「淳調」注：「淳，善也。」「淳，美也。」《廣雅・釋詁一》：「淳，清也。」《詩・周南・關雎》：「窈窕淑女。」毛萇傳：「淑，善也。」又《邶風・燕燕》：「淑慎其身。」鄭玄箋：

「淑，善也。」又《大雅・抑》：「淑慎爾止。」陳奂《傳疏》：「淑，善也。」《楚辭・九章・橘頌》：「淑離不淫。」蔣驥注：「淑，美也。」《文選・顔延之〈赭白馬賦〉》：「蓋乘風之淑類。」吕延濟注：「淑，美也。」又《文選・嵇康〈琴賦〉》：「淑穆玄真。」吕向注：「淑，美也。」「子叔」，古爲複姓，《孟子・公孫丑下》有子叔疑。

〔六五〕傲雅觴豆之前

〖集引〗

《禮記・坊記》：「觴酒豆肉，讓而受惡，民猶犯齒。」《文選・張衡〈東京賦〉》：「執鑾刀以袒割，奉觴豆於國叟。」

【發義】

文士結集聚會，儼雅於酒席之前。

〖雍案〗

傲，何本、别解本、清謹軒本、尚古本、岡本作「俊」。徐㶿云：「『雅』亦杯類，疑『雅』字或『岸』字。」楊明照《校注》云：「按『傲雅』『俊雅』均不辭，徐㶿疑『雅』爲『岸』字，是也。《序志篇》贊『傲岸泉石』，正以『傲岸』連文，且與下句之『咀嚼』相對。則此亦當作『傲岸』，始能與『雍容』對也。「傲岸」雙聲，「雍容」疊韻。《晉書·郭璞傳》：『（客傲）傲岸榮悴之際，頡頏龍魚之間。』語式與此同，可證。《鮑氏集·代挽歌》：『傲岸平生中。』《廣弘明集·釋真觀〈夢賦〉》：『爾乃見一奇賓，傲岸驚人。』亦並以『傲岸』爲言。今本『雅』字，蓋涉次行『雅好慷慨』句而誤。」余謂斯解渺不相涉，就「雅」字本體而論，與「岸」字本體形殊不近，音亦不相通，徵引牽強附會。「傲岸」解爲高傲，不隨和於世俗，義與劉文不合，有違接文「雍容」狀繪。而今本「傲雅」，語不倫，殊違常軌。通觀劉文，乃「儼雅」之譌，「傲」與「儼」皆人旁，形近而誤。「儼」，端貌；矜莊貌。《集韻·儼韻》：「儼，恭貌。」詁作「儼雅」，當合「雍容」狀貌情態。《宋史·家鉉翁傳》：「鉉翁狀貌偉奇，身長七尺，被服儼雅。」可以引證。蓋文士結集聚會，儼雅於酒席之前。

〔六六〕並志深而筆長

〔集引〕

詹鍈《義證》：「『志深』，情志深遠。『筆長』，長於用筆。」

【發義】

並情志深遠，而善於用筆摛藻。

〔六七〕至明帝纂戎

〔**集引**〕

《詩·大雅·烝民》：「纘戎祖考。」《左傳·襄公十四年》：「纂乃祖考。」杜預注：「纂，繼也。」潘岳《楊荊州誄》：「纂戎洪緒，克構堂基。」《説文·糸部》：「纘，繼也。」

【**發義**】

至明帝繼祚。

〔六八〕顧盼合章

〔**集引**〕

《易·坤》：「含章可貞。」《三國志·魏書·管寧傳》：「含章素質，冰潔淵清。」

【**發義**】

顧盼含美於内。

〔**雍案**〕

合，岡本作「含」。楊明照《校注》云：「按『含』字是。《三國志·魏書·管寧傳》：『含章素質，冰潔淵清。』《宋書·武三王·孝獻王義真傳》：『（元嘉三年詔）故廬陵王含章履正。』《梁書·皇后·太宗簡皇后傳》：『齊故太尉南昌公含章履道。』釋僧祐《出三藏記集·齊竟陵王世子撫軍巴陵王雜集序》：『至于才中含章，思入精理。』《文選·左思〈蜀都賦〉》：『揚雄含章而挺生。』並以『含章』爲言。本篇下文『文帝以貳離含章』，亦作『含章』。「含章」二字原出《易·坤卦》爻辭又按『盼』當作『眄』。」盼，又作「眄」，與「眄」義相通也。《文選·謝朓〈和伏武昌登孫權故城〉》：「俯仰流英盼。」舊校：「五臣作『眄』字。」又《文選·陳琳〈爲曹洪與魏文帝書〉》：「眈眈其眄。」舊校：「善本作『盼』字。」《資治通鑑·宋紀》：「凡爲上所眄遇者。」胡三省注：「眄，或作『盼』。」

〔六九〕逮晉宣始基，景文克構，並跡沈儒雅，而務深方術

〔集引〕

《國語·周語下》：「自后稷之始基靖民。」《書·大誥》：「厥子乃弗肯堂，矧肯構？」孔安國傳：「子乃不肯爲堂基，況肯構立屋乎？」

【發義】

逮晉宣帝始基，景文克構，儒效頓失，博學儒士沈聲没迹，而方術深爲所務。

〔七〇〕**至武帝惟新，承平受命**

〔**集引**〕

《詩·大雅·文王》：「周雖舊邦，其命惟新。」《漢書·食貨志》：「王莽因漢承平之業。」

【**發義**】

司馬炎代魏建立晉，革新政治，振興經濟，厲行節儉，推行法治，承平大業興焉。

〔七一〕**降及懷愍，綴旒而已**

〔**集引**〕

《公羊傳·襄公十六年》：「君若贅旒然。」何休注：「旒，旂旒。贅，繫屬之辭。……以旂旒喻者，爲下所執持東西。」陸德明《釋文》：「贅，本又作綴。」《後漢書·張衡列傳》：「（應閒）夫戰國交爭，戎車競驅，君若綴旒，人無所麗。」章懷注：「麗，附也。」

【**發義**】

降及懷、愍二帝，爲臣下挾持，大權旁落，人無所附，徒作飾而已。

〔七二〕**機雲標二俊之采，應傅三張之徒，孫摯成公之屬**

〔**集引**〕

《管子・侈靡》：「若夫教者，摽然若秋雲之遠。」一本作「標」。戴望注：「摽，高舉貌。」

【**發義**】

陸機、陸雲文采殊異，標望於世。太康末，機、雲入洛謁張華。華曰：「伐吴之役，利獲二俊。」應貞、傅玄、張載、張協、張亢之徒，孫楚、摯虞、成公綏之屬。

〔**雍案**〕

徒，黄叔琳校云：「元作『從』。」楊明照《校注》云：「按元本、弘治本、汪本、佘本、張本、兩京本、王批本、何本、胡本、訓故本、謝鈔本作『徒』；《詩紀別集》《續文選》同。梅改是也。」應貞、傅玄、張載、張協、張亢之徒是也。

〔七三〕**並結藻清英，流韻綺靡**

〔**集引**〕

南朝梁昭明太子（蕭統）《文選・序》：「自非略其蕪穢，集其清英，蓋欲兼功，太半難矣。」

【發義】

並結集文章菁華，流風別韻華麗浮豔。

〔七四〕**元皇中興，披文建學**

【集引】

《說文·手部》：「俗解訓披爲開。」《文選·皇甫謐〈三都賦序〉》：「可得披圖而校。」吕延濟注：「披，開也。」

【發義】

西晉亡，晉元帝南渡，建立東晉，乃開文章之業，興建學校。

〔七五〕**景純文敏而優擢**

【集引】

《文選·潘岳〈爲賈謐作贈陸機〉》：「擢應嘉舉。」李善注：「擢，拔也。」《文選·陸機〈演連珠〉》：「不擢才於后土。」吕向注：「擢，拔也。」

【發義】郭璞文思敏捷，被晉元帝優選，拔擢爲著作佐郎。

〔七六〕逮明帝秉哲，雅好文會

〔集引〕

《書·酒誥》：「經德秉哲。」孔安國傳：「能常德持智也。」《論語·顔淵》：「君子以文會友。」

《世説·夙惠》：「晉明帝（司馬紹）數歲，坐元帝膝上。有人從長安來，元帝問洛下消息……因問明帝：『汝意謂長安何如日遠？』答曰：『日遠，不聞人從日邊來。……』元帝異之。明日，集群臣宴會，告以此意，更重問之。乃答曰：『日近。』」

【發義】

逮明帝持智，雅好文酒之會。

〔雍案〕

秉哲，黄叔琳校云：「元作『束哲』。」楊明照《校注》云：「按作『秉哲』是。《書·酒誥》：『經德秉哲。』孔傳：『能常德持智也。』『秉德（疑「哲」誤植爲「德」——筆者注）』二字，當出於此。《南齊書·高帝紀上》：『（昇明三年）策相國齊公曰：「……姬旦秉哲，曲阜啟蕃。」』又《豫章文獻王傳》：『體道秉哲。』並以『秉哲』爲言。覆刻汪本、張乙本、王批本、何本、訓故本、謝鈔本、《續文選》作『秉哲』，未誤。元本、活字本、兩京本、胡本作「東哲」；弘治本、張甲本作「東哲」，僅「秉」字有誤（汪本作「東哲」）。」《爾雅·釋詁下》：「秉，執也。」劉逢禄《今古文集解》：「秉，執也。」「哲，知也。」

〔七七〕升儲御極，孳孳講藝

〔**集引**〕

司馬紹《復徵任旭、虞喜爲博士詔》：「喪亂以來，儒雅陵夷，每覽《子衿》之詩，未嘗不慨然。」《孟子·盡心上》：「雞鳴而起，孳孳爲善者，舜之徒也。」《史記·夏本紀》：「予思日孳孳。」

【**發義**】

司馬紹登位，勤勉不懈講論文藝。

〔七八〕練情於誥策，振采於辭賦

〔**集引**〕

晉明帝《手詔以温嶠爲中書令》：「中書之職，酬對多方，斟酌禮宜，非唯文疏而已；非望士良才，何可妄居？卿既以令望，忠允之懷，著於周旋；且文清而旨遠，宜居機密。」晉明帝《蟬賦》殘文：「尋長枝以凌高，靜無爲以自寧，邈焉獨處，弗累於情，在運任時，不慮不營。」

【發義】

練達情愫於誥策，振發文采於辭賦。

〔七九〕庾以筆才逾親

〔集引〕

杜牧《讀韓杜集》：「杜詩韓集愁來讀。」馮集梧注引《老學庵筆記》：「南朝詞人謂文爲筆。」杜甫《贈蜀僧閭丘師兄》：「世傳閭丘筆。」仇兆鰲《詳注》引錢謙益箋：「六朝人以有韻者爲文，無韻者爲筆。」

【發義】

庾亮好老莊，善談論，以文筆之才越發得到親近。

〔雍案〕

范文瀾云：「『逾親』，當作『愈親』。」楊明照《校注》云：「按《呂氏春秋·務大覽》：『此所以欲榮而逾辱也。』高注：『逾，益也。』是『逾親』即『益親』，無煩改字。……《梁書·文學下·

王籍傳》：『至若邪溪賦詩，其略云：「蟬噪林逾靜。」』其用『逾』字義並與此同。本書《頌讚篇》贊『年積逾遠』，亦用『逾』字也。」「逾」與「愈」，古相通用，音義亦同。《楚辭·九辯》：「日超遠而逾邁。」舊注：「逾，一作『愈』。」《春秋繁露·天地陰陽》：「夫物逾淖而逾易變動搖蕩也。」凌曙注引王本：「『逾』作『愈』。」《文選·謝瞻〈於安城答靈運〉》：「波清源逾濬。」舊校：「善（本）作『愈』。」

〔八〇〕及成康促齡，穆哀短祚

〔集引〕

《文選·陸機〈豫章行〉》：「促促薄暮景。」劉良注：「促促，短貌。」漢王充《論衡·感類》：「九齡之夢，天奪文王年以益武王……古者謂年爲齡。」《文選·班固〈東都賦〉》：「漢祚中缺。」李善注：「祚，位。」

【發義】

成康年歲短促，穆哀帝位短暫。

〔八一〕微言精理，函滿元席

【集引】

《晉書·簡文帝紀》：「帝少有風儀，善容止，留心典籍，不以居處爲意，凝塵滿席，湛如也。」

【發義】

微妙之言，精深之理，滿席湛然。

【雍案】

函，黃叔琳校云：「何本當是何焯校本改『亟』。」楊明照《校注》云：「按何改『亟』是。王批本、訓故本、《詩紀此據萬曆本別集》正作『亟』。『亟』，讀爲器。數也，見《左傳·隱公元年》釋文屢也。見《漢書·刑法志》顏注『微言精理，亟滿玄席』二語，即《晉書·簡文帝紀》所謂『尤善玄言，……不以居處爲意，凝塵滿席，湛如也』之意。此云『亟滿玄席』，下云『時灑文囿』，文正相對。猶《諸子篇》『鶡冠緜緜，亟發深言；鬼谷眇眇，每環奧義』之『亟』與『每』對然也。又按『元』，當依各本改作『玄』。」玄席，謂玄談之席也。

〔八二〕澹思濃采，時灑文囿

〔集引〕

南朝梁昭明太子（蕭統）《文選序》：「歷觀文囿，泛覽辭林。」

【發義】

文思曠澹，辭采醇厚，時常瀟灑脱俗，融洽無拘於文苑。

〔雍案〕

濃，元本、活字本、汪本、佘本、張本、兩京本、王批本、胡本、訓故本作「醲」。《詩紀别集》《續文選》同。馮舒校作「醲」。楊明照《校注》云：「按『醲』字是。《説文·酉部》：『醲，厚酒也。』詁此甚合。《體性篇》『博喻釀采』，劉永濟謂『釀』爲『醲』之誤；此當據元本等改爲『醲』，俾前後俱作『醲采』也。」劉、楊據諸本改「濃」爲「醲」非是。「濃」與「醲」，皆可訓作厚，蓋無煩改也。《説文·水部》段玉裁注：「濃，凡農聲字皆訓『厚』。」此謂文思曠澹，辭采醇厚也。

〔八三〕其文史則有袁殷之曹，孫干之輩

〔集引〕

《漢書·司馬遷傳〈報任安書〉》：「僕之先人非有剖符丹書之功，文史星曆近乎卜祝之間，固主上所戲弄，倡優畜之，流俗之所輕也。」又《漢書·東方朔傳》：「年十三學書，三冬文史足用。」

【發義】

蓋袁殷之曹，孫干之輩，皆文史兼善者。袁宏，東晉文學家、史學家。字彥伯，小字虎。少孤貧，有逸才，文章絕美，嘗以諸家《後漢書》雜亂，翩荀悅《漢紀》撰集《後漢紀》三十卷，自出鑒裁，決擇去取，與范曄《後漢書》并傳。其《詠史》詩二首，師式左思，甚得世譽，鍾嶸《詩品》曰：「鮮明緊健，去凡俗遠矣。」殷仲文，東晉文學家。少有才藻，其詩晚尚玄風。有集七卷，已佚。孫盛，東晉史學家。字安國，孫楚之孫，孫綽從弟。博學能文，善言名理，與殷浩齊名。著有《魏氏春秋》《晉陽秋》，世稱良史。所撰詩、賦、論、難等數十篇，有集十卷，今多亡佚。干寶，東晉史學家、文學家。字令升。元帝時以佐著作郎領修國史，著《晉紀》二十卷。原書已佚，清人有輯本。其博學多才，撰有《搜神記》二十卷。

〔八四〕江左稱盛

〔**集引**〕

唐陸德明《經典釋文·叙録》：「江左中興，立《左氏傳》，杜氏、服氏博士。」

【**發義**】

江左之士，清談之風彌盛。

〔**雍案**〕

稱，弘治本、兩京本、王批本、胡本、訓故本作「彌」。《詩紀别集》引同。汪本作「穪」，佘本作「穪」。馮舒云：「『稱』，當作『彌』。」何焯云：「『稱』，意改『彌』。」楊明照《校注》云：「按『稱』俗作『称』，覆刻汪本即作称『彌』又作『弥』，二字形近易誤。此當以作『彌』爲是。《説苑·修文》：『德彌盛者，文彌縟。』即『彌盛』二字之所自出。《章表》《書記》兩篇，並有『彌盛』之文。《南齊書·劉瓛陸澄傳〈論〉》：『執卷欣欣，此焉彌盛。』《南史·文學傳序》：『降及梁朝，其流彌盛。』《隋書·牛弘傳》：『（上表請開獻書之路）齊梁之間，經史彌盛。』……亦並以『彌盛』爲言。」

〔八五〕詩必柱下之旨歸

〔集引〕

《漢書·東方朔傳〈贊〉》：「柱下爲工。」應劭曰：「老子爲周柱下史。」

【發義】

老子曾爲周柱下史，故以柱下代稱《道德經》。時談詩必以老、莊玄想爲旨歸。

〔八六〕雖百世可知也

〔集引〕

《論語·爲政》：「子張問：『十世可知也？』子曰：『殷因於夏禮，所損益，可知也；周因於殷禮，所損益，可知也。其或繼周者，雖百世，可知也。』」

【發義】

所增減改動者，謹守其數，雖百世可知也。

〔八七〕自宋武愛文

〔集引〕

《宋書·武帝紀下》：「二月己丑，車駕幸延賢堂，堂策試諸州郡秀才、孝廉。」

【發義】

宋武帝崇文，嘗躬自策試，並下詔選備儒官，弘振國學。

〔八八〕文帝彬雅，秉文之德

〔集引〕

《南史·宋文帝本紀》：「（元嘉十五年）立儒學館於北郊，命雷次宗居之。」又：「（十六年）上好儒雅，又命丹陽尹何尚之立玄素學，著作佐郎何承天立史學，司徒參軍謝元立文學。各聚門徒，多就業者。江左風俗，於斯爲美。」《宋書·隱逸·雷次宗傳》：「上留心藝術，使丹陽尹何尚之立玄學，太子率更令何承天立史學，司徒參軍謝元立文學。」《詩·周頌·清廟》：「濟濟多士，秉文之德。」毛萇傳：「執文德之人也。」

【發義】

文帝彬彬儒雅，執文之德，開學聚士，風習丕盛於一時。

〔八九〕何范張沈之徒

〔集引〕

《文論選》：「（何尚之）愛尚文義，老而不休，與太常顔延之論議往反。」《宋書》卷六四：「（何承天）所纂文及文集並傳於世。」又卷六〇：「（范泰）博覽篇籍，好爲文章……撰《古今善言》二四篇及文集傳於世。」又卷六九：「（范曄）博涉經史，善爲文章。」又卷五三：「（張永）涉獵書史，能爲文章。」又卷六二：「（張敷）好讀玄書，兼屬文論。」又卷八二：「（沈懷文）少好玄理，善爲文章。」

【發義】

何，謂何尚之（字彦德）、何承天、何長瑜；范，謂范泰、范曄父子；張，謂張永（字景雲）、張敷（字景胤）；沈，謂沈懷文（字思明）。《宋書·謝靈運傳》稱長瑜之才亞惠連。蓋自宋以還，詞林蔚映，何、范、張、沈之徒，亦趨時而起之士。

〔九〇〕**暨皇齊馭寶，運集休明**

〔集引〕

《易·繫辭下》：「聖人之大寶曰位。」

【發義】

《文心雕龍》成書於齊末，蓋稱「皇齊」。

〔九一〕**太祖以聖武膺籙**

〔集引〕

《文選·張衡〈東京賦〉》：「高祖膺籙受圖，順天行誅。」南朝梁沈休文（約）《齊故安陸昭王碑文》：「商武、姬文，所以膺圖受籙。」

【發義】

齊高帝蕭道成以聖武，親受圖籙，應運而興。

〔九二〕高祖以睿文纂業，文帝以貳離含章，中宗以上哲興運

〔集引〕

《南史·齊本紀》：「世祖武皇帝諱賾。」《南齊書·文惠太子傳》：「文惠太子長懋……世祖長子也。……太子臨國學，親臨策試諸生。……鬱林立，追尊爲文帝。」《南齊書·明帝紀》：「高宗明皇帝諱鸞。」《後漢書·朱樂何列傳》：「陛下富於春秋，纂承大業，諸舅不宜干正王室，以示天下之私。」《易·離》：「明兩作離。」

【發義】

齊武帝明智而善繼承大業，文帝象離重明察藴文於内，明帝上智振興國運。

〔雍案〕

郝懿行云：「按『高』疑『世』字之譌，『中』疑『高』字之譌。」郝説是，當據改。

〔九三〕緝遐景祚

〔集引〕

《宋書·隱逸·周續之傳》：「江州刺史劉柳薦之高祖曰：『……濯纓儒冠，亦王猷遐緝。』」

【發義】

景祚繼遠，德流子孫，帝力可施。

〔雍案〕

遐，黄叔琳校云：「疑作『熙』。」劉永濟云：「按元作『緝熙』不誤，此用《詩》『維清緝熙』也。」楊明照《校注》云：「按元明以來各本皆作『緝遐』，故梅慶生有『（「遐」）疑作「熙」』校語。不知劉氏何所據而云然。又按『遐』字似不譌，惟誤倒耳。如乙作『遐緝』，則文義自通。《宋書·隱逸·周續之傳》：『江州刺史劉柳薦之高祖曰：「……濯纓儒冠，亦王猷遐緝。」』即『遐緝』連文之證。」楊説是。遐緝，遠續也。《説文·糸部》《玉篇·糸部》《廣韻·緝韻》：「緝，續也。」《慧琳音義》卷四〇「修緝」注引《古今正字》：「緝，續也。」

〔九四〕今聖歷方興，文思光被

〔集引〕

《書·堯典》：「欽明文思安安，允恭克讓，光被四表，格于上下。」孔安國傳：「光，充也。」

【發義】

齊稱聖代，歷數方興，文思光被四表。

〖雍案〗

光，黄叔琳校云：「元作『充』。」梅慶生云：「（充）一作『光』。」何焯改「光」。元本、弘治本、汪本、佘本、張本、兩京本、王批本、何本、胡本、梅本、凌本、合刻本、梁本、祕書本、謝鈔本、彙編本、别解本、文津本、張松孫本、崇文本作「充」。《詩紀别集》《續文選》同。楊明照《校注》云：「按《書·堯典》：『欽明文思安安，允恭克讓，光被四表。』孔傳：『光，充也。』『光被』原非僻詞，諸本又皆作『充被』，疑舍人原從傳文作『充』。」《書·堯典》：「光被四表。」江聲《集注音疏》：「光之爲充，古訓也。」《書·洛誥》：「惟公德明，光于上下。」孔穎達疏：「此光亦爲充也。」

〔九五〕才英秀發

〖集引〗

《文選·左思〈蜀都賦〉》：「王褒暐曄而秀發。」吕向注：「暐曄，光彩也。言王褒詞論生光彩，若草木秀盛而發也。」

【發義】

才俊英髦盛而發也。

〔九六〕短筆敢陳

【集引】

《宋書·隱逸·王弘之傳》：「弘之（元嘉）四年卒……顔延之欲爲作誄，書與弘之子曇生曰：『君家高世之節，有識歸重，豫染豪翰，所應載述。況僕託慕末風，竊以叙德爲事，但恨短筆不足書美。』」

【發義】

自謙短筆，敢於敷陳。

〔九七〕颺言讚時

【集引】

《書·益稷》：「臯陶拜手稽首颺言曰：『念哉，率作興事，慎乃憲，欽哉！』」孔安國傳：「大言而疾曰颺。」陸德明《釋文》：「颺，音揚。」

【發義】

大聲疾言，以讚時宜。

〔九八〕蔚映十代

〔集引〕

《文選·楊修〈答臨淄侯牋〉》：「蔚矣其文。」李周翰注：「蔚，盛也。」

【發義】

蔚矣其文，盛照十代。

〔九九〕終古雖遠，曠焉如面

〔集引〕

紀昀云：「於十代崇替，持之有故，言之成理，一覽即曉。」《曹子建集·與吴質書》：「申詠反覆，曠若復面。」《説文·日部》：「曠，明也。」

【發義】

蓋終古雖遠，十代曆數，崇替有徵，文運可窺，言之成理，明若復面，覽之無遺。

〔雍案〕

曠，黄叔琳校云：「汪作『曖』。」元本、弘治本、活字本、兩京本、王批本、胡本、訓故本並作

「曖」。佘本、張本、文津本作「曖」。謝鈔本作「暖」。鈴木云：「『曖』當作『僾』，此用祭義『僾然必有見乎其位』文。」楊明照《校注》云：「按『曠』字未誤。《説文·日部》：『曠，明也。』詁此並無不合。《曹子建集·與吴質書》：『申詠反覆，曠若復面。』可資旁證。《才略篇》贊：『無曰紛雜，皎然可品。』彼云『皎然』，此云『曠焉』，意相若也。」楊説是。《廣雅·釋詁四》：「曠，明也。」《文選·謝靈運〈富春渚〉》：「懷抱既昭曠。」李善注引《説文》：「曠，明也。」又《文選·顏延之〈陶徵士誄〉》：「亦既超曠。」張銑注：「曠，明也。」

卷十

物色第四十六

春秋代序〔一〕，陰陽慘舒〔二〕，物色之動，心亦摇焉〔三〕。蓋陽氣萌而玄駒步〔四〕，陰律凝而丹鳥羞〔五〕，微蟲猶或入感，四時之動物深矣。若夫珪璋挺其惠心〔六〕，英華秀其清氣〔七〕，物色相召，人誰獲安〔八〕？是以獻歲發春，悦豫之情暢〔九〕；滔滔孟夏，鬱陶之心凝〔一〇〕；天高氣清，陰沈之志遠；霰雪無垠，矜肅之慮深〔一一〕。歲有其物，物有其容〔一二〕；情以物遷，辭以情發。一葉且或迎意〔一三〕，蟲聲有足引心。況清風與明月同夜，白日與春林共朝哉！

是以詩人感物，聯類不窮〔一四〕。流連萬象之際，沈吟視聽之區；寫氣圖貌，既隨物以宛轉〔一五〕；屬采附聲，亦與心而徘徊。故灼灼狀桃花之鮮〔一六〕，依依盡楊柳之貌〔一七〕，杲杲爲出日之容〔一八〕，瀌瀌擬雨雪之狀〔一九〕，喈喈逐黄鳥之聲〔二〇〕，喓嚶學草蟲之韻〔二一〕；皎日嘒星，一言窮理〔二二〕，參差沃若，兩字窮形。並以少總多，情貌無遺矣〔二三〕。雖復思經千載，將何易奪？及離騷代興，觸類而長〔二四〕，物貌難盡，故重沓舒狀，於是嵯峨之類聚，葳蕤之群積矣。及長卿之徒，詭勢瓌聲，模山範水，字必魚貫，所謂詩人麗則而約言，辭人麗淫而繁句也。

至如雅詠棠華，或黄或白〔二五〕；騷述秋蘭，緑葉紫莖〔二六〕。凡摛表五色，貴在時見，若青黄屢出，則繁而不珍。

自近代以來，文貴形似〔二七〕，窺情風景之上，鑽貌草木之中。吟詠所發，志惟深遠；體物爲妙，功在密附。故巧言切狀，如印之印泥，不加雕削，而曲寫毫芥〔二八〕。故能瞻言而見貌，印字而知時也。然物有恒姿，而思無定檢，或率爾造極，或精思愈疎。且詩騷所標，並據要害，故後進鋭筆，怯於爭鋒。莫不因方以借巧，即勢以會奇，善於適要，則雖舊彌新矣。是以四序紛迴〔二九〕，而入興貴閑；物色雖繁，而析辭尚簡；使味飄飄而輕舉，情曄曄而更新。古來辭人，異代接武，莫不參伍以相變〔三〇〕，因革以爲功，物色盡而情有餘者，曉會通也。若乃山林皋壤，實文思之奥府〔三一〕，略語則闕，詳説則繁。然屈平所以能洞監風騷之情者，抑亦江山之助乎〔三二〕！

贊曰：山沓水匝，樹雜雲合。目既往還，心亦吐納。春日遲遲〔三三〕，秋風颯颯〔三四〕。情往似贈，興來如答。

【發義】

情以物遷，辭以情發。

體物流變，隨物宛轉，觸景生情，情以物遷，辭以情發，蓋心境交融，外聯類於物，內發形於文也。

〔一〕春秋代序

〔集引〕

《楚辭・離騷》：「日月忽其不淹兮，春與秋其代序。」王逸注：「代，更也；序，次也。」《淮南子・兵略訓》：「若春秋有代謝，若日月有晝夜，終而復始，明而復晦。」《孟浩然集・與諸子登峴山》詩：「人事有代謝，往來成古今。」桓寬《鹽鐵論・論災》：「四時代叙而人則其功，星列於天而人象其形。」

【發義】

歲月順次更替，而人事亦有代謝。四時代序，人則其功；日月交運，人象其形。

〔二〕陰陽慘舒

〔集引〕

《文選·張衡〈西京賦〉》：「夫人在陽時則舒，在陰時則慘。」薛綜注：「陽，謂春夏；陰，謂秋冬。」張銑注：「舒，逸也；慘，戚也。」周奇注：「陸機《文賦》：『悲落葉於勁秋』是陰慘，『喜柔條於芳春』是陽舒。」

【發義】

天下萬物，皆由陰陽，或生或成，本其所由之理。蓋人致思於陰陽，循其所由，慘舒燮理，順其變化矣。

〔三〕物色之動，心亦搖焉

〔集引〕

《楚辭·九辯》：「心搖悅而日幸兮。」洪興祖《補注》：「搖，動也。」

【發義】

春秋代序，陰陽交替，形諸物色，其影響於人，內爲之動矣。

〔四〕蓋陽氣萌而玄駒步

〖集引〗

《大戴禮記·夏小正·十二月》：「十有二月，玄駒賁。玄駒也者，螘也。賁者何也？走於地中也。」清孔廣森《補注》：「螘大者曰駒，猶云馬蚍蜉也。《方言》曰：『蚍蜉，西南梁、益之間，謂之玄駒。』」《法言》：「吾見玄駒之步。」

【發義】

冬至後陽氣萌生。蓋陽和方起，玄駒始步也。

〔五〕陰律凝而丹鳥羞

〖集引〗

《大戴禮記·夏小正·八月》：「丹鳥羞白鳥。」黄叔琳《輯注》：「丹鳥，螢也。白鳥，謂蚊蚋也。羞，進也。」晉崔豹《古今注》：「螢火，一名丹鳥。」

【發義】

陰氣凝聚，丹鳥進食蚊蚋。

〔六〕若夫珪璋挺其惠心

〔集引〕

《文選・劉峻〈辨命論〉》：「臣觀管輅，天才英偉，珪璋特秀。」《晉書・陸機陸雲傳》：「觀夫陸機、陸雲，實荊衡之杞梓，挺珪璋於秀實。」《文選・王儉〈褚淵碑文〉》：「公稟川嶽之靈暉，含珪璋而挺曜。」李善注：「《禮記・聘義》曰：『珪璋特達。』《廣雅・釋詁一》：『挺，出也。』」呂向注：「珪璋，美玉也。挺，出；曜，光也。」惠，通「慧」。古籍多作「惠」。

【發義】

是以美出其惠心也。

〔七〕英華秀其清氣

〔集引〕

《禮記・樂記》：「和順積中，而英華發外。」

【發義】

神采之美，秀乎其清氣。

〔八〕物色相召，人誰獲安

〖集引〗

《駱賓王集・初秋登王司馬樓宴賦得同字》：「物色相召，江山助人。」《國語・晉語四》：「姜（氏）曰：『……日月不處，人誰獲安？』」

【發義】

景色相召，誰能無動於衷？

〔九〕是以獻歲發春，悦豫之情暢

〖集引〗

《楚辭・宋玉〈招魂〉》：「獻歲發春兮，汩吾南征。」王逸注：「獻，進。言歲始來進，春氣奮揚，萬物皆感氣而生，自傷放逐獨南行也。」《文選・班固〈兩都賦〉》：「内設金馬石渠之署，外興樂府協律之事，以興廢繼絶，潤色鴻業，是以衆庶悦豫，福應尤盛。」

【發義】

歲之始進，萬物發於春，喜悦之情舒暢。

〔一〇〕滔滔孟夏，鬱陶之心凝

〔集引〕

《楚辭·屈原〈九章·懷沙〉》：「滔滔孟夏兮，草木莽莽。」王逸注：「滔滔，盛陽貌也。」《書·五子之歌》：「鬱陶乎予心。」孔安國傳：「鬱陶，憂思也。」孔穎達疏：「憤結積聚之意。」《楚辭·九辯》：「豈不鬱陶而思君兮，君之門以九重。」

【發義】

孟夏盛陽，是以心凝，困悶而不暢。

〔一一〕矜肅之慮深

〔集引〕

《論語·衛靈公》：「君子矜而不爭，群而不黨。」《漢書·東方朔傳〈非有先生論〉》：「將儼然作矜嚴之色，深言直諫，上以拂主之邪，下以損百姓之害，則忤於邪主之心，歷於衰世之法，故養壽命之士，莫肯進也。」

【發義】

矜嚴肅然，蓋思慮深沉。

〔一二〕**歲有其物，物有其容**

〔集引〕

《左傳·昭公九年》：「事有其物，物有其容。」杜預注：「物，類也；容，貌也。」

【發義】

歲時代序，蓋有其物類；物類交變，蓋有其容色。

〔一三〕**一葉且或迎意**

〔集引〕

《淮南子·説山訓》：「見一葉落而知歲之將暮。」

【發義】

一葉之枯榮，且或迎意而觸景生情。

〔一四〕是以詩人感物，聯類不窮

〔集引〕

《韓非子·難言》：「多言繁稱，連類比物，則見以爲虚而無用。」

【發義】

詩人感觸景物，聯想其類，自然無窮。

〔一五〕既隨物以宛轉

〔集引〕

《莊子·天下》：「與物宛轉。」成玄英疏：「宛轉，變化也。」

【發義】

既隨景物而變化。

〔一六〕故灼灼狀桃花之鮮

〔**集引**〕

《詩·周南·桃夭》：「桃之夭夭，灼灼其華。」毛萇傳：「桃有華之盛者，夭夭其少壯也。」

【**發義**】

桃花鮮明之狀，醉人心境，蓋心爲所悦。

〔**雍案**〕

花，尚古本、岡本作「華」。楊明照《校注》云：「按作『華』是。」楊説是也。《晉書·皇甫謐傳》《釋勸論》有：「是以春華發萼，夏繁其實。」《文選·謝莊〈宋孝武宣貴妃誄〉》有：「接萼均芳。」李善注引《毛詩》鄭玄曰：「承華者曰萼。」亦可引證也。

〔一七〕依依盡楊柳之貌

〔**集引**〕

《詩·小雅·采薇》：「昔我往矣，楊柳依依。」

【發義】

楊柳輕柔之貌，撩人心緒，蓋心爲所思。

〔一八〕**杲杲爲出日之容**

〖集引〗

《詩·衛風·伯兮》：「其雨其雨，杲杲出日。」

【發義】

出日明亮之容，煥物之采。

〔一九〕**瀌瀌擬雨雪之狀**

〖集引〗

《詩·小雅·角弓》：「雨雪瀌瀌，見晛曰消。」

【發義】

見雨雪盛多之狀，則思日氣所出。

〔雍案〕

鈴木云：「（瀌瀌）當作『麃麃』。」楊明照《校注》云：「按今《小雅・角弓》作『瀌瀌』。陳奂《詩毛氏傳疏》卷二二云：『瀌瀌，疑《詩》本作麃麃，後人加水旁耳。《韓詩外傳》四、《荀子・非相篇》、《漢書・劉向傳》作麃麃。』鈴木氏蓋本陳氏爲説也。又按《角弓》釋文『雨音于付反』。是原讀去聲，屬動詞。若讀上聲，則與上句『出日』之『出』詞性不合矣。」「瀌」與「麃」，義合而不同字也。《説文・水部》：「瀌，雨雪瀌瀌。从水，麃聲。」《廣韻》：「（瀌）甫嬌切，雪皃，《詩》云：雨雪瀌瀌。」《集韻・幽韻》《笑韻》：「瀌瀌・雨雪皃。」《集韻・宵韻》：「瀌，瀌瀌，雨雪盛皃。」《詩・小雅・角弓》：「雨雪瀌瀌。」陸德明《釋文》：「瀌瀌，雪盛貌。」朱熹《集傳》：「瀌瀌，盛貌。」王先謙《三家義集疏》：「魯、韓瀌作『麃』。」《廣雅・釋訓》：「瀌瀌，雪也。王念孫《疏證》：『《角弓篇》云：「雨雪瀌瀌。」《漢書・劉向傳》作「麃麃」。』」《漢書・楚元王傳》：「雨雪麃麃。」顔師古注：「麃麃，盛也。」

〔一一〇〕喈喈逐黄鳥之聲

〔集引〕

《詩・周南・葛覃》：「黄鳥于飛，集于灌木，其鳴喈喈。」

【發義】

聞黄鳥嚶鳴之聲，則心情和悦。

〔二一〕嚶嚶學草蟲之韻

〔集引〕

《詩·周南·草蟲》：「嚶嚶草蟲，趯趯阜螽。」

【發義】

聽草蟲嘤嚶之韻，則心緒不寧。

〔二二〕皎日嘒星，一言窮理

〔集引〕

《詩·王風·大車》：「謂予不信，有如皦日。」《詩·召南·小星》：「嘒彼小星。」

【發義】

蓋明之若日，小之若星，一言以喻，窮盡其理。

〔一三〕**參差沃若，兩字窮形。並以少總多，情貌無遺矣**

〔**集引**〕

《詩·周南·關雎》：「參差荇菜。」《詩·衛風·氓》：「桑之未落，其葉沃若。」毛萇傳：「沃若，猶沃沃然。」朱熹《集傳》：「沃若，潤澤貌。」《文選·謝靈運〈七里瀨〉》：「荒林紛沃若。」呂延濟注：「沃若，茂盛貌。」

【**發義**】

兩字以用，難於增減，蓋以少總括其多，窮形盡狀，情貌無遺矣。

〔**雍案**〕

窮，元本、弘治本、汪本、佘本、張本、兩京本、王批本、何本、胡本、訓故本、梅本、凌本、合刻本、梁本、祕書本、彙編本、別解本、清謹軒本、尚古本、岡本、王本、張松孫本、鄭藏鈔本、崇文本並作「連」。《詩紀別集》、《喻林》、《文儷》、《古逸書》、湯氏《續文選》、胡氏《續文選》、《賦略》緒言、《四六法海》同。何焯「連」改「窮」。楊明照《校注》云：「按『連』字是。『參差』『沃若』皆連語形容詞，「參差」雙聲連語，「沃若」疊韻連語。故云。上云『窮理』，此云『窮形』，殊嫌重出。黄氏從何校改『連』爲『窮』，非是。」尋繹文意，作「窮形」較勝。陸機《文賦》：「雖離方而遁員，期窮形而盡相。」唐盧照鄰《益州長史胡樹禮爲亡女造畫贊》：「窮形盡相，陋燕壁之含丹。」

蓋「窮形」乃極狀形容也。

〔二四〕及離騷代興，觸類而長

〖集引〗

《易·繫辭上》：「引而伸之，觸類而長之。」陸德明《釋文》：「長，丁丈反。」《文選·嵇康〈琴賦〉》：「其餘觸類而長，所致非一。」

【發義】

及《離騷》代《詩》而興起，觸類旁通而加以引申，知而增之。

〔二五〕至如雅詠棠華，或黄或白

〖集引〗

《詩·小雅·裳裳者華》：「裳裳者華，或黄或白。」毛萇傳：「興也。裳裳，猶堂堂也。」鄭玄箋：「興者，華堂堂於上，喻君也。」

【發義】

至若雅詠之興，其華堂堂，或黄或白。

〖雍案〗

棠，王批本作「裳」，當據改。《詩·小雅·裳裳者華》：「裳裳者華，或黄或白。」毛傳：「興也。裳裳，猶堂堂也。」鄭箋：「興者，華堂堂於上，喻君也。」馬瑞辰《毛詩傳箋通釋》：「『裳』與『常』同字。」朱熹《集傳》引董氏云：「（裳），古本作『常』，常棣也。」又王先謙《三家義集疏》：「魯韓『裳』作『常』。」

〔二一六〕騷述秋蘭，緑葉紫莖

〖集引〗

《楚辭·九歌·少司命》：「秋蘭兮青青，緑葉兮紫莖。」

【發義】

騷辭亦有秋蘭之狀述。

〔二一七〕自近代以來，文貴形似

〔集引〕

沈約《宋書·謝靈運傳〈論〉》：「相如工爲形似之言。」《詩品上》：「（晉黄門郎張協）巧構形似之言。」《顔氏家訓·文章》：「何遜詩實爲清巧，多形似之言。」

【發義】

自劉宋以還，文學作品重在寫照逼真。

〔雍案〕

形，元本、弘治本、活字本、汪本、佘本、張本、兩京本作「則」。《詩紀别集》、《文儷》、《古逸書》、湯氏《續文選》、胡氏《續文選》、《賦略》緒言、《四六法海》同。楊明照《校注》云：「按『則』字非是。沈約《宋書·謝靈運傳〈論〉》：『相如工爲形似之言。』《詩品上》：『晉黄門郎張協、巧構形似之言。』《顔氏家訓·文章篇》：『何遜詩實爲清巧，多形似之言。』並其證。宋趙次公《蘇軾書鄢陵王主簿所畫折枝》詩『論畫以形似』句注引作『形似』，是所見本未誤。」楊説是。《説文·人部》：「似，象也。从人，㠯聲。」《廣雅·釋詁四》《廣韻·止韻》：「似，象也。」「似，類也。」

〔二一八〕如印之印泥，不加雕削，而曲寫毫芥

〖集引〗

《呂氏春秋·適威》：「若璽之於塗也，抑之以方則方，抑之以圜則圜。」《淮南子·齊俗訓》：「若璽之抑埴，正與之正，傾與之傾。」許慎注：「璽，印也。埴，泥也。印正而封亦正。」《文選·班固〈答賓戲〉》：「鋭思於毫芒之內。」張銑注：「毫芒，細小也。」《孟子·離婁下》：「君之視臣如土芥，則臣視君如寇讎。」《漢書·眭兩夏侯京翼李傳》：「經術苟明，其取青紫如俛拾地芥耳。」

【發義】

印之若印泥，豈唯雕削，純任自然，而曲寫細微。

〔二一九〕是以四序紛迴

〖集引〗

潘岳《秋興賦》：「四時忽其代序兮，萬物紛以迴薄。」

【發義】

是以四時代序，物類紛以迴薄。

〔三〇〕**莫不參伍以相變**

〔**集引**〕

《易・繫辭上》：「參伍以變。」《荀子・成相》：「參伍明謹施賞刑。」楊倞注：「參伍，猶錯雜也。」

〔三一〕**若乃山林皋壤，實文思之奧府**

〔**集引**〕

《莊子・知北遊》：「山林與，皋壤與，使我欣欣然而樂與。」

【**發義**】

山林皋壤，實乃陶冶性靈之奧區，啟發文思之奧府。

〔三二〕然屈平所以能洞監風騷之情者，抑亦江山之助乎

〔集引〕

《新唐書・張説傳》：「既謫岳州，而詩益悽婉，人謂得江山助云。」《西崑訓唱集》卷下楊億《許洞歸吴中》詩：「騷人已得江山助。」宋祁《景文集》卷九七《江上宴集序》：「江山之助，出楚人之多才。」

【發義】

屈騷之才，獨至標顛，其賦分非天造何哉！蓋能洞鑒風騷之情，俯察物類之色也。

〔三三〕春日遲遲

〔集引〕

《詩・豳風・七月》：「春日遲遲。」毛萇傳：「遲遲，舒緩也。」

【發義】

春日舒緩。

〔三四〕秋風颯颯

〔集引〕

《楚辭·九歌·山鬼》：「風颯颯兮木蕭蕭。」《慧琳音義》：「颯颯，風吹木葉落聲也。」

【發義】

秋風疾然，木葉落而帶聲。

才略第四十七

九代之文，富矣盛矣。其辭令華采，可略而詳也。虞夏文章，則有皋陶六德〔一〕，夔序八音〔二〕，益則有贊〔三〕，五子作歌，辭義温雅，萬代之儀表也。商周之世，則仲虺垂誥〔四〕，伊尹敷訓〔五〕，吉甫之徒，並述詩頌〔六〕，義固爲經，文亦師矣。

及乎春秋大夫，則修辭聘會，磊落如琅玕之圃，焜燿似縟錦之肆，薳敖擇楚國之令典〔七〕，隨會講晉國之禮法〔八〕，趙衰以文勝從饗〔九〕，國僑以修辭扞鄭〔一〇〕，子太叔美秀而文，公孫揮善於辭令〔一一〕，皆文名之標者也。戰代任武，而文士不絶。諸子以道術取資，屈宋以楚辭發采〔一二〕，樂毅報書辨以義〔一三〕，范雎上疏密而至，蘇秦歷説壯而中，李斯自奏麗而動，若在文世，則揚班儔矣〔一四〕。荀況學宗，而象物名賦，文質相稱，固巨儒之情也。

漢室陸賈，首發奇采，賦孟春而選典誥〔一五〕，其辯之富矣。賈誼才穎，陵軼飛兔〔一六〕，議愜而賦清，豈虚至哉？枚乘之七發，鄒陽之上書，膏潤於筆，氣形於言矣。仲舒專儒，子長純史，而麗縟成文，亦詩人之告哀焉。相如好書〔一七〕，師範屈宋，洞入夸豔，致名辭宗〔一八〕。然覆取精意〔一九〕，理不勝辭〔二〇〕，故揚子以爲文麗用寡者長卿，誠哉是言也！王褒構采，以密巧爲致，附聲測貌，泠然可觀。子雲屬意，辭人最深〔二一〕，觀其涯度幽遠，搜選詭麗，而竭才以鑽思，故能理贍而辭堅矣。桓譚著論，富號猗頓〔二二〕，宋弘稱薦，爰比相如，而集靈諸賦，偏淺無才，故知長於諷論，不及麗文也。敬通雅好辭説，而坎壈盛世〔二三〕，顯志自序，亦蚌病成珠矣。二班兩劉，弈葉繼采〔二四〕，舊説以爲固文優彪，歆學精向〔二五〕，然王命清辯，新序該練，璿璧産於崑岡，亦難得而踰本矣。傅毅崔駰，光采比肩，瑗寔踵武，能世厥風者矣〔二六〕。杜篤賈逵，亦有聲於文，跡其爲才，崔傅之末流也。李尤賦銘，志慕鴻裁，而才力沈膇，垂翼不飛。馬融鴻儒，思洽識高〔二七〕，吐納經範，華實相扶。王逸博識有功，而絢采無力；延壽繼志，瓌穎獨標，其善圖物寫貌，豈枚乘之遺術歟？張衡通贍，蔡邕精雅，文史彬彬，隔世相望。是則竹柏異心而同貞〔二八〕，金玉殊質而皆寶也。劉向之奏議，旨切而調緩；趙壹之辭賦，意繁而體疎；孔融氣盛於爲筆，禰衡思鋭於爲文。有偏美焉。潘勗憑經以騁才，故絶群於錫命。王朗發憤以託志，亦致美於序銘〔二九〕。然自卿淵已前，多俊才而不課學；雄向已後，頗引書以助文〔三〇〕。此取與之大際，其分不可亂者也。

魏文之才，洋洋清綺，舊談抑之，謂去植千里，然子建思捷而才儁，詩麗而表逸，子桓慮詳而力緩，故不競於先鳴；而樂府清越〔三一〕，典論辯要，迭用短長，亦無懵焉。但俗情抑揚，雷同一響，遂令文帝以位尊減才，思王以勢窘益價，未爲篤論也。仲宣溢才，捷而能密，文多兼善，辭少瑕累，摘其詩賦，則七子之冠冕乎！琳瑀以符檄擅聲，徐幹以賦論標美，劉楨情高以會采，應瑒學優以得文，路粹楊修，頗懷筆記之工；丁儀邯鄲，亦含論述之美。有足算焉。劉劭趙都，能攀於前修；何晏景福，克光於後進；休璉風情，則百壹標其志；吉甫文理，則臨丹成其采；嵇康師心以遣論，阮籍使氣以命詩。殊聲而合響，異翮而同飛。

張華短章，奕奕清暢，其鷦鷯寓意，即韓非之説難也。左思奇才，業深覃思，盡鋭於三都，拔萃於詠史，無遺力矣。潘岳敏給，辭自和暢，鍾美於西征，賈餘於哀誄，非自外也。陸機才欲窺深，辭務索廣〔三二〕，故思能入巧而不制繁；士龍朗練，以識檢亂，故能布采鮮淨，敏於短篇。孫楚綴思，每直置以疏通；摯虞述懷，必循規以温雅。其品藻流别，有條理焉。傅元篇章，義多規鏡；長虞筆奏，世執剛中。並楨幹之實才，非群華之韡萼也。成公子安選賦而時美，夏侯孝若具體而皆微〔三三〕，曹攄清靡於長篇，季鷹辨切於短韻〔三四〕，各其善也。孟陽景陽，才綺而相埒，可謂魯衛之政，兄弟之文也。劉琨雅壯而多風，盧諶情發而理昭，亦遇之於時勢也。景純豔逸，足冠中興〔三五〕，郊賦既穆穆以大觀，仙詩亦飄飄而凌雲矣。庾元規之表奏，靡密以閑暢，温太真之筆記，循理而清通。亦筆端之良工也。孫盛于寶，文勝爲史，準的所擬，志乎典訓，户牖雖異，而筆彩略同。袁宏發軫以高驤，故卓出而多偏；孫綽規旋以矩步，故倫序而寡狀〔三六〕；殷仲文之孤興，謝叔源之閑情，並解散辭體，縹緲浮音。雖滔滔風流，而大澆文意。

宋代逸才，辭翰鱗萃，世近易明，無勞甄序。觀夫後漢才林，可參西京；晉世文苑，足儷鄴都；然而魏時話言，必以元封爲稱首〔三七〕；宋來美談，亦以建安爲口實〔三八〕。何也？豈非崇文之盛世，招才之嘉會哉？嗟夫，此古人所以貴乎時也〔三九〕！

贊曰：才難然乎〔四〇〕，性各異稟。一朝綜文，千年凝錦。餘采徘徊〔四一〕，遺風籍甚〔四二〕。無曰紛雜，皎然可品。

【發義】

才力所稟，識略所具。

夫九代才人，才略異稟。比論文家，覈乎短長，卓裁臻此，分刌不爽。

〔一〕虞夏文章，則有皋陶六德

【集引】

《書·皋陶謨》：「皋陶曰：『都！亦行有九德。……寬而栗，柔而立，願而恭，亂而敬，擾而毅，直而温，簡而廉，剛而塞，強而義。……日嚴祗敬六德，亮采有邦。』」鄭玄曰：「三德，六德者，皆『亂而敬』以下之文。」

【發義】

虞夏之世，尚德有文，皋陶祗敬六德，亮采有邦。

〔二〕夔序八音

【集引】

《書·舜典》：「帝曰：『夔，命汝典樂……八音克諧，無相奪倫。』」《書·益稷》：「夔曰：『戛擊鳴球，搏拊琴瑟以詠，祖考來格。虞賓在位，群后德讓。下管鼗鼓，合止柷敔，笙鏞以間，鳥獸蹌蹌，簫韶九成，鳳皇來儀。』夔曰：『於！予擊石拊石，百獸率舞，庶尹允諧。』」

【發義】

夔乃舜時樂官，善爲典樂，序爲八音。八音者，金、石、絲、竹、匏、土、革、木也。

〔三〕益則有贊

【集引】

《書·大禹謨》：「益贊于禹曰：『惟德動天，無遠弗届。滿招損，謙受益，時乃天道。』」

【發義】

益乃舜之臣，厥贊於禹，明哲而順天道也。

〔四〕商周之世，則仲虺垂誥

〔集引〕

《書·仲虺之誥序》：「湯歸自夏，至於大坰，仲虺作誥。」孔安國傳：「仲虺，臣名，爲湯左相奚仲之後，以諸侯相天子。」

【發義】

成湯放桀於南巢，惟有慚德，恐後世以爲口實，蓋命仲虺垂誥，以昭天下。

〔五〕伊尹敷訓

〔集引〕

《書·伊訓序》：「成湯既歿，太甲元年，伊尹作《伊訓》。」孔穎達疏：「伊尹以太甲承湯之後，恐其不能纂修祖業，作書以戒之。史叙其事作《伊訓》。」

【發義】

伊尹敷訓，惟恐太甲纂業不崇湯德，故作《伊訓》戒之。

〔六〕吉甫之徒，並述詩頌

〔集引〕

《詩·大雅·烝民》：「吉甫作誦，穆如清風。仲山甫永懷，以慰其心。」

【發義】

《毛詩序》，《公劉》《泂酌》《卷阿》皆召康公戒成王而作；《雲漢》爲仍叔美宣王而作；《常武》爲召穆公美宣王而作；《駉》爲史克頌魯僖公而作。除此所列，尚有益以刺詩等，詩頌作者侈也。蓋吉甫之徒，非指一人也。

〔雍案〕

吉甫，乃周宣王大臣，善爲詩頌，所作《崧高》《烝民》《韓奕》《江漢》見於《詩·大雅》。

〔七〕薳敖擇楚國之令典

〔集引〕

《左傳·宣公十二年》：「隨武子曰：『蔿敖爲宰，擇楚國之令典。』」

【發義】

蔿敖爲宰，擇楚國之令典，百官象物而動，軍政不戒而備，能用典矣。蔿敖即蔿艾獵，孫叔敖也。

〔雍案〕

敖，黄叔琳校云：「元作『教』，曹改。」徐𤊹校「敖」。楊明照《校注》云：「按何本、訓故本、謝鈔本正作『敖』，曹改徐校是也。」薳，姓也。《左傳·昭公十一年》：「僖子使助薳氏之簉。」陸德明《釋文》：「本又作『蔿』。」李富孫《異文釋》卷一：「《桓（公）六年傳》：『使薳章求成焉。』《潛夫論·志氏姓》作蔿章。《昭（公）五年傳》：『薳啟疆。』《文選·顔延之〈釋奠〉》注引作蔿。謝朓《郡内登望》注、《和伏武昌（登孫權故城）》注，引同。」《左傳·宣公十二年》：「……蔿敖爲宰，擇楚國之令典。」蓋舍人語本此。

〔八〕隨會講晉國之禮法

〔集引〕

《左傳·宣公十六年》：「晉侯使士會平王室，定王享之。原襄公相禮。殽烝。武子私問其故。王聞之，召武子曰：『季氏，而弗聞乎？王享有體薦，宴有折俎，公當享，卿當宴，王室之禮也。』武子歸而講求典禮，以修晉國之法。」

【發義】

隨會乃晉國大夫，格於禮文，講究晉國之典禮法度。

〔九〕趙衰以文勝從饗

〖集引〗

《左傳·僖公二十三年》：「（秦穆）公享之（晉公子重耳）。子犯曰：『吾不如衰之文也，請使衰從。』公子賦《河水》，公賦《六月》。趙衰曰：『重耳拜賜。』公子降拜，稽首。公降一級而辭焉。衰曰：『君稱所以佐天子者命重耳，重耳敢不拜？』」

【發義】

趙衰熟禮儀之故，蓋以文勝從重耳赴宴。

〖雍案〗

衰，黄叔琳校云：「元作『襄』，曹改。」徐𤊹校「衰」。楊明照《校注》云：「按曹改徐校是。何本、訓故本、謝鈔本正作『衰』。」按楊説是。趙衰，即趙成子。嬴姓，趙氏，字子余，一曰子餘，謚號曰「成季」。亦稱孟子余。衰乃趙國君主之祖，晉文公大夫，造父後代。

〔一〇〕國僑以修辭扞鄭

〔**集引**〕

《陸士龍文集·晉故散騎常侍陸府君誄》：「國僑殞鄭，邦無竽笙。」《易·乾》：「修辭立其誠，所以居業也。」

【**發義**】

春秋鄭大夫公孫僑，字子產。襄公二十五年，鄭國攻入陳，晉國來問，子產善措其辭，答而捍衛鄭焉。

〔**雍案**〕

扞，又作「捍」。《史記·游俠列傳》：「雖時扞當世之文罔。」司馬貞《索隱》：「扞，即捍也。」《說文·手部》段玉裁注：「扞，字亦作捍。」《集韻·翰韻》：「扞，或作捍。」《慧琳音義》卷二十三引《慧苑音義》「禦扞」注：「扞字《聲類》作捍。」

〔一一〕子太叔美秀而文，公孫揮善於辭令

〔集引〕

《左傳·襄公三十一年》：「子産之從政也，擇能而使之。馮簡子能斷大事，子太叔美秀而文，公孫揮能知四國之爲，而辨其大夫之族姓、班位、貴賤、能否，而尤善爲辭令。」

【發義】

子太叔、公孫揮皆鄭之大夫。子太叔俊秀而具文采，公孫揮能辯而善爲辭令。

〔雍案〕

揮，元本、弘治本、活字本、汪本、佘本、張本、兩京本、何本、胡本、訓故本、梅本、凌本、合刻本、梁本、祕書本、謝鈔本、彙編本、清謹軒本、尚古本、岡本、文津本、王本、張松孫本、鄭藏鈔本、崇文本並作「翬」。《文通》引同。馮舒云：「『翬』，當作『揮』。」何焯改「揮」。文溯本剜改爲「揮」。楊明照《校注》云：「按公孫揮字子羽，見《左傳·襄公二十四年》則本是『翬』字。古人立字，展名取同義。子羽名翬，猶羽父之名翬也。黄本依馮、何校徑改爲『揮』，蓋據《左傳·襄公三十一年》原文黄、范兩家注已具文耳。」《左傳·襄公三十一年》：「子産之從政也，擇能而使之。馮簡子能斷大事，子太叔美秀而文，公孫揮能知四國之爲，而辨其大夫之族姓、班位、貴賤、能否，而尤善爲辭令。」《論

語・憲問》：「行人子羽修飾之。」何晏《集解》：「子羽，公孫揮。」劉寶楠《正義》：「『揮』與『翬』同。」《廣雅・釋詁三》：「翬，飛也。」王念孫《疏證》：「春秋魯公子翬、鄭公孫揮皆子羽，『揮』與『翬』通。」《後漢書・馬融列傳》：「翬終葵。」李賢注：「翬，亦『揮』也。」《廣雅・釋詁一》：「揮，動也。」王念孫《疏證》：「『揮』『翬』『徽』並同義。」《左氏春秋・隱公四年》：「翬帥師會宋公。」李富孫《異文釋》：「魯世家翬作揮。」蓋「揮」即「翬」也，無煩改也。

〔一一二〕屈宋以楚辭發采

〔**集引**〕

《漢書・嚴朱吾丘主父徐嚴終王賈傳》：「召見，說《春秋》，言《楚詞》，帝甚說之。」

【**發義**】

屈、宋才具異稟，蘊其鴻裁，以楚辭發采。

〔**雍案**〕

「楚辭」之名，西漢初已有之。然集部之目，乃西漢劉向所輯，計十六篇。東漢王逸將自作《九思》及班固兩《叙》，分章加注成《楚辭章句》十七卷。宋洪興祖作《補注》。朱熹作《集注》八卷，《辨證》二卷，《後語》六卷。其他注釋者甚多。

〔一三〕 樂毅報書辨以義

〔集引〕

《史記·樂毅列傳》：「燕惠王後悔使騎劫代樂毅，以故破軍亡將失齊；又怨樂毅之降趙，恐趙用樂毅而乘燕之獘以伐燕。燕惠王乃使人讓樂毅。」

【發義】

毅爲燕昭王破齊，獨莒、即墨未服。昭王死，惠王即位，齊之田單聞之，乃縱反間於燕曰：「齊兩城不下者，聞樂毅與燕新王有隙，欲連兵且留齊。」惠王乃使騎劫代將，而召樂毅。樂毅畏誅，遂西降趙。惠王使人讓之，毅報以書，辨以義。

〔一四〕 則揚班儔矣

〔集引〕

《文選·典論·論文》：「及其所善，揚、班儔也。」

【發義】

揚、班才稟，俱以賦名而儔。

〔一五〕**漢室陸賈，首發奇采，賦孟春而選典誥**

〔**集引**〕

《書·五子之歌》：「有典有則，貽厥子孫。」孔安國傳：「典，謂經籍。」

【**發義**】

陸賈之《孟春》賦，首發奇采，選言於經書典籍。

〔一六〕**賈誼才穎，陵軼飛兔**

〔**集引**〕

《魯連子》：「（田）巴謂徐劫曰：『先生（魯仲連）乃飛兔也，豈直千里駒！』」《呂氏春秋·離俗覽》：「飛兔、要裹，古之駿馬也。」高誘注：「飛兔、要裹，皆馬名也。日行萬里，馳若兔之飛，故以爲名也。」

【**發義**】

賈誼才高穎脱，超越千里之駒。

〔一七〕相如好書

〔集引〕

《史記・司馬相如列傳》：「少時，好讀書。」

【發義】

相如好書，蓋博涉見諸其賦。

〔一八〕致名辭宗

〔集引〕

《漢書・叙傳下》：「蔚爲辭宗，賦頌之首。」

【發義】

才賦致名，蔚爲辭宗。

〔一九〕然覆取精意

〔集引〕

《文選・張衡〈西京賦〉》：「化俗之本，有與推移，何以覈諸。」

【發義】

然考諸以取其精意。

〔雍案〕

覆，徐㘸校作「覈」。范文瀾云：「『覆』疑當作『覈』。」楊明照《校注》云：「按『覈』字是。清謹軒本正作『覈』。《銘箴篇》『其取事也必覈以辨』，元本、弘治本、活字本、汪本等亦誤『覈』爲『覆』，與此同。」「覈」字是。《説文・襾部》：「覈，實也，考事襾笮，邀遮其辤，得實曰覈。从襾，敫聲。」《説文繫傳・襾部》：「覈，笮邀遮其辭，得實曰『覈』也。」段玉裁注：「言考事者定於一是，必使其上下四方之辭皆不得逞，而後得其實，是謂覈。此所謂咨於故實也，所謂實事求是也。」《慧琳音義》卷九一「研覈」注引《文字典説》云：「覈，考事得實也，敫遮其辭得實覈也。」按《文選・張衡〈西京賦〉》：「化俗之本，有與推移，何以覈諸。」

〔二〇〕理不勝辭

【集引】

《典論·論文》：「然不能持論，理不勝辭。」張銑注：「言文美理弱也。」

【發義】

不能持論，蓋理弱不勝文辭也。

〔二一〕子雲屬意，辭人最深

【集引】

《文選·劉琨〈答盧諶詩並書〉》：「不復屬意於文。」李善注引鄭玄《儀禮》注曰：「屬，綴也。」

【發義】

子雲屬意，才麗思密，辭義最深。

【雍案】

人，黃叔琳校云：「疑誤。」范文瀾云：「『人』當作『義』，俗寫致訛。」劉永濟云：「按『人』

乃『采』之誤。」楊明照《校注》云：「按范說是。《漢書・揚雄傳〈贊〉》：『今揚子之書，文義至深。』可證此文『人』字確爲『義』之誤。『辭義最深』，即『文義至深』也。」范、楊之說是也。義，俗字作「义」，形近而譌也。

〔一二一〕桓譚著論，富號猗頓

〖集引〗

《淮南子・氾論訓》高誘注：「猗頓，魯之富人。」《孔叢子・陳士義》：「猗頓，魯之窮士也。耕則常飢，桑則長寒。聞陶朱公富，往而問術焉。朱公告之曰：『子欲速富，當畜五牸。』於是乃適西河，大畜牛羊於猗氏之南。十年之間，其滋息不可計。貲擬王公，馳名天下。以興富於猗氏，故曰猗頓。」

【發義】

桓譚徧習五經，著論宏博，蓋富號猗頓。

〔一二三〕**而坎壈盛世**

〔**集引**〕

《楚辭·劉向〈九歎·怨思〉》：「志坎壈而不違。」王逸注：「坎壈，不遇貌也。」

【**發義**】

敬通不遇盛世，而顯志自序於文。

〔一二四〕**弈葉繼采**

〔**集引**〕

三國魏曹植《曹子建集·王仲宣誄》：「伊君顯考，奕葉佐時。」

【**發義**】

文采累世相繼。

〔**雍案**〕

楊明照《校注》云：「按『弈』字誤，當依各本改作『奕』。」三國魏曹植《曹子建集·王仲宣誄》：「伊君顯考，奕葉佐時。」《文選·潘岳〈楊仲武誄〉》：「奕葉熙隆。」呂延濟注：「奕，累也。」《資治通鑑·陳紀》：「梁主奕葉委誠朝廷。」胡三省注：「奕，累也。」

〔二五〕歆學精向

【集引】

《御覽》引《傅子》：「或問劉歆、劉向孰賢？傅子曰：『向才學俗而志忠，歆才學通而行邪。』」

【發義】

劉歆才學通博，而精於劉向之俗。

〔二六〕瑗實踵武，能世厥風者矣

【集引】

《文選·司馬相如〈封禪文〉》：「率邇者踵武。」李善注引《漢書音義》曰：「率，循也。邇，近也。踵，蹈也。武，迹也。」《史記·司馬相如列傳》司馬貞《索隱》：「言循覽近代之事，則繼跡可知也。」《楚辭・離騷》：「忽奔走以先後兮，及前王之踵武。」王逸注：「踵，繼也。武，跡也。」《漢書・賈誼傳》：「賈嘉最好學，世其家。」《荀子・彊國》：「有天下者之世也。」楊倞注：「世，謂繼也。」《書・皋陶謨》：「允迪厥德。」孔安國傳：「厥，其也。」

【發義】

崔瑗繼跡，能繼承其風者也。

〔二七〕馬融鴻儒，思洽識高

【集引】

漢王充《論衡・本性》：「自孟子以下至劉子政，鴻儒博生，聞見多矣。」又《論衡・超奇》：「故夫能説一經者爲儒生，博覽古今者爲通人，采掇傳書以上書奏記者爲文人，能精思著文連結篇章者爲鴻儒。」

【發義】

融乃博學之士，文思博洽，見識高卓，吐納經範，善於辭賦，允登高之才。

〔雍案〕

識，黃叔琳校云：「一作『登』。」天啟梅本改「識」。何焯校同。楊明照《校注》云：「按元本、弘治本、活字本、汪本、佘本、張本、兩京本、王批本、何本、胡本、訓故本、萬曆梅本、凌本、合刻本、梁本、祕書本、謝鈔本、彙編本、尚古本、岡本、崇文本並作『登』，原非誤字；黄氏從梅、何校改作『識』，非是。其餘各本已從天啟梅本作「識」『思洽登高』，蓋謂其善於辭賦也。「登高能賦」，見《詩・鄘風・定之方中》毛傳及《漢志》。《韓詩外傳》七：「孔子曰：『君子登高必賦。』」《范書本傳》所叙季長撰述，即以賦爲稱首；今存者尚有《琴賦》《長笛賦》《圍棊賦》《樗蒲賦》《龍虎賦》等篇。見嚴輯《全後漢文》卷十八（其中有不全者）而《長笛》一賦，且登選樓。是季長所作，以賦爲優，故云『思洽登高』。本篇評論作者，皆就其最擅長者言。若作『識高』，則空無所指矣。何況『登』與『識』之形音俱不近，焉能致誤？《出三藏記集・齊竟陵王世子撫軍巴陵王法集序》：『雅好辭賦，允登高之才。』《南齊書・文學傳〈論〉》：『卿、雲巨麗，升堂冠冕；張、左恢廓，登高不繼。』亦並以『登高』二字指賦。《詮賦篇》亦有「原夫登高之旨」語」楊説是也。

〔一一八〕是則竹柏異心而同貞

【集引】

《楚辭・東方朔〈七諫・初放〉》：「若竹柏之異心。」王逸注：「竹心空……柏心實。」

【發義】

竹柏雖異心，然俱貞直而耐寒不凋。

〔二九〕王朗發憤以託志，亦致美於序銘

〔集引〕

《銘箴篇》：「至於王朗雜箴，乃置巾履，得其戒慎，而失其所施。觀其約文舉要，憲章戒銘，而水火井竈，繁辭不已，志有偏也。」《三國志·魏書·王朗傳》：「朗著《易》《春秋》《孝經》《周官》傳奏議論記，咸傳於世。」

【發義】

王朗勤奮以寄託志向，蓋亦致美於序銘。

〔三〇〕然自卿淵已前，多俊才而不課學；雄向已後，頗引書以助文

〔集引〕

《史通·雜説下》：「昔劉勰有云：『自卿、淵已前，多役才而不課學；向、雄以後，頗引書以

助文。』」

【發義】

自司馬相如（長卿）、王褒（子淵）以前，多驅使文才而不考究學問；揚雄、劉向以後，多引用書典以助寫作文章。

〔雍案〕

楊明照《校注》云：「按『俊』字於義不屬，當是『役』之形誤。《左傳·成公二年》『以役王命』杜注：『役，事也。』此當作『役』而訓爲事。《史通·雜説下篇》：『昔劉勰有云：「自卿、淵已前，多役才而不課學；向、雄以後，頗引書以助文。」』是所見本未誤。」楊説是。《大戴禮記·曾子天圓》：「所以役於聖人也。」

〔三二〕而樂府清越

〔集引〕

唐韓愈《韓昌黎集·送文暢師北遊》詩：「出其囊中文，滿聽實清越。」

【發義】

而樂府之制，高超出衆。

〔三二〕陸機才欲窺深，辭務索廣

〔集引〕

《文賦》：「言恢之而彌廣，思按之而逾深。」

【發義】

陸機才思欲求窺深微，文辭務求探尋寬闊。

〔三三〕夏侯孝若具體而皆微

〔集引〕

《孟子·公孫丑上》：「子貢曰：『……昔者竊聞之：子夏、子游、子張皆有聖人之一體，冉牛、閔子、顏淵則具體而微。』」朱熹《集注》：「一體，猶一肢也。具體而微，謂有其全體，但未廣大耳。」

【發義】

厥賦篇章雖短，名目繁縟，歷代賦家微出其由，蓋云具體而皆微。

〔三四〕季鷹辨切於短韻

〔集引〕

《世説新語·識鑒》劉孝標注引《文士傳》：「張翰，字季鷹，有清才美望，博學，善屬文。造次立成，辭義清新。」

【發義】

《全晉詩》卷四輯翰（季鷹）詩五題，皆短韻。

〔三五〕景純豔逸，足冠中興

〔集引〕

《太平廣記》卷十三「郭璞」條引李弘範《翰林明道論》：「景純善於遥寄，綴文之士，皆同宗之。」《詩品》：「晉弘農太守郭璞，憲章潘岳，文體相輝，彪炳可翫，始變永嘉平淡之體，故稱中興第一。」

【發義】

郭璞善於遥寄，辭采艷麗，才華卓越，足以冠出中興之世。

〔三六〕**孫綽規旋以矩步，故倫序而寡狀**

〔**集引**〕

《文館詞林》輯綽詩云：「規旋矩步，倫序寡狀。」

【**發義**】

孫綽循規而不踰矩，故其文條理次序缺少模狀。

〔**雍案**〕

「狀」乃「壯」之譌。

〔三七〕**然而魏時話言，必以元封爲稱首**

〔**集引**〕

《詩·大雅·抑》：「告之話言。」毛萇傳：「話言，古之善言也。」《左傳·文公六年》：「著之話言。」杜預注：「話，善也。」《文選·司馬相如〈封禪文〉》：「前聖所以永保鴻名而常爲稱首者，用此。」吕向注：「言古先聖帝明王所以長保大名爲王者之首者，用此道也。」

【發義】然而魏時善言，必以長保大名稱首者，而循於古道也。

〔三八〕宋來美談，亦以建安爲口實

【集引】《公羊傳·閔公二年》：「魯人至今以爲美談。」《三國志·蜀書·諸葛亮傳》：「其秋病卒，黎庶追思，以爲口實。」《文心雕龍·時序》：「自獻帝播遷，文學蓬轉，建安之末，區宇方輯。魏武以相王之尊，雅愛詩章；文帝以副君之重，妙善辭賦；陳思以公子之豪，下筆琳瑯。並體貌英逸，故俊才雲蒸。仲宣委質於漢南，孔璋歸命於河北，偉長從宦於青土，公幹狥質於海隅，德璉綜其斐然之思，元瑜展其翩翩之樂，文蔚休伯之儔，于叔德祖之侶，傲雅觴豆之前，雍容衽席之上，灑筆以成酣歌，和墨以藉談笑。」

【發義】宋來文會美談，亦以建安事宜爲談笑資料。

〔三九〕此古人所以貴乎時也

〔集引〕

《荀子·宥坐》：「夫遇不遇者，時也。」

【發義】

古人貴乎遇不遇者，所以重視時機也。

〔四〇〕才難然乎

〔集引〕

《論語·泰伯》：「孔子曰：『才難！不其然乎？』」何晏注：「人才難得，豈不然乎？」

【發義】

人之才性相懸，異乎跛鼈驥足。駿發千里，在乎駿足。才難，乃謂稟賦所難矣。

〔四一〕餘采徘徊

〔集引〕

《文選·張衡〈南都賦〉》：「流風徘徊。」

【發義】

文之有采，蓋徘徊於世，流傳不絶矣。

〔四二〕遺風籍甚

〔集引〕

《漢書·酈陸朱劉叔孫傳》：「賈以此遊漢廷公卿間，名聲籍甚。」《文選·王儉〈褚淵碑文〉》：「光昭諸侯，風流籍甚。」劉良注：「籍甚，言多也。」

【發義】

所遺聲響盛大焉。

〔雍案〕

籍，張本作「藉」。楊明照《校注》云：「按《史記·陸賈傳》：『陸生遊漢廷公卿間，名聲藉盛。」《漢書》作『籍甚』。是『藉』『籍』本通。然以《論説篇》『雖復陸賈籍甚』證之，則此亦當作『籍』，前後始能一律。」《説文·竹部》朱駿聲《通訓定聲》：「籍，叚借爲『藉』。」《墨子·魯問》：「籍設而親在百里之外。」孫詒讓《閒詁》：「籍，亦『藉』之叚字。」「籍而以爲得一升粟。」孫詒讓《閒詁》引畢沅云：「籍，『藉』字假音。」《史通·雜説中》：「必藉多聞以成博識。」浦起龍《通釋》：「（籍），通藉。」

知音第四十八

知音其難哉〔一〕！音實難知，知實難逢，逢其知音，千載其一乎〔二〕！夫古來知音，多賤同而思古〔三〕，所謂日進前而不御，遥聞聲而相思也〔四〕。昔儲説始出，子虚初成〔五〕，秦皇漢武，恨不同時〔六〕；既同時矣，則韓囚而馬輕，豈不明鑒同時之賤哉！至於班固傅毅，文在伯仲，而固嗤毅云：「下筆不能自休〔七〕。」及陳思論才，亦深排孔璋〔八〕；敬禮請潤色，歎以爲美談；季緒好詆訶，方之於田巴，意亦見矣。故魏文稱文人相輕，非虚談也〔九〕。至如君卿脣舌，而謬欲論文，乃稱史遷著書，諮東方朔，於是桓譚之徒，相顧嗤笑，彼實博徒，輕言負誚，況乎文士，可妄談哉！故鑒照洞明，而貴古賤今者，二主是也；才實鴻懿，而崇己抑人者，班曹是也；學不逮文，而信僞迷真者，樓護是也〔一〇〕。醬瓿之議，豈多歎哉〔一一〕！

夫麟鳳與麏雉懸絶，珠玉與礫石超殊，白日垂其照〔一二〕，青眸寫其形〔一三〕。然魯臣以麟爲麏〔一四〕，楚人以雉爲鳳〔一五〕，魏氏以夜光爲怪石〔一六〕，宋客以燕礫爲寶珠〔一七〕。形器易徵，謬乃若是；文情難鑒，誰曰易分？夫篇章雜沓，質文交加，知多偏好，人莫圓該。慷慨者逆聲而擊節，醞藉者見密而高蹈〔一八〕，浮慧者觀綺而躍心，愛奇者聞詭而驚聽。會己則嗟諷，異我則沮棄〔一九〕，各執一隅之解，欲擬萬端之變。所謂東向而望，不見西牆也〔二〇〕。

凡操千曲而後曉聲〔二一〕，觀千劍而後識器〔二二〕；故圓照之象，務先博觀〔二三〕。閱喬岳以形培塿〔二四〕，酌滄波以喻畎澮〔二五〕，無私於輕重〔二六〕，不偏於憎愛，然後能平理若衡，照辭如鏡矣〔二七〕。是以將閱文情，先標六觀：一觀位體，二觀置辭，三觀通變，四觀奇正，五觀事義，六觀宮商。斯術既形〔二八〕，則優劣見矣。

夫綴文者情動而辭發，觀文者披文以入情，沿波討源〔二九〕，雖幽必顯。世遠莫見其面，覘文輒見其心。豈成篇之足深，患識照之自淺耳。夫志在山水，琴表其情〔三〇〕，況形之筆端，理將焉匿。故心之照理，譬目之照形，目瞭則形無不分，心敏則理無不達。然而俗監之迷者，深廢淺售，此莊周所以笑折楊〔三一〕，宋玉所以傷白雪也〔三二〕。昔屈平有言：文質疎内，衆不知余之異采〔三三〕。見異唯知音耳。揚雄自稱心好沈博絶麗之文〔三四〕，其事浮淺，亦可知矣。夫唯深識鑒奥，必歡然内懌〔三五〕，譬春臺之熙衆人，樂餌之止過客〔三六〕。蓋聞蘭爲國香，服媚彌芬〔三七〕；書亦國華，翫澤方美〔三八〕。知音君子，其垂意焉。

贊曰：洪鍾萬鈞，夔曠所定〔三九〕。良書盈篋，妙鑒迺訂〔四〇〕。流鄭淫人，無或失聽〔四一〕。獨有此律，不謬蹊徑。

【發義】

知實難遇，音實難知。

賤近貴遠，所以遺目；崇己輕人，所以異心。淺會難知，深識難逢。默契在乎博觀，神遇得乎精識。

〔一〕知音其難哉

〔集引〕

《三國志·魏書·王粲傳》附吴質注引《魏略·曹丕〈與吴質書〉》：「昔伯牙絶絃於鍾期，仲尼覆醢於子路，痛知音之難遇，傷門人之莫逮。」

【發義】

夫知人匪易，知己尤難矣。無遺於目，有契於心，知音也。

〔二〕**逢其知音，千載其一乎**

〔**集引**〕

《漢書·嚴朱吾丘主父徐嚴終王賈傳》：「（聖主得賢臣頌）上下俱欲，驩然交欣，千載壹合（《文選》作「一會」），論說無疑。」《文選·王褒〈四子講德論〉》：「夫特達而相知者，千載之一遇也。」又袁宏《三國名臣序贊》：「千載一遇，賢智之嘉會。」李善注：「《東觀漢記》太史官曰：『……忠孝之策，千載一遇也。』」

【**發義**】

蓋知者難遇，求諸千載，萬不得一遇乎！

〔三〕**夫古來知音，多賤同而思古**

〔**集引**〕

《抱朴子外篇·廣譬》：「貴遠而賤近者，常人之情也。信耳而遺目者，古今之所患也。」

【**發義**】

夫賤同時者，多相遺目。思古追遠，仿佛玄應神通。

〔四〕所謂日進前而不御，遥聞聲而相思也

〔集引〕

《鬼谷子·内揵》：「君臣上下之事，有遠而親，近而疏，就之不用，去之反求，日進前而不御，遥聞聲而相思。……日進前而不御者，施不合也；遥聞聲而相思者，合於謀待決事也。」

【發義】

此所謂日進於前，而不信用；求諸其遠，聞聲而起相思也。

〔五〕昔儲説始出，子虛初成

〔集引〕

《史記·韓非傳》：「非作《孤憤》《五蠹》《内外儲》《説林》《説難》十餘萬言。秦王見其書曰：『寡人得見此人，與之遊，死不恨矣。』因急攻韓，韓迺遣非使秦。李斯、姚賈害之，下吏治非。」漢司馬相如假託子虛、烏有先生、亡是公三人爲辭，作《子虛賦》。文見《史記》《漢書》本傳及《文選》。

【發義】

《韓非子》篇名有《内儲説》《外儲説》。司馬相如假託子虛、烏有先生、亡是公三人爲辭，作《子虛賦》。

〔疏案〕

儲者，聚也，聚其所説以爲君之内謀，明君執術以制臣下，利在己，故曰内也。而明君觀聽臣下之言，以斷其賞罰。賞罰在彼，故曰外也。

〔六〕秦皇漢武，恨不同時

〔集引〕

《説文·心部》：「恨，怨也。」

【發義】

秦皇歎息於韓非子書，而想其爲人；漢武慷慨於相如之文，而恨不同世。及既得之，終不能拔，或納讒而誅之，或放之乎冗散。彥和引此，明鑒同時之賤也。

〔七〕而固嗤毅云：下筆不能自休

〔集引〕

魏文帝《典論》：「傅毅之於班固，伯仲之間耳，而固小之。《與弟超書》曰：『武仲以能屬文爲蘭臺令史，下筆不能自休。』」

【發義】

傅毅善屬文，章帝時，與班固、賈逵等同校内府藏書。毅爲蘭臺令史，下筆不能自休，蓋班固嗤笑焉。

〔八〕及陳思論才，亦深排孔璋

〔集引〕

《陳思王集·與楊德祖書》：「以孔璋之才，不閑於辭賦，而多自謂能與司馬長卿同風。譬畫虎不成反爲狗者也。……昔丁敬禮嘗作小文，使僕潤色之。僕自以才不過若人，辭不爲也。敬禮謂僕：『卿何所疑難？文之佳惡，吾自得之，後世誰相知定吾文者耶？』吾嘗歎此達言，以爲美談。……劉季緒才不逮於作者，而好詆訶文章，掎摭利病。昔田巴毀五帝，罪三王，呰五霸於稷下，一旦而服千人。魯連一説，使終身杜口。劉生之辯，未若田氏，今之仲連，求之不難，可無歎息乎！」

【發義】

孔璋閑於辭賦，以司馬相如自喻，爲曹植深厭排抵。

〔九〕**故魏文稱文人相輕，非虚談也**

〔**集引**〕

魏文帝《典論》：「文人相輕，自古而然。」

【發義】

崇己輕人，文人習尚，由來已久。

〔一〇〕**而信僞迷真者，樓護是也**

〔**集引**〕

《漢書·游俠傳》：「（護）與谷永（子雲）俱爲五侯（譚、商、立、根、時）上客，長安號曰：

『谷子雲筆札，樓君卿脣舌。』」

【發義】

樓護機智而有辯才，乃其耽溺方術經傳使然。

〔一一〕**醬瓿之議，豈多歎哉**

〔集引〕

《漢書·揚雄傳〈贊〉》：「而鉅鹿侯芭常從雄居，受其《太玄》《法言》焉。劉歆亦嘗觀之，謂雄曰：『空自苦？今學者有禄利，然尚不能明《易》，又如《玄》何？吾恐後人用覆醬瓿也。』」顏師古注：「瓿，音部，小甖也。」

【發義】

覆瓿之議，謙言己作之賤，豈多歎哉！

〔一二〕**白日垂其照**

〔集引〕

《中論·治學》：「譬如寶在於玄室，有所求而不見。白日照焉，則群物斯辨矣。」

【發義】

白日垂照，可辨群物。

〔一三〕**青眸寫其形**

〔集引〕

《孟子·離婁上》：「存乎人者，莫良於眸子。」趙岐注：「眸子，瞳子也。」《荀子·大略》：「眸而見之也。」楊倞注：「眸，謂以眸子審視之也。」《廣雅·釋詁一》：「寫，盡也。」

【發義】

青眸盡其所見之形。

〔一四〕**然魯臣以麟爲麏**

〔集引〕

《公羊傳·哀公十四年》：「春，西狩獲麟。……有以告者，曰：『有麏而角者。』」何休注：「（麟）狀如麏，一角而戴肉。」陸德明《釋文》：「有麏，本又作麇，亦作麕。皆九倫反。麏也。」

《孔叢子·記問》：「叔孫氏之車卒曰：『子鉏商，樵於野而獲獸焉。衆莫之識，以爲不祥，棄之於五父之衢。』冉有告夫子，曰：『有麕而肉角，豈天之妖乎？』夫子曰：『今何在？吾將觀焉。』遂往，謂其御高柴曰：『若求之言，其必麟乎？』到視之，果信。」

【發義】

魯臣以麟爲麕，乃不識寶物耳。嗚呼！草没駿足，椒遺麟角，道何不窮哉！

〔一五〕楚人以雉爲鳳

〔集引〕

《尹文子·大道上》：「楚有擔山雉者，路人問：『何鳥也？』擔雉者欺之曰：『鳳凰也。』……請買十金……將欲獻楚王，經宿而鳥死。」

【發義】

楚人以雉爲鳳，乃不識鳳爲何物也。

〔一六〕魏氏以夜光爲怪石

〔集引〕

《尹文子·大道上》：「魏田父……得寶玉徑尺，弗知其玉也，以告鄰人。鄰人陰欲圖之，謂之曰：『怪石也。畜之弗利其家。』田父雖疑，猶豫以歸。置於廡下，其夜玉明光照一室，田父大怖……遽而棄之於遠野。」

【發義】

田父得玉以爲怪石，懼而棄之於野，乃不辨於真假焉。

〔雍案〕

氏，凌本、天啟梅本、祕書本、張松孫本作「民」。楊明照《校注》云：「按以上下文例之，『民』字是。《尹文子·大道下篇》所謂魏之田父原文黄、范兩家注已具者也。此稱『魏民』，猶《頌讚篇》之稱『魯民』然。」《詩·魏譜》鄭玄箋：「魏者，虞舜、夏禹所都之地。」

〔一七〕宋客以燕礫爲寶珠

〔集引〕

《藝文類聚》卷六引《闞子》：「宋之愚人得燕石於梧臺之東，歸而藏之以爲寶。周客聞而觀焉，掩口而笑曰：『與瓦礫不殊。』」

【發義】

宋客以瓦礫爲寶珠，蓋爲人譏笑也。

〔一八〕醞藉者見密而高蹈

〔集引〕

《列子·湯問》：「師襄乃撫心高蹈曰：『微矣，子之彈也。』」《文選·成綏〈嘯賦〉》：「狹世路之阨僻，仰天衢而高蹈。」

【發義】

蘊藉者見於細緻，爲之高興而舉足頓地。

〔雍案〕

藉，覆刻黄本、芸香堂本、翰墨園本、思賢講舍本作「籍」。楊明照《校注》云：「按『籍』字非是。已詳《定勢篇》『類乏醞藉』條。」此楊氏未訓也。藉，古與「籍」通。《漢書·酷吏傳》：「治敢往，少温籍。」《史記》作「藴藉」。《墨子·號令》：「人舉而藉之。」孫詒讓《閒詁》：「藉，與『籍』通。」《列子·仲尼》：「而爲牢藉。」殷敬順《釋文》：「藉，本作『籍』。」李富孫《春秋左傳異文釋》卷五：「《左傳·昭（公）十八年》：『鄅人藉稻。』《説文·邑部》引作『籍稻』。」《文選·袁淑〈効曹子建樂府白馬篇〉》：「藉藉關外來。」舊校：「藉，善作『籍』。」杜甫《同李太守登歷下古城員外新亭》：「跡籍臺觀舊。」仇兆鰲《詳注》引《韻會》：「古『籍』字與『藉』通。」《史通·雜説中》：「必籍多聞以成博識。」浦起龍《通釋》：「（籍），通『藉』。」《説文·竹部》朱駿聲《通訓定聲》：「籍，叚借爲『藉』。」《墨子·魯問》：「籍設而親在百里之外。」孫詒讓《閒詁》引畢沅云：「籍，亦『藉』之叚字。」《韓非子·八經》：「取資乎衆，籍信乎辯。」王先慎《集解》：「籍，讀爲藉。」

〔一九〕會己則嗟諷，異我則沮棄

〔集引〕

《莊子·在宥》：「世俗之人，皆喜人之同乎己，而惡人之異於己也。」《文子·道德》：「天下是非無所定，世各是其所善而非其所惡。夫求是者非求道理也。求合於己者也。」《淮南子・齊俗訓》：「天下是非無所定，世各是其所是，而非其所非。所謂是與非各異，皆自是而非人。」《抱朴子外篇・辭義》：「近人之情，愛同憎異，貴乎合己，賤於殊途。」

【發義】

合乎己則贊歎誦讚，異乎我則沮格抛棄。

〔二一〇〕所謂東向而望，不見西牆也

〔集引〕

《呂氏春秋・去尤》：「世之聽者，多有所尤。……其要必因人所喜，與因人所惡。東面望者，不見西牆。」《淮南子・氾論訓》：「故東面而望，不見西牆。」

【發義】

世之視聽者，因人之喜惡而望，蓋多背視而不見者。

〔一二一〕凡操千曲而後曉聲

【集引】

《御覽》引桓譚《新論》：「成少伯工吹竽，見安昌侯張子夏鼓瑟，謂曰：『音不過千曲以上，不足以爲知音。』」

【發義】

蓋音不過千曲以上，不知其音之所託也，何足以爲曉其音者？

〔一二二〕觀千劍而後識器

【集引】

《書鈔》引桓譚《新論》：「余少好文，見揚子雲賦頌，欲從學。子雲曰：『能讀千賦，則善之矣。』」又（《書鈔》引：「君大素曉習萬劍之名，凡器但遥觀而知，不須手持熟察。言能觀千劍，則曉知之。」《意林》引曰：「揚子雲工於賦，王君大習兵器。余欲從二子學。子雲曰：『能讀千賦則善賦。』君大曰：『能觀千劍則曉劍。』」

【發義】

蓋習觀於物千遍以上，而自識其器之用也。

〔一三〕**故圓照之象，務先博觀**

〔集引〕

詹鍈《義證》：「『圓照』，謂靈覺圓融澈照。『圓』指圓滿無缺，『照』指洞照内外，瑩澈無隔。」

【發義】

性體周徧曰圓，洞照内外，靈覺圓融，務先博以所觀。

〔一四〕**閲喬岳以形培塿**

〔集引〕

《文選·曹植〈七啟〉》：「喬岳無巢居之民。」吕延濟注：「喬岳，高山也。」《風俗通義·山澤》：「（培）謹按《春秋左氏傳》：『培塿無松柏』，言其卑小。」

【發義】

見其高以形其卑也。

〔二二五〕酌滄波以喻畎澮

〔集引〕

《書・益稷》：「濬畎澮距川。」《爾雅・釋水》：「注溝曰澮。」

【發義】

酌其大以喻其小也。

〔雍案〕

澮，元本、弘治本、活字本、汪本、佘本、張本、兩京本、胡本並作「璯」。王批本作「浍」。楊明照《校注》云：「按『璯』，字書所無，當以作『澮』爲是。《爾雅・釋水》：『注溝曰澮。』《釋名・釋水》：『注溝曰澮；澮，會也，小溝之所聚會也。』『滄波』以大言，『畎澮』以小言。《書・益稷》：『濬畎澮距川。』亦以『畎澮』連文。」《廣韻》：「（澮）古外切，去泰，見。月部。」《書・益稷》：「濬畎澮。」孔安國傳：「方百里之間，廣二尋深二仞曰澮。」蔡沈《集解》：「一同之間，廣二尋深二仞曰澮。」孔穎達疏：「畎、遂、溝、洫、澮，皆通水之道也。」《文選・嵇康〈養生論〉》：「或益之以畎澮。」李善注引孔安國曰：「一畝之間，廣尺深尺曰畎、廣二尋深二仞曰澮。」《慧琳音義》卷九四：「畎澮」注引《説文》：「澮，水流澮澮也。」《爾雅・釋水》：「水注溝曰澮。」

邢昺疏：「澮，謂注溝水入之者名澮。」《文選・張衡〈南都賦〉》：「溝澮脈連。」李善注引《爾雅》：「水注溝曰澮。」李周翰注：「澮，溝之類。」《荀子・解蔽》：「以爲蹞步之澮也。」楊倞注：「澮，小溝也。」

〔二六〕無私於輕重

【集引】

《禮記・經解》：「故衡誠縣，不可欺以輕重。」鄭玄注：「衡，稱也。縣，謂錘也。」陸德明《釋文》：「縣，音玄。稱，尺證反。」《孟子・梁惠王上》：「權，然後知輕重。」《楚辭・嚴忌〈哀時命〉》：「執權衡而無私兮，稱輕重而不差。」王逸注：「差，過也。言己如得執持權衡，能無私阿，稱量賢愚，必不過差，各如其理也。」

【發義】

覽文評泊，興感所由，在乎執持權衡，掂量輕重，於心無私阿。

〔二一七〕**然後能平理若衡，照辭如鏡矣**

【**集引**】

《群書治要》引《申子》：「鏡設精（清），無爲而美惡自服；衡設平，無爲而輕重自得。」《新書·道術》：「鏡儀而居，無執不臧，美惡畢至，各得其當。衡虚無私，平静而處，輕重畢懸，各得其所。……如鑑之應，如衡之稱。」《説苑·談叢》：「鏡以精明，美惡自服。衡平無私，輕重自得。」

【**發義**】

平理若衡，輕重自得；照辭如鏡，美惡自服。

〔二一八〕**斯術既形**

【**集引**】

《禮記·樂記》：「應感起物而動，然後心術形焉。」鄭玄注：「言在所以感之也。術，所由也。形，猶見也。」

【**發義**】

蓋斯所由，盡見也。

〔雍案〕

形，《廣博物志》引作「行」。楊明照《校注》云：「按『行』字誤。《情采篇》贊：『心術既形』，句法與此同，可證。」楊説是。《鶡冠子·學問》：「九道形心謂之有靈。」陸佃解：「形，著見也。」《禮記·樂記》：「然後心術形焉。」鄭玄注：「形，猶見也。」《易·繫辭上》：「形而上者謂之道。」孔穎達疏：「形是有質之稱。」《莊子·天地》：「故形非道不生。」成玄英疏：「形者，七尺之身。」蓋術由積中外發而終其形也。

〔二九〕沿波討源

〔集引〕

《文賦》：「或沿波而討源。」李善注：「孔安國《尚書·禹貢》傳曰：『順流而下曰沿。』源，水本也。」李周翰注：「或流情於波而求討其源也。」

【發義】

流情於波，而求其源。

〔三〇〕**夫志在山水，琴表其情**

〔**集引**〕

《吕氏春秋·本味》：「伯牙鼓琴，鍾子期聽之。方鼓琴而志在太山，鍾子期曰：『善哉乎鼓琴，巍巍乎若太山。』少選之間而志在流水，鍾子期又曰：『善哉乎鼓琴，湯湯乎若流水。』」

【**發義**】

志託於山水，琴亦善表其情致。

〔三一〕**此莊周所以笑折楊**

〔**集引**〕

《莊子·天地》：「大聲不入於里耳，《折楊》《皇荂》，則嗑然而笑。是故高言不止於衆人之心，至言不出，俗言勝也。」

【**發義**】

善美之言辭，不止於衆心。至理之言，無言可言，故不出，大聲不入於耳；凡俗之言，有言可言，故超過至理之言。蓋莊子所以笑《折楊》《皇荂》。

〔三二〕宋玉所以傷白雪也

〔集引〕

《宋玉對楚王問》云：「客有歌於郢中者，其始曰《下里》《巴人》，國中屬而和者數千人。……其爲《陽春》《白雪》，國中屬而和者不過數十人。……是以曲彌高，其和彌寡。」

【發義】

《陽春》《白雪》曲高和寡，蓋宋玉所以感傷也。

〔三三〕昔屈平有言：文質疎內，衆不知余之異采

〔集引〕

《楚辭·九章·懷沙》：「文質疏内兮，衆不知余之異采。」王逸注：「采，文采也。言己能文能質，内以疏達，衆人不知我有異藝之文采也。」洪興祖《補注》：「内，舊音訥。疏，疏通也。訥，木訥也。」朱熹《集注》：「文質，其文不豔也。疏，迂闊也。内，木訥也。異采，殊異之文采也。」

【發義】

文質相並，外去修飾，内藏樸略，衆人不知我有殊異之文采。

〔三四〕**揚雄自稱心好沈博絶麗之文**

〔集引〕

《古文苑·揚雄〈答劉歆書〉》：「雄爲郎之歲，自奏少不得學，而心好沉博絶麗之文。」

【發義】

揚雄博通群籍，多識古文奇字，長於辭賦，多仿司馬相如，蓋自稱心好深沈博雅絶麗之文。

〔三五〕**夫唯深識鑒奥，必歡然内懌**

〔集引〕

《論衡·佚文》：「誠見其美，懽氣發於内也。」《玄應音義》卷七「解懌」注引《字林》：「懌，怡也。」

【發義】

深於識見，鑒於微妙，必歡氣發於内而怡悦也。

〔雍案〕

楊明照《校注》云：「按『鑒奧』疑當乙作『奧鑒』，與『深識』對。《漢書・叙傳上》「淵哉深識」，《文選・盧諶〈贈劉琨詩〉》「寄之深識」，王儉《褚淵碑文》「深識臧否」，並以「深識」爲言。此云『深識奧鑒』，與《聲律篇》之『練才洞鑒』，句法正相似也。」《太玄・玄文》：「冥反其鑒。」范望注：「鑒，秘也。」《尚書序》：「雅誥鑒義。」陸德明《釋文》：「鑒，深也。」呂延濟注：「鑒，深也。」《玉篇・金部》：「鑒，察也。」《呂氏春秋・適音》：「谿極則不鑒。」高誘注：「鑒，察也。」《文選・謝瞻〈張子房詩〉》：「靈鑒集朱光。」李善注：「鑒，察也。」

〔三六〕譬春臺之熙衆人，樂餌之止過客

〔集引〕

《老子》：「衆人熙熙，如享太牢，如登春臺。」又：「樂與餌，過客止。」

【發義】

譬如春臺遊人之盛，過客止於聲味。樂，指五音也；餌，指五味也。

〔三七〕**蓋聞蘭爲國香，服媚彌芬**

〔**集引**〕

《左傳·宣公三年》：「鄭文公有賤妾曰燕姞，夢天使與己蘭，曰：『余爲伯鯈。余，而祖也。以是爲而子，以蘭有國香，人服媚之如是。』」杜預注：「媚，愛也，欲令人愛之如蘭。」

【**發義**】

蓋聞蘭爲極香，佩服愛之彌芬。

〔三八〕**書亦國華，翫澤方美**

〔**集引**〕

《國語·魯語上》：「季文子曰：『吾聞以德榮爲國華。』」韋昭注：「國華，爲國光華。」《晉書·衛瓘張華傳〈論〉》：「忠爲令德，學乃國華。」

【**發義**】

文字亦有國之光華，玩賞其味，尋求義蘊，方知其美。

【雍案】

澤，黄叔琳校云：「王作『繹』。」芸香堂本、翰墨園本誤「繹」爲「懌」。楊明照《校注》云：「按訓故本作『繹』是。繹，尋繹也。《文選·王褒〈四子講德論〉》李注引馬融《論語注》」《文選·謝惠連〈雪賦〉》：「王迺尋繹吟翫。」《詩·周頌·賚》：「敷時繹思。」朱熹《集傳》：「繹，尋繹也。」《論語·子罕》：「繹之爲貴。」陸德明《釋文》引馬融云：「繹，尋繹也。」《文選·王褒〈四子講德論〉》：「於是文繹復集。」李善注引馬融《論語注》：「繹，尋繹也。」蓋舍人謂玩賞其味，尋求義蘊，方知其美。

〔三九〕洪鍾萬鈞，夔曠所定

【集引】

《文選·張衡〈西京賦〉》：「洪鐘萬鈞。」薛綜注：「洪，大也。……三十斤曰鈞。……言大鐘乃重三十萬斤。」

【發義】

洪鐘萬鈞之響，其聲乃夔、曠所擬定。夔者，傳説乃舜帝樂官，精通音樂。曠者，師曠，春秋晉樂師，字子野。生而目盲，善辨聲樂。

〔雍案〕

鍾，何本、訓故本、凌本、謝鈔本、别解本、尚古本、岡本、文津本、王本、鄭藏鈔本並作「鐘」。楊明照《校注》云：「按『鍾』與『鐘』通。《文選·張衡〈西京賦〉》：『洪鐘萬鈞。』薛注：『三十斤曰鈞。』」《説文·金部》朱駿聲《通訓定聲》：「鍾，叚借爲『鐘』。」《集韻·鍾韻》：「鐘，通作『鍾』。」

〔四〇〕良書盈篋，妙鑒迺訂

〔**集引**〕

《墨子·非命上》：「天下之良書，不可盡計數。」

【**發義**】

良書多則不可稱計，鑒諸深微迺以修訂。

〔四一〕流鄭淫人，無或失聽

〔**集引**〕

《禮記·王制》：「變禮易樂者，爲不從。不從者，君流。」鄭玄注：「流，放也。」《論語·衛靈公》：「放鄭聲，遠佞人。鄭聲淫，佞人殆。」何晏《集解》引孔安國曰：「鄭聲佞人亦俱能感人心，與雅樂賢人同，而使人淫亂危殆，故當放遠之。」皇侃《義疏》：「云『鄭聲淫，佞人殆』者，出鄭聲佞人所以宜放遠之由也。鄭地聲淫而佞人鬬亂，使國家爲危殆也。」

【發義】

放鄭聲淫亂於人，無或失其聽焉。

程器第四十九

周書論士，方之梓材〔一〕，蓋貴器用而兼文采也。是以樸斲成而丹雘施，垣墉立而雕杇附〔二〕。而近代辭人，務華棄實，故魏文以爲古今文人，之類不護細行〔三〕，韋誕所評，又歷詆群才〔四〕，後人雷同，混之一貫，吁可悲矣〔五〕！

略觀文士之疵，相如竊妻而受金〔六〕，揚雄嗜酒而少算〔七〕，敬通之不循廉隅〔八〕，杜篤之請求無厭〔九〕，班固諂竇以作威〔一〇〕，馬融黨梁而黷貨〔一一〕，文舉傲誕以速誅〔一二〕，正平狂憨以致戮〔一三〕，仲宣輕脆以躁競〔一四〕，孔璋傯恫以麤疎〔一五〕，丁儀貪婪以乞貨〔一六〕，路粹餔啜而無恥〔一七〕，潘岳詭禱於愍懷〔一八〕，陸機傾仄於賈郭〔一九〕，傅玄剛隘而詈臺〔二〇〕，孫楚狠愎而訟府〔二一〕，諸有此類，並文士之瑕累。文既有之，武亦宜然。古之將相，疵咎實多。至如管仲之盜竊〔二二〕，吳起之貪淫〔二三〕，陳平之污點，絳灌之讒嫉〔二四〕，沿茲以下，不可勝數。孔光負衡據鼎，而仄媚董賢〔二五〕；況班馬之賤職，潘岳之下位哉！王戎開國上秩，而鬻官囂俗〔二六〕；況馬杜之磬懸〔二七〕，丁路之貧薄哉！然子夏無虧於名儒，濬沖不塵乎竹林者〔二八〕，名崇而譏減也。若夫屈賈之忠貞，鄒枚之機覺〔二九〕，黄香之淳孝〔三〇〕，徐幹之沉默〔三一〕，豈曰文士必其玷歟？

蓋人稟五材，修短殊用〔三二〕，自非上哲，難以求備〔三三〕。然將相以位隆特達，文士以職卑多誚，此江河所以騰湧，涓流所以寸折者也。名之抑揚，既其然矣；位之通塞，亦有以焉。蓋士之登庸，以成務爲用。魯之敬姜，婦人之聰明耳；然推其機綜，以方治國〔三四〕；安有丈夫學文，而不達於政事哉？彼揚馬之徒，有文無質〔三五〕，所以終乎下位也。昔庾元規才華清英，勳庸有聲〔三六〕，故文藝不稱，若非台岳，則正以文才也〔三七〕。文武之術，左右惟宜〔三八〕，郤縠敦書，故舉爲元帥〔三九〕，豈以好文而不練武哉？孫武兵經，辭如珠玉，豈以習武而不曉文也？

是以君子藏器，待時而動〔四〇〕，發揮事業，固宜蓄素以弸中，散采以彪外〔四一〕，楩柟其質，豫章其幹〔四二〕，摛文必在緯軍國〔四三〕，負重必在任棟梁〔四四〕，窮則獨善以垂文，達則奉時以騁績〔四五〕，若此文人，應梓材之士矣。

贊曰：瞻彼前修，有懿文德〔四六〕。聲昭楚南，采動梁北。雕而不器〔四七〕，貞幹誰則〔四八〕。豈無華身，亦有光國〔四九〕。

【發義】

程量有準，器用無方。

夫衡文論士，程限爲要。華質兼賅，文武並列，朗心獨見，品論英邁。

〔一〕周書論士，方之梓材

〖集引〗

《書·梓材》：「若作室家，既勤垣墉，惟其塗塈茨；若作梓材，既勤樸斲，惟其塗丹雘。」孔安國傳：「爲政之術，如梓人治材爲器。」《尚書序》：「成王既伐管叔蔡叔，以殷餘民封康叔，作《康誥》《酒誥》《梓材》。」孔安國傳：「告康叔以爲政之道，亦如梓人治材。」《文選·桓温〈薦譙元彦表〉》：「方之於秀。」張銑注：「方，比也。」

【發義】

梓材，梓人治材。蓋周書論士，以梓材比諸梓人治材，量材爲政也。

〔一一〕是以樸斲成而丹雘施，垣墉立而雕杇附

【集引】

《書·梓材》：「既勤樸斲，惟其塗丹雘。」陸德明《釋文》：「樸，普角反。馬（融）云：『未成器也。』」孔穎達疏：「雘是彩色之名，有青色者，有朱色者。」《書·梓材》：「若作室家，既勤垣墉。」趙孟頫注：「卑曰垣，高曰墉。」《論語·公冶長》：「朽木，不可雕也；糞土之牆，不可杇也。」何晏《集解》引王肅曰：「杇，鏝也。」《爾雅·釋宫》：「鏝，謂之杇。」郭璞注：「泥鏝。」邢昺疏：「鏝者，泥鏝也，一名杇，塗工之作具也。」《詩·小雅·角弓》：「毋教猱升木，如塗塗附。」

【發義】

是以未成器之樸施之色，垣牆立而泥鏝附著。

【雍案】

杇，弘治本、汪本、佘本、張甲本、萬曆梅本、謝鈔本作「朽」。張乙本作「巧」。何本、凌本、合刻本、梁本、祕書本、尚古本、岡本、王本、張松孫本、鄭藏鈔本、崇文本並作「墁」。楊明照《校注》云：「按元本、活字本、訓故本作『杇』；《喻林》八八引作『圬』。是『杇』爲『杇』之

誤，『巧』爲『圬』之誤。『圬』，『杇』之或體。當以作『杇』爲正。《論語・公冶長》：『子曰：「朽木，不可雕也；糞土之牆，不可杇也。」』《集解》引王肅曰：「杇，鏝也。」《史記・仲尼弟子傳》「杇」作「圬」，「鏝」作「墁」（「鏝」與「墁」通）。即此『雕杇』二字之所自出。何本等作『墁』，其義雖通，恐非舍人之舊。」《爾雅・釋宫》：「鏝，謂之杇。」陸德明《釋文》引《説文》：「杇，所以涂也。秦謂之杇，關東謂之槾。」又引李善云：「杇，塗工之作具。」郭璞注：「杇，泥鏝。」邵晉涵《正義》：「『圬』與『杇』通用。」郝懿行《義疏》、《集韻・模韻》：「杇，或作『圬』。」《説文・金部》段玉裁注：「木爲者曰『杇』，金爲者曰『鏝』。」《説文・木部》朱駿聲《通訓定聲》：「杇，字亦作『杅』，亦作『圬』。」《論語・公冶長》：「糞土之牆，不可杇也。」劉寶楠《正義》：「杇，皇本、釋文本並作『圬』。」

〔三〕故魏文以爲古今文人，之類不護細行

【集引】

曹丕《與吳質書》：「古今文人，類不護細行，鮮能名節自立。」

【發義】

故曹丕以爲，古今文人相類，不護持小節。

〔雍案〕

「之」字衍。

〔四〕韋誕所評，又歷詆群才

〔集引〕

《文章叙録》：「魚豢嘗舉王阮諸人以問誕，誕對曰：『仲宣傷於肥（脱）戇，休伯都無格檢，元瑜病於體弱，孔璋實自粗疎，文蔚性頗忿鷙。』」《三國志·魏書·王粲傳》裴松之注引《魏略》：「仲將（韋誕）云：『仲宣（王粲）傷於肥戇，休伯（繁欽）都無格檢，元瑜（阮瑀）病於體弱，孔璋（陳琳）實自粗疏，文蔚（路粹）性頗憤鷙。』」

【發義】

韋誕，三國魏京兆人，字仲將。善辭章，尤工書法。魏代寶器銘題，皆誕所書。其放論時文，譁言不慎，多詆訾群才。

〔五〕**後人雷同，混之一貫，吁可悲矣**

〔**集引**〕

《莊子·德充符》：「以可不可爲一貫。」《吕氏春秋·過理》：「亡國之主一貫。」高誘注：「貫，同也。」《後漢書·皇后紀〈論〉》：「至於賢愚優劣，混同一貫。」

【**發義**】

後人人云亦云，混淆好壞，吁之而可悲矣。

〔六〕**相如竊妻而受金**

〔**集引**〕

《漢書·司馬相如傳》：「是時卓王孫有女文君，新寡，好音，故相如……以琴心挑之。……文君夜亡奔相如。相如與馳歸成都。」又：「其後有人上書言相如使（蜀）時受金，失官。」

【**發義**】

司馬相如竊貲無操，以琴竊妻，使蜀受人之金而失官職。

〔七〕揚雄嗜酒而少算

〖集引〗

《漢書・揚雄傳》：「（雄）家素貧，耆酒，人希至其門。時有好事者，載酒肴從游學。」又：「家産不過十金，乏無儋石之儲，晏如也。」

【發義】

揚雄嗜酒而少作家計，故家徒四壁。

〔八〕敬通之不循廉隅

〖集引〗

《後漢書・馮衍傳下》：「闊略杪小之禮，蕩佚人閒之事。」又：「顯宗即位，又多短衍以文過其實，遂廢于家。」《禮記・儒行》：「近文章，砥厲廉隅。」

【發義】

馮衍不守軌矩，行爲不端，嘗與婦弟書云：「醉飽過差，輒爲桀紂，房中調戲，布散海外。」

〔九〕杜篤之請求無厭

〔集引〕

《後漢書·文苑列傳》：「（杜篤）居美陽，與美陽令遊，數從請託，不諧，頗相恨。令怒，收篤送京師。」

【發義】

杜篤乞假無厭。

〔一〇〕班固諂竇以作威

〔集引〕

《後漢書·班彪列傳》：「大將軍竇憲出征匈奴，以固爲中護軍，與參議。……及竇憲敗，固先坐免官。固不教學諸子，諸子多不遵法度，吏人苦之。」

【發義】

班固諂媚竇憲，以作威作福。

〔一一〕馬融黨梁而黷貨

〖集引〗

《後漢書·馬融列傳》：「（融）爲梁冀草奏李固，又作大將軍《西第頌》，以此頗爲正直所羞。」又：「先是融有事忤大將軍梁冀旨，冀諷有司奏融在郡貪濁，免官。」

【發義】

馬融奢樂恣性，黨附成譏，在郡貪濁，黷貨不能匡欲也。

〔一二〕文舉傲誕以速誅

〖集引〗

《後漢書·鄭孔荀列傳》：「既見（曹）操雄詐漸著，數不能堪，故發辭偏宕，多致乖忤。又嘗奏宜準古王畿之制，千里寰内，不以封建諸侯。操……潛忌正議，……遂令丞相軍謀祭酒路粹，枉狀奏融……下獄棄市。」「融字文舉，負其高氣，志在靖難。而才疎意廣。」

【發義】

融雖具才賦，卻傲誕不經，終被負高氣所累遭誅。

〔一三〕正平狂憨以致戮

〔集引〕

《後漢書・文苑列傳》：「禰衡字正平……少有才辯，而尚氣剛傲，好矯時慢物。……唯善魯國孔融及弘農楊脩，常稱曰：『大兒孔文舉，小兒楊德祖。餘子碌碌，莫足數也。』……融既愛衡才，數稱述於曹操，操欲見之，而衡素相輕疾，自稱狂病，不肯往，而數有恣言。操懷忿，而以其有才名，不欲殺之。……於是遣人騎送之……劉表及荊州士大夫先服其才名，甚賓禮之，文章言議，非衡不定。……後復侮慢於表，表耻不能容，以江夏太守黃祖性急，故送衡與之。……後黃祖在艨衝船上大會賓客，而衡言不遜順……祖大怒，令五百將出，欲加箠，衡方大罵，祖恚，遂令殺之。」

【發義】

禰衡雖有才辯，而氣剛傲物，狂簡憨率，卒被黃祖所殺。

〔一四〕仲宣輕脆以躁競

〔集引〕

《三國志・魏書・杜襲傳》：「魏國既建，爲侍中，與王粲、和洽並用。粲彊識博聞，故太祖游觀出入，多得驂乘；至其見敬不及洽、襲。襲嘗獨見，至于夜半。粲性躁競，起坐曰：『不知公對杜襲道何等也？』洽笑答曰：『天下事豈有盡邪？卿晝侍可矣。悒悒於此，欲兼之乎！』」

【發義】

王粲輕侻，急躁以求仕進。

〔雍案〕

范文瀾云：「王粲『輕脆躁競』，未知其事。韋誕謂其『肥戇』，疑『脆』『肥』皆『鋭』之譌也。《體性篇》云：『仲宣躁鋭。』」楊明照《校注》云：「按《體性篇》『仲宣躁鋭』之『鋭』當作『競』，已詳彼篇校注。《三國志·魏書·王粲傳》：『（劉）表以粲貌寢而體弱通侻，裴注：「通侻者，簡易也。」不甚重也。』『侻』與『脱』通。韋誕謂其「肥戇」之「肥」字，亦「脱」之誤。疑此處『脆』字爲『脱』之形誤。《後漢書·烈女曹世叔妻傳》：『（女誡）若夫動靜輕脱。』《晉書·羊祜傳》：『軍師徐胤執棨當營門曰：「將軍都督萬里，安可輕脱！」』《南齊書·謝朓傳》：『江夏蕭寶玄年少輕脱。』《廣弘明集·釋法雲上昭明太子啟》：『退思輕脱，用深悚懼。』《顏氏家訓·風操篇》：『不可陷於輕脱。』並以『輕脱』爲言。舍人稱『仲宣輕脱』，與劉表之以爲『通侻』同，皆謂其爲人簡易也。」楊氏謂「輕脆」爲「輕脱」之誤，實乃望文生訓也。「輕脆」者，輕浮脆弱也。《廣雅·釋詁一》：「脆，弱也。」《晉書·石苞傳》：「（詔）吳人輕脆，終無能爲。」

〔一五〕孔璋惚恫以麤疎

〔集引〕

《抱朴子外篇·自叙》：「惚恫官府之間。」

【發義】

孔璋鹵莽，粗放疏脱，奔競於袁紹、曹操之間。

〔雍案〕

楊明照《校注》云：「按『惚恫』，當與『謥詷』同。《三國志·魏書·程昱傳〈附孫曉傳〉》：『其選官屬，以謹慎爲粗疏，以謥詷爲賢能。』又《臧霸傳》：『從事謥詷不法。』《玉篇·言部》：『謥，謥詷，言急也。』《魏略》：『（韋）仲將云：「……孔璋實自麤疏。」』《三國志·魏書·王粲傳》裴注引」《晉書音義·列傳第二十九》《集韻·送韻》：「惚恫，無知皃。」《程器篇》黄叔琳注《玉篇·心部》《集韻·送韻》：「惚恫，不得志也。」《類篇·言部》：「謥，謥詷，言遽。」《後漢書·皇后紀上》：「輕薄謥詷。」李賢注：「（謥詷，）言忽遽也。」《小學鉤沉·通俗文上》：「言過謂之『謥詷』。」

〔一六〕丁儀貪婪以乞貨

【集引】

《楚辭·屈原〈離騷〉》：「衆皆競進以貪婪兮，憑不厭乎求索。」王逸注：「愛財曰貪，愛食曰婪。」《史記·白起王翦列傳》：「將軍之乞貸，亦已甚矣。」《三國志·魏書·陳思王植傳》裴松之注引《魏略》：「丁儀字正禮，沛郡人也。父沖宿與太祖親善，時隨乘輿。……聞儀爲令士，雖未見，欲以愛女妻之。以問五官將（曹丕），五官將曰：『女人觀貌，而正禮目不便，誠恐愛女未必悦也，以爲不如與伏波子楙。』太祖從之。尋辟儀爲掾。到與論議，嘉其才朗，曰：『丁儀，好士也，即使兩目盲，尚當與女，何況但眇，是吾兒誤我！』時儀恨不得尚公主，而與臨淄侯親善，數稱其奇才，太祖既有意欲立植，而儀又共贊之。及太子（曹丕）立，欲立儀罪……欲儀自裁，而儀不能，乃對中領軍夏侯尚叩頭求哀，尚爲涕泣而不能救。後遂因職事收付獄殺之。」

【發義】

丁儀貪得無厭，叩頭乞貸免於死，終不能救也。

【雍案】

楊明照《校注》云：「按『貨』字與上『贖貨』重出，疑爲『貸』之形誤。《史記·孔子世家》：『游説乞貸，不可以爲國。』又《王翦傳》：『將軍之乞貸，亦已甚矣。』又《韓王信傳》：『旦暮乞貸蠻夷。』」《梁書·任昉傳》：『世或譏其多乞貸。』」《鹽鐵論·疾貪篇》：『乞貸長吏。』並以『乞貸』連文。」楊説是。《説文繫傳·貝部》《廣雅·釋詁二》《玉篇·貝部》《廣韻·代韻》：「貸，借也。」《戰國策·齊策五》：「不貸而見足矣。」鮑彪注：「貸，從人求物也。」《類篇·貝部》同。

〔一七〕路粹餔啜而無恥

〔集引〕

《孟子·離婁上》：「孟子謂樂正子曰：『子之從於子敖來，徒餔啜也。吾不意子學古之道，而以餔啜也。』」《後漢書·鄭孔荀列傳》：「曹操既積嫌忌……遂令丞相軍謀祭酒路粹，枉狀奏融。……書奏，下獄棄市。」《三國志·魏書·王粲傳》裴松之注引《典略》：「及孔融有過，太祖使粹爲奏，承旨數致融罪。……融誅之後，人覩粹所作，無不嘉其才而畏其筆也。」

【發義】

路粹替曹操陷害孔融，枉狀誣其釁惡，餔啜無恥，名儒之與險士，固殊心焉。

〔一八〕潘岳詭禱於愍懷

【集引】

《晉書·愍懷太子傳》：「賈后將廢太子，詐稱上不和，呼太子入朝。既至，后不見，置於別室，遣婢陳舞賜以酒棗，逼飲醉之。使黄門侍郎潘岳作書草，若禱神之文，有如太子素意，因醉而書之。令小婢承福以紙筆及書草使太子書之。文曰：『陛下宜自了；不自了，吾當入了之。……』太子醉迷不覺，遂依而寫之，其字半不成。既而補成之，后以呈帝。……乃表免太子爲庶人，詔許之。」《顔氏家訓·文章》：「潘岳乾没取危。」

【發義】

潘岳乾没取危，詭以禱神之文，愍惻其懷，誑免太子爲庶人。

〔雍案〕

禱，元本、弘治本、活字本、汪本、佘本、張本、兩京本、王批本、何本、胡本、訓故本、梅本、凌本、合刻本、梁本、祕書本、謝鈔本、彙編本、尚古本、岡本、張松孫本、崇文本並作「禱」。《漢魏詩乘總録》《文通》引同。楊明照《校注》云：「按『禱』字是。『詭禱』，即《晉書·愍懷太子傳》所謂『使潘岳作書草，若禱神之文』者也。」「禱」字非是。以告事求福之「禱」字與「詭」字連文，殊違常軌。《玉篇・言部》《廣韻・尤韻》：「譸，譸張，誑也。」《玄應音義》卷八「譸張」注：「譸張，誑也。謂相欺惑者也。」《書・無逸》：「民無或胥譸張爲幻。」孔安國傳：「譸張，誑也。」《漢書・叙傳下》：「燕蓋譸張。」顔師古注引如淳曰：「譸張，誑也。」李白《爲宋中丞請都金陵表》：「乘六合之譸張。」王琦《輯注》引《書・無逸》孔安國傳同。《説文・言部》：「誑，欺也。」《慧琳音義》卷七「撟誑」注引《考聲》：「誑，相欺以言也。」又卷六六「虚誑」注引《文字典説》：「誑，亦惑也。」《慧琳音義》卷六八「詭誑」注引《韻英》：「詭，欺詐也。」

〔一九〕陸機傾仄於賈郭

〖集引〗

《晉書・陸機傳》：「（機）然好遊權門，與賈謐親善，以進趣獲譏。」

【發義】

郭彰乃賈后從舅，與賈充素相親。遇賈后專朝，彰與參權勢，賓客盈門，世人稱爲賈郭。

〔二〇〕傅玄剛隘而詈臺

〔集引〕

《晉書·傅玄傳》：「（玄）轉司隸校尉。……舊制，司隸於端門外坐，在諸卿上……其入殿，按本品秩，在諸卿下……而謁者以弘訓宮爲殿内，制玄位在卿下。玄恚怒，厲聲色而責謁者。謁者妄稱尚書所處，玄對百僚而駡尚書以下。……祚免官。」

【發義】

傅玄剛愎偏窄，於尚書臺對百僚而駡。

〔二一〕孫楚狠愎而訟府

〔集引〕

《晉書·孫楚傳》：「（楚）復參石苞驃騎軍事。楚既負其材氣，頗侮易於苞。初至，長揖曰：『天子命我參卿軍事。』因此而嫌隙遂構。苞奏楚與吴人孫世山共訕毁時政，楚亦抗表自理，紛紜經年。」

【發義】

孫楚負其材氣，多侮易於石苞，及苞奏其訕毁時政，楚亦抗表自理，乖戾固執，而訟之不息。

〔雍案〕

狠，黄叔琳校云：「汪作『佷』。」馮舒校作「佷」。楊明照《校注》云：「按『佷』字是。元本、弘治本、活字本、張本、兩京本、胡本亦並作『佷』；《漢魏詩乘總録》引同。《逸周書·謚法篇》：『愎佷與佷愎同遂過曰刺。』《易林·恒之·噬嗑》：『狼戾復與愎通佷。』並其證也。」《逸周書·謚法》：「愎佷遂過曰刺。」孔晁注：「去諫曰愎，反是曰佷。」《資治通鑑·梁紀》：「愎諫而來。」胡三省注：「愎，戾也。」《玉篇·人部》：「佷，戾也。」

〔一二二〕至如管仲之盜竊

〔集引〕

《説苑·尊賢》：「鄒子説梁王曰：『管仲，故成陰之狗盜也。』」

【發義】

管仲竊人之材，故成陰之狗盜也。

〔一一三〕吴起之貪淫

〔集引〕

《史記·孫子吴起列傳》：「吴起於是聞魏文侯賢，欲事之。文侯問李克曰：『吴起何如人哉？』李克曰：『起貪而好色，然用兵，司馬穰苴不能過也。』」

【發義】

吴起貪財好色。

〔一一四〕陳平之污點，絳灌之讒嫉

〔集引〕

《史記·陳丞相世家》：「絳侯、灌嬰等咸讒陳平曰：『……臣聞平居家時，盜其嫂；事魏不容，亡歸楚；歸楚不中，又亡歸漢。今日大王尊官之，令護軍。臣聞平受諸將金，金多者得善處，金少者得惡處。平，反覆亂臣也。』」《史記·屈原賈生列傳》：「天子議以爲賈生任公卿之位，絳、灌、東陽侯、馮敬之屬盡害之。」

【發義】

陳平污點甚多，絳侯、灌嬰譏害嫉妒賈誼。

〔二五〕孔光負衡據鼎，而仄媚董賢

〖集引〗

《漢書·佞幸傳》：「董賢……父恭，爲御史，任賢爲太子舍人。……爲人美麗自喜，哀帝望見，説其儀貌……拜爲黄門郎，繇是始幸……賢寵愛日甚。爲駙馬都尉侍中……常與上臥起。嘗晝寢，偏藉上褏，上欲起，賢未覺，不欲動賢，乃斷褏而起。其恩愛至此。賢亦性柔和便辟，善爲媚以自固。……初，丞相孔光爲御史大夫，時賢父恭爲御史，事光。及賢爲大司馬，與光並爲三公，上故令賢私過光，光雅恭謹，知上欲尊寵賢，及聞賢當來也，光警戒衣冠出門待，望見賢車乃卻入。賢至中門，光入閤，既下車，乃出拜謁，送迎甚謹，不敢以賓客均敵之禮。賢歸，上聞之喜。」《詩·商頌·長發》：「實維阿衡，實左右商王。」鄭玄箋：「阿，倚。衡，平也。伊尹，湯所依倚而取平，故以爲官名。」

【發義】

光爲三公，鼎足承君，聞上欲寵賢，依倚取平，仄媚之。

〔二六〕王戎開國上秩，而鬻官囂俗

〔集引〕

《晉書·王戎傳》：「戎字濬沖，與阮籍諸人爲竹林之遊。受詔伐吴……吴平，進爵安豐縣侯。……劉肇賂戎筒中細布五十端，爲司隸所糾。」《左傳·文公六年》：「教之防利，委之常秩。」杜預注：「常秩，官司之常職。」

【發義】

西晉王戎因滅吴建功封侯，高居禄位，收受劉肇賄賂，出賣官職，嚣行俗流。

〔二七〕況馬杜之磬懸

〔集引〕

《國語·魯語》：「室如懸磬。」韋昭注：「懸磬，言魯府藏空虚，但有榱梁，如懸磬也。」《左傳·僖公二十六年》：「室如縣罄。」陸德明《釋文》：「縣，音玄。罄，亦作磬，盡也。」

【發義】

杜篤乞假無厭，貧如司馬相如，皆家徒四壁，空若無物。

〔一八〕然子夏無虧於名儒，濬沖不塵乎竹林者

【集引】

《漢書·匡張孔馬傳》：「孔光，字子夏，孔子十四世之孫也。」

【發義】

子夏謹默自守，終日清談，不及政事，與山濤、阮籍、嵇康、向秀、劉伶、阮咸遊，超然於塵氛之外。

〔一九〕鄒枚之機覺

【集引】

《漢書·賈鄒枚路傳》：「吴王……陰有邪謀，陽奏書諫。……吴王不内其言。……於是鄒陽、枚乘、嚴忌知吴不可説，皆去之梁。」

【發義】

吴王不善納言，蓋鄒陽、枚乘機覺不説。

〔三〇〕黄香之淳孝

【集引】

《後漢書·文苑列傳（黄香）》：「年九歲，失母。思慕憔悴，殆不免喪，鄉人稱其至孝。」

【發義】

黄香至孝，世稱其淳。

〔三一〕徐幹之沉默

【集引】

《三國志·魏書·王粲傳》裴松之注引《先賢行狀》曰：「幹清玄體道，六行脩備，聰識洽聞，操翰成章，輕官忽祿，不耽世榮。」

【發義】

徐幹沉默，乃修行體道，不耽世榮故也。

〔三二〕**蓋人稟五材，修短殊用**

〔**集引**〕

《左傳·襄公二十七年》：「天生五材，民並用之。」《後漢書·馬融列傳》：「五才之用，無或可廢。」

【**發義**】

蓋人稟受五質，長短各有殊用。

〔**雍案**〕

古人認爲，人之質也，由五行構成。五材者，五質也，謂金、木、水、火、土也。

〔三三〕**自非上哲，難以求備**

〔**集引**〕

《國語·晉語五》：「然而民不能戴其上久矣。」韋昭注：「上，賢也。」《書·僞伊訓》：「與人不求備。」《論語·微子》：「無求備於一人。」

【發義】

自非聖賢，蓋難以求完備。

〔三四〕**魯之敬姜，婦人之聰明耳；然推其機綜，以方治國**

〔集引〕

《列女傳·母儀·魯季敬姜》：「文伯相魯，敬姜謂之曰：『吾語汝！治國之要，盡在經矣。夫幅者所以正曲枉也，不可不彊，故幅可以爲將。畫者所以均不均、服不服也，故畫可以爲正。』」

【發義】

敬姜乃婦人聰明者，推究其機巧融會，以比諸治理國家。

〔三五〕**彼揚馬之徒，有文無質**

〔集引〕

《顔氏家訓·文章》：「揚雄德敗《美新》。」《文選·班固〈典引序〉》：「司馬相如洿行無節，但有浮華之辭，不周於用。」

【發義】

揚雄、司馬相如之徒，有文飾而無質實。

〔三六〕**昔庾元規才華清英，動庸有聲**

〔集引〕

《晉書·庾亮傳》：「亮美姿容，善談論，性好《莊》《老》，風格峻整。……元帝爲鎮東時，聞其名，辟西曹掾。及引見，風情都雅，過於所望，甚器重之。」《文選·庾亮〈讓中書令〉》李善注：「何法盛《晉書》：『《潁川庾録》曰：「亮，字元規，爲中書郎。肅祖欲使爲中書監，上疏，肅祖納亮言，封永昌公，後遷司馬録尚書事，薨。」』」

【發義】

昔庾亮才華清拔，功用見於時，而有其聲響。

〔三七〕**若非台岳，則正以文才也**

〔集引〕

《晉書·天文志上》：「在人曰三公，在天曰三台。」唐張九齡《曲江集·故刑部李尚書挽歌詞》

之二：「宿昔三台踐，榮華駟馬歸。」《書·堯典》：「帝曰：『咨四岳。』」孔安國傳：「四岳……分掌四岳之諸侯，故稱焉。」

【發義】

若非三公諸侯，則正以文才。

〔雍案〕

三台，星名。謂上台、中台、下台共六星，兩星相比，起文昌，列抵太微。古代以星象徵人事，稱三公爲三台。

〔三八〕文武之術，左右惟宜

〔集引〕

《司馬法·天子之義》：「文與武，左右也。」《廣雅·釋宮》：「術，道也。」王念孫《疏證》：「術之言率也，人所率由也。」

【發義】

文武之道，左右兼之惟宜。

〔三九〕郤縠敦書，故舉爲元帥

【集引】

《左傳·僖公二十七年》：「（晉）作三軍，謀元帥。趙衰曰：『郤縠可。臣亟聞其言矣，説《禮》《樂》而敦《詩》《書》。』」《孟子·公孫丑下》：「使虞敦匠事。」焦循《正義》引孔廣森云：「敦，治也。」《廣韻》：「都回切，平灰端。諄部。」

【發義】

郤縠説《禮》《樂》，而治《詩》《書》，故趙衰舉薦其爲元帥。

〔四〇〕是以君子藏器，待時而動

【集引】

《易·繫辭下》：「君子藏器於身，待時而動。」孔穎達疏：「猶若君子藏善道於身，待可動之時而興動。」《抱朴子外篇·時難》：「蓋往而不反者，所以功在身後，而藏器俟時者，所以百無一遇。」

【發義】

君子懷諸器能，等待時機而動。

〔四一〕固宜蓄素以弸中，散采以彪外

〔集引〕

揚雄《法言·君子》：「或問：『君子言則成文，動則成德，何以也？』曰：『以其弸中而彪外也。』」李軌注：「弸，滿也。」

【發義】

固宜養素，充滿於内，散播文采焕發於外。

〔雍案〕

弸，元本、弘治本、汪本、張本、兩京本、王批本、胡本作「剛」。謝鈔本作「綱」，馮舒校改「剛」。何本、梅本、凌本、合刻本、梁本、祕書本、彙編本、尚古本、岡本作「綳」。《文通》引同。佘本、訓故本、四庫本、王本、張松孫本、鄭藏鈔本、崇文本並作「弸」。楊明照《校注》云：「按『剛』『綳』二字皆誤。《法言·君子篇》：『或問「君子言則成文，動則成德，何以也？」曰：「以其弸中而彪外也。」』李注：『弸，滿也。』即舍人『弸中』二字所本。下句亦用「彪外」二字《隸釋·魯峻碑》：『弸中獨斷，以效其節。』亦可證。」《太玄·養》：「陰弸于野。」司馬光《集注》：「弸者，滿也。」《集韻·耕韻》：「弸，滿也。」蓋「弸中」者，謂「充滿其中」也。

〔四二〕楩柟其質，豫章其幹

【集引】

陸賈《新語》：「楩柟豫章，天下之名木也……立則爲大山衆木之宗，仆則爲萬世之用。」《漢書·司馬相如傳》：「楩柟豫章，桂椒木蘭。」顏師古注：「楩……即今黄楩木也。柟音南，今所謂楠木。」《左傳·哀公十六年》：「抉豫章以殺人而後死。」杜預注：「豫章，大木。」

【發義】

楩柟乃大木者，其質實而材具也。

〔四三〕摛文必在緯軍國

【集引】

《後漢書·班彪列傳〈論〉》：「敷文華以緯國典。」《文選·干寶〈晉紀總論〉》：「（昔高祖宣皇帝）籌畫軍國，嘉謀屢中，遂服輿軫，驅馳三世。」

【發義】

舒發文辭，必在籌畫軍國政務。

〔四四〕負重必在任棟梁

〖集引〗

《莊子·人間世》：「仰而視其細枝，則拳曲而不可以爲棟梁。」《三國志·魏書·高柔傳》：「（上疏）今公輔之臣，皆國之棟梁，民所具瞻。」

【發義】

國之棟梁，有所擔當，負重必在其職責。

〖雍案〗

負，黄叔琳校云：「元作『賢』，龔改。」元本、弘治本、活字本、汪本、佘本、張本、兩京本、何本、胡本、訓故本、梁本、謝鈔本並作「負」。《喻林》《文通》引同。楊明照《校注》云：「按龔改是也。」《三國志·蜀書·龐統傳》：「陸子（陸績）可謂駑馬有逸足之力，顧子（顧劭）可謂駑牛能負重致遠也。」《後漢書·伏侯宋蔡馮趙牟韋列傳》：「更始笑曰：『繭栗犢，豈能負重致遠乎？』」晉葛洪《抱朴子内篇·勤求》：「不辭負重涉遠，不避經險履危。」

〔四五〕窮則獨善以垂文，達則奉時以騁績

〔集引〕

《孟子·盡心上》：「窮則獨善其身，達則兼善天下。」《晉書·王隱傳》：「隱曰：『蓋古人遭時，則以功達其道；不遇，則以言達其才。』」

【發義】

蓋遭時也，運非由己，窮則獨善其身，垂文後世；達則兼善天下。

〔四六〕有懿文德

〔集引〕

《易·小畜》：「象曰：『風行天上，小畜。君子以懿文德。』」李鼎祚《集解》引虞翻曰：「懿，美也。」

【發義】

德者，道之化也，化之所由興也。蓋德之美，在其教化也。

〔四七〕雕而不器

〔集引〕

《法言·寡見》：「或曰：『良玉不彫，美言不文，何謂也？』曰：『玉不彫，璵璠不作器。』」雕，與彫通。

【發義】

雕而不成形物。

〔雍案〕

楊明照《校注》云：「按《法言·寡見篇》：『或曰：「良玉不彫，美言不文，何謂也？」曰：「玉不彫，璵璠不作器。」』『雕』與『彫』通。」《説文·玉部》：「琱，治玉也。」段玉裁注：「經傳以『雕』『彫』爲『琱』。」《經籍纂詁·蕭韻》：「《論語》：『漆雕開。』《古今人表》作『彫』。」

〔四八〕貞幹誰則

〔集引〕

《易·乾》：「（文言）貞者，事之幹也。」李鼎祚《集解》引荀爽曰：「陰陽正而位當，則可以幹舉萬事。」又：「貞固足以幹事。」孔穎達疏：「貞固足以幹事者，言君子能堅固貞正，令物得成，使事皆幹濟。」

【發義】

貞固足以幹事，其誰效法。

〔四九〕豈無華身，亦有光國

【集引】

《文選·蔡邕〈陳太丘碑文〉》：「紆佩金紫，光國垂勳。」李善注：「《漢書（百官公卿表上）》曰：『大司徒、大司馬、大司空，皆金印紫綬。』」李周翰注：「三公皆帶金印，繫以紫綬，言此可以光國家之功也。」

【發義】

豈無顯耀身名，亦有耀國光華。

序志第五十

夫文心者，言爲文之用心也〔一〕。昔涓子琴心〔二〕，王孫巧心〔三〕，心哉美矣，故用之焉！古來文章，以雕縟成體，豈取騶奭之群言雕龍也〔四〕？夫宇宙綿邈〔五〕，黎獻紛雜〔六〕，拔萃出類，智術而已〔七〕。歲月飄忽，性靈不居〔八〕，騰聲飛實，制作而已。夫有肖貌天地，稟性五才〔九〕，擬耳目於日月〔一〇〕，方聲氣乎風雷〔一一〕，其超出萬物，亦已靈矣〔一二〕。形同草木之脆，名踰金石之堅，是以君子處世，樹德建言〔一三〕，豈好辯哉？不得已也〔一四〕！

予生七齡，乃夢彩雲若錦，則攀而採之。齒在踰立〔一五〕，則嘗夜夢執丹漆之禮器，隨仲尼而南行〔一六〕。旦而寤，迺怡然而喜，大哉聖人之難見也，乃小子之垂夢歟！自生人以來，未有如夫子者也〔一七〕。敷讚聖旨，莫若注經，而馬鄭諸儒，弘之已精，就有深解，未足立家。唯文章之用，實經典枝條，五禮資之以成，六典因之致用〔一八〕，君臣所以炳煥，軍國所以昭明，詳其本源，莫非經典。而去聖久遠，文體解散，辭人愛奇，言貴浮詭，飾羽尚畫，文繡鞶帨〔一九〕，離本彌甚，將遂訛濫。蓋周書論辭，貴乎體要〔二〇〕；尼父陳訓，惡乎異端〔二一〕；辭訓之異，宜體於要。於是搦筆和墨，乃始論文。

詳觀近代之論文者多矣。至於魏文述典，陳思序書，應瑒文論，陸機文賦，仲治流別，弘範翰林，各照隅隙，鮮觀衢路〔二二〕；或臧否當時之才，或銓品前修之文，或汎舉雅俗之旨，或撮題篇章之意。魏典密而不周，陳書辯而無當，應論華而疏略，陸賦巧而碎亂，流別精而少巧〔二三〕，翰林淺而寡要〔二四〕。又君山公幹之徒，吉甫士龍之輩，汎議文意，往往間出〔二五〕，並未能振葉以尋根，觀瀾而索源〔二六〕。不述先哲之誥，無益後生之慮。

蓋文心之作也，本乎道，師乎聖，體乎經，酌乎緯，變乎騷，文之樞紐，亦云極矣。若乃論文叙筆，則囿別區分，原始以表末〔二七〕，釋名以章義，選文以定篇，敷理以舉統，上篇以上，綱領明矣。至於割情析采〔二八〕，籠圈條貫，摛神性，圖風勢，苞會通，閱聲字，崇替於時序〔二九〕，褒貶於才略〔三〇〕，怊悵於知音〔三一〕，耿介於程器〔三二〕，長懷序志，以馭群篇，下篇以下，毛目顯矣〔三三〕。位理定名，彰乎大易之數〔三四〕，其爲文用，四十九篇而已。

夫銓序一文爲易，彌綸群言爲難，雖復輕采毛髮，深極骨髓，或有曲意密源，似近而遠。辭所不載，亦不勝數矣。及其品列成文，有同乎舊談者，非雷同也，勢自不可異也。有異乎前論者，非苟異也，理自不可同也。同之與異，不屑古今〔三五〕，擘肌分理〔三六〕，唯務折衷〔三七〕。按轡文雅之場，環絡藻繪之府〔三八〕，亦幾乎備矣。但言不盡意，聖人所難〔三九〕，識在缾管，何能矩矱〔四〇〕。茫茫往代，既沈予聞，眇眇來世，儻塵彼觀也〔四一〕。

贊曰：生也有涯，無涯惟智〔四二〕。逐物實難〔四三〕，憑性良易。傲岸泉石，咀嚼文義〔四四〕。文果載心，余心有寄〔四五〕。

【發義】

總括宗旨，明述心志。

歸叙所由，揭櫫宗旨，明其體例，詮名位理，彰乎大數。是以立言，文載其心，追惟耿介，垂示後世。

〔一〕**夫文心者，言爲文之用心也**

〔**集引**〕

《論衡·對作》：「賢聖不空生，必有以用其心。上自孔墨之黨，下至荀孟之徒，教訓必作垂文。」

《文賦》：「余每觀才士之所作，竊有以得其用心。」

【**發義**】

夫文之作也，用心有三：一曰專心，二曰存心，三曰盡心。專心者，專其心慮，以邁於時者，而達其旨也；存心者，存其心志，以異於人者，而垂其文也；盡心者，竭其心力，以勞於己者，而掞其采也。

〔二〕**昔涓子琴心**

〔**集引**〕

《漢書·藝文志〈道家〉》：「《蜎子》十三篇。」班固自注：「名淵，楚人，老子弟子。」顔師古曰：「蜎，姓也。」

【發義】

《琴心》，琴曲名。傳爲涓子所作。《列仙傳》曰：「涓子作《琴心》三篇。」

〔雍案〕

涓子，一名「蜎子」。仙人名。其名環淵，又作「玄淵」「蜎淵」。《漢書·藝文志》著録十三篇，列於道家，并謂環淵系老子弟子。《史記·孟子荀卿列傳》稱環淵「學黄老道德之術，因發明序其指意」。三國魏嵇康《嵇中散集·答難養生論》云：「涓子以术精久延。」《文選·孔稚珪〈北山移文〉》云：「涓子不能儔。」

〔三〕王孫巧心

〔集引〕

《漢書·藝文志〈儒家〉》：「《王孫子》一篇。」班固自注：「一曰《巧心》。」

【發義】

《巧心》，儒家王孫子所著，名不傳。《漢書·藝文志》稱其著作爲《王孫子》，一名《巧心》。舍人本此。

〔雍案〕

《巧心》，清人嚴可均、馬國翰皆有輯本。

〔四〕豈取騶奭之群言雕龍也

〔集引〕

《史記・孟子荀卿列傳》：「騶奭者，齊諸騶子，亦頗采騶衍之術以紀文。……故齊人頌曰：『談天衍，雕龍奭。』」裴駰《集解》引劉向《別録》曰：「……騶奭脩衍之文，飾若雕鏤龍文，故曰『雕龍』。」取雕龍一典入文，軌轍可循，首見於《蔡中郎集・故太尉喬公廟碑》：「文繁雕龍。」《後漢書・崔駰列傳〈贊〉》：「崔爲文宗，世禪雕龍。」章懷注：「禪，謂相傳授也。」《文選・任昉〈宣德皇后令〉》：「（蕭衍）文擅雕龍，而成輒削藁。」

【發義】

舍人著論冠名「雕龍」，蓋取諸騶奭群言也。

〔雍案〕

取，元本、弘治本、汪本、張本、兩京本、王批本、何本、胡本、梅本、凌本、合刻本、梁本、祕書本、謝鈔本、彙編本、尚古本、岡本、王本、張松孫本、鄭藏鈔本、崇文本並作「效」。《讀書引》《莒州志》同。楊明照《校注》云：「按《梁書》、活字本、佘本、訓故本、四庫本並作『取』；《廣文選》《經濟類編》《廣文選刪》《漢魏六朝正史文選》同。《原道篇》『取象乎河洛』，《奏啟篇》『取其義也』，《書記篇》『取象於夬』，又『蓋取乎此』，其『取』字義並與此同，則作『效』非是。又按《蔡中郎文集·故太尉喬公廟碑》：『文繁雕龍。』以『雕龍』一典喻文，當以此爲首見。《後漢書·崔駰傳〈贊〉》：「崔爲文宗，世禪雕龍。」《文選·任昉〈宣德皇后令〉》：「文擅雕龍。」亦並以「雕龍」喻文。」「取」字是。舍人取法騶奭而擇用「雕龍」也。《大戴禮記·虞戴德》：「高舉安取？」王聘珍《解詁》：「取，謂取法。」又《禮察》：「莫如安審取捨。」王聘珍《解詁》：「取，謂所擇用也。」

〔五〕夫宇宙綿邈

〔集引〕

《文子·自然》：「往古來今謂之宙，四方上下謂之宇。」《淮南子·齊俗訓》同。

【發義】

宇宙者，空間與時間也。有實而無乎處者，謂之宇也；有長而無本剽者，謂之宙也。蓋宇宙綿邈，無所終始，無所盡極矣。

〔六〕黎獻紛雜

〔集引〕

《書·益稷》：「萬邦黎獻，共惟帝臣。」孔安國傳：「獻，賢也。萬國衆賢，共爲帝臣。」

【發義】

黎儀紛錯雜處，乃謂常人與賢者混雜。

〔雍案〕

黎，兩京本、胡本作「文」。楊明照《校注》云：「按『文』字與下文不應，非是。《書·益稷》：『萬邦黎獻。』此『黎獻』二字所自出。《封禪篇》毓黎獻曾用之。《諸子篇》：『百姓之群居，苦紛雜而莫顯。』語意與此略同，亦可證。」「黎」字是。《爾雅·釋詁下》：「黎，衆。」《書·皋陶謨》：「萬邦黎獻。」孫星衍《今古文注疏》：「黎，衆。」《詩·大雅·天保》：「群黎百姓。」鄭玄箋：「黎，衆。」《文選·陸機〈贈馮文羆遷斥丘令〉》：「奄有黎獻。」李善注引《尚書》孔安國傳：「黎，衆。」

〔七〕拔萃出類，智術而已

〔集引〕

《三國志·蜀書·蔣琬傳》：「琬出類拔萃，處群僚之右。」

【發義】

出於其類，拔乎其萃者，在其智用與術行也。

〔雍案〕

類，元本、弘治本、活字本、汪本、兩京本、胡本、謝鈔本作「穎」。謝兆申云：「似作『類』。」馮舒改「類」。楊明照《校注》云：「按《孟子·公孫丑上》：『出於其類，拔乎其萃。』即此語所本。則作『穎』非也。」楊説是。《梁書·劉顯傳》：「竊痛友人沛國劉顯，韞櫝藝文，研精覃奥，聰明特達，出類拔群。」《北史·儒林傳〈序〉》：「惟信都劉士元、河間劉光伯拔萃出類，學通南北，博極古今，後生鑽仰。」宋邵博《聞見後録》：「子表將家支庶，而與胄子比翼齊衡，拔萃出類，不亦美乎！」北齊顔之推《顔氏家訓·勉學》：「必有天才，拔群出類。」亦並以「出類」連文，可以引證。

〔八〕歲月飄忽，性靈不居

〔集引〕

《文選·孔融〈論盛孝章書〉》：「歲月不居，時節如流。」陸機《歎逝賦》：「時飄忽其不再。」

【發義】

時節如流，歲月輕疾而過，而性情卻不停留於斯。

〔雍案〕

居，兩京本、胡本作「遏」。楊明照《校注》云：「按『遏』字非是。《文選·孔融〈論盛孝章書〉》：『歲月不居，時節如流。』是其證。又《陸機〈歎逝賦〉》：『時飄忽其不再。』」「居」字是。《禮記·月令》：「民氣解惰，師興不居。」《文選·王融〈三月三日曲水詩序〉》：「桑榆之陰不居。」呂延濟注：「居，留也。」

〔九〕夫有肖貌天地，稟性五才

〔集引〕

《列子·楊朱》：「楊朱曰：『人肖天地之類（纇），懷五常之性，有生之最靈者也。』」張湛注：

「肖，似也。……性稟五行也。」《漢書・刑法志》：「夫人宵天地之䫉，懷五常之性，聰明精粹，有生之最靈者也。」顏師古注：「宵義與肖同……䫉，古貌字。五常，仁、義、禮、智、信。」

【發義】

人肖天地之貌，懷五常之性。

〔雍案〕

才，黄叔琳校云：「一作『行』。」楊明照《校注》云：「按『才』『行』於此並通。然以《程器篇》『人稟五材』材與才通例之，作『才』是也。」五才，又謂「五材」，歧義有二也。一曰：金、木、水、火、土。此即黄校云「一作『行』」之所出見於《左傳・襄公二十七年》：「天生五材，民並用之。」《後漢書・馬融列傳》：「五才之用，無或可廢。」二曰：勇、智、仁、信、忠。此即舍人所本。見於《六韜・論將》：「太公曰：『將有五材十過。』武王曰：『敢問其目。』太公曰：『勇、智、仁、信、忠也。』」

〔一〇〕擬耳目於日月

〔集引〕

《文子・九守》：「耳目者，日月也。」《淮南子・精神訓》：「是故耳目者，日月也。」《春秋繁露・人副天數》：「耳目戾戾，象日月也。」《論衡・祀義》：「日月猶人之有目。」《開元占經》引《孝經・援神契》：「兩目法日月。」

【發義】

耳目類似於日月也。

【雍案】

擬，兩京本作「娭」。楊明照《校注》云：「按『娭』字非是。《靈樞經・邪客篇》：『天有日月，人有兩目。』《淮南子・精神篇》：『是故耳目者，日月也。』《春秋繁露・人副天數篇》：『耳目戾戾，象日月也。』以上二書范注曾引之《孝經・援神契》：『兩目法日月。』（《開元占經》一一三引）《論衡・祀義篇》：『日月猶人之有目。』並足爲此文當作『擬』之證。」《淮南子・脩務訓》：「便媚擬神。」高誘注：「擬，象也。」《漢書・揚雄傳上》：「常擬之以爲式。」顔師古注：「擬，謂比象也。」

〔一一〕方聲氣乎風雷

【集引】

《靈樞經・邪客》：「天有風雨，人有喜怒；天有雷電，人有音聲。」《文子・九守》：「血氣者，風雨也。」《淮南子・精神訓》：「天有風雨寒暑，人亦有取與喜怒。……肝爲風……脾爲雷，以與天地相參也。」《春秋繁露・人副天數》：「鼻口呼吸，象風氣也。」《論衡・祀義》：「風猶人之有吹煦也，雨猶人之有精液也，雷猶人之有腹鳴也。」

【發義】

夫人稟天地之性，與天地相應，故形於聲音，發乎氣息。

〔一二〕**其超出萬物，亦已靈矣**

〔**集引**〕

《書・泰誓上》：「惟人萬物之靈。」

【發義】

人聚天地之精氣，蘊日月之精華，蓋其性靈無類，超出萬物也。

〔一三〕**是以君子處世，樹德建言**

〔**集引**〕

《左傳・襄公二十四年》：「（叔孫）豹聞之，大《釋文》「大音泰。」上有立德，其次有立功，其次有立言。雖久不廢，此之謂不朽。」

【發義】
是以君子立身處世，立德立言，垂世不朽也。

〔一四〕**豈好辯哉？不得已也**

〔**集引**〕
《孟子·滕文公下》：「孟子曰：『予豈好辯哉？予不得已也！』」

【發義】
舍人好於辯，有所由焉，不得已而爲之也。

〔一五〕**齒在踰立**

〔**集引**〕
《左傳·文公元年》：「君之齒，未也。」杜預注：「齒，年也；言尚少。」《論語·爲政》：「子曰：『吾十有五而志於學，三十而立。』」《南齊書·文惠太子傳》：「太子年始過立，久在儲宮。」

【發義】

牛馬幼小者，歲生一齒，人故以齒喻年齡也。

〔一六〕**則嘗夜夢執丹漆之禮器，隨仲尼而南行**

〔集引〕

《史記·孔子世家〈贊〉》：「適魯，觀仲尼廟堂車服禮器。」又《儒林列傳〈序〉》：「陳涉之王也，而魯諸儒持孔氏之禮器，往歸陳王。」

【發義】

彥和尊崇玄聖，固夜有所夢，執禮器隨之南行。

〔一七〕**自生人以來，未有如夫子者也**

〔集引〕

《孟子·公孫丑上》：「宰我曰：『以予觀於夫子，賢於堯舜遠矣。』子貢曰：『……自生民以來，未有夫子也。』有若曰：『豈惟民哉！……聖人之於民，亦類也。出於其類，拔乎其萃，自生民以來，未有盛於孔子也。』」

【發義】

孔子創典述訓，本乎道心，以裁文章，專行教道，作《春秋》以明文命，德亞皇代，爲匹夫而稱玄聖素王，蓋自生民以還，未有夫子者也。

〔雍案〕

人，南史作「靈」。楊明照《校注》云：「按『靈』字非是。『人』當作『民』，蓋唐避太宗諱改而未校復者也。《孟子·公孫丑上》：『子貢曰：「……自生民以來，未有夫子也。」』即此文之所自出。《原道篇》『曉生民之耳目矣』，亦作『生民』。」生人，即「生民」。唐人避太宗諱，避「民」字，習於古籍「民」字往往改作「人」，茲舉兩則證之。《管子·君臣上》：「夫民，別而聽之則愚，合而聽之則聖。」許維遹《集校》引張佩綸云：「《舊唐書·裴度傳〈韋處厚上言〉》：『管仲曰：「人離而聽之則愚，合而聽之則聖。」』民，唐諱作人。」又《揆度》：「大夫已散其財物，而萬民得受氣流。」許維遹《集校》：「『民』本作『人』。」許維遹《集校》引張佩綸云：「『民』作『人』，避唐諱。」《詩·大雅·生民》：「厥初生民。」朱熹《集傳》：「民，人也。」《孟子·公孫丑上》：「宰其子弟，攻其父母，自有生民以來，未有能濟者也。」

〔一八〕五禮資之以成，六典因之致用

〔集引〕

《論語·八佾》：「子語魯大師樂曰：『樂其可知也：始作，翕如也；從之，純如也，皦如也，繹如也，以成。』」《易·繫辭上》：「備物致用。」《周禮·天官·大宰》：「大宰之職，掌建邦之六典，以佐王治邦國。」

【發義】

五禮者，謂吉禮、嘉禮、賓禮、軍禮、凶禮。其靠文資之以成。六典者，謂治典、教典、禮典、政典、刑典、事典。其乃六法，因之致用。

〔一九〕文繡鞶帨

〔集引〕

《法言·寡見》：「今之學也，非獨爲之華藻也，又從而繡其鞶帨。」李軌注：「鞶，大帶也。帨，佩巾也。衣有華藻文繡，書有經傳訓解也。文繡之衣，分明易察。訓解之書，灼然易曉。」《後漢書·

儒林列傳《論》》章懷注：「喻學者文繁碎也。」

【發義】

學者論文若繡，亦費盡心慮也。

〔二〇〕蓋周書論辭，貴乎體要

〔集引〕

《書·周書·畢命》：「辭尚體要，不惟好異。」

【發義】

《周書》論辭，貴乎切實而簡要。

〔二一〕尼父陳訓，惡乎異端

〔集引〕

《論語·爲政》：「子曰：『攻乎異端，斯害也已。』」

【發義】

孔子陳訓，斥見解不同之學派爲異端，蓋惡之深矣。

〔一二二〕各照隅隙，鮮觀衢路

【集引】
《淮南子·説山訓》：「受光於隙照一隅。」《荀子·勸學》：「行衢道者不至，事兩君者不容。」楊倞注：「孫炎云：『衢，交道四出也。或曰：衢道，兩道也。』」

【發義】
各有隙光而照於一隅，鮮有遍觀岔路者也。

〔一二三〕流別精而少巧

【集引】
《史記·太史公自序》：「（司馬談《論六家要指》）儒者博而寡要，勞而少功。」《抱朴子内篇·明本》：「而儒者博而寡要，勞而少功。」

【發義】
摯虞《文章流别論》，類述精當，而其功則少。

〔雍案〕

巧，黄叔琳校云：「《梁書》作『功』。」紀昀云：「『功』字是。」淺，《玉海》引作「博」。楊明照《校注》云：「按《史記·自序》：『（司馬談《論六家要指》）儒者博而寡要，勞而少功。』此『寡要』『少功』所本。當以作『功』爲是。唐貞觀《修晉書詔》：『（榮）緒煩而寡要（謂臧榮緒所撰《晉書》），（行）思勞而少功（謂徐廣所撰《晉紀》）。』《隋書·經籍志〈序〉》：『遂使《書》分爲二，《詩》分爲三，……《春秋》有數家之傳。其餘互有踳駁，不可勝言。此其所以博而寡要，勞而少功者也。』魏徵《群書治要〈序〉》：『以爲六籍紛綸，百家踳駁，窮理盡性，則勞而少功；周覽汎觀，則博而寡要。』《抱朴子内篇·明本》：『而儒者博而寡要，勞而少功。』其用『寡要』『少功』，亦皆出自太史公書。張乙本、訓故本、謝鈔本正作『功』；《廣文選》《經濟類編》《廣文選删》《漢魏六朝正史文選》同。當據改。又按：《詩品序》：『李充《翰林》，疎而不切。』所評與舍人略同。《玉海》所引，或伯厚意改之也。」楊説是。「少功」與「寡要」對，「功」「要」皆名詞也。蓋此謂摯虞《文章流别論》，類述精當，而其功則少。

〔二四〕翰林淺而寡要

〔集引〕

《詩品序》：「李充《翰林》，疎而不切。」

【發義】

李充《翰林》疎淺，不切要契。

〔二二五〕往往間出

〔集引〕

《北史·楊敷傳》附楊素：「論文則詞藻從横，語武則權奇閒出。」閒，俗作「間」。《史記·太史公自序》：「《詩》《書》往往間出矣。」

【發義】

往往交替迭出。

〔二二六〕觀瀾而索源

〔集引〕

《孟子·盡心上》：「觀水有術，必觀其瀾。」趙岐注：「瀾，水中大波也。」

〔二七〕原始以表末

〔集引〕

《易·繫辭下》：「《易》之爲書也，原始要終，以爲質也。」

【發義】

揆端推論，序志以表於末。

〔雍案〕

末，訓故本作「時」，王惟儉注云：「一作『來』。」楊明照《校注》云：「按『來』蓋由『末』致誤。何本又譌爲「末」元本、弘治本、汪本、張甲本、兩京本、胡本作『時』，是也。《文心》上篇自《明詩》至《書記》，於每種文體皆明其緣起，故曰『原始以表時』。若作『末』，則多所窒礙。因文體之次要者，舍人往往僅一溯源而已，並未詳其流變也。」「來」字是。「來」字，句末語助之辭。《經傳釋詞》卷七：「來，句末語助也。」《助字辨略》卷一：「來，語助辭。……李義山詩：『一樹濃姿獨看來。』」

〔二八〕至於割情析采

〔**集引**〕

《慧琳音義》卷九一「剖析」注：「剖析，分析文義令人解也。」《文選·蕭統〈文選序〉》：「論則析理精微。」劉良注：「析，分也。」

【**發義**】

至於分析情理文采。

〔**雍案**〕

采，黄叔琳校云：「一作『表』。」楊明照《校注》云：「按元本、弘治本、汪本、張甲本、兩京本、胡本、訓故本、四庫本作『剖情析采』，是也。『割』字亦當據改。」「剖情析采」是也。《文選·張衡〈西京賦〉》：「剖析毫釐。」《體性》：「剖析毫釐者也。」《麗辭》：「剖毫析釐。」並證。《慧琳音義》卷九一「剖析」注：「剖析，分析文義令人解也。」

〔二一九〕崇替於時序

〔集引〕

《國語·楚語下》：「藍尹亹曰：『吾聞君子唯獨居思念前世之崇替者，與哀殯喪，於是有歎，其餘則否。』」韋昭注：「崇，終也；替，廢也。」《文選·陸機〈答賈長淵〉》詩：「邈矣終古，崇替有徵。」

【發義】

於《時序篇》見終廢。

〔雍案〕

替，《梁書》《廣文選》《經濟類編》《廣文選删》《漢魏六朝正史文選》作「贊」。張乙本、訓故本同。佘本作「朁」。楊明照《校注》云：「按《説文·竝部》：『暜，廢也；一曰偏下也。朁，或从兟从曰。』則『贊』『朁』均爲『朁』之誤。「替」爲「朁」之俗體《時序篇》贊『崇替在選』，尤其明證。《國語·楚語下》：『藍尹亹曰：「吾聞君子唯獨居思念前世之崇替者。」』即『崇替』二字所本。」《國語·楚語下》韋昭注：「崇，終也；替，廢也。」《文選·陸機〈答賈長淵〉》詩：「邈矣終古，崇替有徵。」李善注引韋昭注：「崇，終也。替，廢也。」又《文選·陸機〈門有車馬客行〉》：「天道信崇替。」李善注引《國語》賈逵注：「崇，終也。」李周翰注：「替，廢也。」江淹《蕭領軍讓司空並敦勸啟》：「事深崇替。」胡之驥《彙注》：「崇，終也。」

〔三〇〕**褒貶於才略**

〔**集引**〕

《文選·杜預〈春秋左氏傳序〉》：「其微顯闡幽，裁成義類者，皆據舊例而發義，指行事以正褒貶。」

【**發義**】

於《才略篇》褒貶作者。

〔三一〕**怊悵於知音**

〔**集引**〕

《文選·宋玉〈高唐賦〉》：「悠悠忽忽，怊悵自失。」

【**發義**】

於《知音篇》惆悵自失。

【雍案】

怊悵，黄叔琳校云：「元作『怡暢』，王性凝改。」楊明照《校注》云：「按《梁書》正作『怊悵』；《廣文選》《經濟類編》《廣文選删》《漢魏六朝正史文選》、宗本、張乙本、何本、訓故本、别解本、謝鈔本、尚古本、岡本同。從梅本出者未列王改是也。舍人於《知音篇》中所露怊悵之情，極爲顯明。若作『怡暢』，則非其指矣。」楊説是。《集韻·宵韻》：「怊悵，失意。」《楚辭·七諫·謬諫》：「然怊悵而自悲。」王逸注：「怊悵，恨貌也。」庾信《周太子太保步陸逞神道碑》：「怊悵文詞。」倪璠注：「怊悵，恨貌也。」《文選·王儉〈褚淵碑文〉》：「怊悵餘徽。」劉良注：「怊悵，悲恨皃。」

〔三二〕耿介於程器

【集引】

《後漢書·馮衍傳〈顯志賦〉》：「獨耿介而慕古兮，豈時人之所憙。」應璩《與滿公琰書》：「追惟耿介，迄於明發。」

【發義】

於《程器篇》守度不趨時。

〔三三〕毛目顯矣

〔集引〕

《抱朴子外篇·君道》：「操綱領以整毛目，握道數以御衆才。」《南齊書·顧憲之傳》：「舉其綱領，略其毛目。」《弘明集·柳憕〈答梁武帝敕〉》：「振領持綱，舒張毛目。」

【發義】

下篇各篇，細節顯明。

〔三四〕彰乎大易之數

〔集引〕

《易·繫辭上》：「大衍之數五十，其用四十有九。」凌廷堪《祀古辭人九歌》：「探大衍兮取數。」

【發義】

大衍，用大數以演卦。大，謂大數也；衍，演也。蓋彥和亦以五十之大數，彰顯其文。

〔雍案〕

大易，乃「大衍」之譌。

〔三五〕**同之與異，不屑古今**

〔集引〕

《後漢書·馬援列傳》：「不屑毁譽。」李賢注引王逸注《楚辭》云：「屑，顧也。」《廣韻·十六屑》：「屑，顧也。」

【發義】

同之與異，不顧古今。

〔三六〕**擘肌分理**

〔集引〕

《文選·張衡〈西京賦〉》：「擘肌分理。」李周翰注：「雖毫釐肌理之間，亦能分擘。」《淮南子·要略》許慎注：「擘，分也。」《荀子·解蔽》楊倞注：「理，肌膚之文理。」

【發義】

擘肌分理，猶分析精細也。

〔三七〕**唯務折衷**

【集引】

《論衡·自紀》：「上自黃、唐，下臻秦、漢而來，折衷以聖道，析理於通材。」《史記·孔子世家贊》：「中國言六藝者，折中於夫子。」司馬貞《索隱》：「《離騷》云：『明五帝以折中。』王師叔二字當乙云：『折中，正也。』」

【發義】

務求調和二者，取其中正，無所偏頗。

〔三八〕**按轡文雅之場，環絡藻繪之府**

【集引】

《斠詮》：「『按轡文雅之場』，謂折沖於文雅之場屋，即能控引思理之韁轡，左右逢源，應付裕如也。『按轡』，按抑韁轡，使馬徐行。……『環絡藻繪之府』，謂涉獵於藻繪之府庫，亦可掌握辭采之籠頭，得心應手，優游不迫也。『環絡』，收繞籠頭，使馬駐足。」

【發義】

翰舒藻繪，從心應手，出入自然之境。

〔三九〕但言不盡意，聖人所難

〔集引〕

《易·繫辭上》：「子曰：『書不盡言，言不盡意。』」

【發義】

蓋自知聖人所言，亦有不盡意也。

〔四〇〕識在缾管，何能矩矱

〔集引〕

《左傳·昭公七年》：「雖有挈缾之知，守不假器。」《莊子·秋水》：「是直用管窺天，用錐指地也。」《文選·屈原〈離騷〉》：「曰：勉升降以上下兮，求矩矱之所同。」《楚辭·離騷》作「榘矱」。蔣驥注：「榘，矩同。」《玉篇·木部》：「『榘』與『矩』同。」

【發義】

鉼知管識，孤陋狹窄，何能法式以爲準矱之貞度也。

〔四一〕茫茫往代，既沈予聞，眇眇來世，儻塵彼觀也

〔集引〕

《文選·左思〈魏都賦〉》：「茫茫終古。」李善注：「茫茫，遠貌。」《戰國策·趙策二》：「（武靈）王曰：『子言世俗之間，常民溺於習俗，學者沈於所聞。』」《廣雅·釋訓》：「眇眇，遠也。」《史記·伯夷列傳》：「儻所謂天道，是邪？非邪？」《後漢書·張衡列傳》：「允塵邈而難虧。」李賢注：「塵，久也。」《文選·顏延之〈祭屈原文〉》：「藉用可塵。」呂向注：「塵，久也。」《爾雅·釋詁下》：「塵，久也。」

【發義】

往代遠不可及，既沉溺於予之所聞，或恒久於彼所觀也。

【雍案】

沉，楊本作「沈」。黄叔琳校云：「一作『洗』。」梅慶生校引謝兆申云：「一作『洗』。」紀昀云：「『洗』字是。」范文瀾云：「『沈』一作『洗』。《莊子·德充符》：『不知先生之洗我以善耶。』陶弘景難沈約《均聖論》云：『謹備以諮洗，顧具啟諸蔽。』洗聞洗蔽，六朝人常語也。」楊明照《校注》云：「按《戰國策·趙策二》：『（武靈）王曰：「子言世俗之間，常民溺於習俗，學者沈於所聞。」』則此當以作『沈』爲是。《商子·更法篇》：「夫常人安於故俗，學者溺於所聞。」（《史記·商君傳》《新序·善謀篇》同）《漢書·揚雄傳下》：「（解難）使溺於所聞，而不自知其非也。」「溺聞」，亦「沈聞」也。其作『洗』者，《梁書》《廣文選》《經濟類編》《廣文選删》《漢魏六朝正史文選》、佘本、張乙本作「洗」乃『沈』之形誤。盧文弨（《抱經堂文集》卷十四《文心雕龍輯注書後》）謂「沈」當作「況」，亦非。」《經傳釋詞》卷六、《經詞衍釋》卷六：「儻，或然之詞也。字或作『黨』，或作『當』，或作『尚』。」《爾雅·釋詁下》：「塵，久也。」邵晉涵《正義》：「塵然猶言久如也。」蓋「既沈予聞」「儻塵彼觀」乃謂既沈溺於予之所聞，或恒久於彼所觀也。

〔四二〕生也有涯，無涯惟智

【集引】

《莊子·養生主》：「吾生也有涯，而知也無涯。」陸德明《釋文》：「（知）音智。」

【發義】

人生有限，而智用無限。

〔四三〕逐物實難

〔集引〕

《莊子·天下》：「惠施之才，駘蕩而不得，逐萬物而不反。」成玄英疏：「馳逐萬物之末，不能反歸於妙本。」

【發義】

蓋逐萬物之末爲難。

〔四四〕傲岸泉石，咀嚼文義

〔集引〕

《晉書·郭璞傳》：「乃著《客傲》，其辭曰：『……傲岸榮悴之際，頡頏龍魚之間。』」南朝宋鮑照《鮑氏集·代輓歌》：「傲岸平生中，不爲物所裁。」《梁書·徐摛傳》：「（朱異）遂承間白高祖曰：『摛年老，又愛泉石，意在一郡，以自怡養。』高祖謂摛欲之，乃召摛曰：『新安大好山水，任昉等並經爲之，卿爲我臥治此郡。』」又《陶弘景傳》：「有時獨游泉石，望見者以爲仙人。」

【發義】

不隨和於世俗，寄託於山水，傲岸泉石，而體會玩味文章義理。

〔四五〕文果載心，余心有寄

【集引】

《文選·皇甫謐〈三都賦序〉》：「是以孫卿、屈原之屬，遺文炳然，辭義可觀。存其所感，咸有古詩之意。皆因文以寄其心，託理以全其制。」

【發義】

文章果然充滿己之用心，則己之用心有所寄託。

〔雍案〕

載，謂充滿也。《詩·大雅·生民》：「實覃實訏，厥聲載路。」

跋

余少學操觚，游好典雅，浸淫《文心雕龍》，管窺錐指，輒爲劄記，以言其淵微。及冠，積習難除，汜覽典文，左右採獲，頗多奥寤，發覆其中，後裒爲專著，於乙未歲梓行。是次輯入《古學發微四種》，除訂正原著錯漏外，内容有所增益。發明劉勰之學，非欲苟得虚聲，爲解其封執耳。

夫前哲苦心，見獨於言，後世以爲法程，推論運心，難爲達識。今之發義，雖求纖悉，亦恐遺疏，若有缺瑕，敬希博雅君子糾擿。

是書重版在即，復以舊題之詩展懷：「晚擅鴻裁撫慨深，衡文未負百年心。九流觸手雕龍續，萬卷蟠胸吐鳳吟。士起蘄州思接迹，人從華甸響餘音。然脂暝寫功何若，終古平章在學林。」

庚子歲重午修訂於廣州